Allison Pittman

Nur dir will ich gehören
Roman

Über die Autorin

Allison Pittman hat 2005 den Lehrerberuf an den Nagel gehängt, um christliche Romane zu schreiben. Seither hat sie sechs Romane und ein Sachbuch veröffentlicht. Sie leitet eine erfolgreiche Autorengruppe in San Antonio, Texas, wo sie auch mit ihrem Mann Mike und den drei Söhnen sowie Stella, dem Hund der Familie, lebt.

ALLISON PITTMAN

Nur Dir
WILL ICH GEHÖREN

Roman

Aus dem Englischen übersetzt von Antje Balters

Verlagsgruppe Random House FSC-DEU-0100
Das für dieses Buch verwendete FSC®-zertifizierte Papier *Munken Premium Cream*
liefert Arctic Paper Munkedals AB, Schweden.

Die amerikanische Originalausgabe erschien im Verlag
Tyndale House Publishers, Inc., 351 Executive Drive, Carol Stream, IL 60188,
unter dem Titel „Sister Wife #2, Forsaking all others".
Copyright © 2010 by Allison Pittman
© 2012 der deutschen Ausgabe by Gerth Medien GmbH, Asslar,
in der Verlagsgruppe Random House GmbH, München
With permission of Tyndale House Publishers, Inc. All rights reserved.

1. Auflage 2012
Bestell-Nr. 816714
ISBN 978-3-86591-714-0

Umschlaggestaltung: Hanni Plato
Umschlagfotos: Shaun Cammack/iStockphoto;
Kim Hammar/iStockphoto; Jun Mu/Shutterstock
Lektorat und Satz: Nicole Schol
Druck und Verarbeitung: GGP Media GmbH, Pößneck
Printed in Germany

Nachdruck, auch auszugsweise, nur mit Genehmigung des Verlages

Lasst euch nicht durch irgendwelche Gedankengebäude und hochtrabenden Unsinn verwirren, die nicht von Christus kommen! Sie beruhen nur auf menschlichem Denken und entspringen den bösen Mächten dieser Welt.

Denn in Christus lebt die Fülle Gottes in menschlicher Gestalt, und ihr seid durch eure Einheit mit Christus damit erfüllt. Er ist Herr über alle Herrscher und alle Mächte.

Kolosser 2,8–10

PROLOG

Flucht aus Zion: Die geistliche Reise der Camilla Fox (geborene Deardon), von ihr selbst niedergeschrieben

Unter all den Fragen, die mir gestellt werden – und derer gibt es viele –, kommt keine so häufig vor wie die folgende: Wie kann eine liebende Mutter nur ihre Kinder verlassen? Jedes Mal, wenn diese Frage an mich herangetragen wird, erinnert mich das daran, dass wir, die Kinder Gottes, weit davon entfernt sind, einander die gleiche Gnade zu erweisen, die Gott uns gegenüber an den Tag legt. In der Frage schwingt der Vorwurf mit, dass mein Handeln selbstsüchtig war. Sie stellt mich als Frau hin, die so entschlossen war, ihr Schicksal selbst in die Hand zu nehmen, dass ihr die Folgen gleichgültig waren. Aber es müssten so viele Tatsachen erläutert werden, bevor man auch nur ansatzweise die Umstände verstehen kann, die zu jener schicksalhaften Entscheidung führten.

Wie, so frage ich mich, kann eine junge Frau in einem christlichen Elternhaus aufwachsen und dennoch so wenig über Jesus wissen? Aber genau das war mein geistlicher Zustand zu Beginn meiner Reise. Ich habe in meiner gesamten Kindheit keinen einzigen Gottesdienst versäumt, und seit ich lesen kann, habe ich jeden Abend treu und brav ein Kapitel in der Bibel gelesen. Vielleicht kann ich die Schuld an dem besagten geistlichen Zustand dem strengen Wesen meines Vaters zuschreiben oder der Schwäche meiner Mutter, aber wie dem auch sei: Ich wusste über Jesus als meinen Erlöser nicht mehr, als dass er eben so genannt wurde.

Meine Mitchristen fragen sich ebenfalls, wie ich mich von der Lehre der Mormonen derart habe in die Irre führen lassen können. Dazu muss ich wieder auf das bereits Gesagte verweisen. Wenn das Licht der Bibel keine Möglichkeit bekommt, die äußere Schicht des Herzens zu durchdringen, dann können sich dort falsche Lehren einnisten. Die Mormonen verwenden christliche Vokabeln. Die Lehren von Joseph Smith sind so verwoben und durchsetzt mit biblischer Wahrheit, dass letztere so wie Sahne darin nach oben steigt, sich aber nie vollständig von dem Sumpf darunter absetzen kann.

Darüber hinaus hatte ich aber, als ich Nathan Fox kennenlernte, keinerlei Liebe erfahren. Meine Eltern gingen sehr sparsam um mit Zuneigung und Zärtlichkeiten, mein Glaube bestand vielmehr aus Gewohnheiten und Pflichten, und weil ich damals erst fünfzehn Jahre alt war, gab ich ein mehr als willfähriges Opfer ab für alles, was auch nur annähernd Ähnlichkeit mit zwischenmenschlicher Wärme hatte. Ich habe mich oft gefragt, ob ich mich auch dann so stark zu Nathan hingezogen gefühlt hätte, wenn er ein ganz normaler Christenjunge aus unserer Dorfgemeinde gewesen wäre. Und wäre umgekehrt die Lehre der Mormonen so verlockend für mich gewesen, wenn ich sie von einem langweiligen, hausbackenen Jungen zu hören bekommen hätte? Aber sie – Nathan und die Mormonen – waren miteinander verwoben wie zwei Stränge eines Seils und ich ließ mich ebenfalls in dieses Geflecht einfügen. So ein dreifach verdrilltes Seil lässt sich nicht so leicht zerreißen, und deshalb ist es auch besonders gut geeignet, um ein Boot am Ufer zu vertäuen. Oder eine Schlinge zu knüpfen.

Und solcherart an Nathan und seinen Glauben gebunden, verließ ich mein Zuhause. Meine Eltern hatten mir nichts zu bieten; die Lehre meiner Kirche verschwand hübsch ordentlich in den hintersten Winkel meines Kopfes. Eine Zeitlang war mein Herz ganz für die neue Wahrheit entbrannt – oder zumindest *für das, was ich als Wahrheit angenommen hatte. Ich kann nur hoffen, dass ich nicht so leicht darauf hereingefallen wäre, wenn ich einfach weiter für mich gelernt hätte. Aber ich wärmte mich im Schein des inneren Feuers meines Mannes und fühlte mich mit meinen Mitheiligen verbunden genug, um keine genauere Überprüfung zu riskieren.*

Zusammen bauten wir ein kleines Haus in einem Tal ganz in der Nähe der Schlucht, in der mein Mann und andere die Steine für den Tempelbau bearbeiteten. Und erst dort merkte ich dann, wie ich vom Licht in den Schatten geworfen wurde. Ich musste mit ansehen, wie mein Mann sich abschuftete, Steine schlug, wie es seine heilige Pflicht dem Propheten gegenüber war, und wie er immer wieder vergeblich seine Schreinerkunst bemühte, um dessen Gunst zu erlangen. Trotz alledem hätte ich mich bis zum heutigen Tag damit begnügen können, in dem besagten Schatten zu leben, hätte es nicht zwei Dinge gegeben, die ich nicht gutheißen konnte: erstens, meine Töchter in einer solchen Finsternis aufwachsen zu lassen, und zweitens, aufgefordert zu werden, meinen Mann mit einer zweiten Frau zu teilen.

Und genau das – die Sache mit meiner Mitehefrau – löst gewöhnlich ein schockiertes Aufstöhnen aus, wenn ich die Gelegenheit bekomme, mit Frauen über das Elend der Polygamie zu sprechen. Und hinter vorgehaltener behandschuhter Hand, die ihr Gekicher verbergen soll, fragen Frauen: „Wie konnten Sie sich nur eine solche Demütigung gefallen lassen?" Darauf habe ich keine Antwort, denn als Frau, die es gewohnt war, dem zu gehorchen, was mir über die Bibel vermittelt wurde, hatte ich das Gefühl, gar keine andere Wahl zu haben. Diejenigen, die außerhalb des Mormonenglaubens leben – sie werden auch „Heiden" genannt –, stellen sich gern vor, dass die Mormonen die Vielehe praktizieren, weil sie ein besonders lüsternes Wesen haben. Und vielleicht trifft das in manchen Fällen auch tatsächlich zu. Aber Nathan war ausschließlich von dem Wunsch getrieben, dem einzigen Gott zu gefallen, den er kannte, und den Lehren des Propheten zu folgen, den er zutiefst verehrte.

Trotz meiner Treulosigkeit gegenüber Gott war dieser sehr großzügig zu mir. Er schenkte mir ein Zuhause, zwei wundervolle Töchter und eine liebe, wenn auch ungewöhnliche Freundin in Kimana, einer Indianerin, die mit auf unserer Farm lebte. Sowohl meine Töchter als auch ich selbst liebten sie wie eine Mutter. In seiner Souveränität schenkte Gott aber nicht nur, er nahm auch, indem er nur wenige Stunden nach dessen Geburt das Leben unseres ersten Sohnes forderte. Das ließ mich in eine so tiefe Trauer fallen, dass nur der wahre Erlöser selbst mich darin trösten konnte, Jesus Christus.

Als dann Schwester Amanda als meine Mitehefrau zu uns kam, waren mir längst die Augen dafür geöffnet worden, dass die Lehre, die so etwas erlaubte, falsch sein musste, und innerlich verließ ich die Kirche der Mormonen. Ich glaube, dass es wirklich Gottes Gnade war, durch die meine Seele aus den Klauen der Mormonenkirche gerettet wurde. Aber ich musste tagtäglich erleben, wie meine Töchter immer mehr von dieser Lehre geprägt wurden.

Irgendwann konnte ich der Frage schließlich nicht mehr ausweichen: Wie konnte ich es zulassen, dass meine Kinder in einem Zuhause aufwuchsen, in dem sie nie die Wahrheit über Jesus Christus würden erfahren dürfen?

Und deshalb machte ich mich auf, um ihnen ein besseres Leben zu ermöglich. Wenn Männer so etwas tun, werden sie als Helden verehrt. Ich dagegen werde in den Veröffentlichungen – und zwar in denen der Mormonen, der Christen und den weltlichen – als die böse Frau dargestellt, die ihre Kinder im Stich gelassen hat.

Um also auf die Frage zurückzukommen, mit der ich diesen Artikel begonnen habe: Ich werde zwar oft mit Fragen überhäuft, aber ich erlaube mir nicht den Luxus einer nachträglichen Untersuchung. Ich halte nie inne, um mich zu fragen, ob ich etwas hätte anders machen sollen.

Wie kann man auch auf die gesammelten Seiten des eigenen Lebensbuches schauen und entscheiden, welche Seiten man herausreißen und zerknüllen sollte und welche bleiben dürfen, um die Schätze unser Erinnerungen zu beherbergen? Mir scheint, dass die größte Freude aus dem Schmerz kommt, der sie nährt, und dass man das Eine nicht ohne das Andere haben kann. Ich bin also hier am Ende des Ganzen gezwungen, jedes Blatt zusammenzufalten und zu sagen, so wie Gott es über seine ersten Menschen tat, dass ich es nach bestem Wissen gemacht habe, so gut ich es eben wusste und konnte. Ich bin nur meinem Gewissen gefolgt.

Gott allein kann das Ausmaß meiner Sünde vergessen, und vor allen, die mich verurteilen würden, nehme ich das Blut seines Sohnes für mich in Anspruch. Ich lebe jetzt seit fast vierzig Jahren mit den Entscheidungen, die ich damals getroffen habe, und werde irgendwann in seiner Gnade sterben. Das ist eine Hoffnung, die mir kein Mensch nehmen kann.

Nicht noch einmal.

Ladies' Home Journal
Juli 1896

KAPITEL 1

In der Nähe von Salt Lake City
Januar 1858

Rauch. Dunkelheit. Und Wärme.
„Ich glaube, sie wacht auf. Geh und hol den Colonel", sagte eine mir unbekannte Männerstimme. Ein kurzer Schwall kalter Luft folgte, und ich erinnerte mich sogleich wieder an das Heulen des Sturms und den wirbelnden Schnee, der mich hierhergebracht hatte.
„Ma'am?" Die Stimme war jetzt näher. Ich spürte eine warme Hand an meiner Wange. „Alles wird gut."
Ich wollte lächeln, aber meine Lippen fühlten sich trocken an und spannten. Als ich zu sprechen versuchte, lösten sie sich und rieben aneinander wie dünne, trockene Baumrinde.
„Versuchen Sie nicht zu sprechen. Zeigen Sie mir nur, dass Sie die Augen öffnen können."
Ich hätte es gern getan, und wenn auch nur, um zu sehen, wohin der Herr mich geführt hatte. Aber da entfernte sich die Stimme schon wieder, so als würden Worte in einen Brunnen fallen. Meine Augen zu gebrauchen strengte mich zu sehr an, also gab ich mich mit den Sinnen zufrieden, derer ich mächtig war – nahm das Geräusch des knisternden Feuers wahr, den süßen Geruch des brennenden Holzes und die wohltuende Wärme, die meinen Körper von Kopf bis Fuß einhüllte. Das Gewicht dieser Wärme drückte mich förmlich nieder.

Es verging einige Zeit, wie viel, wusste ich nicht, aber genug, dass ich inzwischen einen gewaltigen Durst bekommen hatte. Ich öffnete meine Lippen und versuchte, die Zunge dazwischenzuschieben, und schon diese kleine Bewegung genügte, dass sofort wieder jemand bei mir war. Erneut spürte ich, wie jemand meine Schläfe berührte, und diesmal hörte ich eine andere Stimme direkt neben meinem Ohr. Sie war tiefer und lauter.

„Ma'am?"

Wie von selbst gingen meine Augen auf. Zuerst sah ich gar nichts, aber dann trat er in mein Blickfeld. Er hatte langes Haar, das er sich hinter die Ohren gestrichen hatte, und einen dichten Schnurrbart, der einen Teil seiner Oberlippe verdeckte. Zuerst waren seine Augen noch geschlossen und sein Schnurrbart wippte, als er sagte: „Gott sei Dank!" Dann öffnete er die Augen und sie leuchteten warm und braun im Feuerschein.

„Wo …?"

„Pssst." Er legte den Zeigefinger auf seine Lippen. „Dafür ist später immer noch Zeit. Ich bin Colonel Charles Brandon von der Armee der Vereinigten Staaten. Es gibt keinen Ort, an dem Sie besser aufgehoben wären. So, und wie wäre es jetzt mit einem Schluck Wasser?"

Ich konnte nicht sprechen, aber das brauchte ich auch gar nicht. Mit dem Blick folgte ich seinen Bewegungen – wie er hinter sich griff und eine blaue Blechtasse hervorholte, aus der er einen Schluck trank.

„Ich probiere nur, damit es nicht zu heiß ist", erklärte er, stützte dann mit einer Hand meinen Kopf von hinten und setzte mir die Tasse an die Lippen. Der erste Schluck brannte, aber als ich dann schluckte, beruhigte sich alles.

„Noch ein bisschen mehr?"

Ich öffnete die Lippen etwas weiter und hörte ihn flüstern: „So ist's brav", während er abzuschätzen versuchte, wann er die Tasse wieder absetzen sollte. Er musste Kinder haben.

„So", meinte er irgendwann, nahm die Tasse weg und legte meinen Kopf sanft wieder ab. „Wenn Sie einverstanden sind …" Er griff in seine Manteltasche und holte eine flache, silberne Flasche daraus hervor. „Ich bin kein Trinker, und ich möchte auch Sie keineswegs zum Trinken verführen, aber wenn Sie gestatten, mische ich ein paar Tropfen Whiskey in das Wasser. Das wärmt auf der Stelle."

Mein erster Impuls war abzulehnen, aber zum Sprechen war ich immer noch viel zu schwach, und ehrlich gesagt war ich auch noch so benebelt, dass ich gar nicht richtig reagieren konnte. Er nahm mein Schweigen als Einverständnis und schraubte den Deckel der Flasche ab. Vorsichtig und mit großer Aufmerksamkeit ließ er ein paar Tropfen der bernsteinfarbenen Flüssigkeit in das restliche warme Wasser fallen und rührte dann alles um.

„Dazu müssen Sie sich jetzt aber ein bisschen weiter aufrichten."

Er trat hinter mich und schob mir dieses Mal seinen Arm unter die Schultern. Ich spürte die Metallknöpfe an den Ärmeln seiner Uniformjacke auf meiner Haut, und da wurde mir schlagartig bewusst, dass ich unter all den Schichten von Wolldecken und Bärenfell völlig nackt war. Fast panisch drehte ich meinen Kopf zur Seite. Er wusste sofort, warum ich so erschrocken war.

„Ich weiß, und es tut mir auch leid", sagte er beschwichtigend, „aber wir konnten Sie nicht mit zwanzig Pfund nasser Kleidung ins Bett legen. Ich wünschte zwar, wir hätten eine alte Indianerin zur Unterstützung gehabt, aber wir sind hier nur ein Haufen Soldaten. Wenn es Sie beruhigt – ich hatte ihnen die Augen verbunden und die ganze Zeit ein Gewehr auf sie gerichtet."

Ich glaubte ihm zwar nicht, aber es war mir auch nicht mehr ganz so wichtig.

„Wenn Sie bereit sind, dann trinken Sie das jetzt alles in einem Zug."

Schon allein der Geruch des verdünnten Whiskeys belebte meine Sinne, schärfte meine Wahrnehmung und bewirkte dadurch, dass ich mich mit dem Gedanken anfreunden konnte, es hinunterzustürzen.

„Alles in einem Zug", wiederholte er noch einmal. „Wenn Sie früher absetzen, werden Sie den Rest nicht mehr trinken wollen."

Ich nickte, wappnete mich innerlich und schloss die Augen. Was ich erwartet hatte, weiß ich nicht, aber ich spürte nur Wärme, gefolgt von Klarheit, und als Colonel Brandon mich wieder ablegte auf dem, was ich jetzt als eine mit Büffelfell gepolsterte Pritsche erkannte, da war ich wirklich so weit zu reden.

„Danke." Meine Stimme klang heiser, und da erinnerte ich mich wieder, wie ich in den Sturm gebrüllt hatte.

Er neigte den Kopf skeptisch zur Seite. „Klingt nicht gerade so, als wäre Sie schon so weit, Ihre ganze Geschichte zu erzählen."

Der Colonel hatte recht. Das konnte ich wirklich nicht, aber es hatte nichts mit meinem Hals zu tun.

„Wenn Sie gestatten, würde ich Ihnen aber wenigstens gern ein paar Fragen stellen." Er stellte die Tasse neben sich auf den Boden und zog einen kleinen gelben Zettel aus derselben Manteltasche, in der auch die Flasche gesteckt hatte. „Können Sie mir sagen, wer Missy ist?"

Als er den Namen aussprach, gab mir das einen Stich ins Herz. „Das ist meine Tochter. Ich habe noch eine andere, sie heißt Lottie."

Er kontrollierte seinen Zettel und der freundliche Gesichtsausdruck, mit dem er mich angeblickt hatte, seit ich aufgewacht war, wich einer besorgten Miene und tiefen Sorgenfalten. „Sind sie ... waren die beiden bei Ihnen?"

Ich schüttelte den Kopf und mir kamen die Tränen.

„Sind sie zu Hause in Sicherheit?"

„Ja."

„Na, Gott sei Dank."

Und ich dankte Gott wirklich, während in meinem Kopf Bilder von ihnen lebendig wurden, wie sie gemütlich in ihrem Bett lagen oder auf dem geflochtenen Teppich vor dem Herd saßen und fröhlich mit ihren Puppen zu *seinen* Füßen spielten …

„Und Nathan? Ist das Ihr Mann?"

„Ja." Ich versuchte, mich aufzurichten. „Ist er hier? Ist er gekommen, um mich abzuholen?"

„Pssst …" Erneut legte er mir beruhigend seine Hand auf die Schulter, und ich ließ mich erschöpft auf mein Lager sinken. „Nein, Ma'am, es ist niemand gekommen."

„Aber woher wissen Sie dann ihre Namen?"

Er zeigte mir den Zettel. Drei Worte standen darauf – Missy, Lottie, Nathan und dann noch ein Buchstabe: K.

„Kimana."

Er lächelte. „Gefreiter Lambert wusste nicht, wie das geschrieben wird."

„Sie kümmert sich um meine Töchter."

„Verstehe." Ich spürte, dass er gern noch mehr in Erfahrung gebracht hätte, aber ich hatte keine Kraft mehr, und es war auch nicht der richtige Zeitpunkt dafür. „Seit ungefähr dreißig Stunden, also seit wir Sie gefunden haben, schlafen Sie jetzt, wachen kurz auf und schlafen dann wieder ein. Seit ich hier bei Ihnen bin, sind Sie ganz ruhig, aber offenbar hatten Sie während der Wache des Gefreiten Lambert beschlossen, ein bisschen was zu erzählen. Er hat jedenfalls diese Namen aufgeschnappt."

„Ach."

„Und er hat auch gesagt, dass Sie ziemlich viel beten."

„Ja, das stimmt."

„Also, wenn ich das richtig verstanden habe, haben unsere Kundschafter Sie auch nur deshalb gefunden – weil Sie so laut gebetet haben. Eine geschlossene Schneedecke, so weit das Auge reichte, haben sie gesagt, und dann waren da auf einmal

Sie. An einen Pferderücken geklammert. Schon allein, dass dieses Tier überlebt hat, ist ja das reinste Wunder."

„Sie müssen das Pferd unbedingt zu meinem Mann zurückschicken. Ich habe es ihm gestohlen."

„Dazu ist später immer noch Zeit. Jetzt sorgen wir erst einmal dafür, dass Sie wieder zu Kräften kommen, und dann, dass Sie beide sicher wieder zurück nach Hause gelangen."

Diese Worte ließen meine Tränen noch zahlreicher fließen. „Aber ich habe gar kein Zuhause mehr."

Die Ellbogen auf die Knie gestützt, beugte er sich vor. „Jetzt seien Sie aber mal nicht albern. Jeder hat ein Zuhause."

„Ich nicht. Ich hatte eines, aber ich bin fortgegangen. Ich musste dort weg."

Seine Stimme wurde jetzt so leise, dass er nur noch flüsterte, und das, obwohl wir, soweit ich mich erinnere, allein waren.

„Gehören Sie zu denen? Zu den Mormonen?"

„Ja." Und dann fügte ich ganz schnell hinzu: „Nein, also ich meine, ich habe eine Zeitlang dazugehört, aber eigentlich auch wieder nicht. Nicht in meinem tiefsten Inneren. Und jetzt ... Gott vergebe mir ..."

Was auch immer ich sonst noch hatte sagen wollen, wurde durch meine trockene Kehle verhindert. Ich raffte alle Kraft zusammen, die ich noch aufbringen konnte, und drehte mich von Colonel Brandon weg auf die Seite, um mich ganz meiner Reue hinzugeben.

Niemals hätte ich gedacht, dass er sich eine solche Freiheit herausnehmen würde, aber er legte mir eine Hand auf die Schulter und zog sachte mein Gesicht zu sich. Als ich nachgab, strich er mir das Haar aus der Stirn und kam mit seinem Gesicht so nah an meines heran, dass ich seinen Atem spüren konnte.

„Jetzt hören Sie mir mal gut zu. Ich möchte nicht, dass Sie auch nur noch einen Moment länger Angst haben, weder um sich selbst noch um Ihre Töchter. Ich bin für Sie da. Die

Armee der Vereinigten Staaten ebenfalls. Und weil ich einen Eid darauf geleistet habe, mein Leben dafür einzusetzen, dass die Menschen in Freiheit leben können, verspreche ich Ihnen, dass Sie wieder ein Zuhause haben werden."

„Aber wie denn?" Ich hatte mir die Decke bis zur Nasenspitze hochgezogen, sodass meine Frage nur gedämpft zu hören war, doch er hatte mich trotzdem verstanden.

„Das überlassen Sie mal mir. Möchten Sie noch etwas trinken?"

Als Antwort stützte ich mich auf die Ellbogen, richtete mich auf, so weit es ging, und hielt dabei die Decke fest, damit sie nicht herunterrutschte.

Schweigend füllte er die Tasse mit Wasser aus einem Topf, der auf einem Rost am Feuer stand, und goss noch irgendetwas aus einem kleinen Tonkrug dazu. Dann hob er die flache Flasche ein wenig hoch und sah mich fragend an. Ich erinnerte mich an die angenehme Wärme und nickte, und er goss einen kleinen Schuss der Flüssigkeit in den Becher. Dann rührte er erneut um. Ich hielt die Decke weiter fest, als er mir die Tasse an den Mund führte, und dieses Mal trank ich sie mit mehreren genüsslichen Schlucken leer.

„So, mehr bekommen Sie davon jetzt aber nicht."

„Gut", erwiderte ich und legte mich wieder hin.

„Schlafen Sie jetzt, und machen Sie sich keine Sorgen. Wenn Sie wieder aufwachen, werde ich da sein."

„Und dann?"

„Und dann sieht es ja ganz so aus, als stünde uns ein Kampf bevor."

KAPITEL 2

Schätzungsweise zwei Tage nachdem ich aufgewacht war, kam ein Soldat rückwärts zum Eingang des Zeltes herein, in dem ich lag. Er drehte sich nur gerade so weit zu mir um, dass ich ganz kurz sein jungenhaftes Gesicht sehen konnte, und legte ein Bündel frisch gewaschener und zusammengelegter Kleidungsstücke auf das Fußende meiner Pritsche.

„Was zum Anzieh'n, Ma'am", murmelte er, bevor er sofort wieder nach draußen stolperte. Da ich immer noch schwach war, hatte ich Mühe, mich aufzusetzen und das Bündel zentimeterweise zu mir heranzuziehen. Ich stellte fest, dass es sich um ein langärmeliges Männerhemd aus fein gesponnener Wolle und ein Paar dicke Wollsocken handelte. Mit einiger Mühe schaffte ich es, mir das Hemd über den Kopf zu ziehen und die Arme in die Ärmel zu stecken.

Das Hemd war vorn geschnürt, und meine Kraft reichte zwar noch, um an den beiden Bändern zu ziehen, damit es geschlossen war, aber eine Schleife zu binden gelang mir dann nicht mehr, weil meine Hände mit lockeren Verbänden versehen waren. Das war die unangenehme Überraschung gewesen, als ich irgendwann vollständig wach geworden war. Der Grund für das unerträgliche Kribbeln in den Händen seien Erfrierungen, hatte Colonel Brandon mir erklärt. Bis jetzt hatte ich noch nicht die Erlaubnis bekommen, mir meine Hände anzusehen, deshalb hatte ich auch keine Ahnung vom Ausmaß der Erfrierungen, aber mir war klar, dass ich genauso wenig in der Lage war, mir selbst Socken anzuziehen, wie ich einen Schlitten durch den Schnee hätte ziehen können. Außerdem fühlten sich meine Füße unter dem Berg von Decken und Bärenfell auch warm genug an; und für das Hemd war ich auch eher aus Gründen der Schicklichkeit dankbar als wegen seiner wärmenden Wirkung.

Völlig erschöpft vom Anziehen fiel ich in die Kissen zurück, aber ich konnte nicht schlafen. Stattdessen lauschte ich den Gesprächen um mich her. Das meiste von dem, was ich hörte, schien zu einem tiefen, männlichen Brummen zu verschmelzen, aber wenn ich mich konzentrierte, konnte ich wiederkehrende Themen erkennen. *Die verfluchte Kälte. Diese verfluchten Mormonen. Diese verfluchte Frau, die nichts als Ärger machen wird* …

Offenbar hatte man die Wache, die man bei meiner Ankunft eingesetzt hatte, wieder abgezogen, als klar war, dass aus mir in absehbarer Zeit nicht *diese verfluchte tote Frau* werden würde. Ich war deshalb weitgehend allein mit meinen Gedanken – Erinnerungen durchsetzt von Träumen im Halbschlaf, nur unterbrochen vom Auftauchen des einen oder anderen jungen Mannes mit einer Tasse kräftiger Brühe oder Tee. Welche Tageszeit gerade war, leitete ich von der Art ihres Grußes ab. „Morgen, Ma'am", „Tag, Ma'am", „'n Abend, Ma'am". Falls einer von ihnen die Socken auf meinem Schoß bemerkt hatte, so erwähnte es jedenfalls niemand. Ich erfuhr keine Namen und konnte auch keine Dienstgrade ausmachen. Und nachdem auf diese Weise zwei Tage vergangen waren, wusste ich immer noch kaum mehr darüber, wo ich mich gerade befand, als am Tag meiner Ankunft.

Am Morgen des vermutlich dritten Tages, nachdem ich wieder zu Bewusstsein gekommen war, schlug ich die Augen auf und sah zum ersten Mal einen Streifen Sonnenlicht unten an der Zeltwand. Zuvor hatte immer nur das gleichmäßig schummrige Licht geherrscht, das von dem unablässig brennenden kleinen Holzofen kam. Dieser neue winzige Streifen

Sonnenlicht vermittelte mir ein Gefühl von Hoffnung, wie es auch ein neuer Tag mit sich bringt. Es musste also aufgehört haben zu schneien, und ich konnte wieder nach Hause. Nun ja, also nicht direkt nach Hause. Ich hatte wenig Hoffnung, dass mein Mann mich dort willkommen heißen würde. Und wenn doch, so war mir klar, dass er mich nie wieder aus den Augen lassen würde. Ich hatte jedoch auf jeden Fall den Wunsch, hier wegzukommen und sicher zum Haus von Nathans Schwester in Salt Lake City zu gelangen, um dort eine Weile zu bleiben. Nur so lange, bis Gott mir den nächsten Schritt zeigte.

Als kurz darauf derselbe junge Mann, der mir das Hemd gebracht hatte, mit einem Blechteller voller Rührei und einer Tasse Tee zu mir kam, bedankte ich mich und bat darum, bitte sofort Colonel Brandon sprechen zu dürfen.

Der junge Mann, der zu groß war, um in dem Zelt bequem aufrecht stehen zu können, nahm Haltung an, so gut es ging.

„Colonel Brandon ist nicht da, Ma'am."

„Nicht da?" Sein Versprechen, mich zu nach Hause zu bringen, klang mir noch in den Ohren, und ich gab mir Mühe, mir meine Angst nicht anmerken zu lassen, als ich fragte: „Wo ist er denn?"

„Ich bin nicht befugt, darüber Auskunft zu geben, Ma'am."

„Kommt er denn wieder zurück?"

„Das darf ich ebenfalls nicht sagen, Ma'am. Kann ich sonst noch etwas für Sie tun?"

Ich wollte schon antworten, er solle das Essen wieder mitnehmen und mir stattdessen meine Kleider, meine Schuhe, und mein Pferd bringen, damit ich mich wieder auf den Weg nach Salt Lake City machen könne, aber irgendetwas an seinem verkniffenen Gesichtsausdruck verriet mir, dass die Erfüllung dieses Wunsches eher unwahrscheinlich war. Ich setzte mich auf – was inzwischen schon besser ging, weil ich ein wenig mehr zu Kräften gekommen war – und streckte meine verbundenen Hände nach dem Teller aus. Es waren seit meiner Ankunft hier die ersten Bissen fester Nahrung, die ich bekommen würde, und mein Magen knurrte auch schon beim Anblick des Essens, aber mit meinen verbundenen Händen konnte ich nicht die Gabel halten.

„Ich glaube, dabei brauche ich Hilfe."

„Ja, Ma'am."

„Wie heißen Sie?", fragte ich den jungen Soldaten.

„Wie bitte, Ma'am?"

„Ich wüsste gern Ihren Namen. Wenn Sie mich schon füttern, dann möchte ich wenigstens wissen, wie Sie heißen."

„Lambert. Gefreiter Casey Lambert, Ma'am."

„Guten Morgen, Gefreiter Lambert."

„Guten Morgen, Ma'am."

Er fand einen kleinen Hocker im Zelt, zog ihn ans Bett und klappte dann seinen langen Körper wie ein Taschenmesser zusammen, um darauf Platz nehmen zu können. Mit großer Sorgfalt piekte er mit der Gabel ein Stück Ei auf und führte es zu meinem Mund. Als sich mein Mund um die Gabel schloss, öffneten sich auch seine Lippen ein ganz klein wenig – und ich erinnerte mich daran, dass ich das auch immer gemacht hatte, wenn ich meine Töchter gefüttert hatte. Diese Erinnerung erschwerte mir das Schlucken; aber als ich es dann geschafft hatte, hielt er auch schon den nächsten Bissen für mich bereit.

„Sie haben ein Händchen für das hier", sagte ich in der Hoffnung, dass ein bisschen Geplauder meinerseits ihn vielleicht gesprächiger machen würde. „Haben Sie Kinder?"

Selbst im dämmrigen Licht des Zeltes konnte ich sehen, dass er tief errötete. „Nein, Ma'am. Ich bin nicht einmal verheiratet. Aber ich habe meiner Mutter mit meinen kleinen Geschwistern geholfen."

„Ach ja? Sind Sie der Älteste?"

„Ja, Ma'am."

„Und wo ist Ihre Familie jetzt? Woher kommen Sie?"

„Aus Ohio, Ma'am."

„Sie müssen Ihnen schrecklich fehlen."

Seine Fassade bekam einen winzigen Riss, kaum breiter als der Streifen Sonnenlicht am Zeltboden, aber dann erlangte er seine Haltung zurück.

„Es ist mir eine Ehre, meinem Land dienen zu dürfen, Ma'am." Er betonte diese Einstellung, indem er die Gabel noch näher an meinen Mund führte.

Nach nur drei Bissen konnte ich nichts mehr essen.

„Sind Sie sicher, Ma'am? Sie müssen doch wieder zu Kräften kommen."

„Es ist wirklich köstlich", erwiderte ich, obwohl ehrlich gesagt ein wenig Salz fehlte, „aber ich habe noch nicht wieder richtig Appetit. In ein paar Tagen bin ich sicher kräftig genug, um mich auf den Weg zu machen. Wird denn Colonel Brandon bis dahin wieder zurück sein?"

Nichts, nicht einmal das Zucken eines Augenlids oder eine unwillkürliche Bewegung der Lippen gab mir einen Hinweis auf die Antwort. Stattdessen drückte er mir die Teetasse zwischen meine bandagierten Hände und wartete, dass ich austrank, bevor er sich mit dem schmutzigen Geschirr wieder entfernte.

Ich wusste, dass ich jetzt mindestens bis zum Mittag allein sein würde, vielleicht auch länger.

Mit einem hatte Gefreiter Lambert allerdings recht. Schon die wenigen Bissen Essen verliehen mir neue Kraft, sodass ich es schaffte, den Verband von der rechten Hand abzuwickeln, um den Schaden zu begutachten. Die Finger waren rot und geschwollen, aber ich konnte sie beugen, ohne dass es wehtat, auch wenn die Haut dort spannte, als würde sie gleich aufplatzen. Jetzt, wo der Verband weg war, kam mir das Kribbeln noch unerträglicher vor, und ich musste mit aller Macht dem Drang widerstehen, meine Hand an der rauen Wolle der Decke zu reiben. Das hätte mir zwar sicher vorübergehend Linderung verschafft, aber ich wusste, dass es zu dauerhaften Schäden führen konnte, wenn ich es tat.

Dann entfernte ich unbeholfen den Verband von der linken Hand und war nicht annähernd so erleichtert wie bei der rechten. Mein Daumen sowie Zeige- und Mittelfinger waren so weit in Ordnung, rot und geschwollen zwar, aber ansonsten in ähnlichem Zustand wie die rechte Hand. Doch die Haut war angeschwollen und hatte sich über den Ehering am Ringfinger gestülpt, und sowohl der Ringfinger als auch der kleine Finger waren fast bis zum zweiten Gelenk schwarz.

Mir war klar, was das bedeutete.

Lieber Gott, bitte – heile meine Hand. Ich wusste, dass ich da gerade um ein Wunder bat, denn das Fleisch der beiden betroffenen Finger war so tot wie eine verwesende Leiche. *Aber du, Herr, bist ein Gott, der Wunder tut. Du hast schon Menschen vom Tod auferweckt. Du hast mich vom Rande des Todes hierhergebracht.*

„Es sind doch nur zwei kleine Finger." Was sind schon zwei kleine Finger im Vergleich mit der gesamten Schöpfung?

Ich merkte, dass ich am liebsten angefangen hätte zu weinen, aber es wollten keine Tränen kommen. Selbst sie waren vertrocknet und hatten mich verlassen.

Es schien kaum einen Sinn zu haben, meine Hände wieder zu verbinden, aber ich wickelte die Mullbinde trotzdem wieder locker um meine linke Hand, und wenn auch nur, um mich selbst vor dem hässlichen Anblick zu schützen.

Wie hatte das nur passieren können, wo ich doch so vorsichtig gewesen war? Ich erinnerte mich noch genau an den Morgen, als ich aufgebrochen war – es war klirrend kalt, aber klar gewesen. Zwei Paar Handschuhe hatte ich getragen und drei Paar Socken in meinen Stiefeln. Und als dann der Sturm aufgekommen war – die große Schneewand –, war ich da nicht auch vorsichtig gewesen? Obwohl ein großer Teil meines Gedächtnisses so trüb und verhangen war wie der graue Himmel damals, erinnerte ich mich doch noch daran, wie ich meinen Unterrock zerrissen und die Stoffstreifen um meine Hände und Füße gewickelt hatte, weil ich um die Gefahr von

Erfrierungen wusste. Wie hatte es dann trotzdem passieren können?

Ich dachte zurück an all die herrlichen Tage, an denen das gleißende Sonnenlicht auf die Schneedecke gestrahlt und sie zum Glitzern gebracht hatte. Wie sehr hatten meine Töchter diesen Anblick geliebt und stundenlang draußen gespielt. Und nach dem Spielen hatte ich sie dann hereingeholt, hatte sie an den Ofen gesetzt und ihnen vorsichtig Handschuhe, Stiefel und Socken ausgezogen. Sie hatten sich über die Kälte beklagt, und mein erster Impuls war immer gewesen, ihre kleinen Hände und Füße zu reiben und zu rubbeln, bis sie wieder warm waren, aber Kimana hatte mich daran wieder gehindert.

„Nein, Mrs Fox", sagte sie dann, und die Weisheit ihres Volkes leuchtete mir aus ihren braunen Augen entgegen. „Nur am Feuer wärmen. Lass das Feuer das Blut zum Tanzen bringen." Und schon bald hatten dann auch die Mädchen getanzt.

Ich wackelte mit den Zehen und war angenehm überrascht, dass wenigstens diese unversehrt schienen. Keine Schmerzen, kein Kribbeln, nicht einmal Taubheit.

Aber meine Hand ...

Ich wagte es erneut, einen Blick darauf zu werfen, und war überrascht, dass das Fleisch an den erfrorenen Stellen noch schwärzer zu sein schien als beim ersten Hinschauen. Neue Angst überkam mich.

Oh Gott, bitte nicht ... lass es bitte nicht ...

„Mrs Fox?"

Soweit ich mich erinnern konnte, war dies das erste Mal, dass jemand sich ankündigte, bevor er mein Zelt betrat, und ich war von dieser kleinen Geste der Höflichkeit richtiggehend überrumpelt. Ich antwortete nicht, glaubte, gar nicht das Recht zu haben, jemandem den Eintritt zu verwehren. Der Zelteingang wurde geöffnet, und zusammen mit einem Schwall frischer Luft kam einer der kleinsten Männer herein, die mir jemals zu Gesicht gekommen waren. Er war etwa so groß wie ich, und es hatte ganz den Eindruck, als ob der inzwischen vertraute blaue Uniformmantel und der Hut eher ihn trugen, als dass sie von ihm getragen wurden.

„So, so", sagte er mit einer hohen, näselnden Stimme, die fast unangenehm klang, „ich habe gehört, Sie wären am Leben und wohlauf und Sie hätten sich schon aufgesetzt, würden essen und sprechen und alles Mögliche. Sehr gut, sehr gut. Ich möchte nicht, dass Sie glauben, ich hätte Sie vergessen, aber es gibt viele kranke Männer hier im Lager. Leider noch sehr viel kränker als Sie. Aber jetzt …"

„Sie sind Arzt?"

„Captain Buckley, Arzt in der Armee der Vereinigten Staaten." Er zog einen Handschuh aus und streckte mir die Hand entgegen, als wollte er meine schütteln, eine Geste, die offenbarte, dass er zum einen unsensibel war und zum anderen offenbar nicht über meinen Zustand Bescheid wusste. Ich gab ihm dennoch meine Hand, und er ergriff sie und hielt sie behutsam in seiner Handfläche. Aufgrund der Schwellung war meine Hand sogar größer als seine. „Nicht schlecht, nicht schlecht." Er drehte die Hand mehrfach um und begutachtete sie von allen möglichen Seiten.

„Schmerzen?"

„Nein, eigentlich nicht."

„Kribbeln?"

„Ja."

„Sie haben einfach die Verbände entfernt?"

„Ja."

Seine schmalen rosa Lippen waren von einem ordentlich gestutzten Schnurrbart und einem Kinnbart eingerahmt. Er zuckte mit den Lippen, sodass sich die Barthaare bewegten. „Lassen Sie mich jetzt einmal Ihre Füße anschauen."

„Die fühlen sich gut an, kein bisschen …"

Aber der Captain war bereits am Fußende meines Bettes und hob die Decke hoch. Er nahm meinen Fuß in seine Hand, und ich konnte mich nicht erinnern, dass das schon jemals ein Mann bei mir gemacht hatte. Ich zuckte zurück – ja, mehr noch, ich trat und staunte dabei selbst über meine Kraft.

„Sachte, sachte, immer mit der Ruhe!", entgegnete er und tat so, als würde er gegen die Zeltwand geschleudert. „Na, Sie sind mir vielleicht ein temperamentvolles kleines Fohlen."

„Tut mir leid." Ich zwang mich, still zu halten. „Es ist nichts … Ich meine, meine Füße fühlen sich völlig gesund an."

„Das sind sie auch. Und jetzt werde ich Ihnen unter Einsatz meines Lebens diese Socken anziehen, damit das auch so bleibt."

Ich hielt die Luft an, als ich spürte, wie mein Fuß in den wollenen Socken glitt, aber das unmittelbar folgende Gefühl von Wärme war unglaublich wohltuend, und ich entspannte mich wieder.

„So, Mrs Fox, ich gehe davon aus, dass Sie noch eine zweite Hand haben, oder?" Er trat wieder an die Seite meines Bettes und nahm auf dem kleinen Hocker Platz, als würde er nie auf einem anderen Möbel sitzen. „Darf ich?"

Behutsam wickelte er die Mullbinde ab, bis meine verletzte Hand zum Vorschein kam. Dann drückte er sein Bedauern oder Mitgefühl aus, indem er mehrmals mit der Zunge schnalzte. „Das sieht aber gar nicht gut aus", sagte er.

„Ach, das ist meine eigene Schuld."

„Seien Sie doch nicht so hart gegen sich selbst, Mrs Fox. Ich war hier, als man Sie gebracht hat. Soweit ich das sehen konnte, hatten Sie alle notwendigen Vorsichtsmaßnahmen getroffen …"

„Das meine ich gar nicht. Sie haben mich ja gewarnt, der Bischof und der Älteste. Sie haben mich gewarnt. Es ist ein Fluch."

Ich spürte seinen kühlen Handrücken an meiner Stirn.

„Mrs Fox, ich fürchte leider, dass Sie wieder Fieber haben."

„Sie haben mich gewarnt." Und ich sah sie beide vor mir. Die Leiter der Mormonengemeinde. Bei mir zu Hause, in unserem Haus im Feuerschein des Kamins. Wie sie mit mir sprachen. Wie sie mich anklagten. „Es ist ein sichtbares Zeichen meiner Sünde."

„Unsinn."

„Ich bin eine Abtrünnige, wissen Sie? Ich war ein braves christliches Mädchen, bevor ich eine von ihnen wurde."

„Sie meinen, von den Mormonen?"

„Ja. Aber nach einer Weile kam mir alles ... ihre Lehre... fühlte sich so ... falsch an. Deshalb bin ich dort weggegangen. Ich habe meinen Mann und die Kirche verlassen."

„Ein kluger Schritt, wenn Sie mich fragen." Er zog meine Hand näher an sein Gesicht und roch daran.

„Sie haben gesagt: ‚Du wirst immer das Zeichen der Sünde an dir tragen. Deine Haut wird so dunkel werden wie die der Indianerin, die bei euch wohnt.' Und jetzt, sehen Sie doch selbst."

„Ja, ich sehe es. Und es ist nichts anderes als das, was ich schon Tausende Male gesehen habe, nämlich schlicht und einfach Erfrierungen."

„Und was ist, wenn sie doch recht haben? Was, wenn das hier eine Strafe Gottes ist?"

„Dafür, dass Sie die Gemeinschaft der Mormonen verlassen haben?"

„Vielleicht ja auch dafür, dass ich mich ihnen überhaupt angeschlossen habe."

„Mrs Fox, ich bin ein Mann Gottes, und zwar insofern, als ich ihn durch die Brille des Naturwissenschaftlers sehe. Das hier" – er hielt meine Hand hoch –, „ist die Folge schlechter Durchblutung durch extreme Kälte. Mehr nicht. Ich würde mir nicht anmaßen, sagen zu können, wie oder wo wir das Handeln und Eingreifen Gottes sehen, aber eines weiß ich: Wir sind nicht dazu geschaffen, ungeschützt bei extremen Temperaturen zu leben. Unser Blut braucht Wärme. Und wenn es keine Wärme bekommt, sterben wir. Manchmal fallen wir auf der Stelle tot um, dann wieder sterben wir Stückchen für Stückchen, und genau das findet hier gerade statt."

„Es liegt daran, dass ich meine Töchter verlassen habe. Ich habe sie dort zurückgelassen."

„Wie viele Töchter haben Sie denn?"

„Zwei."

„Zwei Töchter. Zwei Finger. Welcher Verlust wäre denn schlimmer für Sie?"

Seine Aussage war so drastisch, dass sie mich bis ins Mark traf. „Verlust?"

Sogleich schwang wieder etwas mehr Wärme in seiner Stimme mit. „Ich glaube, genau hier" – sein Finger streifte den ersten Knöchel –, „direkt an der Hand."

„Nein!"

„Wollen Sie lieber warten? In Kauf nehmen, dass das Sterben sich weiter ausbreitet?"

„Gott könnte mich heilen. Schließlich hat er mir doch auch das Leben gerettet."

„Wissen Sie, wie Gott heilt?" Er beantwortete seine eigene Frage, indem er meine Hand losließ und seine eigenen beiden hochhielt, die wie dürre Zweiglein aus den Ärmeln herausragten. „Für Sie wird die Heilung dann beginnen, wenn die hier weg sind." Er veranschaulichte das Gesagte, indem er bei seiner Hand die Finger, die an meiner Hand durch die Erfrierungen abstarben, wegknickte. „Finden Sie, dass das ein zu hoher Preis für Ihr Leben ist?"

Ich nahm den Anblick seiner Hände in mich auf und kniff die Augen zusammen, um mir meine eigenen Hände vorzustellen, wenn sie so aussahen. „Mein Ehering ..."

„Tragen Sie ihn doch an einem anderen Finger, wenn Sie ihn überhaupt noch tragen wollen."

„Ich weiß nur nicht, ob ich es ertragen kann ..."

„Die Schmerzen?"

Ich nickte.

Er gluckste. „Ich habe schon erlebt, wie Männer sich Zehen mit eigenen Händen abgebrochen haben, damit sie nicht bei lebendigem Leib von ihren Erfrierungen aufgefressen wurden. Aber da Sie ja eine Frau sind …" Er öffnete die schwarze Ledertasche, die er bei sich trug, und holte eine Glasflasche mit einer klaren Flüssigkeit daraus hervor. „Chloroform. Ein paar Tropfen davon, und Sie schlafen tief und fest. Sie merken garantiert nichts und werden sich auch an nichts erinnern, das verspreche ich Ihnen."

„Sollten wir nicht erst noch Colonel Brandon fragen? Er … er hat gesagt, dass er sich um mich kümmern würde."

Captain Buckley wich ein Stückchen zurück. „Wie effizient wäre wohl ein Armeechirurg, wenn er vor jeder medizinischen Entscheidung erst den befehlshabenden Offizier fragen müsste? Soldat oder nicht, Sie sind hier bei unserem Regiment, und deshalb stehen Sie unter meiner Obhut. Ich weiß gar nicht, wieso ich Ihnen eigentlich die Illusion lasse, Sie hätten in dieser Angelegenheit überhaupt eine Wahl. Also" – er holte ein sauberes weißes Tuch hervor –, „wollen Sie es lieber mit Betäubung oder ohne?"

„Und was ist, wenn ich nicht wieder aufwache?"

„Ich nehme doch an, dass Sie mit Ihrem Schöpfer Frieden geschlossen haben, oder?"

Ich wusste, dass seine Worte als lockere Bemerkung gedacht waren, aber sie ließen mich dennoch frösteln. Natürlich hatte ich das, oder? Ich wusste, dass mein Leben Jesus Christus gehörte, und zwar sowohl hier als auch in der Ewigkeit, aber das verlieh mir noch lange nicht den Mut, das hier anzugehen, ohne mit der Wimper zu zucken.

„Darf ich erst noch beten?"

„Ja, natürlich."

„Würden Sie mit mir beten?"

„Ich weiß nicht, ob das besonders beruhigend für Sie wäre, Mrs Fox."

Ich merkte, wie sehr ich mich nach Colonel Brandons Worten der Beruhigung sehnte. „Aber es ist ja sonst niemand hier."

„Also gut." Er seufzte und nahm seinen Hut ab.

„Gnädiger Herr", betete ich, „ich bitte dich um deine Gnade und vertraue dir meine Hand an, so wie ich dir mein ganzes Leben anvertraut habe, und ich bitte dich, dass du die Hand ganz und gar erhältst. Bitte hole mich nach dem tiefen Schlaf wieder ins Leben zurück, damit ich zu meinen Töchtern zurückkehren und sie die Wahrheit lehren kann. Und auch meinem Mann, falls er dich kennenlernen will. Wenn es dein Wille ist, mich im Schlaf zu dir zu nehmen, dann freue ich mich auf eine Ewigkeit, die ich mit dir verbringe, denn ich weiß, dass du dann einen anderen Plan hast, die Seelen meiner Töchter zu retten. Bitte lenke du die Hände von Captain Buckley, und möge er bei seiner Arbeit deine Wunder sehen. Das bitte ich im Namen Jesu. Amen."

Captain Buckley brummelte irgendetwas, das sich wie Amen anhörte, und winkte dann durch den Zelteingang dem Gefreiten Lambert, der die ganze Zeit draußen gestanden hatte. „Damit er mir hilft", fügte er als Erklärung für mich hinzu.

Mit uns Dreien war es dann schon ausgesprochen voll im Zelt, und es blieb auch kalt, weil Captain Buckley Lambert befahl, den Zelteingang offen zu lassen.

„Es muss Frischluft zirkulieren", erklärte er und kramte dabei in seiner Tasche, „damit uns das Chloroform nicht alle betäubt. Das würde wohl niemandem nützen."

„Nein, das wollen wir doch vermeiden", pflichtete ich ihm bei und versuchte dadurch, die Situation ein bisschen aufzulockern. Doch Gefreiter Lambert blieb stoisch wie immer.

Als Nächstes tauchte aus der schwarzen Tasche ein etwa dreißig mal dreißig Zentimeter großer Holzblock auf, den der Captain mit einem sauberen Leinentuch bedeckte. Dann stellte er beides in Höhe meiner Taille aufs Bett.

„Sind Sie jetzt bereit, Mrs Fox?"

„Ja."

Der Captain faltete daraufhin das Tuch, hielt es mir über Mund und Nase, blickte finster drein, faltete das Tuch noch einmal neu und wiederholte diesen Vorgang so lange, bis es für den Zweck die richtige Größe und Dicke hatte. Dann entkorkte er die Flasche, wobei er sie vorsichtig von sich weghielt, und zählte schweigend die Tropfen, die auf das Tuch fielen.

„So", meinte er schließlich und hielt das Tuch bereit, „jetzt atmen Sie einfach ganz normal weiter, und wenn Sie möchten, zählen Sie dabei."

Ich zählte nicht. Stattdessen wiederholte ich immer wieder Namen: *Lottie, Missy, Nathan, Kimana ... Lottie, Missy, Nathan, Kimana.*

Über Capain Buckleys Schulter hinweg konnte ich sehen, wie Gefreiter Lambert ein Messer über die Flamme des kleinen Ofens hielt. Die Flammen tanzten orangefarben und rot um die Klinge.

Lottie, Missy ...
Lass das Blut am Feuer tanzen.

KAPITEL 3

Ich weiß nicht, ob ich es als Schmerzen bezeichnen soll. Es war eher ein ständiges Bewusstsein, dass etwas nicht mehr da war, das zuvor existiert hatte. Wie ein Gedanke, an den man sich nur noch halb erinnern kann, ein Name, der einem auf der Zunge liegt, oder eine vergessene Liedzeile. Ich hielt meine Hand hoch, starrte auf die dick verbundene Wunde und dachte: *Meine Güte, müsste das nicht eigentlich viel mehr wehtun?*

Aber kein einziger Teil meines Körpers fühlte sich so an, wie er eigentlich sollte. Mein Kopf war so schwer, dass ich ihn nicht heben konnte, meine Beine schienen gar nicht vorhanden, und meine unversehrte Hand war ein pochender, tauber Klumpen am Ende meines Armes. Die Stille schrie lauter als jedes Geräusch, und ich hatte das Gefühl, Worte, die nur wenige Zentimeter von meinem Ohr entfernt gesprochen wurden, nicht verstehen zu können. Ich versuchte, Captain Buckley all das mitzuteilen, aber es war, als würden die Worte an meiner Zunge kleben. Ich brachte nur ein schwerfälliges „Ich spüre nicht ... ich spüre nicht ..." heraus, bevor er mir sagte, dafür könne ich dankbar sein, und mir dann ein paar Tropfen einer schwarzen Flüssigkeit auf meine Zunge träufelte.

„Noch fünf Tage, und dann gibt's von dem hier nichts mehr", fügte er hinzu. Zumindest glaubte ich, dass er das gesagt hatte, aber ich konnte mich nicht mehr auf mein eigenes Urteil verlassen. Manchmal nahmen die Schatten an den Zeltwänden erschreckende Formen an – riesige aufgerichtete Bären, die ihre gewaltigen Pranken nach mir ausstreckten. Und ganz unten am Boden wurde das Zelt von Füchsen umkreist. Ich hörte, wie Männer draußen Holz hackten, und stellte mir dabei vor, wie Gliedmaßen eines nach dem anderen abgehackt wurden. Als jemand mein Gesicht berührte, verspürte ich dort einen brennenden Schmerz, und ich wusste nicht, ob es daran lag, dass die Hand brannte oder meine fiebernde Stirn darunter. Das Hemd, das ich anhatte, war völlig schweißdurchnässt, und ich glaubte, draußen im Schneesturm zu sein, verzweifelt an Honeys Zaumzeug festgeklammert. Als ich wieder einmal lebhaft davon träumte, fiel ich tatsächlich von meiner Pritsche und trat aus dem Zelt hinaus ins Freie, nur um sogleich von zwei Soldaten wieder zurückgebracht zu werden. Später erfuhr ich dann, dass ich mich ziemlich heftig gewehrt hätte und dass danach immer jemand bei mir geblieben war.

Ich bettelte darum, nach Hause zu dürfen, um meine Töchter zu sehen. Und ich bettelte außerdem, mit diesem Mann sprechen zu dürfen, Colonel Brandon. Ich betete zu Jesus, flehte ihn um Heilung an, um Gnade und Erlösung.

„Bitte nicht mehr", sagte ich und drehte den Kopf zur Seite, wenn Captain Buckley mit einer Pipette voller Morphin kam.

„Sie könnten die Schmerzen ohne das Mittel gar nicht aushalten", antwortete er dann.

„Doch, das kann ich. Gott wird mir die Kraft geben."

Zu meiner Überraschung zuckte er daraufhin nur mit den Achseln und sagte: „Wie Sie wollen", bevor er die kostbaren Tropfen wieder in das kleine schwarze Fläschchen zurückfüllte und dann meinen Verband wechselte.

Dieses Mal wandte ich den Blick nicht ab, sondern starrte so angestrengt auf den weißen Verband, dass mir ganz schwindlig wurde, als er ihn von meiner Hand abwickelte. Er ließ die

Mullbinde auf meine Brust fallen und hob dann das Gazestück ab, mit dem die Stelle abgedeckt war, an der sich einmal meine Finger befunden hatten.

„Das möchten Sie bestimmt nicht sehen."

„Doch, ich muss."

Er machte ein grimmiges Gesicht und begann, ein dünneres Stückchen Gaze aus dem Inneren des übrig gebliebenen Fingerstumpfes herauszuziehen. „Es war nicht genügend gesundes Gewebe übrig, um daraus eine Lasche zu schneiden und über die Wunde zu legen", erklärte er, „und das Fleisch ist zu empfindlich, um es auszubrennen, damit es von innen nach außen abheilen kann, und zwar jeden Tag ein kleines bisschen, bis Haut darüber gewachsen ist."

„Sie sehen aber nicht so besonders zufrieden aus mit dem, was Sie sehen."

„Ich mache mir Sorgen, dass ich den Knochen nicht weit genug unten abgetrennt habe."

„Und was bedeutet das?"

Er griff in seine Tasche und holte ein kleines silbernes Instrument daraus hervor, das aussah wie eine Pinzette.

„Was ist das?"

Er drückte auf die beiden Griffe. „Man nennt es Knochenzange. Also, würden Sie bitte …?"

Die Zeltklappe ging auf und Gefreiter Lambert kam förmlich ins Zelt gefallen. „Captain Buckley, Sir? Wir haben ein Problem."

Captain Buckley wandte sich nicht einmal zu ihm um. „Was ist denn?"

„Der M–" Sein Blick traf auf meinen, und er hielt inne. „Tut mir leid, Sir. Ich wusste nicht, dass sie …"

„Was ist los?" Ich versuchte mühsam, mich aufzurichten, aber Buckley packte meine Hand noch fester, und der darauf folgende Schmerz raubte mir schier den Atem. Doch ich brachte trotzdem die Kraft auf zu schreien, als ich *seine* Stimme hörte.

Selbst in meinem fiebrigen und von Medikamenten benebelten Zustand erkannte ich diese Stimme. Ich hatte sie in den vergangenen sieben Jahren meines Lebens jeden Tag gehört, außer in dem Sommer, in dem wir voneinander getrennt gewesen waren, dem Sommer, der alles zerstört hatte. Ich war fünfzehn Jahre alt gewesen, als ich ihn zum ersten Mal meinen Namen hatte sagen hören, und auch jetzt vernahm ich seine Stimme, die ihn erneut aussprach.

„Camilla!"

Nur dass es jetzt nicht der leise, atemlose, liebestrunkene Tonfall war wie vor all den Jahren. Nein, das hier klang wütend und anklagend.

„Camillaaaaa!" Er rief nach mir.

Und dann hörte ich, wie er eine Antwort bekam. „Sie ist nicht hier, Sir." Auch diese Stimme kannte ich, obwohl ich sie erst ein einziges Mal in meinem Leben gehört hatte, und das war auch schon Tage her.

„Sie können nicht einfach meine Frau festhalten."

Nathan.

„Na-"

Eine kühle kleine Hand legte sich auf meinen Mund, bevor ich einen weiteren Laut von mir geben konnte.

„Ich werde jedes einzelne Zelt durchsuchen, wenn es sein muss." Mein Mann, der Mann, mit dem ich den Bund fürs Leben geschlossen hatte. Er war hier. Mein Zuhause war also zu mir gekommen. Ich mühte mich ab, unter dem erstaunlich festen Griff des kleinen Mannes meinen Kopf zu drehen.

„Gefreiter Lambert", sagte Buckley, und es klang angesichts der ganzen Situation viel zu ruhig, „es sieht ganz so aus, als müsste ich Mrs Fox noch ein zweites Mal operieren. Würden Sie bitte die Narkose vorbereiten?"

„Jawohl, Sir", entgegnete Gefreiter Lambert und konnte mir nicht mehr in die Augen sehen.

„Sie täten gut daran, sich zu überlegen", hörte ich in diesem Augenblick Colonel Brandon auf der anderen Seite der

Zeltwand sagen, „dass Sie sich hier auf militärischem Gelände befinden. Wir befinden uns in einem bewaffneten Konflikt, und ich möchte Sie nur ungern wie einen Feind behandeln müssen."

„Nathan!" Aber mein Appell drang nicht weiter als bis zu der Hand vor meinem Mund.

„Hören Sie, Captain …"

„‚Colonel' bitte."

„Colonel Brandon, nicht wahr? Es ist nicht nötig, für Feindseligkeit zu sorgen, wo gar keine ist." Das war mein Nathan, mit dieser Stimme, die wie immer vor Friedfertigkeit geradezu triefte. „Ich bin einfach nur ein Mann, der auf der Suche nach seiner Frau ist."

„Die aber nicht hier ist."

„Sieben Tropfen", sagte Buckley.

Nein! Mein stummer Schrei.

„Wenn das so ist", meinte mein ach so charmanter Ehemann, „dann gibt es doch gar keinen Grund, weshalb ich mich hier nicht ein wenig umschauen sollte."

„Wenn man bedenkt, was Ihre Leute in Fort Bridger angerichtet haben, können Sie von Glück sagen, dass Sie nicht auf der Stelle gefangen genommen wurden. So, und jetzt schlage ich vor, dass Sie gehen, Mr Fox."

Für den Bruchteil einer Sekunde lockerte sich die Hand von meinem Mund, aber mir blieb nur genügend Zeit, um ganz kurz ein „Na-" zu kreischen, bevor mir das bereits vertraute weiße Baumwolltuch auf Mund und Nase gepresst wurde.

„Ich komme wieder", verabschiedete sich Nathan draußen, und ich sah seine Augen vor mir, ganz schmal, so wie sie auch aussahen, wenn er breit grinste – dieses Grinsen, das in der Mitte seines Mundes ansetzte und sich dann bis zu den Ohren hochzog. Dieses Lächeln, das er einem schenkte, wenn er einen glauben machen wollte, man hätte gewonnen.

„Dann machen Sie sich darauf gefasst, dass wir Ihnen nicht so höflich begegnen werden."

Mein Blick begegnete dem von Captain Buckley, und ich hielt so lange die Luft an, bis ich das Gefühl hatte, der Schmerz in meinem Kopf würde mir den Schädel spalten. Dann atmete ich gegen das Tuch aus.
Und danach ein.
Dann war alles schwarz.

Mein Magen rebellierte, und mein Mund war mit Galle gefüllt. Instinktiv drehte ich den Kopf, sodass er über den Rand der Pritsche hing. Dadurch wurde jedoch Druck auf meinen linken Arm ausgeübt, und der rasende Schmerz, der dadurch hervorgerufen wurde, veranlasste mich, mich würgend wieder auf den Rücken zu drehen.

„Ist ja schon gut." Captain Buckleys Stimme drang durch die Finsternis zu mir durch, und ich merkte, wie ich aufgerichtet wurde, sodass ich etwas essen konnte.

Mein Würgen brachte kaum etwas hervor, denn ich hatte seit Tagen nichts zu mir genommen als Wasser und Brühe, doch mein Magen kämpfte wacker, um auch das Bisschen loszuwerden.

„Das passiert manchmal durch das Chloroform", sagte Captain Buckley.

Meine Kehle war ganz wund vor Anstrengung, aber mein Körper kam jetzt langsam zitternd zur Ruhe, und ich lehnte mich entspannt gegen den Captain. Er legte mich langsam wieder ab, sodass ich schließlich ein wenig aufgerichtet, abgestützt durch eine Nackenrolle und Decken, dasaß. Ich wollte nur noch sterben, doch eine letzte Bitte hatte ich noch.

„Ich möchte meinen Mann sehen."

„Da kann ich Ihnen leider nicht helfen."

„Aber er war doch hier. Ich habe ihn gehört. Direkt bevor …" Erneut krampfte sich mein Magen zusammen, und mein ganzer Körper reagierte.

„Sehen Sie? Sie sind gar nicht in der Verfassung, Besuch zu empfangen."

Aber es gab einen Mann, auf den hier alle hörten, und als ich mich wieder einigermaßen beruhigt hatte, riskierte ich es, nur zwei Worte zu sagen.

„Colonel Brandon?"

„Hm." Buckley schien abzuwarten, bis ich mich wieder einigermaßen beruhigt hatte, dann ging er ohne ein Wort hinaus. Meine Hoffnung, dass er zusammen mit dem Colonel wieder zurückkommen würde, war leider nur von kurzer Dauer, denn schon im nächsten Moment war er wieder da. Er hielt eine Tasse in der Hand, die bis zum Rand mit Schnee gefüllt war.

„Der ist frisch und sauber. Wurde erst vor ein paar Stunden vom Himmel heruntergeschickt", sagte er. Er nahm einen Löffel, füllte ihn mit Schnee und hielt ihn mir an die Lippen. „Sie brauchen nicht zu schlucken. Lassen Sie ihn einfach nur an Ihren Lippen schmelzen."

Die Kühle des Schnees war angenehm. Und dieser Schnee war auch seit Tagen mein erster Kontakt mit der Welt außerhalb des Zeltes. Ich genoss es, ihn so frisch an meinen Lippen zu spüren, und ich merkte, dass mein gesamter Körper sich entspannte.

„Besser?"

Ich nickte.

„Ich weiß, dass Sie im Moment wahrscheinlich große Schmerzen haben, aber wir müssen noch warten, bis wir Ihnen wieder etwas von dem Schmerzmittel geben können. Verstehen Sie das?"

Ich nickte erneut und starrte mit der schweigende Bitte um mehr Schnee auf die Tasse. Er gab nach.

„Und was Colonel Brandon angeht" – seine schmalen Augen waren weiter konzentriert auf meinen Mund gerichtet –, „es wird Sie sicher freuen zu hören, dass er Sie genauso gern sehen möchte wie Sie ihn. Er wartet nur auf mein Einverständnis, dass Sie kräftig genug sind, um Besuch zu bekommen. Sie müssen jetzt stark sein. Wir möchten schließlich nicht, dass er meint, Sie wären noch nicht reisefähig, nicht wahr?"

Ich schüttelte den Kopf und hatte Mühe, gleichmäßig zu atmen und meinen Magen in Schach zu halten. Captain Buckley wischte den geschmolzenen Schnee weg, der mir vom Kinn tropfte.

„Also gut." Er stellte die Tasse energisch ab und ging zum Zelteingang, öffnete ihn aber nur einen ganz kleinen Spalt. „Holen Sie den Colonel", befahl er dann der Wache. Ein langer, dünner Schatten setzte sich gehorsam in Bewegung, zweifellos Gefreiter Lambert.

„Ich weiß, dass Sie Schmerzen haben", wiederholte der Captain noch einmal, als er wieder an meine Pritsche zurückkam. Das stimmte wirklich, und zwar so sehr, dass der pochende Schmerz mir in den Ohren dröhnte und ich das Gefühl hatte, die Stimme des Captains käme aus weiter Ferne. „Sie dürfen Colonel Brandon nicht merken lassen, wie stark Ihre Schmerzen sind. Haben Sie verstanden? Er muss auf jeden Fall glauben, dass Ihre Genesung bessere Fortschritte macht, als es tatsächlich der Fall ist. Ansonsten wird er das Lager nämlich nicht abbrechen, und dann sitzen wir hier alle im Schnee fest wie lebende Zielscheiben. Schaffen Sie das?"

Ich nickte und sparte meine Kraft lieber für später auf.

„So ist es brav. Überlassen Sie das Reden einfach mir."

In dem Moment beugte sich Colonel Brandon, der unbemerkt das Zelt betreten hatte, zu dem kleinen Captain Buckley herab und kam dann durch einen breiten Streifen Sonnenlicht näher. Er zog seinen Hut, hielt ihn sich vor die Brust und sagte: „Mrs Fox", und zwar auf eine so formvollendete Weise, dass es der Aufwartung bei einer Königin würdig gewesen wäre. Ich versuchte, seine Begrüßung zu erwidern, aber Buckleys beruhigende Hand auf meiner Schulter ließ mich schweigen.

„Wie geht es ihr?", erkundigte sich Colonel Brandon, als sei ich plötzlich gar nicht mehr anwesend.

„Sie ist schwach", entgegnete Buckley. „Sehr schwach sogar, fürchte ich."

„Und die, äh …" Ich war nicht sicher, ob ihm selbst bewusst war, dass er dabei seine Finger bewegte.

„Sie wissen doch, wie es sich mit solchen Operationen verhält. Es dauert mindestens eine Woche, bevor man weiß, wie weit sie sich erholen wird."

Brandon senkte die Stimme. „Aber wir haben keine ganze Woche Zeit. Ist sie transportfähig?"

„Wenn wir sehr vorsichtig sind, dann ja, Sir. Vielleicht würde ihr die frische Luft sogar ganz gut tun. Ich hoffe, dass es eine passendere Unterkunft für sie gibt."

Ich verfolgte das Gespräch der beiden, wobei ich immer vom einen zum anderen schaute und dabei unzählige unbeantwortete Fragen im Sinn hatte. Doch ich schwieg, weil ich das Gefühl hatte, dass ich mehr erfahren würde, je weniger ich sagte.

„Nur zwei Gebäude sind unbeschädigt geblieben", sagte Colonel Brandon frustriert. „Also, das eine davon ist in gutem Zustand und das andere zur Hälfte." Zum ersten Mal seit er meinen Namen gesagt hatte, wandte mir Colonel Brandon jetzt seine Aufmerksamkeit zu und kniete an meiner Bettkante nieder. „Wie geht es Ihnen, Mrs Fox?"

„Ich …" Ich brach ab und schluckte, bevor ich einen neuerlichen Versuch unternahm zu sprechen. „Ist mein Mann hier?"

„Ihr Mann? Nein."

„Aber er war hier. Ich habe ihn doch gehört."

„Ich habe schon versucht, es ihr klarzumachen", mischte sich jetzt Captain Buckley ein. „Die Medikamente und die Kälte können den Sinnen manchmal einen Streich spielen."

Ich schaute ihn über Colonel Brandons Schulter hinweg finster an. So etwas hatte er gar nicht gesagt, aber um den Mund des Doktors lag ein Zug, der mir eindringlich bedeutete zu schweigen.

„Die Lage ist zur Zeit gerade sehr kompliziert", sagte der Colonel und lenkte meine Aufmerksamkeit dadurch wieder auf sich. „Und sehr gefährlich. Ich muss Ihr Wohl im Auge haben, aber gleichzeitig auch das entscheiden, was für meine Männer das Beste ist."

„Dann wäre es doch das Beste …"

„Normalerweise plane ich meine militärischen Strategien nicht mit Frauen."

„Ich möchte wieder nach Hause zu meinem Mann."

„Das geht aber nicht."

Sein Blick blieb undurchdringlich. Kein Mitgefühl war darin zu erkennen und keine Versprechungen.

Mein Herz begann zu rasen, wodurch auch das Pochen in meinem Kopf wieder stärker wurde, und mit jedem Herzschlag kehrte wieder dieser intensive Schmerz zurück. „Dann bin ich also eine Gefangene?"

„In gewisser Weise, ja."

„Eher so etwas wie Eigentum", mischte sich Captain Buckley ein, sehr zum Missfallen des Colonels.

Ich schloss die Augen, während die Reste des frischen Schnees an meinen Lippen einen bitteren Geschmack annahmen. „Das verstehe ich nicht."

„Wenn es Sie tröstet, Mrs Fox, ich weiß nicht einmal genau, ob ich selbst es ganz verstehe."

Dann stand er auf, klopfte Buckley leicht auf die Schulter, nahm den Doktor für einen Moment mit aus dem Zelt und überließ mich allein meiner Angst.

Vater, ist das meine Erlösung? Verstümmelt zu sein und eingesperrt zu werden? Ich vertraue dir, denn ich habe ja gar keine andere Wahl. Aber bitte, Herr, sei mir nah.

Kurz darauf war Captain Buckley wieder da. Er ging sofort zu seiner Tasche und holte das kleine Fläschchen mit der schwarzen Flüssigkeit daraus hervor.

Ich drehte mich weg. „Nein." Die Schmerzen waren zwar fast unerträglich, aber ich war dankbar, dass ich einen klaren

Kopf hatte. Ich musste nachdenken, um zu verstehen, um zu beten und um auf den Heiligen Geist zu hören. Ich brauchte Führung. „Sie haben doch selbst gesagt, dass ich momentan noch nichts davon nehmen darf."

„Das war meine Anweisung, ja, aber leider ist Ihr Arzt auch nur ein Befehlsempfänger." Er ergriff mit einer Hand mein Kinn und drehte mich zu sich. „So, und jetzt machen Sie brav den Mund auf.

Ich biss die Zähne zusammen, dass sie knirschten.

„Bitte, Mrs Fox." Er zwängte einen Finger zwischen meine Lippen, und ich nutzte die Gelegenheit und biss zu. Fest. So fest, dass ich seinen zarten Fingerknochen zwischen meinen Zähnen spürte. Er schrie laut auf, ich ließ locker, und schon im nächsten Augenblick spürte ich das Brennen einer Ohrfeige in meinem Gesicht. Das war zwar schockierend, aber es war auch eine willkommene Ablenkung von der permanent pochenden Hand.

„Da sind mir doch verwundete Soldaten noch lieber", murmelte Buckley und schüttelte seine Hand. „Die wissen jedenfalls um die Gefahren des Krieges."

Mit diesen Worten packte er den Verband, der um mein Handgelenk gewickelt war. Sein Griff war zwar zunächst wegen der Polsterung durch Verband und die Gaze nicht weiter schlimm, aber dann drang der Druck durch die Polsterung, und was ein stetiges, vertrautes Pulsieren gewesen war, mündete jetzt in einen stechenden Schmerz, während er immer fester auf die Wunde drückte. Ich kämpfte, um nicht zu schreien. Presste die Kiefer zusammen und biss mir auf den Gaumen, bis ich Blut schmeckte. Ich bäumte mich auf, warf wild den Kopf hin und her, aber es nutzte alles nichts, denn der Druck seines Daumens bahnte sich den Weg zu der Stelle, an der ich einst meinen Ehering getragen hatte.

Ich schrie laut auf, und Buckley nutzte die Gelegenheit, um auf meine Zunge die mir vertrauten bitteren Tropfen zu geben, die er dann mit Schnee herunterspülte.

KAPITEL 4

Ich erkannte das Geräusch schwerer Schlitten, die mit einem kratzenden Schaben über den Schnee glitten, sowie das vom Schnee gedämpfte Donnern der Hufe. Das sanfte Schaukeln weckte mich auf, statt mich weiter in den Schlaf zu wiegen. Der schöne, saubere, kalte Geruch von Schnee drang in meine Lunge, eine erfrischende Abwechslung zum Geruch des ewig brennenden Ofens im Zelt. Ich schlug die Augen auf und sah über mir pfirsichfarbenes Segeltuch ausgebreitet – und dahinter war die Sonne.

Soweit ich feststellen konnte, lag ich mit auf der Brust gekreuzten Armen auf einem Stapel von Fellen – wahrscheinlich Büffelfellen. Meine linke Hand pochte erbarmungslos, aber ich konnte nichts tun, um meine unbequeme Stellung zu ändern und dadurch die Schmerzen ein wenig zu lindern. Ich war mit mehreren Wolldecken zugedeckt. Eigentlich eher fest darin eingewickelt, wie ein Indianerbaby auf dem Rücken seiner Mutter – mit dem Unterschied, dass ich allein war. Ich verrenkte mir förmlich den Hals in der Hoffnung, einen Blick durch die Vorderöffnung der Plane zu erhaschen und sehen zu können, von wem der Schlitten gelenkt wurde. Ich erinnerte mich jetzt wieder an das Gespräch zwischen Colonel Brandon und Nathan und hoffte beinah, dass es mein Mann war, der mich wieder nach Hause brachte, auch wenn ich mir eher wie verschnürte Beute vorkam. Aber wenigstens würde ich dann meine Töchter wiedersehen.

Mein Mund und meine Kehle fühlten sich trocken und rau an, als wären sie mit Baumrinde ausgekleidet. Trotzdem kämpfte ich gegen den Schmerz an und schluckte, bevor ich den Versuch unternahm, mich bei dem Lenker des Schlittens – wer auch immer das sein mochte – bemerkbar zu machen.

„H-hallo da vorne!"

Auch bei meinem besten Versuch brachte ich nicht mehr heraus als ein Krächzen, das nicht lauter war als das Geräusch der Schlittenkufen, und schon allein das kostete mich das bisschen Kraft, das ich besaß. So musste sich Jona gefühlt haben, als er im Bauch des Wales saß. Weil ich nicht bereit war, noch einmal in den Tiefen der Bewusstlosigkeit zu versinken, zwang ich meine Gedanken, bei dem zu bleiben, wovon ich wusste, dass es unumstößlich war: Ich hatte mich aus den Fesseln der falschen Lehre der Mormonen befreit.

Und habe mich dadurch vielleicht in weitaus größere Gefahr gebracht.

Nein! Ich schob diesen Zweifel weit von mir. Colonel Brandon war ein anständiger Mann.

Der erst deinen Mann und dann auch dich angelogen hat.

Ich hätte gern geweint, aber es wollte keine einzige Träne kommen. Mühsam zwang ich die Galle zurück, die aus meinem leeren Magen aufstieg. Ich musste jetzt stark sein, also wappnete ich mich innerlich gegen den Schmerz und ruckelte ein, zwei Mal mit den Schultern, damit sich die Decken um mich ein wenig lockerten und ich mich in meinem Kokon aus Decken bewegen konnte. Das half schon, um einigermaßen frei atmen zu können. Danach wühlte und wand ich mich so lange, bis meine Beine ebenso viel Spielraum hatten, und da merkte ich dann, dass ich immer noch nicht mehr am Leibe trug als das lange Hemd und die Wollsocken. Keine anderen Kleider, keine Schuhe und keine Chance, in der Dunkelheit, die mich umgab, etwas Entsprechendes zu finden. Nicht, dass ich vorgehabt hätte, aus dem Schlitten zu springen und zu flüchten, aber dieser unbekleidete Zustand war für mich genauso furchtbar wie das enge Korsett aus Decken. Ich setzte mich zum ersten Mal, seit ich in dem Armeezelt aufgewacht war, auf – und zwar kerzengerade. Ob es an dem Chloroform lag, an der Bewegung oder daran, dass ich nichts gegessen hatte, mir wurde jedenfalls sofort schwindelig, und ich griff nach dem Rand des Schlittens, um nicht das Gleichgewicht zu verlieren. Schon allein dieses kleine Zeichen dafür, dass ich noch Tatkraft besaß, verlieh mir neue Stärke, und ich drehte meinen Körper ganz vorsichtig, bis ich kniete.

Dann klammerte ich mich an dem Segeltuch fest, um nicht das Gleichgewicht zu verlieren, und zog es, nachdem ich noch einmal tief Luft geholt hatte, auseinander. Das gleißende Sonnenlicht, das hereinfiel, ließ mich sofort wieder rückwärts taumeln, und ich schirmte mein Gesicht mit dem Ärmel ab, bis ich mich wieder in der Lage fühlte aufzublicken. Als ich es dann tat, sorgte die schockierte Miene des Gefreiten Lambert dafür, dass ich mich fragte, ob ich nicht vielleicht doch gestorben war und jetzt als Geist zurückkehrte, um ihn an diesem verschneiten Morgen heimzusuchen.

„Sie müssen sich wieder hinlegen, Ma'am." Die Stimme des Gefreiten Lambert überschlug sich beinah vor Überraschung.

„Wohin bringen Sie mich?"

„Bitte legen Sie sich wieder hin, Ma'am." Er klang verzweifelt, und mir tat der arme Junge fast leid. Durch die Kälte waren die Hautunreinheiten auf seinem Gesicht flammend rot geworden, und er brach sich fast den Hals bei dem Versuch, gleichzeitig mich und das Pferdegespann im Auge zu behalten.

„Sagen Sie mir bitte, wohin wir fahren, Gefreiter Lambert, sonst verspreche ich Ihnen, dass ich mich aus dem Schlitten stürze. Möchten Sie das Colonel Brandon erklären müssen?"

„Nein, Ma'am, aber ehrlich, wir sind schon fast da, und dann können Sie selbst mit dem Colonel reden."

Die Kraft, die es mir ermöglicht hatte, mich aufzurichten und dabei nicht das Gleichgewicht zu verlieren, begann zu schwinden, also ließ ich mich ohne ein weiteres Wort wieder auf mein Lager sinken. Langsam und vorsichtig nahm ich die oberste Decke, legte sie mir erst um die Schultern und wickelte sie dann ungeschickt um mich, und zwar nicht vornehmlich um der Wärme willen, sondern eher, um bei dem Zusammentreffen mit Colonel Brandon wenigstens einigermaßen züchtig bedeckt zu sein.

Ich versuchte, einen klaren Kopf zu bekommen, und legte mir im Stillen die Fragen zurecht, die ich ihm stellen wollte: *Wo bin ich? Warum bin ich hier? Warum haben Sie meinen Mann fortgeschickt?*

In meiner Fantasie war ich entschlossen und fordernd, zwanzig Zentimeter größer und unendlich viel stärker. Ich war ja auch schließlich kein empfindliches Pflänzchen. Er kannte mich nicht. Er wusste nicht, was in der Nacht passiert war, bevor man mich verirrt im Schnee gefunden hatte, und was es mich gekostet hatte, meinem Mann und seiner Kirche die Stirn zu bieten. Gott hatte mir die Kraft geschenkt, die nötig war, um dort wegzukommen, und nur durch diese Kraft hatte ich seitdem überlebt. Ganz sicher würde er mich auch jetzt nicht im Stich lassen.

Ich probte meine Fragen jetzt zum dritten Mal, einschließlich einer zerknirschten Haltung seitens Colonel Brandons, als ich hörte, wie Gefreiter Lambert den Schlitten mit einem Zungenschnalzen und einem lauten „Brrrr" erst abbremste und dann langsam zum Stehen brachte.

„Wir sind da, Ma'am", sagte er, ohne sich die Mühe zu machen, durch die Segeltuchöffnung zu mir hereinzuschauen. Dann war das Quietschen der Federung des Kutschbocks zu hören, und er sprach in offiziellem Tonfall. „Person bereit zum Transport, Sir."

„Rühren, Soldat", entgegnete eine Stimme, die ich eindeutig als die von Colonel Brandon erkannte.

„Jawohl, Sir." Dass sich dabei Gefreiter Lamberts Stimme überschlug, verriet mir, wie stolz er war.

Die beiden wechselten noch ein paar Worte, die ich jedoch nicht verstehen konnte.

Kurz darauf hörte ich Colonel Brandon auf der anderen Seite des Segeltuches. „Mrs Fox?"

„Ja." Ich hoffte, dass es genau so beleidigt klang, wie ich mich fühlte.

„Wenn Sie einen Moment warten könnten, schicke ich jemanden, der Ihnen vom Schlitten herunterhilft."

„Es geht schon", wiegelte ich ab. Ich war Stückchen für Stückchen zur Rückseite des Schlittens gerutscht, weil ich wegen meiner verletzten Hand nicht richtig kriechen konnte. Bereits die kleinste Bewegung ließ mich vor Schmerzen zusammenzucken, aber Schwäche war schon längst nichts mehr, das ich begrüßte.

„Unsinn." Es polterte laut, als er die hintere Klappe der Ladefläche des Schlittens öffnete. „Lassen Sie mich doch wenigstens …"

Inzwischen hatte ich bereits die Rückseite der Ladefläche erreicht und wollte gerade, so würdevoll wie in meinem Zustand möglich, die Beine über die geöffnete Klappe schwingen. Er sah mich an, lächelte und legte seine behandschuhte Hand salutierend an die Hutkrempe.

„Dann lassen Sie sich doch wenigstens von mir herunter helfen."

Bevor ich ihn daran hindern konnte, legte er seine Hände an meine Taille – obwohl die in den vielen Schichten von Decken verborgen war.

Als er mich dann aber wieder absetzen wollte, hielt er einen Moment lang inne, sodass ich praktisch in der Luft schwebte, und meinte: „Sie haben ja gar keine Schuhe an."

„Meine Socken sind dick genug", erwiderte ich entschieden.

Und dann sagte er etwas wirklich Überzeugendes: „Warme, trockene Socken sind hier der reine Luxus. Daher sollten Sie die Ihren nicht unnötig nass und schmutzig machen."

Mit einer Bewegung, bei der ich das Gefühl hatte, in zwei Teile zu zerbrechen, packte er mich und hielt mich wie ein Kind auf beiden Armen fest an sich gedrückt.

„Wo sind wir?" Durch die vertraute Art und Weise, wie ich getragen wurde, klang meine Frage nicht mehr halb so empört.

Aber er antwortete nicht. Sein Gang war erstaunlich sicher angesichts des Umstandes, dass seine Füße bei jedem Schritt im Schnee versanken, als er mich um den Wagen herum trug, und dann wurde meine Frage beantwortet, als ich den Kopf drehte. Beinah jedenfalls.

Ich blickte auf eine gewaltige Steinmauer, bestimmt über drei Meter hoch – jedenfalls kam es mir so vor –, die sich über die unendliche schneebedeckte Ebene erstreckte. Die Mauer erinnerte mich jedenfalls an einen Ort, an dem ich zwar noch nie gewesen war, über den ich aber schon viel gehört hatte.

„Sind wir … Ist das hier Fort Bridger?"

„Hmmm." Mit einer ärgerlichen Geste, die durch seine finstere Miene noch unterstrichen wurde, drückte er mich noch fester an sich.

Außer der massiven Festungsmauer ähnelte so gar nichts dem großartigen Bauwerk, das bei uns zu Hause so oft Gesprächsthema gewesen war, ganz besonders dann, wenn wir unsere Verwandtschaft in Salt Lake City besucht hatten. Ich hatte mir das Fort immer als massives, wehrhaftes Bauwerk vorgestellt, das dem Zweck diente, neu eingetroffene Heiden vor Indianerangriffen zu schützen, während sie für den letzten Abschnitt ihrer Reise noch einmal Proviant luden. Aber das hier … Die Steinmauer war an manchen Stellen angekohlt, und als Colonel Brandon mich durch einen Eingang trug, der einmal ein imposantes Tor gewesen sein musste, war dahinter nicht mehr zu sehen als verbrannte Ruinen, die aus hohen Schneeverwehungen emporragten.

„Was ist hier passiert?"

Doch Colonel Brandon sagte nichts, meine Entschlossenheit, resolut zu bleiben, begann zu schwinden, und mein schwelender Zorn wurde durch eine kalte Decke von Angst gelöscht.

„Warum haben Sie mich hierhergebracht?"

„Darüber sprechen wir, wenn wir drinnen sind. Es ist nur ein einziges Gebäude übrig geblieben, und darin haben wir ein Zimmer für Sie vorbereitet."

Und tatsächlich, parallel zu der hohen Steinmauer verlief ein langgestrecktes, flaches Gebäude. Der Colonel zog den Kopf ein und trug mich durch den Eingang. Ein junger Mann, der hinter einem grob zusammengezimmerten Tisch saß, sprang auf und salutierte. Brandon nickte, um zu zeigen, dass er den Gruß zur Kenntnis genommen hatte. Dann trug er mich durch zwei weitere Räume zu einem Zimmer, das augenscheinlich ganz am Ende des Gebäudes lag.

„So, da wären wir. Ihr neues Zuhause", meinte er und legte mich auf dem Bett ab.

Als er zurücktrat, konnte ich den kleinen Raum etwas genauer begutachten. Hinter mir strömte Morgenlicht durch ein kleines Fenster, das weit oben in die Wand eingelassen war. In einem kleinen Ofen brannte ein Feuer, und zwei Stühle waren unter einen kleinen runden Tisch geschoben. Am Fußende des schmalen Bettes stand eine hölzerne Truhe.

„Was meinen Sie mit ‚Zuhause'?"

„Hier werden Sie erst einmal für eine Weile bleiben."

„Aber ich habe ein Zuhause, Colonel Brandon."

„Darüber werden wir noch reden müssen." Seine Reaktion duldete keinen Widerspruch.

„Also, das fände ich wirklich nett, denn es hat niemand mehr als zwei Worte mit mir geredet, seit …"

„Seit wir Ihnen das Leben gerettet haben?"

„Wenn Sie es so bezeichnen wollen. Ich würde es allerdings eher als Gefangennahme bezeichnen."

„Dann sind Sie wirklich naiv, Mrs Fox. Ich habe dem Gefreiten Lambert befohlen, Ihnen etwas zu essen zu bringen, und danach können Sie sich dann ein wenig ausruhen…"

„Ruhe habe ich genug gehabt. Ich möchte wissen, weshalb Sie mich hierhergebracht haben und was Sie mit mir vorhaben."

„Wie geht es Ihrer Hand?"

„Meiner Hand?"

„Ich kann nach Captain Buckley schicken, damit er Ihnen etwas gegen die Schmerzen gibt."

„Nein, danke, es geht mir gut."

„Sie sind kein Soldat, Mrs Fox. Sie brauchen also auch nicht wie einer zu leiden."

Ich stählte mich innerlich. „Und was genau bin ich dann?"

Er lächelte. „Ein Gast."

„Der jederzeit gehen kann?"

„Der zurzeit gar nicht kräftig genug ist, um zu gehen."

„Und wenn ich wieder bei Kräften bin?"

„Wir leben in einer Welt, die sich tagtäglich verändert. Vor ein paar Wochen wären Sie nichts weiter gewesen als eine Frau im Schnee. Aber jetzt …"

„Vor ein paar Wochen wäre ich zu Hause gewesen. In meinem eigenen Zuhause."

„Es sieht ganz so aus, als hätten wir beide eine Geschichte zu erzählen."

In diesem Augenblick klopfte es an der Tür, und auf Colonel Brandons Befehl hin trat Gefreiter Lambert mit einem Tablett ein, das er auf einen weiteren stummen Befehl hin auf den Tisch stellte.

„Sonst noch etwas, Sir?"

„Nein, danke, Soldat. Gehen Sie wieder auf Ihren Posten."

Gefreiter Lambert schaute in meine Richtung, bevor er salutierte und dann rückwärts den Raum verließ.

„Also, Mrs Fox, Sie brauchen ja vielleicht keine Ruhe, aber ich hatte nicht den Luxus, heute Nacht während der Fahrt schlafen zu können." Mit diesen Worten salutierte er und folgte Lambert hinaus, doch als dieses Mal die Tür ins Schloss fiel, hörte ich, wie der Schlüssel im Schloss herumgedreht wurde.

„Ach, Herr", sagte ich laut in den kargen, leeren Raum hinein, „gib mir Kraft."

Da wurde mir bewusst, dass ich eigentlich gar nicht genau wusste, wie schwach ich war, denn ich hatte meine Grenzen noch gar nicht ausprobiert. Ich stand also auf – versuchte es zumindest –, aber meine Beine waren nicht stark genug, mich zu tragen. Das kleine Bett in dem Zimmer hatte zwar eiserne Bettpfosten, an denen ich mich hätte festhalten können, um aufzustehen, aber ich merkte, dass es mir mit dem dicken Verband an der linken Hand gar nicht möglich war, mich festzuhalten. Außerdem bewirkte schon allein die Vorstellung von den Schmerzen, die ein solches Manöver mit sich bringen würde, dass ich diese Idee verwarf.

Ich wusste, dass Gefreiter Lambert direkt auf der anderen Seite der Tür stand und zweifellos den Befehl hatte, mir beim geringsten Zeichen zu Hilfe zu eilen, aber diese Genugtuung würde ich denen, die mich hier gefangen hielten, auf keinen Fall geben. Der Tisch war höchstens drei Schritte vom Bett entfernt. Wenn es mir gelänge, aufzustehen, würde ich auch gehen können; und wenn ich gehen konnte, dann konnte ich mich auch wieder hinsetzen. Inzwischen rumorte mein Magen in Erwartung dessen, was auch immer sich dampfend in der Schüssel dort auf dem Tisch befand; vielleicht war das der letzte Anstoß, der noch nötig war, um wirklich aufzustehen. Erst schwankte ich ein wenig, dann folgten ein, zwei, drei Schritte, und ich ließ mich auf dem schmalen Sitz des hölzernen Stuhls nieder.

Der Lohn für meine Anstrengung waren eine deftige Kartoffelsuppe, Zwieback und eine kleine Kanne schwarzen Kaffees. Meine rechte Hand war bereits fast vollständig abgeheilt, aber meine Finger waren immer noch so geschwollen, dass nur einer davon durch den Henkel des Blechbechers passte. Es gab keine Milch und keinen Zucker – nur starken, pechschwarzen Kaffee, und als ich den ersten Schluck trank, schloss ich vor Dankbarkeit die Augen. Auf der Stelle spürte ich, wie sich das

Blut in mir auf die Temperatur des Kaffees erwärmte. Jahre – ja, es war Jahre her, dass ich einen Schluck Kaffee getrunken hatte, und ich setzte die Tasse wieder ab, damit der Kaffee ein wenig abkühlte und ich mich später mit ein paar weiteren Schlucken für meinen Erfolg belohnen konnte.

Ich merkte schon bald, dass die Suppe nicht von Sahne so sämig und sättigend war, sondern von den vielen Kartoffeln, aber ich verschlang alles, setzte sogar das Handgelenk meiner verbundenen linken Hand ein, um die Schüssel etwas anzuheben und daraus zu trinken. Nachdem ich einmal von einem Stück Zwieback abgebissen hatte, stippte ich danach den Rest immer wieder in die Suppe und genoss, wie er in meinem Mund zerfiel.

Gestärkt durch die Mahlzeit, lud mich das Bett wieder zum Hinlegen ein, aber ich wollte nicht schon wieder ein Gespräch am Krankenbett führen, also erhob ich mich – dieses Mal schon viel sicherer auf den Beinen – und ging zu der Truhe am Fußende des Bettes. Sie war sehr schlicht, aber schön gebaut, hatte lederne Scharniere und die Aufschrift „Eigentum der Armee der Vereinigten Staaten" auf dem Deckel.

Ich hatte keine Ahnung, was sich darin befinden mochte, also bückte ich mich, um sie zu öffnen, und hoffte auf nicht mehr als eine bunte Flickensteppdecke, die ich anstelle der tristen Armeewolldecken auf das Bett hätte legen können. Stattdessen fand ich etwas sehr viel Besseres, nämlich meine Bibel, die Bibel, die ich zur Hochzeit geschenkt bekommen hatte. Sie war klein und hatte die Form einer Kassette aus Samt mit einer Messingschließe. Sie lag oben auf meinem Kleid, meinem Rock, meinen Unterröcken und meinen Strümpfen. Als ich mit meiner gesunden Hand weiter in der Truhe wühlte, stellte ich fest, dass sich darin alles befand, was ich bei mir gehabt hatte, als ich mich im Sturm verirrt hatte. Alles, außer meinen Schuhen und dem Hut.

Wahrscheinlich für den Fall, dass mich das Schloss an der Tür nicht aufhalten kann, dachte ich. Trotzdem gab mir schon allein der Anblick meiner Bibel Kraft, die wohl noch zehn Mal stärker war als das, was ich beim Genuss des Kaffees empfunden hatte, und ich nahm sie in die Hand, um den Einband zu berühren. Mit einem ganz neuen inneren Hunger trug ich sie zum Tisch zurück und schlug sie einfach willkürlich irgendwo auf. Ich war nicht weiter erstaunt, dass es eine Stelle in den Psalmen war, denn dort standen die Verse, die mich am meisten ansprachen. Ja, die Seite, die ich jetzt vor mir hatte, war an einer Ecke umgeknickt, und folgende Worte waren ganz dünn unterstrichen.

Ich handle umsichtig und redlich, dass du mögest zu mir kommen; ich wandle mit redlichem Herzen in meinem Hause. Ich nehme mir keine böse Sache vor; ich hasse den Übertreter und lasse ihn nicht bei mir bleiben.

Als ich diese Worte las, verlor ich die Angst vor dem, was ich Colonel Brandon beichten würde. Schließlich hatte ich nichts Unrechtes getan. Was hatte ich schon zu befürchten?

Ich hatte mich zwar nicht wieder ins Bett gelegt, lag aber mit dem Kopf auf den aufgeschlagenen Seiten der Bibel, als mich Colonel Brandon fand. Ich weiß nicht, ob ich durch sein leises „Mrs Fox" geweckt wurde oder durch den Lärm, den er beim Holznachlegen machte, aber als ich die Augen aufschlug, tanzten verschwommene Buchstaben vor meinen Augen. In meinem Mundwinkel hatte sich Speichel gesammelt, den ich rasch wegwischte, während ich mich aufrichtete, dankbar, dass bei den Sachen in der Truhe auch mein Lieblingsumschlagtuch gewesen war. Einigermaßen bedeckt durch das Tuch, immer noch satt von der Mahlzeit und mit einem fast klaren Kopf, hatte ich schon wieder ein wenig mehr das Gefühl, ich selbst zu sein. Ja, einen Moment lang hatte ich sogar das Gefühl, unversehrt zu sein, aber nur so lange, bis sich die Schmerzen in meiner Hand wieder bemerkbar machten. Doch ich überging sie einfach, und wappnete mich innerlich für das Gespräch mit dem Colonel.

„Wie ich sehe, haben Sie Ihre Sachen schon gefunden", sagte Colonel Brandon und schloss die Ofentür wieder.

„Ja. Vielen Dank."

„Und ich gehe davon aus, dass Ihre Beschäftigung mit der Heiligen Schrift Ihnen ein großer Trost war."

„Wie immer", antwortete ich.

Er nahm sich den Stuhl, der mir gegenüberstand – das schmutzige Geschirr war verschwunden, während ich geschlafen hatte –, stützte seine Ellbogen auf die Tischplatte, beugte sich vor und meinte: „So, und jetzt erzählen Sie mal. Wie kommt es, dass eine gute mormonische Ehefrau und Mutter allein in einen Schneesturm gerät?"

„Vielleicht bin ich ja gar keine gute Ehefrau." Ich schluckte meine Tränen hinunter, dachte an meine Töchter und fragte mich, ob ich mich überhaupt als gute Mutter bezeichnen konnte.

„Wo haben Sie Ihren Mann verlassen?"

„Ich war auf dem Weg nach Salt Lake City, um dort die Schwester meines Mannes zu besuchen."

„Wie heißt sie?"

„Rachel."

Er zog eine Augenbraue hoch, eine eindeutige Aufforderung, mehr zu erzählen, aber ich hielt seinem Blick stand, ohne mehr preiszugeben.

„Wieso hätte Ihr Mann Ihnen erlauben sollen, mitten im Winter und dann auch noch ganz allein eine solche Reise zu unternehmen?"

Die Scham darüber, wie ich zu Hause aufgebrochen war, ließ mich so sehr erröten, dass er es merken musste.

„Mrs Fox –", er holte tief Luft, „wie viele Frauen hat Ihr Mann?"

Ich hätte mich nicht überrumpelter gefühlt, wenn er mich über den Tisch hinweg geohrfeigt hätte. „W-wie bitte?"

„Uns ist die Praxis der Vielehe bei den Mormonen durchaus bekannt und auch der Preis, den die Frauen dabei bezahlen. Haben wir Sie gefunden, nachdem Sie versucht haben zu fliehen?"

Fliehen. Was für ein verzweifeltes Wort, und ich wollte das Bild des Lebens, das hinter mir lag, nicht in solch düsteren Farben zeichnen.

„Mein Mann hat kürzlich eine zweite Frau geheiratet, aber das ist nicht der Grund, weshalb ich fortgegangen bin."

„Weshalb dann?"

„Vielleicht sollten wir uns der Gerechtigkeit halber mit dem Fragen und Antworten abwechseln. Meine Frage wäre zum Beispiel, wieso Sie meinem Mann nicht gesagt haben, dass ich in Ihrem Gewahrsam bin?"

„Gewahrsam? Interessant. Ich habe Ihre Anwesenheit bei uns aus Gründen Ihres eigenen Schutzes geheim gehalten. Also, wieso sind Sie gegangen?"

„Schutz wovor?" Aber allem Anschein nach wollte sich Colonel Brandon mit dem Fragen und Antworten nicht abwechseln, und als er sich zu antworten weigerte, gab ich nach. „Ich habe ihn verlassen, weil ich gemerkt habe, dass ich den Lehren der Mormonen nicht länger folgen kann. Und ich habe mich geweigert, mich noch einmal in die Gemeinschaft der Mormonen hineintaufen zu lassen. Deshalb war mir klar, dass ich nicht mehr dortbleiben konnte."

„Sie sind also gegangen, um sich selbst zu schützen?"

„Ja, in gewisser Weise wahrscheinlich schon."

„Und genau so müssen Sie jetzt auch verstehen, warum wir Sie beschützen. Es ist kein Geheimnis – wenigstens nicht für uns –, wie Ihre Gemeinschaft die weniger, nun, sagen wir ‚getreuen' Mitglieder behandelt."

„Alles Gerüchte", sagte ich und verteidigte seltsamerweise die Menschen, von denen ich mich erst vor Kurzem losgesagt hatte. „Außerdem würde mein Mann niemals zulassen, dass mir jemand etwas antut."

„Aber er setzt Sie auf ein Pferd und lässt Sie in einen Schneesturm reiten?"

„Der Sturm kam ganz plötzlich. Das konnte unmöglich jemand vorhersehen."

„Unmöglich ist eher, dass ein Mann sich von einer Frau so ein hervorragendes Pferd wegnehmen lassen würde." Er beugte sich noch weiter zu mir vor. „Er scheint ja noch nicht einmal gewusst zu haben, dass Sie überhaupt von zu Hause weggegangen waren. Seltsam, wo Sie doch vorhatten, seine Schwester zu besuchen. Rachel."

Jetzt fühlte ich mich irgendwie ertappt, aber als ich noch einmal alles überdachte, was ich gesagt hatte, konnte ich darin keine einzige Lüge entdecken. „Er ... er hat es gewusst. Ich sollte von zweien unserer Geistlichen aus dem Dorf weggebracht werden."

Der Colonel schien einen Moment lang Mühe zu haben, Haltung zu bewahren. „Und wieso ist das dann nicht passiert?"

„Weil ich nicht auf sie warten konnte."

„Und warum konnten Sie das nicht?"

Ich dachte an jene Nacht zurück. An meinen Mann. An Elder Justus, sein griesgrämiges Gesicht, das im Schein der Kerze sogar noch länger ausgesehen hatte, als es ohnehin schon war. An Bischof Childress mit einer Stimme, die so klang, als würde man am Boden eines Kessels entlangkratzen. An meine Töchter, die im Zimmer nebenan geschlafen hatten. Meine Mitehefrau, die ganz sicher das Ohr an ihrer Zimmertür gehabt hatte. Ich dachte an die Anschuldigungen, die schrecklichen Vorhersagen, dass meine Haut sich schwarz färben würde, weil ich eine Ketzerin war und Gott lästerte. Ich erinnerte mich, wie sie mich immer wieder aufgefordert hatten, die Sünde meines Unglaubens zu bekennen. Und ich musste an die Aufforderung, ja, den Befehl denken, mich noch einmal in unserer Kirche taufen zu lassen. Jedes Wort ein Fallstrick, und der Gedanke daran, in ihre große schwarze Kutsche zu steigen, eine noch größere Falle. Wenn ich jetzt daran dachte, raste mein Herz, pochte so schnell wie das eines Kaninchens, bis ich am ganzen Körper zitterte.

„Sie sind jetzt in Sicherheit."

Ich blickte auf. „Bin ich das?"

„Mehr noch als das. Die Sicherheit vieler Menschen könnte davon abhängen, dass Sie hierbleiben."

„Und wieso das?"

„Sehen Sie, Mrs Fox, wir befinden uns im Krieg."

„Krieg?" Obwohl der kleine Ofen gut heizte, fröstelte mich plötzlich. „Haben Sie deshalb das Fort niedergebrannt? Um es einzunehmen?"

„Wir haben das Fort nicht niedergebrannt. Das hat einer von Ihnen getan."

„Das ist doch lächerlich. Warum hätte jemand das denn tun sollen? Es gehört uns – ich meine ihnen. Rachels Mann ist Anwalt, und ich weiß genau, dass er Brigham Young beim Erwerb des Forts beraten hat."

Ich erinnerte mich an ein Essen im Familienkreis, bei dem Tillman von nichts anderem geredet hatte. Nach Jahren der Auseinandersetzungen war Fort Bridger endlich ein Vorposten für die Heiligen geworden, die auf dem Weg in den Westen waren. Tillman waren vor Stolz fast die Knöpfe von seiner Weste gesprungen.

Colonel Brandon öffnete seine Hände in einer freundlichen, kapitulierenden Geste.

„Die Mormonenkirche hatte anscheinend immer noch eine Rechnung mit uns offen, und genau das ist der Punkt. Young wusste, dass wir hier das Winterlager aufschlagen würden. Bridger selbst hat uns geführt, und als wir hier ankamen – nichts. Verbrannte Erde, wenn Sie so wollen."

„Aber wieso hätte er denn sein eigenes Fort niederbrennen sollen?"

„Ich weiß nicht, ob Gouverneur Young selbst den Befehl erteilt hat oder ob irgendein Eiferer die Sache in die Hände genommen hat. Alles, was ich weiß, ist, dass meinen Männern ein Winter in Zelten bevorsteht, weil das hier, Ihr Zimmer, einer der wenigen Räume des Forts ist, die nicht zerstört wurden."

„Und den geben Sie mir?"

„Fürs Erste, ja."

„Und warum?"

„Wie bereits gesagt, damit Sie – und wir alle – in Sicherheit sind. Wir möchten nicht, dass irgendjemand von Ihren Leuten irrtümlich glaubt, wir hätten Sie entführt und hielten Sie jetzt hier gefangen. Wir wollen nicht, dass unser Lager eventuell von Mormonen gestürmt wird, die Sie befreien wollen, und dass auf unsere Männer geschossen wird und die dann folglich zurückschießen. Wir wollen nicht, dass diese Leute glauben, Sie wären unsere Gefangene, eine Art Geisel."

„Aber Sie schließen trotzdem die Tür ab."

„Nur fürs Erste, bis ich Gelegenheit hatte, Ihnen alles zu erklären."

„Dann werden Sie also von jetzt an die Tür offen lassen?"

„Wenn Sie es möchten. Ich könnte sogar veranlassen, dass das Schloss auf Ihrer Seite der Tür angebracht wird."

Ich lächelte. „Und Sie geben mir auch meinen Mantel zurück und meine Schuhe?"

Überrascht zog er die Augenbrauen hoch. „Sind die Sachen nicht in Ihrer Truhe? Das muss ein Versehen sein. Ich werde dem Gefreiten gleich morgen früh eine Rüge erteilen."

„Seien Sie nicht zu streng mit ihm", sagte ich und spielte sein Spiel mit. „Aber Sie glauben doch nicht im Ernst, dass Sie meinen Mann täuschen konnten, oder? Er wird wiederkommen." Jedenfalls wollte ich das glauben.

„Ich hoffe doch sehr, dass er das lässt, denn sonst würden wir genauso reagieren, wie es der Präsident befohlen hat."

„Aber was ist denn, wenn ich wieder nach Hause möchte? Was ist, wenn mir klar geworden ist, dass ich einen Fehler begangen habe?"

„Das können Sie tun, wenn das hier alles vorbei ist. Glauben Sie mir, nichts wäre mir lieber, als diese Angelegenheit hinter uns zu bringen, ohne dass ein Schuss fällt."

„Sie reden immer von Krieg. Und wir wissen nicht … ich weiß nicht, was Sie damit meinen."

„Wie weit außerhalb von Salt Lake City liegt Ihr Dorf?"

„Nicht weit, etwa fünfundzwanzig Kilometer."

„Und Ihr Mann, was macht der?"

Ich dachte an Nathans Werkstatt in der Scheune zurück, die vollgestopft war mit seinen vergeblichen Versuchen, etwas zustande zu bringen, das es wert sein würde, im Tempel zu stehen. „Er ist Schreiner."

„Wir wissen, dass Gouverneur Young eine Bürgerwehr ausgehoben und bewaffnet hat, also ist der Kriegszustand kein Geheimnis. Haben Sie gar nicht gewusst, dass hier ein Regiment von ihm stationiert war?"

„Nein. Wir wussten … das heißt, Bischof Childress hat uns gesagt, dass wir uns anstrengen müssen, wirklich Ernst zu machen mit unserem Glauben und unserer Loyalität zur Mormonenkirche. Dadurch bin ich doch überhaupt erst zum Problem geworden. Und wahrscheinlich hat sich daran auch noch nichts geändert."

„Kein Problem. Sie sind keine Gefangene, sondern ein Gast. Bleiben Sie hier, kommen Sie wieder zu Kräften, und dann sehen wir weiter."

Ganz plötzlich spürte ich, wie mich ein Gefühl von Frieden überkam und ein unerklärliches Gefühl von Sicherheit und Geborgenheit. Der Raum war klein, aber warm. Das Essen war einfach, aber nahrhaft und sättigend. Und zum ersten Mal, seit ich ein junges Mädchen war, lag mein Schicksal in der Hand eines Mannes, der meinen Glauben teilte.

Aber dennoch drängte sich ein leiser Zweifel in mein Bewusstsein.

„Was ist mit meinen Töchtern?"

„Was soll mit ihnen sein?"

„Sie werden wissen wollen, was mit ihrer Mutter passiert ist."

„Was haben Sie ihnen denn erzählt?"

„Die Wahrheit: dass ich ihre Tante Rachel für eine Zeitlang besuchen würde."

„Und was hatten Sie im Anschluss an diesen Besuch vor? Wann wollten Sie wieder nach Hause kommen?"

Diese Frage brauchte ich nicht zu beantworten, weil wir beide die Antwort kannten: Nie.

„Sind Ihre Kinder in Sicherheit?"

„Ja", antwortete ich, weil ich wusste, dass Nathan für seine Kinder gestorben wäre. Und irgendwie kam mir dabei der Gedanke, dass sein Leben sicher einfacher wäre, wenn stattdessen ich sterben würde. Sie hätten dann ihren Vater und in seiner zweiten Frau auch wieder eine Mutter. „Wir haben eine Indianerin, die mir hilft, sich um sie zu kümmern. Sie ist Christin wie ich." Aus irgendeinem Grund war es mir wichtig, Colonel Brandon wissen zu lassen, dass ich alles in meiner Macht Stehende tun würde, um meine Töchter zu schützen.

„Dann können Sie ja beruhigt schlafen."

„Aber ich möchte, dass jemand Bescheid weiß, wo ich bin."

„Das kann ich gut verstehen, aber meine Männer wissen es und Gott weiß es, und das muss für den Moment genügen. Geben Sie uns ein bisschen Zeit, und ich werde sehen, was sich sonst noch tun lässt."

KAPITEL 5

Ich frage mich, ob wir nicht das Beruhigende des Gewohnten mit der Geborgenheit eines Zuhauses verwechseln. Innerhalb von nur einer Woche fühlte sich mein Zimmer jedenfalls schon geradezu gemütlich an. Da das Fenster nach Westen ging, konnte ich bis spät in den Vormittag hinein ungestört schlafen, bis ich von meiner Seite aus an die Tür klopfte, woraufhin mich dann der Soldat, der dort gerade Wache stand, zu den Latrinen begleitete, die außerhalb des Gebäudes lagen. Für diese kurzen Ausflüge stellte man mir ein Paar Männerstiefel zur Verfügung, die bei den vielen Schichten von Wollsocken, die ich trug, genau passten, und ich spürte, wie ich jeden Tag ein bisschen kräftiger wurde. Wenn ich dann wieder auf mein Zimmer zurückkam, fand ich eine Schüssel Haferbrei auf meinem Tisch vor, manchmal mit einer Scheibe gebratenem Speck. Und immer gab es Kaffee. Mittags wiederholte sich dieses Ritual, nur dass die Mahlzeit dann statt aus Brei aus einer Kartoffelsuppe und Zwieback bestand und am Abend aus Maisfladen mit Sirup.

Zweimal am Tag – einmal nach dem Frühstück und dann noch einmal nach dem Abendessen – kam mich Colonel Brandon auf meinem Zimmer besuchen. Unser Gespräch verlief immer gleich.

„Haben Sie von meinem Mann gehört?"
„Nein."
„Kann ich denn jetzt gehen?"

„Noch nicht."

„Wann denn dann?"

„Wenn es nicht mehr gefährlich ist."

Manchmal merkte ich, dass ich gern über andere Dinge gesprochen hätte, beispielsweise über das Wetter oder ob er eine Frau und Kinder hatte. Oder ich hätte ihm gern mehr über meine Töchter erzählt, aber als ich das eines Abends versuchte, hob er abwehrend die Hand.

„Es ist gar nicht gut für mich, wenn ich weiß, wie wunderbar und liebevoll mein Feind ist."

„Wir sind nicht Ihr Feind, Colonel Brandon. Meine Familie ... wir sind einfach nur ehrliche und anständige Leute."

„Die in einem verräterischen Gottesstaat leben."

Die Worte prallten in meinem Kopf aneinander und ergaben überhaupt keinen Sinn. „Und was bedeutet das?"

„Brigham Young ist doch als Gouverneur auch der politische Führer auf diesem Territorium, oder?"

„Ja", sagte ich, obwohl ich ihn eigentlich noch nie so gesehen hatte.

„Also, für ein Gebiet, das gern ein Bundesstaat werden möchte, ist das keine gute Kombination."

„Ich verstehe nicht, wieso das eine Rolle spielt. Sind nicht auch andere politische Führer religiöse Menschen?"

„Doch, aber die üben ihre Macht nicht auf der Basis des Glaubens aus, sondern die Bürger ihrer Länder haben die Freiheit, eigene Entscheidungen zu treffen."

„Und Sie glauben nicht, dass die Bürger von Utah diese Freiheit haben?"

Colonel Brandon lehnte sich auf seinem Stuhl zurück. „Sie haben doch dort wie lange gelebt? Sieben Jahre? Sagen *Sie* es mir."

„Er hat gesagt, er hätte sein Volk nach Utah geführt, damit es dort frei seinen Glauben ausüben kann, hat zumindest mein ... das hat Nathan immer gesagt. Dass die Mormonen aus denselben Gründen aus den Vereinigten Staaten vertrieben wurden, aus denen unsere Vorfahren sich dort angesiedelt haben. Und jetzt lasten Sie uns diesen Konflikt an. Das ist doch nicht richtig."

„Gouverneur Young hat hinreichend Gelegenheit gehabt, den Präsidenten einen anderen Führer ernennen zu lassen, aber das hat er abgelehnt. Er hat sich das alles selbst zuzuschreiben. Und er ist es, der all das seinem Volk angetan hat."

„Sie wissen nicht…" Ich hielt inne und hinterfragte meine eigenen Gedanken. Wie war es möglich, dass ich innerlich genau für die Menschen eintrat, denen ich so unbedingt entkommen wollte? „So viele von ihnen haben schon so viel verloren. Aber so verirrt sie auch sein mögen, sie haben dennoch ein Zuhause und ein Leben."

„Für das sie zu sterben bereit wären, wenn ihr Führer sie darum bitten würde. Und Sie wissen, dass das wahr ist."

„Ist das denn etwas Schlimmes?"

„Ist er es wert, dass man für ihn stirbt?"

Die Frage bedurfte keiner Antwort, warf aber eine weitere Frage auf.

„Sind Sie ihm schon einmal begegnet?"

„Noch nicht. Sie denn?"

„Ja, ein Mal, auf einer Hochzeit."

Er runzelte die Stirn. „Auf Ihrer Hochzeit?"

„Nein." Schon in diesem Moment wünschte ich, ich hätte den Mund gehalten, aber sein Blick nötigte mich, fortzufahren. „Nein, nicht auf meiner Hochzeit, sondern auf der meines Mannes mit Amanda."

„Ach so." Er hatte den Anstand, beschämt dreinzuschauen, bevor sein Schnurrbart sich durch sein Lächeln hob, das offenbar die Stimmung ein wenig aufhellen sollte. „Na, dann erzählen Sie doch mal, wie er so ist. Nehmen wir an, ich würde den Kerl durch eine taktische Meisterleistung in die Enge treiben: Welche Schwächen hat Brigham Young?"

Obwohl mir eigentlich gar nicht danach war, musste ich lächeln und antwortete: „Süßes. Und Frauen."

Wir mussten beide lachen, und ich glaube, durch diese gemeinsame Erheiterung kam uns unser gemeinsamer Feind etwas weniger gefährlich vor. Hätte ich das bei uns zu Hause gesagt, wäre mein Mann böse geworden, deshalb hätte ich es niemals gewagt, so etwas dort laut auszusprechen. Aber in diesem Zimmer war das möglich. Es war klein und warm und hatte ein Schloss an der Tür, selbst wenn dieses Schloss dazu diente, mich in dem Raum festzuhalten.

Zwei Wochen nachdem Captain Buckley mich mit der Knochenzange heimgesucht hatte, nahm er mir den Verband ab, um das Resultat seiner Arbeit zu begutachten. Er neigte den Kopf leicht zur Seite, schnalzte mit der Zunge, betrachtete meine Hand erst von der einen, dann von der anderen Seite und strahlte dabei, als hätte er eine Neuschöpfung vor sich.

„Abgesehen von den fehlenden Fingern würde ich es als perfekt bezeichnen", sagte er zufrieden.

Ich ertrug seine Häme und empfand sie als kaum weniger schmerzhaft als die Wunde selbst, die er für geheilt erklärte. Bei all seinen bisherigen Besuchen hatte ich mich immer abgewandt, weil ich meine geschundene Hand nicht mit eigenen Augen sehen wollte. Aber mir war klar, dass damit irgendwann Schluss sein musste, besonders, weil ich ja wusste, dass ich sie nicht mehr lange unter mehreren Schichten von Verband verbergen konnte.

„Lassen Sie mich mal sehen."

Captain Buckley lockerte seinen kalten, knochigen Griff, ich hielt die Luft an, und dann sah ich es: zwei weiche, rosafarbene Wölbungen, wo einmal meine Finger gewesen waren.

„Sehen Sie?" Er setzte sich locker und fröhlich auf das Bett. „Von innen nach außen geheilt. Keine Naht, keine Entzündung, nur neue Haut und eine Narbe. Das ist das Zweitbeste nach dem echten Finger."

Ich versuchte, die Stümpfe zu bewegen, und wurde mit einer kleinen stummeligen Bewegung belohnt. Da der

Verband jetzt schon so lange da war, hatte ich mich daran gewöhnt, alles mit der rechten Hand zu tun – essen, trinken, mich ankleiden. Ich bewegte meine Finger – selbst die nicht mehr vorhandenen – und fragte mich, wie ich schwierigere Handgriffe durchführen sollte, zum Beispiel mir die Stiefel zuzubinden, falls sie denn jemals wieder auftauchen sollten. Oder ein Mieder zu schnüren, falls ich jemals wieder beschließen sollte, eines zu tragen. Ich dachte an den Tag, an dem ich zu meinen Töchtern zurückkehren würde – was würden sie empfinden, wenn sie bei der Begrüßung die Stelle mit den fehlenden Fingern berührten? Ob sie wohl zurückschrecken würden?

Und dann kam mir noch ein Gedanke. Zum ersten Mal, wie ich zu meiner Schande gestehen muss.

„Mein Ring."

„Wie bitte?" Captain Buckley blickte kaum auf, denn er konzentrierte sich gerade ganz darauf, den benutzten Verband aufzuwickeln.

„Mein Ehering. Wo ist er?"

„Ach ja." Er tippte sich mit einem knochigen Finger an die Schläfe und sah beim Nachdenken aus wie eine Marionette.

„Ich glaube, den habe ich Colonel Brandon gegeben, zusammen mit Ihrer übrigen Habe.

„Davon hat er gar nichts gesagt."

„Ach nein, hat er nicht?"

„Wo ist mein Ring, Captain Buckley?"

„Lassen Sie mich nachschauen." Er sprang von der Bettkante und bewegte sich dann mit winzigen, zappeligen Schritten, bei denen ich immer an einen Fisch an der Angel denken musste, durch den Raum. Seine schwarze Ledertasche stand auf meinem Tisch, und ich vernahm das Klappern von metallenen Gegenständen, als er darin herumkramte. „Er ist ... er ist ...? Hier!"

Er beglückwünschte sich selbst für diese doch eher bescheidene Heldentat, die aber, so wie es aussah, nach seiner

Einschätzung der geglückten Operation in nichts nachstand, und gab mir den Ring. Als ich den schlichten Goldreif entgegennahm, stellte ich zu meinem Erstaunen fest, dass seine Finger genau so klein waren wie meine.

„Sind Sie verheiratet, Captain Buckley?"

„Noch nicht. Ach, es hat schon so viele Damen gegeben, die infrage gekommen wären und auch bereit waren, aber mein Herz gehört eben der Medizin. Sie ist eine eifersüchtige Geliebte. Wissen Sie, ein Mann kann sich nicht zwei Frauen hingeben … Oh, ich bitte um Verzeihung, Mrs Fox."

Wenn ich auch nur einen Augenblick lang geglaubt hätte, dass Captain Buckley diese Aussage versehentlich herausgerutscht wäre, hätte ich vielleicht in Erwägung gezogen, ihm großmütig zu verzeihen. Doch der arrogante Blick, von dem seine Taktlosigkeit begleitet wurde, warf bei mir eher die Frage auf, wie lange er wohl schon auf eine solche Gelegenheit gewartet hatte. Und deshalb ignorierte ich ihn einfach.

„Dann werde ich den Ring wohl an der rechten Hand tragen müssen", sagte ich. „Der, äh Stumpf ist zu breit dafür."

„Ach, das ist nur noch eine leichte Schwellung. Die kann schon in ein paar Tagen vollständig verschwunden sein. Vielleicht aber auch nicht."

Ich streifte den Ring über den dritten Finger meiner rechten Hand und war überrascht, als ich ihn nicht über das Fingergelenk bekam.

„Da ist er wohl auch noch etwas geschwollen, was?" Er wackelte demonstrativ mit einem gekrümmten kleinen Finger. „Der da wäre auch noch eine Möglichkeit. Aber darüber würde ich mir noch keine Gedanken machen. Verheiratet zu sein bedeutet ja mehr, als nur einen Ring zu tragen, nicht wahr? Sie sind ja auf jeden Fall verheiratet, gleichgültig, ob der Ring an der linken oder an der rechten Hand steckt, oder ob sie ihn vielleicht auch nur mit einem Band um den Hals tragen."

„Ja, da haben Sie wahrscheinlich recht."

Er nahm die aufgerollten Mullbinden, machte ein paar schlurfende Schritte zurück zum Tisch und ließ sie dort in seine Tasche fallen. „Wissen Sie –", er blickte ostentativ zur Zimmerdecke, „ich habe mich schon immer gefragt … nein, ach, ist auch egal."

So lästig seine Gesellschaft auch war, ich wusste, dass er seinen Abgang so lange hinauszögern würde, bis ich nachgab und ihn seine Frage stellen ließ.

„Nur zu", gab ich deshalb zurück. „Was haben Sie sich gefragt?"

„Nun ja, ich habe mich gefragt, ob ihr Mormonenfrauen nicht mit jeder neuen Frau auch noch einen weiteren Ehering bekommen solltet. Wie eine Art Orden. Bei drei Miteherauen – so heißt es doch, oder? – also drei weitere Ringe. Einen an jedem Finger."

Er hielt seine spindeldürre Hand hoch, die an einen nackten Ast erinnerte, der aus einem höhlenartigen Ärmel wuchs, und wackelte mit den Fingern. Dabei funkelte etwas Finsteres in seinem Blick.

Ich kniff meine Augen zu einem schmalen Schlitz zusammen und meinte nur: „Reden Sie doch keinen Unsinn, Captain Buckley."

„Aber das wäre doch keine schlechte Idee, oder? Überlegen Sie mal: Dann wüsste immer gleich jeder, wie viele …"

„Hören Sie auf!" Zum ersten Mal fühlte ich mich in meinem kleinen und bislang so sicheren Zimmer bedroht. Und ich ballte meine Hand so intensiv zur Faust, dass ich spürte, wie sich meine Fingernägel – die nach so langer Zeit richtig lang geworden waren – in meinen Handballen bohrten. „Vielen Dank, dass Sie so viel von meiner Hand gerettet haben. Ich nehme an, dass Sie mich jetzt nicht mehr so häufig zu besuchen brauchen, wenn überhaupt."

Er war sichtlich verblüfft, wirkte aber kein bisschen beleidigt. Jegliche Beleidigung, die vielleicht meine Absicht gewesen war, prallte von ihm ab. Er klappte mit einem lauten

Geräusch seine Tasche zu, zog sie vom Tisch herunter und hatte große Mühe, unter ihrem Gewicht nicht das Gleichgewicht zu verlieren.

„Genau so ist es, Mrs Fox. Und ich muss sagen, dass ich froh bin, mich wieder ausschließlich um Männer kümmern zu können, wegen derer ich ja eigentlich hier bin, nicht wahr? Ich habe mich schließlich nicht verpflichtet, um meine Zeit mit einer … nein, nein, das werde ich jetzt wirklich nicht sagen."

Dieses Mal beließ ich es dabei, ihn seine Gedanken für sich behalten zu lassen, und nach einer einigermaßen höflichen Verabschiedung ging er schließlich. Von all meinen Besuchern – einschließlich Colonel Brandon und den unzähligen wechselnden Wachen – war er der Einzige, der auch weiterhin die Tür von außen verriegelte. Ich merkte, dass ich auf das Geräusch des Metallriegels wartete, bevor ich meinen Tränen freien Lauf ließ. Als ich meine Hand betrachtete, löste die Endgültigkeit der Amputation ein unglaubliches Verlustgefühl aus. Mehr Heilung konnte ich also nicht erwarten. Wie viel Heilung würde ich wohl noch in meiner Familie erleben dürfen? Zweimal hatte ich es getan – war davongelaufen, um frei zu sein, nur um dann festzustellen, dass ich doch wieder versklavt war. Das erste Mal, als ich erst fünfzehn Jahre alt gewesen war und von den Verheißungen eines hübschen Jungen verlockt wurde, der mir Liebe und Abenteuer versprach. Und jetzt war ich hier bei den Soldaten und versuchte, diesen Versprechungen wieder zu entrinnen. Zum ersten Mal in meinem Leben war ich ganz und gar allein, und zwar nicht wegen einer verschlossenen Tür, sondern wegen eines verlorenen Lebens.

„Vater…" Ich barg mein Gesicht in den Händen, wobei mir das Fehlen der Finger noch einmal ganz besonders bewusst wurde. Und ich wusste gar nicht, was ich Gott sagen sollte. Ich wiederholte einfach meinen Ausruf und wartete auf eine Antwort. Plötzlich vernahm ich ein langgezogenes, fast klagend klingendes Geräusch, das vom Hof vor meinem Fenster kam.

„-ooooost!"

Es war ein Geräusch, das ich noch nicht kannte, und ich wandte meinen Kopf in die entsprechende Richtung, um es deutlicher hören zu können. Da das nichts half, sprang ich vom Bett auf, schob einen Stuhl an die Wand unter das Fenster und stieg darauf. Wenn ich mich auf die Zehenspitzen stellte, konnte ich gerade über den Fenstersims schauen. Draußen rannten die Männer – von denen manche Büffelfellmäntel trugen, andere der Kälte nur in ihren wollenen Uniformen trotzten – aus allen Richtungen zu einem Mann, der auf einer großen Holzkiste stand. Über seiner Schulter hing ein Segeltuchsack, und dann legte er sich erneut die Hände wie einen Trichter an den Mund und stieß den Ruf aus, der von der versammelten Menge wiederholt wurde.

„Pooooost!"

Ich sprang von dem Stuhl und rannte zu meiner verriegelten Tür. Zum ersten Mal seit ich dort war, hämmerte ich mit beiden Fäusten dagegen und forderte lautstark, dass sie geöffnet wurde, was zu meiner Überraschung, aber auch Erleichterung, auf der Stelle geschah. Das überraschte, aber irgendwie auch erschrockene Gesicht des Gefreiten Lambert erschien Augenblicke später.

„Stimmt etwas nicht?"

„Ich muss unbedingt mit Colonel Brandon sprechen."

„Wahrscheinlich ist er draußen beim Verteilen der Post."

„Dann gehen Sie bitte, und suchen Sie ihn, und dann schicken Sie ihn zu mir." Der Blick des Gefreiten Lambert wurde unsicher, und ich sprach etwas sanfter weiter. „Bitte, wenn es nicht zu viele Umstände macht."

„Aber ganz und gar nicht, Ma'am."

Ein paar Augenblicke standen wir so da, und er wiegte sich auf seinen Absätzen vor und zurück. Schließlich trat ich wieder in mein Zimmer zurück, und es herrschte ein seltsames

Gefühl von gegenseitigem Respekt, als Gefreiter Lambert die Tür zwischen uns wieder schloss.

Ich ging ungeduldig im Zimmer auf und ab, während ich auf Colonel Brandon wartete, und als er dann schließlich kam, fiel ich sofort über ihn her.

„Es ist Post gekommen!"

Er sah verwirrt aus, und seine Hand bewegte sich unwillkürlich zu seiner Brusttasche. „Woher wussten Sie –?"

„Ich habe den Ruf gehört. Wie kommt es, dass hier mitten im Winter Post zugestellt wird?"

„Ach", sagte er und seine Stimme drückte Verständnis und Erleichterung zugleich aus. „Ja, natürlich. Wir haben unser eigenes Zustellsystem."

„Dann geht also auch Post von hier nach draußen?"

„Darüber möchte ich mit Ihnen nicht reden."

„Aber ich muss unbedingt einen Brief aufgeben."

„Mrs Fox, ich glaube nicht …"

„Ich muss einen Brief nach Hause schicken. Ich meine nach Hause an meine Eltern. Sie müssen erfahren, was los ist. Wo ich bin und warum ich hier bin."

Inzwischen hatte ich mich so in Rage geredet, dass Colonel Brandon mich bei den Schultern packte. „Natürlich können Sie Ihren Brief schreiben, und ich werde ihn unserem Reiter mitgeben. Ich werde ihn auch mit meinem persönlichen Siegel versehen, damit es keine Verzögerung gibt."

„Danke", erwiderte ich etwas ruhiger. „Wären Sie vielleicht sogar so freundlich, den Brief auch für mich zu schreiben?"

„Ja, natürlich." Er trat einen Schritt zurück, wobei sein Blick auf meine verstümmelte Hand fiel. Ich hob sie, damit er sie sich ansehen konnte, und er schloss auch wirklich seine Finger um mein Handgelenk und begutachtete die Hand von allen Seiten. „Es tut mir so leid. Aber ich bin sicher, dass Sie mit der Zeit lernen werden, mit der anderen zu schreiben."

Beschämt zog ich meine Hand zurück. „Aber das ist gar nicht der Grund, weshalb ich Sie bitte, den Brief für mich zu verfassen. Wissen Sie, seit ich von zu Hause fortgegangen bin, schreibe ich meinen Eltern immer wieder Briefe – zweimal im Jahr, um genau zu sein. Aber die Briefe kommen immer wieder ungeöffnet zurück."

„Ach so, jetzt verstehe ich. Warten Sie bitte hier."

Er war nur ganz kurz weg und kam dann mit mehreren Bögen Papier und einem kleinen schwarzen Kästchen wieder zurück. Mit einer Geste, die ich erst seit Kurzem bei ihm beobachtete, rückte er einen Stuhl für mich zurück, der irgendwann mein Platz geworden war, während er mir gegenüber Platz nahm. In dem schwarzen Kästchen befanden sich ein Tintenfass und eine Feder, und das Papier erwies sich als richtig gutes, dickes Briefpapier, in das in kunstvollen Buchstaben sein Name eingeprägt war, eingerahmt von zwei wehenden Fahnen.

„Sieht das offiziell genug aus?"

„Auf jeden Fall."

Ich rückte meinen Stuhl näher heran und stützte mich mit den Ellbogen auf die Tischplatte, während er die Federspitze in das Tintenfass tauchte und sie dann auf einem Stück beklecksten Papier ausprobierte, das an der Unterseite des kleinen Kastens befestigt war. Dann schrieb er in eleganter Handschrift das Datum: *30. Januar 1858.*

„Die Namen Ihrer Eltern bitte."

„Deardon. Arlen und Ruth." Ich konnte mich nicht mehr erinnern, wann ich die Namen meiner Eltern das letzte Mal laut ausgesprochen hatte, und ich wiederholte sie noch einmal, nur um erneut dieses vertraute Gefühl zu empfinden.

Colonel Brandon sprach mit, was er niederschrieb – er schreibe im Auftrag ihrer Tochter Camilla, die bei bester Gesundheit sei und derzeit unter dem Schutz der Armee der Vereinigten Staaten stehe.

„Augenblick", unterbrach ich ihn. „Wenn Sie das schreiben, werden meine Eltern denken, dass ich irgendwie in Gefahr bin."

„Ich bin fest davon überzeugt, dass genau das auch der Fall ist." Er nahm den Briefbogen in die Hand und blies die Tinte trocken, bevor er fortfuhr.

„Bitte schreiben Sie, dass ich zwei Töchter habe – Melissa und Lottie."

„Ach, das wissen Ihre Eltern gar nicht?"

Ich schüttelte den Kopf. „Sie haben meine Briefe nie geöffnet. Einmal habe ich sogar eine Haarsträhne von Lottie mitgeschickt, damit sie sehen, wie ähnlich sie mir ist. Glatt wie ein Brett hat meine Mutter immer gesagt. Und fast dieselbe Farbe."

Er erwiderte mein Lächeln nicht, sondern schaute an mir vorbei, sodass ich das Gefühl hatte, er war mit seinen Gedanken ganz woanders.

„Haben Sie Kinder, Colonel Brandon?"

„Ja", antwortete er und sah mich dabei wieder an. „Einen Sohn, Robert. Er wird im Frühjahr zwölf Jahre alt."

„Es ist sicher schwer, von ihm getrennt zu sein. Ich weiß das, weil ich meine Töchter so schrecklich vermisse. Aber Sie wissen wenigstens ... ich meine, ich nehme an, dass Ihre Frau eine gute Christin ist."

„Ja, das war sie."

Das Wort hing zwischen uns, und es gab danach nichts mehr zu sagen außer: „Das tut mir leid."

„Also ..." Er schob das Tintenfass und das Blatt Papier über den Tisch mir zu und hielt mir die Feder hin. „Ich glaube, Sie schreiben das jetzt am besten selbst weiter. Vielleicht beruhigt es Ihre Eltern, wenn sie sehen, dass der Rest des Briefes in Ihrer Handschrift geschrieben ist. Ich hinterlege einen adressierten Umschlag bei Gefreiter Lambert."

Nachdem er so entschieden hatte, stand er auf, und selbst wenn ich dagegen etwas einzuwenden gehabt hätte, bekam ich gar nicht die Gelegenheit, es zu äußern. Aber das war auch gar nicht der Fall. So saß ich also vor dem leeren Blatt Papier, wie schon so oft seit dem ersten Brief, in dem ich ihnen mitgeteilt hatte, dass ich jetzt Mrs Fox war, bis zu dem letzten, in dem die Schrift ganz verwischt gewesen war von den Tränen, die ich vergoss, als ich ihnen vom Tod meines neugeborenen Sohnes berichtet hatte. Was sollte ich ihnen jetzt schreiben? Es kam mir irgendwie unsinnig vor, ihnen jede Einzelheit meines Lebens zu schildern, seit ich sie das letzte Mal gesehen hatte. Dazu war der Briefbogen auch gar nicht groß genug, und auch die Tinte hätte nicht gereicht. Außerdem war meine Hand auch noch nicht wieder kräftig genug – und das galt ebenso für mein Herz –, um das alles in Worte zu fassen.

Ich schaute mir an, was Colonel Brandon so entschlossen und sicher geschrieben hatte. Die Worte „Ihre Tochter Camilla" hatte er so geschrieben, dass die Buchstaben meines Namens alle in das große C eingebettet waren. Sogar wenn er schrieb, beschützte er mich. Ich wünschte, ich hätte meine Töchter zu mir holen können. Hier an diesen Ort.

Bis zum Frühling hätten wir sicher auch zu dritt in dem kleinen Zimmer leben können. Aber ich wusste, dass Natahn sich damit niemals einverstanden erklären würde, und obwohl ich die beiden Mädchen so vermisste, musste ich mir in Erinnerung rufen, dass sie in Sicherheit waren, geliebt und geborgen. Doch was war mit ihrem Glauben? Was war mit ihrem Herzen?

So sehr ich mich auch bemühte, mir vorzustellen, dass mein Vater herzlich oder liebevoll mit mir sprach – in meiner Erinnerung war mein elterliches Zuhause nur mit einem einzigen Tonfall verbunden: seinen wütend herausgebrüllten Worten über die Mormonen. „Diese gotteslästernden, hurenden Heiden." Inzwischen ist mir klar, dass er Angst vor ihnen gehabt hat. Angst davor, was sie bei mir anrichten würden und was sie mir vielleicht würden bedeuten können. Er hatte schreckliche Angst gehabt, dass ich mein Leben mit dem ihren verbinden würde, dass mich der Charme ihrer Lehrer blind dafür machen würde, wie falsch ihre Lehre war. Und jetzt saß ich hier und hegte die gleiche Angst hinsichtlich meiner eigenen Kinder.

Ich hatte dem, was Colonel Brandon geschrieben hatte, noch kein einziges Wort hinzugefügt. Der Schmerz über all die ungelesenen, zurückgesandten Briefe lähmte mich, und ich wusste, dass Worte allein die Mauer nicht würden einreißen können, die zwischen mir und meinen Eltern stand. Was sollte ich sagen? Dass mein Vater recht gehabt hatte? Dass ich meinen Mann verlassen hatte? Zweifelsohne war ich nicht die erste Frau, die sich betrogen fühlte und desillusioniert war, aber ich brachte es einfach nicht fertig, ihnen zu schreiben, dass Nathan eine zweite Frau geheiratet hatte. Ich wollte nicht durch seine Sünde ebenfalls befleckt sein. Meine Eltern sollten mich nicht nur aus Mitleid wieder zu Hause aufnehmen, sie sollten mir auch vergeben. Aber wie sollte ich nur mithilfe von Feder und Tinte meiner Reue Ausdruck verleihen?

Worte schwirrten mir im Kopf herum, eines leerer und nichtssagender als das andere, und beinah ohne nachzudenken griff ich über den Tisch, wo meine Bibel lag. Gab es überhaupt eine Frage, auf die es darin keine Antwort gab? Weil ich mich auf meine eigene Stimme nicht verlassen konnte, wandte ich mich an die meines Erlösers, weil er selbst meine Geschichte im Gleichnis vom verlorenen Sohn erzählt hatte. Ich las die Geschichte wieder und wieder, erkannte mich selbst in dem jüngeren Sohn, der seinen Vater und sein Zuhause verließ. Dieser letzte Blick auf meinen Vater, wie er dort am Ufer des Flusses auf dem Pferd saß, in der einen Hand das Gewehr und in der anderen eine Fackel, gab mir nur wenig Hoffnung, dass er mit offenen Armen an der Einfahrt zu unserer Farm auf mich warten würde. Ich schaute mich in meinem behaglichen kleinen Zimmer um und konnte keinerlei Ähnlichkeit mit dem Schweinekoben entdecken, in dem der junge Mann schließlich gelandet war. Und bis vor Kurzem war ja mein Leben mit Nathan auch noch voller Liebe, Kinder und Freude gewesen.

Aber dann, dann war dieser Abend gekommen – dieser erste Abend, an dem er Amanda mit zu uns nach Hause gebracht hatte. Wahrscheinlich hatte ich nie wirklich ernsthaft geglaubt, dass er tatsächlich eine zweite Frau nehmen würde. Der Gedanke war mir einfach zu unwirklich erschienen. Bis zu dem Tag, als er sie dann mit nach Hause brachte. Und besonders bis zu dem Tag, an dem er mit ihr in unserem Bett schlief. Das war der Augenblick gewesen, in dem ich das Gefühl hatte, sterben zu müssen.

Weil ich mich nicht mit diesen Erinnerungen beschäftigen wollte, wandte ich mich den Worten der Bibel zu: „*Da ging er in sich und sprach: Wie viele Tagelöhner hat mein Vater, die Brot in Fülle haben, und ich verderbe hier im Hunger! Ich will mich aufmachen und zu meinem Vater gehen.*"

Das war es. Endlich war ich wieder zu mir gekommen, war frei von Nathans Liebesbekundungen, frei von den endlosen Bedürfnissen meiner Töchter, frei von den erbarmungslosen Forderungen der Heiligen, meinen Glauben mit mehr Begeisterung zu praktizieren. Ich war an genau dem gleichen Punkt wie damals, als ich vor acht Jahren von zu Hause fortgegangen war. Allein in einem Raum, Nathan irgendwo dort draußen, und ich wusste nicht, ob und welche Rolle er in meiner Zukunft spielen würde. Aber während er mich vor all den Jahren damals am Ufer des Flusses mit in sein Leben hineingezogen hatte, kam er jetzt nicht an mich heran.

Ich griff nach der Feder und begann zu schreiben:

Mama, Papa, jetzt schreibe ich selbst weiter. Ich bin wieder zu mir gekommen. Ich habe gegen euch, meine Eltern, gesündigt, und ich habe gegen Gott gesündigt. Ich bete, dass ihr mich wieder zu Hause aufnehmt. Haltet nächstes Frühjahr an der Einfahrt zu eurer Farm nach mir Ausschau.

Ich hatte wirklich keine Ahnung, wie ich dieses Wiedersehen erreichen sollte, aber ich wollte erst einmal nicht weiter denken als bis zu diesem Moment der Versöhnung. Nachdem ich den Brief mit den Worten „Eure reumütige Tochter

Camilla" unterzeichnet hatte, blies ich behutsam über die Seite, und als ich sicher war, dass die Tinte getrocknet war und die Worte auf dem Papier nicht mehr verwischen würden, gab ich den Briefbogen dem Gefreiten Lambert, der mit dem Umschlag in der Hand vor der Tür stand.

„Ich habe die Anweisung, dies hier unverzüglich zu Colonel Brandon zu bringen, Ma'am."

„Ja, bitte."

Er behandelte meinen Brief, als wäre er aus Glas. „Bin nicht sicher, wann die nächste Post rausgeht."

„Bitte sagen Sie mir auch nicht, wenn es so weit ist."

„Wie bitte, Ma'am?" Dass er verblüfft war, merkte ich daran, dass sein „Ma'am" klang, als hätte es drei Silben.

„Gleichgültig, ob es morgen ist oder erst in drei Wochen – ich möchte es lieber nicht wissen. Ich werde einfach davon ausgehen, dass der Brief schon so gut wie abgeschickt ist, wenn er sich in Ihren Händen befindet."

„Jawohl, Ma'am." Es war aber offensichtlich, dass meine Worte seine Verwirrung nur verstärkt hatten.

Ich brachte es nicht übers Herz, ihm zu sagen, dass die wenigen Zeilen des Briefes deutlich machten, wie schwerwiegend ich gesündigt hatte und wie dringend ich auf Gnade angewiesen war. Er schien mir nicht stark genug, um eine solche Last tragen zu können, und ich wollte die folgenden Monate nicht damit verbringen, ständig ein Ohr am Fenster zu haben und auf den nächsten Postruf zu warten – immer in der Hoffnung auf eine Antwort und auf Vergebung. Denn ich würde so lange hierbleiben, wie Colonel Brandon und seine Truppe mir Gastfreundschaft gewährten. Im nächsten Frühjahr würde ich allein den Heimweg antreten, und die Zeit bis dahin würde ich brauchen, um all meinen Mut und all meine Kraft zusammenzunehmen, denn nur ein Blick oder eine Berührung von Nathan Fox würde genügen, und beides würde schmelzen wie Schnee im Frühling.

KAPITEL 6

Ich hatte Colonel Brandon nicht mehr gesehen, seit er die einleitenden Worte zu dem Brief an meine Eltern geschrieben hatte, und das war jetzt zwei Tage her. Ich vertrieb mir die Zeit mit Bibellesen, und weil ich Tinte und Feder nicht wieder zurückgegeben hatte, bedrängte ich die Soldaten, die vor meiner Tür Wache hielten, immer wieder, mir doch Papier zu besorgen. Irgendwann klopfte schließlich Gefreiter Lambert leise an meine Tür und überreichte mir mit einem verstohlenen Blick über die Schulter ein Kontobuch mit einem festen Einband aus roter Pappe. Ganz vorn waren ein paar Blätter herausgerissen worden, aber es waren noch unzählige freie Seiten übrig.

Zunächst nahm ich die alte Gewohnheit aus meiner Kindheit wieder auf, jeden Tag einen Vers aus der Bibel abzuschreiben. Ich merkte schnell, dass es sich dabei um die Aufgabe eines Kindes gehandelt hatte, dem es schon Mühe bereitet hatte, auch nur ein Kapitel am Abend zu lesen. Jetzt, da ich stundenlang Zeit hatte, mich in die Bibel zu vertiefen, schien es mir unmöglich, einen Vers herauszusuchen, der mehr Bedeutung haben sollte als ein anderer. Jedes Wort schien so kostbar und wichtig, und je mehr ich mich damit beschäftigte, desto mehr fragte ich mich, wie man nur das Geschwafel eines falschen Propheten der heiligen Schrift vorziehen konnte.

Und deshalb schrieb ich meine eigene Geschichte nieder, statt immer wieder kleine Bröckchen von Gottes Wahrheit festzuhalten. Ich schrieb auf, wie ich Nathan Fox kennengelernt und mich in ihn verliebt hatte. Wie ich zuließ, dass die Lügen von Joseph Smith in meinem Denken aufgingen wie Hefe. Wie der Tod meines Kindes und das Leben mit einer Mitehefrau mich zur Wahrheit zurückgeführt hatten. Für wen genau ich das alles aufschrieb, wusste ich gar nicht so genau. So sehr ich mir auch wünschte, dass es dazu nicht kommen möge, war mir doch bewusst, dass ich auch mit der Möglichkeit rechnen musste, von meinen Eltern nicht wieder aufgenommen zu werden. Für diesen Fall sollte dann das Niedergeschriebene meine Geschichte erzählen. Manchmal hatte ich Angst, dass ich meine Töchter nie wiedersehen würde, und falls es tatsächlich so kommen sollte, würden sie später wenigstens nachlesen können, warum und unter welchen Umständen ich fortgegangen war. Solche Gedanken verscheuchte ich jedoch schnell wieder wie eine lästige Fliege im Sommer. Wenn überhaupt, so würden wir diese Seiten gemeinsam lesen. Wir alle – meine Töchter auf meinem Schoß, mein Vater am Tisch und meine Mutter, die am Herd das Abendessen rührte.

Während ich schrieb, durchlebte ich alles noch einmal, erinnerte mich an die Zeit, als mir meine Zukunft genauso ungewiss erschienen war wie jetzt. Irgendwann würde ich auf die Gegenwart zurückblicken. Ich versuchte, mir bewusst zu machen, dass in dieser Zukunft Gott bei mir sein würde, genauso, wie ich jetzt rückblickend erkennen konnte, dass er meine Schritte gelenkt hatte, ungeachtet, wie weit mein Weg mich in die Irre geführt hatte.

Ich konnte nicht verstehen, wieso jemand eine Rüge dafür riskierte, dass er mir einen solchen Schatz wie das Kontobuch anvertraute. Deshalb behandelte ich es wie Schmuggelware und machte mir die Mühe, es frühzeitig vor den gewohnten Unterbrechungen unter der Matratze zu verstecken – Mahlzeiten, ein Gang zur Toilette und ähnliches. Als mich dann Colonel Brandon nach langer Abwesenheit bei meinem nachmittäglichen Schreiben durch ein energisches Klopfen an der Tür unterbrach, beschloss ich, darauf zu verzichten, das Buch wie üblich zu verbergen, und schob es stattdessen nur rasch hinter mich zwischen meinen Rücken und die Stuhllehne. Dann bat ich ihn herein und versuchte, möglichst ruhig und natürlich zu wirken.

Seine Miene ließ keinen Rückschluss darauf zu, in welcher Stimmung er war. Er kam mit gleichmütiger Miene hereingeschlendert und stellte einfach nur ein Tintenfass auf den Tisch. „Ich habe mir gedacht, dass Ihnen eigentlich bald die Tinte ausgehen müsste."

„Danke", erwiderte ich, ebenfalls ohne weitere Erklärung.

„Sie schreiben also."

Ich konnte nicht heraushören, ob es sich bei diesen Worten um eine Frage oder einen Tadel handelte. Also schwieg ich bloß und saß mit im Schoß gefalteten Händen da, eine neue Angewohnheit, die ich angenommen hatte, um die fehlenden Finger zu verbergen.

Nachdem der Colonel noch ein wenig auf und ab gegangen war, fragte er: „Darf ich mich setzen?", und nahm dann Platz, ohne erst mein Einverständnis abzuwarten. „Sie gehen also davon aus, dass Sie nach Iowa zurückkehren."

„Sie haben meinen Brief gelesen?"

„Es ist üblich, dass die Post von Gefangenen zensiert wird."

„Das klingt ganz so, als würden Sie meine Pläne missbilligen."

„Ich habe darüber nachgedacht." Er trommelte mit den Fingern auf die Tischplatte, und ich wartete. Ich fühlte mich inzwischen sehr wohl, wenn es still war. „Sie haben geschrieben, dass Sie im nächsten Frühjahr wieder zurück in den Osten wollen."

„Ja, das hoffe ich. Natürlich nur, wenn Sie es gestatten."

„Und wie wollen Sie dorthin kommen?"

„Wenn ich mich recht erinnere, bin ich auf einem Pferd hergekommen. Ich nehme doch an, dass es irgendwo untergestellt ist, oder muss ich etwa die Armee der Vereinigten Staaten des Pferdediebstahls bezichtigen?"

Er zog tadelnd eine Augenbraue hoch. „Und was ist mit Ihren Töchtern?"

Ich merkte, wie ich meinen Entschluss zu rechtfertigen versuchte. „Ich kann nicht hierbleiben – ich meine hier im Mormonengebiet. Ich brauche ein Zuhause, in das ich meine Töchter holen kann, und ich muss erst herausfinden, ob das bei meinen Eltern möglich ist oder ob ich es zumindest mit ihrer Hilfe einrichten kann. Für mich scheint das eine logische Schlussfolgerung zu sein, Colonel, nichts, worüber man tagelang grübeln müsste."

„Ich habe auch über meinen eigenen Sohn nachgedacht, Mrs Fox. Dass er jeden Tag mit der Ungewissheit leben muss, wie es seinem Vater wohl geht. Natürlich wird er geliebt und gut versorgt, aber diese Ungewissheit … nun, ich weiß, dass das schwer für ihn ist. Ich schreibe ihm, sooft ich kann, aber es kann dennoch sein, dass er mich jahrelang nicht sieht und sogar monatelang nicht einmal von mir hört. Es kommt mir so ungerecht vor, ihm eine solche Last aufzubürden."

Irgendetwas flackerte in mir auf – ein Funken Hoffnung, aber gleichzeitig auch Furcht. „Sie raten mir also, zu meinem Mann zurückzukehren?"

„Ich muss gestehen, dass mir dieser Gedanke durch den Kopf gegangen ist, weil Sie ja vor dem Frühjahr gar nicht reisen können. Aber das liegt natürlich ganz bei Ihnen."

„Ich habe also eine Wahl?"

„Aber natürlich."

„*Natürlich?* Noch vor zwei Minuten war ich eine Gefangene, und Sie haben meine persönliche Post gelesen. Jetzt bin ich einfach … gar nichts?"

Nachdem er zunächst amüsiert reagiert hatte, bedachte er mich mit einem nachdenklichen Blick. „Sie sind die ganze Zeit schon nach meinem Ermessen hier, Mrs Fox. Und wie bei jedem vernünftigen Mann ist mein Ermessen fehlbar."

„Es besteht also nicht mehr die Gefahr, dass ich einen Krieg auslöse?", hakte ich bissig nach und schmollte ein wenig, denn ich musste gestehen, dass es mich doch etwas kränkte, von so geringer Bedeutung zu sein.

Sein Unbehagen war ihm deutlich anzumerken. „Es kann schon sein, dass es für meine Entscheidung, Sie hier festzuhalten, nicht ausschließlich militärische Gründe gab. Nennen Sie es ruhig altmodische Ritterlichkeit oder einen angeborenen Beschützerinstinkt. Doch jetzt ist mir klar geworden, dass meine Entscheidung Sie ja auch von Ihren Kindern fernhält. Ich weiß nicht, ob ich dazu das Recht habe."

„*Ich* habe die Entscheidung getroffen, sie zu verlassen, Colonel Brandon. Damit ich meinen Kindern ein besseres Leben bieten kann."

„Was Sie ja auch immer noch tun können. Und ich werde alles in meiner Macht Stehende tun, um Ihnen dabei zu helfen. Aber was hatten Sie denn ursprünglich vor, als Sie Ihre Familie verlassen haben?"

„Ich wollte eine Weile bei der Familie meines Mannes in Salt Lake City bleiben – bis zum Frühjahr."

„Vielleicht wäre das ja tatsächlich das Beste."

Ich dachte an Rachels Zuhause. Ich hatte nie das Gefühl gehabt, dort nicht willkommen zu sein, und wenn ich dort angekommen wäre – unterkühlt und verletzt –, dann hätte sie mir bestimmt bereitwillig Zuflucht gewährt. Ihr Haus wäre sicher behaglicher gewesen als das primitive Lager hier, und vielleicht hätte Nathan sich auch nicht ganz so sehr von mir verraten gefühlt, wenn ich dort gewesen wäre, statt freiwillig eine Gefangene der Feinde des Propheten zu bleiben. Es sah ganz so aus, als gäbe es keinen vernünftigen Grund, den Vorschlag des Colonels zu verwerfen. Er machte jedenfalls den Eindruck, als wäre für ihn die Angelegenheit damit geklärt, und einmal abgesehen von der Tatsache, dass ich mich in meinem kleinen Zimmer inzwischen ganz wohlfühlte, fiel auch mir kein zwingender Grund zu bleiben ein.

„Also gut, aber dann muss ich darauf bestehen, dass Sie mir meine Schuhe zurückgeben", sagte ich, um die trübe Stimmung im Raum ein bisschen aufzuheitern.

Meine Schuhe bekam ich dann auch tatsächlich zurück, aber weil ich mich so lange kaum bewegt, sondern nur gesessen und gelegen hatte, waren meine Füße stark angeschwollen, und das Zubinden der Stiefel war mühsamer als gedacht. Ich war vor Anstrengung ganz rot im Gesicht, als Gefreiter Lambert im Türrahmen stand.

„Sie können heute noch nicht aufbrechen, Ma'am. Es zieht ein Sturm herauf."

Und dann schneite es tatsächlich zwei Tage lang ununterbrochen. Dennoch war ich dankbar für den Aufschub, denn so hatte ich die Gelegenheit, meine Gedanken zu sortieren und darüber nachzudenken, was ich Rachel und Tillman bei meiner Ankunft in Salt Lake City sagen sollte.

Rachel war mehr für mich als nur Nathans Schwester. Obwohl sie ein Jahr jünger war als er, war sie seine Beschützerin, und in mancherlei Hinsicht gab es auch eine Art Rivalität zwischen ihrer engen Bindung zu Nathan und der Beziehung zwischen Nathan und mir. Die beiden verteidigten und beschützten einander leidenschaftlich. Es war Nathan gewesen, der sich als Erster von beiden den Mormonen angeschlossen hatte und der seine geliebte Schwester dazu gebracht hatte, es kurz darauf ebenfalls zu tun. Er hatte für sie die Heirat mit einem mächtigen und angesehenen Mann arrangiert – dem imposanten Tillman Crane –, der dann prompt sein geräumiges Zuhause mit einer Frau nach der anderen gefüllt hatte, bis insgesamt vier Ehefrauen dort lebten. In dem Haus wimmelte es jetzt schon von Frauen und Kindern, und nun hatte auch ich noch vor, mich dazuzugesellen – vorausgesetzt, sie nahmen mich überhaupt auf.

Rachels und Tillmans Gastfreundschaft war für unsere Familie nichts Neues. Nathan hatte mich schon zuvor zu

Besuchen ermutigt in der Hoffnung, ich würde dort die Vorzüge der Vielehe hautnah selbst erleben – nämlich die Schwesterlichkeit und Kameradschaft unter den Mitehefrauen. Ein Vorgeschmack des Himmels schon hier auf der Erde sollte es angeblich sein. Aber es war doch ein himmelweiter Unterschied, ob man als Gast dort war oder Zuflucht suchte. So großzügig Tillman der Familie seiner ersten Frau gegenüber auch sein mochte, seine Loyalität galt trotzdem zuallererst der Mormonenkirche. Und außerdem hatten wir schließlich auch nichts dazu beigetragen, seine Taschen zu füllen.

Als ich eines Morgens aufwachte und Sonnenschein durch mein Fenster hereinströmte, wusste ich, dass dies mein letzter Morgen hier in diesem Raum sein würde. Ohne erst auf die offizielle Bestätigung dieser inneren Gewissheit zu warten, zerbrach ich die dünne Eisschicht auf dem Wasser in meiner Waschschüssel und spritzte mir die kalte Flüssigkeit ins Gesicht. Nathan hatte immer gesagt, das wäre für ihn der Lieblingsmoment des Tages. Er machte sich morgens nie sein Waschwasser warm und behauptete, die Kälte würde ihn richtig wach machen. Auch ich spürte an diesem Morgen, wie ich hellwach wurde, obwohl das kalte Wasser an meinen Händen schmerzte, besonders dort, wo die Finger fehlten.

Es war den Soldaten nicht gelungen, mir eine anständige Haarbürste zu besorgen, also behalf ich mich so gut es ging mit dem kleinen Kamm, der Tage nachdem ich darum gebeten hatte, irgendwann plötzlich aufgetaucht war. Glücklicherweise war mein Haar dünn und glatt und weich – was jetzt zum ersten Mal, seit ich denken konnte, von Vorteil war.

Die kleinen Zinken des Kamms glitten mühelos von den Haarwurzeln bis zu den Spitzen meiner etwas über schulterlangen Haare. Meine Mitehefrau Amanda hatte eine glänzende, blauschwarze Mähne, die ihr wie dicker Samt bis über die Taille reichte. Abends hatten sich meine Töchter immer darum gebalgt, wer es bürsten durfte. Für die Nacht flocht sie es zu drei Zöpfen, die sie dann verzwirbelte wie ein Seil, und morgens brauchte sie fast eine halbe Stunde, um unterschiedlichste Frisuren zu legen.

Ich fragte mich, wie sie wohl an diesem Morgen ihr Haar frisieren mochte, obwohl sie um diese Zeit wahrscheinlich noch im Bett meines Mannes lag.

Da ich jedoch eine versehrte Hand hatte, gelang es mir nur mit Mühe, einen einfachen Knoten zu frisieren und ihn mit ein paar Haarnadeln am Hinterkopf festzustecken. Damit war ich gerade intensiv beschäftigt, als ich das vertraute Klopfen des Gefreiten Lambert vernahm. Als ich ihn hereinbat, streckte er seinen Kopf zur Tür hinein und errötete, als hätte er mich bei einer sehr viel intimeren Verrichtung überrascht.

„Wie ich sehe, sind Sie fertig, Ma'am." Sein Blick war unverwandt auf meine Füße gerichtet, die absolut respektabel in zugeschnürten Stiefeln steckten.

„Dann brechen wir also heute auf?"

„Im Laufe der nächsten Stunde, sagt der Colonel, vorausgesetzt natürlich, Sie sind bereit."

Mein Magen krampfte sich zusammen, und ich war alles andere als bereit, aber Gott hatte mich bis hierher geführt, also bestand gar kein Grund, ihm nicht auch weiterhin zu vertrauen.

Kurz darauf bekam ich dann meinen Mantel zurück, die Mütze, den Schal und meine Fäustlinge. Und dann trat ich hinaus ins Freie, in das unerbittlich gleißende Licht des klaren Tages. Dort bot sich mir noch ein weiterer Anblick, nach dem ich mich schon lange gesehnt hatte.

Honey. Ich hatte sie nicht mehr gesehen seit dem Tag, als ich von zu Hause fortgegangen war. Wenn sie genauso froh war, mich zu sehen, wie ich sie, dann ließ sie es sich jedenfalls nicht anmerken. Dampfend stieg ihr Atem aus den Nüstern auf, während sie dort geduldig im Schnee stand. Ihr Fell war dicker geworden und ihre Mähne zotteliger, als sie es unter Nathans Obhut immer gewesen war, aber ihre Augen waren braun und munter. Sie sah wohlgenährt aus, und ich merkte sofort, dass sie sich bei dem Mann, der sie am Zügel hielt, wohlfühlte.

„Sie ist ein gutes Pferd", sagte Colonel Brandon, der hinter mich getreten war. Zum ersten Mal, seit wir uns kannten, trug er nicht die vertraute blaue Uniform, sondern eine robuste, schlichte braune Hose aus Wolle, deren Beine in dicken Lederstiefeln steckten, und darüber einen dicken Mantel aus Schaffell. Auf dem Kopf hatte er eine schwarze Wollmütze, die er tief in die Stirn gezogen hatte.

„Ach, Colonel Brandon", begrüßte ich ihn, nachdem ich ihn von oben bis unten betrachtet hatte, „fast hätte ich Sie nicht erkannt."

„Das hier ist ja kein offizielles Kommando", entgegnete er, „sondern eher eine zivile Angelegenheit. Und ich nehme an, dass ich weniger Aufmerksamkeit errege, wenn ich Sie nicht in Uniform und meiner ganzen Ordenspracht in die Stadt begleite."

Die Männer, die um uns herumstanden, lachten, was sie meiner Einschätzung nach sicher nicht gewagt hätten, wenn der Colonel in Uniform vor ihnen gestanden hätte. Er hielt einen tänzelnden weißen Hengst am Zügel, der ungeduldig schnaubte und mit den Vorderhufen im Schnee scharrte. Die Pferde waren jedenfalls bereit zum Aufbruch, und während Gefreiter Lambert das kleine Bündel mit meiner weltlichen Habe in den Satteltaschen verstaute, fiel mein Blick auf ein Gewehr, das seitlich am Sattel in einem Halfter steckte.

„Ich gehe nicht davon aus, dass Sie es benutzen müssen." Colonel Brandon hatte sowohl meine Gedanken als auch meine Angst erkannt. „Fast alles, was gefährlich sein könnte, hält zurzeit Winterschlaf."

„Wollen Sie damit sagen, dass die Mormonen Winterschlaf halten?" Die Bemerkung, die von einem der umstehenden Soldaten kam, sorgte für schallendes Gelächter, das zu einem Dutzend weiterer komischer Bemerkungen hätte führen können, wenn nicht Colonel Brandons Blick dem Einhalt geboten hätte. Auch ohne Uniform sorgte seine natürliche Autorität augenblicklich für Ruhe. Er sagte kein Wort – weder zu meiner Verteidigung noch zu der der Mormonen. Aber das brauchte er auch gar nicht. Ich wusste es auch so. Falls nötig, würde er mich beschützen, würde mich mit Worten oder notfalls mit der Waffe verteidigen. Ich konnte nur um eine friedliche und behütete Reise beten.

In seiner großen Gnade gewährte uns Gott genau das. Der Himmel blieb leicht dunstig, sodass das gleißende Sonnenlicht nicht ganz so grell war, aber es war nicht dunkel wie vor einem Schneesturm. Wir waren eine Gruppe von vier Personen, bestehend aus mir, Colonel Brandon und dem Gefreiten Lambert, der ebenfalls die Anweisung erhalten hatte, in Zivil zu reisen. Sein Mantel war entweder geliehen oder stammte noch aus einer Zeit vor seiner letzten Uniformanprobe, denn die Ärmel endeten ein ganzes Stück oberhalb seiner knochigen Handgelenke, sodass er noch mehr wie ein hilfloser Jugendlicher aussah. Uns voraus ritt ein Mann, den sie Coyote Tom nannten – ein Paiute-Indianer, den Colonel Brandon als besten Fährtenleser bezeichnete, den er je erlebt hätte. Wir folgten immer den Spuren seines stämmigen gescheckten Ponys. Wenn wir unser Tempo hielten und es keine größeren Schneeverwehungen und keinen Neuschnee gab, sollte unsere Gruppe am späten Abend des nächsten Tages in Salt Lake City ankommen.

„Es wäre sicher bequemer, in einem Schlitten oder einem Planwagen zu reisen, ich weiß", sagte Colonel Brandon über die Schulter gewandt zu mir, „aber für die Pferde wäre es viel schwerer. Wir haben einen langen Weg vor uns, und wir verlangen ihnen auch so schon viel ab, wenn wir es in zwei Tagen schaffen wollen."

„Ist schon in Ordnung." Durch den Schal, der zweimal um die untere Hälfte meines Gesichts gewickelt war, wurden meine Worte gedämpft und undeutlich.

Wir setzten den Weg in angenehmem, einvernehmlichem Schweigen fort. Es war zwar kalt, aber windstill, und es dauerte gar nicht lange, da hatte ich schon meine Mütze abgenommen und den Schal abgewickelt. Die Temperatur musste etwa um den Gefrierpunkt liegen, und nach und nach zogen wir auch unsere Mäntel aus. Ungefähr jede Stunde ließen wir die Pferde ein wenig ausruhen, an dem wenigen Gras knabbern, das aus dem Schnee heraussagte, und aus Schmelzwasserpfützen trinken. Während dieser Rasten zogen wir langsam stampfend große Kreise und kauten dabei gepökelte Fleischstreifen. Colonel Brandon hatte seine Flasche dabei, die diesmal mit Brandwein gefüllt war, und er bestand darauf, dass ich ein, zwei Schluck daraus trank, um „das Blut warm zu halten". Soweit ich es beurteilen konnte, hatte Coyote Tom den ganzen Tag lang weder gegessen noch getrunken, und er hielt respektvoll Abstand, wenn wir haltmachten, um zu essen.

„So sind die Indianer nun mal", sagte Colonel Brandon, als ich erwähnte, dass wir das, was wir hatten, doch auch mit ihm teilen könnten. „Er hat sein eigenes Essen. Er isst, wenn er so weit ist. Wahrscheinlich erst am Ende der Reise. Indianer sind stolze Menschen."

„Und sehr eigen."

„Ja, das stimmt. Sie halten sich zu Hause auch eine Indianerin, nicht wahr?"

„,Halten' ist ein hässliches Wort, das nach Sklaverei klingt. Wir hatten … es gab vor einiger Zeit Auseinandersetzungen mit den Eingeborenen. Kimanas Familie – ihr Mann und ein Kind – wurden dabei getötet. Sie selbst wurde verletzt. Nathan und ich haben uns um sie gekümmert, und dann ist sie einfach geblieben."

„Das war sehr freundlich von Ihrem Mann."

„Er ist ein guter Mann, Colonel Brandon. Das dürfen wir bei all dem nicht vergessen."

KAPITEL 7

Nach einem Ritt, der mir endlos vorkam, auch wenn er nur zwei Tage dauerte, erreichten wir bei Mondschein und leicht verhangenem Himmel den nördlichsten Gemeindebezirk von Salt Lake City.

„Von hier aus müssen Sie uns führen", sagte Colonel Brandon, während sein Pferd ungeduldig in der schlammigen Straße scharrte.

Coyote Tom erklärte, er werde nicht weiter mit in die Stadt hineinreiten, was ich ihm nicht verübeln konnte, denn die Beziehung zwischen den Heiligen und den Indianern war etwas seltsam. Den Offenbarungen von Joseph Smith zufolge hatte Jesus unter den Eingeborenen gelebt, aber sie selbst kamen darin kaum vor. In der Stadt sah man fast nie Indianer, und wenn wir uns mit ihm auf der Straße aufgehalten hätten, hätten wir nur unnötig Aufmerksamkeit auf uns gezogen.

„Hier entlang, Richtung Tempel." Ich klang sicherer, als ich mich fühlte, denn aus dieser Richtung war ich noch nie in die Stadt gekommen. Doch durch Brigham Youngs akkurate Stadtplanung mit ihren geraden und geordneten Straßen konnten wir uns schnell orientieren, so wie er es beabsichtigt hatte, und wir bewegten uns mit bedächtigen, leisen Schritten durch das Netz von Straßen. Selbst die Pferde schienen zu spüren, dass wir kein Aufsehen erregen wollten, denn ihre Hufe hoben und senkten sich beinah geräuschlos wieder in den Schneematsch auf den Straßen. Ich hielt Honeys Zügel locker in der Hand, lenkte sie erst nach rechts, dann wieder nach links, dann wieder nach rechts, und langsam kamen mir die Straßen bekannter vor. Nach einer Weile standen zu beiden Seiten der Straße nicht mehr nur einfache Holzhäuser mit dunklen Fenstern, sondern große, mehrgeschossige Steinbauten, hinter deren Fenstern gedämpftes Licht schimmerte.

Ich flüsterte über meine Schulter nach hinten: „Das hier ist die Straße", worauf Colonel Brandon mit einem leisen, anerkennenden Pfiff reagierte.

„Wenn ich gewusst hätte, dass Sie so viel wert sind, hätte ich Sie noch eine Weile als Geisel behalten, um Lösegeld zu fordern."

„Keines davon gehört mir. Meine Schwägerin hat eine gute Partie gemacht und einen Mann geheiratet, der viele Frauen hat."

„Sie meinen also, dass man durch die Vielehe Gewinn machen kann?", erkundigte sich Gefreiter Lambert.

„Nein", antwortete ich und senkte die Stimme, um ihm zu signalisieren, dass er ebenfalls leiser sein sollte. „Gewinn machen und reich werden kann man, indem man tut, was Brigham Young sagt."

Rachel und Tillman wohnten in einem riesigen, dreigeschossigen Backsteinhaus, an dessen gesamter Längsseite entlang eine Veranda verlief. So manchen Sommerabend hatte ich dort auf der Schaukel verbracht und den Kindern bei der Jagd nach Glühwürmchen zugeschaut. Der Garten war von einem niedrigen weißen Gartenzaun umgeben, und ich bat die Gruppe, an der Ecke des Grundstücks zurückzubleiben. Zu meiner Überraschung war Colonel Brandon einverstanden. Es war schon sehr spät, aber durch das Salonfenster an der Hausfront schien Licht, und auch mehrere Fenster in den Obergeschossen waren noch erleuchtet. Aber es würde wohl zu so später Stunde niemand mehr mit uns rechnen. Ich konnte mir lebhaft vorstellen, was für einen Aufruhr es geben würde, wenn Tillman an die Tür kam, um eine auf Abwege geratene Heilige zu begrüßen, die von zwei Soldaten begleitet wurde. Außerdem wusste ich kaum, wie ich meine Anwesenheit erklären sollte, geschweige denn die meiner Begleiter.

Ich sprach noch rasch ein Gebet, bat Gott, mein Reden genau so zu führen, wie er mich auch hierhergeführt hatte, stieg dann von Honey ab und gab Gefreiter Lambert die Zügel in die Hand. Abgesehen von unserer kleinen Gruppe lag die Straße verlassen da, sodass meine Schritte lauter hallten, als es die der Pferde getan hatten. Ich strich mit meiner behandschuhten Hand über die Zaunspitzen und erinnerte mich daran, wie es immer geklappert hatte, wenn die Mädchen und ihre Cousins mit Stöcken daran entlang gerannt waren. Solche Erinnerungen machten mir Hoffnung, dass ich hier ein Zuhause für uns einrichten könnte – zumindest für eine Weile. Bis zum nächsten Frühjahr.

Ich stand immer noch an der Pforte, als ich Rachel durchs Fenster sah. Ihr langes, an den Spitzen gelocktes Haar war mit einem dünnen Band zurückgebunden, das im Schein des Feuers golden glänzte. Sie warf gerade lachend den Kopf in den Nacken, und einen Moment lang verspürte ich Panik. Es gab niemanden, der sie so zum Lachen bringen konnte wie Nathan, und bei der Vorstellung, dass er nur noch wenige Meter von mir entfernt war, blieb mir fast das Herz stehen. Doch dann rannte einer ihrer Söhne – ich glaube, es war Bill – in ihre Arme, und sie drückte ihn fest an sich. Was auch immer er gesagt oder getan haben mochte, um eine solche Freude bei seiner Mutter auszulösen, konnte ich nur erahnen. Aber ich hatte mit meinen Töchtern auch solche Momente erlebt, und ich wusste, dass die kleinste Geste, irgendeine unbedeutende Kleinigkeit, zu einer solchen kostbaren Umarmung führen konnte. Die kalte Nachtluft verwandelte sich in meinem Inneren zu zarten Kristallen, und ich sehnte mich unglaublich danach, meine Kinder in den Armen zu halten.

Genau in diesem Augenblick hob Rachel den Jungen hoch, wirbelte ihn herum und drehte ihn mit dem Rücken zum Fenster, sodass sie direkt davor stand und hinausblickte. Und da entdeckte sie mich. Ich wusste, dass sie mich gesehen hatte, weil jede Spur von Fröhlichkeit von ihr wich. Sie hob ihre Hand, legte sie um den Hinterkopf des Jungen, drückte ihn noch fester an sich und sah mich über seinen blonden Schopf hinweg direkt an. Ich weiß nicht, wie lange wir so dastanden und uns anstarrten – sie im Licht, ich in der Dunkelheit –, aber mir kam es vor wie eine kleine Ewigkeit. Ihr Blick ließ mich wie erstarrt an der Pforte stehen bleiben, und ich spürte, dass Colonel Brandon zu meiner Rettung herbeieilte. Ohne ein Wort zu sagen, hob ich jedoch eine Hand, um ihm zu bedeuten, stehen zu bleiben – nur eine winzige Bewegung, ohne den Blick von der anrührenden Szene dort auf der anderen Seite des Fensters abzuwenden.

Drinnen setzte Rachel den kleinen Bill ab, trat vom Fenster zurück und sagte etwas zu ihm, woraufhin er das Zimmer verließ. Einen Moment später kam sie zur Haustür heraus, und dann lag ich in ihren Armen, nur getrennt durch das kleine, eiserne Gartentor zwischen uns.

„Camilla Fox – du hast uns alle zu Tode erschreckt."

Ihre Worte waren eindringlich, obwohl sie flüsterte, und sie hielt mich so fest an sich gedrückt, dass ich erst antworten konnte, nachdem sie einen Schritt zurückgetreten war. Und auch da brachte ich nicht mehr heraus als: „Es tut mir leid."

„Wo bist du denn gewesen?"

„Das kann ich dir jetzt noch nicht sagen."

„Was ist passiert? Warum bist du denn weggelaufen?"

„Hat Nathan dir das nicht erzählt?"

Bevor sie antworten konnte, ging die Haustür auf, und Tillmans Gestalt füllte den ganzen Türrahmen aus. „Rachel? Was um aller Welt machst du denn hier draußen, Liebling?"

In einer fließenden Bewegung packte mich Rachel am Arm und drehte mich um, sodass mein Gesicht verborgen war.

„Ich halte nur ein kurzes Schwätzchen mit Schwester Delia, mein Schatz. Sie gibt mir nur rasch das Rezept für den Walnusskuchen, der dir neulich bei ihrem Sonntagsessen so gut geschmeckt hat."

„Aber es ist schon spät", brummte er.

„Na ja, wir haben ja nicht so oft Gelegenheit zu plaudern, mein Lieber. Ich komme gleich."

Rachel hatte eine Stimme, die sogar wilde Tiere besänftigen konnte, und ohne ein weiteres Wort drehte sich ihr nachsichtiger Ehemann um und ging zurück ins Haus. Sie schaute ihm über meine Schulter hinweg nach und wartete auf das Geräusch der zuschlagenden Haustür, bevor sie sich mir wieder zuwandte.

„Ich hatte gehofft, dass es nicht stimmt, was Nathan mir erzählt hat", setzte sie unser Gespräch fort.

„Dann hat er dir also gesagt, dass ich gegangen bin?"

„Er hat mir gesagt, dass du die Kirche verlässt, dass du dich geweigert hast, dich noch einmal taufen zu lassen, und dich von deinem Glauben losgesagt hast, als der Bischof da war. Er hat mir erzählt, du hättest ihn und die Kinder ohne ein Wort verlassen." All das stieß sie mit zusammengebissenen Zähnen hervor, so als hätte ich auch ihr selbst durch mein Verhalten unrecht getan. „Und jetzt sag mir bitte, dass er sich geirrt hat und dass alles nicht stimmt, Camilla."

„Doch, es ist wahr. Es ist alles genau so passiert."

Sie verzog das Gesicht zu einer Miene, die eher Mitleid als Zorn ausdrückte. „Du dummes, dummes Mädchen. Was hast du dir nur dabei gedacht?"

„Ich …"

„Ich hatte dir doch gesagt, dass du Zeit brauchst, um die neue Frau an seiner Seite zu akzeptieren. Die ersten paar Monate sind hart, aber du gewöhnst dich daran. So ist es nun mal."

„Ich bin nicht wegen Amanda gegangen. Jedenfalls nicht nur wegen ihr."

„Oh doch, das bist du wohl. Du warst eifersüchtig. Nicht nur, weil eine neue Frau in dein Haus gekommen ist, sondern auch, weil mein Bruder entschlossen ist, dem himmlischen Vater und Brigham Young gehorsam zu sein und nicht deinen selbstsüchtigen Wünschen nachzugeben."

„Ich kann nicht zu einer Gemeinschaft gehören, die eine falsche Lehre verbreitet, welche einen Mann ermutigt, eine solche Entscheidung zu treffen."

„Dummes Mädchen", wiederholte sie, packte mich aber jetzt beim Arm und zog mich durchs Gartentor herein. Das würde ganz sicher Colonel Brandon auf den Plan rufen, und deshalb hob ich ein weiteres Mal die Hand, um ihn zurückzuhalten. Wir verbargen uns hinter einer Hausecke, wo es stockdunkel war. Als Rachel dann sprach, rückte sie ganz nah an mich heran, so nah, dass ich ihren Atem im Gesicht spürte.

„Ist dir eigentlich klar, in welche Gefahr du dich dadurch vielleicht gebrachst hast?"

„Als ich aufgebrochen bin, gab es keinerlei Anzeichen für einen Sturm", sagte ich und rief mir dabei noch einmal jenen Morgen in Erinnerung, an dem ich mein Zuhause verlassen hatte, fest davon überzeugt, dass es der Wille Gottes sei. „Ich wollte nur hierher zu dir, um zu fragen, ob ich eine Weile bei dir bleiben kann, bis …"

„Ich rede gar nicht von dem Schneesturm. Ich meine die Situation, als Nathan dich gesucht hat und dich nicht finden konnte. Du warst verschwunden, nachdem du all die hässlichen Dinge über die Mormonen gesagt hattest. Es sind schwere Zeiten, Camilla." Sie packte mich beim Arm, und ich merkte, dass sie zitterte. Sie war nur mit einem Umschlagtuch aus dem Haus getreten, aber ihr Zittern rührte gar nicht von der Kälte her. „Du weißt, dass wir verfolgt werden. Du weißt von den Problemen, die Brigham hat. Wir müssen jetzt unbedingt zusammenhalten."

„Ich versichere dir, dass ich für Brighams Kirche keine Bedrohung darstelle."

„Du reißt aber deine Familie auseinander. Du hast dich entschieden, dich gegen deinen Mann, den Propheten und die Kirche zu stellen. Das werden sie nicht dulden, Camilla. Du musst wieder nach Hause zurückkehren. Liefere dich Nathans Gnade aus. Er liebt dich immer noch – er liebt dich so sehr. Du bist seine erste Frau. Geh, und beanspruche diese Stellung wieder für dich."

„Das kann ich nicht", wandte ich ein, aber meine Worte waren von einem leisen inneren Sehnen begleitet. „Jedenfalls noch nicht. Ich will wieder zurück zu meinen Eltern. Im nächsten Frühjahr will ich mich auf den Weg machen. Ich bitte dich ja um gar nicht mehr, als dass du mich bis dahin aufnimmst."

„Hier?"

„Ja."

„Auf gar keinen Fall. Tut mir leid, Camilla."

„Ich würde dir auch bestimmt nicht zur Last fallen, und meinen Teil der Arbeit würde ich auch übernehmen …"

„Ich habe schon drei Mitehefrauen. Glaubst du wirklich, ich würde meine Ehe aufs Spiel setzen, damit ich ein bisschen Hilfe beim Geschirrspülen habe? Das würde Tillman niemals dulden."

„Wenn ich wirklich in Gefahr bin, wie du sagst, wie könnte ich es denn dann fertigbringen, auch meine Kinder zu gefährden? Ich … ich kann nicht wieder nach Hause zurück."

Rachel trat einen Schritt zurück, musterte mich und schlug dabei ihr Schultertuch fester um sich. „Du hast meine Frage noch nicht beantwortet: Wo bist du die ganze Zeit gewesen, seit du fortgegangen bist?"

Ich merkte, wie ich innerlich wachsam wurde. Ich wusste mit absoluter Sicherheit, dass dies hier nicht der Moment für die ganze Wahrheit war. „Jemand hat mich gefunden, nachdem sich der Sturm gelegt hatte, und mich bei sich aufgenommen."

„Und wer war dieser Jemand?"

Sorgfältig wählte ich meine Worte und bahnte mir den Weg über das holprige Kopfsteinpflaster der Fakten. „Ein Mann namens Charles und seine ... Familie."

Rachel runzelte die Stirn. „Kenne ich sie?"

„Sie sind gerade erst hier angekommen. Ich war krank – von der Kälte, weißt du –, und sie waren sehr freundlich zu mir. Aber ich konnte ihnen nicht länger zur Last fallen."

„Dann wirst du dir einen anderen Platz suchen müssen, an dem du bleiben kannst."

„Aber es gibt sonst keinen Platz."

„Natürlich gibt es den." Sie sprach, als wollte sie mich dazu nötigen, etwas ganz Offensichtliches zu erkennen. „Ich werde mich auf keinen Fall an diesem törichten Abenteuer beteiligen, in das du dich selbst hineinbegeben hast, aber es gibt ganz sicher jemanden, der sich während des langen, dunklen Winters über ein bisschen Gesellschaft sehr freuen würde. Eine Freundin, die eine Freundin gebrauchen kann."

Beim Zuhören wurde mir klar, was Rachel vorhatte, aber gleichzeitig spürte ich auch ein kurzes Zögern. „Ach, Rachel, ich könnte niemals ..."

„Rachel!" Tillmans Stimme dröhnte so laut in die Nacht hinaus, dass jetzt bestimmt alle Nachbarn wach waren.

Rachel trat einen Schritt zurück, lugte um die Hausecke und rief: „Ich bin gleich da, Liebling. Bin schon unterwegs." Als sie sich danach wieder mir zuwandte, war alles Nette von ihr abgefallen. „Ich habe genug gesagt. Und um unserer beider Willen hat dieses Gespräch nie stattgefunden."

Ich blieb im Schatten des Hauses stehen, bis ich gehört hatte, wie die Haustür geöffnet wurde und dann wieder ins Schloss fiel. Ich zog mir die Kapuze tief ins Gesicht, durchquerte schnell den Vorgarten, trat durch die kleine Pforte und eilte zurück zu der Ecke, an der Colonel Brandon und Gefreiter Lambert mit den Pferden warteten.

„Gefreiter Lambert wird Ihre Sachen tragen", bot Colonel Brandon an. Und tatsächlich, der junge Mann hatte bereits das kleine Bündel mit meinen wenigen Habseligkeiten geschultert.

„Nicht hier", entgegnete ich, bevor ich kurz zusammenfasste, was Rachel gesagt hatte. „Aber es gibt noch einen anderen Ort, an dem ich bleiben könnte."

„Auch Verwandte?"

„Nicht ganz. Es ist noch ein Stückchen von hier entfernt, aber die Pferde machen zu viel Lärm und erregen zu viel Aufmerksamkeit. Ich komme schon allein zurecht."

„Unsinn", erwiderte Colonel Brandon. Er wandte sich an den Gefreiten Lambert und sagte: „Coyote Tom schlägt gerade das Lager vor der Stadt auf. Nehmen Sie die Pferde. Wir treffen uns dann später dort." Dann nahm er dem Soldaten das Bündel ab und schwang es sich selbst über die Schulter, bevor er mir mit einem kurzen Kopfnicken bedeutete loszugehen.

An den breiten Straßen in Rachels Wohnbezirk und dessen Umgebung lagen Geschäfte und Läden aller Art, und sie waren von Straßenlaternen hell erleuchtet, die bis Mitternacht brannten – nach Colonel Brandons Uhr also noch mindestens eine Stunde. Wir gingen rasch mit gesenkten Köpfen und sprachen wenig. Unser Schweigen passte zu den gedämpften Geräuschen um uns her. Als wir jedoch am Tempelplatz ankamen, blieben wir beide stehen.

„Normalerweise ist es hier wie in einem Bienenstock. So mag es Bruder Brigham nämlich. Männer schleppen Steine, klettern auf Baugerüsten herum. Unablässiger Lärm von Hämmern und Wagen und …"

„Pssst." Er legte seinen behandschuhten Finger auf meine Lippen. „Hören Sie doch!"

Und da bemerkte ich es. Unzählige heruntergedrehte Laternen waren zu sehen, und am Straßenrand standen Ochsenkarren. Und es waren Männer da, aber es waren nicht wie sonst die vollen Baritonstimmen zu hören, die bei der Arbeit Lieder schmetterten, in denen es um das Lob des Opfers ging, das sie hier in Form von Arbeit am Tempel erbrachten, sondern nur gedämpfte Schritte und gelegentlich ein geflüsterter Befehl.

Colonel Brandon zog mich ganz dicht an seine Seite. Wir begaben uns unter einen Dachüberstand, ganz nah an das Fenster einer Druckerei, die sich an einer Straßenecke gegenüber dem Tempel befand. Während wir von dort aus den Tempel beobachteten, wurde rasch deutlich, dass es bei diesen Männern, denen es doch angesichts des Wetters und der Tageszeit durchaus an freudiger Arbeitslust hätte mangeln können, keinerlei Anzeichen für mangelnden Eifer gab. Im Gegenteil, sie waren mit ganzer Hingabe bei der Sache. Es herrschte ein emsiges Treiben, ein Gewimmel aus dunklen Schattengestalten überall an der Tempelbaustelle. Schaufeln und Eimer und Spaten in endloser Reihe. Fuhr einer der Wagen weg, stand schon der nächste aus der Schlange da. Und das alles geschah in unablässiger, schweigender, zielstrebiger Einigkeit.

„Sie vergraben ihn", meinte Colonel Brandon irgendwann, und seine Stimme war nicht lauter als ein Spatenstich in weichen Boden.

„Aber warum? Sie haben so schwer geschuftet …"

„Sie wollen ihn verstecken, damit er nicht zerstört wird."

„Aber wer sollte denn …?"

„Wir. Jedenfalls glaubt Brigham Young das offenbar."

Irgendwie machte mir der Anblick dieser Männer, die den Tempel vergruben, mehr Angst, als es feindliches Feuer jemals vermocht hätte. Jeder einzelne Stein des Baus stammte aus dem Steinbruch in der Nähe unseres Hauses, in dem ich gemeinsam mit Nathan gelebt hatte. Ich hatte gesehen, wie sich die Männer mit dem Gewicht der riesigen Granitblöcke abgeschuftet hatten – denn sie schenkten jeden zehnten Arbeitstag der Mormonenkirche. Ich hatte selbst gesehen, wie die gewaltigen Steinplatten von acht Ochsen gezogen wurden – einen grausamen Schritt nach dem anderen. Eine Reise von drei Tagen bis zur Baustelle für eine

Strecke, die man gewöhnlich an einem Nachmittag bewältigen konnte. Der Tempel war das Hauptgesprächsthema. Die Baupläne waren fast genauso heilig wie „Das Buch Mormon". Männer und Frauen verehrten diese Pläne beinah genauso wie Gott selbst. Die Arbeiter der ägyptischen Pharaonen waren nicht versklavter gewesen, als es die Heiligen von Brigham Young waren. Und wenn man überlegte, dass sie jetzt auf den Befehl von Brigham Young hin all das wieder einreißen sollten, was sie in harter Arbeit aufgebaut hatten! Dass sie im Grunde ein gewaltiges kuppelartiges Grab aufhäuften!

„Sie werden tun, was immer er sagt", sprach ich meine Befürchtung laut aus.

„Ganz unter uns", meinte Colonel Brandon und senkte dabei den Kopf. „Er macht mir auch Angst."

Durch das emsige Treiben am Tempelplatz konnten wir uns dort einigermaßen frei bewegen, obwohl ich weit und breit die einzige Frau war. Wir gingen rasch, aber nicht hastig, um keine Aufmerksamkeit zu erregen, und ich gab weiterhin die Richtung an.

„An dieser Ecke jetzt links und dann geradeaus dort hinüber."

Nach einer Weile wurden die Straßen immer schmaler, und statt der massiven Backsteingebäude standen dort zu beiden Seiten der Straßen weiße Holzhäuser. Es gab keine Bürgersteige mehr, und nach jedem Schritt musste man den Fuß wieder aus dem Morast ziehen, bevor man den nächsten machen konnte.

„Na, hier herrscht ja eine ganz andere Art von Wohlstand", kommentierte Colonel Brandon die veränderte Umgebung. Ich erlaubte ihm, meinen Arm zu nehmen.

„Aber die Leute, die hier leben, sind nicht weniger hingebungsvoll, wenn es um ihren Glauben geht."

Wir erreichten eine der letzten Straßen des Wohnbezirks, an der zu beiden Seiten identische, schmale, zweigeschossige Häuser standen. Hinter den meisten Fenstern war es bereits dunkel, nur durch ein paar wenige drang trübes, fast grau wirkendes Licht. Ich ließ meinen Blick kurz über jede Haustür schweifen, konnte aber in der Dunkelheit unmöglich erkennen, welche die richtige war. An die Türrahmen waren in groben Ziffern Nummern aufgemalt, und ich flüsterte dem Colonel die zu, die wir suchten.

„Hier ist es", meinte er, als er vor der baufälligen Veranda stand, und ich fragte mich, wie ich sie hatte übersehen können. Drei traurige kleine Stufen – die unterste fast ganz im Morast versunken – und ein Geländer, das schon locker war, solange ich denken konnte. Der Winter hatte den wenigen Pflanzen und Sträuchern im Vorgarten arg zugesetzt. Ich wusste, dass die Schindeln bei Tageslicht genau so grau waren wie jetzt im Mondlicht. Die Fenster dieses Hauses kamen mir noch schwärzer vor als die der anderen in der Straße, und ich wusste, dass hinter den Scheiben dicke Vorhänge vorgezogen waren.

Ich legte meine Hand auf das Geländer, überlegte es mir dann aber doch anders, ließ es wieder los und setzte meinen Fuß auf die unterste Stufe.

„Gehen Sie jetzt lieber", sagte ich und griff nach meinen Sachen.

Er machte keine Anstalten, mir meine Habseligkeiten zu geben. „Ich werde Sie auf keinen Fall hier alleinlassen."

„Und ich möchte auf keinen Fall erklären müssen, wer Sie sind. Gehen Sie einfach ein Stückchen weiter, und warten Sie dort, wenn es Sie beruhigt."

„Wer wohnt denn hier eigentlich?"

„Eine Freundin."

„Und diese Freundin …"

„… wird mich aufnehmen, da bin ich ganz sicher."

„Und wenn sie es doch nicht tut?"

„Dies ist die Tür, zu der Gott mich geführt hat. Wenn er beschließt, sie nicht zu öffnen oder sie wieder zu schließen, dann werde ich um eine andere beten."

„Hier." Er nahm das Bündel mit meinen Sachen von seiner Schulter und reichte es mir, bevor er in seine Tasche griff und drei Kerzenstummel daraus hervorholte. „Ich lasse in der Stadt regelmäßige Nachtpatrouillen durchführen, und von jetzt an wird auch diese Straße mit einbezogen. Versprechen Sie mir, dass Sie, wenn Sie irgendein Problem haben …"

„Ich komme schon zurecht", unterbrach ich ihn.

Colonel Brandon öffnete den Beutel mit meinen Sachen, ließ die Kerzenstummel hineinfallen, band ihn wieder zu und fuhr dann fort, als hätte ich keinen Einwand vorgebracht: „Falls Sie irgendwann einmal in Gefahr sind, stellen Sie diese Kerzen ins Fenster. Ich schicke Ihnen dann jemanden, der Sie holt und zurückbringt."

„Wohin denn zurück?"

„Zurück zu mir."

Es war, als würde die Zeit stillstehen. Ich stand auf der Verandatreppe und war zum ersten Mal mit ihm auf Augenhöhe. So ohne Uniform und militärische Haltung war er einfach nur ein Mann, und dazu auch noch ein freundlicher, wie er so dastand mit seiner schlichten Wollmütze und den sanften braunen Augen. Ein Mann, der mich beschützen, vor Schaden bewahren und mich zurückholen wollte. Und doch empfand ich im gleichen Augenblick die Ahnung einer ganz neuen Gefahr. Einer Bedrohung, die nicht von ihm ausging, sondern aus meinem eigenen Herz kam.

„Sie meinen, wieder zurück nach Fort Bridger?" Meine Stimme war alles andere als bissig, aber trotzdem schreckte er zurück.

„Ja, ja. Natürlich. Oder zu Ihnen nach Hause. Ganz wie Sie wollen."

Ich streckte meine Hand aus und berührte ihn an der Schulter. „Vielen Dank, Colonel Brandon. Ich werde Ihnen Ihre Freundlichkeit nie vergessen."

In dem Augenblick, als ich ihn wieder losließ, nahm er Haltung an und salutierte. „Leben Sie wohl, Mrs Fox."

Dann drehten wir einander den Rücken zu und gingen getrennte Wege – er die Straße hinunter und ich die beiden verbleibenden Stufen hinauf zu der Holztür. Ich klopfte zwei Mal, und als niemand kam, zog ich meinen Handschuh aus und klopfte erneut. Während ich wartete, erlaubte ich mir, einmal ganz kurz die Straße hinauf und hinunter zu schauen, aber es war keine Spur von Colonel Brandon zu sehen, obwohl mich schon allein das Wissen beruhigte, dass er sich irgendwo in Hörweite befand.

Ich drehte mich wieder zur Tür um und wollte gerade ein weiteres Mal klopfen, als sich der Metallknauf drehte, die Tür mit unglaublicher Vorsicht geöffnet wurde, und einen kleinen Teil eines blassen Gesichtes mit einem zusammengekniffenen grünen Auge offenbarte.

„Camilla?" Mein Name wurde mit der vertrauten Stimme ausgesprochen, die so klang, als würden die einzelnen Laute über raue Jute gezogen.

„Ja, ich bin es", sagte ich, woraufhin die Tür weiter geöffnet wurde. „Hallo, Evangeline."

Kapitel 8

Sie hatte ein zerschlissenes Nachthemd an, über dem sie ein riesiges graues Umschlagtuch trug. Wie sie da in der Haustür stand, schien sie kaum mehr zu sein als ein Schatten. Unter all den Sommersprossen war ihre Haut aschfahl, und ihr Haar – das die Farbe eines Sonnenuntergangs hatte – ringelte unter einer Flanellmütze hervor. Irgendwann verzog sich ihr Gesicht zu einem Lächeln, bei dem kleine eng stehende Zähne sichtbar wurden, und sie riss die Tür weit auf.

„Komm rein! Komm doch herein!"

Das tat ich, und dann lagen wir uns auch schon in den Armen und drückten uns, wie wir es immer taten: als wären Ewigkeiten vergangen, seit wir uns das letzte Mal gesehen hatten. Jetzt war das Gefühl allerdings gerechtfertigt, denn als wir uns das letzte Mal gesehen hatten, war mein Mann noch nicht mit seiner zweiten Frau verheiratet gewesen. Evangeline Moss und ich waren fast gleich alt, aber als ich sie an diesem Abend in den Armen hielt, kam sie mir unendlich viel älter vor. Ihr Körper hatte etwas Sprödes, Zerbrechliches, so als würde sie bei meiner nächsten Berührung einfach auseinanderfallen. Doch als ich versuchte, mich von ihr zu lösen, klammerte sie sich umso fester an mich.

„Ach, als ich heute Abend zum himmlischen Vater gebetet habe, da hatte ich das Gefühl, dass du kommen würdest."

„Wirklich?" Ich löste mich jetzt behutsam von ihr und trat einen Schritt zurück. Ihr gesamter Oberarm – mitsamt

Nachthemdärmel und Umschlagtuch – passte mühelos zwischen meinen Zeigefinger und den Daumen. „Wollen wir ins Haus gehen? Dir muss doch schrecklich kalt sein hier draußen."

„Stimmt. Dir ist bestimmt auch kalt, obwohl du einen Umhang und eine Kapuze hast und alles, aber trotzdem …"

Sie plapperte nervös weiter, wodurch ich Zeit hatte, mich umzudrehen und ein letztes Mal in die Richtung zu winken, in der ich Colonel Brandon vermutete. Und dann waren wir auch schon im Haus.

Ehrlich gesagt war es im Inneren des Hauses nicht viel wärmer als draußen auf der Straße. Das einzige Licht kam von einer einzelnen Kerze, die auf einem kleinen Tischchen in der Nähe der Haustür stand.

„Lass uns in die Küche gehen", sagte sie über die Schulter zu mir. „Im Wohnzimmer ist es leider nicht besonders aufgeräumt."

„Ist mir gleichgültig. Hauptsache, ich kann mich setzen." Der Tagesritt und dann der lange Fußweg machten sich langsam bemerkbar.

„Dann ins Wohnzimmer, aber du musst die Unordnung dort entschuldigen. Sie nahm die Kerze, und nur die langen Schatten an der Wand ließen erkennen, dass wir nicht nur zwei Freundinnen waren, die sich besuchten. Wir sprachen über das Wetter – wie schön es sei, dass es nicht mehr dauernd schneie, und über die milden Winternachmittage mit Sonnenschein. „Es wundert mich ein bisschen, dass du die Mädchen nicht mitgebracht hast, wenn du schon zu Besuch kommst."

Und erst da wurde mir klar, dass Evangeline gar nichts davon wusste, dass ich meinen Mann verlassen hatte, dass ich mich fast einen Monat lang versteckt gehalten hatte und dies hier kein ganz normaler Besuch war. Weil es aber schon so spät war und ich hundemüde, entgegnete ich außer höflichen Erwiderungen nichts auf Evangelines Geplauder. Ich blieb so dicht wie möglich bei der Wahrheit, als ich sagte, die Mädchen seien wohlbehalten zu Hause und ich hätte einfach einen Tapetenwechsel nötig gehabt.

„Es ist ein wenig voll bei uns zu Haus", meinte ich und zwang mich dabei zu einem möglichst heiteren Tonfall.

„Das kann ich mir vorstellen."

Ich fragte mich allerdings, ob sie das wirklich konnte. Ich kannte Evangeline schon beinah so lange wie Nathan. Wir waren mit demselben Treck in den Westen aufgebrochen und unterwegs fast so etwas wie Schwestern geworden. Evangelines Mutter war während des Trecks am Fieber gestorben, und ich hatte damals beim Herrichten der Verstorbenen für das Begräbnis geholfen. Kurz nachdem der Treck dann am Ziel angekommen war, hatte Evangelines Vater einen Schlaganfall erlitten, und Evangeline hatte ihn sechs Jahre lang gepflegt, bevor er schließlich gestorben war. Ihre jüngeren Brüder waren als Mormonenmissionare nach England gegangen, sobald sie alt genug waren, sodass Evangeline schließlich allein zurückgeblieben war.

Als jetzt das Licht der einzelnen Kerze langsam das Zimmer erhellte, wurde mir klar, weshalb Evangeline gezögert hatte, einen Gast in ihrem Wohnzimmer zu empfangen. Ihre Möbel waren nie besonders schön gewesen, und soweit ich es erkennen konnte, hatte sie immer noch dasselbe durchgeschlissene Sofa wie eh und je, aber es waren offenbar zwei Sessel hinzugekommen. Ganz sicher war ich mir jedoch nicht, denn in dieser Nacht konnte ich nicht einmal die Möbel richtig sehen. Ja, eigentlich hatte dieses Zimmer kaum etwas, das es als Wohnzimmer ausgewiesen hätte. Überall lagen Decken herum, Kleider und Strümpfe hingen über den Sesseln, und der niedrige Eichentisch in der Mitte des Zimmers war übersät mit Geschirr, von dem ich selbst in der Dunkelheit erkennen konnte, dass es schmutzig war.

„In den Wintermonaten halte ich mich meistens hier auf", entschuldigte sie sich und schob die Sachen beiseite, damit wir uns setzen konnten. „Ich spare Brennstoff, wenn ich nur einen Ofen anmache."

„Sehr weise von dir." Ich ließ mein Bündel neben dem Sessel zu Boden gleiten, und setzte mich. Nach dem zu urteilen, was ich hinter dem kalten Kamingitter erkennen konnte, bekam dieser Raum nur sehr wenig Wärme ab.

„Ich würde dir ja gern etwas zu essen anbieten, aber das Feuer ist schon aus."

„Das macht nichts." Ich musste meine ganze Willenskraft aufbringen, um das Rumoren in meinem Magen zu ignorieren.

„Vielleicht eine Scheibe Brot? Ich habe noch einen Topf Kürbisbutter…" Evangeline nestelte an ihrem Umschlagtuch und sah mich nicht an. „Aber es ist ja schon spät, und es ist ungesund, mit vollem Magen ins Bett zu gehen. Ist schlecht für die Verdauung. Es sei denn, du wolltest dich gleich wieder auf den Weg machen. Hattest du das vor?"

Es war die erste Frage, die sie mir seit meiner Ankunft stellte, und ihr offensichtlich fehlendes Interesse zerriss mich innerlich. War sie so einsam, dass der mitternächtliche Besuch einer Freundin nicht mehr bei ihr auslöste als eine Entschuldigung für ein unordentliches Wohnzimmer? Ihre Arglosigkeit bewirkte, dass ich mich schuldig fühlte. Außer den Geistlichen und meinem Mann war Evangeline die hingebungsvollste Heilige, die ich kannte, und hätte sie gewusst, wie ich mittlerweile zum mormonischen Glauben stand, wäre ihr wahrscheinlich niemals in den Sinn gekommen, mir Brot und Kürbisbutter anzubieten. Und dennoch … Auch wenn die Dunkelheit und die Kälte draußen nur unwesentlich weniger einladend waren als die Dunkelheit und Kälte in ihrem Haus, beschloss ich, doch lieber erst einmal den Mund zu halten. Am nächsten Morgen war immer noch Gelegenheit genug, ihr die Wahrheit zu sagen.

Es war ganz sicher nicht der schlimmste Ort, an dem ich jemals geschlafen hatte. Mir hatten schon Ladeflächen von Planwagen, Scheunenfußböden, ja, sogar der harte Boden unter dem Sternenhimmel als Ersatz für eine weiche Matratze gedient. Aber was Unannehmlichkeiten anging, so war das alles nichts im Vergleich zu meiner Übernachtung auf einer fadenscheinigen Steppdecke auf den nackten Dielen in Evangelines Wohnzimmer. Doch es lag nicht allein an meinem behelfsmäßigen Schlaflager, dass ich nicht schlafen konnte. Meine linke Hand pochte, als würde mir eine Klinge tief in den Ellbogen gerammt, und Evangelines unverwechselbares Schnarchen – eine endlose Aufeinanderfolge von drei kurzen Pfeiftönen – raubte mir auch noch den letzten Nerv. Irgendwann kurz vor dem Morgengrauen siegte dann doch meine Erschöpfung über die Kälte, das Schnarchen und die Schmerzen, und ich schlief ein.

In den wenigen Stunden, die ich schlief, träumte ich von meinen Töchtern. Unser kleines Haus stand mitten in einer Tiefebene, und immer wenn wir aus der Kirche oder vom Handelsposten zurückkamen, rannten sie voraus, ließen sich auf der Hügelkuppe fallen und kullerten von oben den Hügel hinab – immer und immer wieder –, während Nathan und ich von ihrem Gelächter begleitet Hand in Hand weiterschlenderten. In meinem Traum sah ich eine solche Szene so lebendig und echt vor mir, dass ich wirklich unsere verschlungenen Finger spürte. Als ich aufwachte, lagen die Finger meiner beiden Hände tatsächlich verschränkt auf meinem Herzen, und die Namen meiner Töchter lagen mir auf der Zunge. Ach, wie sehr es mir widerstrebte, die Augen zu öffnen, solange ich in meinem Inneren noch das Echo von Lotties glockenhellem Lachen vernahm, aber schon bald drang eine andere Stimme in mein Bewusstsein, und eine spindeldürre Hand hatte mich an der Schulter gepackt.

„Guten Morgen, Sonnenschein!", sagte sie mit einer Stimme, die wie Gesang klingen sollte. „Wie ich sehe, bist du ebenfalls eine Langschläferin. Ich stehe auch meistens erst auf, wenn ich muss. Manchmal ist es dann schon neun oder zehn Uhr."

„Zehn Uhr?" Ich stützte mich mühsam auf den Ellbogen ab und richtete mich auf.

„Immer mit der Ruhe. Es ist erst kurz nach neun. Aber du musst den Schlaf ja dringend nötig gehabt haben. Komm, ich helfe dir auf."

Evangeline stand über mir und streckte mir beide Hände entgegen. Ohne nachzudenken, streckte ich ihr ebenfalls meine Hände hin, damit sie mich daran hochzog.

„Camilla! Was ist denn mit deiner Hand passiert?"

„Ach das." Schon da wusste ich, dass ich es mein Leben lang würde erklären müssen, aber ich war ja nicht gezwungen, meiner Freundin an diesem Morgen die ganze Geschichte zu erzählen. „Erfrierungen."

„Oh, wie furchtbar. Ich hoffe, dass Nathan nicht auch welche hat."

„Nein, Nathan geht es gut." Ich stand jetzt sicher auf den Beinen, und obwohl ich ausgesprochen klein war, war ich fast einen Kopf größer als sie.

„Er war gar nicht bei dir, als es passiert ist?"

„Nein."

„Dann warst du ganz allein draußen?"

„Ja." Und schon sehnte ich das arglose Mädchen vom vergangenen Abend herbei, das offenbar nie Fragen stellte.

„Und wie hat er das gemacht? Ich meine, hat Nathan das gemacht? Oder ein Arzt? Mit einem Messer? Ich habe schon davon gehört, dass Zehen mit bloßen Händen abgetrennt werden können, aber Finger ... obwohl deine ja ziemlich klein sind ..."

„Bitte, Evangeline. Das war wirklich nicht das angenehmste Erlebnis in meinem Leben, und wenn du nichts dagegen hast, möchte ich darüber lieber nicht reden."

„Ach so." Und dann schmollte sie genau wie meine Tochter Melissa, wenn sie ihren Willen nicht bekam.

„Tut mir leid", sagte ich und drückte ihre Hand mit meiner unversehrten. „Wir haben uns jetzt so lange nicht gesehen, da gibt es doch wirklich schöneren Gesprächsstoff."

Und auf der Stelle strahlte sie wieder. „Ja, natürlich. Du musst ja inzwischen halb verhungert sein. Komm mit in die Küche."

Ich folgte ihr in den kleinen farblosen Raum direkt neben der Treppe. Hier kämpfte endlich ein kleines Feuer gegen die Kälte in dem eisigen Raum an, und ich wurde davon angezogen wie eine Motte vom Licht. Abwechselnd blies ich mir in die Hände und hielt sie dann in die Wärme des Ofens.

„Weißt du", berichtete Evangeline mir ganz stolz, „Bruder Brigham hat sich persönlich dafür eingesetzt, dass ich eine Brennstoffration für den Winter bekomme. Ich bin direkt zu ihm hingegangen und habe gesagt: ‚Nur weil ich allein lebe, heißt das doch nicht, dass ich in meinem eigenen Bett frieren muss.' Er ist wirklich der freundlichste Mann, den ich je kennengelernt habe, und so großzügig. Er sagt, dass ich hier in diesem Haus bleiben kann, bis sich meine Lage ändert."

Wäre es möglich gewesen, die Wärme ihres Tonfalls einzufangen, hätte sich der Raum auf der Stelle in eine sommerliche Wüste um zwölf Uhr mittags verwandelt.

„Das ist wirklich sehr großzügig von ihm." Der kühle Tonfall, in dem ich das sagte, irritierte sie kein bisschen.

„Und ich weiß zufällig auch, dass er sich persönlich dafür einsetzt, dass seine Frauen ihre Wäsche und ihre Flicksachen zu mir schicken, damit ich ein bisschen Geld verdienen kann."

„Das tut er sicher, damit du nur ja deinen Zehnten geben kannst."

„So, wie wir es alle tun sollten", meinte sie plötzlich sehr ernst. „Uns stehen harte Zeiten bevor. Aber ihr da draußen fernab von der Stadt merkt das wahrscheinlich gar nicht. Und jetzt, da dieser schöne, neue Tag vor uns liegt, kannst du mir sicher auch sagen, was dich eigentlich nach Salt Lake City führt."

„Ich möchte nicht unhöflich sein", antwortete ich und rückte ein Stückchen vom Ofen weg, „aber könnten wir vielleicht erst frühstücken?"

Evangeline schlug sich mit der Handfläche gegen die Stirn. „Schon wieder … Siehst du, wie ich bin? Ich fange an zu reden, und dann vergesse ich beinah meinen eigenen Kopf. Du bist der Gast, setz dich doch."

Ich gehorchte, auch wenn es schwierig war, bei ihren hektischen Vorbereitungen entspannt zu bleiben. Zuerst kam ein Krug Milch auf den Tisch, den eine großzügige Nachbarin vorbeigebracht hatte. Die Milch war noch warm, das konnte ich fühlen, und am liebsten hätte ich in tiefen Zügen davon getrunken, denn mir war völlig klar, dass ich meine morgendliche Tasse Kaffee, an die ich mich so gewöhnt hatte, nicht bekommen würde.

Evangeline griff in einen Vorratsschrank und nahm ein Stück Speck heraus, von dem sie zwei dünne Scheiben abschnitt, welche sie zum Auslassen in eine große Pfanne legte. Sie entschuldigte sich dafür, dass sie keine Eier im Haus hatte – das würde warten müssen, bis ihr nächster Hilfskorb von der „Frauenhilfe" käme. Sie holte jedoch einen Laib Brot hervor, von dem sie ebenfalls zwei hauchdünne Scheiben abschnitt, welche sie auf eine langstielige Metallgabel steckte und zum Toasten auf den Ofen legte.

„Dann schmilzt die Butter besser", erklärte sie und gab der gelben Kugel in der Mitte des Tisches einen kleinen Klaps.

„Keine Kürbisbutter?" Mein Blick schweifte zu dem Topf mit der orangefarbenen Masse auf dem Regal über der Spüle.

„Ach, ich dachte, dass wir uns die vielleicht als besonderen Leckerbissen fürs Abendessen aufheben. Das heißt, wenn du zum Abendessen noch da bist. Das bist du doch, oder?"

„Wenn das so ist, auf jeden Fall", sagte ich lachend, und sie klatschte mit mädchenhafter Begeisterung in die Hände. Und auch jetzt zerriss mir ihre Freude wieder das Herz, und ich fragte mich, wie lang wohl zwei Menschen mit einer unausgesprochenen Lüge miteinander leben konnten. Doch schon bald hatte ich eine Scheibe Speck vor mir auf dem Teller sowie eine dünne Scheibe Toast, die so kross war, dass mein Kaugeräusch jedes Wort übertönte, das von der anderen Seite des Tisches kam. Zwischen den Bissen trank ich mein Glas warme, frische Milch, und mir kamen fast die Tränen, als ich daran dachte, dass meine Mädchen zu Hause fast das gleiche Frühstück bekamen.

Doch eine Mahlzeit dauert eben nur eine gewisse Zeit, ganz besonders, wenn sie so kärglich war wie die unsere. Als wir mit den Fingern die Krümel von unserem Teller aufklaubten, brach es schließlich aus Evangeline heraus: „Warum bist du hier, Camilla?"

Ich hatte meine Finger in dem Augenblick gerade im Mund, sodass ich einen Moment Zeit hatte, um meine Antwort zu formulieren. „Wenn es dir recht ist, würde ich gern eine Weile hier bei dir bleiben."

„Aber warum denn? Hat Nathan dich fortgeschickt?"

„Nein, nein", antwortete ich ein wenig überhastet. Der Hunger, der in ihrer Frage mitschwang, erschreckte mich, obwohl ich mich darüber eigentlich nicht hätte wundern sollen. Evangeline liebte Nathan schon länger, als ich ihn überhaupt kannte, und an ihrer Zuneigung zu ihm hatte sich auch in all den Jahren nichts geändert.

Meine Antwort schien sie nicht zu überzeugen. „Ich kann verstehen, dass er mit seiner neuen Frau erst einmal eine Weile allein sein möchte."

„Aber sie sind jetzt schon seit vier Monaten verheiratet."

„Dann hat sie dich vielleicht hergeschickt?"

„Schwester Amanda sagt mir mit Sicherheit nicht, was ich zu tun habe. Wenn überhaupt …" Ich hielt inne, wusste ich doch, dass mein heftiges Temperament mich vielleicht dazu verleiten würde, mehr preiszugeben, als ich wollte. „Es ist nur … wir alle … in dem kleinen Haus. Wie ich schon gestern Abend gesagt habe … es ist ziemlich voll dort."

„Aber normalerweise wohnst du doch immer bei Rachel, wenn du in der Stadt bist."

Ich zwang mich zu einem belustigten Lachen. „Rachels Haus ist ja nun wahrhaftig nicht der richtige Ort für jemanden, der auf der Suche nach ein bisschen Ruhe ist."

„Ich verstehe." Sie erhob sich abrupt und riss mir den Teller vor der Nase weg. „Und dann hast du dir wahrscheinlich gedacht, dass die arme, alte Evangeline sicher ein bisschen Gesellschaft brauchen könnte, oder? Aber all die Gelegenheiten, wenn ich vielleicht gern Gesellschaft hätte oder gern einmal Gast in einem anderen Haus wäre, auch wenn gerade keine Beerdigung anliegt, das interessiert doch niemanden." Sie stellte die Teller in die Spüle und hielt sich die Hände vor den Mund. „Oh Camilla. Das tut mir so leid. Ich wollte nicht …"

„Ist schon gut." Ich stand auf und legte meinen Arm um ihre knochigen Schultern. „Aber denk dran, dass du eigentlich zur Segnung des Babys eingeladen warst. Wenn es nach mir gegangen wäre, hätte ich dir das Begräbnis nur zu gern erspart."

„Aber freust du dich denn nicht darüber, dass euer kleiner Sohn zum himmlischen Vater zurückgekehrt ist?"

Ich wählte meine Worte sorgfältig. „Ich weiß, dass er in den Armen Jesu ist, und ja, das tröstet mich sehr."

Evangeline löste sich von mir und goss warmes Wasser aus dem Wasserkessel ins Spülbecken. Bei dem Bisschen, das wir auf den Tellern gehabt hatten, lohnte es gar nicht, Seife ins Spülwasser zu geben.

„Ich werde nie ein eigenes Baby haben, weißt du."

„Red doch keinen Unsinn", sagte ich und brachte ihr die benutzten Tassen vom Tisch. „Du bist immer noch jung – das sind wir beide. Und ich weiß, dass du irgendwann einen Mann findest. Sogar schon bald. So bald, wie du es willst."

„Du verstehst mich nicht." Sie sah aus wie jemand, der gleich ein Geständnis machen würde. Ich drängte sie nicht, etwas zu verraten, denn ich hatte ja selbst Geheimnisse.

Irgendetwas sagte mir, dass ein falsches Wort von mir den Damm unerwünschter Geständnisse, der sich zwischen uns aufgebaut hatte, zum Bersten bringen würde. Also half ich ihr lieber schweigend, rasch die Küche aufzuräumen, und behielt meine eigene Geschichte für mich, obwohl es mir auf der Zunge lag, damit herauszuplatzen.

„Heute Nacht lasse ich dich aber nicht wieder auf dem Wohnzimmerfußboden schlafen", sagte Evangeline und wischte mit einem trockenen Handtuch über den sauberen Tisch. „Du kannst gern eines der Zimmer oben haben, solange du möchtest."

Ich stellte die sauberen Teller ins Regal und meinte: „Ich möchte dir wirklich keine Umstände machen."

„Wenn du möchtest, kannst du auch einen Bettwärmer mit nach oben nehmen. Wenn du schnell einschläfst, ist es dort oben warm genug."

„Ich komme schon zurecht, Evangeline."

„Und ich werde dir auch keine Fragen stellen. Erzähle nur das, was du willst … ich meine darüber, weshalb du hier bist."

„Du bist eine echte Freundin. Und das ist alles, was ich im Augenblick brauche."

Evangeline nickte zufrieden – sowohl mit der Küche als auch mit meiner Antwort. Sie wandte sich in Richtung Wohnzimmer, blieb aber in der Tür stehen und stemmte die Hände in ihre schmalen Hüften.

„Sieht ja ganz so aus, als hätten wir hier erst einmal ein schönes Stück Arbeit vor uns, oder?"

„Ach, da habe ich schon Schlimmeres gesehen", entgegnete ich beschwichtigend. Ich nahm das Tablett mit schmutzigem Geschirr von dem kleinen Tisch und ging damit zurück in die Küche, froh darüber, dass wir das Spülwasser nicht schon weggeschüttet hatten. Es fühlte sich gut an, etwas zu tun zu haben. Ich schabte jetzt doch etwas Seife in das Wasser und stellte dann das Geschirr zum Einweichen hinein. Währenddessen stellte ich mir vor, wie Evangeline allein im trüben

Licht ihres Wohnzimmerofens saß und aß, nur ein paar Schritte von der Stelle entfernt, an der sie sich dann wenig später schlafen legen würde. Ihre Situation machte sie fast noch mehr zu einer Gefangenen, als ich es je gewesen war, allerdings schien es für sie im Unterschied zu mir keine Hoffnung auf eine Befreiung zu geben.

Als ich ins Wohnzimmer zurückkam, hatte sie den größten Teil des Bettzeugs schon zusammengelegt und es in einen großen Korb hinter dem Sofa geräumt. Ich zog die Vorhänge auf und ließ die Morgensonne herein, wodurch sich auf der Stelle das ganze Zimmer verwandelte. Es hatte plötzlich eine Heiterkeit, die weder ihre Stimmung noch die meine widerspiegelte.

„Bring doch deine Sachen nach oben", schlug Evangeline vor und deutete mit dem Kopf in Richtung des kleinen Bündels, das auf dem Sessel mit der hohen Lehne lag. „Such dir oben einfach ein Zimmer aus."

„Willst du nicht mit nach oben kommen?"

Sie schüttelte den Kopf. „Ach, ich geh da nicht mehr so oft hinauf. Ich denke immer wieder darüber nach, ob ich nicht ein, zwei Logiergäste aufnehmen sollte. Wahrscheinlich kann ich jetzt an dir schon mal üben."

Die Andeutung eines Lächelns auf ihrem Gesicht sollte zeigen, dass ihre letzte Bemerkung als Scherz gemeint war, obwohl ich wusste, dass sie mir jeden Geldbetrag, den ich ihr angeboten hätte, sofort aus der Hand gerissen hätte.

Ich nahm meine Tasche und stieg die schmale Treppe hinauf. Im Obergeschoss herrschte eine seltsam eisige Muffigkeit, die an einen Dachboden erinnerte. Von früheren Besuchen wusste ich, dass in dem hinteren Schlafzimmer der gelähmte Bruder Moss nach seinem Schlaganfall bis zu seinem Tod gelegen hatte. Schaudernd atmete ich ein, und mir war klar, dass ich dort niemals würde schlafen können.

Zu meiner Linken befand sich das ehemalige Zimmer von Evangelines Brüdern. Beide Betten waren abgezogen, aber an den Wänden hingen immer noch viele Zeichnungen. Aus Neugier betrat ich den Raum, ging ein wenig darin umher und betrachtete die kindlich gezeichneten, aber ernst gemeinten Bilder von den Helden der Mormonen. Samuel der Lamaniter, der einem Pfeilhagel entgegenblickt; Ammon mit einem gewaltigen Schwert. Diese Männer – Fantasiegestalten von Joseph Smith – hatten noch Vorrang vor den Helden in Gottes heiligem Wort. Da war es kaum verwunderlich, dass die Bilder von ihnen hängen geblieben waren, während all die anderen persönlichen Dinge der Jungen in Schubladen verstaut worden waren.

Schaudernd ging ich in Evangelines Zimmer, auch wenn mir die Vorstellung gar nicht behagte, sie daran zu hindern, in ihrem eigenen Bett zu schlafen. Aber sie hatte ja deutlich genug geäußert, dass sie lieber unten schlief, und deshalb betrat ich jetzt den Raum, und mir gefiel, was ich sah. Eine bunte Flickendecke war über das Bett gebreitet, das bequem aussah und an dessen eisernem Kopfende mehrere weiche Kissen lehnten. Die Vorhänge vor dem Fenster waren zugezogen, aber als ich sie aufzog, konnte ich nach unten auf die Straße blicken, auf der jetzt emsiges Treiben herrschte. Der Flickenteppich auf dem Boden des Zimmers war abgenutzt, und sowohl auf der Schreibtischplatte als auch auf der Kommode lag eine dünne Staubschicht, doch darüber hinaus war das Zimmer sauber und aufgeräumt.

Ich hatte ja auch fast nichts zum Einräumen. Mein einziges Kleid trug ich am Leib, aber ich hatte ein wenig Unterwäsche und einige Paar Strümpfe dabei, die ich in einer der Schubladen verstaute. Meine Bibel bekam ein neues Zuhause auf dem Tischchen neben dem Bett, ebenso wie die drei Kerzenstummel, die mir Colonel Brandon mit der düsteren Anweisung gegeben hatte. Doch in diesem Moment, da ich in einem breiten Streifen Sonnenlicht stand, konnte ich mir nicht vorstellen, was so Schreckliches passieren sollte, dass ich bei Nacht seine Soldaten würde rufen müssen. Aber es hatte ja schließlich auch Zeiten gegeben, in denen ich mir niemals hätte vorstellen können, woanders zu sein als in den Armen meines Mannes. Deshalb reihte ich mit einer Haltung, die fast etwas Zeremonielles hatte, die drei Kerzen – die alle drei so dick waren, dass sie keinen Kerzenhalter brauchten – auf der Fensterbank auf. Schon ihr Anblick verlieh mir ein zusätzliches Gefühl von Sicherheit, und aus reiner Neugier wagte ich einen Blick aus dem Fenster, um festzustellen, ob ich wohl einen der Männer zu Gesicht bekäme, die als Wachen aufgestellt waren.

Aber nein, da war kein uniformierter Soldat hoch auf einem edlen Ross. Keine Ansammlung junger Männer, die in Hab-Acht-Stellung dastanden. Ich presste meine Stirn an die Scheibe. Wie sollte ich denn wissen, woran man eine Militärpatrouille erkannte? Colonel Brandon hatte unterwegs Zivilkleidung getragen, um nicht aufzufallen, und deshalb würden die Soldaten, die er sandte, wahrscheinlich ebenfalls keine Uniform tragen.

Aber dann, als ich mich gerade wieder vom Fenster entfernen wollte, bemerkte ich auf der anderen Straßenseite zwei Häuser entfernt einen Mann. Obwohl es ein kalter Wintermorgen war, stand er ganz allein und völlig reglos da, während um ihn herum Männer und Frauen ihren Tätigkeiten nachgingen. Männer zogen Handkarren. Frauen gingen in Gruppen zu zweit oder zu dritt, ganz ins Gespräch vertieft. Kinder wuselten umher oder rannten, um nicht zu spät zu kommen, als in der Ferne die Schulglocke ertönte.

Aber dieser Mann … Er trug einen dunkelblauen Wollmantel und einen breitkrempigen Hut, den er tief ins Gesicht gezogen hatte, sodass man seine Augen nicht sehen konnte. Ja, ich hätte seine Augen vielleicht gar nicht sehen können, wenn nicht sein Blick nach oben gerichtet gewesen wäre und er mich direkt angeschaut hätte.

KAPITEL 9

Wir richteten uns in unserem geregelten Tagesablauf ein wie zwei alte Jungfern, die schon ein Leben lang haben mit ansehen müssen, wie das Leben an ihnen vorüberzieht. Jede Mahlzeit – so karg sie auch sein mochte – wurde vom Zubereiten über den Verzehr bis zum Spülen und Wegräumen immer desselben Geschirrs zu einer Art Zeremonie. Ein Topf Suppe bot Gesprächsstoff für einen ganzen Tag, wenn wir schweigend unseren jeweiligen Beitrag zur Zubereitung leisteten und hin und wieder Bemerkungen über den köstlichen Duft machten. Und die Suppe an diesem Tag war auch wirklich köstlich – mit Wurstscheiben darin, Kartoffelstücken, einem Stück guter Butter und kurz vor dem Servieren einem Schuss Sahne.

Dennoch hatte ich in diesen ersten Tagen bei Evangeline einen Hunger, wie ich ihn seit den letzten Meilen auf unserem Treck nach Zion nicht mehr erlebt hatte. Evangeline lebte ausschließlich von den mildtätigen Gaben der anderen Gläubigen, und die Lebensmittelrationen, die ihr zugeteilt wurden, reichten kaum für sie allein, geschweige denn auch noch für die abtrünnige Freundin, die heimlich bei ihr untergekrochen war. Wir aßen zwei Mahlzeiten am Tag – am späten Vormittag frühstückten wir, und eine Stunde nach Sonnenuntergang aßen wir zu Abend. Hunger war unser ständiger Begleiter, die tiefe Stimme in unserem Inneren, die sich nicht zum Schweigen bringen ließ. Zunächst machte sich diese Stimme durch einen unablässig laut knurrenden Magen bemerkbar. Aber so, wie sich ein weinendes Kind irgendwann beruhigt, selbst wenn es nicht getröstet wird, beruhigte sich auch das Rumoren in meinem Bauch, sodass nur noch ich selbst es hörte.

Mit dem Hunger ging eine ständige Müdigkeit einher, und ich erkannte langsam, wie die unverheiratete, einsame Evangeline ihre Tage verbrachte. Ich vermutete, dass sie sich jetzt, da sie einen Gast hatte, besondere Mühe mit dem Haushalt gab, aber keine einzige der Tätigkeiten im Haushalt nahm mehr Zeit in Anspruch als eine Stunde, und an den Nachmittagen taten wir auch nichts Schwereres, als eine Nadel zu bewegen. Ich half Evangeline bei den kleinen Näh- und Flickarbeiten, die sie für ein paar wohlhabende Damen aus ihrer Gemeinde erledigte, und hoffte, dass ich durch diese Hilfe wenigstens ein bisschen zu meinem Lebensunterhalt beitrug.

„Normalerweise werde ich nach der Sonntagsversammlung zu irgendjemandem nach Hause zum Sonntagsessen eingeladen", sagte Evangeline, als wir am Samstagabend unser Geschirr abtrockneten – eine der ewig wiederkehrenden Tätigkeiten. Wir hatten die Reste der Kartoffelsuppe mit Wurst gegessen und am Ende den Topf mit dem letzten Kanten eines Laibes Brot ausgewischt, den wir uns geteilt hatten. Zum Nachtisch gab es eine Zuckerstange mit Pfefferminzgeschmack, die wir uns ebenfalls teilten. „Wenn wir zusammen in die Versammlung gehen, wirst du bestimmt auch mit eingeladen, denn sie haben dort immer reichlich zu essen."

Ich konzentrierte mich ganz auf das, was ich gerade tat, und wählte meine nächsten Worte sorgfältig.

„Ich hatte eigentlich gar nicht vor, mit in die Versammlung zu gehen."

„Was? Du willst nicht mitgehen?" Sie gab sich nicht die geringste Mühe, ihr Misstrauen zu verbergen. „Aber warum um alles in der Welt willst du nicht? Gerade jetzt ist es doch wichtiger denn je, dass wir an unserem Glauben festhalten.

Ganz besonders für dich, wo du so weit weg bist von deiner Familie …"

„Aber genau das ist doch der Grund." Ich nahm die gespülten und abgetrockneten Teller und stellte sie ins Regal. „Ich möchte nicht erklären müssen, wieso ich hier bin. Ich möchte nicht, dass die Leute meinen, ich wäre unzufrieden oder ungehorsam."

„Aber bist du das denn nicht? Ich meine unzufrieden?"

Ihre Frage rührte von einem Hunger her, den auch keine noch so große Menge von Nahrung stillen konnte.

„Das ist für dich wahrscheinlich schwer zu verstehen, ich weiß. Aber für mich ist es auch nicht gerade einfach. Und ich bin dir so dankbar, dass du mich aufgenommen hast."

Sie kniff die Augen zusammen. „Ich weiß aber nicht so recht, wie lange ich mein Haus für jemanden öffnen will, der am Sonntag nicht in die Kirche gehen möchte."

Ich hatte das ganz starke Gefühl, als umkreisten wir einander wie zwei Katzen, die gerade zum ersten Mal die Anwesenheit der jeweils anderen im Raum bemerkt hatten. Während all der Tage, der vielen Stunden, die ich jetzt schon da war, hatte Evangeline mich noch kein einziges Mal gefragt, wieso ich nicht zu Hause war. Sie schien zufrieden gewesen zu sein mit der halbherzigen Erklärung, die ich ihr am ersten Abend gegeben hatte.

„Außerdem würde es mir schwerfallen, ohne die Mädchen in die Versammlung zu gehen. Ich vermisse sie so sehr." Dass ich an dieser Stelle schlucken musste, war nicht gespielt. Am nächsten Morgen würde Amanda den Mädchen die besonderen Sonntagsfrisuren machen und sie bei ihren kleinen Händen nehmen, wenn sie die Kirche betraten. Sie würde neben Nathan in der Bank unserer Familien sitzen, und Lotties weicher kleiner Kopf würde an ihrer Schulter liegen, wenn die Predigt von Elder Justus zu lang wurde. Ich spürte immer noch das Gewicht ihres Köpfchens auf meiner Schulter – und dieses Gefühl war eher tröstlich, als dass es wehtat.

„Auch Nathan?"

„Natürlich", sagte ich immer noch ganz gefangen in meinem Tagtraum. „Ich vermisse alles, was wir als Familie gehabt haben."

„Also gut ...", meinte sie, klang aber so, als sei sie immer noch nicht überzeugt. „Vielleicht kannst du dann ja wenigstens mit mir auf den Markt kommen und ein bisschen Tauschhandel treiben."

„Ich weiß nicht recht, Schwester. Du weißt doch, dass ich nichts habe – nichts, das ich beitragen könnte."

Sie tat meinen Protest mit einem Winken ihrer dürren Hand ab. „Es ist schon ein Vergnügen für mich, überhaupt Gesellschaft zu haben. Ich habe doch fast nie Gelegenheit, Gastgeberin zu sein. Und dazu fordert uns der himmlische Vater ja ausdrücklich auf. Du gibst mir die Gelegenheit, jemand zu sein."

„Aber du bist doch etwas, Liebes – eine wunderbare Freundin."

„Wie heißt es doch im siebenten Kapitel von Moroni: ‚Darum, meine geliebten Brüder, wenn ihr nicht Nächstenliebe habt, seid ihr nichts, denn die Nächstenliebe hört niemals auf.' Siehst du? Ich bin nichts. Ein Niemand. Aber jetzt gibt mir der himmlische Vater die Gelegenheit, etwas zu sein. Ich habe nicht viel, aber alles, was ich habe, gehört auch dir, solange du hierbleiben musst."

Ich brachte gerade noch ein „Danke" heraus, bevor ich sie ganz fest an mich zog. Es tat mir richtig weh, dass sie sich selbst als wertlos betrachtete. Und noch mehr schmerzte es, dass sie die Worte der falschen Lehre von Joseph Smith so sehr verinnerlicht hatte, dass dadurch selbst das bisschen noch verdreht wurde, was gut war. Ich schalt mich selbst für jeden murrenden Gedanken, der doch nur auf meinen knurrenden Magen zurückzuführen war. Und als ich ihre zerbrechliche Gestalt so in den Armen hielt, bat ich Gott, auch mir zu vergeben. Aber es war genau diese Hingabe an die Mormonen, die mich dazu zwang, ihr die Wahrheit über meine derzeitigen Lebensumstände noch ein bisschen länger zu verheimlichen. Wenn sie jemals gezwungen sein sollte, ihr Gewissen darüber entscheiden zu lassen, ob sie ihrer Kirche gehorchen oder einer Freundin Unterschlupf gewähren würde, dann würde auf jeden Fall Ersteres gewinnen.

Trotzdem blieb ich bei meinem Entschluss, sie nicht zum Markt zu begleiten, und begründete ihn mit beginnenden Kopfschmerzen – was nicht einmal der Unwahrheit entsprach, denn ich verspürte ständig ein leichtes Brummen im Kopf, direkt hinter den Augen. Aber ich wickelte ihr mit geradezu mütterlicher Fürsorge ihren Schal um den Hals und hängte ihr den Henkelkorb über den Arm. Wenn der Korb gefüllt war, würde sie wahrscheinlich vornüberkippen, so schmächtig sah sie aus. Als sie schließlich bereit war, begleitete ich sie noch zur Tür, um mich zu vergewissern, dass sie auch sicher die Treppe hinunterkam.

Und da war er wieder, der Mann, den ich schon am ersten Morgen gesehen hatte. Er stand auf der gegenüberliegenden Straßenseite. Ich hatte ihn seit jenem ersten Tag nicht mehr gesehen, aber seine Gesichtszüge hatten sich mir so eingeprägt, dass ich ihn eindeutig wiedererkannte. Er trug denselben blauen Mantel und denselben tief ins Gesicht gezogenen breitkrempigen Hut, und mir fiel auf, dass sein Bart aus einer fast sternförmigen Kerbe in seinem Kinn zu wachsen schien. Sein Blick schweifte direkt zu Evangelines geöffneter Haustür hinüber, aber da war es schon zu spät, sie noch zurückzurufen. Und wie hätte ich es ihr auch erklären sollen? Stattdessen unterdrückte ich einen Aufschrei, schlug die Haustür zu und ließ mich von innen dagegen fallen. Trotz der unvermeidlichen Kälte im Raum bildeten sich Schweißperlen auf meiner Stirn, und mein Atem ging in kurzen, heftigen Stößen.

„Herr, bitte beschütze mich."

Mein Gebet kam krächzend und kehlig hervor, und ich muss gestehen, dass ich nicht einmal genau wusste, wovor er mich eigentlich beschützen sollte. Schließlich war es ja auch durchaus möglich, dass der Mann einer der Soldaten war, die Colonel Brandon als Wache in meiner Nähe postieren wollte.

„Ein Soldat … ein Soldat." Schon allein die Worte laut auszusprechen beruhigte mich ein wenig. Ich versuchte, mir sein Gesicht in Erinnerung zu rufen und es mit all den Gesichtern zu vergleichen, die ich während meines Aufenthalts in Fort Bridger gesehen hatte, aber ich konnte mich nicht mehr genau an seine Züge erinnern. Außerdem hatte ich während meines Aufenthalts wahrscheinlich gar nicht alle Männer gesehen, die dort stationiert waren. Dennoch hatte sein Blick nichts Beruhigendes gehabt, und jetzt wusste er zu allem Übel auch noch, dass ich allein im Haus war. Mit zitternden Händen drehte ich mich um, schob den schweren eisernen Riegel vor die Tür und fühlte mich danach einigermaßen sicher.

Als Evangeline ein paar Stunden später wieder nach Hause kam, sah sie erfrischt aus. Ihr unter den Sommersprossen gewöhnlich so fahles Gesicht war jetzt rosig, und ihre grünen Augen funkelten lebhaft. Ich ging ihr entgegen, um ihr eines der Pakete abzunehmen, die sie trug, und wurde mit einem Hauch all der Gerüche belohnt, die man von einem Winternachmittag auf dem Markt in einer großen Stadt mitbringt.

„Ach, es war herrlich", rief sie und kam beinah in die Küche gehüpft. „Ich habe um eine zusätzliche Portion Pökelfleisch gebeten, und was soll ich dir sagen, sie haben mir nicht nur das, sondern auch noch einen Schinken und Speck gegeben. Ist das zu glauben? Nicht nur die wenigen Scheiben, die ich normalerweise bekomme, sondern einen ganzen Schinken. Nur für uns beide. Nun ja, eigentlich sogar nur für mich, denn sie wissen ja nicht … Aber ist es nicht wunderbar, wie gut die Heiligen füreinander sorgen?"

So gesprächig war sie seit meiner Ankunft nicht gewesen, und ich konnte plötzlich wieder das Mädchen vor mir sehen, mit dem ich mich damals angefreundet hatte, als wir beide noch so jung gewesen waren. Sie redete ohne Punkt und Komma, sodass ich gar nicht zu Wort kam, aber ich hätte auch nicht im Traum daran gedacht, ihre Lobeshymne zu unterbrechen. Ob sie nun großzügig waren oder schlicht gehorsam – auf jeden Fall sorgten die Anhänger von Brigham Young dafür, dass sie überleben konnte. Zumindest daran gab es nichts auszusetzen.

„Das ist ein Zeichen dafür, dass Gott für uns sorgt", wandte ich jedoch ein und nahm Papiertüten voller Weizenmehl und Maismehl aus dem Einkaufskorb.

„Durch die Heiligen", entgegnete sie, und ihre Stimme klang dabei kalt, so wie immer, wenn ich etwas sagte, in dem auch nur andeutungsweise Kritik an der Kirche der Mormonen mitschwang. „Gott wird wohl kaum einen ganzen Schinken auf meinen Tisch fallen lassen."

„Man kann nie wissen. Schließlich hat er ja für das Volk Israel auch Manna vom Himmel regnen lassen. Und Jesus hat fünftausend Menschen mit nur fünf Broten und zwei Fischen satt bekommen."

„Der himmlische Vater gebraucht immer Menschen, um zu wirken."

„Das stimmt." Ich muss gestehen, dass ich für Brighams Verordnung, den Armen zu essen zu geben, dankbar war. Mir lief schon das Wasser im Mund zusammen, als ich den Beutel öffnete, der gefüllt war mit zwei großzügig bemessenen Scheffeln getrockneter Bohnen und einer Zwiebel. „Aber wenn du an den himmlischen Vater glauben würdest – und zwar nur an ihn –, dann würde er dich auch nicht verhungern lassen."

„Du kannst doch den Glauben an Gott nicht vom Glauben an den Propheten trennen, Camilla! Sie sprechen doch mit einer Stimme. Gehorsam gegenüber dem einen ist gleichbedeutend mit dem Gehorsam gegenüber dem anderen."

Ich biss mir auf die Zunge, um ihr nicht zu widersprechen. Schließlich versorgte Gott mich gerade durch sie mit einem

Dach über dem Kopf und Nahrung. Es würde sich bestimmt ein anderes Mal die Gelegenheit ergeben, über dieses Thema zu sprechen. Vielleicht wären wir auch beide besser gelaunt, wenn unsere Bäuche erst einmal mit einer Schale heißer Bohnensuppe mit Speck gefüllt waren. Um uns beide aufzumuntern, schlug ich dann auch vor, genau das zu kochen, obwohl die Bohnen erst über Nacht einweichen mussten. Aber Evangeline hatte auch fünf Kartoffeln bekommen, von denen wir eine schälten, dazu eine halbe Zwiebel, und das alles gaben wir dann mit einer dünnen Scheibe Pökelfleisch in die Pfanne.

Es war der erste richtige Essensduft, den ich erlebte, seit ich bei Evangeline angekommen war. Ja, eigentlich sogar der erste, seit ich vor über einem Monat mein eigenes Zuhause verlassen hatte, und ich weinte fast vor Vorfreude auf das Essen. Nach meiner Einschätzung reichte der Pfanneninhalt gerade für eine großzügige Portion für jede von uns, ohne dass etwas übrig blieb. Wir aßen unsere Teller ratzeputz leer und wischten sie dann noch mit frischem Brot sauber.

„Und stell dir vor", meinte Evangeline, als sie sich auf ihrem Stuhl zurücklehnte und sich den flachen Bauch rieb, „morgen bekomme ich wieder genauso gut zu essen. Ich habe auf dem Markt nämlich Schwester Bethany getroffen, und sie hat mich nach der Versammlung morgen zum Essen eingeladen. Sie hat gesagt, dass Sie Kürbiskuchen backen will. Bist du ganz sicher, dass du nicht doch mitkommen willst?"

„Ganz sicher. Danke für dein Verständnis." Das gute Essen und der warme Ofen bewirkten bei mir ein so intensives Gefühl von Sattheit und Wärme, dass ich direkt dort am Tisch hätte einschlafen können, obwohl es noch nicht einmal sieben Uhr abends war.

„Also gut, dann nehme ich an, dass ich nachgeben muss." Auch Evangelines Laune hatte sich jetzt spürbar gebessert. Sie stand auf und streckte sich. „Lass das schmutzige Geschirr doch stehen. Ich mache jetzt erst einmal Wasser warm, damit wir baden können."

Und so marschierten wir hinaus zur Wasserpumpe direkt hinter dem Haus, um den Wasserkessel und alle anderen verfügbaren Töpfe mit Wasser zu füllen, das wir dann auf dem Herd zum Kochen aufsetzten. Ein Holzscheit nach dem anderen wanderte ins Feuer, bis es in der Küche so heiß war wie an einem Nachmittag im August.

Ich weiß nicht, wieso ich dann nicht den Raum verließ, denn Evangeline war schließlich eine erwachsene Frau und kein Mädchen mehr, aber irgendetwas an ihr wirkte auf mich so klein und zerbrechlich, dass ich einfach blieb. Ich war es, die mit dem Handrücken die Wassertemperatur prüfte; ich war es, die dünne Seifenflocken von dem Stück süß duftender Seife abschabte und sie ins Wasser fallen ließ; ich war es, die in dem Wust ihrer roten Locken herumsuchte, bis ich auch die letzte Haarnadel gefunden und herausgezogen hatte.

„Wenn du willst, helfe ich dir beim Haarewaschen", bot ich an.

„Wirklich? Würdest du das machen? Es ist immer so schwierig, weil es jedes Mal völlig verfilzt."

Also saß Evangeline vollständig bekleidet auf dem Boden, und ich half ihr, den Kopf so zu legen, dass ihr Nacken bequem auf dem Rand des Zubers ruhte. Ich hatte meine Ärmel bis zu den Ellbogen hochgekrempelt und schöpfte so lange Wasser über ihr Haar, bis alles ganz durchnässt war. Dann rieb ich das Stück Seife zwischen meinen Händen, bis es schäumte, und strich damit durch die nassen Haare, massierte ihre Kopfhaut und spülte anschließend mit klarem Wasser nach. Als ich damit fertig war, drehte ich das Haar zu einem dicken Strang und wickelte es in ein Handtuch.

Dann erhob ich mich und versprach ihr, das Haar nach dem Bad noch auszukämmen und zu flechten.

„Warte." Sie griff nach meinem Arm, damit ich ihr auf die Beine half. „Würde es dir etwas ausmachen, nach oben in mein Zimmer zu gehen und mir ein frisches Garment aus der obersten Kommodenschublade zu holen?" Das Garment war das heilige Untergewand der Mormonen, das nie abgelegt werden durfte.

Ich zögerte ganz kurz – fast hätte ich sie gefragt: Weshalb denn das?! –, entgegnete aber schließlich: „Aber natürlich." Wie hatte ich das nur vergessen können?

Ich nahm ein langes Streichholz aus der Schachtel am Herd, hielt es in die Herdflamme und zündete damit eine Lampe an.

„Bist du sicher, dass du die wirklich brauchst?" Evangeline stand gebückt da und schnürte sich gerade die Stiefel auf. „Ich dachte, du kennst dich inzwischen hier aus. Und es ist gleich in der obersten Schublade."

„Ich werde die Lampe keinen Moment länger anlassen als nötig", beruhigte ich sie. Ich hatte mich zwar schon fast an die ewige Dunkelheit in dem Haus gewöhnt, fühlte mich aber nie richtig wohl darin.

Die Wärme in der Küche hatte sich verflüchtigt, lange bevor sie das Obergeschoss hatte erreichen können. Ich stellte die Lampe auf ein vergilbtes Spitzendeckchen, zog die oberste Kommodenschublade auf, und mein Blick fiel sofort auf den vertrauten Baumwollstoff des Garments. Obwohl es zusammengefaltet war, damit die geheimen Symbole nicht zu sehen waren, sah ich diese eingestickten Zeichen ganz genau vor mir – das Quadrat und die Kompasse auf jeder Brust sowie die Zeichen auf dem Nabel und dem Knie. Langärmelig war es und reichte vom Hals bis zu den Knöcheln. Auch ich hatte bis zu der Nacht, in der ich Nathan verlassen hatte, ein solches Garment getragen. So viele Lasten waren für mich in diesen Stoff eingewebt, und dennoch wusste ich, dass für Evangeline das Tragen des Garments gleichbedeutend war mit dem Tragen ihres Glaubens.

Da ich das Garment in der einen und die Lampe in der anderen Hand hielt, schob ich die Schublade mit dem Ellbogen zu und ging wieder in die Küche hinunter. Das Feuer, das so munter geprasselt hatte, um das Badewasser zu erhitzen, war beinah erloschen, und langsam kam die Kälte eines fast leeren Hauses an einem Winterabend wieder hereingekrochen.

„Wir sollten noch einmal Holz nachlegen", rief ich, als ich um die Ecke kam. „Du holst dir ja sonst den Tod …"

Der Anblick, der sich mir dort in der Küche bot, ließ mich abrupt stehen bleiben. Evangeline war so klein und schmächtig, dass sie vollständig in den kleinen Waschzuber passte, auch wenn sie in diesem Moment gerade stand und ihr das Wasser nur bis zu den Knöcheln reichte. Das nasse Haar hing ihr schwer den Rücken herunter, weil sie das Handtuch schon wieder zur Seite gelegt hatte. Ihr Garment – das genau so aussah wie das, welches ich in der Hand hielt – klebte klatschnass an ihrer Haut.

„K-k-k-kannst du mir bitte helfen?" Ihre Zähne klapperten beim Sprechen, während sich ihre Finger mit den Bindebändern des Garments abmühten.

„Ach, Schwester …" Ich stellte die Lampe ab, legte das frische Garment auf den Tisch und eilte ihr zur Hilfe. „Beim Baden kannst du es aber doch ruhig ausziehen, oder?"

Sie hielt ihre Lippen weiter fest zusammengepresst und schüttelte den Kopf.

Ein Bindeband befand sich am Halsausschnitt des Hemdes und ein zweites weiter unten zwischen den Symbolen, die auf der Brust aufgestickt waren. Dieses zweite Band hatte sich verknotet, und weil es außerdem nass war, konnte man es nur mit Mühe öffnen.

„Komm mal näher ans Licht." Ich reichte ihr meine Hand, um ihr über den Rand des Zubers zu helfen und führte sie an den Tisch. Das Zittern, wegen dem sie das Band nicht aufbekommen hatte, hatte inzwischen ihren gesamten Körper erfasst, sodass sie krampfte. „Halte dich an mir fest", wies ich sie an, „und versuche, möglichst still zu stehen."

Sie klammerte sich an meinen Oberarm und behinderte dadurch meine Bemühungen noch mehr, sodass ich ganz nah an sie herantreten musste, so nah, dass ich sehen konnte, wie ihre Knochen unter der Haut hervortraten.

„Vielleicht wäre das hier ein bisschen einfacher, wenn ich noch alle zehn Finger hätte", sagte ich locker, um die Stimmung ein wenig zu heben.

„Vielleicht ist das ein W-W-Wunder, um das wir beten sollten. Dass sie wieder w-w-w-wachsen."

Mir war sofort klar, dass es zu lange dauern würde, das Bindeband zu öffnen. „Ich glaube, wir müssen es durchschneiden."

„N-n-n-nein!" Was ihr Garment anging, verstand Evangeline keinen Spaß, und ihre zusammengebissenen Zähne unterstrichen ihre Entschlossenheit noch.

„Entweder ich schneide es durch, oder du wartest, bis das Band getrocknet ist, aber du holst dir ganz sicher eine Erkältung, wenn du es noch lange so anbehältst."

„Du k-k-k-kannst doch nicht …"

„Nur hier direkt am Knoten", beruhigte ich sie. „Und dann können wir es doch auch gleich wieder annähen."

„Das solltest du doch eigentlich besser wissen."

„Ich weiß auf jeden Fall, dass es töricht ist, sich eine Erkältung zu holen", entgegnete ich und löste mich von ihr. „Ich hole jetzt eine Schere."

Ich ließ die Lampe bei ihr zurück, denn im Wohnzimmer kannte ich mich inzwischen so gut aus, dass ich mich auch im Dunkeln zurechtfand. Ich wusste genau, dass der Nähkorb direkt neben ihrem Lieblingssessel stand, und ich ertastete die kalten Klingen der Schere auch sofort. Außer der Schere nahm ich noch eine Wolldecke mit zurück in die Küche, die zuoberst auf Evangelines Bettzeug in einem Korb lag. Ich hoffte, sie hielt es nicht für unschicklich, sich darin einzuwickeln und sich aufzuwärmen, bevor sie das frische, trockene Garment anzog.

Als ich wieder zurückkam, fand ich sie noch genauso vor, wie ich sie zurückgelassen hatte, nur dass sie jetzt kniete und die Hände zum Gebet gefaltet hatte. Auch ich kniete mich hin und betete schweigend neben ihr.

Gott, himmlischer Vater, danke, dass du mich aus dieser Knechtschaft befreit hast.

Dann berührte ich sie an der Schulter und sagte: „Ich nähe das morgen, wenn du in der Kirche bist."

Sie nickte, und ich zog das Garment ein Stückchen von ihrer Haut weg, sodass ich die Schere zwischen den Stoff und ihre kalte, blasse Haut schieben konnte. Ich hatte gedacht, dass nur ein schneller Schnitt nötig wäre, um Evangeline von dem kalten, nassen Kleidungsstück zu befreien, aber ich musste rasch feststellen, dass ich mich getäuscht hatte. Als ich nämlich versuchte, mit der Schere den nassen Stoff durchzuschneiden, geschah gar nichts.

„Wann hast du die das letzte Mal schleifen lassen?"

„Noch nie." Ihre Augen waren genau so fest geschlossen wie der nasse Knoten am Garment.

„Ich möchte sie aber durch den nassen Stoff nicht noch stumpfer machen oder riskieren, dass sie rostet."

„Dann hol ein Messer."

„Bist du sicher?"

Ich deutete ihr Schweigen als Einverständnis und ging zur Arbeitsfläche, auf der immer noch das Messer lag, das ich zum Kartoffelnschneiden benutzt hatte. Ich legte die Schere hin, nahm das Messer und ging zu Evangeline zurück, der inzwischen Tränen über das sommersprossige Gesicht liefen. Sie sah so klein und so kindlich aus, dass ich sie am liebsten in die Decke gewickelt, in die Arme genommen und gewiegt hätte, bis ihr wieder warm war.

„Himmlischer Vater", betete sie, und inzwischen war ihr offenbar wenigstens wieder so warm, dass sie nicht mehr mit den Zähnen klapperte. „Vergib mir. Vergib mir, dass ich so dumm war, nicht daran zu denken …"

„Du bist nicht dumm." Soweit ich mich erinnern konnte, hatte ich noch nie zuvor jemanden beim Beten unterbrochen.

Und Tatsache war, dass es mir auch jetzt nicht gelang, denn sie betete einfach weiter, ohne auch nur kurz innezuhalten.

„Ich hätte erst die Bänder öffnen müssen. Das hätte ich doch wissen müssen. Bitte vergib uns, dass wir dieses heilige Garment beschädigt haben. Vergib Camilla, die um meinetwillen sündigen wird."

Auch wenn ich mir zuvor noch Sorgen um Evangeline gemacht hatte, so waren diese auf der Stelle verschwunden. Ich kniete mich diesmal nicht wieder hin, sondern griff stattdessen einfach nach unten und schob die zwei Finger meiner linken Hand unter den festgezurrten Knoten. Evangelines Augen waren weit aufgerissen, als ich den Stoff von ihrer Haut wegzog. Mit einer nicht gerade behutsamen Bewegung schob ich die Klinge des Messers unter den Stoff, und mit einem schnellen Schnitt war Evangeline davon befreit.

Sie schnappte so erschrocken nach Luft, dass ich schon dachte, ich hätte mich verschätzt und sie verletzt.

„Ist alles in Ordnung?", erkundigte ich mich atemlos und rechnete damit, gleich Blut zu sehen.

Sie befingerte den ausgefransten Rand des Schnittes und sagte: „Das kann man nicht reparieren."

„Doch, das kann ich", widersprach ich, obwohl ich jetzt eigentlich gar nicht mehr den Drang verspürte, es wirklich zu tun, auch wenn ich erleichtert darüber war, dass sie unverletzt war.

„Nein, es ist ruiniert."

„So ungeschickt bin ich nun auch wieder nicht mit Nadel und Faden. Du wirst sehen, schon morgen ist es wieder so gut wie neu."

Flehend blickte sie zu mir auf. Sie war zwar schon immer winzig gewesen, aber so verletzlich wie in diesem Augenblick hatte ich meine Freundin noch nie zuvor gesehen. Seit dem Tag, als wir uns kennengelernt hatten, hatte sie durch ihre Haltung immer den Eindruck vermittelt, dass sie ein Rückgrat aus Stahl hatte. Vielleicht hatte sie ja wirklich das Gefühl, dass die Kraft, die sie verspürte, von dem ausging, was sie unter ihrer Kleidung trug. Aber in diesem Augenblick wollte ich nicht mit ihr über die Kraft des Garments, der heiligen Kleidung der Mormonen, sprechen. Nicht zu einem Zeitpunkt, in dem ich miterleben musste, wie verzweifelt sie sich an dessen vermeintliche Heiligkeit klammerte.

„Zieh das aus", sagte ich und zupfte dabei vorsichtig an dem Band, das ich immer noch hielt. „Häng es zum Trocknen über den Sessel und zieh dir warme Sachen an. Ich lege noch Holz nach und kämme dir dann das Haar."

Ihr Kinn bebte. „A-a-aber wir haben schon so viel Holz verbraucht …"

Ich ignorierte jedoch ihren Protest und wühlte in der Holzkiste an der Hintertür auf der Suche nach den kleinsten Holzscheiten, die ich finden konnte.

Aus Respekt vor ihrer Intimsphäre hielt ich mich damit so lange auf wie irgend möglich und warf hin und wieder einen Blick auf ihren Schatten an der Wand. Endlich zog sie jetzt die nassen Sachen aus. Erschrocken sah ich, dass Evangelines Silhouette wie ein Gerippe aussah und dass sie keinerlei weibliche Rundungen besaß. Als ich sicher war, dass sie sich wieder bedeckt hatte, drehte ich mich schließlich wieder zu ihr um.

„Binde es dieses Mal lieber nicht so fest."

Sie lächelte mich schwach an, und ich wusste, dass sie mir zwar in gewissem Maße vergeben hatte, sich selbst aber nicht würde vergeben können.

KAPITEL 10

Ich blieb an diesem Abend noch lange auf, weil ich Evangeline angeboten hatte, ihr Sonntagskleid zu bügeln. Je mehr ich für sie tat, desto weniger hatte sie etwas gegen meine Entscheidung einzuwenden, sie nicht zu begleiten. Diese Art von Verhalten war ihr vertraut: dass man sich um des Glaubens willen fügte oder sich besonders anstrengte.

Sie war sehr viel früher aufgestanden als sonst, und ich konnte sie unten singen hören, was sie in meiner Gegenwart niemals getan hätte. Auf unserem Treck Richtung Westen hatten wir damals oft gesungen. Wenn ich dabei neben ihr gesessen hatte, hatte ich immer gemerkt, dass sie nie einen Ton von sich gab, sondern nur die Lippen bewegte. In ein paar Stunden würde sie, umgeben von den Heiligen, auf einer harten hölzernen Kirchenbank sitzen und auch dort mit Sicherheit wieder so tun, als würde sie die Choräle mitsingen, mit denen die Glaubenshelden der Mormonen verehrt wurden.

Als die letzten Töne von Evangelines Gesang verklungen waren, hörte ich, wie leise Schritte die Treppe heraufkamen.

„Camilla?"

Sie hatte sich seit meiner Ankunft noch kein einziges Mal nach oben gewagt. Widerstrebend legte ich mir meine Steppdecke um die Schultern und wappnete mich gegen die Kälte, bevor ich auf den eiskalten Fußboden trat.

„Guten Morgen, Evangeline." Ich blieb in der Zimmertür stehen, sie auf der obersten Treppenstufe. „Dein Haar sieht schön aus", sagte ich, was auch wirklich stimmte. Sie hatte es zu zwei Zöpfen geflochten, die sie sich um den Kopf geschlungen und festgesteckt hatte.

„Danke. Aber wir müssen uns jetzt beeilen. Wenn wir pünktlich sein wollen, müssen wir spätestens in einer Stunde aus dem Haus gehen."

Dann ging sie wieder die Treppe hinunter, als wäre die Angelegenheit damit erledigt. Sie blieb auch nicht stehen, als ich ihr nachrief: „Ich gehe doch gar nicht mit", sondern drehte sich nur zu mir um und fragte: „Bist du krank?" Dabei klang ihr Tonfall eher vorwurfsvoll als besorgt, und ich wusste, dass gleichgültig, welche Krankheit ich angeführt hätte, diese nicht schlimm genug gewesen wäre, um sie zu überzeugen.

Ich zog mir die Decke fester um die Schultern und sagte: „Nein, eigentlich nicht."

Sie quittierte meine Antwort mit einem verkniffenen Lächeln und kam die Treppe wieder herauf. „Ich verstehe."

„Gut." Ich wollte mich gern wieder in mein geborgtes Bett verziehen, aber sie kam weiter auf mich zu.

„Keiner von uns ist frei von Sünde, aber vor Gott im Himmel kannst du nicht davonlaufen. Und ich kann mir nur vorstellen, was du verbirgst, das dich veranlasst hat, deinen Mann und deine Kinder zu verlassen. Aber wenn du heute mitkommst und es vor deinen Brüdern und Schwestern bekennst, findest du vielleicht den Mut, zu ihnen zurückzukehren."

Inzwischen war sie nicht nur wieder oben bei mir angekommen, sondern legte mir auch noch ihre federleichte Hand auf den Arm. Ihr Fanatismus für die falsche Lehre, der wir einmal beide gefolgt waren, war erdrückend.

„Ich habe der Gemeinde nichts zu bekennen."

„Es ist sehr wichtig, dass wir uns bemühen, dem Propheten gehorsam zu sein, aber du hast deine Familie verlassen, und jetzt sieht es ganz so aus, als ob du auch noch deiner Kirche den Rücken kehren willst. Was ist denn wohl als Nächstes an der Reihe? Dein Glaube?"

Ich wusste nicht, wie lange ich noch in der Lage sein würde, in Evangelines kaltem, kargem Haus zu leben und sie über meine wahren Beweggründe zu täuschen. Aber ich hatte ganz sicher nicht die Absicht, Evangeline Moss an diesem eiskalten Wintermorgen zu eröffnen, dass ich nicht mehr den mormonischen Glauben mit ihr teilte.

„Meine Mädchen fehlen mir", erwiderte ich stattdessen und nahm eine etwas entspanntere Haltung ein, so als wäre mir ihre Berührung ein großer Trost. „Ich habe die Sonntage immer so geliebt, wenn ich sie morgens schön angezogen und frisiert habe ... Ich ... ich kann mir einfach nicht vorstellen, ohne sie zu gehen."

Sie zog eine Schnute. „Arme Camilla. Das verstehe ich. Na ja, so ganz natürlich nicht, denn ich habe ja keine Kinder. Aber vorstellen kann ich es mir schon. Und trotzdem ..."

„Nein", wiederholte ich. Und dann noch einmal leiser: „Heute nicht."

Sie seufzte. „Also gut. Dann aber nächste Woche."

Ich nickte. „Vielleicht."

„Nicht ‚vielleicht'." Unter anderen Umständen wäre mir ihr Tonfall vielleicht ein bisschen altmütterlich vorgekommen, ja, vielleicht sogar ein bisschen altmütterlich-ironisch, aber sie war nicht meine Mutter. Sie war meine Freundin, und diese Beziehung wurde mit jedem Moment angespannter. „Ich hatte mich einfach darauf gefreut, heute Morgen nicht allein zur Kirche zu gehen, sondern mit jemandem, der für mich wie eine Schwester ist."

„Ich glaube, was ich jetzt am dringendsten brauche, ist ein bisschen Zeit für mich allein. Ich möchte den heiligen Sonntag nutzen, um zu beten."

„Und um auf dein Innerstes zu hören?"

Ich lächelte. „Um Gemeinschaft mit dem Herrn zu haben und um aufzupassen, dass die Bohnen nicht anbrennen."

„Also gut. Und vergiss nicht, dass ich nach der Versammlung bei Schwester Bethany zum Essen eingeladen bin. Ich werde versuchen, ein Stück Kuchen mitzubringen. Sie macht nämlich den leckersten Kürbiskuchen der Welt!"

„Das klingt großartig." Aus gutem Grund und auch weil ich echte Zuneigung für sie empfand, beugte ich mich vor, um ihr einen Kuss zu geben. „Kann ich dir sonst noch irgendwie bei deinen Vorbereitungen helfen?"

„Nein. Ich gehe jetzt. Wenn ich früh genug dort bin, bekomme ich vielleicht noch einen Platz in der Nähe des Ofens."

Ich blieb in der Tür meines Zimmers stehen, bis ihre Schritte nicht mehr zu hören waren, und legte mich dann wieder ins Bett, um zwischen den zerknäulten Decken die restliche Wärme zu genießen.

Herr, bitte vergib mir meine Lügen.

Offenbar war dies das Gebet, das ich von jetzt an tagelang unablässig würde beten müssen. Natürlich war nicht alles gelogen, denn ich hatte ja jetzt meinen Morgen tatsächlich mit Gebet verbracht. Ich musste über meine schlaue Ausrede lächeln.

Sei heute Morgen bei meinen kleinen Mädchen. Beschütze sie vor den Lügen, die von den Kanzeln dieser falschen Kirche gepredigt werden. Schicke deine Engel, um sie vor der Stimme des Ältesten zu bewahren. Lass nur die Wahrheit zu ihnen durchdringen – dass du Gott bist, ihr Vater im Himmel, und dass du sie liebst. Halte sie fest, Herr, weil ich nicht …

Es dauerte nicht lange, bis mir klar wurde, dass ich so einfach nicht beten konnte. Mein Kopf war zu sehr erfüllt mit all den schönen Erinnerungen an unzählige Sonntage in der Kirche, wenn Melissa neben mir gesessen hatte und Lottie auf meinem Schoß, während die dröhnende Stimme von Elder Justus auf mich eindrang. Ich dachte an Nathans Stimme, wenn er sang, und griff mit der Hand in das kalte Laken und vermisste seine Wärme auch auf eine ganz andere Weise.

Ich lag auf der Seite, und als ich die Augen öffnete, sah ich nur das verstümmelte Fleisch meiner eigenen Hand auf dem

Kopfkissen direkt vor meinen Augen. Etwas in mir sehnte sich danach, dass Nathan neben mir läge und dass er mir in die Augen schaute. So wie beim letzten gemeinsamen Aufwachen an dem Tag, als er eine zweite Frau genommen hatte.

An diesem Morgen war er mit ihr zusammen aufgewacht. *Wenn diese Ehe nicht wäre, Herr – diese Frau –, dann wäre ich vielleicht noch bei ihm. Zu Hause. Würde Hand in Hand mit meinen Töchtern zur Kirche gehen. Wir würden als Familie dasitzen und der Botschaft des Propheten lauschen. Und ich würde tief in meinem Inneren wissen, dass es eine falsche Lehre ist, aber trotzdem weiter so tun, als wäre es nicht so, und dadurch zulassen, dass all die Lügen mich und meine Töchter weiterhin gefangen halten.*

Und in dem Augenblick, als ich das dachte, war meine Einsamkeit verschwunden. Stattdessen drang eine Flut von Dankbarkeit in die hintersten Winkel meines Herzens, wurde ich erfüllt mit Lob und einem unglaublichen Frieden. Ich hatte das Richtige getan. Ich selbst war zwar vielleicht allein und irrte umher, aber meine Töchter waren in Sicherheit. Ich wusste immer noch nicht, wie das alles ausgehen würde, aber mein Glaube ruhte jetzt fest auf dem wahren Gott, und ich wusste, dass er unser aller Leben in der Hand hielt.

Also schloss ich die Augen und schlief ein. Eigentlich döste ich eher, denn ich nahm die Geräusche auf der Straße unter meinem Fenster wahr. Gespräche und Begrüßungen, die quer über die Straße gerufen wurden, eine Gruppe von Frauen, die einen Choral der Heiligen sangen. Gelegentlich war etwas zu hören, wodurch ich ganz wach wurde, und ich beschloss, aufzustehen, mich anzuziehen und nach unten zu gehen, aber schon bei der ersten kleinen Bewegung stieß ich an eine kalte Stelle zwischen den Decken, sodass ich mich wieder darunter verkroch und mich zusammenrollte.

Aber irgendwann war dann der Überlebensinstinkt stärker als die Lust am Schlafen, und mir wurde klar, dass ich nur die Treppe hinunterzugehen brauchte, um echte Wärme in Form des Holzofens zu bekommen, und etwas zu essen gegen den Hunger, der mittlerweile fast wehtat und Schwindelgefühle hervorrief.

Das genügte, um die Beine aus dem Bett zu schwingen. Schon ein paar Minuten später war ich fertig angezogen und hatte mein Haar im Nacken zu einem lockeren Knoten geschlungen. Ich nahm meine Bibel und mein Tagebuch und stellte mir vor, wie schön es sein würde, in der warmen Küche zu lesen und zu schreiben, und dass ich diesen Morgen allein für mich in der kleinen Kirche dort unten verbringen würde. Jesus selbst würde die Predigt halten, und dann würde ich vielleicht noch einem Brief von Paulus zur Vertiefung lesen. Die Absätze meiner Schuhe klapperten laut auf der Treppe. Das gab mir neue Energie, sodass ich die Treppe beinah hinunterhüpfte. Doch der Widerhall meiner Schritte im Treppenaufgang klang irgendwie seltsam, denn er kam immer schon ein wenig vor dem nächsten Schritt und hörte auch nicht auf, wenn ich stehen blieb. Das war gar nicht der Widerhall meiner Schritte, sondern ein ganz anderes Geräusch.

Es klopfte an der Haustür.

Zwei Stufen vor dem Ende der Treppe blieb ich stehen. Wer mochte Evangeline Moss an einem Sonntagmorgen besuchen wollen? Wer jetzt nicht in der Versammlung war, würde sich zu Tode schämen, wenn er diese heilige Zeit dazu verwendet hätte, um einen Besuch zu machen. Es konnte also nur ein bärtiger Fremder sein. Bestimmt einer im blauen Mantel. Der innere Friede, den ich gerade noch empfunden hatte, zerbarst und wich einer Angst, die ich jedes Mal empfunden hatte, wenn ich den Mann dort unten an der Straßenecke gesehen hatte. Es sei denn – und hier ließ meine Angst nach –, es war gar kein Fremder, sondern ein Soldat mit dem Auftrag, sich von meinem Wohlergehen zu überzeugen. Aber wer auch immer es sein mochte, ich hatte nicht vor, die Tür zu öffnen, ohne zumindest eine Ahnung zu haben, wer davor stand. Bis ich das wusste, würde ich auf keinen Fall öffnen. Ich wirbelte also herum und ging wieder die Treppe hinauf, wiederum begleitet vom Klopfen an der Tür. Vom Zimmer von Evangelines Brüdern aus konnte man vorn auf die Veranda schauen. Ganz vorsichtig, damit sich die Gardinen nicht bewegten, legte ich meine Stirn an die kühle Scheibe und hielt die Luft an in Erwartung dessen, was ich gleich sehen würde. Aber wie sich herausstellte, hatte ich mich umsonst gefürchtet, denn mit dem Besucher, der dort auf der Veranda stand, hätte ich nie im Leben gerechnet. Ja, mehr noch, mein Besucher wusste genau, aus welchem Fenster ich nach ihm Ausschau halten würde, und sah mir deshalb direkt ins Gesicht.

„Rachel?"

Sie stampfte dort unten mit dem Fuß auf, und ich sprang auf ihren schweigenden Befehl hin auf, rannte polternd die Treppe hinunter und warf mich praktisch gegen die Tür, als ich unten ankam.

„Ich stehe jetzt schon seit fast fünf Minuten hier", sagte sie und drängte sich an mir vorbei, ohne mich auch nur eines Blickes zu würdigen. „Meine Hand tut mir schon ganz weh vom Klopfen."

„Ich habe dich nicht gehört."

„Nun, ich bin sicher, dass es ganz wundervoll sein muss, wie eine Heidin zu leben und am Sonntagmorgen auszuschlafen ..."

„Ich habe gar nicht geschlafen. Schau, ich bin fix und fertig angezogen."

Sie verzog verächtlich die Lippen und zog eine Augenbraue hoch, völlig unbeeindruckt von meinem Äußeren.

„Und übrigens", fügte ich hinzu und versuchte, mich zu verteidigen, „bist du ja schließlich auch nicht in der Kirche, wie ich feststelle."

„Ach, bis Tillman endlich all seine Frauen und Kinder zur Tür hinausgescheucht hat, merkt er nicht einmal, dass ich weg bin. Das ist einer der wenigen Vorteile der Polygamie: Man kann einfach mal ein Weilchen verschwinden. Aber das hast du ja wahrscheinlich auch selbst schon festgestellt, nicht wahr?"

Ich bildete mir die Bewunderung, die ich aus ihrer Bemerkung heraushörte, sicher nicht ein, also erlaubte ich mir, sie nicht als Beleidigung aufzufassen. Stattdessen lud ich sie mit einer Geste ein, mit in die Küche zu kommen.

„Ach, Camilla, was ist denn mit deiner Hand?"

„Ich hatte mir Erfrierungen zugezogen. Eine der Gefahren, die es mit sich bringt, wenn man wegläuft", meinte ich freundlich.

Rachel geizte wie üblich mit Mitgefühl und setzte einfach ihren Weg in die Küche fort. Ich hatte bereits von oben den Henkelkorb bemerkt, den sie über dem Arm trug, aber der bekam eine ganz neue Bedeutung, als ich ihr jetzt folgte. Sie stellte ihn auf den Tisch und rieb sich die Hände.

„Gute Güte, ist das kalt hier drinnen."

„Schwester Evangeline ist ziemlich sparsam mit dem Feuerholz."

„Ich werde Tillman sagen, dass er einen der Jungen mit ein paar Bündeln Brennholz herschicken soll." Sie legte Holz auf das fast erloschene Feuer im Herd und reichte mir dann den Wasserkessel. Ihre beringten Hände sahen nicht so aus, als wären sie Küchenarbeit gewohnt.

„Soll ich den vollmachen?"

„Ja, natürlich."

Ich hielt die große Wasserkanne und goss daraus kaltes Wasser in die enge Tülle des Kessels, während Rachel in dem mitgebrachten Korb herumkramte und mehrere, in braunes Papier eingeschlagene, Päckchen herausnahm.

„Apfel-Möhren-Muffins und Donuts mit Ahornzucker. Zimtbrötchen und ein Klecks frische Butter. Wir hatten gestern ein paar Damen zu Besuch, und das hier sind Reste."

„Ach du liebe Güte."

„Und natürlich …" Sie hielt ein kleines Metallkästchen hoch und schüttelte es spielerisch. „Tee."

„Ich verstehe nicht, wieso Tillman dir das durchgehen lässt."

„Tillman weiß es gar nicht und die Mitehefrauen auch nicht, und damit kann ich sehr gut leben."

„Bei mir ist dein Geheimnis jedenfalls sicher."

„Dann machst du also mit?"

Schon bei dem bloßen Gedanken lief mir das Wasser im Mund zusammen. „Aber natürlich."

„Dann setz dich", sagte Rachel und übernahm jetzt die Rolle der Gastgeberin, eine Rolle, die ich ihr nur zu gern überließ. „Und wie geht es unserer kleinen Evangeline?"

„Sie ist traurig und einsam, glaube ich. Sie wünscht sich eine Familie."

„Sie wünscht sich *Nathan*."

Ich beschloss, diese Aussage nicht zu kommentieren, und Rachel verfolgte dieses Thema auch nicht weiter. Sie holte einen kleinen Teller für die Butter und zwei Tassen für unseren Tee aus dem Regal. Evangeline hatte nur eine winzige Portion Zucker im Haus, aber da sie auch nur sehr selten Zucker verwendete, ging ich davon aus, dass sie die paar Löffel, die wir brauchten, gar nicht vermissen würde.

„So", sagte Rachel und ließ sich am Tisch nieder, während sie darauf wartete, dass das Wasser kochte, „und jetzt erzähl mir mal ausführlich, wo du eigentlich gewesen bist."

„Ich weiß nicht, ob das eine so gute Idee ist."

„Das klingst ja, als würdest du mir nicht trauen."

„Nein, das ist es nicht."

„Na, dann mach schon." Mit diesem Lächeln, das so sehr dem ihres Bruders ähnelte, beugte sie sich vor und sagte: „Wir können ja tauschen. Du erzählst mir etwas, das ich wissen möchte, und dann erzähle ich dir etwas, das du wissen musst."

„Und was sollte das sein?"

Mittlerweile kochte das Wasser im Kessel, und Rachel sprang auf, um die hübsche Porzellanteekanne zu füllen, die

sie mitgebracht hatte. Während sie den Tee in das silberne Teeei füllte und es dann in die Kanne mit heißem Wasser hängte, damit der Tee ziehen konnte, war ihre Miene so gleichmütig, dass daran nichts abzulesen war. Dann kam sie wieder zurück zum Tisch, setzte sich mir gegenüber und trommelte erwartungsvoll mit den Fingern auf die Tischplatte. „Also?"
„Was muss ich wissen?"
„Erzähl mir von den Soldaten."
„Warum willst du das wissen? Ich bin doch wohlbehalten wieder da."
„So sehr ich dich auch liebe – und du weißt, dass ich das tue, Schwester Camilla –, ich mache mir nicht ausschließlich Gedanken um dich und deine Sicherheit und Unversehrtheit. Du weißt, dass Brigham uns alle bewaffnet hat, weil die amerikanische Regierung angeblich auf dem Kriegspfad ist. Das, wozu er uns aufgefordert hat … Hast du den Tempel gesehen?"
„Ja."
„Also" – und an dieser Stelle bekam ihre gleichmütige Fassade kurzzeitig einen ganz kleinen Riss –, „sind wir hier in Sicherheit?"
Hätte Evangeline diese Frage gestellt, hätte ich gewusst, dass sie um die Sicherheit aller Heiligen fürchtete, aber Rachels Herz schlug zuallererst für ihre Familie – für den Mann, den sie liebte und mit mehreren anderen Frauen teilte, für die Kinderschar, die ihr Haus füllte, ja, sogar für die Mitehefrauen.
„Sie wollen kein Blutvergießen", antwortete ich.
„Aber sie wären bereit zu kämpfen?"
„Wenn sie den Befehl dazu bekämen oder gezwungen wären, dann ja. Deshalb wollte Colonel Brandon – er ist derjenige, der die Truppen kommandiert – auch meine Anwesenheit dort geheim halten. Damit es keine Missverständnisse gibt und Nathan nicht meint, Vergeltung üben zu müssen."
„Er hat gewusst, dass du da bist."
Ich erinnerte mich an den Klang von Nathans Stimme auf der anderen Seite der Zeltwand. „Natürlich hat er das

gewusst. Ich bin nur dankbar, dass er nicht noch einmal wiedergekommen ist."

„Das hat Brigham verhindert."

„Brigham?" Sie hätte mir genauso gut die Teekanne auf den Schädel schlagen können.

„Oh ja." Rachels äußere Ruhe trug nicht gerade dazu bei, meine stetig wachsende Wut zu mäßigen. „In dem Moment, als Nathan bewusst wurde, dass du weg warst, stand er auch schon in Bruder Brighams Büro. Natürlich haben wir nach dem Schneesturm nach dir gesucht, und ich weiß auch nicht, was meinen Bruder geritten hat, zum Lager der Armee zu reiten. Aber ich weiß, er hat darum gebettelt, dass Brigham ihm eine Kompanie unserer Miliz mitgibt, um dich zurückzuholen. Er liebt dich sehr."

„Ich weiß." Abwesend spielte ich mit meinem Ehering, den ich an einem Band um den Hals trug.

„Aber Brigham will keine Schwierigkeiten mit der Armee, und Nathan Fox ist ihm nicht wichtig genug, um das Risiko einzugehen, solche Probleme zu bekommen."

Als erinnerte sie sich plötzlich wieder daran, dass wir ja Tee aufgegossen hatten, hob sie den Deckel der Kanne, verzog das Gesicht und legte ihn dann wieder ab.

Und auch ich beruhigte mich wieder. Der Gedanke daran, dass Nathan zweifellos unzählige verzweifelte Versuche unternommen hatte, um die Gunst von Brigham Young zu erlangen, ernüchterte mich. „Na, da bin ich aber zum ersten Mal wirklich dankbar für das mangelnde Interesse des Propheten."

„Nun ja, absolut gleichgültig war es ihm nicht. Er hat gesagt, Nathan könne sich unmöglich mit der Armee der Vereinigten Staaten anlegen, aber Brighams Privatmiliz ist natürlich etwas ganz anderes."

„Was willst du damit sagen?"

„Dass du vorsichtig sein musst." Sie griff nach einem Brötchen und legte es auf den Teller, den sie mir hingestellt hatte. „Nathan weiß, wo du bist."

„Du meinst jetzt, in diesem Moment?"

„Heute morgen beim Frühstück hat Tillman gesagt: ‚Hast du gewusst, dass Nathans Frau bei Schwester Evangeline Moss wohnt?' Ich hätte beinah die Schüssel mit Rührei fallen lassen."

„Ich habe auf der anderen Straßenseite einen Mann gesehen, der das Haus beobachtet. Der *mich* beobachtet."

„Wie sieht er aus?"

Ich beschrieb ihn als groß, breitschultrig, dunkelhaarig, mit einem struppigen Bart, der aus einer Kerbe in seinem Kinn zu wachsen schien.

„Kommt mir nicht bekannt vor, aber wer weiß? Der Prophet hat viele Männer, die für ihn arbeiten."

Rachel nahm die Teekanne, schenkte mir ein und gab ohne zu fragen ein ganz klein wenig Milch und Zucker hinzu. Sie hatte ein Funkeln in den Augen, als sie mir meine Tasse über den Tisch zuschob. Ich glaube, es war Triumph. Offenbar verbuchte sie meine Überraschung – ja, eher meine Angst – als eine Art Sieg für sich.

„So", meinte sie, nachdem sie in die Tasse gepustet hatte, um den Tee abzukühlen, „bist du jetzt bereit, wieder nach Hause zu kommen? Ich kann dafür sorgen, dass Tillman dich fährt."

„Ich gehe nicht zurück, Rachel."

„Mach dich nicht lächerlich. Brigham wird niemals in eine Scheidung einwilligen."

„Das ist mir egal. Ich kehre ja auch nicht meiner Ehe den Rücken, sondern der Kirche und diesem Ort."

„Und was ist mit deinen Töchtern?"

„Ich werde zurückkommen und sie holen, wenn ich mich woanders niedergelassen und eingerichtet habe."

„Und wo soll das sein?"

„Zu Hause bei meinen Eltern. Das heißt, wenn sie mich wieder aufnehmen. Das werde ich im Frühjahr erfahren, sobald das Wetter gut genug ist, um zu reisen. Aber wenn ich jetzt zu Nathan zurückkehre, dann werde ich niemals gehen. Nicht nur, dass er mich nicht mehr aus dem Haus lassen wird, er wird einfach …" Ich führte die Tasse ganz nah an mein Gesicht in der Hoffnung, dass der Dampf meine geröteten Wangen erklären würde. „Er hat mich schon einmal mit schönen Worten verführt. Und er wird es wieder versuchen."

„Aber vielleicht liegt das ja auch daran, dass du eigentlich gar nicht weg willst."

Ich trank einen Schluck Tee und genoss sowohl dessen Wärme als auch den Widerstand, den ich damit gegen die Lehre der Mormonen zum Ausdruck brachte, die den Genuss von Tee verbot. „Wenn ich eine Wahl hätte, würde ich bleiben. Aber ich kann nicht. Es ist so, als wäre ein Schleier gelüftet worden, und ich kann plötzlich sehen. Ich weiß, dass es dir schwerfällt, das einzusehen, aber diese Religion – das sind alles Lügen. Joseph Smith war ein falscher Prophet, und Brigham Young missbraucht euren Glauben für seine Interessen. Ich kenne jetzt tief in meinem Inneren die Wahrheit. Mein Leben ist in Gottes Hand, mein Herz gehört ganz und gar Jesus Christus. Ginge es nur um mich selbst, dann könnte ich auch mit Nathan weiter hier leben, ohne diesen alten und zugleich neuen Glauben wieder zu verlieren."

„Und warum machst du es dann nicht einfach?"

„Wegen der Mädchen …" Meine Kehle war wie zugeschnürt, und meine Worte waren tränenerstickt. Wie sollte ich es erklären? Ich hatte gelesen, wie Jesus andere auffordert, ihre Familie zu verlassen, die Menschen, die sie liebten, ja, ihr gesamtes altes Leben, um ihm nachzufolgen. Doch da sie mit der Lehre der Heiligen der letzten Tage vollgestopft war, hatte Rachel nicht einmal eine Beziehung zu demselben Jesus, dem ich nachfolgte. „Ich kann sie nicht all diesen Lügen aussetzen."

„Nathan wird niemals zulassen, dass du dic beiden mitnimmst."

„Er wird eine andere Familie haben, und zwar mit Amanda. Vielleicht bekommt er wieder einen Sohn und noch mehr Kinder und vielleicht sogar noch eine weitere Frau."

Mit dem Brötchen zwischen Daumen und Zeigefinger machte Rachel eine Geste und sagte: „Sag mal, diese Sache mit dem weggezogenen Schleier, von dem du erzählt hast, glaubst du, du hättest diese persönliche Erkenntnis auch dann gehabt, wenn Nathan keine zweite Frau geheiratet hätte?"

„Ach, es ist schon lange vorher passiert. In meinem Inneren habe ich der Lehre des Propheten an dem Tag abgeschworen, als mein Sohn starb, aber ich habe weiter mein Eheversprechen gehalten. Ich habe mich ganz bewusst dafür entschieden, meinen Mann über meinen Glauben zu stellen. Aber als dann der Zeitpunkt gekommen war, wo ich ihn um dasselbe gebeten habe, als ich ihn angefleht habe, keine zweite Frau ins Haus zu holen, da habe ich erfahren müssen, dass ich in seinem Herzen nicht das Wichtigste bin."

„Aber sollte denn ein Mann – oder eine Frau – nicht Gott über alles andere lieben?"

„Ja, wenn es der wahre Gott ist. Aber sein Gott ist es nicht und der von Brigham auch nicht."

„Das sind gefährliche Worte, die du da aussprichst, Schwester."

„Ich weiß." Trotz ihres streitbaren Wesens wusste ich, dass sie mir mit diesen Worten nicht drohen wollte, sondern nur ihre Sorge zum Ausdruck brachte.

„Brigham will, dass wir alle eins sind – in dieser Welt und in der nächsten."

„Er hat doch ein Heer von Heiligen zur Verfügung, da wird er mich nicht vermissen."

„Nein, er nicht, aber Nathan."

KAPITEL 11

Schon lange bevor wir Evangeline zurückerwarteten, hatten wir die Beweise für Rachels Besuch weggeräumt. Ich bestand darauf, dass Rachel alle Reste wieder mitnahm – auch wenn es sich dabei nur um einen Muffin und ein halbes süßes Brötchen handelte. Ich hätte Evangeline unmöglich erklären können, wo die Sachen herkamen, und meine Schuldgefühle hätten mich aufgefressen, wenn ich die Nahrungsmittel oben in meinem Zimmer aufbewahrt hätte, um sie irgendwann bei Kerzenschein zu verzehren.

Rachel hatte mich fest umarmt, bevor sie gegangen war, und es war die herzlichste Umarmung gewesen, die ich je zwischen uns erlebt hatte. Doch das trug kaum dazu bei, dass ich innerlich ruhiger wurde. Ich schob den eisernen Riegel vor, nachdem ich die Tür hinter ihr geschlossen hatte, und kniete dann sofort nieder, um zu beten. Rückblickend kann ich gar nicht mehr genau sagen, worum ich Gott in diesem Augenblick bat. Um Bewahrung natürlich, auch wenn mir der Gedanke widerstrebte, dass mein eigener Mann eine Bedrohung für mich darstellen könnte. Wichtiger war mir, dass Gott mein Denken bewahrte, damit ich mein Ziel nicht aus den Augen verlor und nicht vergaß, dass Gott versprochen hatte, mich zu beschützen.

Ich ging in die Küche, wo der letzte Tee in einem Kochtopf warmgestellt war. Rachel hatte angeboten, mir sowohl den Tee als auch die Kanne dazulassen, aber ich wollte

Evangelines Gastfreundschaft nicht so dreist missbrauchen. Trotzdem behagte mir die Vorstellung, die letzten Schlucke zu genießen, während ich am sonnenbeschienenen Tisch in der Bibel las. Welche Fragen auch immer mich quälten, dort würde ich die Antworten finden. Ich legte meine Hände um die Tasse und beugte den Kopf über das kostbare Buch.

Ach, wie schön wäre es doch gewesen, wenn ein Prophet – ein echter Prophet – in die Küche marschiert wäre und das Wort Gottes in mein Leben hineingesprochen hätte. Einer, der mir die Wahrheit gesagt hätte, die ich so gern hören wollte. Ich hätte jede Zurechtweisung für meine Entscheidungen, jede Strafe für mein Handeln auf mich genommen, wenn ich dafür ein Wort der Wahrheit zu hören bekommen hätte.

Aber hatte Gott nicht bereits sein Wort geschenkt? Es war doch gerade der Wunsch nach einer neuen Offenbarung gewesen, durch den die Lehren von Joseph Smith in den Herzen seiner Anhänger überhaupt hatten Fuß fassen können.

Ich hob meinen Blick, schlug die Bibel auf und blätterte zunächst lustlos, dann etwas zielstrebiger darin herum. Wenn ich mich nach den Worten eines wahren Propheten sehnte, dann waren sie hier zu finden – in den Worten, die von Gott berufene Menschen niedergeschrieben hatten.

Ich schlug die Bibel beim Buch des Propheten Jeremia auf, das zwar für Menschen in einer ganz anderen Zeit und einer anderen Art von Gefangenschaft geschrieben worden war, aber genauso auch für mich in meiner Situation galt. Ich verschlang beim Lesen förmlich seine Worte, erkannte in der Sünde des Volkes Israels auch meine eigene Sünde wieder. Hatte ich nicht ebenfalls meinen Herrn verlassen, als ich mit Nathan davongelaufen war? Hatte ich nicht über alles, was Gott mir geschenkt und womit er mich gesegnet hatte, die Nase gerümpft, als ich in die Wildnis aufgebrochen war?

Es war erst etwas über einen Monat her, dass ich meinen Mann verlassen hatte, und obwohl ich das getan hatte, um ein neues Leben für meine Töchter aufzubauen, fühlte ich mich so verloren, ja, sogar fehl am Platz, als könnte ich Gott nicht sehen und müsste nun durch die finstersten Winkel des Lebens klettern.

Und dann, nachdem ich fast eine Stunde lang gelesen hatte, fand mein Herz Hoffnung in dem Versprechen Gottes, den Rest des Volkes Israel zu retten – diejenigen, die an ihrem Glauben festgehalten hatten. Er versprach, sie zu sammeln, und ich nahm für mich in Anspruch, auch dazuzugehören.

Meine Augen waren beim Lesen müde geworden, aber als ich das 23. Kapitel erreicht hatte, war es nicht mehr so wichtig, die Worte zu sehen. Die Stimme des Herrn der Heerscharen schien die leere Küche auszufüllen und rief mir von der bedruckten Buchseite zu: *Bin ich nur ein Gott, der nahe ist, spricht der Herr, und nicht auch ein Gott, der ferne ist?*

Meinst du, dass sich jemand so heimlich verbergen könne, dass ich ihn nicht sehe?, spricht der Herr. Bin ich es nicht, der Himmel und Erde erfüllt?

Ich gehörte also zu einem Gott, der mich sah, wie ich dort in der kalten Küche saß und in kleinen Schlucken Tee trank. Derselbe Gott, der mich aus dem Schneesturm gerettet hatte, der mich durch die Great Plains geführt hatte, der dafür sorgen würde, dass ich wieder mit meiner Familie vereint werden würde. Ich schloss die Augen und versuchte, meine kleinen Töchter mit Gottes Augen zu sehen, denn er sah die beiden ganz sicher auch. In diesem Augenblick waren sie wahrscheinlich gerade auf dem Heimweg von der Kirche. Ich streckte meine Hände mit nach oben geöffneten Handflächen aus, und in diesem Augenblick fühlte ich mich ganz wiederhergestellt, geheilt und in keiner Weise verstümmelt.

„Ach, bitte beschütze sie, Vater. Lass den kalten Wind deiner Schöpfung über sie wehen, sodass er ihre Herzen und ihren Verstand von den Lehren der Mormonen reinigt, bis ich sie in ein Zuhause holen kann, das auf deiner Wahrheit aufgebaut ist."

Ich weinte und fragte mich, wie oft wohl meine eigene Mutter genau das Gleiche gebetet hatte. Vielleicht tat sie es auch gerade in diesem Moment wieder – am Küchentisch bei einer Tasse Tee. Vielleicht hatte sie ja auch ihre Hände zum Himmel ausgestreckt, oder sie hielt die Hand meines Vaters. Ob sie das jeden Tag getan hatte, seit ich fortgegangen war? Sie hatte zwar meine Briefe weder gelesen noch beantwortet, aber das musste ja nicht bedeuten, dass sie mich aufgegeben hatte.

„Ach, Gott, bitte heile du doch unsere Beziehung, so wie du auch meine Beziehung zu dir geheilt und wiederhergestellt hast."

Die Worte auf den Seiten meiner Bibel verschwammen, als ich meinen Kopf darauf legte. Ich spürte das Papier kühl an meiner Stirn, und ich atmete seinen Geruch ein.

Es hatte schon früher Momente gegeben – und seither so viele –, in denen ich gespürt hatte, dass Gott mir nah war, aber noch nie so stark wie in diesem Augenblick. Die Mormonen sprechen oft von einem „Brennen in der Brust", aber das hier war kein so klar beschreibbares Gefühl. Von Joseph Smith wird erzählt, dass sich ihm Gottes Gegenwart im Wald offenbart hatte. Aber ich sah nichts. Ich hörte auch nichts. Ja, in Wirklichkeit fühlte ich auch nichts. Keine Berührung meiner erhobenen Hände, keine Wärme, die meine Adern durchströmte, kein wohliges Gewicht zwischen meinen Schultern.

Es war nur ein Wissen.

Gott war da. Gott war in mir. Das war eine unumstößliche Tatsache für mich, die von keiner Macht auf Erden ins Wanken gebracht werden konnte. Ich brauchte keinen Engel, der an mein Bett trat, keine Vision, keine Erklärungen oder Offenbarungen. Gott erfüllte mich ganz einfach, genau so, wie er es mit dem Himmel und der Erde getan hatte.

Ich saß da, bis der Tee kalt war, und stürzte ihn dann mit einem Schluck herunter, als ich hörte, wie die Haustür geöffnet wurde.

Die Tage nach diesem Sonntagmorgen waren schon fast frühlingshaft warm, und zwar sowohl im Haus als auch im Freien. Ich verließ es aber trotzdem nicht, denn das, was Rachel gesagt hatte, fesselte mich ans Haus, wie es eine Gefängnismauer nicht besser vermocht hätte. Beim geringsten Geräusch fuhr ich zusammen. Doch der Sonnenschein wärmte das Haus mehr, als es ein ganzes Bund Feuerholz vermocht hätte, obwohl es erst Mitte Februar war.

An diesem Dienstagnachmittag hielt ich mich in meinem Zimmer auf, lag zusammengerollt im Bett, die aufgeschlagene Bibel neben mir, und ich nutzte den warmen Sonnenschein, um in mein Tagebuch zu schreiben. Was ich schrieb, erforderte eine Abgeschiedenheit, die über reines Alleinsein hinausging. Schließlich war das hier mein Zeugnis, und für den Fall, dass ich keine Gelegenheit mehr haben sollte, meine Geschichte selbst zu erzählen, würde es meine Stimme ersetzen. Unten hatte ich keinen Platz zum Schreiben, denn Evangeline hatte die Fenster weit aufgerissen, so als brauchte sie ein gewisses Maß an Kälte, um sich wohlzufühlen.

Oben in meinem Zimmer war das Fenster gerade so weit geöffnet, dass sich die Vorhänge im sanften Windhauch in einer Art Tanz zur Melodie der unterschiedlichen Geräusche bauschte, die von der Straße heraufdrangen. Gesprächsfetzen, ein weinendes Kind und das ungleichmäßige Rumpeln von Wagenrädern. Als ich ein Klopfen an der Haustür hörte, hielt ich abrupt inne und rannte ans Fenster. Ich schaute hinunter auf die Veranda, konnte aber niemanden sehen. Das bedeutete, dass der Besucher bereits eingelassen worden war. Erleichtert atmete ich auf. Ich ging durchs Zimmer zur Tür und öffnete sie einen Spaltbreit, um zu lauschen, was unten gesprochen wurde.

Da war natürlich zum einen Evangelines Stimme, aber mir stellten sich die Nackenhaare auf, als ich die zweite Stimme hörte. Obwohl sie nur gedämpft zu mir hinaufdrang, war sie eindeutig männlich.

So einsam Evangelines Leben auch war, sie hatte doch immer wieder viel Besuch. Eine Heilige nach der anderen schien vorbeizukommen und eine Kleinigkeit zu essen oder abgelegte Kleidung vorbeizubringen. Aber noch nie – nicht ein einziges Mal – hatte Evangeline einen Mann in ihrem Wohnzimmer empfangen.

Dankbar dafür, dass die Angeln meiner Zimmertür gut geölt waren, öffnete ich sie ganz langsam und vorsichtig und trat hinaus in den Flur, wo ich mich auf Strümpfen zur Treppe schlich. Ich hörte dabei nicht auf meinen Instinkt, der mir riet, in meinem Versteck zu bleiben, und obwohl ich mich dort oben lautlos bewegte, war ich ganz sicher, dass das Klopfen meines Herzens bis nach unten zu hören war. Mit jedem Schritt nach unten wurden die Stimmen deutlicher – sowohl Evangelines als auch die des Mannes. Sie vermischten sich und hallten in meinem Kopf nach, wodurch zwar das Gesagte verschwamm, aber immer deutlicher wurde, wer da sprach. Und dann, als ich mich der untersten Treppenstufe näherte, vernahm ich ein Lachen, das mir so vertraut war wie mein eigenes Gesicht im Spiegel.

Nur die Tatsache, dass ich mich am Geländer festhielt, verhinderte, dass ich das Gleichgewicht verlor.

Dort unten in Evangelines Wohnzimmer stand mein Mann.

Sein Lachen erstarb in dem Moment, als ich um die Ecke kam, und in seinem Blick war auch nicht die leiseste Spur eines Lachens zu erkennen. Auch das Lächeln war erstarrt. Breit zwar, wie eh und je, und ein Fremder – ja, vielleicht sogar Evangeline – hätte es fälschlicherweise für den Ausdruck von Freude darüber halten können, dass er endlich seine Frau wiedersah, die so lange fort gewesen war. Und einen Herzschlag lang schmeichelte ich mir auch selbst mit diesem Gedanken, aber dann bemerkte ich, wie fest er Ober- und Unterkiefer aufeinandergepresst hatte, ganz zu schweigen von der Tatsache, dass er eine Hand unbewusst zur Faust geballt hatte. Hätte ich ihn jetzt berührt, hätte ich die angespannten Muskeln unter seiner Haut fühlen können und er hätte sich eher wie eine Marmorstatue angefühlt als wie ein Mensch aus Fleisch und Blut. Aber trotz alledem hatte ich keine Angst. Nicht in diesem Moment. Das war Nathan, mein Mann. Ich kann mich zwar nicht mehr an die Schritte erinnern, die mich quer durch den Raum trugen, aber schon im nächsten Moment war ich so nah bei ihm, dass ich ihn berühren konnte. Es war diese Berührung, vor der ich mich vor allem fürchtete – genauso, wie ich mich auch vor all den Jahren davor gefürchtet hatte, als wir zusammen im schattigen Wald gestanden hatten. Ich fühlte mich wieder wie das fünfzehnjährige Mädchen von damals, und mein Herz pochte so wild, dass ich kaum einen klaren Gedanken fassen konnte.

„Na, sieh mal einer an", begrüßte mich Nathan und musterte mich von Kopf bis Fuß.

„Vielleicht sollte ich euch beide lieber allein lassen", sagte Evangeline. Ich hatte völlig vergessen, dass sie ja auch noch im Raum war. „Soll ich zu Schwester Rachel gehen und die Mädchen herholen?"

„Die Mädchen?" In weiser Voraussicht verbarg ich meine verletzte Hand in den Falten meines Rockes.

„Ich wollte sie nicht mitbringen, nur um dann vielleicht festzustellen, dass du gar nicht hier bist." Sein Lächeln verschwand nicht, sondern blieb. „Ich konnte den Gedanken nicht ertragen, noch einmal ihre Enttäuschung zu sehen." Dann wandte er sich an Evangeline und sah sie mit einer solchen Wärme an, dass ich förmlich spürte, wie sie innerlich dahinschmolz. „Es wäre wundervoll, wenn du die Mädchen herbringen könntest. Sie können es gar nicht erwarten, ihre Mama wiederzusehen."

Ohne auch nur einen Blick in meine Richtung zu werfen, griff Evangeline nach ihrem Schultertuch, schlang es sich um ihre schmalen Schultern und rannte mit dem Versprechen zur Tür hinaus, in einer Stunde wieder zurück zu sein.

Was soll ich über das darauffolgende Schweigen sagen? Die Wohnzimmerfenster standen offen, sodass gelegentlich leise Geräusche von der Straße hereindrangen, aber die schienen von den flatternden Gardinen geschluckt zu werden. Und erstickt von all dem Unausgesprochenen zwischen uns.

„Ich bin zu Rachel gegangen", sagte er schließlich mit dünner, angespannter Stimme. Ich erkannte, dass er sich innerlich dagegen wehrte, preiszugeben, wie er sich wirklich fühlte. „Am Tag nachdem du fortgegangen bist, nach dem Sturm. Weil du ja gesagt hattest, du würdest zu Rachel gehen."

Mit erstickter Stimme entgegnete ich: „Ja, das stimmt."

„Dann bin ich unter Einsatz meines Lebens ins Lager des Feindes gegangen und musste mir dort die Lügen von diesem Mann anhören."

„Ich kann mir vorstellen, wie sehr dich das gekränkt hat."

„Ach wirklich? Kannst du das?" Er kam auf mich zu. Ich wich zwar nicht zurück, aber vielleicht war an meiner Miene doch Angst abzulesen, denn Nathan, der mich an der Schulter berühren wollte, hielt mitten in der Bewegung inne, und stand mit hängenden Schultern da, so als hätte er gerade eine Schlacht verloren.

„Das kannst du dir unmöglich vorstellen. Du bist ohne ein Wort gegangen. Du hast deine Kinder im Stich gelassen und auch noch mein Pferd gestohlen."

Das alles sagte er mit einem so entwaffnenden Humor, seine Hände dabei in einer spöttisch bittenden Geste ausgestreckt, dass ich ein vertrautes Kribbeln verspürte. Er gewährte mir Vergebung, einfach so, ohne dass ich ihn darum bitten musste. Und da war es wieder, das jungenhafte Grinsen, das mich vor langer Zeit aus dem Haus meines Vaters fortgelockt hatte, und ich merkte, wie auch mein Mund sich zu einem Lächeln verzog. Und dann berührte er mich sanft mit der Fingerspitze unter meinem Kinn. Ganz langsam hob ich den Kopf, bis mein Blick den seinen traf, und es war nur noch eines zwischen uns: eine ungestüme, verzehrende

Leidenschaft. Ich wollte einen Schritt nach hinten treten – weniger, um seiner Berührung auszuweichen, sondern vielmehr dieser ganzen Situation. Ich wollte mich weit genug entfernen, um kühlende, frische Luft schnappen zu können. Weit genug, um nicht seinen Atem auf meiner Haut zu spüren. Doch weil er mich fester an sich zog, verschwamm sein Bild vor meinen Augen genauso wie jede Hoffnung, auch nur einen einzigen vernünftigen Gedanken fassen zu können.

Wäre ich ein Stückchen zurückgewichen, hätte ich vielleicht etwas anderes sagen können als: „Ach, Nathan, es tut mir so leid", bevor er mich küsste. Aber ich rührte mich nicht. Mein nächster Atemzug traf auf seinen, und die Last und die Sorgen von Wochen lösten sich einfach in nichts auf. Vertraute Arme zogen mich an ihn, und meine Hände streckten sich nach der verheißungsvollen Wärme dieser Arme aus, schwelgten darin, sein raues Wollhemd zu spüren und die von Arbeit gestählten Muskeln darunter.

Genauso plötzlich, wie unser Kuss begonnen hatte, entzog sich Nathan mir wieder und wollte meine Hände mit seinen ergreifen. Und dann lag meine kleine verstümmelte Hand in seinen großen schwieligen Händen geborgen. Die kleinen Fleischknubbel an den Stellen, an denen einmal meine Finger gewesen waren, hatten einen ungesund bläulich-weißen Schimmer, aber die gezackten Wundränder waren inzwischen verheilt. Eine unerklärliche Woge von Scham überrollte mich, und ich ballte die verbliebenen Finger zur Faust, als müsste ich das, was übrig war, verstecken. Vergebens versuchte ich, mich seinem Griff zu entziehen. Aber Nathan hatte seine Finger fest um mein Handgelenk gelegt.

„Was haben sie mit dir gemacht?"

Wie viel wusste er? Und wie viel konnte ich sagen? Ich blickte ihm abwartend ins Gesicht, um darin abzulesen, was sich hinter dieser Frage verbarg. War es die Wut eines Beschützers oder echte Sorge? Die eine Reaktion hätte ihn vielleicht dazu getrieben, Vergeltung zu üben, die andere, seiner Dankbarkeit dafür Ausdruck zu verleihen, dass man mir das Leben gerettet hatte.

„Als sie mich gefunden haben ...", begann ich und versuchte, das Unvermeidliche hinauszuzögern, „... meine Hände waren ... von der Kälte. Sie ... sie waren teilweise abgestorben. Und der Arzt hat gesagt, dass es keine andere Wahl gab."

Nathan führte meine Hand an seine Lippen, bedeckte meine Narben mit Küssen, und da konnte ich nichts mehr sagen. Keine Berührung hatte sich jemals so zärtlich angefühlt, und meine Gedanken kehrten noch einmal zurück zu dem Geräusch der Knochenzange. Die Erinnerung an den Geschmack von Whiskey vermischte sich mit dem unvergleichlichen Geschmack von Nathans Kuss, und all jene kleinen Momente verschmolzen zu einem einzigen. Und noch einmal hörte ich mich selbst sagen: „Es tut mir leid." Noch einmal entschuldigte ich mich dafür, dass mein Fleisch schwach war.

„Ich kann die Vorstellung nicht ertragen, dass du solche Schmerzen hattest." Ich hatte meine Hand auf seine Brust gelegt und konnte seinen Herzschlag spüren.

„Es tut nicht mehr weh."

„Aber es muss doch schrecklich wehgetan haben."

Ich versuchte zu lächeln. „Ich habe Kinder zur Welt gebracht, Nathan. Im Vergleich dazu ist das hier nicht der Rede wert."

Er weigerte sich, mich dafür mit einem Lächeln seinerseits zu belohnen, sondern schaute meine andere Hand und dann wieder mich an.

„Du trägst deinen Ehering nicht."

„Nein. An der linken Hand geht das jetzt ja nicht mehr ..."

„Und was ist mit der rechten?"

„Wahrscheinlich könnte ich ihn dort tragen, aber sie war am Anfang noch so stark geschwollen. Und jetzt ..."

„Wo ist der Ring?"

Ich griff in meinen Ausschnitt und zog das Seidenband hervor, an dem der schlichte Ring baumelte.

„Gib ihn mir", sagte Nathan ruhig und beherrscht, was mich gehorchen ließ. Einen Moment lang betrachtete er die Stelle, an der das Seidenband zusammengeknotet war, aber dann nahm er den Ring in die Hand und zog fest an dem Band, sodass die Seide zerriss, als wäre sie ein trockener Grashalm. Er unternahm nicht einmal den Versuch, den Knoten zu öffnen. Das Band rutschte aus dem Ring heraus und fiel einfach achtlos zu Boden.

Er ergriff meine linke Hand und berührte mit dem Ring das vernarbte Fleisch.

„Der Prophet sagt, manche Sünden sind so schwerwiegend, dass sie nur durch Blutvergießen gesühnt werden können."

Dann nahm er meine rechte Hand, steckte mir den Ring an den Finger und küsste ihn.

„Dadurch wird er jetzt etwas ganz Besonderes, findest du nicht?" Er blickte wieder auf und sah mich an. „Als würden wir noch einmal heiraten. Eine neue Hand" – er berührte mein Gesicht –, „ein neuer Anfang."

Draußen dämmerte es, und es kam mir so vor, als würde ein Schatten zum Fenster hereinkriechen. Es wurde dunkler, kälter, und das Fenster, das immer noch einen Spaltbreit offen stand, bot eine willkommene Ablenkung. Ich entzog mich seinem Griff und sagte: „Es ist kalt." Dann drehte ich mich um und hielt mein Gesicht in den schmalen Spalt, durch den ein kühlender Luftzug hereindrang.

Er folgte mir nicht – natürlich nicht. Er rührte sich gar nicht. Nicht, als ich mich vorbeugte und tief die frische Luft einatmete, und noch nicht einmal, als ich so tat, als bekäme ich das Fenster nicht zu. Aber ich konnte ihn hinter mir spüren. Konnte spüren, wie er mir zuschaute. Mein Nacken brannte heiß unter seinem Blick. Er hatte gerade die Gültigkeit unsere Ehe nochmals bekräftigt und Anspruch auf mich als seine Frau erhoben. Wir hatten damals am Ufer des Platte River geheiratet und waren im Rahmen der heiligen Lehren seiner Kirche gesiegelt worden. Selbst wenn es jetzt zu einem erneuten Bruch kommen würde – hier in Evangelines Wohnzimmer –, hätte sich nichts daran geändert. Mein Mann wäre immer noch da, wenn der Sturm vorüber wäre. Er besaß eine Macht über mich, vor der es kein Entrinnen gab, eine Macht, die ihm sowohl von seinem falschen Gott als auch von seinem falschen Propheten zugestanden wurde. Deshalb musste ich ihrem Einflussbereich entkommen, wenn ich seinem entkommen wollte.

Ich erkannte, dass dies der Neuanfang war, den ich brauchte. Und vielleicht hätte ich ihm das auch gesagt, hätte sogar beinah die Kraft dazu gehabt, doch dann sah ich sie unten auf der Straße. Ihr Haar erinnerte an maisfarbene Seide, die Gesichter waren lieblich und blass mit leuchtend rosa Flecken auf den Wangen, die sie immer bekamen, wenn sie viel draußen in der Kälte spielten. Sie rannten jetzt und ließen Tante Evangeline, die eine große abgedeckte Schüssel trug, ein ganzes Stück hinter sich. Obwohl die Fensterscheibe die Geräusche von draußen dämpfte, konnte ich ihr Lachen hören. Auch mein eigenes Lachen bahnte sich seinen Weg nach draußen, so als kehrte ich ins Leben zurück.

Ich wirbelte herum und rannte zur Tür, um ihnen auf der Straße entgegenzurennen, aber Nathan ergriff mich am Arm und hielt mich zurück.

„Geh nach oben", sagte er mit der ihm eigenen Autorität. „Und bedecke deine Hand."

„Bedecken?"

„Ja, wickele einen Verband darum oder sonst etwas. So, wie sie jetzt aussieht, wird es sie erschrecken."

„Aber was …?"

„Sag ihnen, dass du dich am Herd verbrannt hast. Und jetzt geh schon."

Inzwischen konnte ich ihre Stimmen bereits direkt vor der Haustür hören, aber ich wusste, dass Nathan recht hatte. Er ließ mich los, und ich rannte die Treppe hinauf. Dort zog ich mir die Haarnadeln heraus, die mein Haar locker zusammenhielten, fuhr mir mit dem Kamm durchs Haar und flocht es dann hastig zu einem Zopf, den ich mir wie eine Schnecke auf dem Kopf drehte und feststeckte, so wie Lottie es gern mochte. Dann wickelte ich mir einen Streifen Mull, den ich in der untersten Kommodenschublade fand, hastig um meine Hand und steckte das Ende des Streifens am Handgelenk fest.

Ich nahm mir nur einen Moment lang Zeit, um mich im Spiegel anzuschauen, denn ich machte mir Sorgen, dass meinen Töchtern mein ausgemergeltes Aussehen auffallen könnte. Besonders Melissa, der nie auch nur das leiseste Anzeichen dafür entging, dass etwas nicht in Ordnung war. So ausgeprägt die Linien in meinem Gesicht auch sein mochten, mein Blick war fröhlich und meine Haut vor Aufregung gerötet. Das aufgeregte Geplapper der Kinder drang zu mir hinauf, und mit einem letzten Dankgebet auf den Lippen rannte ich nach unten.

KAPITEL 12

Melissa sah mich als Erste. Nathan hatte sich hingehockt, sodass er mit der kleinen Lottie auf Augenhöhe war, die ihn mit einer Geschichte aus dem Leben bei Tante Rachel erfreute und mir dabei den Rücken zugewandt hatte. Ich merkte jedoch genau, dass Melissa nach mir Ausschau hielt. Erst riss sie die Augen auf – die groß und braun waren wie die ihres Vaters –, und ihr Mund blieb vor Überraschung offen stehen. Aber dann, so als erinnerte sie sich plötzlich an etwas sehr Wichtiges, schüttelte sie kaum merklich den Kopf, schaute zu Boden und tat so, als sei sie ebenfalls ganz gefesselt von Lotties Geschichte.

Mein Körper – derselbe Körper, der sich so danach gesehnt hatte, sie in die Arme zu schließen – war plötzlich wieder ganz wachsam und angespannt. Wie ein Reh, das auf eine Waldlichtung tritt, machte ich ganz vorsichtig einen Schritt nach dem anderen, aber Melissas Blick wurde kein bisschen sanfter. Dieses sechsjährige Kind starrte mich mit einer Intensität nieder, dass sogar ihre Schwester es bemerkte und nach einer möglichen Gefahr Ausschau hielt. Lottie hielt mitten im Satz inne, drehte sich herum und erschrak zunächst, aber dann strahlte sie übers ganze Gesicht.

„Mama!", schrie sie immer wieder, als sie auf mich zugerannt kam, bis sie ihr Gesicht an meinem Hals barg. Ihre Haut war kalt, aber ihr Atem warm, genau wie die Tränen, die ich auf meiner Haut spürte.

Ach, was war es für ein Gefühl, zu spüren, wie sie sich ganz fest an mich schmiegte. Diese vertraute Berührung. Ich hielt sie und bat sie wortlos um Vergebung. Ich sehnte mich danach, jeden Zentimeter ihres Körpers mit Küssen zu bedecken, einen für jeden Tag, den ich versäumt hatte. Aber das hätte bedeutet, mich kurz von ihr lösen zu müssen, und das brachte ich einfach nicht übers Herz. Nicht, solange ihre Freudenrufe zu tiefen, bebenden Schluchzern wurden, von denen jeder ihren kleinen Körper schüttelte, sodass sie sich immer fester an mich klammerte. Ihre Haut war inzwischen ganz heiß geworden. Das konnte ich sogar durch ihr Kleid hindurch fühlen, als ich ihr über den Rücken strich.

Ich flüsterte: „Pssst, schschsch ...", und schaute über den Kopf meiner Kleinen hinweg zu ihrer großen Schwester und ihrem Vater, die mich mit den gleichen vorwurfsvollen Blicken auf Abstand hielten.

Klarer konnte eine Front nicht verlaufen.

Nach einer Weile beruhigte sich Lottie. Sie atmete flach, aber gleichmäßig, und ich löste mich so weit von ihr, dass ich ihr in ihr verweintes Gesicht und die geschwollenen Augen schauen konnte.

„Ich habe wirklich versucht, ein großes Mädchen zu sein, als du weg warst. Tante Amanda hat gesagt, ich soll nicht weinen, also habe ich es auch nicht gemacht." Sie kaute auf ihrer Unterlippe und runzelte die Stirn. „Aber eigentlich hätte ich am liebsten geweint."

„Du lügst!", unterbrach Melissa sie mit einem verletzenderen Tonfall in der Stimme, als ich es bei einem Kind in ihrem Alter für möglich gehalten hätte. Sie sah mich direkt an. „Sie hat jeden Abend im Bett geheult, nachdem wir gebetet hatten." Etwas in ihrer Stimme verriet mir, dass sie im Gegensatz zu ihrer Schwester keine Tränen vergossen hatte.

„Aber jetzt", meinte Nathan, klatschte in die Hände und rieb dann die Handflächen aneinander, „brauchen wir ja nicht mehr zu weinen, oder? Jetzt sind wir wieder alle zusammen, und nach allem, was meine kleine Lottie mir erzählt hat, hat Tante Rachel ein köstliches Abendessen für uns mitgeschickt."

„Ein ganzes Hühnchen", meldete sich Lottie zu Wort und war auf der Stelle wieder munter. „Sie hat gesagt, dass sie eins zu viel gebraten hat."

„Wie nett von ihr." Es war das Erste, was ich sagte, seit ich den Raum betreten hatte, und die Worte blieben mir fast im Hals stecken.

Lottie wich mir nicht von der Seite, und Melissa hielt weiter Abstand, als wir in Evangelines kleine Küche gingen. Es wurde ein dreibeiniger Hocker zusätzlich an den Tisch gestellt, aber Lottie krabbelte lieber auf meinen Schoß, um dort zu essen.

Ich glaube, Evangelines Tisch hatte noch nie zuvor eine solche Fülle erlebt, weder in Bezug auf das Essen noch auf die Gemeinschaft. Melissa und Lottie nahmen jede eine Hähnchenkeule in die eine Hand und ein Brötchen in die andere, und es blieb jede Menge Kartoffelbrei auf ihren Tellern liegen. Nathan erfreute uns mit Geschichten, und zwar nicht mit neuen, sondern mit Erinnerungen an gemeinsame Erlebnisse. Er erzählte Geschichten von unserem Treck nach Zion, wobei er jeden Indianer und jeden Luchs wilder und bösartiger darstellte, als diese es sich je hätten träumen lassen. Natürlich war ich in dieser Zeit eine frischgebackene Ehefrau gewesen und bis über beide Ohren in meinen gutaussehenden Ehemann verliebt, und ich hatte mich damals ziemlich vor dem Leben gefürchtet, das vor mir lag.

Während er seine Geschichten erzählte, konnte ich nicht anders, ich musste mir diese erste ängstliche Leidenschaft noch einmal in Erinnerung zu rufen. Während des Essens trafen unsere Blicke sich immer wieder, und ich wusste, dass wir beide an Einzelheiten dachten, die sich für das Tischgespräch so gar nicht eigneten. Damals hatte unser Zuhause aus nicht mehr bestanden als einer Decke, die wir im

Schatten des Planwagens von Mitheiligen ausbreiteten. Seine Arme waren mein Schutz, seine Versprechungen meine Wohnung gewesen.

Damals war Evangeline ebenfalls dabei gewesen, immer irgendwie am Rand stehend, immer eher Zuschauerin, aber jetzt drängte sie sich dazwischen, denn schließlich saßen wir ja an ihrem Tisch. Das Hähnchengerippe lag mitten auf dem Tisch, und auch noch den letzten Rest guter Manieren vergessend, griffen wir alle über den Tisch und zupften die Fleischreste von den Knochen. Hin und wieder ertappte ich Evangeline dabei, dass sie mit einer so staunenden Miene in die Runde sah, als müsste sie sich selbst zwicken, um sich zu vergewissern, dass sie wirklich wach war. Genauso könnte auch ihr Leben aussehen, wenn sie einen eigenen Mann hätte. Ich wusste – hatte immer gewusst –, dass ihre Sehnsucht danach, Nathans Frau zu werden, der Mittelpunkt ihres Seins war. Als Nathan und ich damals am Flussufer gestanden und geheiratet hatten, da musste es ihr vorgekommen sein, als hätte ihr jemand den Hauptgewinn weggeschnappt. Doch jetzt hatte sie den Segen des Propheten, selbst Ansprüche anzumelden – an sein Leben, wenn nicht gar auf sein Herz.

Und da erkannte ich plötzlich, wieso sie in letzter Zeit viel besserer Stimmung gewesen war. Dieses versteckte Lächeln, ihre Großzügigkeit und diese Leichtigkeit in ihren Schritten. Sie hatte gewusst, dass er kommen würde, weil sie ihn nämlich selbst hierher eingeladen hatte. Sie hatte Tillman gesagt, dass ich bei ihr war, denn ihr war klar gewesen, dass Rachel niemals mein Vertrauen missbrauchen und mich verraten würde.

Als sich unsere Blicke begegneten, während sie einen Flügel des fast völlig nackten Hähnchengerippes abriss und ihn abzunagen begann, sah sie noch katzenhafter aus als gewöhnlich. Ihre Lippen, die von Fett glänzten, waren zu einem schmalen Lächeln verzogen, und ich konnte den samtpfötigen Dolchstoß in meinen Rücken förmlich spüren.

Wieso war ich bloß nicht schon früher darauf gekommen? Ihre Freundschaft und auch die Gastfreundschaft – sie waren nicht mehr als ein böses Spiel, bei dem ich die hilflose Beute zwischen ihren samtenen Pfoten war. Sie hatte Nathan mit seiner Frau, seiner ersten Liebe, wiedervereint, und dafür würde er sie doch wohl belohnen. Mit einem Bröckchen, das nur er ihr hinwerfen konnte. Gerade genug, um sie von der frommen Mildtätigkeit ihrer Mitheiligen zu befreien. Genug, um ihr zu einem Platz im Himmel zu verhelfen.

„Das ist köstlich, nicht wahr?", fragte sie, doch im Grunde wollte sie mir nur zu verstehen geben, dass sie das Spiel gewonnen hatte.

„Ja, meine Schwester macht wirklich gute Brathähnchen." Nathan rückte seinen Stuhl vom Tisch weg und rieb sich den vollen Bauch.

„Ach, das Hähnchen stammt ganz sicher nicht von Schwester Rachel", wandte Evangeline ein. „Sie war noch nie eine, die viel in der Küche steht. Die eigentliche Köchin im Haus ist doch Marion."

„Mama ist eine gute Köchin", unterbrach Lottie sie und räkelte sich mit dem Rücken zu mir auf meinem Schoß, wobei sie mit einem Fuß wie in Trance immer wieder gegen mein Schienbein stieß.

„Aber sie war seinerzeit auch dafür bekannt, das eine oder andere Brötchen verbrennen zu lassen", sagte Nathan. „Doch das war natürlich ganz früher."

„Deshalb war ich ja auch so froh, dass wir Kimana hatten", meinte ich lachend. „Ohne sie wären wir in einem Haus voller Lebensmittel vermutlich verhungert."

Nathan stimmte tief und glucksend in mein Lachen ein, und selbst Melissa gelang ein kleines, schmallippiges Lächeln.

„Ja", sagte Evangeline, die an meiner Aussage offenbar absolut nichts Komisches finden konnte, an Nathan gewandt, „aber du konntest ja wohl kaum Kimana heiraten, oder? Sie ist schließlich eine Wilde."

Ich merkte, wie ich mich innerlich anspannte und trotz Lotties Gewicht sehr aufrecht dasaß. Ich sah Kimanas sanfte, braune Augen vor mir, ihr rundes, friedvolles Gesicht. Ich spürte ihre Umarmung, die weich war wie ein Federkissen, und hörte ihre zögerlichen Worte beim Gebet. Sie hatte einen solchen Glauben – ein so reines Verständnis von Gott.

„Sprich nicht so über sie", entgegnete ich und schlug mit der Faust auf den Tisch. „Sie gehört zu unserer Familie. Für mich ist sie wie eine Mutter."

Nathan streckte seine Hand aus und legte sie mir auf den Arm. Es war die erste Berührung seit unserem Kuss, und ich war selbst überrascht, welch klammheimliche Freude es mir bereitete, aus dem Augenwinkel Evangelines argwöhnischen Blick zu bemerken.

„Ich glaube nicht, dass Schwester Evangeline das böse gemeint hat."

„Und außerdem", sagte Melissa herausfordernd, „ist Papa ja schon mit Tante Amanda verheiratet."

Das Schweigen, das darauf folgte, war mit nichts zu vergleichen. Alles Lachen und Reden erstarb auf der Stelle, so wie eine Kerze, die aus lauter Gehässigkeit ausgepustet wird.

„Und mit deiner Mutter", fügte Nathan nach einer viel zu langen Pause hinzu. Er griff dann nach meiner Hand, und ich ließ es geschehen, weil ich Evangeline nicht die Genugtuung gönnen wollte, die sie zweifellos empfinden würde, wenn ich sie ihm entzog.

Lottie drehte sich auf meinem Schoß herum, damit sie mich ansehen konnte, und fragte: „Bist du die Mama von dem neuen Baby?"

Der Druck von Nathans Hand wurde fester, als ich ihn ansah, aber es war Melissa, die antwortete.

„Sei doch nicht dumm. Natürlich ist sie das nicht. Die Mama von dem Baby ist Amanda, so wie Mama unsere ist."

„Das sind zu viele Mamas", meinte Lottie und zog dabei das letzte Wort durch ein Gähnen endlos in die Länge. Unter anderen Umständen hätten wir vielleicht darüber gelacht, aber nicht an diesem Abend. Ich hörte gerade zum ersten Mal von einem neuen Kind, und ich war erst seit etwas über einem Monat fort. Sie musste es also schon gewusst, zumindest aber geahnt haben, bevor ich fortgegangen war.

„Das hast du mir ja gar nicht erzählt", meinte ich schließlich und entzog Nathan meine Hand, wobei ich auch Lotties Gewicht auf meinem Schoß verlagern musste.

„Sie war sich noch nicht ganz sicher."

„Und jetzt ist sie sicher?"

„Ja."

„Ist das nicht schön?" Evangelines Versuch, Freude zu verbreiten, änderte jedoch nichts an der gedrückten Stimmung in unserer Runde.

„Kimana sagt, dass es im Sommer so weit ist." Inzwischen waren sowohl Lotties Stimme als auch ihr Körper ganz schläfrig.

Nathan stand auf, reckte sich und beugte sich dann vor, um sie mir aus den Armen zu nehmen. „Hast du oben ein Zimmer für die Mädchen? Ich glaube nämlich, dass die hier fix und fertig ist."

„Ich bin aber gar nicht müde", wandte Melissa ein.

„Gut. Dann kannst du ja deiner Mutter und Tante Evangeline noch beim Geschirrspülen helfen."

„Das ist nicht nötig", sagte Evangeline, und ich fand es grausam, dass sie meine Gelegenheit, das Wohlwollen meiner Tochter zu erlangen, für sich nutzte. „Sie kann mit ins Wohnzimmer gehen und dort helfen, die Betten herzurichten. Ein schönes weiches Schlaflager auf dem Boden, genau wie damals auf dem Treck." Sie klatschte in die Hände. „Das wird ein Spaß."

Ich hielt inne. „Im Wohnzimmer?"

„Ja, wo denn sonst?"

„Ich bin davon ausgegangen, dass sie oben bei mir in meinem Zimmer schlafen."

„Aber im Wohnzimmer ist es doch viel wärmer", wandte Evangeline ein. „Willst du denn nicht, dass deine Töchter es schön warm haben?"

„Bei mir hätten sie es auch warm."

Wir hätten noch den ganzen Abend so weiter streiten können, wenn nicht Nathan die Angelegenheit in die Hand genommen hätte. „Das Wohnzimmer ist schon in Ordnung. Das wird ein richtiges Abenteuer." Und dann hob er Lottie noch ein Stückchen höher, sodass ihr Kopf auf seiner Schulter lag. „Genau wie damals auf dem Treck der Heiligen."

Keines der beiden Mädchen zeigte für dieses Abenteuer so viel Begeisterung wie Nathan und Evangeline, aber das schrieb ich ihrer Müdigkeit zu, zumindest, was Lottie anging. Melissa schien über Nathans Entscheidung einfach nur erleichtert zu sein.

Als wir dann allein in der Küche waren, arbeiteten Evangeline und ich schweigend nebeneinander her. Jetzt, wo wir nicht länger von den Kindern beobachtet wurden, nahm ich auch endlich den Verband von meiner Hand ab und begann, die Essensreste von den Tellern zu kratzen und die Teller in die Schüssel mit Wasser zu stellen, das während des Essens auf dem Herd heiß geworden war. Die Überreste des Hühnchens kamen in einen Topf, wo sie am nächsten Tag abgekocht werden würden, damit wir eine Brühe daraus machen konnten. Ich hielt meine Zunge im Zaum, damit ich meinem Ärger nicht offen Ausdruck verlieh, und vielleicht hätte ich das auch noch den Rest des Abends durchgehalten, hätte sich nicht Evangeline mit einem Geschirrtuch in der Hand an mich herangeschlichen und gesagt: „Ist das nicht schön?"

„Wie konntest du nur?", zischte ich sie an und stellte eine frisch gespülte und abgetrocknete Servierplatte ins Regal zurück.

Sie riss ihre Augen auf, so weit es ging, und ich hätte den Teller, den ich in der Hand hielt, am liebsten benutzt, um ihr ihre Unschuldsmiene gründlich auszutreiben.

„Ich … ich dachte, du würdest dich freuen, deine Familie wiederzusehen. Du hast doch selbst gesagt, dass du deine Mädchen so vermisst."

„Dazu hattest du kein Recht." Ich wandte mich wieder meiner Aufgabe zu. „Du hattest nicht das Recht, ihn hierher zu holen!"

„Du vergisst da offenbar etwas. Das hier ist nämlich mein Haus. Das hat Bruder Brigham selbst gesagt."

„Das werde ich ganz sicher nicht vergessen, Evangeline, denn du erinnerst mich ja schließlich jeden Tag daran."

„Und ich habe unsere gemeinsame Zeit auch sehr genossen. Wir sind doch Freundinnen, weißt du? Es ist schön, eine andere Frau zum Reden zu haben."

Ich ignorierte den Köder, den sie mir hinwarf, und konzentrierte mich darauf, alle Besteckteile vom Boden der Spülschüssel heraufzubefördern und zu reinigen. „Ich hatte dir gesagt, dass ich ein bisschen Abstand brauche, um mich daran zu gewöhnen, dass noch eine andere Frau dort ist."

„Aber wie lange denn noch?" Ihr Versuch, Unwissenheit vorzutäuschen, war allzu durchsichtig. „Du wolltest doch nicht etwa endgültig fort?"

„Ich weiß nicht, was ich gedacht habe, und darüber hinaus geht es dich auch gar nichts an."

„Aber das hier ist mein …"

Sie hielt plötzlich inne, und als ich mich umdrehte, sah ich Nathan in der Tür stehen. „Die Mädchen sind jetzt im Bett. Lottie schläft schon, aber Melissa kämpft noch mit sich."

„Du siehst auch müde aus", sagte Evangeline mit einer so demonstrativen Vertrautheit, dass mir das Essen hochkam. Sie bot ihm an, ihn nach oben zu begleiten, um ihm zu zeigen, wo frische Bettwäsche war, aber er lehnte dankend ab.

„Macht ihr mal hier fertig, meine Damen. Ich komme schon zurecht."

Das taten wir dann auch. Zunächst arbeiteten wir schweigend weiter, bis Evangeline den Mund nicht mehr halten konnte und genau da wieder anknüpfte, wo sie vor der Unterbrechung aufgehört hatte.

„Ich lade in mein Haus ein, wen ich will", beharrte sie erneut.

„Aber natürlich." Ich faltete das Geschirrtuch zusammen und legte es zum Trocknen über eine Stuhllehne. „Und dafür bin ich dir auch dankbar. Es war sehr freundlich von dir, mich bei dir aufzunehmen … uns alle aufzunehmen."

Ich verließ die Küche und ging ins Wohnzimmer, das jetzt mit Ausnahme des kleinen Lichtscheins von der Glut im Ofen im Dunkeln dalag. Nathan hatte Holz nachgelegt, und zwar mehr, als Evangeline jemals erlaubt hätte.

„Ich liebe eure Töchter auch." Obwohl ich sie nicht hatte kommen hören, wusste ich, dass sie mir gefolgt war. „Wenn ich nie die Chance bekäme, Kinder zu bekommen, dann würde mir das nichts ausmachen. Ich wäre glücklich damit, deine auch als meine zu betrachten."

Trotz der Wärme im Raum fröstelte mich.

Sie beugte sich vor, bis ich die Wärme ihres Atems in meinem Nacken spürte. „Ich glaube, der himmlische Vater möchte uns alle zusammenbringen."

Ich drehte mich um und packte sie bei den Schultern, um sie zu beruhigen und zur Vernunft zu bringen. „Gott hat immer einen Plan, aber es ist oft nicht der Plan, den wir selbst uns für unser Leben ausgesucht hätten. Wir wissen nicht immer, was genau er von uns will."

„Deswegen hat er uns ja den Propheten gesandt. Damit er für ihn spricht."

Einen Moment lang wusste ich nicht so genau, ob ich sie jetzt, da ich sie gepackt hatte, schütteln oder sie in den Arm nehmen sollte. Schließlich hatte ich sie einmal sehr lieb gehabt … als Schwester. Aber heute wurde mir klar, dass sie diese Liebe nie erwidert hatte. Nicht wirklich. Ich war sowohl die Frau, die ihr Nathan weggenommen hatte, als auch die Frau, die ihn ihr irgendwie wiedergeben konnte.

„Würde es dir etwas ausmachen, mich einen Augenblick mit ihnen allein zu lassen? Es ist schon so lange her, und seitdem habe ich ihnen keine Geschichte mehr erzählt, und ich hätte auch gern einfach einen Augenblick Zeit, um mit ihnen zu beten."

„Aber natürlich."

Melissa und Lottie lagen inzwischen auf einem weichen Lager aus Steppdecken auf dem Fußboden. Ich ließ Evangeline los, kniete mich zwischen den beiden hin und legte jeder eine Hand auf ihr kleines pochendes Herz. Fürs Erste genügte es mir, einfach zu spüren, dass sie lebten, genau so, wie ich sie damals in meinem Leib gespürt hatte. Das letzte Kind, das ich geboren hatte, wäre jetzt ein Jahr alt. Während ich in diesem Augenblick denselben Schmerz empfand wie immer, wenn ich an meinen Sohn dachte, staunte ich inzwischen aber auch über die Weisheit Gottes. Ein Kind hatte ich sicher in eine Ewigkeit bei Jesus hineingeboren, und zwei weitere, die niemals die Wahrheit erfahren würden, wenn ich sie nicht aus dem Griff dieser Lügen befreite, berührte ich gerade.

„Allmächtiger Gott …", flüsterte ich und bat um seine Gegenwart hier unten. „Ich vertraue dir diese Mädchen an und widme mein ganzes Leben dem Zweck, ihnen ein Zuhause zu geben, in dem sie dich wirklich kennenlernen können. Führe mich, wohin du willst. Ich werde Nathans Frau sein, solange du es von mir verlangst, aber die Mutter dieser Kinder werde ich für immer sein. Herr, es ist dein Wille, dass ich sie in einem Zuhause erziehe, in dem du geehrt wirst. Bitte schenke mir ein solches Zuhause."

Lottie regte sich nicht unter meiner Berührung und schlummerte das ganze Gebet hindurch, aber als ich meine Augen wieder öffnete, sah ich, dass Melissa mich direkt anschaute.

„Aber du hast doch schon ein Zuhause, Mama."

Es war meine rechte Hand, die auf ihrem Herzen lag, und ich nahm sie jetzt dort weg, um damit ihr Gesicht zu streicheln, dankbar, dass sie sich meiner Berührung nicht entziehen konnte. „Ich weiß, mein Schatz. Und es fehlt mir auch."

„Aber dann komm doch einfach zurück."

„Das werde ich." Ich spürte, wie Gott selbst durch mich ein Versprechen gab.

„Morgen?"

Ich schüttelte den Kopf. „Nein. Ich habe noch ein anderes Zuhause, bei meinen Eltern in Iowa, weißt du? Von dort bin ich auch weggelaufen."

„Um Papa zu heiraten?"

„Ja. Sie sind böse auf mich, genauso wie du. Ich glaube, ich muss sie für eine Weile besuchen."

Sie runzelte ihre kleine Stirn. „Warum schreibst du ihnen dann nicht einfach einen Brief?"

„Das habe ich schon versucht. Vielleicht verstehst du das jetzt noch nicht, aber so ist es am besten. Wir werden nur für eine kurze Zeit getrennt sein, das verspreche ich dir. Ich lasse nicht zu, dass ihr von mir so lange getrennt seid, wie ich von meiner Mutter getrennt gewesen bin. Das verspreche ich. Und jetzt erzähl doch mal. Habt ihr auch in unserer Bibel gelesen?"

Sie schüttelte den Kopf. „Papa lässt uns nicht."

Irgendwie gelang es mir, mein Lächeln beizubehalten. „Hast du denn gebetet?"

„Jeden Abend. Und ich bin zur Kirche gegangen. Und Papa liest uns aus dem heiligen Buch vor."

„Er ist ein wundervoller Vater", sagte Evangeline, die wieder zurück war und auf Strümpfen zu dem Schlaflager tapste, das sie sich selbst auf dem Sofa hergerichtet hatte.

„Ja, das ist er", bestätigte ich, allerdings in einem Tonfall, der sie nicht zu einer Fortsetzung des Gespräches einlud. Ich beugte mich nach unten und gab Lottie einen Kuss auf ihre warme, weiche Wange, bevor ich mich zu Melissa hinabbeugte und flüsterte: „Ich hab dich sehr, sehr lieb."

„Ich weiß", entgegnete sie, ebenfalls flüsternd.

Weil ich spürte, dass sie einverstanden war, gab ich ihr einen Kuss auf die Stirn, strich ihr ein paar blonde Haarsträhnen aus dem Gesicht und gab ihr dann einen weiteren Kuss. Evangeline wünschte ich nur noch eine gute Nacht – sonst sagte ich nichts mehr zu ihr.

Ich verließ das Zimmer und ging zur Treppe, wo ich mich in der Dunkelheit am Geländer festhielt und nach oben tastete, denn ich wusste, dass Nathan dort irgendwo sein musste. Erst als ich oben aus meinem Zimmer schwaches Licht dringen sah, wusste ich, dass er vorhatte, bei mir zu schlafen.

Schon in diesem Moment hätte ich kehrtmachen und auf dem kleinen noch freien Stückchen Fußboden im Wohnzimmer mein Nachtlager aufschlagen können. Ich hätte mich sogar im Zimmer von Evangelines Brüdern verkriechen können, wäre nicht in diesem Augenblick die Tür meines Zimmers geöffnet worden und er hätte im Kerzenschein dagestanden.

„Ich habe dich auf der Treppe gehört." Er machte die Tür weiter auf und trat zur Seite, um mich hereinzubitten.

Ich ging zu ihm hin und blieb dann stehen. „Das ist mein Zimmer."

„Aber wo sollte ich denn sonst hin?"

Ich deutete auf die anderen Räume. „Es gibt noch genügend andere Zimmer."

„Von denen ich aber keines möchte."

Er ergriff meine Hand, zog mich über die Schwelle ins Zimmer und beendete dadurch jede weitere Diskussion. Mit ihm zusammen kam mir der Raum unerträglich klein und eng vor. Irgendwie war es ihm gelungen, sich zwischen mich und die Tür zu stellen, und seine Schultern wirkten breiter als der Türrahmen. Der gesamte Raum war von Licht erfüllt – ich konnte mich nicht erinnern, dass es dort jemals so hell gewesen war. Als ich sah, dass mein Schatten auf Nathan fiel, wurde mir klar, dass sich die Lichtquelle hinter mir befinden musste. Das Licht kam vom Fenster, von den drei

Kerzenstummeln, die hell vor der Glasscheibe vor sich hinflackerten.

Ich konnte mich noch ganz genau an den Moment erinnern, als Colonel Brandon mir die drei Kerzenstümpfe in die Hand gedrückt hatte. „Falls Sie irgendwann einmal in Gefahr sind, stellen Sie diese Kerzen ins Fenster." Ich wusste natürlich, dass Soldaten der Armee der Vereinigten Staaten nicht gleich um die Ecke stationiert waren, aber Colonel Brandon war kein Mann, der leichtfertig etwas versprach oder seine Versprechen nicht hielt. Wie lange war Nathan schon hier oben? Waren es zwanzig Minuten oder eine halbe Stunde? Jedenfalls gewiss nicht lange genug, um die Armee der Vereinigten Staaten zu alarmieren.

Ich ging zum Fenster, konnte draußen aber nichts Ungewöhnliches entdecken und blies zwei der Kerzen aus.

„Evangeline ist so sparsam", sagte ich zur Erklärung. „Wieso drei Kerzen anzünden, wenn auch eine genügt?"

Ich bereute meine Entscheidung schon in dem Moment, als ich mich wieder umdrehte. Im sanften Licht der einzelnen Kerze sah Nathan eher wie ein Engel aus als wie der Feind.

„Jetzt schau dich einer an", meinte er in anerkennendem Tonfall.

„Du hast mich doch schon seit Monaten nicht mehr angeschaut", entgegnete ich und war selbst überrascht, wie verbittert meine Worte klangen.

„Das ist nicht wahr. Du wirst immer meine erste Frau sein. Meine erste Liebe."

„Aber nicht deine einzige."

„Amanda wird mir niemals so viel bedeuten wie du. Sie und ich werden niemals das haben, was du und ich in unserer ersten Zeit hatten. Du erinnerst dich doch an diese erste Zeit, nicht wahr, Milla?"

Milla. Das war Nathans Kosename für mich, ein Name, den nur er verwendete. Heiliger als der heilige Name, den ich beim Endowment, dem Eintritt in die Mormonenkirche, bekommen hatte – der Name, von dem Nathan glaubte, dass er ihn in der Ewigkeit rufen würde, um mich vom Tod in eine gemeinsame Ewigkeit mit ihm zu rufen.

„Aber sie wird schon bald ein Kind von dir bekommen. Und dann vielleicht noch eins. Deine erste Zeit mit ihr ist beinah schon vorbei. Und was dann, Nathan? Noch eine Frau? Noch mehr erste Zeiten? Evangeline hast du doch schon vor mir gekannt. Vielleicht wünschst du dir auch, mit ihr gemeinsame Erinnerungen zu haben."

Er zuckte trotz der Schärfe meiner Worte nicht einmal zusammen, obwohl ich selbst sie in dem Moment, als sie aus meinem Mund kamen, als schneidend empfand. Aber er überbrückte die Distanz zwischen uns mit einem einzigen Schritt, griff hinter mich, löschte die letzte noch brennende Kerze mit seinen schwieligen Fingern und zog dann den Vorhang zu.

Die unmittelbare Erinnerung an sein Gesicht blieb noch wie ein Phantom in der Dunkelheit bestehen, und sein Körper schien überall gleichzeitig zu sein. Ich spürte, wie er aufrecht vor mir stand, seine Stirn gegen meine gedrückt. Seine Finger hatte er locker um meinen Hals, die Daumen an meinen Unterkiefer gelegt. Ich wusste, dass er meinen Puls spüren konnte und dass er die Macht gehabt hätte, ihn anzuhalten. Die Angst ließ mich unter seiner Berührung erstarren – eine Angst, die ich nur zu gut kannte. Kein Schrecken, sondern eine betörende Mischung aus Beklommenheit und Erregung. Dasselbe hatte ich empfunden, als er mich zum ersten Mal geliebt hatte. Und auch beim letzten Mal. Und jetzt wieder.

Woran ich mich als Nächstes erinnere, ist der Kampf. Nicht zwischen unseren Körpern. Er hielt mich auf eine Weise fest, dass ich es nicht wagte, mich zu rühren. Nein, der Kampf tobte zwischen meinem Verstand und meinem Körper, denn mein Herz hielt mich genauso gefangen wie seine Umarmung. Vielleicht lag es an dem Rausch, der durch jene Erinnerung an unsere erste Liebe hervorgerufen wurde, oder an der Eifersucht, die dem Wissen entsprang, dass eine andere Frau jetzt sein Bett teilte. Er beschloss aber, auf meine abweisenden Worte mit einem Kuss zu reagieren, und all meine Vorwürfe blieben ohne Antwort, als seine Lippen und seine Hände über mein Gesicht und meinen Hals wanderten. Selbst als er mich dazu drängte, meine Arme um ihn zu schlingen, hatte ich noch den Eindruck, als Siegerin aus diesem Kampf hervorgegangen zu sein.

Die Macht, die eine Frau über einen Mann haben kann, wird unterschätzt und ist schwer greifbar – es ist eine Macht, die an sich schon verführerisch ist. Meine ungleichen, verwundeten Hände wanderten siegreich seinen muskulösen Rücken hinab, und mein Mund suchte Zuflucht in der Kuhle seiner Kehle. Wir sprachen in kurzen, atemlosen Satzfetzen, und obwohl mein Widerstand schwand, stand ich immer noch aufrecht in seinen Armen. Mutig und doch von Leidenschaft verzehrt. Es muss kalt gewesen sein in dem Zimmer – das war es immer –, ich aber spürte nur die belebende Wärme dieses Kampfes.

Wer mich verurteilt, hat nie geliebt. Ich weiß inzwischen, dass ich Gott hätte bitten müssen, mich von dieser Liebe zu befreien, die Leidenschaft zu besiegen, von der ich jedes Mal gepackt wurde, wenn dieser Mann in meiner Nähe war. Aber unser Ehegelübde war meine Entschuldigung dafür, dass ich diese Sünde beging; schließlich war ich immer noch seine Frau. Er hatte sich lediglich dieser Art von „Überredungskunst" bedient, um mich zu seinem Glauben zu verführen. Vielleicht hatte ich das Gefühl, dass ich mich derselben Waffe bedienen konnte, um ihn zur Wahrheit hinzuziehen. Oder vielleicht war ich auch einfach nur einsam. Oder mir war kalt. Ohne ihn war ich dem Tod zu nah gewesen, und mit ihm fühlte ich mich – wenigstens für eine lange Winternacht – wieder lebendig.

KAPITEL 13

„Weißt du, was sie von mir verlangt haben, als uns klar wurde, dass du weg warst?"

Das waren die ersten Worte, die er am nächsten Morgen zu mir sagte, noch bevor der erste Sonnenstrahl durch den Spalt zwischen den Vorhängen zu uns ins Zimmer fiel. Ich lag an seine Seite geschmiegt, wo ich in seiner Armbeuge geschlafen hatte, so wie jede Nacht, die wir als Eheleute zusammen verbracht hatten, außer in den Zeiten, wenn mein dicker Bauch in den Schwangerschaften eine solche Schlafstellung unmöglich gemacht hatte. Er redete, als wären wir bereits mitten in einem Gespräch, als hätten wir schon eine ganze Zeit in einvernehmlichem Schweigen beieinander gesessen und warteten nur auf den nächsten Gedanken, der es wert schien, das Schweigen zu brechen.

Ich war sicher, dass er schon lange vor mir wach gewesen war und jetzt darauf wartete, dass ich mich zu ihm gesellte, also verscheuchte ich die letzten Reste schattenhafter Träume aus meinem Kopf und fragte: „Von wem sprichst du?"

„Der Bischof und Elder Justus. Sie haben mir gesagt, ich hätte dich unnachgiebig verfolgen müssen."

Ich barg meinen Kopf an seiner Brust, genoss die Wärme seiner Haut. Wenigstens für eine Nacht hatte er sein heiliges Garment abgelegt und auf den Boden geworfen.

„Und hast du das nicht auch getan? Warum sonst bist du hier?"

„Sie wollten nicht, dass ich selbst gehe. Sie haben gesagt, dass deine weibliche List mich vielleicht davon abhalten könnte, mein Werk für das Reich Gottes zu vollenden."

„Ach, und was für ein Werk soll das sein?" Ich löste mich zwar nicht von ihm, lag aber stocksteif neben ihm.

„Na, dich wieder in die Kirche der Mormonen zurückzuholen." Er legte mir eine Hand unters Kinn und drehte meinen Kopf so, dass ich ihn ansehen musste. „Sag mir bitte, dass mir das gelungen ist."

Mein Herz raste, und es war nichts zwischen uns, hinter dem ich meine Angst hätte verbergen können. „Nathan, ich liebe dich wie eh und je. So, wie eine Frau nur lieben kann."

„Dann kommst du also heute wieder mit mir zurück?"

Ich schüttelte den Kopf – nur eine ganz kleine Bewegung, weil ich immer noch ganz eng an ihn geschmiegt dalag.

„Aber das ist dein Platz, Camilla. Als meine Frau – eine Frau, die mich liebt. Da solltest du sein, an meiner Seite."

„Du hast jetzt eine andere Frau an deiner Seite, Nathan."

Wenn ich ein bisschen sanfter gesprochen hätte, wenn ich den Versuch unternommen hätte, um sein Verständnis zu werben, wäre er vielleicht von sich aus etwas sanfter gewesen. Aber so warf er mit einer einzigen fließenden Bewegung die Bettdecke, unter der wir gelegen hatten, von uns ab, stand auf – und ich war allein.

„Ich habe im Gehorsam gegenüber Gott gehandelt", beharrte er, während er sich gleichzeitig anzog. Erst griff er nach seinem heiligen Garment, obwohl er ihm in seiner Frustration nicht die nötige Achtung erwies.

„Du hast aus Gehorsam dem *Propheten* gegenüber gehandelt."

„Sie sprechen doch mit derselben Stimme." Er fischte auf dem Fußboden herum, sammelte meine Kleider zusammen und warf sie mir aufs Bett. „Zieh dich an."

Ich setzte mich auf und gehorchte mit zitternden Händen. Wenn er die Absicht gehabt hatte, mich zu beschämen, dann war ihm das gelungen. In dem grauen Licht des Tagesanbruchs hatte Evangelines Zimmer etwas von der Schäbigkeit eines verlorenen Paradieses, und Nathans Worte zerstörten auch noch den letzten Rest von Gnade.

„Zu dir vielleicht, Nathan, aber zu mir nicht. Ich liebe dich, Nathan, aber ich kann nicht zu einer Kirche gehören, die den Willen eines Mannes mit dem Wort Gottes verwechselt."

„Du kannst dir nicht aussuchen, welchen Gesetzen Gottes du gehorchen willst und welchen nicht. Erlösung gibt es nur zum Preis des Gehorsams. Dem himmlischen Vater und mir gegenüber."

„Der Einzige, der mich erretten kann, ist Jesus Christus. Wenn ich sündige, dann nur gegen ihn, und durch sein Opfer bin ich in Gottes Augen wiederhergestellt."

„Aber du hast doch auch ein Opfer gebracht." Er fiel auf die Knie und nahm meine verstümmelte linke Hand in die seine. „Siehst du? Du hast mit deinem Fleisch bezahlt, hast Blut vergossen. Und wieso hätte Gott das von dir fordern sollen, wenn du dich nicht gegen ihn vergangen hättest?"

Ich blickte auf die beiden verheilten Fingerstümpfe hinab. „Es hat nicht geblutet", sagte ich schließlich flüsternd. „Wenigstens glaube ich, dass da kein Blut war. Ich habe geschlafen … als er … aber genau das war das Problem. Kein Blut. Es war abgestorbenes Fleisch – bei beiden Fingern. Nutzlos und blutlos und schwarz."

„Genau wie es der Prophet über diejenigen sagt, die der Kirche den Rücken kehren. Dass ihr Fleisch schwarz wird …"

„Nein. Mein Fleisch war nur deshalb schwarz, weil es verfault und tot war. Und der Tod hätte auch auf mein Herz übergegriffen. Es hätte mich umgebracht." Ich hob unsere ineinandergelegten Hände hoch und legte sie an meine Wange. „Ich werde sterben, wenn ich mit dir zurückkehre."

„Du wirst sterben, wenn du es *nicht* tust."

Das war keine Drohung, kein Versprechen, sondern ein Appell.

Ich sah ihm in die Augen und stellte fest, dass sie mich voller Angst anblickten – so viel Angst, dass diese auch mich ergriff.

„Wie meinst du das?", fragte ich daher erschrocken.

„Sie werden dich verfolgen und mit Gewalt holen, wenn du nicht mit mir kommst."

„Wer?"

„Du weißt genau, wer. Brighams Leute, die Daniten, seine ‚Zerstörenden Engel', die den Kampf gegen Feinde der Kirche führen."

„Ganz sicher nicht", sagte ich und versuchte, eine solche Bedrohung einfach abzuschütteln. „Ich bin doch nur eine einzelne Frau."

„Die ihren Mann, einen Ältesten und einen Bischof wie Dummköpfe dastehen lässt. Was für ein Mann bin ich denn, wenn ich nicht einmal meinen kleinen Haushalt im Griff habe? Welche Hoffnung habe ich denn da, dass mich jemals die ewige Herrlichkeit erwartet? Ist dir denn gar nicht klar, was da auf dem Spiel steht, Milla? Sie haben mich beauftragt, dich nach Hause zu holen."

„Nach Hause?"

„In unser Haus und zu unserem Glauben."

„Nein!"

Er packte mich bei den Schultern und sagte: „Du *wirst* wiederhergestellt werden, Camilla. Durch Blut oder durch die Taufe."

„Und du würdest deine Seele einer Kirche anvertrauen, die mir so etwas antut?"

„Meine Seele ist deine Seele, und für das Versprechen der Ewigkeit gebe ich beide her. Ich bin entschlossen, meine Ewigkeit mit dir zusammen zu verbringen – genau so entschlossen, wie du anscheinend bist, das einfach wegzuwerfen."

„Das glaube ich nicht."

„Dann tu es eben nicht." Er stand auf, zog mich ebenfalls hoch und nahm mich in seine Arme. „Dann glaube es eben nicht. Mir ist das egal. Komm doch mit zurück, und spiel ihnen einfach vor, dass du ihren Glauben teilst. Geh in die Kirche, singe ihre Lieder, rette dein Leben hier und jetzt, dann wird der himmlische Vater deine Seele später wiederherstellen, solange du mir gesiegelt bist."

Ich holte tief Luft und atmete seinen Geruch ein. Ach, wie verlockend sein Vorschlag doch war! Mit ihm zu leben, ihn zu lieben – wenn auch nur gelegentlich, wenn mein Fleisch schwach genug war, um den Schmerz einer Sünde zu riskieren. Ich könnte die Maske einer Heiligen tragen. Hatte ich das nicht schließlich schon unsere gesamte Ehe hindurch getan? Und selbst wenn mein Leben eine Lüge war, galt dann dafür nicht dasselbe wie für jede andere Sünde – dass Gott in seiner Gnade sie mir vergeben würde? Was konnte denn ein so kleiner Trick schon schaden, wenn ich dadurch mit dem Mann, der mich liebte, leben und bei ihm und unseren Kindern ein Zuhause finden konnte?

Unseren Kindern.

Nathans Vorschlag bedeutete, dass meine Töchter in einem Netz aus Lügen heranwachsen würden und entweder an einen falschen Gott glauben oder sich dafür schämen müssten, an den richtigen zu glauben.

Ich hob meine Hände und legte sie hinter seine Ohren, wo meine Finger in den weichen Locken dort versanken.

„Ich weiß, dass du dir nichts mehr wünschst, als Gott zu gefallen. Vergiss doch ausnahmsweise einmal, was die geistlichen Führer sagen. Höre auf seine Stimme in deinem Herzen. Was sagt er?"

Nathan schloss seine Augen und ich meine. Ganz langsam, als geschähe es nicht aus eigenem Antrieb, gingen wir aufeinander zu, bis wir uns Stirn an Stirn gegenüberstanden. Mit aller Kraft betete ich darum, dass Gott sich zeigen möge. Die Lehren von Joseph Smith prahlten mit solchen Erscheinungen – von Gott selbst und Jesus und Engeln aus der Höhe. Nathan hatte sich im Glauben an solche Manifestationen völlig verloren. Die Offenbarung jedoch, um die ich betete, war nicht so bombastisch. Ich wollte nur die kleine, leise Stimme Gottes hören – leise genug, um die Ängste meines Mannes zu stillen, klein genug, um zu seinem Herzen durchzudringen. Nur ein kleines Fitzelchen Wahrheit.

Ach, Herr, bitte zeige du dich ihm. Zeige ihm, dass nur bei dir die Wahrheit zu finden ist.

Ich hielt meine Augen geschlossen, bis ich die federleichte Berührung seiner Lippen auf meiner Haut spürte.

„Gott selbst hat dich zu mir gebracht", sagte er.

„Ja."

„Du bist mein Leben."

„Ach, das weiß ich doch."

„Und es ist schrecklich, dass du von mir verlangst, diese Entscheidung zu treffen."

Sonnenlicht drängte gegen die Vorhänge, und ich brannte vor Hoffnung. „Wir können zurück in den Osten gehen", schlug ich vor, „im Sommer, wenn Amandas Baby geboren ist. Sie ist jung und schön – jeder Mann wäre doch froh, sie zu bekommen. Und ich bin sicher, dass Papa inzwischen Hilfe auf der Farm gebrauchen kann. Wir haben doch einen Ort, an den wir gehen können …"

Ich konnte eigentlich schon an seinem Blick ablesen, dass ich mich in Bezug auf die Entscheidung, die er getroffen hatte, irrte, aber trotzdem plapperte ich weiter, hoffte, etwas zu sagen, das die Welle des Mitgefühls abwenden könnte, das mir von ihm entgegenströmte.

„Wir könnten so viele gemeinsame Nächte haben … jede Nacht, wenn du möchtest … Und wer weiß …"

„Camilla."

„… vielleicht bekommen wir eines Tages noch ein Kind. Einen Sohn, so wie du es dir immer gewünscht hast."

„Wir haben schon einen Sohn, im Himmel."

„Ja, natürlich, das weiß ich doch, und ich denke jeden Tag an ihn."

„Einen Sohn, der eine vollständige ewige Familie verdient hat."

„Ach, Nathan …"

Er zog mich noch einmal an sich heran und küsste mich. Als er versuchte, sich wieder von mir zu lösen, klammerte ich mich erneut mit einem letzten verzweifelten Appell an ihn. Wir waren so kurz davor gewesen – nur ein Gebet weit davon entfernt, ein gemeinsames Leben aufzubauen. Wenn seine Seele den Gedanken nicht ertragen konnte, sich an mich zu binden, dann würde es ja vielleicht wenigstens sein Körper tun. Erst als er seine Hände gegen meine Schultern stemmte und mich von sich schob, gab ich auf, und zwar mit beschämend weichen Knien.

„Ich gehe nach unten und wecke die Mädchen", sagte er. „Ich nehme sie zum Frühstücken mit zu Rachel, und dann machen wir uns wieder auf den Heimweg. Es müsste eigentlich ein klarer Tag werden, ideal zum Reisen." Als er auf dem Weg zur Tür ganz nah an mir vorbeikam, packte ich ihn am Ärmel und hielt ihn noch einmal auf.

„Was ist mit denen, die dich geschickt haben, damit du mich zurückholst? Was wirst du ihnen sagen?"

Er drehte sich um und legte mir in einer letzten zärtlichen Berührung die Hand an die Wange. „Ich habe dir ein Zuhause angeboten. Ich habe dir Erlösung und Sühne angeboten. Ich habe nicht vor, ihnen etwas zu sagen, wenn sie mich nicht direkt danach fragen." Doch dann geriet sein aufmunterndes, liebevolles Lächeln ins Wanken, und er fuhr fort: „Aber du solltest lieber dafür beten, dass sie nicht fragen. Ich habe selbst gesehen, wozu sie fähig sind." Mit diesen Worten verließ er das Zimmer.

Ganz kurz dachte ich daran, ihm zu folgen, ihn auf der Treppe zu überholen, mich über meine schlafenden Töchter zu werfen und ihn dazu zu zwingen, sie mir mit Gewalt zu entreißen. Aber nun fürchtete ich um mein Leben, und zwar mehr noch als damals, als ich das Gefühl hatte, im

Schnee zu ersticken. Vielleicht war ja genau das die ganze Zeit Nathans Absicht gewesen. Vielleicht wollte er mir solche Angst machen, dass ich unsere Kinder nicht mitnahm. Wenn das wirklich der Fall war, hatte er zumindest fürs Erste sein Ziel erreicht. Stärker noch als beim ersten Mal, als ich sie in unserem gemütlichen Zuhause zurückgelassen hatte, war mir jetzt bewusst, dass meine Töchter sicherer waren, wenn sie nicht mit mir zusammen waren.

Ich schlich dann aber doch noch die Treppe hinab und blieb am Treppenaufgang stehen. Dort konnte ich die verschlafenen Stimmen der Mädchen hören, die schwach dagegen protestierten, so abrupt aus dem Schlaf gerissen zu werden.

Zu Hause versuchten wir immer, dafür zu sorgen, dass bereits ein warmes Feuer im Herd prasselte, bevor wir sie aus dem Bett holten, sodass sie sich am warmen Ofen waschen und anziehen konnten. Evangeline machte sich natürlich nicht die Mühe, für Behaglichkeit zu sorgen, und es brach mir das Herz, als meine beiden Töchter zähneklappernd Fragen stellten. Wo denn Mama sei? Ob sie denn mitkäme zum Frühstück bei Tante Rachel? Ob sie ihr nicht noch Auf Wiedersehen sagen könnten?

Weil Nathan ein warmherziger und liebevoller Vater war, beantwortete er all ihre Fragen mit sanftem Nachdruck. Mama fuhle sich nicht gut. Sie würden sie bald wiedersehen. Sie ließe beide durch ihn umarmen und küssen.

Alles in mir wand sich vor Sehnsucht. Sowohl Melissa als auch Lottie wurden mit Scherzen abgelenkt, bis sie kicherten, wurden mit einem Versprechen auf süße Brötchen und Milch gelockt. Rückblickend kann ich fast dankbar sein für das, was mir Nathan an diesem Morgen ersparte. Meine Töchter vergossen keine Tränen, und ich musste ihnen keine Lügen auftischen. Aber, ach, welches Opfer das für mich bedeutete.

Irgendwo am Rande all der Aktivitäten hörte ich auch Evangeline, die Mäntel, Schals und Mützen zusammensuchte, Haare bürstete und Stiefel zuschnürte. Ihre Stimme triefte vor mütterlicher Zuwendung, als wäre ich schon Meilen entfernt oder tot. Oder vielleicht auch einfach nur im Nebenzimmer und würde die Rolle akzeptieren, die sie von nun an in unserem Leben spielen würde.

Irgendwann ging dann die Haustür auf und wurde wieder geschlossen, und Nathan und die Mädchen waren fort. Bislang hatte ich zusammengekauert auf der Treppe gehockt, nun rannte ich hinauf, um ihnen vom Fenster aus nachzublicken. Vielleicht hätte ich hinter dem Vorhang stehen bleiben und nur heimlich spähen sollen, aber ich konnte beim besten Willen nicht einsehen, wieso ich mich vor meinen eigenen Kindern verstecken sollte. Nathan hatte offenbar nicht damit gerechnet, dass ich ihnen nachschauen würde – es sei denn, er wäre wirklich zu einer solchen Grausamkeit fähig gewesen. Er nahm Lottie auf den Arm, um sie die matschige Straße entlangzutragen, und als sie über seine Schulter zum Haus zurückschaute, blickte sie direkt zu mir hinauf. Ihre kleine Hand hob sich zu einem Winken, und mit einem Schluchzen, das tief aus meiner Kehle kam, hob ich meine ebenfalls. Sie sagte etwas zu Melissa, die sich an der Hand ihres Vaters festhielt, und auch sie drehte sich jetzt um. Unsere Blicke trafen sich; ihrer war so kalt wie die Glasscheibe zwischen uns. Nur Nathan ging weiter, ohne sich noch einmal umzuschauen. Schritt für Schritt … und dann bog meine Familie um die Ecke und war verschwunden.

Nur Gott allein wusste, wann ich sie wiedersehen würde.

Ich strich die Bettdecke glatt, um die Erinnerung an meine letzte Nacht in Nathans Armen zu verscheuchen, fiel dann neben dem Bett auf die Knie und vergrub mein Gesicht in der abgenutzten, verblichenen Decke.

Sie sind noch nicht weit, Herr. Wenn ich jetzt hinter ihnen her rennen würde, könnte ich sie noch einholen. Bitte halte meine Füße fest, damit ich hierbleibe.

Ich wünschte mir, dass irgendetwas die Zweifel vertreiben würde, die meine Gedanken erfüllten.

Oh Gott, kannst du mir nicht eine Vision schenken? Kann deine Stimme nicht diesen Raum erfüllen? Ich bin nur eine Frau. Nur eine kleine, verängstigte Frau. Verlangst du wirklich von mir, dass ich meinen Weg auf dieser Welt allein gehe, dass ich meine Kinder verlasse, dass ich vor meinem Feind fliehen muss?

Ich ließ meinen Blick durch den Raum schweifen, aber ich sah nichts, das mir Zuflucht hätte gewähren können. Nathans Warnung klang mir noch in den Ohren. Die Kirche wollte mich zurückhaben.

Durch Blut oder durch Taufe.

Und noch einmal würde ich mich nicht taufen lassen.

KAPITEL 14

Am darauffolgenden Tag umkreisten Evangeline und ich uns wie zwei Katzen. Stets höfliche Katzen zwar, die sich herzlich grüßten und gesittet unterhielten, aber wir schienen einander ständig im Auge zu behalten, bis zu dem Zeitpunkt, als sie schließlich das Haus verließ, um an irgendeiner ihrer unzähligen Gemeindezusammenkünfte teilzunehmen. Wann immer sich Mormonenfrauen zu wohltätigen Zwecken und kleinen Sandwiches versammelten, war Evangeline Moss zugegen, um die Krumen von beidem aufzuklauben.

Heute wusste ich, dass sie es allen erzählen würde. Schwester Soundso und Schwester Soundso – Frauen, deren Namen und Gesichter mir gänzlich unbekannt waren, deren gedankenloser Klatsch und Tratsch mein Schicksal aber würde besiegeln können. Obwohl Evangeline mich, wie ich annahm, bisher geschützt hatte. Zumindest war bisher noch kein neugieriger Ratgeber aufgetaucht, um mir gut zuzureden, wieder zu meinem Mann zurückzukehren und mich seiner Gnade anheimzustellen. Im Augenblick konnte ich mich nur auf Evangelines Wohlwollen verlassen, und ich fürchtete, dass das im Schatten ihres hintertriebenen Plans ins Wanken geraten würde.

Ich machte ein Feuer im Herd und ließ die letzten Reste von Rachels Hühnchen mit einer Zwiebel und ein paar Möhren vor sich hin köcheln. Ich war gerade dabei, Kloßteig zuzubereiten, als sie hereingepoltert kam.

„Mmm … Was riecht denn hier so gut?"

„Das Hühnchen", rief ich in einem Tonfall, der sie einladen sollte, in die Küche zu kommen, „und ich mache gerade ein paar Klöße dazu."

„Ich war bei einer beeindruckenden Versammlung der Frauenhilfe. Kennst du Schwester Coraline? Na, was rede ich denn da? Natürlich kennst du sie nicht. Sie lebt draußen beim Steinbruch, genau wie du, na ja, wie du früher. Jedenfalls hat sie heute ganz wunderschön für uns gesungen. Bruder Brigham sagt, er möchte in Salt Lake City ein Theater bauen und eine Oper, und deshalb ist sie heute bei uns aufgetreten, und es war wirklich ganz zauberhaft."

Als Evangeline ihren Bericht beendet hatte, legte sie ihr Schultertuch ab und hielt ihre Hände in die Wärme des Ofens.

„Das klingt ja wundervoll", sagte ich.

„Schwester Coraline singt vielleicht diese Woche bei einer Versammlung in der Kirche. Da könntest du sie auch hören."

„Ich glaube eher nicht."

„Es wird sich sowieso nicht mehr lange geheim halten lassen, dass du hier bist. Alle Mitglieder von Bruder Tillmans Haushalt wissen es schon, und deine Töchter … wahrscheinlich werden sie es jedem im ganzen Tal erzählen. Ich weiß ehrlich nicht, wovor du dich noch versteckst."

Sie sprach mit einer so übertriebenen, gespielten Unschuld und Ahnungslosigkeit, dass sich mir die Nackenhaare aufstellten.

„Ich habe heute Nachmittag mit ein paar von den Damen gesprochen. Und sie haben mir erzählt, dass manche von ihnen sich ihre Mitehefrauen sogar mit aussuchen durften."

„Ach, Evangeline …"

„Er würde es tun, Camilla. Er würde mich heiraten, wenn du ihn darum bitten würdest. Er liebt dich so sehr. Er würde alles tun …"

„Er liebt mich nicht genug, um sich nur für mich zu entscheiden, so sehr ich ihn auch darum gebeten habe."

„Natürlich konntest du nicht seine einzige Frau bleiben. Du kannst doch von einem Mann nicht verlangen, dass er die Wünsche seiner Frau über den Willen des himmlischen Vaters und des Propheten stellt."

„Dann wirst du wohl warten müssen, bis einer von denen Nathan sagt, dass er dich heiraten soll. Ich verspreche dir, dass ich keinen Einspruch dagegen erheben werde."

„Und du glaubst nicht" – an dieser Stelle klang ihre Stimme tränenerstickt –, „dass es nur ein ganz klein wenig möglich wäre, dass er mich liebt?"

Es brach mir das Herz. Trotz allem war Evangeline ja meine Freundin, war es immer gewesen, seit dem Augenblick, als ich sie kennengelernt hatte, als sie mich schelmisch angegrinst und mich aufgefordert hatte, mir eine Lieblingssommersprosse in ihrem Gesicht auszusuchen. Ich wünschte, ich hätte sie vor diesem Schmerz bewahren können – dem Schmerz, den sie seit jenem Tag mit sich herumtrug –, aber ich konnte ihr nur die Freundlichkeit der Wahrheit anbieten.

„Nein", sagte ich so behutsam ich konnte, „nicht auf dieselbe Weise, wie du ihn liebst."

„Aber ich würde doch gar nicht verlangen, dass er mich auf dieselbe Weise liebt. Nicht so, wie er dich liebt. Nicht so, wie letzte Nacht ..." Sie schlug sich die Hand vor den Mund, aber sie hätte die Hand auch genauso benutzen können, um mich zu ohrfeigen, so rasch schoss mir die Röte ins Gesicht.

Verlegen – sowohl wegen ihres Unbehagens als auch wegen meiner Erinnerungen an die vergangene Nacht – nahm ich rasch Geschirr aus dem Schrank, um den Tisch zu decken, damit sie mein Gesicht nicht sehen konnte.

„Ich war nicht sicher, ob du das zusätzliche Bettzeug gefunden hattest", fuhr sie fort und stotterte, „deshalb bin ich in dein Zimmer gegangen und ... Ich weiß, ich hätte umkehren und sofort wieder hinuntergehen sollen, aber ..."

„Hör auf. Das ist nichts ... Darüber redet man nicht."

Aber das darauffolgende Schweigen war noch schlimmer, weil ich wusste, dass wir uns beide auf das konzentrierten, was wir gehört und empfunden hatten. Nathan Fox – und alles, was er uns beiden bedeutete – war mit im Raum, nahm uns den Verstand und verzehrte unsere Sinne.

„Wie fühlt es sich an?"

„Evangeline, bitte …"

„Das habe ich gar nicht so gemeint … das wäre natürlich unschicklich. Aber jemanden zu haben, der einen so sehr liebt, das kann ich mir nicht einmal vorstellen."

Meine Verlegenheit schwand und wich einer Art Mitleid für diese Frau, die vielleicht nie erfahren würde, welche Macht die Berührung eines Mannes hatte. Ich hätte ihr sagen sollen, dass das, was sie in der vergangenen Nacht mitbekommen hatte, eigentlich keine Liebe gewesen war. Meine Liebe zu Nathan umfasste so viel mehr als meinen Körper. Während unserer gesamten Ehe – und damit meine ich die Zeit, die wir nur zu zweit verbracht hatten – war er mein Leben gewesen, hatte ich jeden Atemzug, jeden Gedanken mit ihm geteilt. Wenn ich an die vergangene Nacht dachte, spürte ich immer noch die Glut seiner Berührung. Nicht das geringste Gefühl von Peinlichkeit oder Scham trübte meine Erinnerung, aber ich empfand leise Reue, als ich daran dachte, wie schwach ich gewesen war, und das einfach nur, weil er da war.

„Das hätte nicht passieren dürfen", sagte ich und stellte vorsichtig die tiefen Teller auf den Tisch. „Nicht hier in deinem Haus. Merkst du es denn gar nicht? Genau so ist es, eine Mitehefrau zu sein. Es bedeutet, Nacht für Nacht im Dunkeln zu liegen und zu lauschen, mit anzuhören, wie der eigene Mann – der Mann, den man liebt – mit einer anderen Frau im Bett liegt. Du kannst dir gar nicht vorstellen, wie weh das tut …"

An ihrem Blick erkannte ich jedoch, dass sie das sehr wohl wusste.

Die Abenddämmerung setzte ein, und es wurde rasch dunkler. Weil ich unbedingt das Thema wechseln wollte, legte ich eine falsche Heiterkeit an den Tag und schlug vor, erst einmal zu essen. Evangeline, deren Munterkeit genauso wenig überzeugend war wie meine, goss uns beiden ein Glas Wasser ein.

Als das Essen schließlich auf dem Tisch stand, war es dunkel genug im Raum, um mit gutem Gewissen die Lampe anzuzünden. Durch ihren Schein wurden unsere Schatten so sehr in die Länge gezogen, dass unsere Köpfe die Decke berührten. Mir war der Appetit auf den Hühnchenentopf vergangen, und nicht einmal die perfekt gelungenen Klöße reizten mich, als Evangeline und ich uns über den Tisch hinweg die Hände reichten, um das Tischgebet zu sprechen.

„Du bist an der Reihe", sagte sie.

Ich schloss die Augen, spürte die Wärme, die von meinem dampfenden Teller aufstieg, und ihre dürren Finger in meiner Hand.

„Gnädiger Gott, danke für deinen reichen Segen. Für das Essen auf dem Tisch und für die Freundschaft, in der wir es teilen. Segne und behüte die Menschen, die zu uns gehören, in Nah und Fern. Amen."

„Amen", schloss Evangeline sich mir an.

Mit dem ersten schmackhaften Bissen war mein Hunger wieder da und wurde dann mit jedem weiteren Bissen langsam gestillt. Das einzige Geräusch, das jetzt noch in der Küche zu hören war, war das Schaben der Löffel auf den Tellern.

„Also", begann ich nach einer Weile, „diese Schwester Cora- … wie hieß sie noch?"

Evangeline trank gerade einen Schluck von ihrem Wasser. „Coraline."

„Schwester Coraline. Welche Lieder hat sie denn gesungen?"

„Manche waren auf Deutsch, deshalb konnte ich sie nicht verstehen, aber dann hat sie Choräle gesungen."

„Klingt gut."

„Das war es auch. Als sie von unserem Zuhause beim himmlischen Vater gesungen hat und von all den Kindern, die noch geboren werden müssen, da war ihre Stimme so rein und so vollkommen, dass ich es praktisch vor mir sehen konnte. Ich würde alles geben" – sie räusperte sich und griff noch einmal nach ihrem Glas –, „so singen zu können. Oder überhaupt singen zu können."

Ich musste lächeln. Damals auf dem Treck nach Westen hatten wir oft Scherze über Evangelines Stimme gemacht und darüber, dass sie immer nur die Lippen bewegte, ohne wirklich zu singen.

„Ja, das ist eine wunderbare Gabe", pflichtete ich ihr bei.

„Vielleicht werde ich ja nach meinem Tod einmal so singen können. Das wird die Belohnung des himmlischen Vaters für mein Leben sein. Ich könnte heute Nacht glücklich und zufrieden sterben, wenn ich wüsste, dass ich morgen aufwachen würde und so singen könnte wie Schwester Coraline."

„Na dann", meinte ich in der Hoffnung, die für mein Empfinden mittlerweile etwas entspanntere Stimmung noch ein bisschen aufzulockern, „solltest du vielleicht lieber noch einen Holzscheit mehr aufs Feuer legen, damit du nicht vorher erfrierst. Du willst doch nicht mit einem kratzenden Hals in den Himmel kommen, oder?"

„Du hast gut lachen." Ihre Stimme hatte noch nie so gequält geklungen. „Du weißt schließlich, was dich in der Ewigkeit erwartet. Nathan wartet dort auf dich. Wenn sich irgendwer wünschen könnte, heute Nacht zu sterben, dann doch du."

Hätte sie das an einem sonnigen Nachmittag gesagt, wäre meinem Körper vielleicht der Kälteschauer erspart geblieben, der mir über den Rücken kroch. Aber jetzt warf der Schein der Lampe ein gelbliches Licht auf ihr Gesicht, sodass die Sommersprossen winzige dunkle Punkte darauf bildeten – wie ein zum Leben erwachter alter Holzschnitt. Draußen regte sich kein Lüftchen, aber die Kälte war grausam, und sie drang mit ihren eisigen Tentakeln bis in die Küche. Evangeline hatte in einem Tonfall gesprochen, der so dünn und flach war wie das Eis, das auf dem Wasser in der Wasserschüssel schwamm.

„Sag doch so etwas nicht", entgegnete ich und hörte in ihrer Stimme das Echo der Drohungen der Ältesten.

„Er liebt dich immer noch. Du bist seine Frau, er wird dich zu sich in die Ewigkeit rufen", sagte Evangeline.

„Mein Leben ist in Gottes Hand, und Gott ist es auch, der mich in den Himmel ruft, wenn meine Zeit hier auf der Erde abgelaufen ist, egal, ob das heute Nacht geschieht oder erst in fünfzig Jahren."

„Glaubst du das wirklich?"

„Ja, das glaube ich von ganzem Herzen. Jesus Christus ist mein Erlöser, und die Bibel sagt, dass wir in Christus alle gleich sind. Kein Mensch kann einem anderen ewiges Leben zusprechen. Nicht Nathan hat meine Ewigkeit in der Hand. Ja, er ist mein Mann. Und vielleicht bleibt er das auch für den Rest meines Lebens. Aber wenn mein irdisches Leben zu Ende ist, dann ist es auch unsere Ehe."

„Aber der Prophet sagt ..."

„Ach, vergiss doch den Propheten."

Ich stand auf und sah, dass Evangeline dasselbe tat, und so standen wir einander nun gegenüber.

„Pass auf, was du über ihn sagst", zischte sie mich an.

„Nein, jetzt hörst du *mir* einmal zu: Siehst du denn nicht, was der Prophet angerichtet hat? Dass er dich zur Sklavin seiner Lehre gemacht hat? Er hat dich so weit gebracht, dass du bereit bist, dich mit den Abfällen einer anderen Ehe abspeisen zu lassen – und all das nur für das zweifelhafte Vorrecht, die Ewigkeit mit einem Mann zu verbringen, der dich hier auf dieser Erde nicht genug geliebt hat."

„Ich sage dir, dass Nathan mich lieben könnte!"

„Aber nicht genug! Er liebt nicht einmal mich genug, um nur mit mir verheiratet zu sein. Und Amanda liebt er nicht genug, um die Finger von der Frau zu lassen, die ihn verlassen hat. Und er liebt dich nicht genug, um dich auch nur anzusehen."

Sie holte mit der Hand aus, um mich zu ohrfeigen, aber ich bekam sie noch gerade am Handgelenk zu fassen.

„Hör mir gut zu", sagte ich, und mein Herz war von einem seltsam rasenden Mitgefühl erfüllt. „Nathan Fox würde dich schon morgen heiraten, wenn er wüsste, dass er mich dadurch zurückbekäme. Aber mir liegt zu viel an dir, als dass ich dich zu einer solchen Hölle auf Erden verurteilen würde. Wenn du jedoch lange genug wartest, dann heiratet er dich vielleicht, um die Anerkennung von Brigham Young zu bekommen. Dann kannst du dein Leben damit verbringen, dich nach den Launen des Propheten zu richten, und wenn du dich dann im Dienst der Mormonenkirche aufgerieben hast, kannst du in dein Grab steigen und darauf warten, dass Nathan dich ruft. Und darauf kannst du lange warten. Ich kann vielleicht versuchen, dich vor der Hölle hier auf Erden zu retten, aber wenn du deine Hoffnung auf Brigham Young setzt, dann kann ich absolut nichts tun, um dich vor der Hölle zu retten, die dich *nach* deinem Tod erwartet."

Bei jedem Wort beugte ich mich weiter in ihre Richtung. Schließlich ließ ich völlig erschöpft ihr Handgelenk los.

„Es ist schon spät", meinte ich. Das war es eigentlich gar nicht, aber es war dunkel, und die letzten paar Minuten hatten die Last eines ganzen Tages in sich getragen. „Lass uns noch schnell die Küche aufräumen."

„Du kannst ruhig schon nach oben gehen. Ich kümmere mich darum", widersprach sie.

„Aber ..."

„Ich will deine Hilfe nicht. Ich brauche deine Hilfe nicht. Geh zu Bett."

Ich wagte nicht, noch etwas zu entgegnen, weil ich fürchtete, dass sie mir dann vielleicht schon für diese Nacht ihre Gastfreundschaft aufkündigen würde.

„Also gut", willigte ich daher ein. „Dann gute Nacht."

Ich nahm ein Streichholz aus der großen Schachtel, die auf dem Wandsims beim Herd lag und hielt den Streichholzkopf in die Flamme der Lampe. Ich hielt meine Hand schützend vor die flackernde Kerzenflamme, und ging die Treppe hinauf in mein Zimmer, wo ich direkt ans Fenster trat. Dann hielt ich das Streichholz nacheinander an die drei Dochte der Kerzen auf der Fensterbank, bis alle brannten.

„Wenn es jemals einen Moment gibt, in dem Sie sich nicht mehr sicher fühlen, stellen Sie die drei Kerzen ins Fenster."

Ich hatte gerade die dritte Kerze angezündet, als ich ein Klopfen vernahm. Nicht an meiner Zimmertür, sondern unten an der Haustür. Es kam nicht selten vor, dass Evangeline Besuch bekam, aber ich hatte noch nie erlebt, dass so spät noch jemand kam. Ich musste sofort an das letzte Mal denken, als jemand so hartnäckig geklopft hatte. Das war in meiner letzten Nacht zu Hause bei Nathan und den Mädchen gewesen, in jener Nacht, als der Bischof gekommen war, um von mir ein erneutes Bekenntnis zur Kirche einzufordern.

Also hatten sie Nathan doch gefunden oder er war sogar zu ihnen gegangen. Sie waren unten. Schon im nächsten Augenblick stand Evangeline in meinem Zimmer.

„Schwester Camilla?"

Sie hatte sich nicht die Mühe gemacht anzuklopfen. Warum hätte sie das auch tun sollen? Schließlich war es immer noch ihr Haus. Obwohl das Licht der Kerzen kaum den gesamten Raum ausleuchtete, konnte ich an der Art und Weise, wie sie ihre spindeldürren Schultern hielt, erkennen, dass sie triumphierte.

„Wer ist denn gekommen?"

„Zwei Männer, und sie sind deinetwegen da."

KAPITEL 15

Ich war wohl tausend Mal diese Treppe hinauf- und hinuntergegangen, aber an diesem Abend kam es mir so vor, als käme mit jeder Stufe, die ich hinter mich gebracht hatte, eine neue hinzu.

Evangeline folgte mir auf dem Fuße und zischte mir von hinten ins Ohr: „Ich hätte ihnen alles erzählen sollen, was du gesagt hast. Aber ich weiß nicht, ob ich es überhaupt fertigbrächte, so etwas über den Propheten zu sagen, selbst wenn es nicht meine eigenen Gedanken sind."

Ich entgegnete darauf nichts, denn mein Herz schlug wohl zehnmal bei jedem Schritt, und ich wollte keine Worte damit verschwenden, mich Evangeline Moss gegenüber zu verteidigen. Stattdessen betete ich zu Gott und bat ihn um die Kraft, an seiner Wahrheit festzuhalten, und darum, diejenigen, die mich verhören würden, milde zu stimmen.

Als ich unten ankam, stellte ich zu meiner Überraschung fest, dass Evangeline einen der beiden Männer hereingebeten und ihm einen Platz auf dem Sofa angeboten hatte. Mir wurde ganz schlecht, als er aufstand. Blauer Mantel, breite Schultern, dichte, dunkle, zusammengewachsene Brauen. Aus der Nähe hatte ich ihn noch nie gesehen, und ich hatte seine Größe gewaltig unterschätzt, vielleicht, weil ich ihn immer nur aus der Ferne beobachtet hatte. Er war so riesig, dass das Sofa im Wohnzimmer, auf dem Evangeline schlief, unter ihm aussah wie ein Puppenstubenmöbel.

„Schwester Camilla Fox?"

Seine Stimme war genau so tief wie in meiner Vorstellung und ließ auch nicht den Hauch von Humor erahnen.

„Ja." Wer hätte ich denn wohl sonst sein sollen?

„Ich lasse Sie mit ihr allein, damit Sie reden können", sagte Evangeline und klang dabei ein wenig zu beflissen. „Es sei denn, Sie möchten, dass ich bleibe. Ich könnte Ihnen dabei eine Hilfe sein, wissen Sie. Ich habe nämlich ein wenig Erfahrung mit so etwas. Ich meine mit dem Befragen. Und damit, Menschen zu helfen – Frauen, meine ich –, das wahre Evangelium zu verstehen. Sie zum Wohle der Kirche wieder auf den rechten Weg zu bringen."

Der Riese hörte – den Hut in einer Hand zusammengeknautscht – geduldig zu, und als sie fertig war, meinte er: „Das mag wohl sein, Schwester, aber ich habe den Auftrag, sie mitzunehmen."

„Einen Auftrag von wem?" Irgendwie klang mein Tonfall so, als hätte ich Anspruch auf eine Antwort.

„Von der obersten Autorität."

„Von Bruder Brigham?" Evangeline blickte mit einer solchen Bewunderung zu dem Mann auf, dass man hätte meinen können, der Prophet persönlich befände sich im Raum.

Doch der Mann ignorierte sie. „Bitte, wir müssen aufbrechen, damit es nicht noch später wird."

„Kommt sie denn wieder zurück?" Ich hätte gern geglaubt, dass Evangeline die Frage aus Sorge um mein Wohlergehen stellte. Doch der Tonfall tiefer Befriedigung, in dem sie die Frage stellte, ließ mich diesen Gedanken sogleich wieder verwerfen.

„Wir sind nicht befugt, das zu sagen."

„Wir" hatte er gesagt, und da erst bemerkte ich, dass er vor jeder Antwort erst Blickkontakt mit seinem Begleiter aufgenommen hatte – einer Gestalt, die auf einem der Stühle im Wohnzimmer sitzen geblieben war und mir den Rücken zugewandt hatte. Jetzt sah der Riese wieder zu ihr hinüber, nur dass er dieses Mal nickte und den zweiten Mann aufforderte aufzustehen.

In diesem Moment schoss mir das Blut siedend heiß auf einer Seite meines Körpers hinauf und kalt auf der anderen Seite wieder herunter. Der zweite Mann war genau so groß wie der Riese, aber wesentlich dünner. Ja, dünner noch, als ich ihn in Erinnerung hatte. Am liebsten hätte ich einen Luftsprung gemacht, aber er sah mich mit einer so ungewohnten Strenge an, dass ich es nicht wagte, etwas zu sagen. Bis zu diesem Moment hätte ich niemals gedacht, dass Gefreiter Lambert in der Lage war, eine solche Autorität auszustrahlen.

„Ja", entgegnete Gefreiter Lambert und hielt sich sehr aufrecht, während er sich bemühte, seiner Stimme einen noch tieferen Klang zu verleihen. „Mrs … Schwester Camilla Fox hat unverzüglich mitzukommen."

„Und wohin bringen Sie sie?" Eine Mischung aus Sorge und Misstrauen war aus Evangelines Tonfall herauszuhören.

„Auch diese Frage zu beantworten sind wir nicht befugt", antwortete Gefreiter Lambert und versuchte, genauso zu klingen wie der Riese.

„Natürlich nicht", meinte Evangeline. „Das größte Wirken des himmlischen Vaters geschieht oft im Verborgenen, sage ich immer."

„Dann sind Sie wirklich eine weise Schwester." Der Riese machte eine knappe Verbeugung in ihre Richtung, und das mädchenhafte Kichern, das aus Evangelines dünnem, verkniffenem Mund kam, bildete ich mir nicht nur ein.

„Ich werde Schwester Camilla helfen, ihre Sachen zu packen", bot sie an, „und Sie können ganz unbesorgt sein: Ich bringe sie gleich wieder mit herunter. Das Werk des Herrn soll nicht warten." Dann wandte sie sich an mich. „Komm schon."

Mit einem Herzen, so leicht, wie ich es mir noch vor ein paar Tagen nicht einmal hätte vorstellen können, ging ich Evangeline voran, die es nicht lassen konnte, mir etwas zuzuflüstern: „Hab keine Angst. Denk daran, sie tun nur das Werk des himmlischen Vaters. Es ist zu deinem eigenen Besten und dient deiner Rettung und deinem ewigen Leben."

„Ich werden versuchen, daran zu denken."

Dann waren wir wieder oben in meinem Zimmer angelangt.

„Drei Kerzen. Das war mir ja noch gar nicht aufgefallen. Was für eine Verschwendung."

„Es sind meine", entgegnete ich. „Ich habe sie mitgebracht, und ich zünde sie an, wann und wie ich es für richtig halte."

„Ja, natürlich."

Ich packte meine wenigen Sachen – Strümpfe, Unterröcke und meine Bibel – in die kleine Tasche, die ich schon bei meiner Ankunft dabeigehabt hatte. Evangeline machte keine Bemerkung darüber, was ich einpackte und was nicht; sie ging nur im Zimmer auf und ab und wrang die Hände. Die Arme schien sich ernsthaft Sorgen zu machen.

„Ich habe es wirklich nicht so gemeint, als ich gesagt habe, dass es für dich das Beste wäre, noch heute Nacht zu sterben."

„Ich weiß." Ich war nicht in der Stimmung, sie auch noch in ihrer falschen Annahme zu bestätigen.

„Ich glaube, ich frage die beiden gleich noch einmal, ob sie dich nicht hier bei mir befragen können. Es ist so kalt draußen. Ich kann mir nicht vorstellen …"

„Ich bin jetzt in Gottes Hand, Evangeline. Du brauchst dir keine Sorgen zu machen."

Ich blies die Kerzen aus mit Ausnahme von einer, die ich in die Hand nahm, um den Weg nach unten auszuleuchten. Wie eine Art treuer Hund war Evangeline immer an meiner Seite und sprach Worte, von denen ich sicher war, dass sie mich beruhigen sollten. Hätte ich jedoch nicht genau gewusst, wohin ich gebracht werden würde, hätte man mich schreiend und strampelnd aus dem Haus schleppen müssen.

„Du musst zulassen, dass sie dein Blut vergießen", flüsterte sie mir ins Ohr. „Wenn wir schon getauft sind, können wir nicht ganz wiederhergestellt werden, ohne das Gleiche zu erleiden wie unser Erlöser. Das ist die wahre Sühne."

Ich drückte sie fest an mich und wusste, dass sie sich für ihren geliebten Propheten auf jedem Altar geopfert hätte. Ihr Körper bebte, sodass ich einen Schritt zurücktrat und sie bei den Händen hielt. „Warum weinst du denn?"

„Ich wünsche mir mehr als alles andere, dass sie dich wieder in die Kirche zurückholen, Camilla. Aber ich möchte nicht, dass sie dir wehtun."

Der innere Widerstreit, in dem sie sich befand, war in ihrem Gesicht abzulesen. Fast hätte ich ihr alles gebeichtet, aber davor bewahrte mich Gott. Ich würde dieses Haus nicht mit einer Lüge verlassen, sondern mit einer nicht ausgesprochenen Wahrheit.

Ich gab ihr einen Kuss auf jede ihrer sommersprossigen Wangen und meinte: „Ich habe dich lieb, Schwester Evangeline", bevor ich meine Tasche in die Hand nahm und ins Wohnzimmer zurückging. Dort erlaubte ich den Gefreiten Lambert, die Tasche zu nehmen, bis ich meinen Mantel angezogen und mir einen Wollschal mehrmals um Hals und Kopf gewickelt hatte. In einer letzten liebevollen Geste gab Evangeline mir ein Paar Fäustlinge, die mir bis zum Ellbogen reichten, und als ich soweit war, in die Kälte hinauszutreten, hätte mich niemand – nicht einmal Nathan – erkannt. Meine Augen waren das Einzige, was von mir noch zu sehen war. Ich beugte mich zu Evangeline vor und ließ mir noch einen trockenen Kuss auf die Stirn drücken, bevor ich durch die Tür trat, die mir von dem Riesen aufgehalten wurde.

Wahrscheinlich, weil es Teil ihres listigen Plans war, nahmen mich die beiden Männer jeweils an einem Ellbogen und führten mich die Straße entlang. Angesichts ihrer Größe kam es mir manchmal so vor, als höben meine Füße vollständig vom Boden ab. So musste es für die Mädchen gewesen sein, wenn Nathan und ich „Engelchen flieg" mit ihnen gespielt hatten.

Keiner von uns sagte etwas – kein einziges Wort –, bis wir die Straße, in der Evangeline lebte, hinter uns gelassen hatten und danach noch ein ganzes Stück weiter gegangen waren. Und dort, direkt vor der dunklen Front eines Hauses, lockerten dann die Männer endlich ihren Griff, und ich wickelte mir den Schal von Gesicht und Mund, um meinen ersten Atemzug zu tun.

„Wie …?", war alles, was ich in meiner Atemlosigkeit herausbrachte.

Gefreiter Lambert bemühte sich zwar, eine angemessen soldatische Haltung beizubehalten, aber sein liebes Gesicht strahlte vor Freude. „Schön zu sehen, dass es Ihnen so gut geht, Ma'am."

„Ja, schön, Sie zu sehen." Ich wandte mich an den Riesen.

„Horace Braugen", sagte er mit einer sehr vornehmen Verbeugung.

„Sie gehören also gar nicht zu Brighams Miliz?"

„Das kommt ganz darauf an, wen Sie fragen."

Ich sah erst den Gefreiten Lambert an, dessen Miene jetzt eine undurchdringliche Maske war, und dann wieder Braugen. „Dann sind Sie also Mormone?"

„War", entgegnete er, „und bin, wenn es nötig ist."

Er verbeugte sich, nahm meine Hand, die immer noch in dem Handschuh steckte, küsste sie und legte sie dann fest in die Hand des Gefreiten Lambert, dessen Gesicht, vermutete ich zumindest, so rot wurde wie Evangelines Haar. „Soldat, ich überstelle Ihnen jetzt offiziell Schwester Camilla Fox."

Und mit diesen Worten setzte er seinen Weg allein fort und ließ den Gefreiten Lambert und mich mitten auf der dunklen Straße stehen.

„Woher wussten Sie …?", erkundigte ich mich noch einmal.

Gefreiter Lambert gab sich Mühe, mir in die Augen zu sehen, aber schon bald richtete er sich wieder auf und schaute auf etwas, das sich oberhalb meines Kopfes befand.

„Ich bin nicht befugt, Ihnen Einzelheiten mitzuteilen, Ma'am."

„Und wer ist dazu befugt?"

„Colonel Brandon. Er wartet nördlich der Stadt auf uns, und nach meiner Rechnung bleiben uns noch ungefähr zwanzig Minuten, um zu ihm zu gelangen, bevor er sich auf den Weg macht, um nachzusehen, wo wir bleiben."

„Nun, dann sollten wir uns wohl besser beeilen."

Normalerweise war mein Körper um diese Tageszeit so erschöpft vom Kampf gegen Kälte und Hunger, dass ich mich nur noch nach dem einigermaßen behaglichen Bett von Evangeline und dem Berg von Decken sehnen konnte, die mir genug Wärme verschafften, um irgendwann einzuschlafen. An jenem Abend jedoch flogen meine Füße förmlich und passten sich den großen Schritten des Gefreiten Lambert an. Wenn er einen Schritt machte, musste ich zwei tun, um den Anschluss nicht zu verlieren.

„Achten Sie darauf, dass wir nicht so aussehen, als würden wir rennen", warnte er mich mehrfach. „Wir wollen schließlich kein Misstrauen wecken."

Die Straßen von Salt Lake City waren zu dieser finsteren, kalten Stunde zwar weitgehend verlassen, aber wir begegneten doch Grüppchen von Heiligen, die zielstrebig unterwegs waren. Vielleicht kamen sie von Besuchen bei Verwandten oder hatten noch irgendetwas in der Kirche zu erledigen gehabt. Soweit ich wusste, gab es in der Stadt zwar keine offizielle Sperrstunde, aber ich hatte noch nie gehört, dass jemand nach neun Uhr abends unterwegs war. Ich schätzte, dass wir nicht viel später als halb acht bei Evangeline aufgebrochen sein konnten. Der Abend war wolkenlos, fast bedrückend dunkel, die Kälte beißend.

Als wir uns dem Tempel näherten, hörte ich wieder die Geräusche arbeitender Männer, und als die Baustelle in unser Blickfeld kam, blieb ich stehen – so verblüfft war ich über den Anblick, der sich mir bot. Er war weg – fast vollständig. Wo der massive Bau als Zeugnis für die Kirche des Propheten gestanden hatte, befand sich nun etwas, das mehr Ähnlichkeit mit einem Grabhügel hatte.

Gefreiter Lambert zupfte an meinem Ärmel und sagte: „Kommen Sie bitte weiter, Ma'am," und ich setzte mich wieder in Bewegung. Im Unterschied zu Lots Frau ließ ich hier nichts zurück, woran ich hing. Ich wandte mich also um, ließ mich von dem jungen Mann führen und schaute auf die große Gruppe von Menschen, die die ganze Nacht durcharbeitete, um Brighams Traum zu begraben, bis ich sie schließlich nicht mehr sehen konnte.

„Wie weit noch?" Meine Lunge brannte bei jedem Atemzug.

„Brauchen Sie eine Pause?"

Ich schluckte und sagte: „Nein", obwohl das eigentlich nicht stimmte. Immer wieder wurde ich so langsam, dass Gefreiter Lambert mir ein paar Schritte voraus war, und ich kurz rennen musste, um zu ihm aufzuschließen. Und dann begann dasselbe wieder von vorn.

„Wenn Sie wollen, können Sie hierbleiben, und ich schicke den Colonel mit einem Pferd her."

Aber was hätte wohl mehr Aufmerksamkeit erregt als eine Mormonenfrau, die nachts mitten in der Stadt auf ein Pferd steigt?

„Es geht schon. Ist er dort, wo Sie auch neulich schon gelagert haben?" Bis dorthin würde ich es niemals schaffen.

„Ja, Ma'am."

Entschlossen wiederholte ich noch einmal: „Es geht schon", und betete, dass Gott meine Füße bei jedem Schritt heben möge, damit ich von diesem Ort erlöst wurde.

Wir kamen durch ein vornehmes Wohngebiet, nur ein paar Straßen entfernt von der Stelle, an der in Rachels und Tillmans Haus noch bis tief in die Nacht hinein Licht brennen würde. Ja, alle Häuser hier strahlten Wärme aus, und Musik – Klavier und Gesang – drang in die kalte Nachtluft hinaus.

„Hübsch", sagte Gefreiter Lambert über die Schulter gewandt zu mir.

„Ja, immer", pflichtete ich ihm bei und trabte ein Stückchen, um wieder zu ihm aufzuschließen.

Irgendwann wurden die Häuser zunehmend spärlicher, und wir befanden uns auf einer breiten Schotterstraße, von der ich wusste, dass es eine der Hauptzufahrtsstraßen in die Stadt war. Jeder Schritt war für mich mittlerweile ein Kampf. Während ich mir bis jetzt noch keinerlei Gedanken darüber gemacht hatte, was mich wohl erwartete, wenn wir bei Colonel Brandon angekommen waren, reckte ich nun meinen Hals und hielt nach einem Feuerschein Ausschau, dem Licht einer Laterne oder einem anderen Anzeichen dafür, dass ich bald würde stehen bleiben und Rast machen können.

Und dann, ganz plötzlich und leise, war er direkt vor mir. Colonel Brandon.

„Mrs Fox."

Hätte ich auch nur noch einen Hauch Kraft in mir gehabt, wäre mein Handeln unverzeihlich gewesen, aber in diesem Augenblick gaben meine Beine einfach unter mir nach, und ich brach in seinen Armen zusammen. Ich versuchte, mich an seinem Mantel festzuhalten, was mir aber wegen meiner dicken Fausthandschuhe nicht gelang, also schlang ich meine Hände um seine Oberarme und fiel gegen ihn.

„Ist ja alles gut", sagte er, und ich spürte, wie seine Hände beruhigend meinen Rücken tätschelten. „Sie sind jetzt in Sicherheit. Ich bin da – wir sind da."

Mein Mund war völlig ausgetrocknet, und ich konnte nicht sprechen. Aber ganz vorsichtig und langsam prüfte ich, ob ich stehen konnte, und als mir das gelang, löste ich mich aus der Umarmung des Colonels.

Dieser ergriff mich bei den Schultern und sprach über meinen Kopf hinweg mit dem Gefreiten Lambert. „Was werden sie glauben, wo sie ist?"

„Weggebracht. Genau wie Braugen gesagt hat."

„Wie lange wird es dauern, bis jemand nach ihr sucht?"

„Das werden sie nicht", mischte ich mich ein, obwohl ich das Gefühl hatte, dass meine Zunge am Gaumen klebte. „Das würde niemand wagen."

Da endlich richtete Colonel Brandon seine Aufmerksamkeit auf mich, und seine Augen schienen mir plötzlich der einzig warme Fleck auf dieser Erde zu sein. „Umso besser. Dann ist unsere Aufgabe ja um Etliches einfacher geworden."

Er drehte sich um, stieß einen langen, tiefen Pfiff aus, es raschelte im Gebüsch, und vier Pferde – von denen zwei gesattelt waren – kamen daraus hervor. Selbst im Dunkeln erkannte ich sie wieder. Honey mit ihrer hellen Mähne und dem lebhaften Scharren kam direkt auf mich zu, und während ich mich über dieses Wiedersehen eigentlich hätte freuen müssen, empfand ich nur heftige Schuldgefühle.

„Das ist Nathans Pferd", wandte ich ein und streckte meine Hand aus, um die samtene Nase des Tiers zu berühren.

„Und Sie sind seine Frau", erwiderte Colonel Brandon. „Es ist also ebenso Ihr Pferd wie seines."

„Nein." Ich drehte mich zu ihm um. „Bringen Sie sie zurück. Ist das möglich? Ich will nicht zusätzlich zu all dem anderen auch noch eine Diebin sein."

„Ja, irgendwann werden wir das sicher tun." Seine Worte enthielten ein Versprechen. „Aber erst einmal brauchen wir sie jetzt noch, damit die anderen beiden Pferde alle paar Meilen ausruhen können. Soldat? Sind Sie bereit?"

„Jawohl, Sir." Gefreiter Lambert salutierte, wodurch er noch jünger wirkte.

Colonel Brandon stellte einen Fuß in den Steigbügel und schwang sich dann mit einer Leichtigkeit in den Sattel, wie ich es zuvor nur bei ganz wenigen Menschen gesehen hatte. Erst in diesem Augenblick fragte ich mich, wie ich eigentlich reiten sollte, und da bemerkte ich, dass der Colonel mir seine Hand vom Pferderücken aus entgegenstreckte.

„Oh nein …"

Mein Protest wurde unterbrochen, als Gefreiter Lambert mit den Worten „Entschuldigung, Ma'am" seine Hände um meine Taille legte und mich mit einer einzigen fließenden Bewegung seitlich auf das Pferd des Colonels hob. Dieser schlang dann seine Arme um mich, während er die Zügel hielt, und mein Kopf lehnte sich wie von selbst an seine Schulter. Sogleich wurde ich von dem Gefühl überwältigt, das ich auch empfunden hatte, als ich diesem Mann zum ersten Mal begegnet war: Sicherheit und Wärme. Mit einem Ohr hörte ich, wie Colonel Brandon mit der Zunge schnalzte, um das Pferd in Bewegung zu setzen, mit dem anderen vernahm ich das Knarzen von Leder, als Gefreiter Lambert sein Pferd bestieg.

Und dann ging es los.

KAPITEL 16

Da ich mich in der Obhut des Colonels geborgen fühlte, versuchte ich in dieser Nacht immer wieder zu dösen, aber er ließ nicht zu, dass ich einnickte.

„Aufwachen!", sagte er dann jedes Mal und schüttelte mich. „Sie erfrieren sonst."

Aber dieser Gedanke erschien mir abwegig. Es gab während dieses Ritts Augenblicke, in denen mir wärmer war als in den Wochen zuvor, wärmer als in jedem Augenblick, den ich neben Evangelines spärlichem Feuer verbracht hatte, wärmer als in den Stunden, die ich in Nathans Armen gelegen hatte. Wonnevolle, wunderbare Wärme, die sich in meinem Blut ausbreitete.

Doch dann erfolgte ein „Aufwachen!", und ich fand mich in einer eisigen Winternacht wieder.

Jedes Mal, wenn wir anhielten, um die Pferde zu wechseln, damit sie immer wieder ein Weilchen ausruhen konnten, lief ich während des Sattelns mit den Füßen stampfend im Kreis herum und versuchte, den Blutkreislauf in Füßen und Beinen aufrechtzuhalten, während ich gleichzeitig immer wieder die Arme vor der Brust verschränkte – all das auf Befehl des Colonels. Glücklicherweise war nur die gefrorene Landschaft Zeuge meiner Anstrengungen.

Wenn es dann wieder Zeit zum Weiterreiten war, protestierte ich um des armen Pferdes willen dagegen, dass es zwei Reiter tragen sollte.

„Unsinn", erwiderte Colonel Brandon dann. „Sie sind doch sowieso nur noch Haut und Knochen."

An diesem ersten Morgen bekam ich einen prachtvollen Sonnenaufgang zu sehen, und ich schaute nach Osten und dachte: *Dort ist mein Zuhause. Dort liegen meine Vergangenheit und meine Zukunft.* Die Luft war klirrend kalt und kristallklar, und da wir so lange ritten, kam es mir so vor, als seien wir auf direktem Weg nach Iowa, zur Farm meines Vaters.

Immer wieder verlor ich meinen Kampf gegen den Schlaf, und Colonel Brandon ließ mich irgendwann gewähren. Ich weiß nicht, wie die Männer und die Pferde den langen Weg beinah ohne Rast bewältigten, aber irgendwie schafften sie es.

Am Ende des schätzungsweise zweiten Tagesrittes wurde ich schließlich dadurch wach, dass wir uns nicht mehr vorwärtsbewegten, und ich vernahm das vertraute Geräusch tiefer Männerstimmen.

„Willkommen zurück", meinte im gleichen Augenblick auch Colonel Brandon an mich gewandt.

Ein Meer bärtiger Gesichter schaute uns unter tief ins Gesicht gezogenen Mützen entgegen, die die Männer unter den Uniformhüten trugen. Manche von ihnen hatten sich Wolldecken um die Schultern gelegt. Ich erregte vermutlich durchaus ihre Neugier, aber keiner von ihnen rührte sich von der Stelle. Genau wie schon mehrmals zuvor auf unserer langen Reise sprang Gefreiter Lambert von seinem Pferd und streckte mir dann seine langen Arme entgegen, um mich mühelos vom Pferderücken herunterzuheben.

„Soll ich Mrs Fox begleiten, Sir?"

„Ja, Soldat." Und an mich gerichtet meinte er: „Ich glaube, Sie werden Ihr Zimmer so vorfinden, wie Sie es zurückgelassen haben. Für den Fall, dass etwas fehlt, steht jemand vor der Tür, dem Sie es sagen können und der es dann an mich weitergibt."

Ich musste den Kopf in den Nacken legen, um ihm ins Gesicht sehen zu können, und dabei blickte ich direkt in die untergehende Sonne, sodass ich kaum mehr von ihm ausmachen konnte als seinen Umriss, als ich mich bei ihm bedankte.

Nie war mir eine Gefängniszelle einladender erschienen. Colonel Brandon hatte recht gehabt, als er sagte, dass sich kaum etwas verändert hatte. Da waren mein Bett und mein Tisch und meine Truhe und mein Ofen. Das schmale Fenster befand sich immer noch weit oben in der Wand und sorgte dafür, dass es in dem Raum ausgesprochen dunkel war, was allerdings im Augenblick eher beruhigend als bedrückend wirkte. Das Einzige, was anders war, war der Teppich aus Büffelfell, der auf dem Boden lag.

Später sollte ich erfahren, dass die Männer während meiner Abwesenheit jeweils ausgelost hatten, wer eine Nacht in dem Zimmer schlafen durfte – eine warme, willkommene Abwechselung zu den runden Zelten, die verstreut an den Resten der Mauer von Fort Bridgers entlang standen. Vielleicht war das auch die Erklärung für die nicht gerade begeisterte Reaktion der Soldaten auf meine Rückkehr. Hätte ich gewusst, dass ich sie verdrängte, hätte ich es vielleicht nicht eine einzige Nacht genießen können, in meinem Zimmer zu schlafen. Oder einen einzigen Tag. Aber ich wusste es nicht, und als ich dann das Zimmer betrat, wäre ich ehrlich gesagt wahrscheinlich gar nicht in der Lage gewesen, genügend Kraft aufzubringen, um jeden Soldaten, der sich zwischen mich und mein Bett gestellt hätte, niederzuschlagen.

Ich blieb aber stehen und war gerade so lange höflich zum Gefreiten Lambert, wie es der Anstand gebot. Doch in dem Augenblick, als er die Tür hinter sich schloss und das vertraute Geräusch des vorgeschobenen Metallriegels folgte, brach ich auf dem Bett zusammen. Mit zitternden Händen zog ich mir Schal und Handschuhe aus und warf alles auf den Boden. Mit tauben Fingern mühte ich mich ab, mir die Stiefel aufzuschnüren und den Mantel aufzuknöpfen. Ein behagliches Feuer, das Gefreiter Lambert noch angezündet hatte, bevor er das Zimmer verließ, sorgte für genügend Wärme, dass ich meinen Mantel ausziehen konnte, und das hatte ich auch vor, aber nachdem ich den Arm aus einem Ärmel herausgezogen hatte, reichte die Kraft nicht mehr aus, diese Anstrengung beim anderen Ärmel zu wiederholen. Ich hatte immer noch einen Fuß auf dem Boden, als ich schließlich in einen tiefen Schlaf fiel.

Der März begann sanft wie ein Lamm, was Colonel Brandon zu der Bemerkung veranlasste, dass er dann sicher wie ein Löwe enden würde. Das war ein seltenes Aufblitzen von Humor, das sein sonst immer vor Sorge zerfurchtes Gesicht auf willkommene Art weicher machte. Obwohl er mir nie Einzelheiten erzählte, wusste ich, dass der lange Winter von den Männern seinen Tribut forderte. Sie waren nicht darauf vorbereitet gewesen, einen Winter ohne feste Unterkünfte zu verbringen, und obwohl der Colonel viele Soldaten schon unmittelbar bei ihrer Ankunft in der Fortruine wieder zurückgeschickt hatte, gingen jetzt die Vorräte zur Neige, und die kärglichen Reste, die noch übrig waren, wurden sorgfältig rationiert.

Jedes Mal, wenn die Soldaten mir einen Teller voll Essen an meine Tür brachten, senkte ich gleichermaßen aus Dankbarkeit wie aus Beschämung den Kopf. Wie hatte ich nur in Bezug auf Evangelines karge Mahlzeiten, die sie mit mir geteilt hatte, so undankbar sein, gleichzeitig aber das Gefühl haben können, dass ich der ähnlich kleinen Portionen, die ich mit diesen fremden Menschen teilte, nicht würdig war? Ich hatte den Verdacht, dass ich im Vergleich zu den Portionen auf den Tellern der Männer ein Festmahl bekam. Und dazu zu jeder Mahlzeit außerdem noch einen dampfenden Becher mit starkem, schwarzem Kaffee.

Erst gegen Mitte April wusste ich mit Sicherheit, dass ich schwanger war. Bis dahin hatte ich meine Müdigkeit und Teilnahmslosigkeit auf die kalte Unterkunft und die kärglichen Mahlzeiten zurückgeführt, ganz zu schweigen von den endlosen Tagen der Untätigkeit. Ich hatte zwar gemerkt, dass meine monatliche Unpässlichkeit nicht nur ein-, sondern zweimal ausgeblieben war, machte mir darüber aber keine Gedanken, sondern nahm einfach an, dass ich irgendwie den zeitlichen Überblick verloren hatte. Ja, mir kam sogar der Gedanke, dass Gott mich vielleicht vor diesen Unpässlichkeiten verschonte, solange ich in so enger Gemeinschaft mit Männern lebte.

Wäre ich gesund und munter gewesen wie damals, als ich noch Nathans erste und einzige Ehefrau war, hätte ich vielleicht die kleine verräterische Wölbung meines Bauches gar nicht bemerkt. Aber durch die Erfahrungen der vergangenen Wochen war ich sehr abgemagert, und als ich eines Nachts im Bett lag, schön warm unter mehreren Schichten Wolle und Fell, da entdeckte ich die winzige, aber eindeutige Wölbung.

„Es muss so sein", sagte ich zu mir selbst.

Ich nehme an, dass jede andere Frau angesichts der Bedingungen, unter denen ich lebte, von Panik erfasst worden wäre, aber meine erste Reaktion war Dankbarkeit. Welches Kind ist denn kein Geschenk? Und dieses Kind war mir geschenkt worden – mir allein. Meine Arme spürten immer noch das Gewicht des letzten Kindes, das ich in mir getragen hatte, diesen winzigen, zerbrechlichen Körper, der nach seinem letzten Atemzug mit jedem Moment schwerer geworden war. Ich nahm dieses neue Leben, das ich unter meinen Händen spürte, als Geschenk und Verheißung an.

„Du, mein Kleines, wirst die Mormonenkirche gar nicht erst kennenlernen." Spärliches, graues Mondlicht bahnte sich seinen Weg in mein Zimmer, und ich konnte meinen Atem sehen, während ich sprach. „Du wirst das erste meiner Kinder sein, das ich von hier wegbringe." *Und das letzte, das ich jemals haben werde* – auch wenn ich es nicht fertigbrachte, diese Worte laut auszusprechen, nicht einmal in den leeren Raum hinein. Ich konnte mir nicht den Luxus erlauben, in meinem Kummer zu verharren, also drehte ich mich auf die

Seite und rollte meinen Körper um das winzige Wesen in mir herum zusammen.

„Ach, Gott, mein Vater, danke für dieses Geschenk."

Ich erzählte es Colonel Brandon nicht sofort. Irgendwie war mir klar, dass er nach einer solchen Ankündigung noch mehr die Beschützerrolle übernehmen würde, und ich lebte ja schon jetzt mit dem Wissen, dass jeder Bissen, den ich aß, einem Mann vorenthalten wurde, der einen Eid darauf geschworen hatte, mich zu schützen.

Und wie oft hat denn eine Frau schon die Gelegenheit, ein Kind in ihrem Leib geheim zu halten und es dadurch ganz für sich allein zu haben? Nathan war immer so aufmerksam gewesen, immer eifrig darauf bedacht, es sofort zu erfahren, wenn unsere Familie wieder Zuwachs bekommen sollte. In unserer Nachbarschaft waren wir schon eine Ausnahme gewesen, weil unsere Kinder im Abstand von mehreren Jahren zur Welt gekommen waren. Andere Familien füllten ihre Kirchenbänke mit Kindern wie Orgelpfeifen – ein Kind nach dem anderen, manchmal sogar zwei in einem Jahr. Aber wir bekamen erst Melissa, dann zwei Jahre später Lottie und drei Jahre danach dann noch den kleinen Arlen. Etwas mehr als ein Jahr war es jetzt her, dass ich mein Kind in den Armen gehalten hatte, während es um die wenigen Atemzüge rang, die ihm von Gott gewährt wurden.

Und jetzt, dieses Kleine hier – das noch nicht mehr war als ein Gedanke in der Nacht. Ein Frühwinterbaby, Mitte November, vermutete ich. Dies würde also das erste von meinen Kindern sein, das meine Eltern im Arm halten würden. Ich las weiterhin jeden Tag in der Bibel und sah jeden Vers als Verheißung für dieses Kind. Ich las laut und hoffte, dass das Vibrieren meiner Stimme das Baby einhüllen und umgeben würde mit dem Rhythmus der Wahrheit.

So sehr mich das kalte Wetter auch in Versuchung hätte bringen können, in meinem Zimmer zu bleiben und dort nur zwischen Bett und Stuhl hin und her zu pendeln, war mir dennoch klar, dass mir mein Körper in einem halben Jahr weit mehr abverlangen würde. Also verließ ich jeden Nachmittag mein Zimmer und ging einmal die gesamte Länge der verbliebenen Fortmauer entlang. Und täglich war es das Gleiche: ständiges Salutieren und ein vielfaches „Guten Tag, Ma'am", das meinem Inneren ebenso gut tat wie die kühle, frische Luft meinem Körper. Manchmal hatte ich Begleitung, zum Beispiel vom Gefreiten Lambert, der immer einen halben Schritt hinter mir blieb, die Hände hinter dem Rücken ineinandergelegt. Manchmal ging auch Colonel Brandon neben mir her und reichte mir jedes Mal zuvorkommend die Hand, wenn irgendwo auf dem Weg Schneematsch lag oder es vereiste oder glatte Stellen gab. Ein-, zweimal ging ich meine Runde sogar mit Captain Buckley, aber seine endlosen Fragen über meine Gesundheit – ob ich genug äße? Ob ich genügend Ruhe bekäme? – bewirkten, dass ich mich fragte, ob er nicht schon etwas von meiner Schwangerschaft ahnte, besonders angesichts eines wissenden Flackerns in seinen Augen, wenn er seine Fragen stellte.

An den meisten Tagen ging ich jedoch allein, hielt das Gesicht in die Sonne und ließ meinen Blick über die gesamte Weite des Himmels schweifen. Ich wusste, dass dieselbe Sonne, die auf das Kind in mir schien, auch auf die Kinder schien, die ich in Gottes Obhut zurückgelassen hatte. Und dann betete ich für den Tag, an dem wir uns alle zusammen in ihrer Wärme räkeln würden.

Weil ich keinen Kalender hatte, merkte ich auf meinen kleinen Ausflügen, wie die Zeit verging und die Jahreszeit langsam wechselte. Schon bald kam ein Nachmittag, an dem ich meinen Schal nicht mehr brauchte, und dann ein weiterer, an dem ich unterwegs meine Mütze abnahm. Irgendwann steckte ich dann auch meine Handschuhe in die Manteltasche, und dann war es schließlich so weit, dass ich mutig ganz ohne Mantel hinaus ins Freie trat. Der Boden war inzwischen mehr Matsch und Morast als Schnee. Männer standen lachend in Grüppchen zusammen, ohne dass dabei ihr Atem in Wölkchen von Dampf aufstieg. Alles wurde heller, luftiger, leichter – das spürte ich in meinem Inneren und auch in meinen Füßen.

Nur die Last des Kindes in mir nahm zu, bildete einen Halt, von dem aus ich auf dem Boden verankert war. Ansonsten wäre ich an jenem Nachmittag, als der Gesang der Vögel in der beinah schon frühlingshaften Brise zu uns herübergeweht kam, vielleicht ebenfalls emporgestiegen in die lauen Lüfte.

Wir hatten den Winter überlebt.

„Wann kann ich denn endlich aufbrechen?"

Ich konnte an nichts anderes mehr denken als daran, endlich aufzubrechen. Ein paar Mal schon war ich morgens aufgewacht, bereit, Honey zu satteln und in den Sonnenaufgang hinein zu reiten. Als ich an diesem Nachmittag Colonel Brandon fragte, wann es denn endlich losgehen könne, löste meine Begeisterung bei ihm ein leises Glucksen aus, das aber gar nicht herablassend gemeint war.

„Bald, Mrs Fox."

„In einigen Tagen?"

„Ich möchte Sie ja keineswegs entmutigen, aber bedenken Sie bitte, dass meine Männer hier nicht im Urlaub sind. Ich habe den Befehl, die Stellung zu halten. So wichtig Ihre Angelegenheit auch sein mag, ich kann nicht einfach ohne Genehmigung meinen Posten hier verlassen."

„Aber Sie müssen doch auch gar nicht unbedingt selbst mitkommen, oder? Könnten Sie nicht irgendjemand anders mitschicken?"

„Wollen Sie mir etwa erzählen, wie ich meine Pflichten hier zu erfüllen habe?"

„Nein, ganz und gar nicht. Ich würde ja gar nicht fragen, wenn Sie nicht versprochen hätten …"

„Ich bin mir meiner Pflichten völlig bewusst, Mrs Fox. Bei der gehen diese über Ihre Person hinaus."

So schneidend hatte er noch nie mit mir gesprochen, und ich war dankbar, dass unser Spaziergang außerhalb der Mauer und abseits der neugierigen Blicke der Männer stattfand. Ich hielt jedenfalls den Mund und wartete darauf, dass er sich entschuldigte, doch er schwieg ebenfalls und wartete vielleicht auf eine Entschuldigung meinerseits.

„Ich hatte gehofft, dass ich am 1. Mai aufbrechen kann", meinte ich schließlich.

„Das ist ausgeschlossen."

„Aber warum denn?"

„Wenn einer meiner Männer meine Anweisungen kritisieren würde, hätte er mit einen Monat Arrest zu rechnen."

„Dann möchte ich mich entschuldigen, Colonel Brandon."

Wir kamen zu den Überresten eines etwas abseits gelegenen Gebäudes. Nicht mehr als eine einzelne, kurze Wand aus Balken war stehen geblieben, die offenbar irgendwie dem Feuer entgangen war. Dort hielt er inne.

„Ich habe mit der letzten Post den Antrag auf den Weg gebracht, Sie nach Hause begleiten zu dürfen, und ich warte jetzt auf eine Antwort. Mit dem nächsten Kommandowechsel hier müsste ich eigentlich etwas hören. Sobald das der Fall ist, werde ich einen Begleittrupp zusammenstellen, und wenn das Wetter hält, dann werden Sie zu Hause sein, ehe Sie sich's versehen."

„Aber wenn Sie hier nicht wegkönnen ... ich meine, es müssen ja nicht unbedingt Sie selbst sein."

„Aber ich wäre es gern."

Beide blickten wir verlegen zu Boden. Er hatte immer noch seine Hände auf dem Rücken verschränkt, während ich nicht wusste, was ich mit meinen tun sollte, und sie deshalb ineinander verschlang.

„Macht es Ihnen immer noch etwas aus?", fragte er.

„Was denn?" Und erst da wurde mir bewusst, dass ich besonders die amputierten Stellen rieb. „Ach, nein. Jetzt wo es wärmer wird, eigentlich gar nicht mehr."

Er griff nach meiner Hand, und ich ließ es geschehen.

„Es kann dauern, bis eine solche Wunde wirklich ganz verheilt ist. Mit bloßem Auge sieht man zwar, dass die Operationswunden verheilt sind, aber ich habe schon oft erlebt, dass Männer immer noch von Schmerzen in den amputierten Gliedmaßen berichten, obwohl das eigentlich gar nicht möglich ist. Man fragt sich, wie denn etwas wehtun kann, das gar nicht da ist. Diese Art der Heilung dauert am längsten."

„Und bei manchen heilt es wahrscheinlich nie."

Er hatte mich bis zu diesem Moment nicht angeschaut, und als er es dann tat, da schmolz alles, was zwischen uns gestanden hatte. Anders als bei Nathan, dessen Blicke lockten und tanzten und voller Verheißung waren, hatte Colonel Brandons Blick eine weite, offene Ehrlichkeit, sanft und verletzlich wie frisch gepflügte Erde.

Da musste ich ihm gegenüber genauso offen sein und sagte: „Ich bekomme ein Kind. Im Herbst."

Langsam und kaum merklich lockerte sich sein Griff, und er trat einen Schritt zurück. „Das hatte ich schon vermutet." Nachdenklich nickte er mit dem Kopf.

„Wirklich?" Kühn strich ich mit meiner Hand über meinen noch flachen Bauch. „Es ist doch kaum zu sehen."

„Aber Ihr Gesicht hat sich verändert." Er schien fast genauso überrascht wie ich, als er mit dem Finger meine Wange berührte. Eine ganz kleine Geste, aber es kam mir so vor, als hätte er damit gleichsam eine Schlucht überquert, um diese neuerliche Distanz zwischen uns zu überbrücken. Ich konnte spüren, wie sehr er mit sich rang, angesichts dieser neuen Vertrautheit zwischen uns etwas zu sagen. „In Ihrem Ausdruck ist etwas, das noch nicht da war, als Sie nach Salt Lake City zurückgegangen sind. Man könnte es vielleicht als einen rosigen Hauch bezeichnen. Als ein Zeichen von Hoffnung."

„Habe ich mich wirklich so verändert?" In meinen Augen war ich bloß blass und mager.

„Ich weiß nicht, ob man es merkt, wenn man nicht auf eine solche Veränderung achtet. Und außerdem halten Sie Ihre Hände beim Gehen so wie jetzt … irgendwie schützend. Vielleicht merken Sie es selbst gar nicht …"

„Nein, das habe ich wirklich nicht gemerkt."

„Deshalb brauchen Sie aber doch jetzt nicht unsicher zu sein", sagte er in einem übertrieben brüsken Tonfall. „Wie gesagt, die meisten Leute würden es sicher gar nicht merken. Aber ich erinnere mich daran, wie es bei meiner Frau war, bevor unser Sohn geboren wurde."

„Nun ja, durch meinen Zustand werde ich recht schnell müde, ich denke also, es ist das Beste, wenn wir jetzt wieder umkehren, damit ich mich ein wenig hinlegen und ausruhen kann."

Ich drehte mich um, aber er folgte mir nicht.

„Ich habe mich gefragt", setzte er zögerlich an und veranlasste mich durch seine Worte stehen zu bleiben, „ob sich meine Vermutung bestätigt und sich jetzt Ihre Pläne ändern. Vielleicht wollen Sie sich ja nun doch lieber wieder mit Ihrem Mann versöhnen und zu ihm und Ihren Töchtern zurückkehren."

„Nein", antwortete ich.

„Und wie weit ist die Schwangerschaft fortgeschritten, falls wir im Mai aufbrechen können?"

Ich war mir nicht sicher, ob er das nur aus Gründen meiner Sicherheit fragte oder ob er eine Bestätigung suchte, dass während meines Aufenthaltes in Salt Lake City doch ein gewisses Maß an Versöhnung mit meinem Mann stattgefunden hatte. Einen ganz kurzen Moment lang dachte ich darüber nach, zu lügen, ihn glauben zu lassen, dass ich bereits schwanger gewesen war, als mich seine Leute im Schnee gefunden hatten, aber wenn ich etwas länger gebraucht hätte, um den entsprechenden Termin auszurechnen, bevor ich antwortete, hätte er meine Unehrlichkeit sicher sofort bemerkt.

„Drei Monate."

„Wir werden Captain Buckley fragen müssen, ob Sie dann noch ohne Gefahr für sich und das Kind reisen können."

Ich lachte. „Colonel, wenn wir Frauen in diesem Zustand nicht reisen könnten, gäbe es westlich des Mississippi keine einzige Frau."

„Und der Vater des Kindes?"

Ich sah ihm in die Augen und sagte in gelassenem Tonfall: „Dieses Kind wird ein Teil meines neuen Lebens sein."

„Und er wird es nie erfahren?"

„Nicht bis Gott will, dass ich es offenbare. Verstehen Sie denn nicht? Wenn ich jetzt nicht fortgehe und Nathan mich findet und er dann merkt, dass … dann würde er mich niemals gehen lassen."

„Er wird Sie aber nicht finden."

„Was macht Sie da so sicher?"

„Er wird Sie nicht finden, weil er gar nicht sucht. Nicht mehr."

KAPITEL 17

Meine Mutter hatte immer einen bestimmten Spruch parat, wenn sie ein unheimlicher Schauer durchfuhr. „Als würde jemand über mein Grab gehen", sagte sie dann, und ich fand das unglaublich komisch, weil sie ja noch gar nicht tot war. Und ich war natürlich auch nicht tot, aber genau das musste Nathan glauben. Es konnte keinen anderen Grund dafür geben, dass er die Suche nach mir aufgegeben hatte. So albern der Spruch also auch sein mochte, ich rechnete aufgrund von Colonel Brandons Aussage eigentlich mit diesem unheimlichen Schauer, einer gähnenden inneren Leere, einer tiefen Angst. In gewisser Weise rechnete ich seit Monaten damit, abgeholt zu werden, mit Gewalt zurückgeschleppt zu werden in eine Kirche, die wild entschlossen schien, ihre Mitglieder gefangen zu halten.

Jetzt war ich frei – so frei, wie man nur sein konnte.

Deshalb verbrachte ich nun so viel Zeit wie nur irgend möglich außerhalb meines kleinen Zimmers. Ich war unentwegt auf den Beinen und wurde von einer neuen Kraft durchströmt, die der frischen Brise und der süßen Frühlingsluft entsprang. Ja, ich hätte den ganzen Tag draußen zwischen Haufen von Trümmern und verlassenen Feuerstellen bei den Soldaten verbringen können, wenn mich nicht an einem besonders warmen Tag Gefreiter Lambert angesprochen hätte.

„Mrs Fox, Ma'am, wenn es Ihnen nichts ausmacht, möchte ich Sie bitten ... also, wir – die Kompanie – möchten Sie bitten, wenn es Ihnen nichts ausmacht …" Er stotterte, errötete, zerknautschte seinen Hut zwischen den Händen, während er gleichzeitig von einem Fuß auf den anderen trat.

„Was ist denn los, Soldat?"

„Also, einige der Männer hatten fast den gesamten Winter hindurch keine Gelegenheit zum Waschen."

„Und sie möchten, dass ich ihre Wäsche wasche?"

„Nein, Ma'am, das ist es nicht. Ihre Wäsche waschen die Männer selbst. Die Sache ist die, dass sie sich auch selbst waschen müssten." Er griff sich nervös in den Nacken und wand sich, um mich nicht ansehen zu müssen. „Wir wollten die Zinkwannen ins Freie stellen …"

„Und Sie möchten, dass ich so lange in meinem Zimmer bleibe."

„Wenn es Ihnen nichts ausmacht, Ma'am."

Ich glaube, ich habe noch nie erlebt, dass ein Badetag ein solches Fest wurde. Auch wenn die Sache meine Neugier kein bisschen reizte, lauschte ich doch mit einer Art mütterlicher Nachsicht den Geräuschen, die vom Hof in mein Zimmer drangen. Überwiegend Gelächter und dann Gesprächsfetzen, von denen ich sicher war, dass sie nie geäußert worden wären, wenn die Männer gewusst hätten, dass ich alles hören konnte, oder wenn ich mich sogar draußen im Freien aufgehalten hätte. Ich hatte Colonel Brandon den ganzen Tag nicht gesehen – ja, eigentlich hatte ich ihn schon seit einigen Tagen nicht mehr zu Gesicht bekommen –, was vielleicht noch dazu beitrug, dass mir das alles wie ein Gelage vorkam.

Kurze Zeit später vereinten sich die einzelnen verstreuten Geräusche zu einem gemeinsamen Jubelruf. Es war ein vertrauter Klang, einer, den ich noch von meinem letzten Aufenthalt hier kannte. Schließlich konnte ich genau verstehen, was sie riefen.

„Pooost."

Also neben den winzigen grünen Trieben, dem Vogelgezwitscher und Tagen, die so warm waren, dass man die Ärmel hochkrempeln konnte, ein weiteres Zeichen dafür, dass es Frühling wurde. Jetzt konnten wir bestimmt sicher in den Osten reisen. Mehr denn je kam mir mein Zimmer jetzt wie ein Gefängnis vor, und genauso tigerte ich darin auch hin und her.

Von draußen hörte ich eine einzelne Stimme, die erst für Ruhe sorgte und dann so laut Namen aufrief, dass sie alle anderen Stimmen übertönte.

„Dufray! Minor! Pascal!"

Der Lärm schwoll an, nahm dann wieder ab, und erst als absolute Stille herrschte, wusste ich, dass Colonel Brandon eingetroffen war. Schon kurz darauf vernahm ich seine Stimme in dem größeren Raum, der an mein Zimmer grenzte. Die Tür war zwar geschlossen, aber das war seit meiner Rückkehr eigentlich eher Formsache. Ich kam und ging, wie ich wollte, doch es betrat niemand mein Zimmer ohne meine ausdrückliche Zustimmung oder Einladung. Jetzt stand ich da, das Ohr an die Tür gepresst, und fragte mich, ob irgendwelche offiziellen Angelegenheiten auf der anderen Seite von mir dieselbe Rücksicht verlangten.

Die Stimmen waren leise und gedämpft. Colonel Brandons vertraute Stimme war deutlich zu erkennen, auch wenn ich im Einzelnen nicht verstehen konnte, was er sagte. Außer seiner waren noch zwei weitere Stimmen zu hören. Alles klang sehr ernst und offiziell. Ich hätte wahrscheinlich Unwissenheit vortäuschen und einfach dort hereinplatzen können und hätte mit den Folgen leben müssen, aber noch bevor ich einen solchen Plan auch nur in Erwägung ziehen konnte, drang ein energisches Klopfen direkt an mein Ohr.

„Mrs Fox?"

Ich trat hastig ein paar Schritte zurück und rief: „Einen Augenblick noch bitte!" Aus keinem besonderen Grund, außer vielleicht, um Zeit zu gewinnen, strich ich mein Haar glatt, steckte ein paar Strähnen, die sich aus der Frisur gelöst hatten, hinters Ohr und ordnete dann noch meinen Rock.

Colonel Brandons Miene war unmöglich zu deuten. Lächelte er? Nein, aber er blickte auch nicht streng, sondern einfach nur ernst, als er sagte: „Für Sie."

Vielleicht sollte ich noch erwähnen, dass mich sein Blick so sehr in seinen Bann zog, dass ich nicht einmal hingeschaut hatte, was er in der Hand hielt. Als ich es dann schließlich doch tat, begannen meine Hände zu zittern.

Es war ein schmaler, länglicher Briefumschlag, auf dem in zaghaften Druckbuchstaben – einer Handschrift, die ich seit Jahren nicht mehr gesehen hatte – mein Name stand.

„Mama." Ich hauchte das Wort mehr, als dass ich es aussprach, so als stünde sie vor mir, denn in all der Zeit war ich ihr nicht so nah gewesen wie in diesem Moment.

„Ich lasse Sie jetzt erst einmal allein", sagte Colonel Brandon und schloss die Tür zwischen uns.

Das Zittern meiner Hände hatte sich jetzt auf den gesamten Körper übertragen, und ich fürchtete schon, meine Beine würden unter mir nachgeben, bevor ich den rettenden Stuhl erreicht hatte. Ich ließ den Umschlag auf den Tisch fallen, stützte zu beiden Seiten des Briefes die Ellbogen auf die Tischplatte und legte meinen Kopf auf meine gefalteten Hände. Weil ich den Brief nicht zerreißen wollte, wartete ich ab, bis meine Hände nicht mehr so stark zitterten, nahm dann den Umschlag in die Hand und fuhr mit dem Finger unter das Siegel. Es war ein einzelner Briefbogen darin. Wahrscheinlich aus dem Schreibheft herausgerissen, in das ich immer meine Schulaufsätze geschrieben hatte.

Auch all die Jahre hatten die Stimme meiner Mutter in meiner Erinnerung nicht auslöschen können. Ich hörte sie in jedem geschriebenen Wort – sanft, zurückhaltend, immer darauf bedacht, nicht lauter zu sein als mein Vater.

Liebste Tochter,
es ist jetzt Winter. Und dein Vater ist krank. Schon seit Mitte des Sommers. Die Ärzte können nichts tun. Wir warten auf

den Frühling, auf eine Heilung oder den Tod, sagen sie. Er kann nichts mehr essen außer Brot, das ich in Buttermilch getunkt habe. Der Doktor weiß nicht, woran das liegt, aber ich denke, dass er zu sehr mit Bitterkeit erfüllt ist, um etwas anderes zu sich zu nehmen. Er weiß nichts von diesem Brief. Er denkt, ich weiß nichts von den anderen Briefen, aber ich weiß doch davon. Von jedem einzelnen, den du geschickt hast. Er wollte sie nicht lesen oder auch nur öffnen. Aber ich wusste es. Ich habe es immer gewusst. Ich bete, dass du uns vergeben kannst und dass du nach Hause kommst.

Der Brief war nicht unterschrieben, aber ich brauchte auch gar keine Unterschrift, um zu wissen, wer der Absender war. Immer wieder ließ ich meinen Blick über das Blatt schweifen und war enttäuscht, wie dürftig die Nachricht war. Ihre ungeübte Schrift füllte das gesamte Blatt, obwohl es nur so wenige Worte waren. Vielleicht war ihr gar nicht klar gewesen, dass sie auch zwei oder drei Blätter oder auch einen dicken Wälzer hätte schicken können, wenn sie gewollt hätte.

Papa war krank. Er lag sogar im Sterben und er hatte mir nicht vergeben. Frühling. Heilung oder Tod.

Und meine Mutter bat mich um Verzeihung.

Ich sprang auf, faltete den Brief zusammen und ging in das Büro vor meinem Zimmer, wo drei Männer – Colonel Brandon und zwei andere, die ich nicht kannte – um einen schweren Schreibtisch herumstanden und ihre Aufmerksamkeit auf Papiere gerichtet hatten, die auf dem Tisch lagen.

„Mrs Fox ..."

Er wollte mich gerade den anderen vorstellen, aber ich unterbrach ihn. „Ich habe Nachricht von meinen Eltern, Colonel Brandon. Mein Vater ist krank. Sehr krank, wie es scheint. Ich muss sofort nach Hause."

„Mrs Fox", setzte er erneut an, „das hier ist Colonel Chambers. Er wird während meiner Abwesenheit das Kommando übernehmen."

Ich nahm Chambers nur am Rande zur Kenntnis, bevor ich fragte: „Und wann können wir dann aufbrechen?"

„Wann können Sie denn fertig sein?"

„Sofort."

Er lachte leise. „Geben Sie mir noch drei Tage?"

„Jawohl, Sir", sagte ich und versuchte, so gut es ging, den Gefreiten Lambert zu imitieren. „Bei Tagesanbruch?"

„Bei Tagesanbruch."

Drei Tage. In diesem Augenblick kam mir das wie eine endlos lange Wartezeit vor, aber während dieser drei Tage wurde ich Zeugin der Auferweckung von Fort Bridger. Am Morgen nachdem die Post eingetroffen war, erreichte eine Planwagenkolonne das Fort, und Fässer voller Mehl, Zucker und Kaffee wurden in die Vorratslager gerollt. Es begannen Bauarbeiten an den Wachtürmen und den Unterkünften, und Männer, die den gesamten Winter in Schlafsäcken auf dem gefrorenen Boden geschlafen hatten, arbeiteten jetzt fieberhaft daran, Etagenbetten zu bauen und Matratzen zu nähen.

Doch während all dessen hatten sie gleichzeitig immer ein wachsames Auge auf das, was sich in Salt Lake City abspielte. Auch dort wirkte sich der Frühling wiederbelebend aus, denn jeder kam aus dem verschlafenen Winter mit neuer Lebenskraft und Entschlossenheit hervor. Ich hatte es mir angewöhnt, meine Zimmertür nur anzulehnen, wenn Colonel Brandon und Colonel Chambers sich in dem Büro vor meinem Zimmer trafen. Ich vermutete zwar, Colonel Brandon wusste sehr wohl, dass ich lauschte, aber ich bildete mir ein, dass er es zumindest duldete, denn er unternahm nichts dagegen.

Während die Offiziere sich dort unterhielten, änderte ich mein blaues Kleid um, was sich jedoch wegen meiner verstümmelten Hand schwieriger gestaltete, als gedacht, und nur langsam vonstatten ging. Kurz nachdem Colonel Brandon mich Colonel Chambers vorgestellt hatte, berichtete er ihm auch von meiner Notlage. Bis dahin hatte ich schon fast vergessen, dass Zion selbst vor einer weitaus größeren Krise stand als ich. Während ich nähte, erfuhr ich, dass die Farmer in den umliegenden Städten sich bewaffneten und auf einen Krieg vorbereiteten. Brigham hatte eine Kampagne gestartet, in der alle Mormonen darauf vorbereitet wurden, für Gott und das Evangelium auch das größte Opfer zu bringen.

„Wir werden aber nach wie vor so vorgehen, wie beschlossen. Wir werden nicht schießen, wenn sie nicht zuerst auf uns schießen."

„Genau", sagte Colonel Brandon. „Nicht einmal als Vergeltung für den Fall, dass den Männern in der Stadt, die für uns arbeiten, etwas passiert. Sie tun diesen Dienst ja auf eigenes Risiko."

„Und kommen die Männer von dort hierher, um mir Meldung zu erstatten?"

„Nein. Das wäre viel zu gefährlich für sie. Wir haben Kontrollpunkte zwischen hier und Salt Lake City eingerichtet. Wenn ein Treffen zum Austausch von Informationen nötig ist, hinterlassen sie dort ein Zeichen."

„Und so haben Sie auch erfahren, dass …" Seine Stimme wurde leiser, und ich wusste, dass er jetzt über mich redete.

„Ja", antwortete Colonel Brandon. „Und seitdem bereitet sie uns nichts als Probleme."

Ich spürte, dass diese Aussage nur ein Scherz war. Er musste also tatsächlich gewusst haben, dass ich lauschte. Wäre er im Raum gewesen, hätte ich vielleicht mit dem Nadelkissen nach ihm geworfen, aber so lächelte ich nur und nähte einfach weiter. Er machte so selten Scherze, dass ich das Gefühl hatte, diesen hier einfach genießen zu müssen.

Am Abend vor unserer Abreise bat ich den Gefreiten Lambert inständig, mir doch einen Waschzuber, heißes Wasser und Seife zu besorgen, damit auch ich ein Frühlingsbad nehmen konnte. Ich fürchtete schon, der arme Junge würde auf meine Bitte hin auf der Stelle in Ohnmacht fallen, denn alles

Blut aus seinem Körper schien ihm in den Kopf zu schießen. Doch noch am selben Abend bekam ich einen Waschzuber, sechs Kessel dampfend heißes Wasser und genau so viele Kessel kaltes und außerdem saubere Leinenhandtücher und ein Stück weiche Seife.

Gefreiter Lambert bot an, persönlich vor meiner Tür Wache zu stehen, und mir fiel kein anderer Mann ein, dem ich mich unbesorgter hätte anvertrauen können. Im Schutz und der Sicherheit meines Zimmers nahm ich eine ganze Handvoll Seife, um damit mein Haar einzuschäumen, und kniete mich dann an den Rand des Zubers, um den Kopf über das Wasser zu halten und das Haar auszuspülen. Dann wickelte ich mir ein sauberes Leinentuch um den Kopf und zog mich aus, um in das warme Wasser zu steigen. Einen ganz kurzen Moment lang staunte ich über meine Körperform. Mir war nicht bekannt, wie viele von den Männern über meinen Zustand Bescheid wussten, aber hätten sie mich jetzt gesehen, wäre kein Zweifel mehr möglich gewesen. Der Winter hatte von meinem Körper seinen Tribut gefordert; meine Schultern und Knie waren so knochig, dass es schien, als würden sie gleich die Haut durchstoßen. Aber die Körpermitte wölbte sich voller Leben und Gesundheit.

Ich streichelte beim Baden mit den Händen über den gewölbten Bauch und erfreute mich an dem warmen Wasser. Nachdem ich mich eingeseift und dann die Seife wieder abgespült hatte, quietschte meine Haut geradezu vor Sauberkeit unter meiner Berührung. Ich wickelte mir das Handtuch vom Kopf ab, um mich damit abzutrocknen und stand dabei ganz nah am Ofen, in dem ein kleines Feuer glühte, und jeder Zentimeter meines Körpers war sauber und warm. Mit meinem grobzinkigen Kamm strich ich mir durchs nasse Haar und entfernte die Knötchen daraus, und danach schlüpfte ich in ein Nachthemd, das ich Evangeline stibitzt hatte und das von einem bereitwilligen Soldaten gewaschen worden war. Schließlich stellte ich mir einen Stuhl nah an den Ofen, auf dem ich sitzen blieb und wartete, dass mein Haar trocken war, um dann ins Bett gehen zu können.

Plötzlich war ein gedämpftes Klopfen zu hören. „Mrs Fox?" Ich hatte keinen Morgenmantel, den ich mir über das Nachthemd ziehen konnte, also drapierte ich mir einfach meinen Schal um die Schultern und bat dann den Gefreiten Lambert einzutreten in der Annahme, dass er nur das Badewasser holen wollte, um es wegzuschütten.

Aber es war Colonel Brandon, der den Kopf zur Tür hereinsteckte. Ein Blick auf mich, und seine Aufmerksamkeit wandte sich in Sekundenbruchteilen der Stelle zu, an der die Decke und die Wände aufeinanderstießen; und dort blieb sie auch während des gesamten Gespräches, abgesehen von ganz kurzen Blickkontakten.

„Wir brechen dann also kurz vor Tagesanbruch auf."

„Ich bin bereit."

„Sind Sie sicher?"

„Wenn es sein muss, bin ich auch durchaus in der Lage, früh aufzustehen."

„Ich meinte auch eher …", jetzt sah er mich direkt an, „ob Sie bereit sind, wirklich Ihre Kinder zu verlassen?"

„Meine Kinder habe ich schon vor über drei Monaten verlassen, Colonel."

„Sie sind nur etwa hundert Meilen von hier entfernt. Wenn es morgen früh hell wird, kann ich Sie genauso gut dorthin bringen wie zur Postkutschenstation."

„Meine Kinder glauben, dass ich tot bin."

„Aber Sie sind es nicht."

„Nein." Ich beschäftigte mich intensiv mit meinen Haarspitzen. „Aber ich kann ihnen nichts bieten. Noch nicht. Ich habe weder ein Zuhause noch die Möglichkeit, sie zu versorgen."

„Und Sie glauben nicht, dass Sie das beides auch hier finden könnten?"

„Eine alleinstehende Frau ist doch von den Almosen ihrer Gemeinde abhängig, und ich werde mit Sicherheit aus der

Gemeinde ausgestoßen. Niemand wird mit mir sprechen, geschweige denn mich unterstützen dürfen."

„Ich wollte mich einfach nur noch einmal vergewissern, dass Sie wirklich zu dieser Trennung bereit sind. Ich weiß, wie es ist, seine Familie zu verlassen und nicht genau zu wissen, ob man jemals zurückkehren wird."

„Ich lasse meinen Krieg jedoch hinter mir. Wenn ich hierbleibe, werde ich für den Rest meines Lebens immer über die Schulter blicken und darum kämpfen müssen, meine Kinder von den Mormonen fernzuhalten."

„Es gibt aber auch noch andere Gefahren."

„Ja, ich weiß. Eine davon ist die, dass ich nicht mehr die Gelegenheit haben könnte, mich mit meinem Vater zu versöhnen, bevor er stirbt. Ich muss zu ihm, und zwar sofort. Und zu meiner Mutter. Ich muss wissen, dass sie mich und auch meine Töchter in ihrem Haus aufnehmen, damit ich nicht weiter …"

„Umherirre?"

„Abhängig bin."

„Und wenn sie das nicht tun?"

Da stand ich auf, denn mein Schal bedeckte meinen Oberkörper so weit, wie es noch eben schicklich war. Dennoch war mir bewusst, dass mein Nachthemd so durchscheinend war, dass man, weil das Feuer hinter mir brannte, meinen Körper sehen konnte. „Haben Sie Ihre Meinung geändert, Colonel Brandon? Sie scheinen meine jedenfalls ändern zu wollen."

„Manchmal muss man eine Strategie noch mal überdenken", antwortete er und starrte jetzt wieder auf die Wand.

„Das ist keine Strategie." Ich setzte mich wieder hin und wandte ihm den Rücken zu. „Ich bin aufgrund von Gottes Gnade und seiner Vorsehung hier. Es gibt keinen Grund anzunehmen, dass er mich ausgerechnet jetzt im Stich lassen würde."

In der ersten Morgendämmerung wartete Honey bereits auf mich, gesattelt, gestriegelt und stolz. Sie war eines von sechs gesattelten Pferden, die alle fast genauso militärisch stramm standen wie die Männer neben ihnen.

Ich hatte die Soldaten noch nie offiziell antreten sehen. Der Winter hatte auch ihren Uniformen schwer zugesetzt, aber jede war sauber und gebügelt, so gut es ging.

„Achtung!"

Colonel Brandon und Colonel Chambers tauchten am anderen Ende der aufgestellten Reihe von Männern auf und schritten sie jetzt ab bis zu der Stelle, an der ich stand, also ganz am Anfang.

Ich weiß nicht, wie ich mir einen Kommandowechsel vorgestellt hatte, aber die Zeremonie an diesem Morgen erwies sich als kaum mehr als ein Händedruck zwischen zwei Offizieren, und danach salutierte dann Colonel Brandon noch vor seiner Truppe. Auf ein Kommando hin erwiderten die Soldaten seinen Salut, indem sie ebenfalls alle gleichzeitig in einer zackigen Bewegung salutierten. Diese Männer hatten geschworen, Colonel Brandon in den Kampf zu folgen, ihm rückhaltlos zu gehorchen, wie auch immer sein Befehl lautete. Wenn es sein musste, würden sie dabei auf andere Männer schießen und sie töten. Und deshalb würden sie es vielleicht auch irgendwann mit meinen Freunden und meiner Familie zu tun bekommen.

Und sie waren jetzt alle meinetwegen hier. Nachdem Colonel Brandon das Kommando übergeben hatte, begrüßte er mich auf sehr zivile Art und Weise mit den Worten „Guten Morgen".

Er hatte mich am Vorabend darüber informiert, dass wir zu einer Postkutschenstation reiten und dann von dort aus mit der Postkutsche die Rückreise nach Iowa fortsetzen würden. Honey war offenbar genauso ungeduldig wie ich und wollte endlich aufbrechen, aber ich zupfte Colonel Brandon protestierend am Ärmel.

„Sie wissen doch, wie ich darüber denke, dass ich Nathans Pferd gestohlen habe."

Er zwirbelte seinen Schnauzbart daraufhin auf eine Weise, dass ich nicht genau wusste, ob er verärgert oder erheitert war. Als ich den irritierten, missbilligenden Blick des Gefreiten Lambert auffing, kam mir der Gedanke, dass ich in Anwesenheit seiner Männer nicht so mit dem Colonel hätte reden sollen.

„Wir haben Begleitschutz, der bis zur Kutschenstation mit uns reitet. Wenn wir die Kutsche bestiegen haben, reiten diese Männer hierher zurück und nehmen Honey und auch mein Pferd wieder mit. Mein letzter Befehl lautet, dass Honey in die Nähe der Farm Ihres Mannes gebracht und etwa eine Meile davon entfernt freigelassen wird. Von dort findet sie ja dann, so Gott will, allein nach Hause zurück.

„Ohne mich."

„Richtig."

„Was er wohl denken wird …?"

Colonel Brandon nahm meine Hand in seine beiden Hände und umgab sie mit seiner beruhigenden Wärme. „Er wird denken, dass wenigstens sein Pferd zurückgekehrt ist."

Als er das sagte, erkannte ich an seinem Blick zweierlei: Erstens, dass er für meinen Mann äußerste Verachtung empfand, und zweitens, dass er mich liebte. Es kam mir in diesem Augenblick nicht in den Sinn, ihn darauf anzusprechen – weder auf das eine noch auf das andere –, jedenfalls nicht vor seinen Männern. Ich schob beides erst einmal beiseite, denn ich wusste nicht, wie mir das dabei hätte helfen sollen, den Tagesritt zu überstehen. Ich erlaubte Colonel Brandon, mich zu meinem Pferd zu geleiten, wo bereits Gefreiter Lambert mit einem Fußschemel wartete, sodass ich aufsitzen konnte. Nachdem ich die Zügel in der Hand hielt, war ich erst einmal damit beschäftigt, meinen Rock zu ordnen. Als dann Colonel Brandon neben mir und jeweils zwei Soldaten zu Pferd vor und hinter uns waren, grub ich meine Fersen in Honeys Flanken.

Ich bin sicher, dass das Tempo der Pferde aus Rücksicht auf meinen Zustand gemäßigt blieb, und es war ein herrlicher Tag zum Reiten. Die Luft duftete nach frischem Salbei, und am frühen Nachmittag hatten wir dann die wärmende Sonne im Rücken und eine kühle Brise von vorn. Jeder Atemzug fühlte sich süß und frisch und neu an. Dennoch hielt ich Honeys Zügel mit einer Hand und behielt die andere die ganze Zeit schützend auf meinem Bauch.

Ab und zu machten wir Halt, um uns auszuruhen und auch den Pferden eine Rast zu gönnen, aber im Laufe des Tages versuchte Colonel Brandon dann doch so schnell zu sein, dass wir das Tagesziel erreichten – natürlich nur, soweit es mein Zustand erlaubte. Da jedoch niemand ein größeres Interesse daran hatte, unser Ziel zu erreichen als ich, setzte ich meine tapferste Miene auf, versicherte, dass es mir gut ginge, und ritt die letzten Meilen im Vertrauen darauf, dass mich in dieser Nacht irgendeine Art von Bett erwartete.

Die Kutschenstation war nicht mehr als ein Fleck am Horizont, als ich sie entdeckte, und als wir sie schließlich erreicht hatten, wurde sie von den abendlichen Schatten der Dämmerung geschluckt. Soweit ich es beurteilen konnte, bestand die Station aus etwa einem halben Dutzend Gebäuden – einem großen zweigeschossigen, mehreren langgestreckten flachen sowie ein paar verstreut liegenden Hütten. Das große Gebäude war hell erleuchtet, und ich spürte, wie Gott selbst mich vorantrieb.

Unser kleiner Trupp wurde von einem kunterbunt zusammengewürfelten Empfangskomitee begrüßt, das aus einem Ehepaar mittleren Alters bestand – Mr und Mrs Fennel – sowie aus einem ungeschlachten Mann namens Thomas, der ihr Sohn hätte sein können. Während wir unsere Pferde vor der Tür anhalten ließen, kamen die drei aus dem Haus und begrüßten uns an dem niedrigen baufälligen Zaun, von dem ein bescheidener Hof vor ihrem großen Haus umgeben war. Nach der Begrüßung, aus der hervorging, dass Colonel Brandon hier kein Unbekannter war, führte mich Mrs Fennel in ein sauberes Zimmer mit einem Waschtisch, einem Stuhl, und einem breiten Bett, auf dem eine leuchtend grünblaue Steppdecke ausgebreitet war.

„Also, ich serviere jetzt unten das Abendessen, aber legen Sie sich doch einfach ein wenig hin, dann bringe ich Ihnen das Essen gleich nach oben. Ein ganzer Tag zu Pferd ist für eine Frau ja ausgesprochen hart."

„Vielen Dank", sagte ich erleichtert. „Das ist sehr freundlich von Ihnen."

Als sie die Tür hinter sich geschlossen hatte, ging ich sofort zu der Waschschüssel, nachdem ich mich vor meinem Anblick im Spiegel richtig erschrocken hatte. In jeder Pore und Falte meines Gesichtes hatte sich Staub abgesetzt, und es war nicht nur braun von dem Staub, sondern auch gerötet von Sonne und Wind. Ich goss Wasser in die Waschschüssel, krempelte die Ärmel hoch und spritzte mir ein paar Hände voll Wasser ins Gesicht. Ach, welch kühle Wohltat. Nachdem ich mich kurz vergewissert hatte, dass die Tür wirklich verschlossen war, zog ich das völlig eingestaubte Kleid aus und tupfte mir mit einem Waschlappen Schultern und Arme ab. Dabei versuchte ich, nicht darauf zu achten, dass das Waschwasser sich auf der Stelle braun färbte.

Das Nachthemd fühlte sich kühl und weich an auf der Haut, und es roch süßlich nach Zeder. Inzwischen war es draußen vollständig dunkel, sodass ich es nicht ganz und gar unpassend fand, schon ins Bett zu kriechen. Die Matratze war weich und bequemer als alles, was ich seit meiner letzten Nacht zu Hause erlebt hatte. Einen Moment lang hatte ich Sorge, dass ich deshalb vielleicht einschlafen würde, bevor ich die Gelegenheit bekäme, noch etwas von dem zu essen zu bekommen, was von unten her so köstlich duftete. Doch meine Befürchtung erwies sich als unbegründet, als Mrs Fennel mit einem Tablett hereinkam, auf dem ein Teller mit dampfendem Fleisch und Gemüse stand.

„Ich fühle mich wie eine Königin."

„Aber Sie sehen ja halbtot aus, Kindchen. Sind Sie sicher, dass Sie noch genug Kraft haben, um zu essen?"

Ich nickte, setzte mich auf, und beim Anblick des Tellers, auf dem eine Mischung aus Lammfleisch, Kartoffeln und Karotten lag, die in einer sämigen Soße schwamm, lief mir das Wasser im Mund zusammen.

„Ich würde ja gern bei Ihnen bleiben und Ihnen beim Essen Gesellschaft leisten", sagte die Frau, „aber da unten ist ein ganzer Gastraum voller Männer, die mich auf Trab halten. Kommen Sie allein zurecht?"

Ich nickte erneut, dieses Mal mit so vollem Mund, dass es unschicklich gewesen wäre zu antworten. Mrs Fennel wies mich an, das Tablett einfach vor die Tür zu stellen, wenn ich fertig sei, und dann ließ sie mich mit meinem Abendessen allein. Und es dauerte auch nicht lang. Innerhalb von wenigen Augenblicken hatte ich die Mahlzeit verschlungen und spülte mit großen Schlucken frischer, kalter Milch nach. Der letzte Bissen war bereits ein Kampf gegen Sattheit und Müdigkeit, aber ich gewann ihn und fiel dann völlig erschöpft zurück in die Kissen. Es kostete mich den allerletzten Rest meiner Kraft, aufzustehen und das Tablett vor die Tür zu stellen, wo gerade auf der anderen Seite des Ganges Colonel Brandon seine Zimmertür öffnete.

„Mrs Fox."

„Colonel Brandon."

Mehr Konversation war nicht mehr möglich. Ich stellte das Tablett auf den Boden, und er verschwand in seinem Zimmer. Unverzüglich legte ich mich wieder ins Bett, und schon im nächsten Moment war ich eingeschlafen.

KAPITEL 18

Unterschiedlicher hätten zwei Reisen, die mich im Grunde dieselbe Strecke entlangführten, gar nicht sein können. Jahre zuvor hatte ich das Land zusammen mit Nathan durchquert, war eine mühselige Meile nach der anderen marschiert, wenn ich nicht auf irgendjemandes Wagen mitgefahren war. Fünf Meilen am Tag hatten wir damals geschafft – an guten Tagen –, und jede einzelne dieser Meilen war Grashalm für Grashalm an uns vorübergezogen. Wenn ich die Augen schloss, konnte ich alles noch einmal in meiner Erinnerung vor mir sehen – die erbarmungslose Sonne, den unentrinnbaren Regen, tagelang immer denselben Berggipfel am Horizont vor Augen, dem wir am Ende des Tages kein Stückchen näher waren als morgens. Nathan und ich hatten damals keinen eigenen Planwagen gehabt und deshalb immer eng umschlungen unter freiem Himmel übernachtet. Oder wir hatten uns davongeschlichen – auf die andere Seite eines Hügels –, um unser junges Eheglück zu genießen.

Das war damals unser Leben gewesen. Wir hatten ein Zuhause, das sich langsam fortbewegte. Wir sangen und kochten, Kinder spielten direkt neben den sich drehenden Planwagenrädern. Kleine Mädchen pflückten Wildblumen am Wegesrand und machten Ketten daraus, und kleine Jungen fingen Eidechsen und Schlangen. Präriehunde saßen auf ihren Hinterpfoten und schauten neugierig zu, wie wir vorbeirumpelten.

Auf der Postkutschenfahrt merkte ich jetzt jedoch kaum, dass es sich um die gleiche Reise handelte. Ich war ganz und gar unvorbereitet darauf gewesen, wie unbequem dieses Transportmittel war. Das Rasseln der Ketten, durch welche die Pferde miteinander verbunden waren, war ohrenbetäubend, und auch die Postkutsche selbst war schrecklich. Und dabei hatte Mrs Fennel sogar noch für zusätzliche Polsterung gesorgt, die mit langen Lederstreifen am eigentlichen Sitz befestigt war. Ich mochte mir gar nicht vorstellen, wie mein Körper ohne sie hin und her geschleudert worden wäre. Bei unserer ersten Abfahrt an der Postkutschenstation wurde ich fast vom Sitz gerissen und wäre um ein Haar auf den Schoß des Gefreiten Lambert geschleudert worden, der daraufhin beim nächsten Halt freiwillig anbot, vorn als Begleiter auf dem Kutschbock mitzufahren. Dadurch war ich dann mit Colonel Brandon allein, etwas, das mich bei unseren Gesprächen in Fort Bridger nie weiter gestört hatte. Aber nun, da ich um seine Gefühle für mich wusste, machte es mich nervös, und ich war sogar dankbar dafür, dass ich mich ganz darauf konzentrieren musste, angesichts des Geschaukels aufrecht auf der Sitzbank sitzen zu bleiben.

Im Laufe des ersten Tages hielten wir viermal an – nach Auskunft unseres Fahrers alle zehn Meilen. Als wir unsere fünfte und letzte Station erreichten, hatten wir etwa fünfzig Meilen zurückgelegt, und obwohl ich jeden einzelnen Knochen in meinem schmerzenden Leib spürte, staunte ich darüber, wie weit wir gekommen waren. Mit dem Planwagen hätten wir dafür eine ganze Woche gebraucht. Es hatte über vier Monate gedauert, von zu Hause in Iowa in meine neue Heimat Utah zu gelangen. Und es würde nicht einmal einen Monat dauern, wieder heimzukommen.

Ich war erleichtert, als ich erfuhr, dass wir nachts nicht fahren würden. Jede Art von Bett – selbst ein Strohballen auf steinigem Boden – war besser, als weiter auf dem Sitz hin und her geworfen zu werden. Wir machten bei der Big-Pond-Station halt, die aus einem großen Sandsteingebäude bestand, welches von mehreren kleineren Gebäuden umgeben war. Hier gab es keine Mrs Fennel mit Familie, die herumwieselten, um uns Essen zu machen und uns zu bedienen. Ja, ich war vielleicht sogar die einzige Frau dort und einmal mehr außerordentlich dankbar für Colonel Brandons Angebot, mich bis an mein Reiseziel zu begleiten. Sobald die Kutsche zum Stehen gekommen war, hatte sich der Kutscher vom Kutschbock geschwungen, um jemanden zu suchen, der ihm dabei helfen würde, die Pferde zu versorgen. Also mussten Gefreiter Lambert, Colonel Brandon und ich uns allein im Hauptgebäude zurechtfinden.

Die wuchtige Eingangstür führte in einen Raum, der höhlenartig und gemütlich zugleich war. An den Wänden entlang standen schmale, dreistöckige Etagenbetten, jedes mit einer Matratze versehen, auf der wiederum ordentlich eine Decke ausgebreitet und festgesteckt war. Vier Tische mit Bänken bildeten eine lange Tafel in der Mitte des Raumes, die sich von der Eingangstür bis zu einem gewaltigen Steinkamin am anderen Ende erstreckte, welcher fast die gesamte Wand einnahm. Im Kamin prasselte ein kleines, einladendes Feuer, davor stand eine Ansammlung von Sesseln mit Rosshaar- oder Ledersitzen.

„Möchten Sie sich setzen?" Colonel Brandon deutete mit seinem Hut auf die Sessel.

„Nein, danke", sagte ich und streckte mich. „Ich habe heute wirklich schon genug gesessen."

„Na ja, anscheinend haben sie wenigstens Abendessen für uns übrig gelassen."

Am Ende von einem der Tische standen ein großer gusseiserner Kessel und daneben ein Stapel Schüsseln sowie eine flache, mit einem Tuch abgedeckte Form. Auf ein Nicken von Colonel Brandon hin ging Gefreiter Lambert zu dem Kessel, nahm den Deckel ab und meldete: „Bohnen, Sir, und Maisbrot. Sie müssen gewusst haben, dass Soldaten kommen."

Und dann mit einem kleinen Lächeln in meine Richtung: „Entschuldigung, Ma'am."

Wie sich herausstellte, gingen von dem großen Raum noch zwei weitere ab. Einem grob gezimmerten Hinweisschild nach zu urteilen ging es links in die Küche und rechts in einen Waschraum.

Ich durfte mich als Erste waschen und war angenehm überrascht über die Einrichtung. Es gab eine Handwasserpumpe, die direkt aus dem Boden kam, und eine Reihe von Schüsseln und Wasserkrügen, die auf einem Regal aufgereiht standen, welches fast die gesamte Wand einnahm. Zu meiner Erleichterung waren zwei der Wasserkrüge bereits gefüllt, und auch jetzt wurde beim Waschen das Wasser wieder trübe vom Staub einer Tagesreise. Ich wusste, dass ich mir hier nur Gesicht, Hals und Hände waschen konnte, aber schon allein das war erfrischend. Ich öffnete die Hintertür, um mein schmutziges Waschwasser wegzuschütten, und hielt einen kurzen Augenblick inne, um hinauf in den Sternenhimmel zu schauen.

„Gute Nacht, Mädchen", sagte ich und betete, dass Gott sie beschützen möge, bis wir wieder gemeinsam hinauf zu den Sternen schauen konnten.

Als ich wieder in den Hauptraum zurückkam, saßen zwei weitere Herren an der Tafel. Colonel Brandon stellte sie mir als Ephraim Henness und Nicholas Farmer vor. Beide hatten eine hohe Stirn, graues Haar, ordentlich gestutzte Schnauzbärte und trugen gut geschnittene dunkle Anzüge. Sie waren mit der Postkutsche Richtung Westen nach Salt Lake City unterwegs. Und dann stellte Colonel Brandon mich in einem Ton, der jedem, der nicht schon viele Stunden im Gespräch mit ihm verbracht hatte, ganz normal vorgekommen wäre, als seine Frau vor.

Augenblicklich alarmiert, trat ich einen Schritt näher an Colonel Brandon heran und sagte: „Guten Abend, meine Herren."

Ich hatte schon oft zuvor solche Männer gesehen und wusste sofort, dass es Mormonen waren.

„Vielleicht könnten ja dann Sie uns das Abendessen servieren, Mrs Brandon", sagte der ältere der beiden. „Der Koch der Postkutschenstation hat uns gebeten, mit dem Essen zu warten, bis Sie eingetroffen sind. Ein wirklich ekelhafter Kerl, deshalb sind wir heilfroh, jetzt auch kultiviertere Gesellschaft zu haben."

Mein Lächeln war verkrampft. „Das Vergnügen ist ganz auf unserer Seite."

Colonel Brandon und Gefreiter Lambert gingen nacheinander in den Waschraum, um sich ebenfalls frisch zu machen, ließen mich also bewusst nicht mit den Brüdern allein, wofür ich ihnen sehr dankbar war. Die Männer plauderten über oberflächliche Themen wie das Wetter und die Reise, während ich eine Lampe nahm und in die Küche ging. Ohne erst die Erlaubnis des Kochs einzuholen, machte ich Feuer im Herd und setzte einen Kessel Wasser auf, nachdem ich auf einem der Regale eine Dose mit Tee entdeckt hatte.

Als ich an den Tisch zurückkam, füllte ich den Bohneneintopf auf die Teller, verteilte das Maisbrot und goss kaltes Wasser in die Gläser. Als alle sich gesetzt hatten, bot sich Colonel Brandon an, das Tischgebet zu sprechen, doch Bruder Ephraim hob die Hand.

„Darf ich zuvor noch fragen, ob Sie auch in der richtigen Beziehung zu unserem Herrn stehen?"

Colonel Brandon lächelte freundlich, fast nachsichtig und sagte: „Ja, Sir. Ich bin Christ."

Jetzt lag es ganz bei den Heiligen, sich von diesem Heiden im Gebet leiten zu lassen oder nicht. Auf seine Bitte hin reichten wir uns die Hände – Gefreiter Lambert zu meiner Rechten, Colonel Brandon links von mir – und senkten die Köpfe.

„Vater im Himmel", betete der Colonel, und ich fragte mich, ob er wohl Bruder Ephraims Hand genau so fest hielt wie meine, „wir danken dir für deine Bewahrung auf der

Reise und für die Gastfreundschaft derer, die uns heute Essen und eine Unterkunft für die Nacht geben. Wir bitten dich um deinen ganz besonderen Segen für sie und erbitten auch für den Rest der Reise deinen Segen und deine Barmherzigkeit und Bewahrung. Bitte lege deine heilende Hand auf Camillas Vater, dass sie ihn noch auf dieser Welt wiedersehen kann, bevor er in deine Herrlichkeit eingeht. Im Namen deines Sohnes Jesus Christus, in dem allein wir Erlösung finden. Amen."

Als ich die Augen wieder öffnete, ließ ich meine Hand noch einen Moment lang auf Colonel Brandons Arm liegen und flüsterte „Danke", während sich unsere Blicke begegneten.

„Ihr Vater ist krank?" In der Frage von Bruder Ephraim schwang echte Sorge mit.

„Ja", sagte ich und war dankbar für die Berührung, als Colonel Brandon seine Hand auf meine legte. „Ich habe ihn schon seit ... schon sehr lange nicht mehr gesehen."

„Nun", meinte Bruder Ephraim, „dann werden auch wir ihn in unsere Gebete einschließen. Nichts kann ein solcher Trost sein wie die Liebe eines Kindes."

Einen Moment lang sagte niemand etwas, während wir das aßen, was für uns übrig gelassen worden war. Wer auch immer dieser Koch sein mochte, würzen konnte er, denn die Bohnen hatten ein köstliches Aroma dank Zwiebeln, Salz und einer weiteren Zutat, die ich nicht benennen konnte, die aber äußerst schmackhaft war.

„Sind Sie noch nicht mit Kindern gesegnet?" Es war, abgesehen von ein paar nichtssagenden Bemerkungen, das Erste, was Bruder Nicholas sagte, seit wir einander vorgestellt worden waren.

Colonel Brandon und ich wechselten Blicke, und ich zögerte noch ganz kurz, bevor ich dann antwortete: „Nein." Diese Lüge war ein Hohn, und in meinem Bemühen, meine Sünde zu verbergen, schaute ich nach unten auf meinen Schoß und legte meine Hand auf meinen Bauch, als wollte ich das Kleine beschützen.

Bruder Ephraim stürzte sich geradezu gierig auf diese kleine Geste. „Vielleicht irre ich mich ja, aber könnte es sein, dass Sie einen solchen Segen gerade erleben?"

Während ich noch darüber nachdachte, was ich darauf antworten sollte, sagte Colonel Brandon, der gerade mit einem großen Messer eine Scheibe von dem Maisbrot abschnitt: „Ich fürchte, es ist ausgesprochen unhöflich, den Zustand einer Dame zum Gesprächsthema zu machen, und ich muss Sie bitten, sich zu entschuldigen."

Darauf reagierten die Brüder beide, als hätte Colonel Brandon, der meine Ehre verteidigte, sie geohrfeigt, und ich verbarg ein Lächeln hinter meiner vorgehaltenen Hand.

„Ich versichere Ihnen, dass ich nicht respektlos sein wollte", erwiderte Bruder Nicholas, „und ich entschuldige mich in aller Form bei Ihnen beiden."

„Er ist Soldat", sagte Bruder Ephraim, der mindestens zehn Jahre älter war als Bruder Nicholas und sich offenbar als den Ranghöheren der beiden betrachtete. „Vielleicht hält er es für seine Pflicht, Streit zu schüren."

Bevor er reagieren konnte, nahm ich Colonel Brandon Messer und Brot aus den Händen und setzte seine Tätigkeit fort.

„Ist das Ihr erster Aufenthalt in Salt Lake City, meine Herren?" Ich konnte gerade vermeiden, sie „Brüder" zu nennen.

„Wir werden dort leben", erklärte uns Bruder Ephraim und unterbrach damit Bruder Nicholas, der gerade zu einer Antwort angesetzt hatte. „Wir sind fünf Jahre lang als Missionare für die Kirche der Heiligen der Letzten Tage in England und Wales gewesen. Sagen Sie, ist Ihnen unser Glaube bekannt?"

„Ja, das ist er", antwortete Colonel Brandon.

Doch Gefreiter Lambert meinte im selben Moment: „Nee." Ich antwortete gar nicht.

„Nun denn, junger Mann, vielleicht möchten Sie ja in unruhigen Zeiten wie diesen das wahre Evangelium von Jesus Christus kennenlernen?"

„Nein, das möchte er nicht", sagte Colonel Brandon.

„Ich glaube, der junge Mann kann durchaus für sich selbst sprechen", entgegnete ein aufgebrachter Bruder Nicholas.

„Nein, das kann er nicht, denn er steht unter meinem Befehl."

Gefreiter Lambert schaute vom einen zum anderen und kaute dabei gründlich sein Essen.

„Ich verstehe", sagte Bruder Ephraim. „Aber mein Bruder und ich stehen nicht unter Ihrem Befehl, also können Sie uns nicht daran hindern, unseren Glauben weiterzugeben. Ach, warten Sie, daran habe ich ja gar nicht gedacht. Das ist doch genau das Gleiche, was auch Ihr Präsident vorhat, nicht wahr? Meinen Leuten ihr verfassungsmäßiges Recht vorzuenthalten, ihren Glauben auszuüben, nicht wahr? Und nach dem, was ich den Briefen meiner Kirchenführung entnommen habe, sind Sie sogar bereit, Krieg zu führen, wenn wir versuchen, diese verfassungsmäßigen Rechte auszuüben."

„Wir sind hier", entgegnete Colonel Brandon, und die freie Hand, in der er nicht seine Gabel hielt, war dabei zur Faust geballt, „um den Frieden zu erhalten. Und ..."

„Und ich hätte gerne Frieden an diesem Tisch", unterbrach ich und legte meine Hand auf seinen Arm. „Wir finden doch sicherlich ein unverfänglicheres Gesprächsthema, oder? Erzählen Sie uns doch noch etwas mehr über England, Bruder Ephraim. Wir sind noch nie dort gewesen."

Der Mormone hob überrascht eine Augenbraue, als ich ihn „Bruder" nannte, und ich merkte zu spät, dass ich diese vertrauliche Anrede verwendet hatte – etwas, das ein Heide niemals getan hätte. Sein argwöhnischer Blick wurde durchdringender, und ich fühlte mich an den Abend zurückversetzt, als der Bischof und Elder Justus wie zwei Inquisitoren von mir verlangt hatten, mich noch einmal taufen zu lassen.

„Ich habe das Gefühl, dass Ihnen unser Auftrag bekannt ist, oder?"

„Mir? Nein. Ich weiß nichts außer dem, was allgemein bekannt ist."

Bruder Ephraim beugte sich beinah raubtierhaft vor. „Und was bitte betrachten Sie als ‚allgemein bekannt‘?"

Colonel Brandon sprang auf. „Also, hören Sie mal …"

Ich erhob mich ebenfalls. „Wenn Sie mich bitte entschuldigen wollen. Ich habe noch in der Küche zu tun." Ich packte Colonel Brandon am Ärmel, zog ihn ganz nah zu mir heran und flüsterte dann direkt in sein Ohr, aber laut genug, dass alle es hören konnten: „Lass dich nicht auf einen Streit ein, Liebling, wo ich mir doch so sehr eine ruhige und friedliche Nacht wünsche."

Daraufhin setzte sich der Colonel wieder und entschuldigte sich sogar tatsächlich für seinen Ausbruch, während ich den Raum verließ. In der Küche spie der Wasserkessel bereits Dampf, der in Tröpfchen zischend auf die heiße Herdplatte fiel. Ich fand ein Handtuch, das ich als Topflappen benutzen konnte, und goss Wasser aus dem Kessel in eine Teekanne, in die ich das Teeei hängte. Dann stellte ich die Teekanne, fünf weiße Becher sowie ein kleines Schälchen mit Zucker auf das Tablett und lächelte dabei vor mich hin.

„Es tut mir leid, aber Milch konnte ich nirgends finden", meinte ich, als ich wieder in den großen Raum zurückkam. Die vier Männer saßen in mürrischem Schweigen da, und ich hatte den Verdacht, dass während meiner Abwesenheit kein einziges Wort gefallen war. „Aber ein wenig Zucker gab es. Der müsste eigentlich unsere durchgerüttelten Knochen ein wenig beruhigen."

Ich benahm mich wie eine Dame, goss erst dem Gefreiten Lambert den Becher voll und dann auch Colonel Brandon.

„Unser Glaube gestattet es uns leider nicht, uns Ihnen anzuschließen", sagte Bruder Nicholas in eher arrogantem als bedauerndem Tonfall. „Wüssten Sie besser über unsere Lehre Bescheid, wäre Ihnen das bekannt."

„Ach, das tut mir aber wirklich leid", entgegnete ich und raffte all die großäugige Ahnungslosigkeit zusammen, die ich aufbringen konnte.

„Schon gut", sagte Bruder Ephraim und am Funkeln seiner Augen erkannte ich, dass er sich nicht hatte täuschen lassen. „Bitte, genießen Sie den Tee. Es ist nicht leicht, sich selbst solche einfachen Freuden zu versagen, selbst wenn man es aus Gehorsam gegenüber Gott tut. Leider müssen viele unserer Heiligen feststellen, dass der wahre Weg der Rechtschaffenheit schwieriger ist als gedacht. Das ist teilweise auch der Grund, weshalb wir vom Missionsfeld zurückberufen worden sind. Nicht wahr, Bruder Nicholas?"

„Ja, so ist es."

Gefreiter Lambert schlürfte laut seinen Tee und erntete dafür einen verächtlichen Blick von beiden Brüdern.

„Für unsere Kirche sind das sehr schwere Zeiten, wie Colonel Brandon sicher nur zu gut weiß."

„Ich weiß nicht, ob ich da einen Zusammenhang erkennen kann", wandte Colonel Brandon ein.

„Viele schließen sich unserem Glauben an, suchen nach der Wahrheit und, so wage ich zu behaupten, finden sie auch in der Offenbarung unseres Propheten. Aber dann, wenn es darauf ankommt, Entscheidungen zu treffen …" Sein Blick suchte den meinen und hielt ihm stand, bis ich wegschaute, um Zucker in meinen Tee zu rühren. „… geraten sie in eine Glaubenskrise. Der Lohn des himmlischen Vaters ist groß, aber er hat auch seinen Preis. Den Preis des Gehorsams, und manche sind einfach nicht bereit zu gehorchen."

„Und Sie sind herberufen worden, um den Gehorsam durchzusetzen?", fragte Colonel Brandon.

Bruder Ephraim hob beschwichtigend die Hände. „Sehen Sie, wir haben ein paar Grundsätze und Pflichten, die erfüllt werden müssen. Sie möchten, dass meine Leute sich an die Gesetze der Regierung halten; ich möchte, dass meine Leute nach dem Gesetz Gottes leben. Natürlich sind die Methoden, mit denen wir jeweils die Gesetze durchsetzen, sehr unterschiedlich."

Mir gefror das Blut in den Adern, als ich mich fragte, wie unterschiedlich sie wohl tatsächlich waren. Floh ich nicht schließlich vor genau dieser Kirche? Ich versuchte, unter den wachsamen Blicken von Bruder Ephraim entspannt meinen Tee zu trinken. Aber obwohl ich die Tasse mit beiden Händen hielt, zitterte ich so sehr, das mir heiße Tröpfchen auf meine Haut fielen.

„Ist alles in Ordnung?", erkundigte sich Colonel Brandon, nahm mir die Tasse ab und bot mir sein Taschentuch an, um das Verschüttete abzuwischen.

„Vielleicht ist das der Grund, weshalb der Herr uns verbietet, heiße Getränke zu uns zu nehmen", sagte Bruder Ephraim.

Nun konnte ich nicht mehr an mich halten. „Es ist der Prophet, der das sagt, nicht der Herr."

„Ah, Mrs Brandon, wie ich feststelle, wissen Sie doch mehr über unsere Lehre, als Sie zugeben wollen."

„Es ist schon spät", ergriff jetzt Colonel Brandon das Wort und stand auf. „Und wir haben alle noch eine lange Fahrt vor uns. Ich schlage vor, wir gehen jetzt schlafen. Gefreiter?"

Sofort war Gefreiter Lambert auf den Beinen. „Ja, Sir?"

„Vielleicht können Sie und einer der Herren herausfinden, wer hier für das Haus zuständig ist und wo wir heute übernachten können."

„Das haben wir bereits getan", sagte Bruder Nicholas. „Es gibt keine anderen Schlafplätze als die, welche Sie hier im Raum sehen." Er deutete auf die Etagenbetten an den Wänden. „Die umliegenden Hütten sind nicht für Gäste gedacht, und ich für meinen Teil bin dafür auch außerordentlich dankbar. Es sind Lasterhöhlen, in denen getrunken und gespielt wird. Kein Ort für eine Dame."

Dabei lächelte er mich an, sein Mitheiliger jedoch nicht.

„Also schlafen wir hier?", erkundigte ich mich. „Wir alle?"

„Ich wage zu behaupten, dass Ihre Ehre bei uns in besten Händen ist", sagte Bruder Ephraim. „Wir sind verheiratete Männer, und unsere Frauen erwarten uns in Salt Lake City. Und Sie sind ja augenscheinlich schwer bewaffnet."

Colonel Brandon kniff misstrauisch die Augen zusammen, und ich räusperte mich, um seine Aufmerksamkeit auf mich zu lenken und ihn mit Blicken anzuflehen, das Gespräch nicht weiter fortzusetzen.

Mit der Hilfe des Gefreiten Lambert räumte ich den Tisch ab, spülte noch rasch das Geschirr und ließ es dann zum Abtropfen im Spülbecken stehen. Normalerweise fand ich es schrecklich, eine Küche in einem solchen Zustand zu hinterlassen, aber ich war inzwischen so erschöpft, dass ich nur noch an eines denken konnte: meinen Kopf an die Stelle zu legen, die Gott mir für diese Nacht zugedacht hatte, wie immer sie auch aussehen mochte, selbst wenn es sich um ein schmales Etagenbett in einer Gemeinschaftsunterkunft handelte. Als ich in den großen Hauptraum zurückkam, hatten Bruder Ephraim und Bruder Nicholas bereits ihre Betten belegt – übereinander, an der linken Wand des Raumes.

„Nun, das erinnert mich an die Schlafplätze, die unsere Brüder und Schwestern auf ihrer Überfahrt in dieses Land haben werden", kommentierte Bruder Ephraim an Bruder Nicholas gewandt.

„Gottlob dürfen wir das hier erleben", sagte Bruder Nicholas. „Ihnen allen wage ich vorauszusagen, dass Sie es noch mit Unterkünften zu tun bekommen werden, die weitaus weniger komfortabel sind als diese hier."

Obwohl ich nur widerwillig hinschaute, bemerkte ich, dass sie zwar ihre Schuhe und die Jacketts ausgezogen hatten, ansonsten aber vollständig bekleidet im Bett lagen. Sowohl Gefreiter Lambert als auch Colonel Brandon trugen ihre Uniform – einschließlich der Stiefel –, so als hätten sie nicht die Absicht, sich in nächster Zeit zur Ruhe zu begeben.

„Also dann", meinte ich und hoffte, so leise zu sprechen, dass ich mein Unbehagen vor den Männern auf der anderen Seite des Raumes verbergen konnte, „gute Nacht."

„Gute Nacht, Ma'am", entgegnete Gefreiter Lambert mit einer angedeuteten Verbeugung.

„Gute Nacht", antwortete auch Colonel Brandon und fügte noch hinzu: „Liebes", nachdem er einen Blick zu unseren Übernachtungsgenossen hinüber geworfen hatte. Und dann gab er mir – und ich wusste nicht, ob dies nur für deren misstrauische Blicke gedacht war – einen flüchtigen Kuss auf die Stirn. Ich stand da und rührte mich nicht, denn ich fürchtete, wenn ich mein Gesicht auch nur ein winziges Bisschen hob, würde sein Kuss meine Lippen treffen. Oder er würde sich ganz abwenden, und ich wusste in diesem Augenblick nicht, was von beidem ich mehr fürchtete.

Danach nahm er meine Hand und führte mich durch den Raum zu den Betten, die am weitesten von denen der Mormonen entfernt standen und am dichtesten am Feuer.

„Ich glaube, es ist am besten, wenn Sie oben schlafen", flüsterte er mir ins Ohr. „Ich bin direkt unter Ihnen."

„Sehr gut."

Meine Füße waren mittlerweile so geschwollen, dass sie fast aus den Stiefeln herausquollen. Nachdem ich mich auf dem oberen Bett eingerichtet hatte, beugte ich mich gerade vor, um sie aufzuschnüren, als ich spürte, wie sich Colonel Brandons Hand um meinen Knöchel schloss. Ohne ein Wort befreite er meine Füße und stellte meine Stiefel auf den Boden neben das untere Bett.

„Das ist nicht das erste Mal, dass Sie mir meine Schuhe stehlen", sagte ich.

„Ich möchte nur, dass Sie bleiben, wo Sie sind", entgegnete er. „Und jetzt schlafen Sie."

Ich legte mich auf die überraschend bequeme Matratze und drehte mich dann auf die Seite – mit dem Rücken an die kühle Wand. So fühlte ich mich sicherer, obwohl ein niedriges Geländer am äußeren Bettrand vermutlich dafür sorgen würde, dass ich nicht mitten in der Nacht in den Tod stürzen würde. Ich stellte fest, dass ich mich auf Augenhöhe mit Colonel Brandon befand, der sich ein paar Schritte entfernte, bevor er dann mit einer Decke zurückkam, die er von einem der unbenutzten Betten genommen hatte. Einen Moment lang dachte ich schon, er würde sie über mich breiten und mich zudecken, aber dann schien er es sich noch einmal zu überlegen und reichte sie mir nur.

„Danke", sagte ich und deckte mich damit zu.

„Schlafen Sie gut", erwiderte er.

Er wies den Gefreiten Lambert an, alle Lichter im Raum zu löschen, und bald war nur noch das langsam erlöschende Feuer im Kamin zu sehen. Ich hörte, wie Gefreiter Lambert sich anschickte, ins Bett zu gehen, und zwar in das direkt unter meinem, damit er mir, falls nötig, möglichst schnell zu Hilfe eilen könne.

Wahrscheinlich hätte ich mir jetzt Sorgen machen müssen. Aber welche Gefahr sollte mir denn schon drohen? Sicher, als unser Gespräch beendet war, konnte ich deutlich das raue Lachen hören, das aus den umliegenden Hütten drang, wo die Inhaber der Postkutschenstation und unser Kutscher auf vielerlei Weise sündigem Verhalten nachgingen, doch ich hatte nicht den Eindruck, dass sie die Absicht hatten, mich zu belästigen. Ja, ich war mir nicht einmal sicher, ob sie überhaupt wussten, dass unter den Gästen der Herberge eine Frau war – auf jeden Fall hatte sich niemand die Mühe gemacht, es mir entsprechend bequem zu machen.

Blieben also nur noch die Brüder Ephraim und Nicholas als mögliche Gefahrenquelle.

Aber die beiden Heiligen schnarchten bereits mit tiefen, hohlen Lauten, die uns alle die ganze Nacht wach zu halten drohten. In der finsteren Enge meines Etagenbettes lächelte ich. Wie hatte ich nur vergessen können, dass Colonel Brandon damals geschworen hatte, mich zu beschützen? Meine Ehre, meine Person, mein Glaube – das alles war an diesem Abend einer genauen Prüfung unterzogen worden. Er war stets zur Stelle gewesen, hatte sich bei jeder Anschuldigung, jedem Vorwurf, der mir in irgendeiner Weise hätte Schaden zufügen können, sprichwörtlich vor mich geworfen.

Ich wusste, dass Colonel Brandon vorhatte, in dem Bett ganz unten zu schlafen, und lag angespannt da und wartete auf den Augenblick, wenn auch er sich niederlegen würde. Aber ich hörte nichts, spürte nichts, und aus meinem Blickwinkel konnte ich auch nichts sehen außer dem flackernden Feuer.

Und dann war er plötzlich da. Er kam aus der Küche, schaute in meine Richtung, und ich schloss rasch die Augen in der Hoffnung, dass er in der Dunkelheit nicht bemerken würde, dass ich wach war. Ich hatte aber trotzdem noch gesehen, dass er ein Tablett mit einer Teekanne und einer Tasse darauf trug. Ich wagte es, noch einmal die Augen zu öffnen und sah, wie sich Colonel Brandon – jetzt in Hemdsärmeln – die Stiefel auszog. Er schenkte etwas von dem, was in der Kanne war – ich ging davon aus, dass es Tee war –, in die Tasse, lehnte sich dann auf einem der Sessel zurück und legte seine bestrumpften Füße auf den Tisch.

Ich wusste, dass Colonel Brandon schon beim leisesten Flüstern bei mir sein würde. Ich wollte ihn herrufen und mich bei ihm dafür bedanken, dass er mich und mein ungeborenes Kind so beschützte, aber ich tat es nicht, sondern lag völlig reglos da, versuchte, mich nicht zu bewegen, um nicht seine Aufmerksamkeit zu erregen, denn von der Stelle aus, wo er saß, konnte er mich sehen.

Als sein Kopf einen Moment später nach vorn sackte, wusste ich, dass er nicht eingenickt war, sondern betete. Ich schloss die Augen, denn ich hatte die Gewissheit, dass er die ganze Nacht dort sitzen bleiben würde, um mich zu betrachten, zu beschützen und für mich zu beten. Und ich wünschte mir von ganzem Herzen, frei zu sein, um seine Liebe zu erwidern.

KAPITEL 19

Fünfzehn Tage. Nie hätte ich gedacht, dass ich Morgen für Morgen dankbar sein würde, weil der Himmel klar war und es weiterhin trocken blieb. Aber schon seit fünfzehn Tagen sorgte Gott jetzt dafür, dass die Straße gut passierbar war – was einem Wunder gleichkam. Durch das einzige kleine Fensterchen in der Kutsche sah ich das Land an mir vorüberziehen. Berge und Flüsse und endlose Grasflächen. Hin und wieder regnete es zwar auch, aber immer nur gerade so viel, dass es eine willkommene Erfrischung war. Auch die Sonne schien immer nur so stark, dass sie uns wärmte, und nachts war es gerade so kühl, dass ich mich schützend um mein ungeborenes Kind herum zusammenrollte und dann in einen wohlverdienten Schlaf glitt.

Manchmal hatten wir eine Postkutsche ganz für uns allein, aber wir reisten auch gemeinsam mit unzähligen interessanten Menschen – viele von ihnen Geschäftsleute, die hofften, davon zu profitieren, dass sich die Siedlungsgrenze immer weiter nach Westen verschob und immer besser zu erreichen war. Colonel Brandon und ich mussten jedoch den Rest der Reise nie wieder so tun, als wären wir verheiratet. Und keiner von uns erwähnte den besagten Abend jemals wieder. Wenn wir uns nicht mit Mitreisenden unterhielten, sprachen wir drei nur über unser Wohlergehen und darüber, wie wir in der Nacht zuvor geschlafen hatten. Gefreiter Lambert, der immer in der Nähe war, verwandelte sich in eine Mischung aus

Beschützer und Kammerdiener, und als wir uns der Grenze von Nebraska näherten, begann ich langsam, mich zu fragen, wie ich jemals wieder ohne ihn zurechtkommen sollte.

Weder Colonel Brandon noch ich hatten bisher darüber gesprochen, wie es eigentlich weitergehen sollte, wenn ich wohlbehalten bei meinen Eltern angekommen war. Vielleicht war ja auch das der Grund, weshalb er so darauf bedacht war, immer auf Distanz zu bleiben.

Wir legten auch weiterhin regelmäßig Pausen ein, um uns auszuruhen oder die Pferde zu wechseln, und als wir weiter nach Osten kamen, erkundigte sich Colonel Brandon an jeder Postkutschenstation, ob eine Nachricht für ihn da sei. Meist war ein Umschlag mit amtlichem Siegel bei dem jeweiligen Leiter der Poststation hinterlegt worden, und mit jeder Nachricht, die Colonel Brandon erhielt, wurde seine Miene ernster.

Weil wir auf einer anderen Route unterwegs waren als die, auf der ich damals mit dem Treck nach Westen gereist war, verging ein Tag nach dem anderen, ohne dass ich genau wusste, wo wir eigentlich waren und wie weit es noch war. Und dann kam der Nachmittag, an dem ich während einer kurzen Rast erfuhr, dass wir die Nacht in Fort Kearny verbringen würden. Bis dahin hatte Brandon mir immer nur gesagt, wir seien in Nebraska. Und in Nebraska. Und immer noch in Nebraska. Aber Fort Kearny war mir ein Begriff. Es lag am Platte River, genau an dem Fluss also, in dem ich nur wenige Tage, nachdem ich von zu Hause fortgelaufen war, in die Kirche der Mormonen hineingetauft worden war, kurz bevor Nathan Fox und ich getraut wurden. Wenn ich mich recht erinnerte, war das nach genau vier Tagen gewesen. Vielleicht auch fünf. So weit entfernt von meinem Mann und so nah bei meinen Eltern war ich, ohne zu wissen, ob man mich hier oder dort jemals wieder aufnehmen würde.

Als Nathan und ich heirateten, war eine Decke auf dem Boden unser einziges Zuhause gewesen. In den Monaten, seit ich nicht mehr bei ihm war, hatte ich festgestellt, dass ich eigentlich immer noch nicht viel mehr brauchte, und an manchen unserer Raststätten auf der Reise hatte ich noch nicht einmal eine Decke gehabt.

Die Unterkünfte in Fort Kearny waren jedoch komfortabler als alles, was wir bisher erlebt hatten. Jedenfalls war diese Niederlassung weit mehr als nur eine Postkutschenstation. Die Abenddämmerung hatte gerade erst eingesetzt, als wir durch ein Tor in den befestigten Palisaden ins Fort hineinfuhren. Kurz darauf kamen die Pferde vor einem beeindruckenden zweigeschossigen, weißen Gebäude mit Fenstergiebeln und einer breiten Veranda, die um das gesamte Gebäude herumlief, polternd zum Stehen. Dieses Mal begrüßte uns nicht wie bisher ein einsamer, grauhaariger, bärbeißiger Stationsleiter, wie wir sie schon so oft erlebt hatten, sondern dort stand ein Mann in einer gut sitzenden Uniform und salutierte. Auch Colonel Brandon salutierte, bevor er mir die Hand reichte, um mir beim Aussteigen behilflich zu sein.

In dem Augenblick jedoch, als ich festen Boden unter den Füßen hatte, stand ich nicht länger im Mittelpunkt von Colonel Brandons Interesse, sondern wurde an Mrs Hilliard weitergereicht. Diese hielt mir denselben mitleidsvollen Vortrag, wie dies bereits zuvor Mrs Fennel und ein paar andere Damen getan hatten, bevor sie mich in ihr jeweiliges Haus geleitet hatten.

Und was für ein Haus das bei dieser Rast war!

Seit meinem letzten Besuch bei Rachel und Tillman hatte ich nicht mehr eine solche Eleganz und solchen Luxus zu Gesicht bekommen. Tapeten aus Samt und Seide an den Wänden, ein Teppich mit Blumenmuster auf dem Boden und mahagoni-vertäfelte Wände.

„Gute Güte, Sie sehen aber wirklich furchtbar aus", rief Mrs Hilliard, die sich nicht die Mühe machte, taktvoll zu sein. „Hier ist Ihr Zimmer …" Sie öffnete die erste Tür auf der linken Seite des Ganges im Obergeschoss. „Hier am Haken hängt ein Morgenmantel. Ziehen Sie erst einmal Ihre Sachen aus. Diese Tür da führt zur Hintertreppe, dort habe ich ein Bad für Sie vorbereitet. Ich wette, es ist ewig her, dass Sie Gelegenheit hatten, ein Bad zu nehmen."

Das stimmte zwar, aber meine Bedenken gegen diesen Plan schienen sehr offensichtlich zu sein, denn sie fügte sofort hinzu: „Keine Sorge, von den Männern bleibt keiner hier im Haus. Die Kutscher haben eine andere Unterkunft und auch der Offizier wohnt woanders."

„Und Gefreiter Lambert?"

„Schläft in der Barracke. Heute Nacht sind wir Frauen hier ganz unter uns."

Die Wanne stand in einer Waschküche hinter der Küche, und ich war begeistert, als ich erfuhr, dass auch mein Kleid eine längst überfällige Wäsche erhalten würde. Erst viel später, als ich ein sauberes Baumwollnachthemd trug und mich in saubere Leinenbettwäsche kuschelte, kam mir die Frage in den Sinn, was ich eigentlich am nächsten Tag anziehen sollte.

Doch darüber hätte ich mir keine Sorgen zu machen brauchen, denn als ich am nächsten Morgen aufwachte, strömte Sonnenlicht in mein Zimmer – der erste Morgen seit dem Beginn der Reise, an dem ich nicht meinen Kopf zum Kutschenfenster hinausstrecken musste, um den Sonnenaufgang zu sehen. Erschrocken sprang ich aus dem Bett, zog den Morgenmantel an und riss die Zimmertür auf, nur um dort auf eine völlig verdutzte Mrs Hilliard zu treffen, die – mit einer perfekt sitzenden Spitzenhaube bekleidet – einen abgedeckten Teller auf einem Tablett trug.

„Also, ich hatte ja schon damit gerechnet, dass Sie Hunger haben würden, aber das hier hatte ich offen gesagt nicht erwartet."

„Sind die Männer ohne mich weitergefahren?", erkundige ich mich atemlos, obwohl diese Frage natürlich lächerlich war.

Sie reagierte darauf mit einem mütterlich-nachsichtigen Lächeln. „Aber natürlich nicht, meine Liebe. Ihr Colonel

Brandon hat etwas mit dem Kommandeur hier zu besprechen – streng geheim natürlich –, aber es hat etwas mit dem neuen Einsatzbefehl zu tun." Bei den letzten Worten beugte sie sich über das Tablett zu mir herüber und zwinkerte mir verschwörerisch zu. „Er hofft, dass er einen Einsatzbefehl bekommt, bei dem er ein wenig näher an zu Hause stationiert ist, nicht wahr?"

„Ach so", sagte ich und begriff das Missverständnis. „Colonel Brandon und ich sind nicht verheiratet. Ich habe einen Mann. Er ist sogar …"

„Ist ja schon gut, Kindchen" – sie stupste mich ein wenig mit dem Tablett an –, „es gibt solche, die so etwas verurteilen, und dann gibt es solche wie mich. Und ein Mann ist schließlich einsam, wenn er so weit draußen stationiert ist. Sorgen Sie nur dafür, dass er Sie anständig versorgt. Ich weiß ziemlich genau, wie viel Geld er verdient, und es reicht aus, um Sie beide irgendwo an einem netten Ort unterzubringen."

Mit „Sie beide" meinte sie zweifellos mich und das Baby. Als sie meine überraschte Miene sah, tätschelte sie meinen Arm. „Machen Sie sich keine Sorgen. Ich bin sicher, dass von den Männern keiner etwas bemerkt hat, aber vor einer Frau, die so viele Kinder geboren hat wie ich, können Sie Ihren Zustand nicht verbergen."

„Colonel Brandon ist nicht der Vater dieses Kindes."

„Ach wirklich?" Sie sah irritiert aus, schien aber nicht überzeugt.

„Wirklich", beharrte ich und hoffte, dass der Nachdruck, mit dem ich das sagte, Colonel Brandons Ruf wiederherstellen würde. „Ich bin sehr dankbar für Ihre Gastfreundschaft, aber ich wäre auch dankbar, wenn Sie respektieren würden, dass das meine Privatsache ist."

Wenn sie deshalb beleidigt war, ließ sie es sich jedenfalls nicht anmerken, sondern zwinkerte mir stattdessen noch einmal anzüglich zu und sagte: „Wie Sie wünschen, Mylady", bevor sie zur Tür hinausstolzierte.

Ich wusste, dass ich ihr eigentlich hätte nachgehen und die Wahrheit eindringlich vermitteln müssen, aber in diesem Augenblick war ich einfach nur dankbar für das herzhafte Frühstück und das weiche Bett, in das ich wieder hineinschlüpfen konnte. Ja, den größten Teil dieses Tages verschlief ich dann auch einfach, nur unterbrochen von der liebevollen Fürsorge, die mir Mrs Hilliard mit wissenden Blicken angedeihen ließ. Beim Abendessen teilte sie mir mit, dass ich mich um 7:00 Uhr am Morgen im Speisesaal einfinden solle, und als ich am nächsten Tag aufwachte, fand ich mein Kleid und meine Unterwäsche – alles sauber gewaschen, gestärkt und gebügelt – am Fußende meines Bettes vor. Ich hatte nicht einmal bemerkt, wie sie die Sachen gebracht hatte.

Als ich im Speisesaal erschien, wartete Colonel Brandon dort bereits an dem langen Eichentisch auf mich. Obwohl an dem Tisch mindestens ein Dutzend Leute Platz gehabt hätte, war er nur für zwei Personen gedeckt, und zu Colonel Brandons Linken stand ein benutzter, leerer Teller. Der Colonel erhob sich, als ich den Raum betrat, und zwar mit derselben Förmlichkeit, die er während unserer gesamten Reise an den Tag gelegt hatte.

„Guten Morgen, Mrs Fox."

„Guten Morgen, Colonel Brandon."

„Ich hoffe, Sie haben gut geschlafen."

„Ich habe den ganzen Tag durchgeschlafen", sagte ich ein wenig verlegen. „Ich hatte schon Angst, Sie wären ohne mich weitergefahren."

„Aber Sie sind doch der Grund, weshalb ich überhaupt hier bin", entgegnete er und hatte offenbar nicht verstanden, dass ich meine Worte als Scherz gemeint hatte.

„Und wie aufregend, dass wir jetzt schon so nah am Ziel sind. Noch drei Tage, oder?"

„Zum Missouri, ja. Ich weiß aber nicht so genau, wie weit es ist, wenn wir den Fluss überquert haben. Ich werde versuchen, noch eine Karte aufzutreiben, bevor Sie aufbrechen."

„Bevor *ich* aufbreche?"

Mrs Hilliard kam mit einem riesigen Tablett voller Eier und Speck durch die Schwingtür herein, und weder Colonel Brandon noch ich redeten weiter, bis sie uns bedient hatte und dann langsam und offensichtlich lauschend wieder den Raum verließ.

„Ich werde Sie leider von hier aus nicht weiter begleiten können", fuhr der Colonel schließlich fort und zerschnitt die Eier auf seinem Teller, sodass in dessen Mitte eine glitschige Masse aus Eiweiß und Eigelb entstand.

„Aber warum denn nicht?"

„Weil ich hier gebraucht werde."

„Hier?" Nach allem, was ich bei einem Blick aus dem Fenster gesehen hatte, kam es mir so vor, als sei Fort Kearny eine gut eingespielte und funktionierende Einheit. Ich konnte mir nichts und niemanden vorstellen, der den Colonel dringender gebraucht hätte als ich.

„Vielleicht überrascht es Sie ja, Mrs Fox, aber es gibt auf der Welt noch dringlichere Angelegenheiten als die Ihren. Wir befinden uns immer noch im Kriegszustand mit Utah, und wahrscheinlich steht uns auch noch ein weiterer Krieg bevor. Brigham Young hat damit gedroht, uns im Westen in ein Gefecht zu verwickeln, aber auch die Beziehungen zwischen den Nordstaaten und denen im Süden erfordern unsere besondere Aufmerksamkeit, und ich versichere Ihnen, dass dabei sehr viel mehr auf dem Spiel steht."

Ich war tief bestürzt über diese Aussage und stocherte danach nur noch in meinem Essen herum.

„Ich muss also von hier aus allein mit der Kutsche weiterfahren?" Ich versuchte, nicht allzu vorwurfsvoll zu klingen, aber das gelang mir offenbar nicht, denn Colonel Brandon konnte mir nicht in die Augen sehen.

„Ich übergebe Sie der Obhut des Gefreiten Lambert, oder wenn es Ihnen lieber ist, kann ich auch versuchen, eine Frau als Begleitung und Anstandsdame für Sie zu finden."

„Nein." Vielleicht kam meine Antwort ein wenig überhastet, weil ich an die Andeutungen denken musste, die Mrs Hilliard gemacht hatte, denn Colonel Brandon schien bestürzt. „Ich fühle mich ausgesprochen wohl mit dem Gefreiten Lambert als Reisebegleiter. Er ist ein sehr tüchtiger Gentleman. Mit ihm zu reisen ist, als wäre man mit seinem Bruder unterwegs."

„Einem kleinen Bruder."

„Ja, aber einem sehr tüchtigen."

Wir teilten diese Zuneigung für den Gefreiten Lambert, und daher stellte sich wieder einvernehmliches Schweigen zwischen uns ein. Mrs Hilliard kam und ging, brachte Tee und Milch und Brötchen und hatte keine Ahnung, dass für mich alles gleich und wie Staub schmeckte. Wäre ich in einer anderen Verfassung gewesen, hätte mir vielleicht alles köstlich geschmeckt, und wenn die Menge, die Colonel Brandon vertilgte, ein Zeichen für die Qualität des Essens war, dann musste es wirklich köstlich sein. Ich jedoch zwang Bissen um Bissen hinab und schmeckte absolut nichts.

Nach dem Frühstück ging ich in mein Zimmer, um mich fertig zu machen, und als ich wieder nach unten kam, wartete Colonel Brandon bereits, um mich nach draußen zu begleiten. Mein gesamtes Gepäck bestand weiterhin nur aus meiner kleinen Tasche. Colonel Brandon nahm mir diese ab und gab sie einem Jungen mit blauer Mütze, der daraufhin ungeübt salutierte, dessen Salut aber von Colonel Brandon mit großem Ernst erwidert wurde.

„Er ist ungefähr so alt wie Ihr Sohn, nicht wahr?", sagte ich und ergriff den Arm, den Colonel Brandon mir angeboten hatte.

„Ja", antwortete er und ging hinaus auf die Veranda vor dem Haus.

Statt der großen, rumpelnden Postkutsche, in der wir die letzten 1.300 Kilometer zurückgelegt hatten, wartete jetzt eine gefederte, glänzende schwarze Kutsche auf uns, vor die sechs Pferden gespannt waren.

„Die Fahrt wird jetzt sehr viel ruhiger sein", merkte er an und deutete auf die Kutschenfederung und den breiteren Achsenstand.

„Aber ist diese Kutsche auch genauso schnell?"

„Heute in vier Tagen werden Sie mit der Fähre den Missouri überqueren. Und dann ist es noch etwa eine halbe Tagesreise bis zu Ihnen nach Hause."

„Bis Kanesville?"

„Ja, bis Kanesville."

„Dann sogar noch eher. Meine Eltern wohnen nämlich zehn Meilen nördlich der Stadt."

„Ja, vielleicht sind Sie dann sogar schon zum Mittagessen dort."

„Wenn Papa zum Essen aufsteht, sieht er mich vielleicht kommen. Wenn er überhaupt noch am Leben ist."

„Jetzt machen Sie sich mal nicht verrückt!" Mit seiner freien Hand berührte Colonel Brandon mein Kinn und drehte mein Gesicht so zu sich hin, dass ich ihn ansehen musste. „Sie sind doch nicht den ganzen weiten Weg gereist, um jetzt solche Zweifel zuzulassen. Sie werden nach Hause fahren und dort mit offenen Armen empfangen werden. Ich würde alles darum geben, dabei zu sein."

„Aber die Pflicht ruft?"

„Ja, in der Tat." Seiner Miene konnte ich nicht entnehmen, ob es dabei wirklich nur um reine Pflichterfüllung ging oder ob auch Erleichterung mitschwang, der ganzen Situation zu entkommen.

Ich drehte mein Gesicht zur Seite und entzog mich dadurch seiner Berührung. Stattdessen starrte ich auf das Pferdegespann, das geduldig in der Morgenkühle stand und wartete.

„Dann muss ich Ihnen danken, dass Sie mich bis hierher begleitet haben – einen so weiten Weg. Ich werde ewig" – ich wandte mich ihm zu –, „wirklich ewig dankbar sein, dass Gott mich zu Ihnen geführt hat." Das hatte ich eigentlich als Letztes zum Abschied sagen wollen, und deshalb versuchte ich jetzt auch, ihm meine Hand zu entziehen, aber er hielt sie fest und bedeckte sie mit der seinen.

„Dann danken wir Gott für dasselbe."

„Ach, Colonel Brandon …"

„Bitte, können Sie mich nicht ‚Charles' nennen?"

„Nein", entgegnete ich und spürte, wie mir sein Blick in diesem Moment das Herz brach.

Vor dem Haus herrschte geschäftiges Treiben, als Gefreiter Lambert mit einem Mann herbeikam, von dem ich annahm, dass er unser Kutscher war – ebenfalls ein Soldat, aber er sah noch jünger aus. Trotzdem zog mich Colonel Brandon noch näher an sich heran und neigte seinen Kopf zu mir herunter.

„Sie wissen sicher, was ich für Sie empfinde", sagte er und stellte damit ganz schlicht eine Tatsache fest.

Ich stellte in meiner Antwort eine andere Tatsache dagegen. „Ich bin eine verheiratete Frau, Colonel."

„Aber wie lange noch?"

„In den Augen meines Mannes ewig. In den Augen des Gesetzes bis ich etwas anderes beschließe. In den Augen Gottes jetzt, heute, und das ist alles, was ich in der Hand habe."

Er trat einen Schritt zurück. „Vergeben Sie mir. Es muss Ihnen so vorkommen, als wollte ich wie ein Geier über Sie herfallen."

„Nein, ganz und gar nicht", antwortete ich, streckte die Hand aus und zupfte an seinem Ärmel. „Manchmal wünschte ich, es wäre anders. Dass wir … dass ich …" Aber ich unterbrach mich selbst, genauso, wie ich schon oft zuvor diesen Gedanken unterbrochen und weggeschoben hatte. Etwas anderes zu wünschen bedeutete nämlich, die Segnungen zu leugnen, die Gott mir bis jetzt hatte zukommen lassen – meine Töchter und das Kind, das ich erwartete. So freundlich und fürsorglich Colonel Brandon auch war, ich verspürte nicht das kleinste Bisschen der Erregung, die ich empfunden hatte, als ich Nathan Fox zum ersten Mal oder auch zum letzten Mal – gesehen hatte, und ich würde mir niemals erlauben, mich zu fragen, ob ich wohl solche Gedanken und Empfindungen bei ihm weckte.

„Darf ich Ihnen dann schreiben?", erkundigte er sich. „Solange Sie bei Ihren Eltern sind?"

„Aber natürlich."

„Und werden Sie mir auch antworten? Ich würde gern erfahren … was mit dem Baby ist."

„Das werde ich." Ja, ich freute mich sogar schon auf seinen ersten Brief.

„Also gut." Vom einen Augenblick auf den anderen war er wieder ganz der Offizier, der strammstand und dessen Haltung in keiner Weise darauf hinwies, dass er etwas anderes im Sinn hatte als Kriegshandwerk und Strategien. Nur sein Blick verriet, dass er einen weichen Kern hatte, und vielleicht war ich der einzige Mensch auf der Welt, der um diese Verletzlichkeit wusste. Er nahm ein letztes Mal meine Hand, zog sie an seine Lippen, küsste erst den Handrücken und drehte sie dann um, um die Handfläche zu küssen. Sein Schnurrbart kitzelte, und die Intimität dieser Geste weckte den Wunsch in mir, zurückzuzucken, aber ich tat es nicht. Stattdessen blieb ich wie angewurzelt stehen, schloss die Augen und konzentrierte mich ganz auf die Stelle, an der wir uns berührten. Ich wartete darauf – hoffte eigentlich sogar eher –, dass mein Puls zu rasen beginnen würde, aber ich spürte nichts als Sicherheit und Beruhigung, selbst angesichts der Tatsache, dass ich allein weiterreisen würde.

KAPITEL 20

Das letzte Mal, als ich den Fluss überquert hatte, war das auf einem schmalen Floß aus lose miteinander verbundenen Baumstämmen geschehen, das von einem Fremden gelenkt wurde, während ich fest umschlungen mit Nathan darauf gestanden hatte. Das Echo der Stimme meines Vaters – die meinen Namen in die Dunkelheit rief – klang mir noch immer in den Ohren. Als ich den Fluss jetzt wieder überquerte, stand ich auf einem vierzig Quadratmeter großen Frachtkahn neben einer schicken Pferdekutsche, begleitet – nein, bewacht – von einem jungen Soldaten der Armee der Vereinigten Staaten. Ich winde mich heute noch innerlich, wenn ich an das Mädchen denke, das ich damals gewesen war – leichtsinnig und unbesonnen –, wie es sein Zuhause und seine Familie verließ, ohne Aussicht auf eine Zukunft außer dem, was sie glauben wollte. Jetzt, Jahre später, führten mich genau diese Wesenszüge wieder zurück nach Hause. Meine Unschuld mochte ich zwar verloren haben, aber mein Glaube war stärker denn je. Gott selbst war bei jedem Schritt bei mir gewesen, gleichgültig, in welche Richtung ich gegangen war.

Ich beobachtete, wie sich das Ostufer des Missouri mit einer schier qualvollen Langsamkeit näherte. Mehr als nur einmal packte mich Gefreiter Lambert am Arm, weil ich mich weit vorbeugte in dem unbewussten Versuch, den Kahn zu beschleunigen.

„Wir haben Glück, dass wir eine so frühe Überfahrt erwischt haben", meinte ich, als der Gefreite mich erneut festhielt, damit ich nicht das Gleichgewicht verlor.

„Ja, Ma'am", entgegnete er. Inzwischen hatte er die Hände wieder hinter dem Rücken verschränkt und wippte auf den Fersen auf und ab.

„Dann ist es nur noch eine kurze Fahrt am Ufer entlang."

„Laut Karte sieht es nach ungefähr vier Stunden aus."

„Und dann bin ich zu Hause."

„Ja, Ma'am, das sind Sie."

Und am Ende war es dann auch genauso einfach. Man stelle sich vor: Nach acht Jahren Liebe und Verlust, acht Jahren Kummer und Hoffnung kam mir das Ende meiner Reise nur wie ein Sonntagsausflug vor.

Als wir am Ostufer von Bord des Frachtkahns gingen, war die Sonne vollständig aufgegangen, und es versprach, ein warmer Tag zu werden. Der Soldat, der als unser Kutscher abgestellt worden war, hatte den Befehl erhalten, am anderen Ufer zu warten, sodass nur Gefreiter Lambert und ich in der Kutsche waren, deren schwarzes Lederverdeck heruntergeklappt war.

„Es sieht hier alles so vertraut aus", sagte ich, obwohl das wohl eher Wunschdenken war. Als Kind war ich nicht viel herumgekommen, und jede Landschaft verändert sich natürlich im Laufe von fast einem Jahrzehnt. Wie konnte einem nach so langer Abwesenheit eine Baumgruppe bekannter vorkommen als eine andere? Trotzdem saß ich während der Fahrt vorgebeugt auf meinem Sitz und wartete darauf, dass irgendeine Erinnerung sich mit etwas deckte, das ich dort jetzt mit eigenen Augen jetzt sah.

Und dann, kurz nachdem die Sonne ihren höchsten Stand erreicht hatte, tauchte plötzlich eine Straße auf.

„Halt!"

Gefreiter Lambert brachte die Pferde zum Stehen. „Biegen wir hier ab, Ma'am?"

Ich stand auf und legte meine Hand auf seine knochige Schulter, um das Gleichgewicht nicht zu verlieren. „Nein. Sehen Sie diese Straße dort rechts? Sie führt in die Stadt."

„Dann also nach links, Ma'am?"

Ich schüttelte den Kopf. „Nein, geradeaus. Folgen Sie einfach dem Weg, dann müssten wir eigentlich direkt auf die Farm meines Vaters zufahren."

Als ich mich wieder gesetzt hatte, schnatzte Gefreiter Lambert mit den Zügeln. Ich konnte jedoch den weiteren Weg nicht sehen, weil ich mit geschlossenen Augen betete.

Ach, Vater, ich danke dir für diese Reise. Für deine leitende Hand und deine Vergebung für meinen Ungehorsam. Was auch immer jetzt geschieht – sollte mein Vater bereit sein, mich aufzunehmen –, ist bereits ein Teil deines Plans. Möge er mir gnädig sein, oh Herr. Schenke mir ein demütiges Herz und die richtigen Worte. Bitte stelle unsere Beziehung wieder her, genau wie …

„Ist es das hier, Ma'am?"

Ich hielt die Augen weiterhin geschlossen, weil ich wusste, was ich gern sehen würde, wenn ich sie öffnete. Einen niedrigen Steinwall, der sich zu beiden Seiten des schmalen Tores erstreckte, und dahinter einen Hof und einen Steinpfad, der zur Eingangstür eines kleinen Hauses mit weit geneigtem Dach führte.

„Ma'am?"

Und da war es. Alles war genauso wie früher. Das Haus kam mir ein wenig verwitterter vor, aber der Steinwall war zehnmal so lang wie damals, als ich fortgegangen war. Da waren die Ställe und die Scheune, und ein paar Stück Vieh grasten auf der Weide hinter dem Hof.

Tränen schossen mir in die Augen, und mein Atem ging stoßweise.

„Ich weiß nicht, ob ich den Wagen hier durch das Tor bekomme. Gibt es noch eine andere …?"

„Ich würde lieber zu Fuß gehen", sagte ich und musste mich beherrschen, um nicht die Fassung zu verlieren.

„Einen Moment bitte." Wie der Blitz war Gefreiter Lambert vom Wagen gesprungen und ging um ihn herum. Dann reichte er mir die Hand, damit ich aussteigen konnte, obwohl ich mich noch gar nicht wieder so weit gefangen hatte, dass ich überhaupt aufstehen konnte. „Sind Sie wirklich bereit?"

Ich schaute in sein liebes Gesicht hinab – er war so ein guter und ehrlicher Junge. Und dann wurde mir klar, dass er nur drei Jahre jünger war als ich und im selben Alter wie Nathan bei unserem Kennenlernen, als ich eingewilligt hatte, seine Frau zu werden. Wieso hatte ich damals nicht gewusst, dass es Männer wie Lambert oder Brandon auf der Welt gab?

„Ich bin bereit."

Er nahm meine Hand, und auf eine unbeholfene Art, die wir irgendwie perfektioniert hatten, half er mir aus der Kutsche. Ich stand jetzt neben dem Gefährt, strich mir das Kleid glatt und richtete meine Haube, während er meine Tasche holte.

„Soll ich Sie noch zur Tür begleiten, Ma'am?"

„Nein, das ist nicht nötig", antwortete ich. Dann hatte ich meinen Eltern nämlich eine Sache weniger zu erklären.

„Wie Sie wünschen, aber ich bleibe noch hier stehen, bis Sie sicher im Haus sind."

„Gut." Bevor er sich abwenden konnte, nahm ich sein weiches, rasiertes Gesicht in beide Hände und zog es zu mir herunter. Nachdem ich ihm einen Kuss auf eine Wange gegeben hatte, war sein Gesicht feuerrot. „Sie sind ein feiner Mann, Gefreiter Lambert."

„Und Sie sind … na ja, also die mutigste Frau, die ich kenne."

Lächelnd nahm ich meine Tasche und schritt durch das Tor zur Farm meines Vaters. Ich war noch keine zehn Schritte gegangen, als die Haustür geöffnet wurde, und da stand sie.

Meine Mutter.

Sie war kleiner, als ich sie in Erinnerung hatte, und zwar nicht nur wegen der Entfernung zwischen uns oder den paar

Zentimetern, die ich seit damals noch gewachsen war, sondern sie schien insgesamt *weniger* geworden zu sein. Sie schirmte mit der Hand die Augen vor dem blendenden Licht ab und sah zutiefst müde aus, so als wäre sie nach einer schlaflosen Nacht im Morgengrauen aus dem Haus gerufen worden und nicht mitten an einem sonnigen Frühlingsnachmittag. Ein Schatten lag unter ihrer Haut, und ihr Haar war von einem gelblich blassen Grau. Sie sah aus, als hätte sie für jeden Tag, den ich weg gewesen war, zehn Jahre gelebt, aber jede einzelne Minute dieser langen Zeit löste sich auf, als sich unsere Blicke trafen.

Ich weiß nicht mehr, wer von uns beiden zuerst anfing zu rennen oder wer zuerst den Namen der anderen rief oder wann die Tasche, die ich durchs ganze Land geschleppt hatte, vergessen auf dem Steinweg liegen blieb. Sie schlang ihre Arme um mich, und ich konnte mich weder daran erinnern, dass wir beide uns jemals so umarmt hatten, noch konnte ich mir vorstellen, welche Macht mich jemals dieser Liebe hatte entreißen können.

Das Gesicht an der Schulter der jeweils anderen vergraben, weinten wir, sodass wir mit unseren Tränen gegenseitig unsere Kragen nässten. Als wir uns wieder voneinander lösten, um einander in die Augen zu sehen, blieben wir nur einen ganz kurzen Augenblick getrennt, bevor wir uns in einer neuerlichen Umarmung wieder aneinander klammerten.

Irgendwann wurde mir dann bewusst, dass sie unablässig dieselben Worte sagte: „Du bist wieder zu Hause ... du bist wieder da ... du bist zu Hause ..."

Und ich erwiderte nichts, sondern akzeptierte einfach nur die feine Veränderung in der Machtverteilung, bei der ich zur Trösterin wurde, denn meine Mutter hatte sich einfach an mich gelehnt, und mein Körper trug jetzt nicht nur mein Kind, sondern hielt auch noch meine Mutter. Nie zuvor hatte ich mich so vollständig gefühlt, aber es fehlte trotzdem noch etwas.

„Papa?" Ich hatte keine Ahnung, wie ich diese Frage anders hätte formulieren sollen.

Mama nahm mich bei der Hand, und als sie dabei meine fehlenden Finger bemerkte, hielt sie erschrocken die Luft an, trat dann einen Schritt zurück und erkannte mit den wissenden Augen einer Mutter meine Schwangerschaft. „Es gibt so viel ... einfach so viel ... das ich dir erzählen ... und dich fragen muss. Ich weiß gar nicht, wo ich anfangen soll."

„Fang mit Papa an", drängte ich sie.

Ich spürte, dass sie gerade das nicht wollte. Da war er wieder, dieser Schatten, und sie sah plötzlich so aus, als wolle sie fliehen.

„Bitte, Mama. Ich muss euch so viel sagen – euch beiden."

Sie wischte sich die Tränen ab und nahm mich bei der Hand. „Komm mit ins Haus."

Nichts hatte sich verändert. Derselbe Tisch stand noch da, dieselben drei Stühle, dieselbe Leiter, die in mein altes Zimmer auf dem Dachboden führte. Es war beinahe, als käme ich nur aus der Schule nach Hause, und wäre nicht auf der Flucht aus einem anderen Leben. Die Leinenvorhänge waren vielleicht ein bisschen verblichener und der Teppich ein bisschen abgetretener, aber die Nachmittagssonne strahlte noch genauso auf die schwebenden Staubteilchen wie in meiner Kindheit.

„Warte hier", sagte Mama.

Instinktiv gehorchte ich, obwohl ich auch Gewissensbisse wegen des Gefreiten Lambert hatte, der immer noch am Tor stand. Als ich jedoch kurz einen Blick zur Haustür hinaus wagte, sah ich die Kutsche gerade noch um die Ecke biegen. Meine Tasche war auf der Veranda abgestellt worden.

„Camilla?"

Ich drehte mich um.

„Er möchte dich sehen."

Noch nie war ich von meinem Vater gerufen worden, ohne dabei nicht auch Angst zu verspüren. In meinen frühesten

Erinnerungen an ihn ragte er so hoch über mir auf, dass er die Sonne verfinsterte oder einen gigantischen Schatten über die Zimmerdecke warf, während ich zu seinen Füßen kauerte. Seine dröhnenden Strafpredigten klangen mir immer noch in den Ohren, und ich verkrampfe mich jetzt noch, wenn ich mich an die Gelegenheiten erinnere – so selten sie auch waren –, wenn ich mit der Rute bestraft wurde.

Aber jetzt packte mich eine andere Art von Angst, eine ungewohnte Beklommenheit, durch die Mamas sauber gefegter Boden sich mit jedem weiteren zögerlichen Schritt in ein Sumpfgebiet verwandelte.

Er lag in ihrem gemeinsamen Schlafzimmer, und es war überhaupt das allererste Mal, dass ich ihn in dem Raum antraf, denn in meiner Kindheit war er immer schon vor Sonnenaufgang auf den Beinen gewesen, und abends war ich oft mit den Geräuschen im Ohr eingeschlafen, die er machte, wenn er noch im Haus oder in der Nähe herumwerkelte. In dieses Zimmer strömte, anders als in die anderen Räume des Hauses, kein Licht herein, denn vor den Fenstern hingen schwere Vorhänge – diese hier waren neu –, die zugezogen waren, sodass ich in eine tiefe Dunkelheit hineinging.

„Arlen, Lieber?", sagte Mama. „Sie ist wieder zu Hause."

Hätte ich Mama nicht am Bett knien sehen, wäre mir gar nicht klar gewesen, wo ich meinen Vater hätte suchen sollen. Dieser Mann, der einmal wie ein Turm gewesen war, warf kaum eine Falte in der alten, verblichenen Steppdecke, die mir schon seit meiner Kindheit vertraut war. Sein Kopf – kahl wie eh und je – und seine Schultern waren ans Kopfende des Bettes gestützt, aber es dauerte ewig lange, bis sich meine Augen an die Dunkelheit gewöhnt hatten und ich seine Gesichtszüge erkennen konnte. Doch dann merkte ich, dass mit meinen Augen alles in Ordnung war. Es war sein Gesicht, der Schimmer seiner Haut, der meine Augen täuschte. Als meine Mutter mir gesagt hatte, dass er krank sei, hatte ich zwar damit gerechnet, ihn blass und bettlägerig anzutreffen, aber ich war nicht vorbereitet auf den Mann, den ich jetzt vor mir hatte.

Es schien, als hätte sich während meiner Abwesenheit irgendeine geheimnisvolle Kraft seines Körpers bemächtigt und ihn ausgesogen, ihm alles entzogen, was je darin gewesen war. Die raue, sonnengegerbte Haut, die sich einst über seinem kantigen Kinn und dem muskulösen Hals gespannt hatte, hing schlaff und in Falten und war dunkelgelb, beinah orangefarben – zumindest sah es in dem Dämmerlicht so aus.

„Pa-" Der Rest des Wortes blieb mir im Hals stecken, als ich an die andere Seite des Bettes trat, wo ich mich hinkniete und nach der Hand griff, die schlaff auf der Bettdecke lag.

Auf meine Berührung hin drehte er sich zu mir und sah mich mit nur wenig geöffneten Augen an. Seine Lippen bewegten sich und gaben etwas von sich, das Ähnlichkeit mit meinem Namen hatte. Hätte Mama mich nicht angekündigt, hätte er mich nicht erkannt, denn sein Gesicht zeigte keinerlei Anzeichen von Wiedererkennen.

„Ja, Papa." Ich zog seine Hand an meine Lippen und versuchte, vor der Feuchtigkeit seiner wächsernen Haut nicht zurückzuschrecken.

Er sagte meinen Namen noch einmal, diesmal deutlicher, und hob seine andere Hand, um damit mein Gesicht zu berühren.

„Ich bin da. Ich bin wieder zu Hause."

„Sag es ihm", sagte Mama.

Ich sah sie über meinen Vater hinweg fragend an.

„Sag's ihm", wiederholte sie nur.

Papa schaute mich immer noch unverwandt an. All die Gedanken, die ich mir darüber gemacht hatte, was ich wohl tun, was ich sagen würde, wenn ich meinen Vater noch einmal wiedersehen sollte, wollten sich einfach nicht zu Worten formen. Ich schloss die Augen und sah den Mann vor mir, den ich einmal gekannt hatte. Im Raum war es abgesehen vom Geräusch seines schweren Atems völlig still, aber ich hörte seine Stimme, als ich in Gedanken zurück in die Vergangenheit ging. Wut, ja, sogar Anschuldigungen, aber unter all dem seine Liebe zu mir. Ganz sicher war irgendwo in seinem Inneren Liebe gewesen. Jetzt, wo deutlich war, dass er diese Worte nie mehr würde aussprechen können, musste ich einfach glauben, dass er mich auch damals zutiefst geliebt hatte.

„Ich hab dich lieb, Papa. Und ich weiß, dass du mich auch lieb hast."

„Das reicht nicht, damit er seinen Frieden hat", sagte Mama.

Also redete ich weiter. „Ich bin jetzt wieder da, und ich hoffe, dass du mir meinen Ungehorsam vergeben kannst. Ich war damals jung, und ich war dumm und einfach so … so blind."

Papa drehte den Kopf und sah seine Frau flehentlich an.

„Nein", meinte Mama an mich gewandt, gab mir aber weiterhin keinen Hinweis darauf, was ich hätte sagen sollen.

„Und ich bin glücklich gewesen, Papa, seit ich gegangen bin." Jetzt liefen mir Tränen übers Gesicht, und meine Lippen berührten wieder seine Hand. „Ich habe einen Mann geheiratet, der mich sehr liebt. Und ich liebe ihn auch. Wir haben zwei Töchter – du hast zwei Enkelinnen, Melissa und Lottie –, und sie sind beide wunderschön. Gott hat mich wirklich reich beschenkt."

Hier hielt ich inne, überwältigt von der Anstrengung, nur die guten Seiten meines Lebens zu sehen. Papa sah mich wieder an. Jetzt standen ihm Tränen in den Augen, und ich spürte, wie seine Hand meine umklammerte, und da wusste ich, was ich sagen musste.

„Ich vergebe dir, Papa."

Da lockerte sich sein Griff, und er schloss die Augen. Ich schaute wieder über ihn hinweg zu Mama und spürte ihre Zustimmung.

Ich hätte wahrscheinlich all seine Verfehlungen aufzählen können: seinen Zorn, seine Verurteilung, seine herzlose

Weigerung, meine Briefe zu lesen. Aber wie hätte ich auch ahnen können, wie sehr er sich selbst gequält, sich selbst Vorwürfe gemacht hatte seit der Nacht, in der er mit einem Gewehr in der Hand seine eigene Tochter hatte verschwinden sehen?

Ich sagte es noch einmal: „Ich vergebe dir." Hätte ich nicht gekniet, wäre ich zu Boden geworfen worden von dem Strom der Gnade, der jetzt zwischen uns beiden floss. Er konnte nicht sprechen, also sprach ich für uns beide. „Und ich nehme auch deine Vergebung an."

Als ich einen Moment später mein Gesicht neben seines auf die verblichene Decke legte, spürte ich seine Hand in meinem Haar – eine Geste, in der mehr Zärtlichkeit lag, als ich sie jemals von ihm erlebt hatte in all den Jahren, in denen ich mit ihm unter einem Dach gelebt hatte. Vor meinem inneren Auge sah ich Nathan und unsere Töchter, wie die beiden ständig bei ihm auf dem Arm waren oder auf seinem Schoß saßen und wie er sie mit einer so offenen, verschwenderischen Liebe überschüttete. Er war der Mittelpunkt ihrer Welt und ihr Licht. Wie hatte ich jemals auch nur daran denken können, sie von dort wegzuholen und hierherzubringen?

„Er wollte nicht, dass ich deine Briefe lese", sagte Mama, aber ich blickte auf und bedeutete ihr mit einem Nicken meines Kopfes, dass keine weiteren Erklärungen nötig waren.

„Es ist vergeben", flüsterte ich. „Und jetzt kann ich dir ja selbst alles erzählen."

KAPITEL 21

Den Rest des Tages und den ganzen Abend hindurch durchlebte ich noch einmal mein Leben von dem Augenblick an, als ich Nathan Fox auf dem Weg zur Schule getroffen hatte, bis zu dem Augenblick, als ich erfahren hatte, dass Papa krank war. Aber mit jeder Geschichte, die ich ihnen erzählte, enthielt ich ihnen eine andere vor. Mama standen Tränen in den Augen, als ich ihr erzählte, wie ich am Ufer des Platte River Nathans Ehefrau geworden war, aber von der Mormonentaufe im selben Gewässer sagte ich nichts. Ich berichtete ihnen von jedem Schritt unseres Trecks nach Zion, ohne jedoch die Gräber zu erwähnen, die wir unterwegs hatten ausheben müssen. Meine Mutter zuckte zusammen, als ich ihr von der Heuschreckenplage erzählte, und sie hob die Füße, so als ob sie selbst spürte, wie es bei jedem Schritt unter unseren Füßen geknirscht hatte, wenn wir auf die Insekten traten. Und ihre Augen wurden vor Staunen ganz groß, als ich ihr vom Wunder der Möwen erzählte, die gekommen waren und all die Heuschrecken gefressen hatten.

Papa döste immer wieder ein, während ich seine Enkelinnen durch meine Geschichten in sein Schlafzimmer holte. „Melissa hat in diesem Monat Geburtstag. Sie wird sieben. Und meine kleine Lottie ist viereinhalb." Ich kämpfte mit den Tränen, als ich mir Melissas große fragende Augen in Erinnerung rief und Lotties sprühenden Geist. „Und dann haben wir noch einen kleinen Sohn bekommen."

Bei diesen Worten wurde Papas Blick ganz wach, und er bewegte die Lippen, um etwas zu sagen.

„Er hat nicht lange gelebt. Aber er war wunderschön, und wir haben ihn ‚Arlen' genannt, nach dir, Papa."

„Aber Gott schenkt ihr noch eines", fügte Mama lächelnd und mit bebenden Lippen hinzu. „Und wann ist es so weit?"

„Bald", antwortete ich, als ob Papa dadurch die Hoffnung bekommen könnte, die er brauchte.

Mama brachte ein einfaches Abendessen ins Schlafzimmer, das wir an Papas Bett verzehrten – Brot, Käse und Tee. Für Papa hatte sie eine Schale mit lauwarmer Rinderbrühe gekocht, in die sie Brotstücke tunkte, welche sie ihm dann behutsam auf die Zunge legte.

„Er hat schon seit fast einem Monat keine feste Nahrung mehr zu sich genommen", flüsterte sie, als wäre Papa gar nicht anwesend.

Ich fragte mich natürlich, was der Arzt ihr über Papas Krankheit gesagt hatte, was er eigentlich hatte und ob es Hoffnung auf Genesung gab, aber ich wollte mich nicht in Papas Anwesenheit danach erkundigen. In Wahrheit brauchte ich ihm auch nur in die Augen zu schauen, um selbst zu sehen, dass kaum Hoffnung bestand.

Nachdem wir gegessen hatten, erklärte ich mich bereit, das Tablett wieder in die Küche zu bringen, sodass Mama Papa versorgen konnte. Ich verzichtete darauf, die Teller mit Seife und Wasser zu spülen, sondern wischte einfach alles nur mit einem Tuch sauber, das ich genau an der Stelle fand, wo es auch früher schon immer gelegen hatte. Im Nebenzimmer sprach Mama zärtlich und in stiller Freude über die Rückkehr der Tochter. Inzwischen spürte ich, die Tochter, jeden Augenblick jedes Jahres, das ich gelebt hatte, seit ich das letzte Mal in dieser Küche gewesen war. Ich ließ mich auf den Stuhl sinken, der an jedem Tag meiner Kindheit und Jugend mein Sitzplatz gewesen war, und strich mit der Hand über die vertraute Holzmaserung.

„Und wo sind sie?", unterbrach Mamas Stimme meine Gedanken.

Ich blickte auf. „Wer?"

„Dieser wundervolle Ehemann und die hübschen Mädchen."

„Es ist eine lange Reise, Mama. Und die Postkutsche ist teuer."

„Und du konntest nicht warten, bis das Kind da ist?"

„Das wäre dann zu spät im Herbst gewesen. Zu gefährlich, um dann noch zu reisen, und ich wusste ja nicht, wie schlimm es um Papa steht. Das Risiko konnte ich nicht eingehen."

Und dann saß sie mir am Tisch gegenüber, und ihre trockene, raue Hand zwang mich, sie anzusehen. „Du hast uns verlassen, ohne darüber nachzudenken, was du uns damit zufügst, Camilla. Und dein Vater – er war so verletzt und verbittert. Ich werde nie vergessen, wie ich mit dem ersten Brief von dir nach Hause kam. Gerannt bin ich, wenn du dir das vorstellen kannst, weil ich ihn unbedingt mit Papa gemeinsam lesen wollte. Ich wollte, dass wir ihn gemeinsam öffnen, aber dann hat er ihn mir einfach weggenommen."

„Und hat ihn an mich zurückgeschickt. Ungeöffnet."

„Also hast du noch einen geschickt."

„Ja, als Melissa geboren wurde."

„Ich habe versucht, es ihm zu verheimlichen, aber er muss es mir angesehen haben, als ich aus der Stadt zurückkam, und dann hat er mir auch den wieder weggenommen. Und danach hat er … er hat mir verboten, überhaupt wieder zur Poststation zu gehen."

„Oh, Mama …"

„Ich weiß also nicht einmal, wie viele Briefe du geschrieben hast."

„Zwei pro Jahr. Jedes Jahr. Ich habe sie noch alle. Wenn du möchtest, kannst du sie jetzt lesen oder sie ihm auch vorlesen, wenn er möchte."

Sie lächelte. „Das wäre schön." Dann erlosch ihr Lächeln wieder, und sie fügte hinzu: „Ich verstehe aber immer noch nicht, wieso es bei dir zu diesem Sinneswandel gekommen ist, und das noch bevor du von seiner Krankheit erfahren hast."

Das war der Augenblick, in dem sie nicht mehr nur meine Mutter war, sondern auch die erste Christin, der ich begegnete, seit ich von zu Hause fortgegangen war. Ich glaube, bis zu diesem Moment war mir gar nicht bewusst, wie schwer mich Nathans Verrat verletzt hatte, wie gedemütigt ich mich dadurch fühlte, dass mein Mann mich im Bett und im Leben gegen eine andere Frau ausgetauscht hatte. Das waren die Lasten einer erwachsenen Frau, aber hier, an diesem Tisch, fühlte ich mich wieder wie ein kleines Mädchen. Doch meine Mutter wusste, was es hieß, einen Mann zu lieben, ihm sich selbst und das gesamte Leben unterzuordnen, ohne dass auch nur die geringste Aussicht besteht, in der gleichen Weise wiedergeliebt zu werden. Wann hatte ich jemals erlebt, dass mein Vater etwas Liebes oder gar Zärtliches zu ihr gesagt hätte? Nicht ein einziges Mal hatte ich gesehen, dass die beiden sich umarmt hätten, außer manchmal sehr förmlich, weil es sich so gehörte. Und dennoch liebte sie ihn, das wusste ich. Er hatte sie im Grunde schon Jahre vor mir verlassen; und jetzt stand er erneut unmittelbar davor, sie zu verlassen. Endgültig.

Ich holte tief Luft. „Er hat eine zweite Frau genommen."

Mama runzelte die Stirn. „Du hast dich von ihm scheiden lassen?"

„Nein."

„Aber wie …?"

„Noch eine Frau, Mama. Eine zweite Frau zusätzlich zu mir."

Ich konnte an ihrer Miene ablesen, dass ihr langsam dämmerte, was ich da sagte. Zuerst war Verwirrung zu sehen, dann Abscheu und schließlich tiefe Traurigkeit, die Art von Traurigkeit, wie eine Mutter sie empfindet, wenn ihrem Kind Schmerz zugefügt wird.

„Ach, mein Schatz!" Sie war aufgesprungen und sofort an meiner Seite, und ich barg meinen Kopf an ihrer Brust. „Wir haben von solchen Dingen gehört, und dein Vater ... war außer sich vor Sorge. Wenn er es wüsste ..."

„Bitte, Mama", bettelte ich sie an wie ein kleines Mädchen, „bitte erzähle es ihm nicht."

Sie drückte mich eine Weile an sich – bis wenigstens sie sich besser fühlte –, und dann setzte sie sich wieder hin, zog ihren Stuhl ganz nah an meinen heran, damit sie mich weiter festhalten konnte. Dann wollte sie wissen: „Wie ist denn so etwas möglich?"

„Es gehört zur Lehre des Propheten." Ich war selbst überrascht darüber, wie ruhig meine Stimme war, als ich ihr dann den Glauben erklärte, der meinem Mann so viel bedeutete. Dass unsere Ehe im Himmel fortgesetzt werden würde – unsere und auch jede weitere, die er auf Erden geschlossen hatte. Wie er, mein Mann, mich aus meinem Grab herausrufen und ich die Ewigkeit damit verbringen würde, seine Kinder zu gebären, bis er selbst zum Gott würde.

„Und das hast du alles geglaubt?"

„Manches davon ein bisschen, zumindest eine Zeitlang. Aber dann habe ich mich wieder an all das erinnert, was du mich gelehrt hast, Mama. Ich habe wieder angefangen, in meiner Bibel zu lesen, ich bin wieder zu Jesus Christus umgekehrt. Und dann bin ich wieder nach Hause gekommen."

„Und was ist mit deinen Töchtern?"

„Wenn es geht, möchte ich sie herholen, sobald ich kann." Ich erzählte ihr von der Gefahr, in der ich mich als Abtrünnige befand, von meiner Angst, dass meine Töchter mit dieser Lehre aufwachsen würden. „Ich muss sie weit von dort fortbringen, und ich musste erst sicher sein, dass ich ihnen ein Zuhause bieten kann, bevor ich sie hole, denn ich habe keine Mittel – absolut keine – zum Leben."

Mama strich mir übers Gesicht. „Natürlich kannst du sie herholen. Aber wird dein Mann das denn erlauben?"

Ich ballte die Hände zu Fäusten. „Ich werde dafür sorgen, dass er es versteht."

„Und was ist mit dem Kleinen hier?" Sie streckte ihre Hand aus, berührte meinen Bauch, und da spürte ich, wie sich das Baby bewegte. Unsere Blicke trafen sich, und wir lächelten, als ob sie es auch gespürt hätte.

„Er weiß gar nichts von diesem Kind hier."

„Wirst du es ihm sagen?"

„Nur, wenn er herkommt."

„Das sollte er lieber bleiben lassen."

Zwei Tage später starb Papa ganz ruhig im Schlaf.

Ich staune immer noch über Gottes wunderbaren Zeitplan und seine Gnade. Einen Tag länger gezögert, ein Regentag, ein gebrochenes Rad oder ein verletztes Pferd – nur irgendetwas von all dem hätte passieren müssen, und mein Vater hätte nicht in Frieden sterben können. Unter den gegebenen Umständen hatte ich ihm nichts davon erzählt, dass Nathan mehrere Frauen hatte, nichts davon, dass ich durch meine Weigerung, zu Nathan zurückzukehren, in Gefahr gewesen war, und auch nichts von den gottlosen Lehren, denen meine Töchter ausgesetzt waren. Er war der Meinung, dass ich einzig seinetwegen zurückgekommen war, um ihn zu sehen, und für mich war das auch in Ordnung.

Soweit es seine Kraft erlaubte, erzählte ich ihm lustige Geschichten – von albernen kleinen Spielen, die Nathan mit den Mädchen spielte, oder über lustige Sachen, die die Mädchen gesagt hatten. Ich erzählte ihm von Kimana, der Indianerin, die bei uns wohnte, und von ihrem tiefen Wissen um den Schöpfergott. Ich erzählte ihre Geschichten und Sagen, rollte beim Erzählen mit den Augen und verstellte meine Stimme, um ihren gleichmütigen Tonfall möglichst genau zu treffen. Ich beschrieb die Schönheit des großen Salzsees – mit dem Schaum an der Wasserlinie und dem violetten Himmel darüber. Kurz, ich besann mich auf alle schönen Momente, an die ich mich nur erinnern konnte, und war dann selbst überwältigt, wie sehr ich doch gesegnet worden war.

„Gott ist gut zu mir gewesen, Papa." Das waren die letzten Worte, die ich zu ihm sagte.

Seit Papa krank war, hatte Mama sechs Männer eingestellt, die die Farm bewirtschafteten und von denen sie an diesem Morgen einen in die Stadt schickte, um den Arzt zu holen.

„Ich weiß, dass er nichts mehr tun kann", sagte sie, „aber ich finde, es ist besser, wenn er Bescheid weiß."

Menschen, die meine Familie nicht kennen – besonders diejenigen, die meine Mutter nicht kennen –, finden es vielleicht seltsam, dass eine Frau, die nach dreißig Ehejahren gerade ihren Mann verloren hat, so scheinbar gleichgültig auf seinen Tod reagiert. Sie hatte ein paar Tränen geweint, diese aber rasch weggewischt, und danach kamen dann auch so bald keine neuen mehr. Wenn überhaupt etwas geschah, dann dass sie noch ein bisschen barscher und kürzer angebunden war und ihre Lippen zu einem dünnen Strich wurden, so als wäre ihr das alles lästig. Aber in meiner Familie war nie viel gelacht worden, und wenn Tränen das Gegenteil von Lachen bedeuten, dann war es nicht weiter verwunderlich, dass auch diese bei uns zu Hause eine Seltenheit waren.

Noch am Nachmittag desselben Tages unterrichtete unser Arzt Elias Dobbins vom Tod meines Vaters. Dobbins arbeitete in der Stadt als Leichenbeschauer, Totengräber und manchmal auch als Barbier und wohnte gegenüber von Dr. Davis. Die beiden kamen dann mit Dobbins' Wagen zu uns hinaus und brachten einen Sarg mit sowie alle Dinge, die nötig waren, um Papa für die Aufbahrung herzurichten. Ich kannte Dr. Davis natürlich schon seit meiner Kindheit, aber Dobbins war erst vor ein paar Jahren in die Stadt gezogen. Trotzdem zog er die Augenbrauen hoch, als Mama mich vorstellte. „Ach, *Sie* sind also die Tochter."

Freunde und Nachbarn, die die Neuigkeit gehört hatten, kamen vorbei, um uns ihr Beileid auszusprechen, und sie begegneten auch mir mit Mitgefühl, wenn wir uns trafen. Natürlich kannten sie meine Geschichte, und bei jedem neuen Besuch schien es mindestens genauso sehr darum zu gehen, mit eigenen Augen die auf Abwege geratene Tochter zu sehen, wie darum, ihr Beileid zu bekunden. Zum Glück ließ sich meine Schwangerschaft mithilfe eines weiten Rockes immer noch einigermaßen verbergen. Dass ich ein Kind erwartete, würde zu einer weiteren Prüfung des Wohlwollens werden, und das wollte ich mir lieber für einen anderen Tag aufheben, denn dieser Tag war auch so schon schwer genug. Die Frauen kamen eine nach der anderen und brachten Brotlaibe, Pasteten oder Platten mit aufgeschnittenem Fleisch vorbei. Sie stellten die Sachen auf den Tisch und gingen dann direkt zu meiner Mutter, umarmten sie unbeholfen, wie es Christenpflicht war, und dann kamen sie zu mir.

„Wie furchtbar, dass du ausgerechnet zu einem so traurigen Anlass nach Hause gekommen bist."

„Gott sei Dank warst du ja noch rechtzeitig da, bevor er von uns gegangen ist."

Dabei konnte ich an ihren Blicken ablesen, dass sie viel lieber erfahren hätten, wieso ich zur Beerdigung meines Vaters hergekommen war, als irgendeine langweilige Geschichte über seine letzten Stunden zu hören. Aber ich lächelte nur so wohlwollend ich konnte und dankte ihnen für ihre freundliche Anteilnahme.

Zwischen den Besuchen war der Tag vollgepackt mit all dem, was bei einem Todesfall zu tun war. Die Möbel in unserem Wohnzimmer wurden an die Wände geschoben, sodass in der Mitte genug Platz war, damit die Leute sich um den Sarg versammeln konnten, welcher auf einem großen, schmalen Tisch aufgebahrt wurde, den Dobbins mitgebracht hatte. Inzwischen war das Bett, in dem Papa gestorben war, abgezogen worden – eine der Frauen nahm das Bettzeug mit nach Hause, um es zu waschen –, und die Matratze und die Kissen wurden entfernt. Am Abend hätte ich das Zimmer beinah nicht wiedererkannt. Die Vorhänge waren zurückgezogen, und die Fenster standen offen, sodass der Krankheitsgeruch sich bereits verflüchtigte.

Mit Einbruch der Dunkelheit gingen die Trauergäste wieder nach Hause. Viele hatten angeboten, über Nacht zu bleiben, um mit Mama im Wohnzimmer Totenwache zu halten. Doch die offensichtliche Erleichterung in ihren Mienen, wenn Mama dankend ablehnte, strafte die Ernsthaftigkeit ihres Angebotes Lügen.

Irgendwann standen wir auf dem Hof und blickten den letzten Gästen nach. Mama griff nach meiner Hand, und ich glaube, wir verabscheuten beide gleichermaßen den Gedanken, wieder ins Haus zu gehen, aber was blieb uns anderes übrig? Schweigend drehten wir uns also um, betraten das Haus durch die Eingangstür und fanden uns dann in einer Küche wieder, in der sich noch nie zuvor so viel Essen befunden hatte.

„Hast du Hunger?", fragte Mama.

„Einen Riesenhunger, um ehrlich zu sein."

Sie stellte mir einen Teller mit unterschiedlichen Speisen zusammen, und dann setzten wir uns an den Tisch. Ich stürzte mich auf das Essen und zitterte vor Müdigkeit, als ich die ersten Bissen in den Mund steckte, aber Mama saß einfach nur da, die Hände im Schoß gefaltet, und starrte auf die Tischmitte.

„Ich habe ihn wirklich geliebt, weißt du."

„Das weiß ich doch, Mama."

„Es war nicht immer leicht. Manchmal hat er es einem fast unmöglich gemacht ... aber das weißt du ja selbst."

Danach aßen wir schweigend weiter. Ich verputzte alles bis zum letzten Krümel, während meine Mutter nur auf ihrem Teller herumstocherte.

„Ich gehe jetzt und setze mich zu ihm", sagte sie schließlich, als sie nicht mehr so tun konnte, als äße sie. Sie ließ ihren vollen Teller einfach stehen, etwas, wozu ich sie niemals für fähig gehalten hätte, straffte die Schultern und starrte auf die Tür, die ins Wohnzimmer führte.

Ich stand ebenfalls auf und bot an: „Ich komme mit."

Wir ließen die Lampe auf dem Küchentisch stehen, weil es im Wohnzimmer durch mindestens ein Dutzend Kerzen, die im ganzen Raum verteilt standen, hell genug war. Mama ging direkt zum Sarg, und ich folgte ihr. Wir standen nebeneinander und blickten auf das maskenhafte Gesicht meines Vaters.

„Er hat es gehasst, krank zu sein", erzählte Mama. „Zuerst hat er nicht zugegeben, dass irgendetwas nicht in Ordnung war. Er hat einfach weitergearbeitet, und dann eines Tages hat er es nicht einmal mehr zur Tür hinaus geschafft."

„Denk einfach daran, dass er jetzt nicht mehr krank ist. Er ist jetzt bei Gott, an einem Ort des Friedens und der Freude."

„Wenn das wirklich so ist, dann nur, weil Gott ihm dort irgendetwas zu tun gibt, irgendeine Aufgabe. Ich kann mir nicht vorstellen, dass er auf andere Weise glücklich sein könnte."

Wir verbrachten die Nacht im Wohnzimmer, saßen nebeneinander auf dem Sofa, lehnten uns aneinander, dösten hin und wieder ein, bis der neue Tag anbrach. Mama wollte unbedingt, dass Papa schon am nächsten Tag beerdigt werden würde, aber nicht auf unserer Farm. Um neun Uhr sollten wir auf dem kleinen Friedhof bei der Kirche sein, wo eine Trauerfeier stattfinden würde. Danach sollten dann die Trauergäste noch mit zu uns nach Hause kommen.

Mitten in der Nacht fiel mir dann plötzlich ein, dass ich nichts Passendes anzuziehen hatte für eine Beerdigung – nicht einmal für eine kleine Zusammenkunft von Menschen, die praktisch Fremde für mich waren. Zu meiner Erleichterung kam Mrs Dobbins früh am nächsten Morgen mit einem schlichten schwarzen Kleid für mich vorbei.

„Elias hat Ihre … Umstände erwähnt", sagte sie.

Ich bedankte mich bei ihr und ging dann ins ausgeräumte Schlafzimmer meiner Eltern, um mich umzuziehen. Meine

Mutter hatte schon ein schlichtes schwarzes Kleid an, das sie an dem Tag zu nähen begonnen hatte, als Papa nicht mehr das Bett verlassen konnte.

In der Zwischenzeit hatten Elias Dobbins und ein paar Helfer Papas Sarg auf Dobbins' Wagen geladen und waren schon zum Friedhof aufgebrochen. Mama und ich wurden im Pferdewagen unserer Nachbarn dorthin gefahren. Als wir ankamen, waren bereits ein Dutzend Trauergäste versammelt, obwohl es eher ihre Anwesenheit als ihre Haltung war, die sie als solche auswies. Niemand weinte, auch wenn es mir guttat zu sehen, wie liebevoll meine Mutter empfangen wurde. Irgendwann kam es mir so vor, als hätte ich meinem Vater einen größeren Dienst erwiesen, wenn ich an diesem Tag und zu diesem Anlass zu Hause geblieben wäre. Ich konnte den neugierigen Seitenblicken derer nicht entrinnen, die unter dem Vorwand, einem Nachbarn das letzte Geleit geben zu wollen, eigentlich nur neugierig waren und die verlorene Tochter sehen wollten.

Erst als Reverend Harris am Kopf des Grabes stand und sich räusperte, richteten die Anwesenden ihre Aufmerksamkeit auf den eigentlichen Anlass. In dem Moment, als der Reverend zu sprechen begann, fühlte ich mich in meine Kindheit zurückversetzt, in der ich jeden Sonntagmorgen auf einer hölzernen Kirchenbank verbracht und Männern zugehört hatte, die genauso geredet hatten wie dieser hier. An diesem Morgen hatte die Stimme des Pastors – genau wie an all den Sonntagen meiner Kindheit – so wenig Leben, einen solchen Mangel an Leidenschaft, dass ich merkte, wie meine Gedanken abschweiften, obwohl ich mich auf der Beerdigung meines eigenen Vaters befand. Ich weiß noch, dass er eine Bibelstelle nach der anderen zitierte: über die Vergeblichkeit des Lebens aus dem Buch Prediger und die Erinnerung daran, dass wir aus Staub geschaffen wurden und wieder zu Staub werden.

Am liebsten hätte ich laut geschrien. Um mich herum nickten die Köpfe in feierlicher Zustimmung. Vergeblichkeit und Staub. Aber das Leben meines Vaters war nicht vergeblich gewesen. Er hatte seine Arbeit geliebt, seine Farm, seine Familie, und obwohl sein strenges Wesen diese Leidenschaft gut verborgen hatte, hatte er auch seinen Herrn geliebt. Er war kein Staub. Sein Körper, ja, der war jetzt eine leere Hülle – aber das war er bereits in dem Augenblick, als er krank geworden war. Doch er selbst, sein Geist und seine Seele, würden wiederhergestellt und ganz und gar heil werden. Warum konnte Reverend Harris nicht darüber sprechen?

Ich war dieser Kirche entflohen, war vor diesen Lehren davongelaufen, war dem Strahlen in Nathan Fox' Blick nachgejagt – einem Strahlen, das ich bei keinem einzigen der hier Versammelten entdecken konnte. Ich dachte an die Verheißungen der Mormonen. Kein einziger Heiliger hätte jemals sein Leben als vergeblich oder sich selbst als Staub betrachtet. Sein Tun und Wirken auf Erden brachte ihm Herrlichkeit im Jenseits ein. Er konnte dort mit Frauen und Kindern sogar selbst ein Gott werden. Diese Lehren waren zwar eine Lüge, aber verlockend waren sie trotzdem. Wieso mussten wir uns da bei der Beerdigung eines guten Christen mit der Vergeblichkeit des Lebens befassen? Die Vorstellung, dass wir irgendwann einmal Staub waren, war alles andere als anziehend.

Meine Hände ballten sich zu Fäusten, und nur Gott selbst verhinderte, dass ich meinem Unmut Luft machte. Irgendwie drang durch all die Entgegnungen, die in meinem Kopf durcheinanderwirbelten, mein Name. Aus meiner stummen Tirade gerissen, sah ich Reverend Harris fragend an.

„Es gibt einen Bibelvers, den ich gern Ihretwegen noch zitieren möchte."

Soweit ich mich erinnern konnte, war dies das erste Mal überhaupt, dass er mich direkt ansprach.

„Ich möchte gern die Worte unseres Herrn aus dem vierzehnten Kapitel des Johannesevangeliums lesen." Die Seiten seiner Bibel raschelten in der Frühlingsbrise, als er die vertrauten Worte vorlas: „Euer Herz erschrecke nicht! Glaubt an Gott und glaubt an mich! In meines Vaters Haus sind viele Wohnungen. Wenn's nicht so wäre, hätte ich dann zu euch gesagt: Ich gehe hin, euch die Stätte zu bereiten? Und wenn ich hingehe, euch die Stätte zu bereiten, will ich wiederkommen und euch zu mir nehmen, damit ihr seid, wo ich bin. Und wo ich hingehe, den Weg wisst ihr."

Er schlug seine Bibel zu. „Camilla Ruth, dein Herz erschrecke nicht." Und dann zu den versammelten Menschen: „Unser Freund und Nachbar Arlen Deardon ist zu Jesus Christus heimgegangen. Jetzt wohnt er im Haus des Herrn an einem Ort, der für ihn bereitet war. Ein solcher Platz steht für uns alle bereit. Das hat Jesus Christus versprochen."

Als jetzt die Köpfe wieder nickten, schloss ich mich an und schämte mich im Stillen wegen meiner Kritik an Reverend Harris' Predigt.

„Es gibt Menschen", fuhr er fort und sah dabei wieder in meine Richtung, „die uns einreden wollen, dass das Jenseits ein Mysterium ist, und sie versuchen, dieses Geheimnis zu lüften, indem sie sich ihr eigenes Bild davon machen. Aber wir müssen gut aufpassen, dass wir die Wahrheit nur in der Bibel suchen. Jesus verspricht, uns das zu geben, wonach wir uns jeden Tag sehnen – ein Zuhause. Nach der langen Lebensreise bekommen wir ein Zuhause. Was mehr könnte ein Mensch sich wünschen?"

In dieser Frage schwang keine Anklage, kein Vorwurf mit. Schweigend streckte ich die Hand aus, bat den Reverend um die Bibel, die er mir auch gab, nachdem er kurz erstaunt die Augenbrauen hochgezogen hatte.

Vorsichtig nahm ich das Buch und schlug es an der Stelle auf, die er immer noch mit dem Finger markiert hatte. „Darf ich fortfahren?", fragte ich und war erschrocken darüber, wie sicher meine Stimme klang.

„Natürlich", antwortete Reverend Harris mit wissendem Blick.

„Spricht zu ihm Thomas: ‚Herr, wir wissen nicht, wo du hingehst; wie können wir den Weg wissen?'

Jesus spricht zu ihm: ‚Ich bin der Weg und die Wahrheit und das Leben; niemand kommt zum Vater denn durch mich.'"

Es kam kein Chor der Zustimmung, was ich darauf zurückführte, dass die Leute sicher schockiert waren, dass eine Frau – die zudem bis vor Kurzem noch eine Ketzerin gewesen war – auf der Beerdigung eines guten Christen aus der Bibel vorlas.

Es war schließlich meine Mutter, die als erste „Amen" sagte.

Behutsam nahm mir Reverend Harris die Bibel wieder aus der Hand.

„Ich hoffe, dass dies auch das Zeugnis aller hier Versammelten ist."

Daraufhin war ein gedämpftes Amen aus der Menge zu vernehmen, und auch meine eigene Bekräftigung war kaum mehr als ein ersticktes Flüstern.

„Dann sieht es ja ganz so aus", fuhr er fort, „dass wir heute zusammengekommen sind, um noch eine weitere Heimkehr zu feiern. So, wie Arlen Deardon in seiner Wohnung im Himmel willkommen geheißen wird, so wird seine Tochter hier in unserem Leben willkommen geheißen. Wir wollen uns jetzt gemeinsam freuen."

KAPITEL 22

Während des restlichen Tages begegnete mir nur nicht enden wollende Neugier, die als Mitgefühl getarnt war, ganz ähnlich wie schon am Tag zuvor, obwohl die Anwesenheit von Reverend Harris sich am Ende als angenehm und tröstlich erwies.

„Ich würde mich irgendwann gern einmal etwas länger mit Ihnen unterhalten, junge Frau", sagte er, als er und ich uns allein im Wohnzimmer aufhielten. „Ich habe das Gefühl, dass ich von ihnen viel lernen kann."

Ich lächelte über das Kompliment. „Ich behaupte nicht, dass ich viel weiß. Nur das, was ich in der Bibel gelesen habe."

„Ich meine über *sie*, ihre Lehre. Unterscheidet sie sich denn wirklich so sehr von dem, was wir als Christen glauben?"

Einen flüchtigen Moment lang empfand ich Mitleid für diesen Mann Gottes, dafür, dass er auch nur den Hauch eines Zweifels hatte. „Zuerst meint man es nicht", erwiderte ich, um seinen Stolz nicht zu verletzen.

„Also beruhrt diese Bewegung doch auf Täuschung."

„Ich könnte es nicht besser ausdrücken."

„Darf ich dann fragen, was Sie zur Wahrheit zurückgeführt hat?"

„Der Heilige Geist", antwortete ich, ohne zu zögern. „Gott hat mich nie verlassen."

Glücklicherweise hatten unsere Gäste Erbarmen mit uns, und kurz nach dem Mittag war unser Haus schließlich wieder leer. Meine Mutter und ich waren beide todmüde, und es war Reverend Harris' Frau, die die letzten Gäste schließlich zur Tür hinausscheuchte.

Während wir beim Begräbnis gewesen waren, hatten hilfsbereite Nachbarn unser gesamtes Haus von oben bis unten gefegt und all das Essen, dass die Leute am Vortag vorbeigebracht hatten, für die Gäste aufgebaut, was sich später beim Leichenschmaus als große Hilfe erwies. Doch erst als Mama und ich wieder allein im Haus waren, wurde uns klar, womit sie uns den größten Gefallen getan hatten. Der Raum, der so lange als Krankenzimmer gedient hatte, war wie neu – blitzblank geschrubbt, mit frischen, hellen Vorhängen statt der dunklen, die die Sonne hatten aussperren sollen. Die Matratze hatte einen neuen Bezug bekommen und war mit einer dicken, gemütlich aussehenden neuen Steppdecke bedeckt. Nichts auf der Welt hatte je so einladend ausgesehen. Die unzähligen Stunden der Trauer forderten jetzt ihren Tribut, und Mama und ich ließen uns einfach auf das einladende Bett fallen.

Seite an Seite ruhten wir uns aus, hielten einander in der kühlen Nachmittagsbrise, die durchs offene Fenster hereinwehte, an der Hand.

„Als du noch ganz klein warst", sagte Mama und blickte zur Zimmerdecke hinauf, „habe ich dich hier oft zu einem Mittagsschläfchen hingelegt. Deinem Vater habe ich dann gesagt: ‚Oh, ich glaube, ich habe gerade das Baby schreien gehört', und dann habe ich mich hier hereingeschlichen und mich neben dich gelegt. Du hast immer fest geschlafen, aber ich habe so getan, als würdest du etwas brauchen, nur um selbst ein bisschen Ruhe zu bekommen."

„Ich mache es mit meinen Mädchen genauso." Und dann dachte ich an die langen, verschneiten Tage, an denen wir ganze Nachmittage ausgeruht und gekuschelt hatten.

Mama drückte meine Hand. „Ich kann es gar nicht erwarten, dass du sie nach Hause holst."

„Es wird ihnen hier bestimmt gefallen, besonders Lottie. Sie liebt Kühe und könnte eine bessere Hilfe sein, als ich es jemals war."

Ich hielt inne, um Mama Gelegenheit zu geben, etwas dazu zu sagen. Eine Bestätigung, dass ich immer mein Bestes gegeben hätte. Oder einen Witz darüber, wie ungeeignet ich für die Arbeit auf einer Milchfarm gewesen war. Aber alles, was ich hörte, war ein tiefes, pfeifendes Schnarchen. Als der Griff ihrer Hand sich lockerte, drehte ich mich auf die Seite, um sie anzusehen. Wenn sie lag, sah ihr Gesicht so glatt und entspannt aus, wie ich es aus meiner Kindheit in Erinnerung hatte. Nicht schön, aber so vertraut. Ich rollte mich neben ihr zusammen, zog die Knie so weit wie möglich an, und nachdem ich mich kurz gefragt hatte, ob ich nicht sogar zu müde war, um einschlafen zu können, merkte ich, dass ich in süße, geborgene Dunkelheit hinüberglitt.

Wir schliefen bis zum nächsten Morgen – bis weit in den Vormittag hinein sogar. Ich wachte mit einem so dringenden Bedürfnis auf, dass ich mich sorgte, es nicht mehr rechtzeitig über den Hof zum Häuschen zu schaffen. Deshalb stand ich auf, verließ Mama mit einem kindischen Kicheranfall und riss die Haustür auf. Der Anblick eines Mannes auf der anderen Seite der Tür hätte beinah dazu geführt, dass ich den Kampf gegen mein dringendes morgendliches Bedürfnis verloren hätte. Nicht, dass er besonders erschreckend ausgesehen hätte, aber ich hatte einfach nicht mit ihm gerechnet.

„Guten Morgen", sagte er, lüftete kurz den Hut, unter dem dichtes, kurz geschnittenes graues Haar zum Vorschein kam. „Ist Mrs Deardon zu Hause?"

„Ja, ja", entgegnete ich und führte ihn herein. Ich rief über meine Schulter in Richtung Schlafzimmer: „Mama!", bevor ich mich dann so würdevoll es mein dringendes Bedürfnis noch zuließ, entschuldigte und dann an ihm vorbei wieder ins Freie rauschte. Ich vergewisserte mich, dass die Tür fest geschlossen war, bevor ich zum Plumpsklo rannte.

Nachdem ich mich erleichtert hatte, ging ich wieder ins Haus zurück und sah Mama und unseren Gast am Tisch sitzen. Vor ihnen auf dem Tisch lag eine aufgeschlagene Mappe mit Papieren, während auf dem Herd ein Kessel zischte.

„Das sind Sie also Camilla. Ich meinte schon gehört zu haben, dass Sie wieder zurück sind, aber man darf nie zu viel auf Gerüchte geben. Daran halte ich mich jedenfalls immer."

Ich sah ihn jetzt genauer an.

„Sie erinnern sich nicht mehr an mich, nicht wahr?" Er streckte seine Hand auss „Michael Bostwick. Mein Sohn, Michael Junior, war ein Schulkamerad von Ihnen."

„Ach ja", entgegnete ich, konnte mich aber nur vage an den gutmütigen Jungen mit dem runden Gesicht erinnern, der selbst als Kind nicht annähernd so gut ausgesehen hatte wie der distinguierte Gentleman, der jetzt bei uns in der Küche saß.

„Mr Bostwicks Sohn studiert in Harvard", sagte Mama und gab mir damit eine merkwürdig unnötige Information.

„Jura." Er platzte beinah vor Stolz. „Genau wie sein Vater."

„Das ist ja großartig", meinte ich, allerdings nicht besonders überzeugend.

„Ich bin hier, um mit Ihnen die Einzelheiten des Testaments durchzugehen. Ach ja, entschuldigen Sie bitte meine Gedankenlosigkeit. Erst einmal mein herzliches Beileid."

„Danke."

Der zischende Kessel verlangte jetzt meine Aufmerksamkeit, und ich goss Tee auf, während Mr Bostwick sich wieder am Tisch niederließ.

„Du musst auch dabei sein, Camilla", sagte Mama. „Das hier betrifft dich genauso wie mich."

„Also gut", entgegnete ich zögernd. Irgendetwas an Mamas ruhigem, kühlem Verhalten verunsicherte mich. Es war, als ob jede Minute der letzten Tage – vielleicht sogar der letzten paar Monate mit Papas Krankheit und seinem Tod – auf diesen einen Augenblick hinausgelaufen wäre. Ich schenkte jedem von uns einen Becher Tee ein und fand dann noch eine

Schüssel mit Muffins, die vom Vortag übrig geblieben waren. Mr Bostwick betrachtete das Gebäck mit kritischem Blick und wählte schließlich ein perfekt rundes Exemplar aus. Er führte seinen Teebecher zum Mund, schnupperte daran, pustete und schlürfte dann, bevor er die Tasse wieder vor sich abstellte.

„So", meinte er, „es wird Sie sicher freuen zu hören, dass ich einen Käufer für die Farm gefunden habe."

„Du willst die Farm verkaufen, Mama?" Nichts – nicht ein einziges Wort – war darüber gefallen, weder als Möglichkeit, geschweige denn als bereits gefasster Plan, aber an der erleichterten Miene meiner Mutter war deutlich zu erkennen, dass das Gesagte für sie keine Überraschung darstellte.

„Papa wollte es so", erklärte sie mir. „Und ich will es auch. Ich kann die Farm nicht allein bewirtschaften. Und ich möchte es auch gar nicht, selbst wenn ich könnte."

„Und wer will sie kaufen?" Ich versuchte, mir vorzustellen, wie Fremde an unserem Tisch saßen und an Mamas Herd kochten, aber schließlich hatte ich ja selbst dieses Zuhause schon vor Jahren verlassen. Vielleicht hatte ich gar kein Recht, ihre Entscheidung infrage zu stellen.

„Niemand, den Sie kennen", antwortete Mr Bostwick und blätterte dabei in den Papieren. „Eine Familie, die hier in den Ort zieht. Ich glaube, es sind Verwandte von den Lindgrens."

„Das ist doch auch egal", wandte Mama ein und zog damit wieder seine Aufmerksamkeit auf sich.

„Wie bald werden sie denn hier sein?"

„Aber wo sollen wir denn dann wohnen, Mama?"

Das „Wir" schien ihre Aufmerksamkeit zu erregen, und ich bereute meinen Egoismus sofort. Sie hatte natürlich nichts von meiner Ankunft und meinen Plänen wissen können. Aber nun war ich ja da und auch noch schwanger, und abgesehen davon brauchte sie ja selbst ein Dach über dem Kopf. Ich wandte mich wieder Mr Bostwick zu.

„Es gibt da verschiedene Möglichkeiten." Er blätterte in anderen Unterlagen. „Mr Deardon besaß ein Haus, das derzeit vermietet ist an, nun ja, an mich. Mein Büro befindet sich im Erdgeschoss, und seit dem Tod meiner Frau lebe ich in der Wohnung darüber. Es wäre Ihr gutes Recht, mir die Wohnung zu kündigen, wenn Sie selbst dort einziehen möchten. Ich wäre Ihnen allerdings dankbar, wenn Sie mir da rechtzeitig Bescheid geben könnten …"

„Ich habe nicht vor, Ihnen die Wohnung zu kündigen, Mr Bostwick", antwortete Mama.

„Wofür ich Ihnen sehr dankbar bin", sagte er und hob seinen Teebecher, wie um auf ihr Wohl zu trinken. „Abgesehen von dem Umstand, dass die Fortsetzung des Mietverhältnisses Ihnen ja auch ein bescheidenes Einkommen sichert. Also, Ihr Mann – Ihr Vater, Miss Camilla – besaß nämlich auch noch das angrenzende Grundstück, das derzeit unbebaut ist, sowie noch ein kleineres Stück Land am Stadtrand, direkt hinter der Schule."

Ich war ganz durcheinander wegen all dieser Neuigkeiten. „Wie lange gehört ihm denn das alles schon?"

Wieder blätterte er in den Papieren herum, aber dann war es Mama, die meine Frage beantwortete. „Er war immer ein guter Geschäftsmann. Von den Grundstücken in der Stadt wusste ich, aber von dem anderen nicht."

„Er hat es vor etwa sechs Jahren erworben", antwortete Mr Bostwick und blickte zu mir auf. „Vermutlich kurz nachdem Sie fortgegangen sind?"

„Du hättest also einen Ort, an dem du dir ein neues Zuhause aufbauen könntest", sagte Mama leise. „Mr Bostwick, glauben Sie, dass wir mit dem Erlös der Farm und dem Verkauf des Grundstücks neben Ihrem Büro ein Haus auf diesem Grundstück neben der Schule bauen könnten?"

„Ich möchte dir aber nicht auf der Tasche liegen, Mama."

„Moment", unterbrach Mr Bostwick unsere Überlegungen, „Sie haben ja auch noch ein eigenes Erbe."

„Wirklich?" Ich rang die Hände, wie immer, wenn ich nervös war, und mir wurde dann jedes Mal wieder bewusst, dass mir zwei Finger fehlten. Ich fing Mr Bostwicks Blick auf, der mit einem Hauch von Unbehagen auf die verletzte Stelle schaute, weshalb ich meine Hände in den Schoß legte.

„Das Testament wurde vor sechs Monaten geändert, kurz nachdem sich Mr Deardons Zustand so stark verschlechtert hatte." Er warf Mama jetzt über den Tisch einen Blick zu, der ihm beinah meine Sympathie einbrachte. „Er möchte, dass aus dem Erlös der Farm, falls der Preis es erlaubt, fünfhundert Dollar direkt an Sie gehen, Camilla, und jeweils einhundert Dollar an jedes Enkelkind."

„Meine Güte." Erneut rang ich die Hände und sah Mama an. „Hat er es gewusst?"

Sie schüttelte den Kopf. „Aber wir haben von Anfang an gehofft, dass du eines Tages zurückkommen würdest."

„Aber das mit den Kindern?"

„Das haben wir natürlich ganz in Gottes Hand gelegt", erzählte Mama. „Wir wollten nur, dass unser Kind wieder nach Hause kommt."

Mr Bostwick zupfte ein Stückchen von seinem Muffin ab und deutete dann auf meinen Bauch. „Sieht ja ganz so aus, als hätten Sie da ein Einhundert-Dollar-Brötchen im Ofen."

Unter anderen Umständen hätte ich diese Vertraulichkeit bestenfalls für ungebührlich, schlimmstenfalls für schlüpfrig gehalten, aber ich gab mir einfach einen Ruck und sagte: „Ja, sieht ganz so aus."

Mr Bostwick prüfte das Dokument, das vor ihm auf dem Tisch lag. „Mr Deardon wollte sichergehen, dass dieses Geld direkt an Sie geht, Camilla, und an Ihre Kinder, falls vorhanden. Er hat nämlich unter Ihrem Namen einen Treuhandfonds eingerichtet, sodass ein eventueller Ehemann als Begünstigter ausgeschlossen wäre." Er sah mich über den Rand seiner Brille hinweg. „Gibt es denn einen Ehemann?"

„Ja, ich bin verheiratet. Und ich habe zwei Töchter. Aber von den Kindern hat Papa gar nichts gewusst. Und mein Mann … nun, er weiß von all dem hier gar nichts."

Jetzt nahm Mr Bostwick eine ganz andere Haltung an. Er setzte sich aufrechter hin und bedachte mich mit einer beinah fürsorglichen Aufmerksamkeit.

„Meinen Sie damit, dass er Sie verlassen hat?"

„Ich habe meinen Mann verlassen."

„Geschieden?"

„Nein."

„Haben Sie denn die Absicht, sich scheiden zu lassen?"

„Je nachdem, wie der Herr mich führt, Mr Bostwick. Ich kann ohne seine Führung keine Entscheidung treffen."

„Natürlich, natürlich. Ich würde es auch nicht anders machen. Also" – er schaute sich im Raum um und sogar unter den Tisch nach –, „diese Kinder …"

„Sie sind in Utah. Bei ihrem Vater."

„Und warten wir jetzt darauf, was der Herr dazu zu sagen hat?"

„Nein." Ich griff über den Tisch und nahm Mamas Hand. „Das steht außer Frage. Ich muss sie herholen."

„Also dann." Er wurde munterer, kramte in seiner Tasche und holte einen Notizblock und ein Kästchen hervor, in dem sich Feder und Tinte befanden. „Ich glaube, es ist gut, dass Sie sich heute mit einem Anwalt getroffen haben."

„Da ist noch etwas. Die Umstände, unter denen ich dort weggegangen bin, sind … nun ja, ziemlich ungewöhnlich. Es ist durchaus möglich, dass mein Mann mich für tot hält, und es ist ganz sicher, dass er nichts von dem Kind weiß, das ich erwarte."

„Der erste Punkt auf der Tagesordnung wäre also der, dass wir Ihren Mann davon in Kenntnis setzen, dass Sie am Leben sind? Machen Sie sich keine Sorgen, Mädchen. Ich wäre kein guter Anwalt, wenn ich das nicht hinbekäme."

„Aber bitte nicht sofort", sagte ich und zwang ihn dadurch, wieder innezuhalten. „Ich möchte nicht, dass er herkommt und mich nach Hause holt."

KAPITEL 23

Seltsam, wie mein Leben sich nur durch ein paar Worte auf einem Blatt Papier und ein paar Federstriche in einer Weise veränderte, wie ich es mir niemals hätte vorstellen können. Mama und ich verbrachten den Rest des Sommers damit, diese geschriebenen Worte Wirklichkeit werden zu lassen.

Wir verkauften zwar die Farm, aber die Besitzer ließen uns so lange weiter dort wohnen, bis unser neues Haus am Stadtrand fertig war. Zweimal am Tag – in der Kühle des Morgens und des Abends – gingen Mama und ich zur Baustelle, die einmal unser neues Zuhause werden sollte. Und zwar nicht nur, um die Fortschritte zu begutachten, sondern auch um unserer Gesundheit willen. Mama hatte sich monatelang ausschließlich um Papa gekümmert und ihn gepflegt, und die Freiheit, einfach ohne einen wichtigen Grund oder um etwas erledigen zu müssen das Haus zu verlassen, war etwas, das sie nicht einmal dann erlebt hatte, als Papa noch gesund gewesen war. Also gingen wir spazieren – sehr oft und zügig –, und mein Körper wurde mit jedem Schritt kräftiger und stärker. Währenddessen brachten uns unsere Gespräche einander näher und stillten eine Sehnsucht in mir, von der ich zuvor nicht einmal gewusst hatte, dass sie vorhanden war. Ich war ohne meine Mutter groß geworden. Sicher, sie war in meiner Kindheit immer zu Hause gewesen, aber solche innigen Momente, wie wir sie jetzt gemeinsam erlebten, hatte es nie gegeben.

Ich hatte ursprünglich gar nicht die Absicht, einen Briefwechsel mit Colonel Brandon zu beginnen, der schließlich den ganzen Sommer lang andauern sollte. Aber als ich ihm schrieb, um ihm mitzuteilen, dass mein Vater verstorben war, reagierte er darauf so mitfühlend, dass ich mich gezwungen sah, zurückzuschreiben und ihm zu versichern, dass ich mich noch vor seinem Tod mit Papa versöhnt hatte. Mit jedem Brief zeigte er mehr Interesse am Bau unseres neuen Hauses und dem Verkauf des alten. Schon bald wurden die Einzelheiten selbst mir zu banal. Ich ließ das Tagebuchschreiben sein und erzählte ihm in meinen Briefen von den kleinsten Kleinigkeiten meines Alltags, beispielsweise, dass ich ganz hinten in Mutters Kleiderschrank ein wunderschönes Paar Seidenschuhe gefunden hätte, obwohl, wie ich schrieb, „es ein Rätsel bleiben wird, wann eine von uns jemals die Gelegenheit haben wird, sie zu tragen".

In jedem Brief erkundigte sich Colonel Brandon nach meiner Gesundheit, worauf ich antwortete: „Meistens bin ich sehr müde und tue kaum mehr, als zu kochen und zu essen und zwischen den Spaziergängen, die ich mit Mama unternehme, zu schlafen. Ich liebe und hasse es zugleich zu schlafen, weil ich in meinen Träumen immer Lottie und Melissa vor mir sehe. In diesen Stunden sind sie mir genau so nah wie das Kind, das ich in mir trage."

Eines Nachmittags wachte ich aus einem solchen Traum auf und ging in die Küche, wo ich Mr Bostwick antraf, wie üblich mit seiner Mappe und etlichen Unterlagen. Das war nichts Ungewöhnliches, denn es schien immer irgendeine juristische Angelegenheit zu geben, die ihm eine Einladung zum Sonntagsessen, zum Abendbrot am Dienstag oder einem Stück Kuchen am Freitagabend verschaffte. Dieser Besuch versetzte mir allerdings einen ungewohnten Stich, denn es war das erste Mal, dass ich ihn nicht an der Tür empfangen und dann wie jeden anderen Gast hereingeleitet hatte. Er war einfach da, saß an unserem Tisch, und Mama wuselte um ihn herum und bot ihm frische Sahne für seinen Obstkuchen an. Nur die Tatsache, dass all die Papiere auf dem Tisch ausgebreitet waren, unterschied das hier von einer gewöhnlichen Familienzusammenkunft, denn es war offensichtlich, dass ich die Einzige war, die sich nicht wohlfühlte.

„Schatz", sagte Mama, „ich wollte dich gerade wecken. Mr Bostwick hat gute Neuigkeiten."

Die Augen des Mannes waren vor Wonne geschlossen, während ihm Blaubeerkuchen und Sahne aus einem Mundwinkel rannen. Dem bot er jedoch gekonnt mit seinem Taschentuch Einhalt, damit sein teurer Anzug keinen Fleck bekam.

Ich musste lächeln und fragte mich, was seine geschätzten Kollegen zu diesem Anblick gesagt hätten. „Ach, wirklich?"

Er öffnete die Augen und sah mich an. „Ja." Mit offensichtlichem Bedauern legte er seine Kuchengabel auf den Teller. „Ich habe mich mit einem Anwalt in Salt Lake City in Verbindung gesetzt, und es scheint weder etwas gegen eine Scheidung zu sprechen, noch dagegen, dass Sie das Sorgerecht für Ihre Kinder bekommen." Er zwinkerte mir mit Blick auf meinen immer größer werdenden Bauch zu und ergänzte: „Für alle Kinder."

Das war natürlich die Freiheit, die ich mir gewünscht hatte, doch wenn man die Fakten in juristischen Begriffen zusammenfasste, täuschte das über die Komplexität der Angelegenheit hinweg. „Das hört sich so einfach an", entgegnete ich daher etwas zögerlich.

„Da Brigham Young keine politische Macht mehr hat, ist es das auch. Der neue Gouverneur hat in solchen Fällen sehr viel Mitgefühl mit den Ehefrauen aus Vielehen und stellt die Gesetzmäßigkeit dieser Verbindungen infrage", erklärte Bostwick.

„Aber ich bin eine erste Frau und somit in jeder Hinsicht eine rechtmäßige Ehefrau."

Mr Bostwick winkte ab, gab der Verlockung des Kuchens nach und schob sich mit der Gabel einen weiteren Bissen in den Mund. Dann kaute und sprach er gleichzeitig. „Weshalb Sie auf Ehebruch klagen können sowie Entfremdung. Ein paar Verhandlungstage vor Gericht, ein paar Wochen für die gesamte Abwicklung, und Sie und Ihre Töchter könnten bereits vor dem ersten Schnee wieder zurück sein."

„Zurück?" Mama stellte einen kleinen Teller mit Brot, Butter und Käse vor mir auf den Tisch – mein üblicher Nachmittagsimbiss. „Was meinen Sie mit ‚zurück'? Sie geht nirgends hin!"

„Mama, wenn das doch bedeutet, dass ich meine Töchter wiederbekomme …"

„Es bedeutet, dass du das Baby irgendwo in der Wildnis bekommen würdest."

„Das Baby wird doch erst Mitte November geboren. Bis dahin könnten wir schon längst wieder zurück sein. Hatten Sie das nicht so gesagt, Mr Bostwick?"

„Wenn wir selbst eine Kutsche mieten und alles reibungslos verläuft, dann ja." Allerdings schien er jetzt, wo meine Mutter den Ablauf kritisch hinterfragte, schon nicht mehr ganz so überzeugt zu sein.

„Und was meinen Sie mit ‚reibungslos'?" Sie setzte sich zu uns an den Tisch, doch sie schaute mich an, während Mr Bostwick ihre Frage beantwortete.

„Es bedeutet: vorausgesetzt, Mr Fox legt keinen Widerspruch gegen die Scheidung ein."

„Aber Sie haben doch gesagt, das Gesetz sei auf meiner Seite."

„Das ist es auch. Aber das Wunderbare am Gesetz, mein Kind, ist ja, dass jede Geschichte zwei Seiten hat. Dennoch bin ich überzeugt, dass wir gewinnen würden."

„Auch wenn sie mit einem dicken Bauch dasteht, mit seinem Kind?"

Ich war überrascht, wie direkt Mama war, aber noch verblüffter war ich darüber, wie gut sie die Situation einschätzte. Meine Mutter kannte Nathan Fox zwar nicht, aber sie schien sich in dieser Angelegenheit gut in sein Denken und Vorgehen hineinversetzen zu können, und zwar sehr viel besser als ich.

„Sie hat recht", flüsterte ich. „Dieses Kind könnte ein Sohn sein, und den würde er niemals widerstandslos hergeben."

Mr Bostwicks sprach so laut, als wäre unsere Küche der Gerichtssaal. „Hat er nicht die andere Frau, die ihm Söhne schenken kann?"

„Die andere Frau liebt er aber nicht", wandte Mama mit einer Sanftheit ein, die den Antwalt zu beruhigen schien.

„Also gut …" Mr Bostwick begann lustlos in seinen Unterlagen herumzublättern. „Dann werde ich wohl allein fahren müssen, um den Fall für Sie zu verhandeln. Eigentlich ist Ihre Anwesenheit auch nur eine Formsache. Und ich wage zu behaupten, dass ich für den liebeskranken Mr Fox keine Versuchung darstellen werde. Und vom Gesetz her bin ich nicht verpflichtet, Auskunft über Ihren Zustand zu geben."

Mama schaute triumphierend in die Runde, aber ich konnte mich ihrem Triumph nicht anschließen. „Und was ist mit meinen Töchtern?"

„Ich werde den Beweis antreten, dass Sie ihnen hier ein Zuhause und einen angemessenen Lebensunterhalt bieten können. Ihre Abwesenheit wird nichts an der Tatsache ändern, dass Sie jeden Anspruch auf das Sorgerecht haben."

„Aber wie …"

Seine kräftige Hand tätschelte meine auf eine Weise, die wahrscheinlich beruhigend wirken sollte. „Ich werde sie Ihnen gesund und munter herbringen. Seien Sie ganz unbesorgt."

Ich betrachtete Mr Bostwick jetzt mit den Augen meiner Töchter. Für mich war er zwar langsam eine vertraute, feste Größe bei uns zu Hause, und seine laute Stimme und seine langen Ausführungen hatte ich inzwischen beinah liebgewonnen, denn ich hatte erkannt, dass sich hinter seiner Prahlerei nur sein Wunsch verbarg, uns zu beschützen. Und sein

Kugelbauch unter seiner bestickten Weste ließ gleichermaßen Stärke wie einen gesunden Appetit erkennen. Aber für Lottie und Melissa würde er ein völlig Fremder sein – ein großer, imposanter, unbekannter Mann, der sie von ihrem geliebten Vater wegholte mit dem vagen Versprechen, sie zur Mutter zu bringen, von der man ihnen aber wahrscheinlich gesagt hatte, sie wäre tot. Alles völlig legal, alles sehr korrekt, aber dennoch ungeheuer beängstigend für Kinder.

„Wir werden warten", entschied ich und hasste mich schon im selben Moment für die Worte, die aus meinem Mund kamen.

Mr Bostwick schien gerade wieder für seine Überzeugung eintreten zu wollen, als Mama ihn zum Schweigen brachte, indem sie nur ganz leicht gegen seinen Teller stupste.

„Das ist die Entscheidung meiner Tochter. Und ich weiß, wie weh sie ihr selbst tut."

„Im Frühling." Ich erstickte beinah an dem Versprechen, das so vertraut klang. „Noch einen Winter, und dann brechen wir im Frühjahr auf."

„Und was", wandte Mr Bostwick ein und merkte gar nicht, wie herablassend er dabei klang, „soll ich bitteschön bis dahin für Sie tun?"

„Nichts", antwortete ich und riss dabei eine Ecke von meinem Brot ab, die ich aber nur auf meinen Teller legte. „Gar nichts."

Am ersten August war unser neues Haus schließlich fertig. Nachdem die Frauen aus der Gemeinde uns dabei geholfen hatten, die Böden zu fegen und die Fenster zu putzen, lenkten Mama und ich schließlich ein letztes Mal unseren Farmwagen, der hoch beladen war mit unserer gesamten irdischen Habe. Im Laufe eines Vormittags zog damit die Seele unseres alten Hauses in das neue um. Die Wohnzimmermöbel wurden in dem sonnigen Salon aufgestellt und der Esstisch in der Küche, die sich auf der Rückseite des Hauses befand.

„Es wird bestimmt schön sein, im Salon Besuch zu empfangen", sagte Mama.

Wenn ich mich recht erinnere, war während meiner gesamten Kindheit vielleicht ein halbes Dutzend Mal vormittags eine Dame zu Besuch gekommen. Welche Farmersfrau hatte denn auch schon vormittags Zeit für ein geselliges Beisammensein? Seit meiner Rückkehr bekamen wir jedoch oft Besuch. Dieses neuerliche Interesse an einem Kontakt zu uns war allerdings oft kaum mehr als dürftig verschleierte Neugier. Mein Zustand ließ sich inzwischen nicht mehr verbergen, und aus Seitenblicken, mit denen man mich bedachte, wenn ich in der Stadt war, wurde jetzt direktes und unverblümtes Anstarren. Unter dem Vorwand, sich nach meiner Gesundheit zu erkundigen, wurde ich oft ausgefragt.

In solchen Fällen erzählte ich immer gerade so viel, dass die Neugier der Leute befriedigt war: dass ich geheiratet hatte, dass mein Mann wirklich noch eine zweite Frau genommen hatte und dass ich hoffte, meine Töchter zu mir holen zu können. Ich erzählte auch davon, wie ich mich in einem Schneesturm verirrt hatte, und von meiner Rettung, weil ich dadurch Gelegenheit hatte, Zeugnis von Gottes wunderbarer Fürsorge und Bewahrung zu geben.

Aber von meinen Ängsten erzählte ich nichts. Nichts davon, dass meine Kinder und mein Mann annahmen, ich sei tot, nichts von der Drohung, dass meine Sünden angeblich nur durch das Vergießen meines Blutes gesühnt werden konnten. Unsere Stadt lag weit genug nördlich von Kanesville, einem Sammelpunkt der Mormonen, dass es in unmittelbarer Nähe keine festen Mormonenlager gab, aber doch nah genug, um häufig mit ihnen in Kontakt zu kommen. Die Angst und das Misstrauen meines Vaters hatten mich vertrieben; ich würde auf keinen Fall etwas tun, um selbst eine derartige Reaktion zu verursachen.

Unser Haus war ein geräumiges, zweistöckiges Gebäude, aber je größer das Baby wurde, desto beschwerlicher wurde es für mich, die Treppe hinauf ins Obergeschoss zu steigen, und mir war klar, dass es schon bald ungeheuer mühselig werden würde. Es gab auch unten im Erdgeschoss ein Schlafzimmer, das Mama bekommen sollte, sodass die drei Schlafzimmer oben für mich und die Kinder vorgesehen waren. Doch Mama bestand jetzt darauf, dass ich bis zur Geburt des Babys erst einmal das untere Schlafzimmer nahm.

Am ersten Abend in unserem neuen Zuhause begann das Baby in dem Augenblick, als ich mich ins Bett gelegt hatte, dermaßen zu strampeln, dass ich schon fürchtete, gar nicht mehr einschlafen zu können. Ich legte meine Hand auf den Bauch und spürte die Bewegung des Kindes.

Mir kamen die Tränen, als ich mich daran erinnerte, wie ich es immer Nathan erzählt hatte, wenn sich unsere ungeborenen Kinder in mir regten. Dann waren wir im Bett geblieben, er hatte seine Hand auf meinen Bauch gelegt, und ich hatte beobachten können, wie seine Augen aufleuchteten.

„Sie tanzt, genauso, wie sie es schon im Himmel getan hat", hatte er damals über unsere Melissa gesagt. Ich erinnere mich, dass ich sowohl über seine Vorhersage staunte, dass es ein Mädchen werden würde, als auch über die Vorstellung, dass sie schon ein ganzes Leben im Himmel hinter sich haben sollte, bevor sie von mir zur Welt gebracht wurde. Von beidem war Nathan nämlich unerschütterlich überzeugt, und er hatte mich mit seinen Vorhersagen in seinen Bann gezogen.

Aber bei diesem Kind war es anders.

Bei diesem Kind wusste ich ohne jeden Zweifel, dass es noch kein Leben gehabt hatte, bevor Nathan und ich es erschaffen hatten. Und im Unterschied zu den Schwangerschaften mit den anderen Kindern hatte ich keine Ahnung, welches Geschlecht es haben würde. Ich hatte mir noch nicht einmal erlaubt, mir seine Geburt und sein Leben vorzustellen. So sehr ich die schönen Augenblicke mit dem Vater des kleinen Wesens, das da in mir heranwuchs, auch vermisste, so genoss ich es auch, dass es für die nächsten Monate nur mir allein gehörte. Neues Leben, ja, aber Leben, das von mir allein abhängig war, anders als das meiner Töchter, die unter der Fürsorge einer anderen Frau gediehen; anders als das meines Sohnes, der gar nicht hatte leben dürfen.

Im Wesentlichen war es an diesem Abend mein Kind, das mich in den Schlaf wiegte, während ich von meinen Dankgebeten in meine Träume hinüberglitt.

KAPITEL 24

Mama verbrachte nur eine einzige Nacht oben in meinem künftigen Schlafzimmer, das noch kahl und nicht eingerichtet war. In der darauffolgenden Nacht war sie wieder unten bei mir, und wir lagen erneut nebeneinander und erzählten einander flüsternd all das, was wir im Leben der jeweils anderen verpasst hatten. Weshalb wir dabei flüsterten, weiß ich gar nicht genau. Es gab ganz sicher niemanden, den wir hätten stören können, obwohl wir das Glück hatten, Nachbarn in Sichtweite zu haben. An den meisten Abenden brachte uns mindestens einmal etwas, das wir einander erzählten, zum Lachen.

Auf jeden Brief mit detaillierten Berichten über die Freuden und Schwierigkeiten in dieser Zeit, den ich Colonel Brandon schickte, antwortete er freundlich, ohne allerdings auf Einzelheiten seiner Aufgaben in Fort Kearny einzugehen. Stattdessen schrieb er über seinen Sohn – Kleinigkeiten und Neuigkeiten, die er aus den Briefen des Jungen erfahren hatte. Wenn ich daran dachte, mich nach dem Gefreiten Lambert zu erkundigen, berichtete Colonel Brandon jedes Mal, dass es ihm ebenfalls gut gehe. Ein paar Mal brachte er auch eine lustige Erinnerung an unsere Reise in den Osten zu Papier, und ich musste beim Lesen lächeln. Und jedes Mal kam es mir wieder seltsam vor, gemeinsame Erinnerungen mit einem Mann zu haben, den ich im Grunde gar nicht kannte. Meistens erzählte ich es dann Mama, die gar nicht genug davon bekommen konnte, Einzelheiten aus der Zeit zu erfahren, in der wir getrennt gewesen waren.

„Es ist schon seltsam", schrieb der Colonel einmal Ende August, „dass zwischen unseren Briefen so viel Zeit vergeht, wo wir doch gar nicht so weit voneinander entfernt leben."

Mir fiel gar nicht auf, dass sich hinter diesen Worten eine Bitte verbarg. Oder ich gestand sie mir zumindest nicht ein. Stattdessen schrieb ich im Plauderton einen Bericht darüber, wie die Vorhänge in dem neuen Haus aufgehängt wurden, sowie ein paar Gedanken über die Vorteile der Hühnerhaltung.

„Darf ich Sie besuchen kommen?", fragte er also in seinem nächsten Brief ganz direkt und offen. „Ich würde gern sehen, wo Sie leben, damit ich mir alles besser vorstellen kann, wenn ich Ihre Briefe lese."

„Vielleicht", schrieb ich in meiner Antwort, „sind meine Beschreibungen ja nicht anschaulich genug." Und dann schilderte ich in allen Einzelheiten, wie ich die Schlafzimmer der Mädchen einrichten wollte – die zierlichen Möbel, die ich bei einem Schreiner in der Stadt bestellt hatte, und die vielen Meter pastellfarbenen Baumwollstoff, aus denen Mama und ich Decken und Rüschen und Kissen für ihre Betten nähten. Zu diesem Zeitpunkt war mir gar nicht recht bewusst, weshalb ich das alles schrieb, nämlich um deutlich zu machen, dass in diesem Haushalt kein Platz für ihn war. Ich beschrieb ihm unseren Esstisch als so klein, dass wir noch einen neuen Stuhl brauchen würden, wenn wir als Familie zusammen essen wollten, und sogar zwei, wenn Mr Bostwick zu Besuch käme.

Da er ein Gentleman war, ging der Colonel nicht auf meine ausweichenden Antworten ein, und er bat auch kein weiteres Mal um eine Einladung. Weder im nächsten Brief noch im darauffolgenden, noch in dem danach.

Etwa einen Monat nach unserem Umzug kamen Reverend Harris und seine Frau zu Besuch. Wir saßen zu viert im sonnendurchfluteten Salon, tranken frisches Ingwerwasser und aßen Käsesandwiches.

„Also, Miss Camilla", sagte Reverend Harris und gestikulierte mit einer Sandwichecke, „wann dürfen wir Sie denn einmal in der Kirche begrüßen? Wenn ich mich recht erinnere, waren Sie seit Ihrer Rückkehr noch gar nicht da."

Ich merkte, wie ich errötete, obwohl sein Tonfall wirklich freundlich war. „Es tut mir leid, aber es ist schwierig, wenn man bedenkt …"

„Wenn man was bedenkt, meine Liebe?"

Ich legte meine Hände auf meinen Bauch, dem man jetzt die Schwangerschaft ansehen konnte.

„Wenn man bedenkt, dass mich alle für eine unverheiratete Mutter halten. Und wenn man die Umstände bedenkt, unter denen ich damals weggegangen bin …"

„Trauen Sie uns so wenig Barmherzigkeit und Großmut zu?"

„Natürlich nicht", lenkte ich hastig ein. „Es ist nur schwer, sich nicht beobachtet und verurteilt zu fühlen."

„Glauben Sie denn, dass Sie die Erste in unserer Gemeinde sind, die von den Mormonen weggelockt wurde? Oder dass Sie die Letzte sein werden?"

„Ich weiß jedenfalls von niemandem sonst."

„Sie schaffen es nicht alle bis ins neue Zion von Brigham Young, aber Sie wissen doch genauso gut wie ich, dass es entlang des Flusses Siedlungen gibt. Manche von diesen Leuten gehen unseren Gemeinden für immer verloren, aber andere, so wie Sie, schnuppern nur eine Zeitlang hinein und kommen dann zurück. Und wir freuen uns jedes Mal, wenn eines unserer Schäfchen zur Herde zurückkehrt."

„Aber bei mir war es weit mehr als nur ein ‚Hineinschnuppern', Reverend Harris. Mein Mann ist Mormone, und meine Töchter leben bei ihm. Ich bin also nicht nur eine alleinstehende Frau, die ein Kind erwartet, sondern ich bin alleinstehend, weil ich meine Familie verlassen habe."

„Aber du bist doch gar nicht allein mit deinem Kind", sagte Mama. Wir saßen nebeneinander auf unserem schmalen Sofa, und sie legte beschwichtigend einen Arm um mich.

„Natürlich nicht, Mama." Und jetzt brannten mir Tränen in den Augen, etwas, das fast jeden Tag geschah. „Aber trotzdem wird mich jeder in der Gemeinde wegen einem dieser beiden Punkte verurteilen. Entweder bin ich eine treulose Christin oder eine treulose Ehefrau."

Mrs Harris streckte ihre Hand aus und tätschelte mitfühlend mein Knie. „Wir verurteilen nicht …"

„Aber Sie können nicht für die gesamte Gemeinde sprechen." Meine Worte kamen sehr viel schroffer und heftiger heraus, als ich es beabsichtigt hatte. „Bitte verzeihen Sie. Alle sind so freundlich und nett zu mir. Ich habe nur solche Angst vor dem, was die Leute denken könnten."

„Machen Sie sich denn auch Sorgen darüber, was Gott denken könnte?", gab Reverend Harris zurück.

„Nein", antwortete ich mit großer Entschiedenheit. „Ich weiß, dass meine Beziehung zu Gott völlig wiederhergestellt ist, und ich bin mir meiner Erlösung ganz sicher. Und ich finde auch nicht, dass ich Gott nicht die Ehre gebe. Ich tue es nur auf meine Weise. Ich lese in der Bibel – ja, ich habe sogar schon die ganze Bibel durchgelesen. Und ich bete. Ich habe so viele Tage beinah wie eine Gefangene verbracht. Schon bevor ich meinen Mann und mein Zuhause verließ, hatte ich das Gefühl, dass ich mit Gott allein war. Und vergangenen Winter war ich dann tatsächlich allein mit Gott. Er hat mir eine ganz bestimmte Art von Kraft gegeben, und ich glaube, ich habe Angst, diese Kraft wieder zu verlieren."

Reverend Harris sah mich mit dem für ihn typischen fragenden Blick an. Ich bin sicher, es kam nicht oft vor, dass dieser Mann es mit einer Aussage zu tun bekam, auf die er nichts zu erwidern wusste, aber ich hatte ihn erkennbar verblüfft, und er war ratlos. Doch er fing sich rasch wieder und war bereit für ein Streitgespräch.

„Wie sollte es denn Ihre geistliche Kraft verringern, wenn Sie zur Kirche gehen?"

„In meiner Kindheit war ich jeden Sonntag im Gottesdienst", antwortete ich und tätschelte Mamas Knie. „Dafür hat sie gesorgt. Und ich habe zugehört, wirklich. Aber manchmal überstieg das, was der Prediger sagte, einfach mein Verständnis. Ich habe zwar zugehört, aber nichts verstanden."

„Ich weiß genau, was Sie meinen", warf Mrs Harris ein. „Selbst die Predigten meines lieben Mannes können bisweilen ein wenig trocken sein."

Reverend Harris schaute kleinlaut drein, und ich fühlte mich gezwungen, ihm zur Rettung zu eilen.

„Sie sind ein feiner Mann Gottes, ein guter Christ und" – ich schaute zu Mrs Harris –, „ein hervorragender Prediger, aber während der ganzen Zeit, die ich als Kind in der Kirche verbracht habe, hatte ich nie das Gefühl, dass ich irgendwie mit Gott in Verbindung bin. Ich glaube, dass ich deshalb auch so leicht zu täuschen und zu verführen war. Ich wusste einfach nicht genug oder habe mich nicht genug für Gott interessiert, damit so etwas nicht passieren konnte. Und dann, als ich weg war und dort in die Versammlungen der Mormonen gegangen bin ..."

„... fanden Sie diese neue Lehre spannend?", versuchte Reverend Harris meinen Gedanken zu Ende zu bringen.

„Zuerst schon, aber eigentlich bin ich eher wegen Nathan – das ist mein Mann – hingegangen als wegen irgendetwas anderem. Auch dort saß ich wieder auf einer Kirchenbank und hörte zu. Und dieses Mal wusste ich ganz tief in meinem Inneren, dass die Lehre falsch war, aber trotzdem habe ich nichts getan."

Ich fing wieder an zu weinen, und Mama reichte mir ein Taschentuch. Schweigend saßen wir alle da, wahrscheinlich, damit ich meine Fassung zurückerlangen und meine Gedanken wieder sammeln konnte, aber ich wollte weder das eine noch das andere. Ja, ich wünschte sogar von Herzen, dass dieses Thema nie zur Sprache kommen würde. Verzweifelt überlegte ich, wie ich es vermeiden konnte, eine Erklärung abzugeben, denn ich war überzeugt, dass ich niemandem eine Erklärung schuldig war.

„Schluss jetzt", sagte Mama und rieb mir den Rücken mit kleinen, sanften, kreisenden Bewegungen. „Und du sagst uns jetzt, wovor du solche Angst hast."

Ich holte tief Luft und wickelte das Taschentuch um die beiden Finger meiner linken Hand.

„Ich bin Gott jetzt so nah." Ich schaute Reverend Harris direkt in die Augen. „Näher, als ich es je für möglich gehalten hätte. Näher, als man mich gelehrt hat, dass es möglich sei. Ich höre ihn, und ich weiß, dass er mich hört. Ich möchte nicht, dass wieder irgendetwas zwischen uns kommt. Ich möchte nicht die Kontrolle über das, was ich weiß und höre und glaube, an jemand anderen abgeben. Ich möchte mir nicht von anderen vorschreiben lassen, was Gottes Wort sagt, denn genau das tun die Mormonen: Sie sagen einem, wo die Bibel recht hat und wo sie sich irrt und was sie bedeutet. Gott hat mir doch einen Verstand und ein Herz gegeben."

„Aber Reverend Harris weiß, dass die Bibel nie irrt." Mama sprang beinah auf, um ihn zu verteidigen.

„Und er weiß, was alles bedeutet", fügte Mrs Harris noch hinzu.

„Bitte, meine Damen." Reverend Harris hob leise in sich hinein lachend die Hand. „Ich verstehe genau, was Camilla meint."

„Wirklich?" Meine Frage sollte nicht respektlos klingen, aber jetzt ließ Mama empört meine Hand los.

„Ja, ich verstehe es, und ich habe wirklich Hochachtung vor einer Frau, die sich so engagiert der Aufgabe widmet, mehr über ihren Erlöser zu erfahren. Ich möchte Sie aber ermutigen, doch darüber nachzudenken, wieder an den Gottesdiensten teilzunehmen. Selbst wenn Sie es nur wegen des Gemeinschaftsgefühls tun oder in dem Bewusstsein, dass wir ja doch zu einer Art Familie gehören. Und bitte, schämen Sie sich nicht für das Kind, das Sie in sich tragen. Es ist ein Sinnbild für das neue Leben, das man bei Jesus Christus finden kann." Plötzlich erhellte sich sein Gesicht, und er stürzte den Rest seines Wassers herunter. „Ich glaube, ich habe gerade eine Idee für meine nächste Sonntagspredigt! Komm, Alice." Er stand auf und legte seiner Frau auffordernd die Hand auf die Schulter. „Ich muss unbedingt nach Hause an meinen Schreibtisch."

Eine so herzliche Einladung zur Teilnahme an der Gemeinschaft konnte ich nicht ausschlagen. Also stand ich am ersten Sonntagmorgen, an dem es mir gesundheitlich gut genug ging, um den Fußweg zur Kirche zu schaffen, auf und zog das neue salbeigrüne Kleid an, das Mama mir genäht hatte. Auf dem Mieder befanden sich zwei Reihen mit Knöpfen, die, wenn das Baby da war, praktisch waren fürs Stillen. Der Rock hatte ein verstellbares Bündchen, sodass ich es nach der Geburt enger machen und das Kleid auch weiterhin würde tragen können. Es war eines der wenigen neuen Kleider, die ich bekommen hatte, seit ich Nathan geheiratet hatte, denn mir fehlte die Geduld fürs Nähen, und deshalb war ich immer sehr auf Kleiderspenden meiner Mitheiligen angewiesen gewesen.

Ich atmete den süßen Duft des frischen Holzes in unserem neuen Heim ein, als ich vor dem Spiegel stand und mir noch ein paar Locken drehte. Meine Finger mühten sich mit den Haarnadeln ab, und ich wollte gerade aufgeben und mit aufgesteckten Zöpfen in die Kirche gehen, als es leise an meiner Tür klopfte.

„Camilla?"

Ich drehte mich um – ja, eigentlich wirbelte ich eher herum. Ungeachtet meiner unvollendeten Frisur war ich ganz zufrieden mit meinem Äußeren.

„Wie sehe ich aus, Mama?"

Ein Schmunzeln ließ ihr Gesicht erstrahlen, und sie antwortete: „Du sahst noch nie so schön aus."

Ich hielt ihr die Hand mit den Haarnadeln hin. „Kannst du mir helfen?"

„Nichts lieber als das."

Ich saß auf einer Ecke meines Bettes, denn Mama war ein bisschen kleiner als ich, und überließ mich ihren fähigen Händen.

„Es kommt mir so vor, als würde ich dich für deine Hochzeit ankleiden." Mamas Lippen waren um die Haarnadeln geschlossen, deshalb war ich erst nicht sicher, ob ich sie richtig verstanden hatte.

„Aber ich bin schon verheiratet."

„Es sieht doch ganz so aus, als ob Mr Bostwick das rückgängig machen könnte, oder?"

„Bitte, Mama …"

„Eine Frau sollte nicht die Hochzeit ihrer Tochter versäumen. Jedenfalls nicht alle."

Ich drehte mich zu ihr um, sodass die Nadel, die sie mir gerade ins Haar steckte, über die Kopfhaut kratzte, aber das war mir egal. „Ich weiß nicht, ob ich mich von Nathan scheiden lasse, geschweige denn, ob ich noch einmal heirate."

„Wir wissen ja nicht, was noch kommt, oder?"

Sie steckte die letzte Haarnadel in mein Haar und erklärte, wir würden zu spät kommen, wenn wir uns jetzt nicht bald auf den Weg machten. Als sie das Zimmer verlassen hatte, stand ich auf, um mich im Spiegel zu betrachten, der über der Kommode hing. Obwohl ich wusste, dass am Ende des Tages die Locken schlaff herunterhängen würden, sahen sie jetzt hübsch aus, wie sie mein Gesicht umrahmten. Die harte Kinnlinie und die hohen Wangenknochen waren inzwischen weicher geworden, was in erster Linie daran lag, dass ich den ganzen Sommer über frisch gemachtes Sahneeis und Rindfleisch geschlemmt hatte. Ich betrachtete mich auch noch von der Seite, strich mit den Händen über das weiche, frisch gebügelte Kleid und genoss jeden Zentimeter meiner Figur, fest entschlossen, mich von niemandem in Verlegenheit bringen oder gar beschämen zu lassen. Mama rief mich von der Küche aus, also nahm ich meine Bibel und ging zu ihr. Da stand sie, immer noch mit diesem Schmunzeln im Gesicht, nur dass sie jetzt eine große Schachtel in den Händen hielt.

„So, jetzt noch ein Letztes", sagte sie, „zur Feier des Tages."

Die Schachtel war mit einem einfach verknoteten Band verschlossen, das ich schon Sekunden später geöffnet hatte, und dann schaute ich gespannt auf den Inhalt der Schachtel.

„Oh, Mama, der ist ja wunderhübsch."

Und das war er auch – der perfekte Hut zu meinem Kleid. Der breite Strohrand bildete einen hübschen Rahmen für mein Gesicht, war aber auch großzügig genug, um meine kunstvollen Locken nicht zu zerdrücken. Ein kleines Sträußchen Frühlingsblüten zierte den Hut, und ein breites Seidenband, das genau zur Farbe meines Kleides passte, war hindurchgezogen. Ich rannte zum Spiegel, setzte ihn auf und schloss das Band mit einer feschen Schleife unter meinem linken Ohr.

„Wunderschön", kommentierte meine Mutter, und ich pflichtete ihr bei.

Unser kurzer Weg zur Kirche führte auch an der Schule vorüber.

„Eines Tages werden meine Mädels hier zur Schule gehen", sagte ich und erfreute mich an dem Anblick des Schulhauses, das eingebettet in einer Senke zwischen zwei grünen Hügeln lag.

Beim Gedanken an meine Töchter verlor mein Herz ein wenig von seiner Beschwingtheit. Ich liebte dieses Kind, das ich in mir trug, zwar mit jeder Faser meines Seins, aber manchmal fiel es mir schwer, mich nicht darüber zu grämen, dass sich seinetwegen alles so sehr verzögerte. Doch einmal mehr blieb mir nichts anderes übrig, als meine Töchter und auch meine Pläne in Gottes Hand zu legen.

Als würde sie meine Gedanken lesen, fügte Mama ganz leise hinzu: „So Gott will."

„Natürlich", pflichtete ich ihr bei. Ich hatte eigentlich geglaubt, dass ich nicht länger daran zweifelte, dass Gott meine Familie wieder vereinen würde. Aber diese Bemerkung meiner Mutter schlug eine winzige Kerbe in meine Sicherheit, und deshalb konnte ich ihre Aussage nicht einfach so stehen lassen und sagte: „Natürlich wird er das."

Die Kirche befand sich am Ende der Hauptstraße, an der zu beiden Seiten Läden und Geschäftshäuser lagen. Die Kirchentür stand weit offen, der Glockenturm, an dessen Spitze sich das Kreuz befand, hob sich gegen den blauen Spätsommerhimmel ab. Mein Herz raste bei dem Gedanken, endlich Gott unter dem Kreuz anzubeten, und ich beschleunigte meine Schritte.

Die Menschen hatten sich familienweise in kleinen Gruppen auf dem Platz vor der Kirche versammelt; Kinder spielten im Schatten des großen Baumes neben der Kirche. Wie ich schon vermutet hatte, richteten sich in dem Moment, als Mama und ich eintrafen, alle Blicke auf uns, aber schon bald fühlte ich mich willkommen. Die Männer übersahen mich weitgehend und reagierten lediglich mit einem kurzen Nicken und indem sie uns Platz machten, was mir nur recht war.

Ganz langsam bahnte ich mir den Weg zum Eingang. Das letzte Mal, als ich die Kirche durch diese Tür betreten hatte, war ich in jeder Hinsicht noch ein Kind gewesen. Meine Gedanken rasten vor Aufregung darüber, jetzt tatsächlich in einem Haus Gottes zu sein, und gleichzeitig hatte ich Angst davor, mich an einem solchen Ort völlig hilflos zu fühlen. Mama hatte seit damals keinen einzigen Sonntagsgottesdienst versäumt, auch während der Zeit nicht, als Papa so krank war. Sie war an diesem Morgen meine Stärke und mein Halt, immer ganz nah an meiner Seite. Wir waren jetzt eine Familie, genau wie jede andere Familie, die zum Gottesdienst gekommen war.

Kurz bevor ich die Kirche betrat, rief eine inzwischen vertraute Stimme meinen Namen. Als ich mich umdrehte, sah ich, wie Mr Bostwick die Kirchentreppe hochkam, seinen Hut in der Hand.

„Sie sehen sehr gut aus heute Morgen, Mrs Fox", meinte er und musste über seinen förmlichen Ton selbst grinsen.

„Oh, vielen Dank, Mr Bostwick", antwortete ich. Ich wusste inzwischen, dass eine Bemerkung über mein Aussehen für Mr Bostwick das größtmögliche Kompliment war. Mehr Schmeichelei war von ihm nicht zu erwarten.

Er reckte seinen Hals, um an mir vorbei zu sehen, und fragte auf eine Art und Weise nach meiner Mutter, die mir das Gefühl gab, dass sie ein ebenso wichtiger Grund für seine Anwesenheit hier war wie Gott selbst.

„Sie muss hier irgendwo sein", versicherte ich ihm. „Vielleicht unterhält sie sich gerade mit Mrs Harris."

„Ach so." Er wippte auf seinen Fersen auf und ab.

Unsere Familie hatte ihren Platz immer auf einer Bank im hinteren Teil der Kirche gehabt, und auch jetzt zog es mich sofort wieder dorthin. Mama folgte mir, rutschte als Erste in die Bank hinein, und ich wollte mich gerade neben sie setzen, als Mr Bostwick sich räusperte und sich dann zwischen uns drängte. Ich war sehr dankbar dafür, dass wir so weit hinten waren. Da wir in der drittletzten Reihe saßen, verringerte sich die Zahl der Blicke, die ich auf meinem Rücken und in meinem Nacken spürte, erheblich.

Als alle Platz genommen hatten, betrat Reverend Harris eine kleine Holzkanzel vorn im Altarraum und sorgte durch ein vernehmliches Räuspern für Ruhe.

„Brüder und Schwestern, ich möchte mit den Worten von Paulus aus dem Epheserbrief beginnen –" Er schlug seine dicke Bibel an der gekennzeichneten Stelle auf. „Damit wir nicht mehr unmündig seien und uns von jedem Wind einer Lehre bewegen und umhertreiben lassen durch trügerisches Spiel der Menschen, mit dem sie uns arglistig verführen.

Lasst uns aber wahrhaftig sein in der Liebe und wachsen in allen Stücken zu dem hin, der das Haupt ist, Christus.‘"

Dann schlug er die Bibel wieder zu und legte sie auf die Kanzel. „Liebe Mitchristen, wir wissen alle, dass es Menschen gibt, die falsche Lehren verbreiten, die Bibelstellen mit Lügen vermischen, die ein verfälschtes Evangelium verkünden …"

Am Ende seiner kurzen Predigt hatte Reverend Harris die Aufmerksamkeit und Zustimmung aller Anwesenden. Ich spürte, wie mein Gesicht unter der Krempe meiner Haube brannte. Hatte er mich nur deshalb so herzlich in den Gottesdienst eingeladen, um mich dort öffentlich zu demütigen?

„Und manchmal möchten wir diejenigen verdammen, die einer solchen falschen Lehre Glauben schenken. Wir nennen sie ‚Heiden', ‚Ketzer', ‚Gotteslästerer', und es gibt auch noch andere Bezeichnungen, die hier allerdings nicht hingehören."

Schweigendes Nicken, vermischt mit ein wenig Kichern über die letzte Bemerkung.

Ich wäre am liebsten gestorben. All diese Worte hatte ich bereits von meinem Vater zu hören bekommen. Ich hatte erlebt, wie er sie regelrecht ausgespien hatte, als die Mormonen vor all den Jahren in der Nähe unserer Farm ihr Lager aufgeschlagen hatten. Und damals am Flussufer, als ich davongelaufen war, hatte er sie mir laut nachgebrüllt. Ja, vielleicht saßen jetzt hier in der Kirche sogar einige der Männer, die damals ebenfalls mit Fackeln in der Hand am Flussufer gestanden und mit eigenen Augen gesehen hatten, wie ich davongelaufen war. Ich hätte alles dafür gegeben, wenn ich in diesem Augenblick ebenfalls hätte davonlaufen können. Und gerade, als ich dachte, dass Reverend Harris nicht mehr verletzender werden konnte, sagte er meinen Namen und bat mich aufzustehen.

Ich konnte mir nicht vorstellen, dass er wirklich so grausam sein konnte. Aber als ich unter meiner Hutkrempe hervorblickte, sah ich, dass seine blauen Augen eindringlich auf mich gerichtet waren. Schweren Herzens stand ich auf.

„Viele von euch kennen diese Frau", fuhr er fort. „Und wenn ihr sie kennt, dann wisst ihr auch, dass sie während der vergangenen Jahre Anhängerin einer dieser fremden Lehren war und von hier weggegangen ist."

Ein mitleidiges Raunen ging durch die Gemeinde.

„Ich möchte, dass ihr sie aber nicht als die Frau seht, die sie heute ist, sondern als das Kind von damals. Als ein hilfloses Kind. Ein Kind, das im Netz der Täuschung gefangen war. Und ich bitte euch inständig, sie – so wie es ja auch viele schon getan haben – mit christlicher Liebe wieder willkommen zu heißen. Nicht nur, weil ich, der Leiter dieser Gemeinde, euch darum bitte, sondern weil es genau das ist, was Jesus Christus, das Haupt der Gemeinde, verlangt. Stimmt ihr mir darin zu?"

Darauf folgte ein leises, aber kein bisschen zögerliches Amen von der Gemeinde, und ich wurde aufgefordert, mich wieder zu setzen.

Von dem, was er danach noch sagte, bekam ich kein einziges Wort mehr mit.

Kapitel 25

14. Oktober 1858

Lieber Colonel Brandon,
das Herbstlaub zeigt sich uns in seiner ganzen Pracht. Heute Morgen wieder strenger Frost, aber kein Schnee. Wer hätte nach dem letzten Winter gedacht, dass ich mich so danach sehnen würde, Schnee zu sehen? Aber wie öde ist es, einfach nur zu frieren mit nichts als zunehmend kahlen Bäumen und steinhartem Boden. Ich glaube, dass ich für den Rest meines Lebens meine eigene Schneevorhersage haben werde, denn dann stellt sich an der Stelle, wo Dr. Buckley seine erfolgreiche Operation durchgeführt hat, ein mittlerweile vertrauter stechender Schmerz ein. Dieser Schmerz reicht aus, um meine Hand zu lähmen, und obwohl ich erst seit einem Winter damit lebe, erweist er sich als ebenso präzise Vorhersage wie ein Bauernkalender.

„Wieder ein Brief?" Mama rauschte am Schreibtisch vorbei. Sie war auf dem Weg zum Fenster, wo sie die Vorhänge aufziehen wollte, um die strahlende Herbstsonne hereinzulassen, die den Raum allerdings kaum noch wärmte.

„Colonel Brandon ist ein treuer Briefschreiber", sagte ich und nutzte die Zeit, in der wir redeten, um die Tinte auf der Seite trocknen zu lassen.

„Und ein treuer Verehrer."

„Ein treuer Freund."
Meine Richtigstellung ging jedoch in dem Lärm unter, als sie mehrere Holzscheite aufs Feuer legte und dadurch einen prasselnden Funkenregen verursachte. Ich erhob mich von meinem kleinen Schreibtisch und half ihr, die wenigen Funken auszutreten, die es bis zum Teppich geschafft hatten. Und wo ich schon einmal dort war, hielt ich auch gleich meine schmerzende Hand in die Wärme.

„Die Kälte macht dir zu schaffen, nicht wahr?"

„Es ist furchtbar, wenn etwas schmerzt, das gar nicht mehr da ist", antwortete ich. „Ich habe das Gefühl, dass mich mein eigenes Fleisch verfolgt."

„Vielleicht ist es in der Küche besser. Dort ist es wärmer, und außerdem könnte ich ein bisschen Hilfe bei dem Obstkuchen brauchen."

„Ist er für heute Abend gedacht?" Abends nahmen wir eigentlich immer eine eher einfache Mahlzeit zu uns.

„Mr Bostwick hat gefragt, ob er vorbeikommen kann. Irgendetwas Offizielles", fügte sie noch hinzu und errötete dabei kaum merklich.

„Aber natürlich." Ich wusste jedoch, dass es dabei wahrscheinlich um das ging, worüber wir bei Mr Bostwicks Besuchen immer sprachen. Vielleicht ein neuer Mieter in unserem Geschäftshaus oder der Steuerbescheid für unser Land. Es würde aber sicher auch Gelegenheit geben, über meinen Fall zu sprechen – vielleicht gab es Neuigkeiten über einen Regierungswechsel in Utah, neue Berichte über das Schwinden von Brigham Youngs Macht. Diese Informationen ließen mich immer neue Hoffnung schöpfen, dass das, was wir für das Ende des Winters planten, erfolgreich verlaufen würde.

Ich legte den angefangenen Brief in meinen Schreibtisch und schraubte das Tintenfass zu. „Vielleicht gibt es ja später noch mehr zu berichten."

Mr Bostwick kam pünktlich um siebzehn Uhr, genau in dem Augenblick, als Mama die gekochten Kartoffeln aus dem

Topf nahm. Statt unseren Gast allein im Salon sitzen zu lassen, bat sie ihn in die Küche.

Zunächst unterhielten wir uns nur darüber, dass die Kälte besonders unangenehm feucht sei und das Maismehl so teuer. Eine lockere Plauderei, wie sie auch stattfindet, wenn ein Mann von der Arbeit nach Hause kommt. Es war jetzt ein halbes Jahr seit Papas Tod vergangen, und ich fragte mich, ob nicht vielleicht sowohl Mr Bostwick als auch Mama das Problem meiner Ehe mit Nathan nur als Vorwand nutzten, um Zeit miteinander zu verbringen. Irgendwie war ich, die Tochter, zur Anstandsdame geworden, damit in der Stadt niemand auf den Gedanken kam, ihre Beziehung könnte etwas Unschickliches haben.

Nach dem Essen spülte Mama das Geschirr, während Mr Bostwick wieder seine Mappe hervorholte und die Unterlagen auf dem Tisch ausbreitete.

„Ich glaube", begann er, „wir haben jetzt alles beisammen, um weitermachen zu können. Mit der Einwilligung Ihrer Mutter habe ich all ihre Besitztümer auf Ihren Namen eingetragen. Dadurch übersteigt Ihr Vermögen das Ihres Mannes bei Weitem. Sie haben hier also Eigentum, auf das unser Mr Fox keinen Anspruch hat."

„Auch wenn er mein Mann ist?"

„Er wird nicht mit Namen genannt, noch wird ein Ehemann im Testament Ihres Vaters erwähnt. Mr Fox könnte natürlich einen Anspruch geltend machen, aber weil Sie den Besitz nicht schon mit in die Ehe gebracht haben und weil Sie in der Scheidungsvereinbarung keine Ansprüche an ihn geltend machen, gehen wir fürs Erste einmal davon aus, dass er einverstanden sein wird."

„Hätte ich denn das Recht, Ansprüche an ihn geltend zu machen?"

„Wenn wir ihn des Ehebruchs bezichtigen, auf jeden Fall."

Ich dachte an unser bescheidenes Heim und Nathans Werkstatt in der Scheune, in der unzählige unfertige Projekte standen, weil er von dem Wunsch getrieben wurde, von Brigham Young als guter Handwerker anerkannt zu werden. Es gab dort nichts von Wert. „Ich möchte nur unsere Kinder."

Er legte mir ein weiteres Schriftstück vor, das in seiner winzigen, ordentlichen Handschrift vollgeschrieben war. „Für die wir das alleinige Sorgerecht beantragen, und was sein schändliches Verhalten angeht …"

„Ich habe Ihnen doch gesagt, dass es bei dem Mormonen üblich ist."

„Bis vor einem Jahr, als Brigham Young noch sowohl die religiöse als auch die gesetzgebende Macht innehatte, wäre das vielleicht nicht zu unserem Vorteil gewesen. Aber in Utah ist eine neue Zeit angebrochen."

„Ich weiß, es gibt dort jetzt einen weltlichen Gouverneur, aber das bedeutet nicht, dass Brigham dadurch weniger Macht hätte."

„Brigham Young möchte, dass Utah ein souveräner Staat wird, aber das ist nach amerikanischer Verfassung nicht vereinbar mit der Praxis der Polygamie."

„Aber sie ist bei den Mormonen üblich."

„Dann werden deren Leiter gezwungen sein, eine Entscheidung zu fällen. Bis dahin" – er lenkte meine Aufmerksamkeit auf das Blatt Papier –, „werden wir darauf bestehen, dass die drei Kinder bei der Mutter besser aufgehoben sind."

„Erwähnen Sie in dem Dokument auch das neue Baby?"

„Natürlich, auch wenn wir zu diesem Zeitpunkt weder das Geschlecht noch den Namen des Kindes nennen können", entgegnete Mr Bostwick nachsichtig.

„Aber Sie haben doch gesagt, es gäbe keinen Grund, meine ‚delikate Verfassung' zu erwähnen."

„Bis wir vor Gericht gehen, werden wir etwas sehr viel Greifbareres haben als Ihre delikate Verfassung. So Gott will, werden wir dann ein gesundes, lebendiges Kind haben."

„Wir müssen also das neue Baby wirklich in den Dokumenten erwähnen?"

„Wenn ich Sie vor Gericht vertreten soll, ja. Ich werde auf jeden Fall die Wahrheit sagen. Und Mr Fox ist auch wirklich der Vater des Kindes?"

Mama und ich schnappten daraufhin beide gleichzeitig sichtlich empört nach Luft, und Mama schien drauf und dran, Mr Bostwick zu ohrfeigen.

Dieser hob abwehrend die Hände. „Ich stelle nur die Fragen, die das Gericht ebenfalls stellen wird, wenn herauskommt, dass es dieses Kind gibt. Indem ich es in die Scheidungsverhandlung einbeziehe, bestätigen Sie damit nur seine Ehelichkeit. Es wurde innerhalb der Ehe gezeugt, und wären die Umstände anders, würden Sie von Mr Fox erwarten, dass er es anerkennt. Wir haben es hier mit demselben Rechtsgrundsatz zu tun."

„Er wird dagegen angehen", sagte ich und hatte das Gefühl, ersticken zu müssen. „Und er wird dabei die gesamte Führung der Mormonen auf seiner Seite haben."

„Sie können versichert sein, dass das nicht der Fall sein wird. Wenn Brigham Young eines gezeigt hat, dann, dass er in seinem heiligen Land keine Konflikte sehen will."

„Aber er hat doch eine Armee aufgestellt. Sie haben Krieg geführt."

„Ein Krieg ohne eine einzige Schlacht. Der damit endete, dass Young sich ergeben hat. Die Mormonen sind stille, hinterlistige Leute. Ihrem Führer wird es deshalb gar nicht gefallen, wenn ihr makelbehafteter Glaube ins Blickfeld der Öffentlichkeit unseres Landes gerät."

Mama griff nach meiner Hand und drückte sie.

„Ich mache mir Sorgen, was passieren könnte, wenn er das Baby sieht."

„Er braucht das Kind doch gar nicht zu Gesicht zu bekommen", sagte Mr Bostwick. „Und auch Sie braucht er nicht zu sehen, Camilla. Denken Sie daran, dass ich nur Ihre Unterschrift brauche, und ich bin absolut in der Lage, auch allein Ihre Interessen zu vertreten. Wenn Sie meinen Vorschlag, bereits vor zwei Monaten aufzubrechen, nicht verworfen hätten, säßen Ihre beiden Töchter vielleicht in diesem Augenblick schon hier mit uns zusammen an diesem Tisch."

„Ich habe Ihnen doch gesagt, dass es nicht klug wäre …"

„Erlauben Sie mir wenigstens", unterbrach mich Mr Bostwick, der offenbar nicht in der Lage war, uns unsere Ruhe zu lassen, „Ihrem Mann ein paar Zeilen zu schreiben? Dass Sie am Leben sind, es Ihnen gut geht und dass Sie die Absicht haben, sich von ihm scheiden zu lassen."

Er hatte diese Bitte schon unzählige Male geäußert, und meine Antwort war unerschütterlich immer dieselbe gewesen.

„Nein. Ich weiß, dass meine Ängste vielleicht unbegründet sind, aber im Moment ist der Umstand, dass ich lebe, der einzige Vorteil, den ich habe."

Der Herbst schritt voran, und ab Mitte November rechnete ich täglich mit der Geburt meines Babys. Die Tage wurden grau und trist, und meine Vorfreude auf das Kind stand im Widerstreit mit der Verzweiflung darüber, dass es noch so viele Monate dauern würde, bis ich meine beiden älteren Kinder wiedersehen würde. Trotz des trüben Wetters versuchte ich, jeden Tag nach draußen zu gehen und mich zu bewegen, damit mir nicht die Decke auf den Kopf fiel. Und so kam es, dass ich gerade auf dem Heimweg von der Post war, als ich die ersten Wehen spürte. In den frühen Morgenstunden des nächsten Tages wurde dann mein Sohn geboren. Meine Mutter hielt dabei meine Hand.

Wir hatten keine Hilfe geholt, weder eine Hebamme noch einen Arzt, und ich würde lügen, wenn ich nicht zugeben würde, dass die Bewohner unseres Dorfes zwar einerseits ausgesprochen freundlich waren, andererseits aber auch zum Teil missbilligende Blicke auf meinen Bauch warfen.

Vor der Geburt meiner Töchter und meines ersten Sohnes hatte ich Stunden damit verbracht zu stricken – allein oder in einem Kreise anderer Frauen –, hatte winzige Kleidungsstücke gefertigt, um das neue Kind auf der Welt willkommen zu heißen. Dieser Junge kam rosig und schreiend zur Welt, aber ich hatte kaum mehr als ein paar Baumwollhemdchen und Windeln für ihn. Das und die unverwechselbare Ähnlichkeit seiner Augen mit denen seines Vaters.

„Ach, er ist wunderschön", rief Mama, als der Kleine seine ersten Atemzüge tat.

„Ja, das ist er", pflichtete ich ihr bei und drückte seinen feuchten, zappelnden Körper ganz fest an mich. Und er war mehr als nur schön. Er war kraftvoll und lebendig. Er zappelte mit Armen und Beinchen, und sein Schreien erfüllte den ganzen Raum. Mama nahm ihn, wusch ihn und brachte ihn mir dann wieder. Er war sauber und rosig und hatte einen weichen, blonden Haarschopf.

„Hast du dir schon einen Namen überlegt?", fragte Mama.
Das hatte ich nicht.

Sein Schreien ließ nach, als wir einander ansahen, und seine wedelnden kleinen Fäuste kamen zur Ruhe. Es gab nur einen Namen, den ich diesem Jungen geben konnte.

„Charles." Ich sah Mama an, jedoch nicht um Bestätigung von ihr zu erbitten, sondern Verständnis. „Charles Deardon Fox."

Ihm gefiel der Name sofort. Der Kleine packte meinen Finger mit seiner ganzen Hand und drehte dann seinen perfekt geformten Kopf in die Richtung, aus der meine Stimme kam.

„Sieht er so aus wie deine Töchter?", fragte Mama. „Ich meine, so wie sie aussahen, als sie geboren wurden?"

Ich zog ihn näher an mich heran. „Er ist größer. Bei den Mädchen kam es mir so vor, als wögen sie gar nichts. Sein Gesicht ist runder, so wie das seines Vaters. Und seine Augen sind dunkler. Und sein Lächeln …"

„Unsinn." Sie brachte eine Schüssel mit warmem Wasser herein und begann, mich zu waschen. „Babys lächeln kurz nach der Geburt noch nicht."

Ich widersprach ihr nicht, aber sie irrte sich trotzdem. Schon in diesen ersten Minuten verzog sich der Mund des Babys zu einer winzigkleinen Version des verführerischen, manchmal schalkhaften Grinsens seines Vaters.

„Oh mein Kleiner", flüsterte ich, „ich bin ja so froh, dich ganz für mich allein zu haben."

Die Ankunft von Baby Charles zog eine erneute Flut von Besuchern und Essen und Geschenken nach sich. Ich vermute, dass der Beginn eines neuen Lebens auf mysteriöse Weise Vergebungsbereitschaft bewirkt.

Reverend Harris und seine Frau kamen mit einer Wiege, in der zuletzt ihr jüngster Sohn – der inzwischen zehn Jahre alt war – gelegen hatte, sowie ein paar kleinen, weichen Decken. Als wir uns im Salon versammelten, um zu beten, hielt Reverend Harris Charlie im einen Arm und hob den anderen in die Höhe.

„Allmächtiger Gott" – seine tiefe, volle Stimme füllte den gesamten Raum aus –, „wir freuen uns über die gesunde Ankunft dieses Kindes und darüber, dass auch die Mutter wohlauf ist. Möge der kleine Erdenbürger in deiner Wahrheit aufwachsen und sein Leben in christlicher Rechtschaffenheit führen."

Bei diesen Worten legte sich eine schwere Last auf mich. Jetzt, wo Charlie auf Reverend Harris' Arm lag, fühlten sich meine eigenen Arme so leer an. Ich erinnerte mich noch so deutlich daran, wie ich damals meine Töchter Elder Justus in den Arm gelegt und er ähnliche Worte über ihnen gesprochen hatte. Und ich hatte schweigend und unwissend daneben gestanden, hatte versprochen, meine Töchter dazu zu erziehen, die Lügen eines falschen Evangeliums zu glauben. Was hätte ich darum gegeben, sie an diesem Tag hier bei mir zu haben, während wir für ihren Bruder beteten. Ich wagte es, ein Auge zu öffnen, um meinen Sohn anzuschauen, und sprach still mein eigenes Gebet.

Vater, bitte sorg du auch für meine Töchter. Behüte sie, so wie du auch diesen Kleinen hier in mir in vielen Prüfungen und Anfechtungen beschützt hast.

Ich wusste, dass wir uns wiedersehen würden – aber den Zeitpunkt und die Art und Weise würde Gott bestimmen. Ich wusste auch, dass die Entscheidungen, die ich bis hierher getroffen hatte, beileibe nicht perfekt gewesen waren. Ich hätte mich weigern können, Nathan in unserer letzten Nacht in mein Bett zu lassen, aber dann würde ich jetzt nicht dieses wundervolle neue Leben im Arm halten. Auch hätte ich mich weigern können, ohne die Kinder zu gehen, aber dann wäre ich der Bestrafung durch die Mormonen zum Opfer gefallen. Dennoch hatte ich mich meinen Töchtern nie zuvor so fern gefühlt wie in diesem Augenblick. Mehr als die Trennung durch Tausende von Meilen schmerzte mich die unermessliche geistliche Entfernung. Und ich würde nicht eher ruhen, bis ich sie auf die wahre Seite zurückgeholt hatte.

Kapitel 26

9. Dezember 1858

Lieber Colonel Brandon,
ich freue mich sehr darüber, dass Sie an Weihnachten bei Ihrem Sohn sein können. Und mit der Eisenbahn zu reisen – wie sehr ich mir wünsche, das auch eines Tages tun zu können. Meine Güte, während unserer Reise in der Postkutsche hatte ich manchmal den Eindruck, wir fliegen! Da kann ich mir kaum vorstellen, wie es wohl sein mag, mit der Eisenbahn zu reisen! Bitte grüßen Sie Robert ganz herzlich von mir. Auch wenn ich ihn nicht persönlich kenne, habe ich von Ihnen schon so viel über ihn gehört, dass ich fast das Gefühl habe, wir wären bereits lange befreundet.

An dieser Stelle möchte ich Ihnen Neuigkeiten mitteilen, auf die Sie wahrscheinlich schon lange warten. Auch ich werde Weihnachten mit meinem Sohn verbringen, denn er wurde vor ein paar Tagen geboren. Wir sind beide wohlauf und schlafen tagsüber stundenlang. Ich bekenne, wenn ich in sein Gesicht schaue, dann entdecke ich darin die Züge seines Vaters wieder, aber Ihnen habe ich es zu verdanken, dass er hier an diesem Ort sicher und behütet zur Welt kommen konnte. Ich habe gelernt, dass die Leidenschaft der Jugend vergeht, aber ich hoffe, dass die Zeit und die Umstände unserer Freundschaft nichts anhaben können, und deshalb habe ich meinem Sohn den Namen Charles gegeben. Es ist ein starker Name, den er gemeinsam hat

mit einem Mann, dessen Stärke mir wahrscheinlich das Leben gerettet hat. Ich hoffe, dass ich Ihnen damit nicht zu nahe trete.
Und jetzt zu Ihrer Reise. Ich fürchte, dass Mama enttäuscht sein wird. Ich hatte die strikte Anweisung, Sie in meinem nächsten Brief bei uns zum Weihnachtsessen einzuladen …

Es würde das erste Weihnachtsfest sein, das ich nicht mit meinen Töchtern verbrachte, und in der Adventszeit betete ich dafür, dass es auch das letzte sein würde. Dieses Jahr widmete ich mich ganz der Aufgabe, Geschenke herzustellen, mit denen ich sie bei unserem Wiedersehen überhäufen würde. Für Melissa nähte ich eine Schürze, denn sie half mir und Kimana immer eifrig in der Küche. Ich war inzwischen trotz meiner Behinderung ziemlich geschickt in allen möglichen Handarbeiten und stickte ein Motiv mit spielenden Katzen auf die Schürzentaschen. Für Lottie zeichnete ich einen einfachen Blumenstrauß auf ein Stück Leinen, das ich über einen Ring spannte, damit sie daran erste Stickübungen machen konnte. Sie brauchte sich beim Sticken mit farbigem Seidengarn nur an die vorgezeichneten Linien zu halten, und am Ende hätte sie dann etwas sehr viel Schöneres als ein einfaches Mustertuch mit einem Alphabet darauf. Natürlich strickte ich auch für jede von ihnen ein Paar neue Handschuhe und einen passenden Schal dazu. Welches Muster die dazugehörigen Mützen haben würden, wusste ich noch nicht.

„Du willst die Mädchen ja offenbar so richtig verwöhnen", sagte Mama. Es war zwei Tage nach Weihnachten, und sie kam gerade aus der Stadt zurück. Der Schnee hatte Muster auf die Außenseite der Fenster gemalt, und feiner Schneestaub wehte mit einem sanften Windstoß mit herein, bevor sie die Tür wieder hinter sich schließen konnte.

„Dann habe ich wenigstens etwas zu tun."

„Hält dich denn der Kleine nicht genügend auf Trab?"

„Er schläft gerade", entgegnete ich, obwohl sie schon auf dem Weg in die Küche war. Kurz darauf kam sie mit einer

Schachtel zurück, die in braunes Papier eingewickelt war. „Was ist denn das?"

Sie schaute sich das Päckchen genauer an. „Es ist von deinem Colonel Brandon."

„Er ist nicht *mein* Colonel Brandon."

„Es ist zumindest an dich adressiert."

Ich legte mein Strickzeug beiseite, nahm das Päckchen mit dem gespannten Eifer eines Schulmädchens entgegen und legte es auf meinen Schoß. Mama reichte mir eine Schere, damit ich die Verpackungsschnur und die versiegelten Ecken der Verpackung auftrennen konnte. In der Schachtel befanden sich drei weitere kleine Päckchen, die, jedes einzeln, in weißes Papier eingeschlagen waren: eines für Mrs Fox, eines für Mrs Deardon und eines für Baby Charles – alles in Colonel Brandons kühn geschwungener Handschrift beschriftet.

„Sollen wir warten, bis das Baby wach ist?" Mamas Augen strahlten in kindlicher Aufregung.

„Sei nicht albern. Du zuerst."

Behutsam entfernte Mama das Papier von der flachen, quadratischen Schachtel.

„Ach du meine Güte." Sie holte ein blassblaues Quadrat daraus hervor, und ich konnte erkennen, dass es aus Seide war. Insgesamt waren es fünf Taschentücher, jedes in einem anderen Pastellton und mit jedem berührte Mama ihre Wange.

„So etwas Luxuriöses habe ich noch nie besessen", fügte Mama hinzu. „Du musst dich in deinem nächsten Brief an ihn in meinem Namen dafür bedanken."

„Das kannst du selbst tun", erwiderte ich. „Ich bin sicher, er würde sich freuen, auch einmal von jemand anderem zu hören als von mir."

„Da wäre ich mir nicht so sicher", meinte Mama. „Machst du jetzt deins auf? Oder möchtest du dabei lieber allein sein?"

Ich überging ihre Bemerkung und riss ohne viel Federlesens die Verpackung auf. Darin befand sich eine längliche Schachtel, in deren Deckel die Aufschrift „Carson Bros. New

York City" eingeprägt war. Ich nahm den Deckel von der Schachtel und gab jetzt ebenfalls einen Laut des Erstaunens von mir, als ich den Inhalt sah.

Es war ein wunderschönes Paar grüner Ziegenlederhandschuhe, die so lang waren, dass sie mir ein ganzes Stück übers Handgelenk reichten.

„Wunderschön", sagte Mama, als ich einen hochhielt, damit sie ihn sich anschauen konnte. „Probier ihn mal an."

Ich ließ die Schachtel auf mein mittlerweile vergessenes Strickzeug fallen, zog den rechten Handschuh an und war begeistert, wie gut er wärmte.

„Sie sind sogar gefüttert", rief ich beinah vor Begeisterung. Es war mir ein Rätsel, wie ein Handwerker mit so weicher Wolle arbeiten und trotzdem einen Handschuh zustande bringen konnte, der so wunderbar passte. Eifrig zog ich auch den linken Handschuh an, und was eine schöne Überraschung gewesen war, erfuhr jetzt sogar noch eine Steigerung.

„Sieh doch nur, Mama!"

Ich hielt beide Hände hoch, und beide waren vollständig. Der vierte und fünfte Finger des linken Handschuhs waren mit irgendetwas – vielleicht eine Polsterung aus der gleichen Wolle, mit der die Handschuhe gefüttert waren – ausgestopft, sodass sie die gleiche Größe und den gleichen Umfang hatten wie die entsprechenden Finger an der anderen Hand. Sie liefen beide nach oben spitz zu und waren gerade so weit gebeugt, dass sie völlig natürlich aussahen.

„Nun schau dir das mal an", sagte Mama. „Maßgeschneidert."

„Er erinnert sich sogar an die Form meiner Hände", überlegte ich laut, während ich gleichzeitig herauszufinden versuchte, ob ich mich auch an seine erinnern konnte, was nicht der Fall war.

„Es ist ein sehr einfühlsames und gut durchdachtes Geschenk", fügte Mama hinzu. „Also, wenn du die anhast, merkt man es gar nicht."

„Dann soll ich also für den Rest meines Lebens jeden Tag Handschuhe tragen?" Ärger kam in mir hoch, und ich zerrte mir den Handschuh von der Hand. „Ist das denn etwas, das man verstecken muss? Etwas, dessen das man sich schämen muss?"

„Aber natürlich nicht", beruhigte Mama mich. Sie legte den Deckel wieder auf die Schachtel mit den Taschentüchern und wickelte locker das Papier darum. „Der Mann liebt dich."

„Ich weiß." Langsam zog ich auch den anderen Handschuh aus. „Aber ich liebe ihn nicht, Mama. Ich wünschte, es wäre so, aber ich liebe ihn nicht."

„Pfff. Aber diesen Mormonen hast du geliebt, und schau doch selbst, wohin dich das gebracht hat."

„Hast du Papa geliebt?" Eine seltsame Frage angesichts der Tatsache, dass diese Ehe über dreißig Jahre gehalten hatte. Aber ich konnte mich an kein einziges Zeichen von Zuneigung, keine Zärtlichkeit zwischen den beiden erinnern, und Mama schien auch kein bisschen um Papa zu trauern.

„Natürlich habe ich das." Plötzlich schien sie viel zu praktisch veranlagt für Seidentaschentücher.

„Warst du denn glücklich?"

„Ach, mein Mädchen." Mama stand auf, kam zu mir, zog meinen Kopf an ihre Brust und drückte mir einen Kuss auf meinen Schopf. „Deinen Vater und mich hat vielleicht keine große romantische Liebe verbunden, aber wir haben jeden Morgen und jeden Abend zusammen gebetet. Er hat für mich gesorgt, sogar über seinen Tod hinaus."

„Und das hat dir genügt?" Ich löste mich aus ihrer Umarmung und drehte mich auf meinem Stuhl zu ihr um, damit ich sie ansehen konnte. Jedes Jahr ihrer Ehe schien in ihr Gesicht eingegraben und hatte dort seine Spuren hinterlassen.

Sie lächelte mich milde an. „Ich hatte ein Zuhause, und ich hatte dich. Und später hatte ich dann die Hoffnung, dass du wieder nach Hause kommen würdest."

„Glaubst du denn, dass ich das Richtige tue, wenn ich mich von Nathan scheiden lasse?", fragte ich und verzehrte mich plötzlich buchstäblich nach ihrem Rat.

„Diese Frage kann ich dir leider nicht beantworten."

„Glaubst du denn, dass ich Colonel Brandon weiterhin schreiben sollte? Er ist ein so lieber Freund."

„Hast du ihm denn jemals mehr versprochen?"

„Nein." Das hatte ich ganz bestimmt nicht.

„Dann schreibe weiter. Vielleicht wirst du eines Tages froh sein, einen solchen Freund zu haben."

1. Februar 1859

Lieber Colonel Brandon,
es ist ein bitterkalter, dunkler Tag. Mama und ich haben noch keinen Fuß vor die Tür gesetzt, seit wir Sonntag aus der Kirche zurückgekommen sind (und wir sind sehr dankbar, dass wir überhaupt heil von dort nach Hause gekommen sind). Das Haus ist aber sehr gemütlich. Im Küchenherd brennt ein Feuer, und ich bin mit Charlie fürs Erste in das untere Schlafzimmer gezogen. Gerade köchelt ein Wildeintopf auf dem Herd, und Charlie gluckst in seinem Körbchen niedlich vor sich hin. Man sollte eigentlich meinen, dass mein Herz überfließen würde vor Dankbarkeit, aber stattdessen ist dies einer jener Tage, an denen mich die Beklommenheit überkommt. Ich fürchte, dass Sie und Mama und sogar Mr Bostwick mich für mutiger und stärker halten, als ich tatsächlich bin. Sie hatten recht, als Sie gesagt haben, dass ich zu impulsivem Verhalten neige. Vielleicht nutze ich ja die Barmherzigkeit des Herrn aus. Was ist, wenn ich mich ein Mal zu viel auf seine Güte verlassen habe? Was ist, wenn ...

Ich hielt inne, riss nach kurzem Nachdenken das Blatt in Stücke und warf die Schnipsel in den Küchenherd. Es war zu kalt, um an meinem Schreibtisch im Salon zu schreiben, denn wir hatten Evangelines sparsame Angewohnheit übernommen, immer nur einen Raum zu heizen.

„Hast du es dir anders überlegt?" Mama saß ebenfalls am Tisch und säumte neue Windeln für Charlie.

„Ich finde einfach nicht die richtigen Worte."

Colonel Brandons Briefe waren seit Weihnachten mutiger geworden, was seine Zuneigung zu mir betraf, und ich hatte sehr darauf geachtet, freundlich, aber relativ nüchtern zu antworten. Ich hatte Angst, wenn ich ihm davon schrieb, dass ich mich irgendwie leer fühlte, dann könnte er das als Einladung verstehen, diese Leere zu füllen. Was ich gerade hatte schreiben wollen, war eigentlich besser für ein Gebet geeignet.

In der Trostlosigkeit dieses Winters verging manchmal eine Stunde – manchmal sogar ein ganzer Nachmittag –, ohne dass ich auch nur ein einziges Mal an meine Töchter dachte. An diesem Morgen war ich aufgewacht, und sie waren nicht das gewesen, dem mein erster Gedanke gegolten hatte. Wenn es mir schon so ging, was mochte dann erst in ihrem jungen, sich ständig veränderndem Denken passieren? Ich hatte mir immer Gedanken darüber gemacht, ob sie mir wohl verzeihen würden. Jetzt quälte mich die Vorstellung, dass sie mich vielleicht sogar ganz vergessen hatten.

Doch von all dem schrieb ich Colonel Brandon nichts, und auch mit meiner Mutter sprach ich darüber nicht. Während er wahrscheinlich mit einem Brief voller Lob für meine Stärke geantwortet hätte und mit einem Hinweis darauf, wie wichtig es doch sei, einen Partner zu haben, mit dem man solche Ängste und Befürchtungen teilen konnte, hätte Mama nur von ihrem Nähzeug aufgeblickt und mir gesagt, dass meine Ängste albern seien.

Ich tauchte die Kelle in den Eintopf und hob sie dann an meine Lippen, um zu probieren.

„Das hier ist jetzt fertig", sagte ich über die Schulter.

„Es ist aber noch gar nicht nicht Essenszeit", antwortete Mama, ohne auch nur aufzublicken.

„Ich glaube, dass ich heute früh esse und dann noch zur Gebetsversammlung in die Kirche gehe."

Das weckte ihre Aufmerksamkeit. „Heute Abend? Es ist doch viel zu kalt, um nach draußen zu gehen."

„Es ist zwar kalt, aber es ist klar." Ich nahm einen Teller vom Regal, als wäre die Frage damit geklärt. „Mir fällt die Decke ein wenig auf den Kopf. Ich brauche unbedingt einen Spaziergang, und wenn ich früh genug aufbreche, bin ich in der Kirche, bevor es dunkel ist."

„Aber es ist viel zu kalt, um das Baby mitzunehmen."

„Ich habe gar nicht vor, Charles mitzunehmen, Mama. Und ich möchte auch nicht, dass du mitgehst. Ich brauche …" Wie sollte ich es ihr erklären? Meine Seele war wie der Winterhimmel – grau in grau, aber klar. Ich wusste einfach nicht mehr, was ich noch beten sollte. Alle Dinge, über die ich mit Gott gesprochen hatte, schienen mir wieder vor die Füße gefallen zu sein wie der alte, festgetretene Schnee, auf dem ich gleich gehen würde. Ich brauchte den Klang frischer Stimmen um mich. Ich brauchte die Gebete anderer zur Verstärkung meiner eigenen.

„Du musst gut aufpassen", sagte Mama und beendete damit meinen Gedankengang. „Iss erst einmal heißen Eintopf, damit du von innen gewärmt losgehst, und zieh einen wollenen Unterrock an und Fausthandschuhe über deinen gefütterten Fingerhandschuhen."

Als ich die Hauptstraße erreicht hatte, bereute ich meinen Entschluss schon fast. Mein Atem bildete Eiskristalle auf dem Schal, den ich mir bis zur Nase hinauf gewickelt hatte, und die kalte Luft biss mir sogar in den Augen. Jeder Atemzug schmerzte zwar in der Lunge, war aber auch frisch und belebend, und mein Gang wurde mit jedem Schritt entschlossener. Dennoch war der Rauch, der aus dem Kirchenschornstein aufstieg, das Schönste, was ich seit Tagen gesehen hatte, und ich ging schneller, um dorthin zu gelangen.

Obwohl mir ein Blick auf die Kirchenuhr verriet, dass ich zu früh da war, war ich bei Weitem nicht die Erste. Ich ging durch ein Meer gedämpfter Gespräche, von denen keines wegen meines Eintreffens unterbrochen wurde, obwohl ich ganz bis nach hinten zum Ofen ging. In der dortigen Wärme wickelte ich meinen Schal ab und zog die Handschuhe aus. Als ich jetzt zu erkennen war, erregte ich schon ein bisschen mehr Aufmerksamkeit. Reverend Harris' Frau erkundigte sich nach dem Baby, und Mrs Pearson ließ Mama Grüße ausrichten. Diese Begrüßungen wärmten mich genauso wie der Ofen. Schon bald konnte ich meinen Mantel ausziehen, und als immer mehr Leute eintrafen, überließ ich ihnen meinen Ofenplatz. Mrs Harris deutete auf den Platz neben sich, aber ich setzte mich lieber an den Gang, nur drei Reihen weiter vorn, und senkte den Kopf.

„Guten Abend, meine Brüder und Schwestern in Christus." Die Stimme von Reverend Harris durchdrang die Dunkelheit, und als ich die Augen öffnete, sah ich, dass er mich direkt anlächelte. „Wie schön, dass wir auch heute wieder zu dieser Gebetsstunde zusammenkommen dürfen. Und ein besonderer Dank gilt Mr O'Ryan dafür, dass er schon früher gekommen ist, um ein Feuer anzumachen."

Im Raum war allgemeines dankbares Gemurmel zu hören.

Als es wieder ruhig wurde, leitete Reverend Harris uns in einem Gebet, das in der folgenden Stunde den Bitten und Anliegen an den himmlischen Vater gewidmet war. Auf unser gemeinsames Amen hin lud er die Versammelten ein, sich über das auszutauschen, was sie auf dem Herzen hatten. Natürlich kam zuerst die Reihe derer, die Kranke vor Gott brachten. Ich erfuhr, dass eine der ältesten Gemeindemitglieder – Miss Goldie – ihrem Erlöser sicherlich noch vor Ende der Woche von Angesicht zu Angesicht gegenüberstehen würde. Wir lobten Gott auch gemeinsam für das neugeborene Baby der Stinsons und für die Tatsache, dass ihr Ältester offenbar die Masern gut überstanden hatte. Ich hörte mir ihre Geschichten an, und ich fühlte mich im Gebet mit ihnen verbunden, obwohl ich nicht laut betete. Ich hatte zwar das Gefühl, dass ich meinen Platz in dieser Gemeinde gefunden hatte, aber noch nicht meine Stimme.

Als die Stunde zu Ende war, ließ Reverend Harris seinen Blick über die versammelte Schar schweifen und sagte dann: „Ich spüre, dass hier noch jemand unter uns ist, der in Not ist."

Hätte er so etwas gleich zu Anfang gesagt, als ich gerade erst hereingekommen war, wäre ich wahrscheinlich im Boden versunken. Stattdessen – ich weiß gar nicht, ob es an dem flotten Fußmarsch durch die Kälte lag oder an der Stunde, die ich zusammen mit Brüdern und Schwestern verbracht hatte, die zu bescheiden waren, um sich selbst als Heilige zu bezeichnen – spürte ich eine ganz neue innere Kraft. In der Kirche war es ganz still. Mein Kopf war der einzige, der nicht im Gebet gesenkt war. Ganz langsam erfüllte dezentes Flüstern den Raum, und ich merkte, wie ich mich von meinem Platz erhob. Meine Hände klammerten sich nicht mehr aneinander, sondern ich erhob sie – die Handflächen nach oben gerichtet – vor mir in die Höhe.

„Ja, Camilla?", sagte Reverend Harris. Weder er noch andere Bewohner unseres Ortes hatten mich jemals als „Mrs Fox" angesprochen. „Was dürfen wir für dich beten?"

Auch tausend Stunden hätten nicht genügt, um all meine Nöte aufzuzählen, und dies war auch nicht der richtige Ort, um sie offen zu äußern. Ich konnte in diesem Raum voller Ehemänner und Ehefrauen nicht sagen, dass ich um Gottes Segen für meine Scheidung bat. So freundlich diese Menschen auch schienen und so hingegeben sie auch ihren Glauben lebten, so wusste ich doch, dass unter ihnen auch welche waren, die mich für eine Frau hielten, die ihren Mann und ihre Kinder im Stich gelassen hatte. Und wie sollte ich angesichts all dessen auch noch mein Dilemma mit Colonel Brandon schildern? Dass ich mich danach sehnte, einen Mann zu lieben, während ich noch mit einem anderen verheiratet war.

All das brachte ich vor Gott, und zwar in einem ganz neuen Vertrauen darauf, dass er antworten würde. Aber nur ein dringliches Anliegen sprach ich laut aus.

„Ich bitte nur darum, dass der Herr diesen Winter rasch zu Ende gehen lässt."

23. April 1859

Lieber Colonel Brandon,
dies wird ein kurzer Brief und vielleicht für eine Weile auch der letzte. Wenn Sie sich fragen, wieso meine Schrift so unruhig ist, dann lassen Sie mich erklären, dass ich so aufgeregt bin, dass ich kaum den Stift halten kann. Mr Bostwick war heute bei uns zum Essen – es war ein offizieller Besuch als mein Anwalt. Kurz nachdem Mama mit dem Geschirrspülen fertig war, hat er mir eine Quittung für die bezahlte Fahrt mit der Überlandkutsche nach Utah vorgelegt. Wir werden im Laufe der nächsten zwei Wochen aufbrechen. Ich bekomme kaum Luft vor lauter Vorfreude. Ich weiß gar nicht, wie ich schlafen oder essen oder auch nur die einfachsten Dinge im Haushalt erledigen soll. Mein Herz und mein Denken sind erfüllt mit den Stimmen meiner Kinder. Charlie weint, und ich höre Melissa; er gluckst, und schon ist da meine Lottie. Meine Arme sehnen sich so sehr danach, sie zu halten. Mama und ich haben diesen Winter viel Zeit damit verbracht, ihnen hübsche Flickendecken für ihre Betten zu nähen. Wie sehne ich mich nach dem Abend, an dem wir zusammen niederknien und beten werden. Ich schaue aus dem Fenster und sehe, wie sie mit winzigen Teetassen unter unserem Baum spielen. Ich bete jeden Abend, dass sie sich darüber freuen werden, herzukommen und hier zu leben.

Ich hielt inne, damit die Tinte auf der Seite trocknen konnte, und betrachtete die Szenerie um mich herum. Wie sollten meine Kinder hier etwas anderes als Liebe und Behaglichkeit empfinden? Mama stand am Herd und kochte Milch, in die sie ein wenig Zucker gab und einen oder zwei Tropfen Lebertran – eine Mischung, die Charlie aus einer Flasche mit einem Gummisauger bekam, nachdem sie abgekühlt war. Die Frage, ob es richtig war, das Baby so früh abzustillen, war eine meiner größten Sorgen im Zusammenhang mit meiner Reise in den Westen gewesen. Aber er hatte die Flasche viel problemloser angenommen, als ich zu hoffen gewagt hatte, vorausgesetzt, ich stillte ihn noch morgens und spät abends. Er hatte auch schon ein paar Löffel Kartoffelbrei gegessen und in Milch getunktes Brot gelutscht.

„Ich sorge dafür, dass der kleine Kerl während deiner Abwesenheit gesund und munter bleibt", versprach Mama, während sie die Milch rührte. „Schreib das deinem Colonel Brandon."

Ich lächelte. „Vielleicht kannst du ja auch das Briefeschreiben für mich übernehmen, während ich weg bin."

„Ach, ich glaube nicht, dass der Mann von mir hören will."

„Colonel Brandon ist mein *Freund*, Mama, mehr nicht."

Obwohl ich sicher war, dass er mehr von mir wollte. Er hatte mir nicht nur ganz offen seine Liebe gestanden, sondern auch seine Briefe vermittelten ständig seine Zuneigung, etwas, das ich in meinen eigenen Briefen weiterhin zu vermeiden suchte. Und während ich endlos über das Alltagsgeschehen bei uns zu Hause berichtete, machte er oft Anspielungen auf die Zukunft. Er hatte zwar noch nicht direkt geschrieben, dass er mich als Teil dieser Zukunft betrachtete, aber es gab keinen Brief ohne einen Hinweis auf ein Wiedersehen. Das Schreiben hatte mir immer eine gewisse Sicherheit vermittelt; unser Briefwechsel war auch ein Weg gewesen, die langen, heißen Sommertage meiner Schwangerschaft und die langen, trüben Wintertage durchzustehen, während ich auf diese Reise gewartet hatte. Aber jetzt, wo sie unmittelbar bevorstand, wusste ich, dass er bald zielstrebiger werden würde. So Gott wollte, würde ich schon bald nicht mehr verheiratet sein, und dann war der Weg frei, dass er mir den Hof machen konnte, wenn auch vielleicht zunächst nur in seinen Briefen. Meine Bereitschaft, eine Beziehung einzugehen, war jedoch nicht größer als an dem Tag, als ich beim Aufwachen in Colonel Brandons forschend dreinblickende Augen geschaut hatte.

Mama gab ein vielsagendes „Hmmmm" von sich, während sie weiterrührte und ich das Blatt wendete, um weiterzuschreiben.

Ich werde Ihnen so lange nicht schreiben, bis meine Familie wieder hier vereint ist. Es ist nicht so, dass ich Sie nicht auf dem Laufenden halten wollte, sondern ich weiß einfach nicht, ob ich überhaupt Gelegenheit zum Schreiben haben werde.

Ich habe diese Reise schon einmal mit Ihnen zusammen unternommen, und meine nie endende Dankbarkeit dafür wird mich auch in den Westen wieder begleiten. Ich werde die Kraft vermissen, die mir Ihre Anwesenheit geschenkt hat, aber ich hoffe, dass ich mich auf die Kraft Ihrer Gebete verlassen kann. Ich weiß, dass Mr Bostwick in der Zwischenzeit gut auf mich achtgeben wird. Er ist ein überaus freundlicher Mann, und mit ihm zu reisen wird in etwa so sein, wie mit einem fürsorglichen Vater unterwegs zu sein.

Was mein neuer Stand im Leben für unsere Beziehung bedeutet, so bitte ich Sie, Geduld mit mir zu haben. Ich breche morgen auf, um meine Töchter in ein Zuhause zu holen, in dem sie geschützt groß werden und Jesus Christus kennenlernen können. Was das für meine Ehe bedeutet, kann ich noch nicht sagen. Diese Angelegenheit liegt nicht ausschließlich in meinen Händen. Außerdem gehört auch mein Herz nicht mir allein. Ich habe es meinem Erlöser geschenkt, und nur er allein kann meine Wege lenken. Seien Sie beruhigt, mein lieber, lieber Freund, ich bin sehr dankbar für Ihren Respekt.

In Ihren Briefen machen Sie immer wieder Andeutungen auf eine gemeinsame Zukunft. Dazu kann ich nur Folgendes sagen: Ich kann Ihnen da keine Antwort geben. Sie haben nicht das Recht, mehr zu erwarten. Verstehen Sie mich nicht falsch. Ich bin nicht verärgert darüber, sondern ich bitte Sie lediglich inständig, an meine Stellung als Frau zu denken. Bitte veranlassen Sie mich nicht zu sündigen, indem Sie Gedanken ins Spiel bringen, die eine verheiratete Frau nicht haben sollte.

Sie haben Ihr Anliegen vorgebracht. Lassen Sie mich erst meinen Frieden machen.

*Allen Mut zusammennehmend
verbleibe ich Ihre liebste Freundin
Camilla Fox*

KAPITEL 27

Die Postkutsche fuhr durch die Straßen von Salt Lake City, und wenn ich den Vorhang vor dem Kutschfenster ein ganz klein wenig zur Seite schob, konnte ich durch einen schmalen Fensterschlitz beobachten, wie sich die Stadt vor mir auftat. Es war bereits dunkel – nach Aussage von Mr Bostwicks Uhr schon fast neun Uhr abends. Unser Ziel war die Salt-Lake-Poststation, was einleuchtend schien, denn wir teilten uns den Platz in der Kutsche mit mindestens einem Dutzend prallvoller Postsäcke. Mr Bostwick meinte, dass die Masse an Post entweder darauf zurückzuführen sei, dass die Stadt so stark wachse, oder vielleicht auch darauf, dass man begeistert sei über die Erneuerung des Postabkommens. Ich wusste nur, dass die Säcke unbequem waren und dafür sorgten, dass ich unruhig auf meinem Platz hin- und herrutschte und außerdem das Muster des Jutegewebes im Gesicht hatte, weil einer der Postsäcke mir als raues und unebenes Kissen gedient hatte. Mr Bostwick half mir eilfertig von der Kutsche herab, und ich lehnte mich gegen die kühle Mauer aus Lehmziegeln. Trotz der Überzeugungskraft des Anwalts ließ sich unser Kutscher durch nichts dazu bewegen, uns ins Hotel Deseret in der West Third Street zu bringen.

„Ich bin doch keine Droschke", sagte der Mann durch einen Nebel von Zigarrenqualm.

„Wir könnten doch zu Fuß gehen", schlug ich vor, als Mr Bostwick mir die Nachricht überbrachte. „Es ist nicht weit, und ich würde mir wirklich gern ein wenig die Füße vertreten."

„Und was ist mit Ihrem Gepäck? Sie haben jetzt sehr viel mehr dabei als damals, als Sie von hier fortgegangen sind."

„Ach ja, natürlich."

Es war schwer zu glauben, dass ich dieselbe Frau war, die erst durch den Schnee und dann noch einmal bei Nacht und Nebel mit wenig mehr als einem Bündel irdischer Besitztümer geflohen war. Jetzt mussten wir an der Poststation einen Träger anheuern, der meine beiden Koffer auf- und wieder ablud und dann auch noch Mr Bostwicks Gepäck. Hatte ich damals ein erbärmliches, abgeändertes, altes Kleid getragen, das aus der Kleiderkammer für Arme stammte, so trug ich jetzt eines von den zwei schicken Reisekostümen, die ich besaß und eingepackt hatte. Ich trug es jetzt zwar schon seit über einer Woche und hatte abends immer nur notdürftig den Staub ausgebürstet sowie jeden Tag die Bluse gewechselt, aber der Schnitt war tadellos und die Wolle gerade so dick, dass sie die Morgen- und Abendkühle abhielt, man aber in der Mittagssonne auch nicht vor Wärme umkam. Außer diesen beiden Kleidungsstücken hatte ich noch zwei Baumwollkleider dabei, in denen ich, abgesehen davon, dass sie noch frisch gestärkt und neu waren, genauso aussehen würde wie die Mormonenfrauen hier. Darauf hatte ich bestanden, auch wenn mich Mr Bostwick lieber als wohlhabende Frau von Welt präsentiert hätte.

„Ich bin schon dankbar dafür, dass ich ein Zuhause habe, und für das angenehme Leben, für das Gott sorgt", sagte ich. „Ich werde auf keinen Fall prahlen und so tun, als hätte ich mehr."

Der zweite, kleinere Koffer war gefüllt mit Sachen für die Mädchen. Zwei neue Kleider für jede und dünne, dunkle Reitermäntel, um sie vor dem unentrinnbaren Staub zu schützen. Außerdem hatte ich noch zwei kleine, weiche Kissen und eine von Mamas älteren Steppdecken mitgenommen, damit sie es sowohl auf der Fahrt als auch bei den Übernachtungen in den Poststationen bequem hatten. Auf Mamas Rat hin hatte ich ihnen keine neuen Puppen oder andere neue Spielsachen mitgebracht.

„Vielleicht möchten sie lieber etwas Vertrautes von dort mitnehmen", hatte sie gemeint, und ich staunte darüber, dass es in meinem Leben eine Zeit gegeben hatte, in der ich nicht auf ihren Rat gehört hatte.

Nach einer Viertelstunde hatte Mr Bostwick einen etwa fünfzehn Jahre alten Jungen mit blondem Haarschopf aufgetrieben. Dieser hatte ein niedriges Fuhrwerk dabei, das von zwei schwerfälligen Pferden gezogen wurde, und erklärte sich bereit, uns und unser Gepäck ins Hotel zu bringen. Ich hatte keine Ahnung, wie hoch der Betrag war, den Mr Bostwick ihm dafür in die Hand gedrückt hatte. Mr Bostwick fuhr hinten auf dem Wagen mit, nachdem er mir auf den gefederten Sitz neben dem Jungen hinaufgeholfen hatte.

„Zum ersten Mal in der Stadt?"

„Nein." Zum Glück bewirkte mein frostiger Tonfall, dass der Junge danach nichts mehr sagte.

Wir fuhren so langsam durch die Straßen, dass die Pferde ebenso gut einen gewaltigen Steinbrocken für den Tempelbau hätten schleppen können und nicht nur uns und unser bescheidenes Gepäck. Der Junge versuchte immer wieder, die Pferde anzutreiben, indem er hektisch mit den Zügeln hantierte.

Obwohl ich nur etwas über ein Jahr fort gewesen war, hatte sich die Stadt beträchtlich verändert. Das war selbst zu so später Stunde und bei Dunkelheit zu erkennen. Vielleicht lag es aber auch an der Jahreszeit. Der Winter war gerade erst zu Ende gegangen, und der Frühling hatte noch nicht richtig Einzug gehalten. Alles sah feucht und heruntergekommen aus. Nicht tot und öde, aber es fehlte der Schwung und das Leben, wie ich es von der Stadt kannte.

Ich hielt die Luft an, als wir den Tempelplatz erreichten, weil ich wusste, dass wir jetzt gleich ganz langsam an

Rachels und Tillmans Haus vorbeifahren würden. Um diese Zeit waren die Kinder sicher schon im Bett, aber ich rechnete damit, dass die Fenster im Erdgeschoss immer noch hell erleuchtet sein würden und Rachel und ihre Mitehefrauen im Salon saßen und lasen oder nähten. Ich reckte meinen Hals, sah aber zu beiden Seiten der Straße nur völlige Dunkelheit.

Ich drehte mich um und fragte Mr Bostwick, wie spät es sei, denn es war offenbar schon später, als ich gedacht hatte.

„Kurz vor zehn", antwortete er.

„Und da sind schon alle im Bett?"

„Alle sind weg", erklärte mir der Junge.

Angst packte mich und ließ mein Blut gefrieren. „Weg? Wohin denn?"

Er zuckte mit den Achseln. „Die meisten in den Süden. Auf Anordnung des Propheten. Es wird hier im Ort schon bald vor Heiden nur so wimmeln." Er sah mich von der Seite an. „Nichts für ungut, Ma'am, falls Sie auch eine sind."

„Aber was hat das denn damit zu tun?"

„Der Prophet will nicht, dass sie etwas von all dem haben, was der himmlische Vater eigentlich uns geschenkt hat. Wollte nicht ..."

„Halt", rief ich. Wir standen direkt vor Rachels Haus, und es war auch nicht der kleinste Lichtschein zu sehen. Ohne darauf zu warten, dass mir jemand vom Wagen half, stieg ich ab und ging durch die Eingangspforte direkt zur Haustür. Irgendwo hinter mir rief Mr Bostwick angestrengt flüsternd meinen Namen, aber ich beachtete ihn gar nicht. Gegen alle Vernunft klopfte ich erst an die Haustür, trommelte dann laut dagegen und rief: „Rachel! Tillman?"

Kurz darauf spürte ich eine Hand auf meiner Schulter, und dann führte mich Mr Bostwick ganz ruhig und behutsam dort weg.

„Camilla, meine Liebe, die Fenster sind doch vernagelt. Es ist niemand da. Wir wollen doch nicht unnötig Aufmerksamkeit erregen, oder?"

Als ich aufblickte und die Straße entlangschaute, fragte ich mich, wessen Aufmerksamkeit wir denn wohl hätten erregen sollen, denn die Häuser schienen allesamt verlassen. Trotzdem ließ ich mich von ihm die Eingangstreppe hinunter und wieder zurück zum Wagen führen.

„Aber das ergibt doch gar keinen Sinn", sagte ich in gedämpftem Tonfall.

„Doch, natürlich tut es das. Brigham Young hat das Gefühl, einen Krieg verloren zu haben, und das hier ist die Art und Weise, wie er dem Feind verbrannte Erde hinterlässt."

„Aber wie hat er sie nur dazu gebracht, ihre Häuser zu verlassen?"

„Sie wissen doch selbst am besten, wie viel Macht er über die Menschen hat."

Und dann kam mir ein Gedanke, der zu furchtbar war, um ihn auszusprechen. „Und was ist, wenn Nathan auch weg ist?" Panik stieg in mir auf, und ich krallte mich an seinem Ärmel fest. „Dann habe ich keine Ahnung, wo meine Töchter sind."

„Wie weit ist es denn noch bis zu Ihrem alten Zuhause?"

„Eine halbe Tagesreise."

„Dann brechen wir sofort bei Tagesanbruch auf."

Inzwischen waren wir wieder am Wagen angekommen, von wo aus uns der Fahrer mit unverhohlener Neugier beobachtete. „Kennen Sie die Leute, die hier gewohnt haben?"

„Ja", antwortete ich, war aber nicht bereit, mehr preiszugeben.

„Wie heißt du, mein Junge?", erkundigte sich Mr Bostwick, während er mir wieder auf den Wagen half.

„Seth Linden, Sir."

„Sag mal, Seth, wo kann ich eine leichte Kutsche mieten, die uns morgen nach Cottonwood Canyon bringt?"

Der Junge runzelte nachdenklich die Stirn. „Mein Vater hat einen nagelneuen Pferdewagen, aber morgen ist Sabbat, Sir, da wird er keine Geschäfte mit Ihnen machen. Keiner hier wird das tun."

Mr Bostwick sprang mit einer Gelenkigkeit wieder auf den Wagen, die ich einem Mann seines Alters gar nicht zugetraut hatte, aber dieses Mal ließ er nicht die Beine baumeln, sondern schob einen der Koffer bis an den Kutschersitz heran und setzte sich darauf. Seth schnalzte mit der Zunge, und die Pferde setzten sich wieder in Bewegung. Mr Bostwick beugte sich vor und sagte: „Glaub mir, junger Mann, ich finde jemanden, der Morgen mit mir Geschäfte macht."

„Nee, nicht in dieser Stadt."

„Welchen Preis verlangt denn dein Vater?"

Seth warf rasch einen Blick nach hinten. „Zwei Dollar pro Tag."

Plötzlich hielt Mr Bostwick dem Jungen die Hand hin, und ein Haufen Münzen lag darauf. „Vielleicht können wir ja noch heute Abend das Geschäft abschließen, sodass du dann morgen schon ganz früh vor der Kirche eine leichte Kutsche vorbeibringen kannst."

Der Junge schielte zu den Münzen. „Aber das ist viel zu viel, Sir."

„Vielleicht brauche ich die Kutsche auch für zwei Tage."

„Pa wird mir den Hintern versohlen, wenn ich jemandem verspreche, am Sonntag Geschäfte mit ihm zu machen."

„Oder er hält dich für ganz besonders geschäftstüchtig, weil du so schlau warst, das Geschäft schon heute Abend abzuwickeln."

Nach kurzem Nachdenken ließ Seth schließlich die Münzen in seine Westentasche gleiten. „Möchten Sie ein oder zwei Pferde?"

„Zwei Pferde", antwortete Mr Bostwick. „Und ich brauche sie schon vor Tagesanbruch."

Das Hotel Deseret war ein einfaches, quadratisches, dreigeschossiges Eckhaus. Auf dem Schild über der Tür stand: „Für Geschäftsleute, die in unserer großartigen Stadt eine Bleibe brauchen". Mr Bostwick drückte Seth noch eine weitere

Münze in die Hand, damit dieser unser Gepäck vom Wagen ablud und es in die Hotelhalle brachte.

Wir betraten das Gebäude und gelangten in einen großen Raum mit mehreren Tischen, von denen jeder von einem oder mehreren Herren besetzt war, die entweder Zeitung lasen oder sich unterhielten. Ganz links befand sich ein langer Tresen, hinter dem ein würdevoller Herr mit schwarzem Haar und Nickelbrille stand. Als wir zu ihm hingingen, schrieb er gerade etwas in ein gewaltiges Kontobuch, und er unterbrach sein Tun auch nicht, bis Mr Bostwick sich hörbar räusperte.

„Kann ich Ihnen helfen?" Er schaute mich an und zog dabei eine Augenbraue so hoch, dass sie weit über seinen Brillenrand hinausragte. „Sir?"

„Mein Name ist Michael Bostwick. Ich bin Rechtsanwalt und würde gern zwei Zimmer mieten."

„Es tut mir leid, Sir, aber wir vermieten keine Zimmer an Damen."

Was er damit sagen wollte, war klar, und selbst wenn es nicht klar gewesen wäre, so sagten die Blicke, mit denen ich von allen Seiten bedacht wurde, doch alles. Ich musste mir ein amüsiertes Grinsen verkneifen, obwohl die Situation peinlich, ja, fast schon beschämend war.

„Sie ist meine Klientin", sagte Mr Bostwick und dann leiser, „und meine Tochter."

„Es tut mir leid, Sir. Das hier ist ein Etablissement für Geschäftsleute, und wir bestehen darauf, dass es in unseren Räumlichkeiten keine Ablenkung durch Frauen gibt."

„Es ist nur für eine Nacht."

Doch der Hotelangestellte blieb unerbittlich. „Tut mir leid. Da kann ich leider nichts für Sie tun."

„Es ist mitten in der Nacht", widersprach Mr Bostwick mit zunehmender Erregung. „Könnten Sie uns denn wenigstens sagen, wo wir sonst übernachten könnten?"

Ich hörte dem Wortwechsel zu und war vor Müdigkeit wie betäubt. Nach Hause. Das war alles, was ich wollte. Nein, heute Abend noch nicht einmal das. Unterkunft. Bett. Einen Ort, an dem ich meine Gedanken sammeln und für den morgigen Tag beten konnte. So nah bei meinen Töchtern – nur eine Tagesreise davon entfernt, sie wieder in die Arme zu schließen –, und ich konnte an nichts anderes denken als an das vernagelte Haus von Rachel und Tillman. Mein Haus – oder das, welches ich zurückgelassen hatte – sah vielleicht genauso aus. Wenn es überhaupt noch da war. Ich musste es unbedingt wissen.

Selbst wenn mir das Hotel ein Zimmer vermietet hätte, wusste ich, dass ich sowieso nicht hätte schlafen können, weil mich die Vorstellung quälte, dass ich meine Töchter nicht antreffen würde. Ich konnte unmöglich in einem gemieteten Pferdewagen in das kleine Tal fahren, um dann unser Haus verlassen vorzufinden. Ich musste unbedingt Gewissheit haben, und es gab nur eine Möglichkeit, wie ich diese noch an jenem Abend bekommen konnte.

„Ist schon gut", sagte ich und legte Mr Bostwick beruhigend eine Hand auf den Arm. „Bleiben Sie mit unserem Gepäck hier. Ich weiß schon, wo ich unterkommen kann. Bei einer Freundin."

„Das ist doch nicht Ihr Ernst." Mr Bostwick wusste genau, was ich vorhatte, denn ich hatte ihn und Mama bei unseren Sonntagsessen oft genug mit Geschichten über meine Zeit in Salt Lake City unterhalten. „Ich lasse Sie doch nicht zu nachtschlafender Zeit allein nach draußen gehen."

„Ich komme schon zurecht. Der junge Mann, der gerade unsere letzten Sachen hereingebracht hat, kann mich ja hinbringen."

„Lassen Sie mich wenigstens mitkommen."

„Nein. Es ist schon schlimm genug, wenn ich um diese Zeit vor ihrer Haustür auftauche. Da kann ich nicht auch noch einen fremden Mann mitbringen."

„Entschuldigen Sie, mein Herr", unterbrach uns jetzt der Hotelangestellte von der anderen Seite des Tresens, der zunehmend ungeduldiger wurde, „nehmen Sie jetzt das Zimmer oder nicht?"

„Bitte", sagte ich flehend, „ich bin müde und brauche einen Platz zum Schlafen. Und es ist auch gar nicht weit. Nur ein paar Straßen. In ein paar Minuten bin ich da."

„Sie wissen doch nicht einmal, ob sie …"

„Sie ist bestimmt da."

Mr Bostwick sah an mir vorbei und bedeutete Seth, zu uns zu kommen. Er drückte ihm noch eine weitere Münze in die Hand und wies ihn nicht nur an, mich zu meinem Ziel zu bringen, sondern auch noch so lange dort zu warten, bis ich sicher im Haus war.

„Ich bleibe noch eine Stunde auf", meinte er und packte mich fest am Arm. „Kommen Sie sofort hierher zurück, wenn etwas schiefgeht. Wenn Sie nicht wiederkommen, gehe ich davon aus, dass alles in Ordnung ist.

„Das hört sich doch vernünftig an", sagte der Hotelangestellte, und erst da merkte ich, dass wir die Aufmerksamkeit aller in der Hotelhalle anwesenden Männer auf uns gezogen hatten. Ausgenommen der von Seth, der so aussah, als wünschte er, er hätte unser Fahrgeld nie angenommen.

„Ich komme schon zurecht", wiederholte ich erneut, um Mr Bostwick, aber ebenso auch mich selbst zu beruhigen. Und dann lehnte ich mich spontan an ihn und umschlang mit den Armen seinen gewaltigen Oberkörper, so weit es ging. Er drückte mich fest an sich, und ich musste wieder daran denken, was er gerade zu dem Hotelangestellten gesagt hatte: dass ich seine Klientin, seine Tochter sei. In diesem Augenblick glaubte ich diese Lüge sogar selbst.

„Geben Sie mir die Adresse", willigte er schließlich ein. „Ich komme dann morgen sehr früh vorbei, um Sie abzuholen."

Ich nannte ihm die Anschrift und sorgte dafür, dass auch Seth sie mitbekam. Dann verließ ich gemeinsam mit dem Jungen das Hotel Deseret und ging hinaus zu seinem Pferdegespann.

„Tut mir leid, dass ich Ihnen solche Umstände mache", sagte ich, als ich wieder neben ihm auf dem Wagen saß.

„Meinem Vater ist es wahrscheinlich nur recht. Das Geschäft läuft in letzter Zeit nicht besonders."

Schon kurz darauf fuhren wir durch Straßen, die mir sehr vertraut waren. Zu beiden Seiten standen Reihen von identischen Schindelhäusern, die einen frischen Anstrich nötiger hatten denn je.

„Sie werde also von einer Freundin erwartet?", fragte Seth.

„Ja, so ähnlich."

Wir fuhren am Tempelplatz vorbei, und obwohl ich eigentlich nicht hinschauen wollte, wagte ich doch einen Blick auf die Stelle, an der der Tempel durch Eingraben gerettet wurde. Hier war nichts Übernatürliches zu sehen. Nur das Mondlicht schien auf den Beweis harter Arbeit – mit Erde beladene Karren standen da, die Schaufeln steckten noch daneben im Boden, als wären die Arbeiter direkt nach Sonnenuntergang fortgeschleppt worden.

„Er wird herrlich werden", sagte Seth, der meinem Blick folgte. „Ich kann es kaum erwarten, ihn fertiggestellt zu sehen."

„Und ich werde ihn nie sehen."

Er zuckte mit den Achseln, schnalzte mit der Zunge, um die Pferde anzutreiben, und sie liefen tatsächlich ein wenig schneller. Vielleicht spürten sie meine Ungeduld – oder meine Angst. Da der Kutschbock so stark schaukelte, konnten Seth und ich uns nicht gut unterhalten, sodass der Rest unserer kurzen Fahrt schweigend verlief. Innerhalb einer Zeit, die mir zu kurz vorkam, bogen wir in Evangelines Straße, und zu meiner eigenen sowie Seths Überraschung rief ich den Pferden „Brrrr" zu.

Seth fügte sich und zog an den Zügeln, um das Gespann ein Stückchen von dem Haus entfernt zum Stehen zu bringen, das im letzten Winter ein paar Wochen lang mein Zuhause gewesen war.

„Ist es hier?"

„Ja." Ich wollte nicht darauf warten, dass er mir vom Wagen half, und er machte auch keinerlei Anstalten. Als ich auf der Straße stand, bedankte ich mich bei ihm, woraufhin er mir noch erklärte: „Der Gentleman hat mir gesagt, ich soll warten, bis Sie im Haus sind." Dann setzte er sich ein bisschen aufrechter hin und erschien wie ein liebenswerter Beschützer, was ihn älter wirken ließ.

„Du hast schon genug getan." Falls ich nicht eingelassen werden sollte, wollte ich dem armen Jungen nicht noch eine weitere Fahrt zumuten. Vor allem angesichts der Tatsache, dass ich keine Ahnung hatte, wohin ich sonst gehen konnte. Es war nicht weiter schwierig, den jungen Seth zu überzeugen, und dann stand ich allein in der Dunkelheit, genau vor der Haustür, durch die ich einmal entkommen war.

Rückblickend hätte ich vielleicht vorsichtiger sein und mich nicht allein an einem so gefährlichen Ort aufhalten sollen – wäre da nicht das Licht im Obergeschoss gewesen, hinter dem Fenster des Zimmers, in dem ich einmal gewohnt hatte. Davor natürlich Evangeline, sodass ich es auch eigentlich gar nicht als meines bezeichnen konnte. Der sanfte Lichtschein dort oben deutete darauf hin, dass sie es wieder selbst bezogen hatte. Dieser Gedanke war seltsam tröstlich, vielleicht weil ich mich an sie vor allem als knauserige alte Jungfer erinnerte, die jede Nacht zusammengerollt auf dem Wohnzimmersofa schlief. Sicher sprach das Licht dort oben für eine innere Veränderung – eine Heilung, die vielleicht auch Vergebung bedeutete. Oder Barmherzigkeit, obwohl ich für mich noch gar nicht geklärt hatte, ob ich eher diejenige war, die Gnade empfangen oder sie gewähren sollte. Sicher, Evangeline hatte mir Unterschlupf gewährt, als ich ihn gebraucht hatte, aber sie hatte auch ganz offen geäußert, dass sie meinen Mann für sich wollte, und mir insgeheim Schlechtes gewünscht. Aber jetzt war ich hier und brauchte nicht nur ein Bett, sondern auch Informationen, denn ich wusste, dass sie Nathan niemals erlaubt hätte, sich ohne ihr Wissen auch nur einen Schritt außerhalb ihrer Reichweite zu begeben. Ich hob die Hand und klopfte an die Tür.

Doch von drinnen kam keine Antwort.

Ich wartete geduldig, denn es war schon zu spät am Abend, um Lärm zu machen und richtig laut gegen die Tür zu pochen. Das Licht in dem Fenster im oberen Stockwerk deutete zwar darauf hin, dass Evangeline noch nicht schlief, aber vielleicht war sie ja bei brennender Kerze eingedöst oder suchte noch nach einem Morgenmantel, bevor sie an die Tür ging. Nach geschätzten fünf Minuten klopfte ich also noch einmal, diesmal etwas lauter.

Aus dem Inneren des Hauses war nun ein Geräusch zu hören, das mir vertraut war, und ich legte ein Ohr an die Tür, um zu horchen. Leise war es und gedämpft, aber unverkennbar: Da schrie ein Baby.

Blut schoss mir in den Kopf. Ich geriet in Panik und trat einen Schritt zurück, um mich noch einmal zu vergewissern, ob ich auch wirklich bei der richtigen Hausnummer geklopft hatte und das hier wirklich Evangelines Haus war.

Ein Kind? Unmöglich war das nicht, denn schließlich hatte ich ja auch selbst ein Kind bekommen, seit ich das letzte Mal hier gewesen war. Evangeline war eine gesunde, junge Frau. Vielleicht hatte sie die Liebe gefunden, nach der sie sich so verzweifelt gesehnt hatte, oder doch wenigstens die Ehe, die sie sich so sehr gewünscht hatte. Was auch immer geschehen war, ich fühlte mich jetzt noch mehr wie ein Eindringling als wie ein Überraschungsgast. Ich wollte mich gerade umdrehen und wieder gehen, als ich hörte, wie hinter mir die Tür geöffnet wurde.

„Wer ist –?", setzte er an, und vielleicht hätte ich die Flucht ergriffen, wenn mich nicht irgendetwas in seiner Stimme gezwungen hätte, mich umzudrehen. Als ich dies tat, stand er da und sah ganz genauso aus wie damals, als ich ihm zum ersten Mal begegnet war. Und um ehrlich zu sein so, wie ich ihn in jeder Erinnerung sah – in Licht getaucht. Manchmal in das der Sonne, dann wieder in das des Mondes. Heute war es eine Kerze, die er hochhielt und durch die sein Schatten an die offene Tür geworfen wurde.

„Camilla?"

„Guten Abend, Nathan."

Das war alles, was ich herausbrachte, während mir eine Million Worte unausgesprochen im Hals stecken blieben. Ihm ging es offenbar ähnlich, denn er stand mit offenem Mund da und befand sich augenscheinlich in einem Zustand zwischen Schock und Lächeln. Wir hätten die ganze Nacht so dastehen können, wären wir nicht von zwei anderen Stimmen gestört worden: dem Schreien eines Babys, das genauso heiser und gequält klang wie der Ausruf, der aus der Dunkelheit kam.

„Wer ist denn das um diese Uhrzeit noch?"

„Sieh selbst." Und mit dem schalkhaften Grinsen, das ich so gut kannte, machte Nathan die Tür weiter auf, trat einen Schritt zur Seite und bat Evangeline Moss in den Lichtkegel. Doch als ich dann sah, wie ihr Gesichtsausdruck von ertappter Neugier zu einem höhnisch triumphierenden Grinsen wechselte, da wusste ich, dass sie nicht länger die alte Jungfer war. Sie schmiegte sich an Nathan, ohne auf die brennende Kerze in seiner Hand Rücksicht zu nehmen. Auf beiden Gesichtern war ein Ausdruck selbstgefälliger Überlegenheit zu sehen – es war jedenfalls ein ganz anderer Empfang, als ich ihn erwartet hatte.

„Ihr scheint ja gar nicht überrascht zu sein, mich zu sehen." Ich schwankte innerlich zwischen Misstrauen und Traurigkeit, sprach aber mit einer Stimme, die so kalt war wie Stahl.

„Das Wirken des himmlischen Vaters sollte uns doch eigentlich nie überraschen", sagte Nathan, bevor er Evangeline aufforderte, beiseitezutreten und mich hereinzulassen.

KAPITEL 28

Das Baby hörte nicht auf zu schreien – lange, heisere Klagelaute, die so klangen, als kratzten Äste an einer Mauer. Weil Evangeline das Baby so heftig schaukelte, fiel das Einschlagtuch herab, und ich konnte sehen, dass es ein winziges kleines Wesen war, rot und runzelig wie eine Bohne, mit faltigen, zappelnden, dünnen Ärmchen. Das Neugeborene fesselte meine Aufmerksamkeit und diente als Mittelpunkt, um den herum sich der Rest des Bildes dann ordnete. Ganz langsam, so wie kleine Wellen, die sich wieder beruhigen, nachdem man einen Stein übers Wasser hat flitschen lassen, bekam ich ein klareres Bild von meiner Umgebung. Das war Evangelines Wohnzimmer, aber nicht nur ihres. Ein Stapel ordentlich gefalteter Ausgaben der *Deseret News* lag dort – ein Luxus, den sie sich selbst nie hätte leisten können. Der unverwechselbare Duft von frisch geschnitztem Holz, der mir verriet, dass irgendwo – wahrscheinlich auf dem Küchentisch – ein Werkstück in Arbeit war und über Nacht dort liegen geblieben war. In dem kleinen Ofen im Wohnzimmer glimmte noch etwas Restglut, was bedeutete, dass der Raum den Abend über verschwenderisch warm gewesen war.

Und dann war da natürlich noch Nathan selbst, ebenso ungezwungen wie Respekt einflößend, als er jetzt mit der Kerze die Tischlampe entzündete, die das Zimmer in weiches Licht tauchte. Ich folgte mit dem Blick der kleinen

Kerzenflamme, und mir stockte der Atem, als sie den Docht berührte. Da war er, der blaue Lampenfuß mit dem Bild tanzender Frauen darauf, die durch ein weißes Band miteinander verbunden waren. Die Lampe kannte ich gut. Meine Schwägerin Rachel hatte sie für mich bemalt. Die Lampe war ein besonderes Geschenk gewesen, das Nathan mir einmal von einer seiner Reisen nach Salt Lake City mitgebracht hatte.

Offenbar störte das Licht das Baby, zumindest wurde das Geschrei stärker.

„Bring sie doch nach oben", sagte Nathan, und einen Moment lang herrschte Verwirrung, denn Evangeline und ich schauten einander an und fragten uns, wen er gemeint hatte und wer nach oben gebracht werden sollte.

Erst als er „Jetzt geh schon!" schnauzte, wurde mir klar, dass Evangelines Reglosigkeit nicht ein Zeichen ihrer Verwirrung, sondern Bockigkeit war. Trotzig schob sie das Kinn vor und meinte: „Das hier ist immer noch *mein* Haus", ohne auf das schreiende Kind auf ihrem Arm zu achten.

Da erst wurde Nathan sanfter. Er berührte zuerst das tränennasse Gesicht des Babys und dann Evangelines hohlwangiges sommersprossiges Antlitz. „Versuche doch noch einmal, ob es dir nicht gelingt, sie zum Einschlafen zu bewegen."

„Sie beruhigt sich nicht. Ich habe schon alles versucht."

„Das klingt ganz nach einer Kolik", unterbrach ich die beiden, auch wenn ich bis heute nicht weiß, was mich bewog, mich überhaupt in das Gespräch einzumischen. Wahrscheinlich lag es daran, dass ich mit so vielen unbeantworteten Fragen dastand und irgendwie das Gefühl hatte, zumindest in diesem Punkt etwas beitragen zu können. „Versuch doch mal, ihren Bauch mit warmem Öl zu massieren."

Evangeline kniff die Augen zu einem Schlitz zusammen, als sie mich jetzt ansah, und sie presste das Kind fester an sich.

„Erzähl du mir nicht, was ich tun soll! Ich bin eine genauso gute Mutter wie du. Sogar eine bessere. Ich würde niemals …"

„Es reicht!"

Nathans Stimme hatte immer noch die Macht, Gehorsam und Aufmerksamkeit einzufordern. Evangeline und ich senkten beide den Blick, und ich beließ es auch dabei, bis mir die einkehrende Stille deutlich machte, dass Evangeline nicht mehr im Raum war. Als ich Nathan wieder ansah, deutete er auf das Sofa und bat mich, Platz zu nehmen, als wäre ich nur kurz zu Besuch gekommen. Wie betäubt folgte ich seiner Aufforderung, und ein Teil von mir war erleichtert, dass ich etwas tun konnte, was mir vertraut war. Ich strich beim Hinsetzen meinen Rock glatt, und Nathan setzte sich auf einen der hochlehnigen Stühle mir gegenüber.

Schließlich räusperte ich mich und stellte die Frage, die mir unter den Nägeln brannte, seit er die Tür geöffnet hatte. „Was ist hier los?"

„Ich habe Evangeline geheiratet."

„Das ist offensichtlich." Aber dann verkniff ich mir meinen Sarkasmus. Stattdessen sammelte ich meine Gedanken und meine Kraft, denn nachdem ich so lange seine einzige Ehefrau gewesen war, würde ich all meinen Willen und Verstand aufbringen müssen, um ihm so unterwürfig zu begegnen, wie Nathan dies offenbar gewöhnt war. „Ich weiß, dass es spät ist, aber kann ich bitte die Mädchen sehen? Ich verspreche auch, sie nicht zu wecken."

„Die Mädchen sehen?"

Ich konnte seine Miene nicht richtig deuten. Jeder Muskel seines Gesichtes war entspannt. Da war weder ein Hauch der Anspannung zu sehen, die sich so oft an seiner Kinnlinie abzeichnete, noch Humor, der so oft seine Mundwinkel umspielte. Seine Augen waren frei von Emotionen, ohne jedes Licht oder gar Strahlen. In Gedanken ging ich rasend schnell die möglichen Gründe durch, weshalb er nicht antwortete.

„Ich weiß, dass sie schon schlafen, aber ich könnte doch einfach nur ..."

„Sie sind nicht hier."

„Nicht hier?" Ich rang darum, ruhig zu bleiben.

„Nicht hier in der Stadt." Da war wieder das Lachen, das ich so gut kannte – breit und siegessicher.

Meine Hände krallten sich in den Stoff meines teuren Reisekostüms, und ich musste alle Willenskraft aufbringen, um es nicht zu zerreißen. Bei jedem Atemzug spannte sich mein Mieder, das im Moment das Einzige war, was mich aufrecht hielt.

„Und wo sind sie dann?"

„Sie sind zu Hause, Camilla, da, wo sie hingehören."

Mir fiel auf, dass er nicht sagte, dass auch ich dort hingehörte. Das, zusammen mit der Erleichterung darüber, dass sie wohlauf und in Sicherheit waren, ließ mich erst einmal aufatmen. Ich konnte mir nicht vorstellen, dass Melissa Evangelines Engstirnigkeit und Knauserei geduldet hätte, und Lottie wäre einfach verkümmert, wenn sie nicht im Sonnenschein durch die weiten, grünen Felder rennen konnte. Von all dem sagte ich jedoch nichts, denn ich hatte vor langer Zeit gelernt, wie stark Nathans Stimmung schwanken konnte.

In diesem Moment war ein besonders langes und heftiges Kreischen von oben zu hören, und wir zuckten beide zusammen, weil es durch Mark und Bein ging.

„Wie heißt denn das Baby?" Ich stand angesichts seiner Existenz immer noch unter Schock.

„Sophie. Ich habe seit ihrer Geburt noch keine einzige Nacht richtig geschlafen", erwiderte Nathan.

Ich zog die Hutnadeln aus meinem Hut, nahm ihn ab und legte ihn mir auf die Knie in der Hoffnung, dass Nathan mich – jedenfalls für den Moment – als Verbündete betrachten würde. Wenigstens so lange, bis ich alles erfahren hatte, was ich wissen musste.

„Es wird besser, erinnerst du dich?"

„Von unseren hat keines jemals so geschrien."

„Aber natürlich haben sie das. Besonders Lottie."

In seinem Lächeln lag jetzt eine Wärme, die mir gefährlich werden konnte. „Daran kann ich mich nicht erinnern."

„Dann musst du in deiner Werkstatt gewesen sein oder hier in der Stadt. Es war schrecklich für sie. Kimana hat mir dann immer einen Kräutertee gekocht. Ich glaube, es war Fenchel und noch etwas anderes. Das schien immer zu helfen. Vielleicht könnte Evangeline …"

„Sie ist auch nicht annähernd so rebellisch wie du, meine Liebe. Sie ist nicht so dumm, einem Indianergebräu zu trauen."

Die Härte seiner Worte riss mich aus meinen zärtlichen Tagträumen über die weise Frau, die mich so viel darüber gelehrt hatte, was es bedeutete, Ehefrau und Mutter zu sein. Aber das hier schien nicht der geeignete Moment, sie in Schutz zu nehmen. „Ich habe mich eigentlich nie für rebellisch gehalten."

„Wirklich nicht? Nicht, als du deinen Vater verlassen hast? Als du mich verlassen hast? Als du die Mormonenkirche verlassen hast?"

„Ich habe nicht rebelliert, Nathan. Ich bin … geflohen. Ich bin mit dir zusammen weggelaufen, um meinem Vater zu entfliehen. Und von dir bin ich weggelaufen, um der Mormonenkirche zu entfliehen."

„Und jetzt?"

Ich wusste nicht, was ich darauf antworten sollte. Ich dachte an mein gemütliches kleines Zuhause und wie mein Sohn – *unser* Sohn – in meinen Armen schlief. Es gab ein Leben, von dem Nathan gar nichts wusste. Und genauso war auch ich hier in eine Leben hineingeraten, von dem ich gar nicht gewusst hatte, dass es existierte. Hier waren eine neue Mitehefrau und ein neues Kind, und an einem anderen Ort gab es eine weitere kleine Familie. Und meine eigenen Kinder waren durch unser Zutun wie Spreu vom Wind verweht. Aber ich würde ihm nicht die Schuld geben, nicht jetzt, noch nicht. Und ich würde ihn auch nicht um Vergebung bitten.

Stattdessen zwang ich mich dazu, ihn ebenfalls ungerührt anzublicken. „Dasselbe könnte ich dich fragen: Ist Evangeline deine Form von Flucht?"

Einen Moment lang schien ihn der Gedanke zu erheitern, dass dieses vollgestopfte Haus und die mürrische Frau, die dazu gehörte, irgendjemandes Zufluchtsort sein könnte. Aber dann wurde er ernst und widmete seine gesamte Aufmerksamkeit seinen abgearbeiteten Händen – dem einzigen Teil an ihm, der nach all den Jahren nicht mehr an den jungen Mann von früher erinnerte.

„Nachdem du mich verlassen hattest …"

„Meinst du nicht eher, nachdem *du mich* verlassen hattest? Ohne dass ich mich von meinen Töchtern verabschieden konnte?"

Ungerührt sprach er weiter: „Nachdem ich gehört hatte, dass du … abgeholt und weggebracht worden warst …"

„Um meine angebliche Sünde mit meinem Blut zu sühnen."

„Hör endlich auf!" Er war laut geworden und blickte zur Zimmerdecke hinauf. Ich glaube, in diesem Moment wurde uns beiden zum ersten Mal bewusst, dass es oben ruhig geworden war. Er sammelte sich und fuhr dann in gedämpftem Ton fort, den ich immer viel beunruhigender gefunden hatte, als wenn er laut wurde: „Ich bin noch einmal zurückgekommen, aber du warst schon weg. Ich habe gewartet und gewartet …"

„Was hast du denn gedacht, was passiert wäre?"

„Ich wusste es nicht. Also habe ich Brigham persönlich aufgesucht. Weil wir Gerüchte darüber gehört hatten, was mit Abtrünnigen geschieht. Aber ich glaube nicht, dass ich je gedacht habe …" Er hielt inne, als hätte er sich selbst bei dem Hauch eines Zweifels ertappt. Entschlossen schob er sein Kinn vor. „Brigham behauptete, er wüsste nichts, nur dass wir in unsicheren Zeiten leben und alles in unserer Macht Stehende tun müssten, um die Einheit unseres Glaubens zu wahren und zu verteidigen."

„Du hast also geglaubt, sie hätten ihre Drohungen wahrgemacht?"

Er wich meinem Blick aus.

„Du wusstest, dass ich mich nicht noch einmal taufen lassen würde. Hat dir der Gedanke gefallen, dass ich durch mein eigenes Blut wiederhergestellt werden sollte?"

„Lass das." Seine Stimme und seine Haltung ließen die beiden Worte wie eine Drohung klingen. „Du kannst dir nicht vorstellen, welchen Schmerz wir – ich – durchgemacht haben. Ich bin zu Brigham gegangen, weil ich hoffte, er würde mir eine Antwort auf meine Fragen geben. Eine, die nicht besagte, dass Abtrünnige so bestraft werden …"

„Du meinst, so hart?"

„Als Brigham keine Antwort für mich hatte, und ich wusste, dass er mir die Wahrheit verheimlichte, habe ich geweint. Wie ein Baby. Vor seinen Augen, in seinem Büro."

„Über meinen angeblichen Tod oder deinen falschen Glauben? Nathan, was muss denn noch geschehen, damit du einsiehst, dass dieser … Mann" – ich spie das Wort förmlich aus –, „nicht der unfehlbare Prophet ist, für den du ihn hältst?"

Ich hatte früher nur selten einmal erlebt, dass Nathan Schwäche zeigte, aber in diesem Moment war er den Tränen nah. Also betrachtete ich ihn wortlos und wartete, ob er wirklich in meiner Gegenwart weinen würde. Gab es überhaupt Hoffnung, dass ich noch mit der Wahrheit zu ihm durchdringen konnte?

Ich nahm seine Hand. „So haben wir uns unser Leben nicht vorgestellt, als wir uns damals zusammen auf den Weg gemacht haben."

Er sah mich an, und ich entdeckte wieder ein wenig von dem jugendlichen Funkeln in seinen Augen, erkannte den stürmischen jungen Mann wieder, der mich vor all den Jahren dazu gebracht hatte, mit ihm durchzubrennen.

„Es ist noch nicht zu spät, Nathan. Ich weiß, dass du mich immer noch liebst, und zusammen können wir unseren Kindern ein Zuhause geben. Ein Zuhause, in dem wir ihnen den wahren Gott nahebringen können. In dem wir sie lehren, was es heißt, Jesus Christus zu lieben und ihm zu dienen. Er hat mich all diese Monate hindurch bewahrt und versorgt, und er kann unserer Familie einen Neuanfang schenken."

Sein Blick hellte sich auf, und einen kurzen Moment lang erlaubte ich mir die Hoffnung, dass dieser Traum noch Wirklichkeit werden könnte.

Schließlich blinzelte er nervös. „Dann hat Brigham also doch recht gehabt. Du warst – und bist – eine Ketzerin der allerschlimmsten Sorte. Du wärst besser dran, wenn sie dein Blut vergossen und du dadurch gereinigt worden wärst, als außerhalb des Glaubens zu sterben. Er hat gesagt, du würdest auf mich warten. Und dass wir in der Ewigkeit mehr Kinder haben würden."

„Und das hat ausgereicht, um dich zu trösten? Dass du mich aus meinem Grab herausrufen wirst? Siehst du denn nicht, was für ein leeres Versprechen das ist?"

Aber das konnte er nicht. Sein Blick hatte sich verfinstert, und er weigerte sich, die Wahrheit zu sehen. Ich dagegen begriff die Wahrheit langsam besser, als mir lieb war.

Nathans nächste Worte bestätigten meine Vermutungen. „Brigham hat mich nach meinem Beruf gefragt, und als ich ihm gesagt habe, ich sei Schreiner, hat er mir Arbeit im Tempel angeboten."

Als er das Wort „Tempel" aussprach, strahlte sein Gesicht heller als der Schein der Lampe. Wie gut ich mich noch an all die Jahre erinnerte, in denen er vergeblich versucht hatte, den Propheten durch seine Arbeiten auf sich aufmerksam zu machen. Doch er war immer wieder abgelehnt worden. Er hatte stattdessen im Steinbruch Steine behauen und genau wie alle anderen Heiligen seinen Zehnten in Form von Arbeit gegeben, aber sein größter Wunsch war, ein Kunsthandwerker zu sein ...

„Damit ist ja für dich ein Traum in Erfüllung gegangen." *Und dein sogenannter Prophet hat genau den richtigen*

Zeitpunkt erkannt, um es dir vor die Nase zu halten und dich damit zu locken. Doch ich sprach meine Gedanken nicht aus.
„In gewisser Weise, ja. Er …"
„Und war Evangeline auch ein Teil der Entschädigung, die du vom Propheten für mein Leben erhalten hast?"
Er sah mich misstrauisch an, als würde ihm bewusst, dass er an Boden verloren hatte. „Vor ungefähr einem Jahr kam Evangeline zu uns raus. Sie ritt mein Pferd, das, das du mitgenommen hattest."
„Honey." Das Pferd, das mir das Leben gerettet hatte.
„Sie sagte, das Pferd sei am Morgen plötzlich da gewesen. Jemand müsse es an ihrer Veranda angebunden haben. Sie sagte, das sei doch ein Zeichen des himmlischen Vaters selbst, er gäbe uns dadurch seinen Segen als Paar."
Er sprach zwar weiter, aber es war Evangelines Stimme, die ich aus all dem vertrauten religiösen Gefasel heraushörte. Wenigstens war ihr Glaube ebenfalls so brennend, dass er es mit seinem aufnehmen konnte.
„Außerdem", unterbrach ich ihn, „hast du zusätzlich noch den Vorteil, ein Haus in der Stadt zu haben, ganz in der Nähe deiner Arbeitsstelle im Tempel, wo ja jetzt so viele aus der Stadt geflohen sind."
„Ja, der himmlische Vater segnet mich auf vielerlei Weise."
Plötzlich kam es mir so vor, als wäre das alles nur ein schlechter Scherz. Doch ich war nicht erheitert, sondern fühlte mich innerlich ganz leer. Alles, was ich an diesem Mann jemals geliebt hatte, war zerstört. Und ich versuchte jetzt verzweifelt, in meiner Erinnerung wenigstens ein kleines Bisschen Zuneigung zu bewahren. Seine jungenhafte Unreife, seine Impulsivität und seine Unbekümmertheit. Doch die Erkenntnis, dass ich mich darauf verlassen hatte, dass er meinen Töchtern ein hingebungsvoller Vater sein würde und dass sie fürs Erste unter seiner Obhut besser aufgehoben wären, zerriss mich schier. Er hatte sie bei der erstbesten Gelegenheit im Stich gelassen, um seinem falschen Propheten zu folgen.

„Warum sind die Mädchen nicht hier bei dir, Nathan?"
Er wand sich, so wie es alle Männer tun, wenn es um Streitereien zwischen Frauen geht. „Es gab ... wie soll ich sagen, Schwierigkeiten zwischen Amanda und Evangeline."
„Ach ja, Amanda, meine andere Mitehefrau. Ich kann also davon ausgehen, dass sie sich nicht so bereitwillig hat austauschen lassen wie ich?"
„Du wurdest nie ausgetauscht, Camilla. Jedenfalls war das nie meine Absicht. Der Plan des himmlischen Vaters ..."
„Gottes Plan sieht vor, dass ein Mann seine Frau liebt ..."
„Ich habe dich geliebt, Camilla."
„... und für seine Kinder sorgt. Du hast mich innerlich verlassen, Nathan, und dich einer anderen Frau hingegeben. Und jetzt hast du auch die Kinder verlassen. Unsere Kinder, und ..." Ich erinnerte mich plötzlich an etwas. „Ihr Kind. Was hat sie eigentlich bekommen?"
Seine Miene hellte sich auf. „Einen Jungen. Wir haben einen Sohn."
Der Satz hing bedeutungsschwer zwischen uns, und ich trug dabei mehr als meinen Teil der Last. Wusste er es? War das möglich? Meine Gedanken überschlugen sich, während ich gleichzeitig versuchte, auch weiterhin möglichst gleichmütig dreinzuschauen. Er war zwar ein Meister der Selbstbeherrschung, aber nicht einmal Nathan Fox würde seinen Zorn zügeln können, wenn er erfuhr, was er als schlimmstmöglichen Verrat betrachten würde. Um ehrlich zu sein: In meinen finstersten Augenblicken versuchte ich, diese Nacht – unsere letzte gemeinsame Nacht – aus Scham zu verdrängen, auch wenn ich mich so sehr über das Kind freute, das daraus entstanden war.
Ich rang mit mir und versuchte, diese letzte große Lüge herunterzuschlucken. „Wie hast du ihn genannt?"
„Natürlich Nathan."
„Natürlich. Da musst du ja sehr zufrieden sein."
„Er ist eine Gebetserhörung."

„Dann wundert es mich aber, dass du ihn so einfach zurücklassen konntest."

„Offenbar neigen wir ja beide dazu, unsere Kinder zu verlassen."

„Sag doch so etwas nicht." Aber die Wahrheit seiner Worte brannte in meinem Gesicht wie eine Ohrfeige.

In diesem Augenblick fielen all meine hehren Absichten genau wie jede vorgetäuschte Stärke in sich zusammen. Evangelines Wohnzimmer mit all seinen schäbigen Schatten verschwamm unter einer Flut von Tränen. Jede von ihnen enthielt die Tage und Stunden, die seit meinem ersten Augenblick des Wagemuts vergangen war, als ich die Tür hinter der kleinen Familie zugeschlagen hatte, die Nathan und ich zusammen erschaffen hatten.

Er schwieg, aber meine Hände lagen jetzt beide in seinen. Ich konnte nicht genau erkennen, was er mit dieser Berührung beabsichtigte. Sein Daumen, der von der Arbeit ganz rau war, strich über meine Haut, die schön glatt war, was an dem neuen Luxus von Handcreme und Lederhandschuhen lag. Trotzdem konnten wir die schreckliche Stelle nicht ignorieren, an der mir die beiden Finger amputiert worden waren. Nathan drehte meine Handflächen nach oben und berührte die beiden Stellen, an denen die Finger fehlten, indem er sie neugierig, ja, fast forschend streichelte.

„Im vergangenen Sommer ...", begann er dann. Ihm schien eine schon halb vergessene Erinnerung in den Sinn zu kommen. „... hatten wir das Vorrecht, einen Vortrag von zweien unserer besten Missionare zu hören, die gerade aus England zurückgekehrt waren."

Ich blickte auf und musste in einem ersten Anflug vor Angst schlucken.

„Sie waren" – er hob ebenfalls den Blick und bedachte mich mit seinem typischen augenzwinkernden Lächeln –, „wie wir alle in Sorge um den Zustand der Mormonenkirche. Sie fragten, wie es wohl um die Hingabe der Gläubigen angesichts eines drohenden Krieges stehe. Und sie erzählten von einer seltsamen Begegnung mit einem General von der Armee."

Colonel. Colonel Charles Brandon. Ich hörte zu, ohne mit der Wimper zu zucken.

„Er war mit einer Frau zusammen, die, soweit sie es erkennen konnten, Mormonin war. Und sie waren ziemlich bestürzt darüber, dass eine der Unseren mit dem Feind verheiratet war." Nathan schaute mich jetzt nicht mehr direkt an, sondern sah zu Boden. „Noch bestürzender war jedoch die Tatsache, dass diese Frau sich gar keine Gedanken zu machen schien über das Risiko, das eine weite Reise in ihrem Zustand bedeutete."

Stocksteif saß ich da und kämpfte gegen den Impuls an, ihm meine Hände zu entziehen und sie schützend über meinen inzwischen längst leeren Leib zu legen. Doch der Gedanke an mein Kind gab mir die Kraft, genauso langsam und gleichmäßig zu atmen wie Nathan.

„Denn weißt du", fuhr er fort und blickte dabei wieder auf, „sie war schwanger."

Nur mit Mühe konnte ich ein Keuchen unterdrücken, als ich in den hellen Augen und dem leicht geneigten Kopf meinen Sohn – *unseren* Sohn – sah, wie er einmal als Mann aussehen würde. Mir lag das Geständnis bereits auf der Zunge. Die Worte, die ich unablässig im Stillen wiederholte. *Sie war mit deinem Sohn schwanger.*

Aber eine Kraft, die stärker war als meine Schuldgefühle, sorgte dafür, dass ich schwieg. Ich dachte an die Worte, die auf den Unterlagen in Mr Bostwicks Mappe standen. Nathan würde es noch früh genug erfahren, aber nicht von mir. Nicht, bevor ich nicht meine Töchter wieder sicher in den Armen hielt. Ich erinnerte mich an das Versprechen, das ich gegeben hatte: dass ich meinen Kindern ein Zuhause schenken würde, in dem sie vor den Lügen des Glaubens ihres Vaters geschützt wären. Wenn Gott all das vergeben konnte, was ich getan hatte, dann konnte er auch eine Lüge vergeben –

selbst wenn ich mit aller Kraft dagegen ankämpfte, sie auszusprechen.

„Wenn eine Frau wegen einer Schwangerschaft keine weite Reisen machen dürfte", sagte ich und hoffte, dass die Lockerheit meines Tonfalls nicht allzu gezwungen klang, „dann gäbe es in Zion sehr viel weniger Kinder."

Daran, wie er die Kiefer aufeinanderpresste, merkte ich, dass es ihn einige Mühe kostete, nichts zu sagen. Welchen Kampf auch immer er da in sich ausfocht, erfuhr ich nicht. Den Sieg trug dabei jedenfalls das Schweigen davon.

Die wenigen Zentimeter, die zwischen uns waren, wurden dadurch überbrückt, dass sich unsere Hände berührten, und unsere Blicke lagen auf meiner Entstellung – dem Merkmal, durch das ich mich von jeder anderen Frau im Land unterschied. Und ganz sicher war auch dieses Detail im Bericht der Elders vorgekommen, auch wenn außer Nathan niemand gewusst hatte, wie bedeutsam es war – außer Nathan und Evangeline. In diesem Moment wurde mir bewusst, dass ich nicht würde lügen und auch nichts würde gestehen müssen.

„Du hast die ganze Zeit gewusst, dass ich am Leben bin."

KAPITEL 29

Nathan änderte nun seinen Griff und presste seine Finger auf meinen Puls an meinem Handgelenk, schwieg aber weiterhin.

„Du hast gewusst, dass ich um mein Leben fürchten musste, dass ich mit deinem Kind schwanger war, und du hast nichts unternommen?"

„Was hätte ich denn tun sollen?"

„Du musst doch gewusst haben, dass ich wieder zurück zu meinen Eltern gehen würde."

„Natürlich wusste ich das", sagte er und seine Worte klangen verächtlich. „Aber mein Zuhause ist hier. Ich hatte nicht vor, es zu verlassen, um dir durchs ganze Land hinterherzujagen."

„Wirklich tröstlich, deine Worte." Sie bohrten sich wie Messerstiche in meinen Rücken. Es erforderte ein bisschen Mühe, mich seinem Griff zu entwinden. Zum ersten Mal hatte ich jetzt das Gefühl, dass ich mich gerade in gewisser Weise von ihm befreite.

Es sollte noch Jahre dauern, bis ich erkannte, dass dieser letzte durchdringende Schmerz die Befreiung brachte, um die ich schon die ganze Zeit hätte beten sollen. Es genügte nicht, dass ich mich danach sehnte, einen Mann zu lieben, der Gott genauso liebte wie ich. Ich musste erst von dem Verlangen nach diesem Mann hier frei werden. Aber jetzt, angesichts dieses ungeheuren Verrates, verließ mich auch der letzte Rest von Liebe, den ich immer noch in den hintersten Winkeln meines Herzens hegte. Mein Herz war in diesem Augenblick nur noch eine leblose Masse. Nicht Stein, denn das hätte einen dauerhaften, kalten Tod bedeutet. Nein, es war mehr wie der Stamm eines hohlen Baumes, der noch lange den Anschein von Gesundheit und Leben aufrechterhält und dadurch tarnt, wie morsch er in Wahrheit ist. Eine Berührung, und er zerfällt. Meine Zerstörung brachte jedoch friedvolle, losgelöste Freiheit und neues Leben hervor.

Ich war nicht mehr seine Frau, jedenfalls nicht in irgendeinem Sinne, auf den es ankam. Und bald schon würde ich nicht einmal mehr dem Namen nach seine Frau sein. „Ich bin mit meinem Anwalt Mr Bostwick angereist. Er wird gleich morgen früh mit allen nötigen Papieren für unsere Scheidung hier sein."

Er packte mich bei den Armen und zog mich an sich. „Du kannst doch nicht …"

„Doch, ich kann", erwiderte ich und empfand dabei ein merkwürdiges Gefühl von Stolz angesichts der Tatsache, dass ich auf eigenen Füßen stand. „Ich kann Gründe anführen, die vor dem Gesetz Gültigkeit besitzen. Du hast zwei weitere Frauen geheiratet, während du noch mit mir verheiratet warst, und dein Prophet macht jetzt nicht mehr die Gesetze in diesem Land. Ob er es eingesteht oder nicht: Polygamie ist ungesetzlich. Du weißt genauso gut wie ich, dass ich für ihn eine Komplikation darstelle, mit der er lieber nichts zu tun haben möchte. Wieso sprichst du nicht einfach mit ihm darüber? Sag ihm, dass die Ehefrau, von der er sich gewünscht hatte, sie wäre tot, gesund und munter ist und bereit, um ihre Kinder zu kämpfen. Und zwar um alle – einschließlich des geheim gehaltenen Sohnes, mit dem sie sich heimlich davongemacht hat."

Bei diesen Worten veränderte sich sein Gesichtsausdruck, und sein Zorn löste sich genauso wie sein fester Griff.

„Ein Sohn?"

Ich bereute auf der Stelle, dass mir dieses kleine Stückchen Wahrheit herausgerutscht war, aber ich stampfte kurz mit dem Fuß auf, fest entschlossen, den Boden, den ich gutgemacht hatte, nicht wieder aufzugeben. „Ja, es ist ein kleiner Junge. Und er wird für immer dein Sohn sein, genauso, wie Melissa und Lottie deine Töchter sind. Aber ich werde nicht mehr deine Frau sein, und dein Zuhause wird nicht mehr unser Zuhause sein." Ich ließ ein letztes Mal meinen Blick in die finsteren Ecken von Evangelines schäbigem Wohnzimmer schweifen. „Du hast deine Wahl schon getroffen."

Und dann veränderte er sich. Vor Jahren hatte es einen Augenblick gegeben – damals, als ich unseren ersten Sohn in den wenigen Stunden seines Lebens in den Armen gehalten hatte –, da hatte Nathan neben mir gesessen. Sein Körper war angespannt gewesen, als könnte er dadurch die Kraft finden, Gott das unausweichliche Schicksal des Babys zu entreißen. Und als unser Baby seinen letzten Atemzug getan hatte, schien Nathan seinen ersten zu tun – sein Körper schien so sanft und fließend wie ein leeres Hemd auf der Wäscheleine. Er war vom Tod besiegt worden, aber er ging auch irgendwie erleichtert aus der Schlacht hervor.

Jetzt, in diesem Augenblick, sah ich ihn denselben Schild herunternehmen. Wenn ich kurz in ihn hätte hineinschauen können, dann wäre ich nicht überrascht gewesen, dort jede Menge gebrochener Knochen vorzufinden, und ich wäre zu dem Schluss gelangt, dass nur sein Stolz ihn aufrecht hielt. Er schien vor meinen Augen zu schrumpfen, und als sein Blick dem meinen begegnete, war darin kein Kampfeswille mehr zu erkennen. Eine Kraft, die so groß war, dass sie nicht aus mir selbst kommen konnte, ließ mich meine für immer verstümmelte Hand heben, um ihn an der Wange zu berühren, während sich mein Herz weigerte, den Sieg dieses Augenblicks ganz und gar auszukosten.

„Alles, was ich jemals wollte", sagte er, und seine Stimme klang seltsam hohl, „war eine Familie."

„Ich weiß", erwiderte ich und ließ zu, dass mir aus Mitleid die Tränen kamen, aber ich bat Gott, mir zu helfen, sie zurückzudrängen. „Ich habe versucht, sie dir zu geben, aber das war dir nicht genug."

„Sag, Camilla, hast du jemals geglaubt? Als du am Tag vor unserer Hochzeit getauft wurdest ... all unsere Lehren ... bist du je eine echte Gläubige gewesen?"

Meine Hand berührte immer noch sein Gesicht, und ich spürte ein Beben unter seiner Haut. Ich strich mit meinem Daumen an seiner Lippe entlang, und mir war klar, dass mir das als eine Art letzter Kuss würde genügen müssen.

„Ich habe an *dich* geglaubt, Nathan. Ich habe an dich geglaubt, bevor ich dich geliebt habe."

„Und jetzt?"

Was sollte ich sagen? Dass der starke, lebhafte, leidenschaftliche Mann, der mich mit einem Lächeln und ein paar vagen Versprechungen von zu Hause weggelockt hatte, sich jetzt als nicht mehr erwies als eine bemitleidenswerte, leere Hülle?

„Jetzt verstehe ich, wie gefährlich es ist, sein Vertrauen auf einen fehlbaren Menschen zu setzen. Ich möchte nicht, dass unsere Kinder denselben Fehler machen."

Er verschränkte die Arme, und seine Muskeln waren durch das Gewebe seines Hemdes hindurch zu erkennen. Nur ich wusste, dass das Zucken um seine Mundwinkel ein Zeichen dafür war, dass er neue Kraft sammelte. Ganz langsam gewann er wieder Haltung, als das auseinandergefallene Skelett in ihm wieder Form annahm, und in seiner Stimme schwang das Bewusstsein mit, dass er verloren hatte.

„Ich werde keinen Widerspruch einlegen."

„Danke", meinte ich und war jetzt doch irgendwie erleichtert.

„Eine solche Demütigung werde ich weder meinem Glauben noch meiner Familie zumuten."

„Das verstehe ich."

„Ich finde, sie sollte jetzt gehen."

Ich drehte mich um und sah Evangeline im Schatten am Fuß der Treppe stehen. Ich hatte keine Ahnung, wie lange sie schon dagestanden oder wie viel sie von unserem Gespräch mitbekommen hatte. Wenn Nathan gewusst hatte, dass sie da war, so ließ er es sich jedenfalls nicht anmerken. Aber er schien in dem Moment nicht überrascht.

„Wir können sie doch nicht einfach in die Nacht hinausschicken", entgegnete Nathan, ohne dabei Evangeline auch nur eines Blickes zu würdigen.

„Nein." Ich hatte meine Handschuhe wieder angezogen und war gerade dabei, meinen Hut aufzusetzen und festzustecken. Ich wollte nur noch weg. „Das Hotel ist nicht weit."

„Siehst du?", warf Evangeline ein und trat jetzt langsam ins Licht. „Sie kann ganz gut auf sich selbst aufpassen." Inzwischen war sie direkt hinter mir, und ich spürte ihren Atem in meinem Nacken, als sie mich hinauskomplimentierte.

Weil ich keinen Streit anfangen wollte, erlaubte ich Evangeline, mich am Ellbogen zu ergreifen und mich zur Haustür zu führen.

„Warte", rief Nathan, „morgen ist doch Sabbat."

„Als ob sie das interessieren würde", murmelte Evangeline.

Ich verkniff mir einen Kommentar, sondern drehte mich nur zu Nathan um. „Was willst du damit sagen?"

„Dass ich mich morgen nicht mit deinem Freund, dem Anwalt, treffen werde."

„Ach, nein, natürlich nicht", sagte ich und verspürte ein erstes Flattern von Misstrauen.

„Dann gleich am Montagmorgen?"

Und bei diesen Worten packte mein kleiner rothaariger Wächter mich wieder fester am Arm und beschleunigte unsere Schritte Richtung Ausgang. Schwungvoll öffnete sie die Tür, und die Nachtluft, die mir jetzt viel kühler vorkam als zu dem Zeitpunkt, als ich das Haus betreten hatte, wehte herein.

Ich wappnete mich für den Fall, dass sie mich im wahrsten Sinne auf die Straße werfen würde, aber da stellte sie sich auf Zehenspitzen und flüsterte mir etwas ins Ohr. „Entschuldige, dass wir dir keine Scheune anbieten können, aber wir haben eine Box in dem Mietstall an der Ecke. Wenn du willst, kannst du dort schlafen."

Seltsam. Nachdem ich mich nur wenige Augenblicke zuvor noch so siegessicher gefühlt hatte, schämte ich mich nach einem Wort von dieser kleinen Frau zutiefst. Wusste sie es? Sie musste es erfahren haben – dass ich in den ersten Nächten in unserer eigenen Scheune übernachtet hatte, nachdem Nathan seine neue Frau mit nach Hause gebracht hatte. Was für ein Triumph musste es nun auch für sie gewesen sein, mich aus dem Bett meines Ehemannes vertrieben zu haben.

Ich hörte, wie die Haustür hinter mir ins Schloss fiel, und als ich mich umdrehte, sah ich, wie hinter den Wohnzimmerfenstern das Licht ausging. Inzwischen war es in allen Häusern dunkel, und ich brauchte einen Moment, um mich zurechtzufinden. Der Wind blies mir feuchten Nebel ins Gesicht, und plötzlich kamen mir die wenigen Straßen zwischen hier und dem Hotel unüberwindlich weit entfernt vor. Ich hatte aber in all den Jahren die Erfahrung gemacht, dass es so etwas wie eine unüberwindliche Entfernung nicht gab, also wappnete ich mich für den ersten Schritt. Als ich nach etwa hundert Metern direkt vor dem besagten Mietstall stand, hielt ich wieder inne.

Der Stall umfasste vier Grundstücke und war zu allen Seiten von einem breiten Hof umgeben. Im hinteren Teil konnten Leute, die das nötige Geld hatten, gegen eine Miete ihre Wagen, Kutschen und anderen Transportmittel in einer riesigen Remise unterstellen. Zu beiden Seiten dieser Remise lagen zwei langgestreckte Gebäude. Bevor sie auf Missionsreise gegangen waren, hatten Evangelines Brüder hier gearbeitet. Sie hatten die vielen Pferdeboxen ausgemistet und die untergestellten Pferde versorgt.

Auch wenn ich wusste, dass Evangeline mir nicht aus reiner Freundlichkeit den Hinweis auf den Mietstall zugeflüstert hatte, lockten mich die Wärme und der Gedanke an ein Dach über dem Kopf dann doch geradezu unwiderstehlich an.

Ohne mir Gedanken über mögliche Folgen zu machen, zwängte ich mich zwischen den Querverstrebungen des Gatters hindurch, von dem das gesamte Anwesen eingezäunt war. Ich trat auf den Hof und überquerte ihn in Richtung des nächstgelegenen Stalls. Dankbar für die Nächstenliebe der Heiligen, die zu Vertrauen einlud, öffnete ich die unverschlossene Tür und tastete an der Wand neben dem Türrahmen entlang, bis meine Finger eine eckige Blechlampe und eine Packung Streichhölzer ertasteten.

Die Pferde hatten mein Kommen nicht bemerkt, aber angesichts des plötzlichen Schwefelfunkens ging ein Stampfen und Schnauben durch die Reihe, bis es mir gelang die Flamme sicher in die Blechlaterne zu sperren. Ich blies das Streichholz wieder aus, und als es abgekühlt war, ließ ich es auf den gestampften Lehmboden fallen.

Der Raum war lang und schmal. Meine Schritte waren gedämpft, als ich auf der rechten Seite des Raumes an den Boxen entlangging. Der süße Duft nach frischem Heu sprach dafür, dass die Pferde hier gut versorgt wurden, und ich konnte auch keine Angst in ihren großen braunen Augen entdecken, als ich bei einem nach dem anderen die Laterne hochhielt, um sie mit dem gesprenkelten Licht anzuleuchten. Als ich bereits in sechs Boxen geschaut hatte, entdeckte ich sie endlich. Selbst in dem heruntergedrehten Licht erkannte ich das glänzend hellbraune, gut gestriegelte Fell. Ich wünschte, ich hätte einen Apfel oder eine Karotte dabeigehabt, als ich meine Hand ausstreckte und Honey daran schnuppern ließ.

„Hallo, alte Freundin."

Wahrscheinlich war mir die Idee schon in dem Augenblick gekommen, als Evangeline im Scherz den Vorschlag machte, heute hier zu übernachten. Sie nahm jedoch erst Gestalt an, als ich sah, dass gegenüber von Honeys Box Sattel und Zaumzeug an der Wand hingen. Später sollte ich noch Zeit genug haben, meine spontane Entscheidung zu bereuen, von denen ich im Laufe meines Lebens schon so viele getroffen und dann bereut hatte. Aber in diesem Augenblick schien meine Entscheidung unausweichlich.

„Gleich am Montagmorgen", hatte er mit einem leicht abwesenden Lächeln gesagt. Ganz plötzlich wurde alles, was er gesagt hatte – das großzügige Eingeständnis seiner Niederlage, sein Mitgefühl für meine Seele, sein Versprechen, sich am Montagmorgen mit uns zu treffen –, durch den Mann, als den ich ihn gerade erlebt hatte, befleckt. Ich wusste nicht, welche Absichten Nathan wirklich verfolgte, aber wenn Rachels gesamter Hausstand, bestehend aus vier Ehefrauen und unzähligen Kindern, einfach verschwinden konnte, wer sagte dann, dass nicht auch Nathan seine gesamte Familie verschwinden lassen konnte, während Mr Bostwick und ich im Hotel Deseret warteten? Die Erfahrung hatte mich gelehrt, dass einem in einer einzigen Nacht das gesamte Leben entrissen werden konnte.

Ich wagte es nicht, bis Montagmorgen zu warten, ja, ich wagte es nicht einmal mehr, bis zum Morgengrauen zu warten.

KAPITEL 30

Am Rande des Gebüsches zügelte ich Honey und brachte sie zum Stehen. Hinter den Bäumen auf der Lichtung stand an diesem frühen Morgen in strahlendes Sonnenlicht getaucht die Kirche von Cottonwood Canyon. Ich war nach einem kleinen Zwischenstopp am Hotel Deseret, wo ich eine Nachricht für Mr Bostwick hinterlassen hatte, die ganze Nacht hindurch geritten. Der Angestellte am Empfang, der sich über die Tatsache, dass ich noch einmal wiederkam, mehr geärgert hatte, als über seine gestörte Nachtruhe, hatte sich schlicht geweigert, mir zu gestatten, nach oben zu gehen, oder Mr Bostwick herunterzuholen. Er gab mir dann allerdings Papier und Feder und wandte sich diskret ab, damit ich wenigstens einigermaßen ungestört war beim Schreiben.

Die Nachricht war kurz. Ich schrieb nur, dass ich selbst nach Cottonwood reiten würde und dass er Nathan unter der angegebenen Adresse antreffen könne.

Der Angestellte hatte mir keinen Umschlag gegeben, und ich war sicher, dass er einen Blick auf das Geschriebene werfen würde, bevor Mr Bostwick es zu sehen bekäme. Aber das war mir gleichgültig, solange mein Anwalt die Nachricht vor Tagesanbruch bekam.

Dann machte ich mich gemeinsam mit Honey auf den Weg. Manchmal in halsbrecherischem Tempo, den Oberkörper weit über Honeys Hals gebeugt, vertraute ich darauf, dass ihre donnernden Hufe den Weg auf der Straße aus festgestampftem Lehm selbst finden würden, dann wieder langsam, in gemächlichem Schritt, während ich schlaff im Sattel saß und hin und her geschaukelt wurde. Die ganze Nacht hindurch hatte ich nur das Geräusch ihrer Hufe gehört, das begleitet wurde von den Gebeten in meinem Kopf. Als ich Honey jetzt am Rande der Lichtung an der Kirche halten ließ, konnte ich die Stimmen der Menschen hören, die einmal meine Nachbarn gewesen waren und die ich als Brüder und Schwestern bezeichnet hatte. Vereint sangen sie:

*Kommt, all ihr Heiligen Zions, und lobt den Herrn,
die Zerstreuten kehren heim, gemäß seinem Wort.*

Ich musste lächeln und fragte mich, ob sie wohl auch dann noch so von Herzen singen würden, wenn sie wüssten, wer da gerade heimkehrte – eine abgefallene Heilige auf einem gestohlenen Pferd, die gekommen war, um ihre Kinder von ihnen wegzuholen. Fast genauso schnell, wie das Lächeln über meine Lippen huschte, wuchsen die Zweifel in mir. Ich kam als neuer Mensch nach Hause zurück. Meine Töchter und ich hatten über ein Jahr lang umeinander getrauert, wobei ich im Unterschied zu ihnen den Luxus von Hoffnung gehabt hatte.

Das Leder des Sattels unter mir knarzte, als ich abstieg. Ich ordnete meinen Rock, als ich Boden unter den Füßen hatte, führte Honey an den Rand der Lichtung und schlang die Zügel locker um den Ast eines Baumes. Ich trat genau in dem Moment hinaus auf die Lichtung, als die Heiligen in der Kirche zur zweiten Strophe des Chorals ansetzten, in der das verstreute Volk von Juda aufgerufen wird, sich in den letzten Tagen zu sammeln. Ich erinnerte mich daran, wie ich selbst dieses Lied gesungen hatte, und auch an die geröteten Wangen und leidenschaftlichen Mienen derer, die um mich herum sangen. Nathan hatte immer mit einer pathetischen Marschbewegung gesungen, zu der ich mit dem Fuß den Rhythmus getippt hatte. Und sogar jetzt, in der kühlen Morgenluft, hatte die Melodie etwas Mitreißendes.

Ich trat ein paar Schritte hinaus auf die Lichtung und schaute mich nach hinten um, wie ich es immer wieder getan hatte, seit Honey und ich unterwegs waren. Wenn sich Mr Bostwick an unseren Plan hielt, hatten Nathan und er sich bereits kennengelernt und waren beide mit Sicherheit nicht besonders glücklich über mein überstürztes Vorgehen. Aber Sabbat oder nicht, ich vertraute darauf, dass Mr Bostwick mich in meiner Angelegenheit vertreten würde. Darüber hinaus wusste ich, dass er mir Zeit verschaffen würde, und ich konnte dafür beten, dass diese Zeit ausreichte.

Ich stand nicht als Einzige auf der Lichtung, denn von überall her kamen Familien an, und im Inneren der Kirche flehte die Gemeinde, dass Israel sich freuen möge, weil Gott ihm begegnen werde, wo immer es sei.

Irgendwie verhinderte Gott jedoch, dass sie mich entdeckten, als ich mich gut sichtbar, aber unauffällig an dem Gebäude entlang bewegte, ohne die Aufmerksamkeit der Kirchgänger zu erregen. Ich würde zwar die Kirche nicht betreten, denn ich hatte sie ja zuvor mit dem Schwur verlassen, nie wieder einen Fuß hineinzusetzen, doch ich würde einen Blick durchs Fenster riskieren, wenn die Heiligen Platz genommen hatten. Ich wollte nur meine Töchter sehen.

Aber das war dann gar nicht nötig, denn als ich die Vorderseite des Gebäudes erreicht hatte und dort an einer Ecke stand, sah ich sie, wie sie gerade über die leichte Erhebung am Rande des Kirchplatzes kamen.

„Kommt, Mädchen, wir sind spät dran." Ich sah Amanda, die Zweitfrau meines Mannes, zum ersten Mal wieder, seit ich mein Zuhause vor einem Jahr verlassen hatte, aber sie sah zehn Jahre älter aus. Ihr Haar war zwar immer noch pechschwarz, aber der Schimmer, der beinah blauschwarze Glanz, war verschwunden. Weg waren auch die kunstvoll geschlungenen Flechten und Zöpfe. Stattdessen sah sie jetzt genauso aus wie alle anderen Schwestern: Sie trug lange Zöpfe, die ohne viel Federlesens am Hinterkopf festgesteckt waren und das Gesicht einrahmten, das keinen Porzellanteint mehr hatte, sondern einfach nur blass war. Sie hatte tiefe Ringe unter den Augen, und ihre Figur, die ich einst so bewundert hatte – besonders in ihren modischen Kleidern –, war in ein praktisches Baumwollkleid gehüllt.

Als sie sich jetzt kurz nach hinten zu den Mädchen umdrehte, hätte ich Gelegenheit gehabt, einen Schritt vorzutreten, um ganz schnell einen Blick auf diese zu erhaschen, aber ich blieb wie erstarrt stehen.

Und da entdeckte sie mich.

Amanda war für mich nie eine Person gewesen, vor der ich hätte Angst haben müssen, und ich glaube, es war dieser Ausdruck blanken Schreckens auf ihrem Gesicht, der mir das Gefühl vermittelte, ein Gespenst zu sehen. Ich trat sofort ein Stück zurück und zog mir die Kapuze tiefer ins Gesicht. Ich konnte die drei immer noch sehen, wenn auch jetzt nur noch einen schmaleren Ausschnitt. Als Erste kam Melissa – ach, Melissa. Ihr Haar war dunkler, als ich es in Erinnerung hatte, oder vielleicht verschwanden auch einfach nur ihre blonden Kinderlocken langsam.

Sie war immer meine Große gewesen, und daran hatte sich auch nichts geändert. Als Amanda ein Stück zur Seite trat, ging Melissa vor. Sie hatte den Blick zur Kirchentür erhoben, als wartete sie, dass ihr daraus ein Wunder entgegenkam.

„Nun geht schon hinein", wiederholte Schwester Amanda ungeduldig. Sie öffnete die Tür und gab Melissa einen angedeuteten Klaps, um sie zur Eile anzutreiben, aber meine Tochter brauchte eine solche Aufmunterung gar nicht. Die Gemeinde sang jetzt den vierten Vers des Chorals, und die klare Stimme meines Kindes stimmte mit ein.

Noch bevor ich auch nur die Gelegenheit gehabt hatte, sie zu berühren, spürte ich in gewisser Weise schon ihre Ablehnung. Aber ich konnte nicht bei dem Gedanken verweilen, dass ich gerade eine Niederlage erlitten hatte, denn ich hatte meine Lottie entdeckt. Nie – seit ihrem ersten Schritt nicht – hatte sich dieses Kind ohne zu hüpfen und zu springen fortbewegt, doch jetzt ging es, als hingen die riesigen Felsbrocken für den Tempelbau an seinen Stiefeln.

„Komm schon, jetzt komm endlich", drängte Amanda erneut und schnipste ungeduldig mit den Fingern. Aber Lottie beeilte sich nicht. Ihr blondes Haar war geflochten und zu Affenschaukeln hochgesteckt, die mit Schleifen verziert waren, und ihr Kleid war sauber und gestärkt, aber ihre niedergeschlagene Miene strafte das Herausgeputzte Lügen. Als sie die unterste Stufe der Kirchentreppe erreicht hatte, bekam Amanda sie am Ärmel zu fassen, und ohne Lotties kleinen Aufschrei zu beachten, zerrte die junge Frau sie über die Schwelle in die Kirche hinein. Diese Geste entzündete ein Feuer in mir, und ich stürzte auf Schwester Amanda zu, aber sie bedeutete mir mit einer Handbewegung, stehen zu bleiben. An meine Tochter gewandt sagte sie: „Geh und setz dich zu deiner Schwester. Ich bin gleich wieder da", als müsste sie nur schnell eine Fliege an der Wand entfernen.

In dem Augenblick jedoch, als die Mädchen sicher in der Kirche waren, wirbelte sie herum, das Gesicht kreideweiß, abgesehen von zwei kirschroten Flecken auf den Wangen. „Dann bist du also doch noch am Leben, was?"

Was für eine merkwürdige Frage. Da ich noch ganz benommen war von dem Schock, meine Töchter nach all der Zeit wiederzusehen, fiel mir keine bessere Antwort ein als: „Ja, das bin ich."

Sie stapfte zur Rückseite der Kirche, und ich folgte ihr gezwungenermaßen, denn sie hatte mich fest am Ärmel gepackt.

„Ich habe es doch gewusst!", meinte sie und hatte die rissigen Hände zu Fäusten geballt. „Nichts, was dieser Mann mir je erzählt hat, hat sich als wahr herausgestellt. Hat mir erzählt, du wärst mitten in der Nacht fortgeschleppt worden.

‚Sühne durch Blut', hat er gesagt, damit ich mir nur ja nicht einfallen lasse, es dir nachzumachen. Ja, eine Weile war er völlig am Boden zerstört und traurig. Hat von dir geredet, als wärst du eine Heilige. Eine echte Heilige, meine ich, so wie bei den Katholiken. Jeden Abend hat er die Köpfe deiner Mädchen mit Geschichten vollgestopft. Dass sie dir so ähnlich sehen, ‚eurer Mutter wie aus dem Gesicht geschnitten', hat er immer gesagt."

Als sie Nathan zitierte, machte sie seinen Gesichtsausdruck nach, und ich musste über ihr Talent zur Nachahmung fast lachen.

„Aber dann hat er damit aufgehört. Er hat sich verändert. Hat diese schreckliche Frau aus der Stadt geheiratet und mich hier draußen mit der Indianerin und drei kleinen Kindern sitzen lassen …"

Ihre Stimme klang jetzt schrill und ihr britischer Akzent war deutlich herauszuhören.

Jetzt war ich es, die sie am Ärmel berührte und zu beruhigen versuchte. „Es tut mir leid", sagte ich und wusste nicht so recht, ob ich mich dafür entschuldigte, dass ich weggegangen oder wiedergekommen war, oder für die Monate dazwischen.

Plötzlich begann sie zu weinen und wischte sich mit den Ärmeln ihres Kleides über Augen und Nase – etwas, das die Frau, die ich bis dahin gekannt hatte, niemals getan hätte.

„Ist ja nicht deine Schuld. Du bist noch einmal davongekommen. Ich verstehe nur nicht, wieso um alles in der Welt du zurückgekehrt bist."

Ihre Worte klangen wie eine Beichte. Wir wussten beide um die Gefahren der Eifersucht, aber in diesem Moment standen wir uns frei von dieser Last gegenüber. Es war, als wäre ein Joch von uns genommen worden. Nie in all den Monaten hatten wir, die wir als Mitfrauen miteinander gelebt hatten, einen solchen Augenblick der Seelenverwandtschaft erlebt, und wir gaben uns gegenseitig schweigend die Erlaubnis, zaghaft zu lachen.

„Aber jetzt sag einmal", meinte sie, als das Gekicher verebbt war, „was machst du eigentlich hier?"

„Ich bin gekommen, um meine Töchter zu holen." Zum ersten Mal hatte meine Mission einen Anklang von Freude.

„Was du da gerade mitbekommen hast – ich weiß, du findest bestimmt, dass ich zu kurz angebunden und zu streng mit ihnen bin, aber es war ein solcher Schock, dich hier zu sehen …"

„Das verstehe ich", meinte ich, obwohl ich bezweifelte, dass die beiden Mädchen sie zum ersten Mal so ungehalten erlebt hatten. „Glaubst du, sie werden sich freuen, mich zu sehen?"

„Ach, Schwester …" Ihr kamen erneut die Tränen. „Die kleine Lottie bittet Jesus jeden Abend, dich zu beschützen. Dann schimpft Melissa mit ihr und sagt, dass du in deinem Grab liegst und darauf wartest, dass Papa dich in den Himmel ruft, und dann kann Lottie nicht aufhören zu weinen. Ich weiß nie, was ich sagen soll. Aber Kimana erklärt ihr dann immer, dass Jesus dich beschützen kann, egal, wo du bist, und das tröstet sie dann ein wenig, aber trotzdem …"

„Was hat Nathan ihnen denn gesagt?"

„Zuerst gar nichts. Nur dass du bei Evangeline wärst. Später hat er uns dann gesagt, dass du einfach verschwunden wärst, dass du uns einfach verlassen hättest, um wieder dorthin zu gehen, wo er dich gefunden hätte, und dass du nie wieder zurückkommen würdest. Er hat mir erzählt, dass er ihnen keine Angst machen wolle." Sie warf verstohlene Blicke in alle Richtungen. „Ich möchte sie auch jetzt nicht erschrecken. Und wenn die Leute da drinnen … also, das möchte ich mir gar nicht vorstellen. Geh doch einfach zum Haus. Kimana ist mit dem Baby dort."

„Mit deinem kleinen Jungen?"

Ihre Miene hellte sich auf, und ich entdeckte jetzt zum ersten Mal eine Spur der lebhaften jungen Frau, die ich damals kennengelernt hatte. „Der kleine Nate. Er ist mein Leben, mein ganzes Leben."

„Dann verstehst du ja, warum ich meine Mädchen mitnehmen muss. Ich habe in Iowa ein Zuhause für sie gefunden – bei meiner Mutter."

„Weg von all dem hier?" Sie deutete mit dem Kopf zur Kirchenmauer, auf deren anderer Seite gerade ein neuer Choral erscholl, der von dem Mormonenhelden Adam-ondi-Ahman handelte. Ich erinnerte mich, dass Nathan den Mädchen das Lied beim Zubettgehen beigebracht hatte. Und dann hatte er ihnen von Adam und Eva erzählt, die nach dem Sündenfall aus dem Garten Eden vertrieben worden waren.

„Stellt euch vor", hatte er gesagt, „die Mutter und der Vater der ganzen Menschheit lebten in einem Land, das wir Missouri nennen. Und stellt euch vor, dass das eines Tages der heiligste Ort sein wird, an dem sich alle Propheten sammeln."

Ich hatte angesichts dieser Lügen rote Ohren bekommen, so sehr schämte ich mich. Damals gab ich dem Schein des Feuers die Schuld an der Röte und war nicht in der Lage, der Scham, die ich wegen meines Schweigens empfand, auch Ausdruck zu verleihen. Und jetzt saßen meine Töchter dort in der Kirche und sangen diese Lügen erneut. Und es war meine Schuld, dass sie sie überhaupt zu hören bekommen hatten.

„Ich erwarte nicht, dass du das verstehst", fügte ich schließlich hinzu.

„Aber das tue ich", entgegnete sie. „Nicht so sehr, was die Kirche angeht. Die hier scheint mir genauso gut zu sein wie jede andere. Aber es gefällt mir nicht, meinen Ehemann zu teilen, und ich weiß nicht, ob ich mir wünschen würde, dass meine Töchter auch so etwas durchmachen müssen, wenn sie erwachsen sind."

„Ich lasse mich von Nathan scheiden. Gerichtlich", fügte ich noch hinzu, als ihr Blick misstrauisch wurde. „Ich weiß nicht, was das dann für dich bedeutet, denn da ist ja auch noch Evangeline, aber die Mädchen und ich werden von hier weggehen. Ich nehme an, dass du dadurch dann seine erste Frau bist."

Sie lächelte schwach. „Ich liebe unseren Mann nämlich wirklich, weißt du?"

„Er ist *dein* Mann", korrigierte ich sie, „nicht mehr meiner. Aber ich weiß, was es heißt, ihn zu lieben."

Wieder war ein Hymnus vorüber und im Inneren der Kirche herrschte Stille.

„Ich gehe jetzt lieber wieder hinein", meinte Amanda. „Die Mädchen machen sich sonst Sorgen. Du kannst ja bei uns zu Hause auf uns warten. Wenn du willst, kann ich auf dem Heimweg mit ihnen reden, ihnen sagen, dass es ein schrecklicher Irrtum war und du nur verreist warst ..." Ihre Stimme brach ab, als sie sich bemühte, ein unmögliches Gespräch zu beschreiben.

„Nein. Sag ihnen nichts. Komm einfach so schnell wie möglich nach Hause. Und lade Elder Justus bloß nicht zum Essen ein."

„Dass das passiert, ist sowieso ziemlich unwahrscheinlich." In einem Ausbruch von Kameradschaft nahm sie mich überraschend fest in die Arme, bevor sie um die Ecke bog und verschwand.

Ich ging in das Wäldchen, wo Honey geduldig wartete. Eine Frau mit Kapuze auf einem Pferd würde in unserer kleinen Stadt Aufmerksamkeit erregen, und ehrlich gesagt fanden meine Beine Gefallen an der Vorstellung eines langen Spaziergangs. In der Gewissheit, dass alle Heiligen in der Kirche waren, führte ich Honey am Rande der Lichtung entlang. Unablässig tropfte Tau zu Boden, obwohl die Sonne sich redlich mühte. Ich ließ die Zügel los. Honey würde ihren Weg auch allein finden. Dann zog ich meine Handschuhe aus und machte das Verschlussband des Capes auf. Ich fühlte mich auf der Stelle erleichtert und erfrischt, als ich das schwere Kleidungsstück von meinen Schultern gleiten ließ. Eine sanfte Brise streifte mein Gesicht und kühlte meinen Kopf.

Aus dem Privat der Kircheninneren war erneut Gesang zu vernehmen, dieses Mal einer der wenigen Choräle, die Mormonen und Heiden gemeinsam hatten. Ich rief mir in Erinnerung, wie vertraut das Lied geklungen hatte, wenn ich es dort in der Kirche mitgesungen hatte, und weil die Kirche jetzt schon ein gutes Stück hinter mir lag, wagte ich, es ganz leise in den Morgen hinein mitzusingen.

Ein feste Burg ist unser Gott
Ein gute Wehr und Waffen ...

Einen kurzen Moment lang wurde der Gesang etwas lauter und ließ mich aufmerken. Und genau in dem Augenblick, als die Leute dort in der Kirche und ich hier draußen unseren Gott als mächtigen Helfer anriefen, standen sie beide in der Kirchentür ... meine kleinen Mädchen. Ich sah, wie ihre Lippen das Wort „Mama!" formten, und meine Welt bestand nur noch aus rennenden kleinen Füßen, während die Entfernung zwischen uns immer kleiner wurde. Nur Sekunden, nachdem sie mich berührt hatten, war ich auf den Knien und drückte sie an mich – eine in jedem Arm. Ich erinnere mich noch heute an den süßen Duft ihres Haars, an die warmen Tränen an meinem Hals, wie wir leise sinnlose Worte stammelten. Honey trat still beiseite, als unser Wiedersehen zu einem albernen Tollen wurde.

Als wir uns wieder aufgerappelt hatten, schaute ich an ihnen vorbei und sah gerade noch, wie Amanda wieder die Kirche betrat und die Tür von innen schloss.

„Lottie hat aus dem Fenster geschaut und dachte, du bist ein Geist", erzählte Melissa und klang so erwachsen und bestimmt wie eh und je. „Und sie hat Tante Amanda so lange bedrängt, bis sie uns nach draußen gelassen hat, damit wir selbst nachschauen können."

„Aber Tante Amanda hat gesagt, dass wir die anderen nicht stören dürfen."

Als ich Lottie so erzählen hörte, kamen mir wieder die Tränen. Verschwunden waren die leisen, weichen, runden Laute der kleinen Mädchen, die sie einmal gewesen waren. Ihre Stimmen waren dünner geworden, genau wie ihre Körper, und es waren unverkennbar Spuren von Amandas Akzent darin zu erkennen.

„Also haben wir bis zum ersten Gebet gewartet", setzte Melissa erneut an.

„… und ich habe gebetet und gebetet, dass du kein Geist bist …"

„… und als wir dann wieder angefangen haben zu singen, da hat Tante Amanda gesagt, dass wir selbst nachsehen sollen."

„Also, das war aber wirklich ganz besonders lieb von Tante Amanda."

„Müssen wir wieder reingehen?" Als Lottie bei diesen Worten ein Schnute machte, sah ich wieder das Kind vor mir, das ich in Erinnerung hatte.

„Natürlich müssen wir das", meinte Melissa und versuchte schon, wieder aufzustehen.

„Nein", unterbrach ich sie, hielt ihre Hand fest und zog sie an mich. „Überleg doch nur, was für einen Aufruhr das gäbe. Lasst uns nach Hause gehen und Kimana überraschen. Und außerdem würde ich zu gern euren kleinen Bruder kennenlernen."

Bei diesen Worten brach Lottie erneut in Jubel aus und sprang auf die Füße. Sie packte mich bei der Hand, um mir aufzuhelfen, schreckte aber mit unverhohlener kindlicher Abscheu zurück, als sie merkte, dass etwas nicht stimmte. „Mama, deine Finger!"

Das erregte auch Melissas Aufmerksamkeit, aber sie schien eher fasziniert als erschrocken. „Ist das vom Frost?"

Ich stand auf und war sehr verlegen, als ich meinen Rock glattstrich. „Seht ihr jetzt, weshalb ich euch immer sage, dass ihr euch im Winter gut einmummeln sollt?"

„Wachsen die wieder nach?" Lotties Nase schwebte nur ein paar Zentimeter über der vernarbten Stelle.

„Natürlich nicht, Dummerchen", sagte Melissa. „Da fehlen Haut und Knochen."

Lottie blickte auf und ihre Augen waren so groß wie Untertassen. „Hat das wehgetan?"

„Nicht so sehr, wie von euch getrennt zu sein."

Ich merkte, dass es mein kleines Mädchen große Überwindung kostete, diese ihr so fremde Hand anzufassen, aber als sie es dann tat, spürte ich, wie die Fremdheit schwand. Meine andere Hand streckte ich Melissa hin, aber sie ergriff lieber Honeys Zügel und berichtete, wie wütend ihr Papa gewesen sei, als ich das Pferd das erste Mal mitgenommen hatte.

„Aber jetzt seid ihr ja beide wieder da", meinte sie und bestimmte mit langsamen, aber entschlossenen Schritten das Tempo.

„Ja." Ich beließ es dabei, weil ich verhindern wollte, dass meine Antwort eine Lüge war. Wenn auch eine tröstliche.

Wir gingen an dem schmalen Fluss entlang, der zu unserem Haus führte, und dabei plätscherte das Geplapper der Mädchen genauso schnell dahin wie das Wasser. Sie erzählten mir von Amandas Sohn Nate, aber ich sagte ihnen noch nichts von dem Bruder, der sie an einem anderen Ort erwartete. Lottie ging inzwischen in die Schule und liebte es, obwohl das Rechnen ihr Mühe bereitete. Melissa hatte Marcus Antonius' Rede aus Shakespeares „Julius Cäsar" auswendig gelernt und zitierte die berühmte letzte Zeile, als das kleine Haus, in dem wir zusammen gewohnt hatten, in Sichtweite kam.

Selbst aus dieser Entfernung konnte ich erkennen, wie ungepflegt die Farm aussah – mein Vater hatte einen solchen Zustand immer als „Witwenheim" bezeichnet. Der kleine Zaun, der um das Haus herumführte, war verfallen, und das Gartentor hing schief in einer Angel. Das gestapelte Feuerholz ging zur Neige, es lagen nur noch ein paar wenige Scheite da, und es war kein einziges Werkzeug zu sehen. Dennoch stiegen dünne Rauchschwaden verheißungsvoll aus dem Schornstein auf. Ich beschleunigte meine Schritte.

Manch einer wundert sich vielleicht darüber, warum ich das als Heimkehr empfinden konnte, denn inzwischen war ja ein leuchtend gelbes Haus Hunderte von Kilometern weiter östlich mein wahres Zuhause. Vielleicht ist es auch schwer zu verstehen, wie ich, die ich erst vor Kurzem meine Mutter wiedergesehen hatte, jetzt meine Arme nach der kleinen, braunen Frau ausstrecken konnte, die von der Haustür zum Gartentor lief, dann aber reglos stehen blieb. Aber ich glaube, Menschen, die sich diese Fragen stellen, haben noch nie eine so innige Umarmung erlebt wie die von Kimana.

Ich ließ mich an diesem Morgen in die Umarmung hineinfallen, so wie man sich wohl auch in eine schneeweiße Wolke hineinfallen lassen würde. Sie roch, wie immer, nach Mehl. Stumm hielten wir einander fest, bis ich einen Schritt zurücktrat. Ihr rundes, faltenloses Gesicht war noch genau so, wie ich es in Erinnerung hatte, obwohl in ihrem Haar mehr silberne Strähnen zu sehen waren. In ihren kleinen Knopfaugen standen Tränen, und ihr Kinn bebte vor Anstrengung, äußerlich gelassen zu wirken.

„Die Fuchsmutter ist also wieder nach Hause gekommen", begrüßte sie mich mit derselben ruhigen Stimme.

Ich nickte und war zu glücklich darüber, diese Frau wiederzusehen, um etwas sagen zu können. Ich wusste, dass sie es war, die meinen Kinder Essen gegeben, die sie abends ins Bett gebracht, ihnen die Haare gebürstet und ihre Wunden versorgt hatte. Und was das Wichtigste war: Ich wusste, dass ihre Gebete die beiden von Kopf bis Fuß eingehüllt hatten, Tag und Nacht. Stärker und fester sogar als meine eigenen.

Kimana nahm mein Gesicht in ihre weichen Hände. „Ich wusste es. Selbst als Mr Fox gesagt hat, dass du von uns gegangen bist, hat mir unser Schöpfer gesagt, dass du noch am Leben bist. Ich habe für diesen Tag gebetet, Mrs Fox. Ich habe deinen Namen morgens und abends ausgesprochen."

„Ich weiß, dass du das getan hast." Im Unterschied zu Kimana ließ ich meinen Gefühlen jetzt freien Lauf. Aber

Tränen reichten da nicht aus, und als ich merkte, dass ich ganz weiche Knie bekam, fiel ich ihr noch einmal in die Arme. Mein Körper hatte augenscheinlich das letzte bisschen Kraft aufgebraucht, um hierher zu gelangen, und jetzt war ich nicht mehr in der Lage, auch nur noch einen einzigen Schritt zu tun.

„Armes Kind", sagte Kimana und brachte mich ins Haus, wobei sie mich halb führte und halb trug.

Ich spürte Lotties Hand in meiner. „Ist Mama krank?"

„Nein, meine Kleine", beruhigte Kimana sie. Was auch immer sie sonst noch Tröstendes sagte, ging in der Dunkelheit verloren, die mich überfiel, noch bevor ich die Haustür erreicht hatte.

KAPITEL 31

In meinen Träumen schrie ein Kind, und ich streckte meine Hand nach ihm aus. Statt ein vertrautes, weiches Bündel vorzufinden, umfingen mich dünne Arme, und ich vergrub meine Finger in etwas Seidigem.

„Mama, kannst du mich hören?"

Die Stimme, die da aus der Dunkelheit zu mir drang, war zugleich vertraut und auch wieder nicht, genau wie das Gesicht, das ich sah, als sich meine Lider öffneten.

„Mama, bist du jetzt wach?"

Natürlich, Lottie. Nase an Nase neben mir auf dem Gänsedaunenkissen. Sie hatte ihre Zöpfe gelöst, und ihr Haar erinnerte in der Nachmittagssonne, die zum Fenster hereinschien, an eine Wolke aus Gold.

„Kannst du jetzt aufstehen?"

Das waren schon drei Fragen, bevor ich auch nur meinen Mund öffnen konnte, um eine Antwort zu geben. Ich schloss die Augen und nickte. Dann murmelte ich ein Ja und zog Lottie enger an mich heran. Ein paar Minuten war sie ruhig, aber dann verwandelte sie sich in ein zappelndes Durcheinander aus Knien und Ellbogen.

„Tante Amanda ist jetzt schon seit Stunden aus der Kirche zurück, und Kimana hat frische, warme Brötchen für dich gemacht."

Als sie das Essen erwähnte, drehte sich mir der Magen um, während mein Gehirn sich zu erinnern versuchte, wann ich das letzte Mal etwas gegessen hatte. Nach meiner leicht benommenen Rechnung war es schon mehr als einen Tag her.

„Sag ihr, dass ich komme." Das letzte Wort ging in einem gewaltigen Gähnen unter, von dem Lottie angesteckt wurde. Spielerisch schubste ich sie aus dem Bett, und sie flitzte aus dem Raum, um mein unmittelbar bevorstehendes Eintreffen anzukündigen.

Ich weiß nicht, ob es an dem stundenlangen nächtlichen Ritt lag oder an dem Nickerchen im geschnürten Mieder, aber schon bei der kleinsten Bewegung schmerzte jeder Muskel, jeder Knochen und jede Sehne in meinem gesamten Körper. Als Lottie nicht länger im Zimmer war, erlaubte ich mir alle möglichen Stöhn- und Wehgeräusche, als hätte ich mich plötzlich in eine doppelt so alte Frau verwandelt. Ich schwang meine Beine über die Bettkante, setzte mich aufrecht hin und betrachtete die vertraute Umgebung.

Mein Zimmer. Das ich nie mit meinem Mann geteilt hatte. Ich erinnerte mich noch gut daran, dass Nathan das Zimmer als eine Art Wiedergutmachung dafür betrachtet hatte, dass er mich bei Amandas Ankunft aus unserem Ehebett vertrieben hatte. Das Zimmer hatte seinen eigenen behaglichen Kamin und große Fenster – hatte alles, was mir unter anderen Umständen vielleicht luxuriös vorgekommen wäre. Für mich war das Zimmer jedoch ein Ort gewesen, an den ich mich an langen Winterabenden verkriechen konnte, wenn die Mädchen schon schliefen und Nathan und seine neue Frau am Ofen im Vorderzimmer saßen und miteinander plauderten. Wenn sie dann selbst ins Bett gingen, starrte ich meist entweder in die Glutreste meines Kamins oder hatte mich unter meinen Decken verkrochen.

Jetzt konnte ich sehen, dass sich seit meiner Abreise nichts verändert hatte, abgesehen von der fehlenden Lampe, die ja nun Evangelines Wohnzimmer schmückte. Alles, einschließlich meines zurückgelassenen Strickzeugs, wirkte so, als wäre ich nur kurz zum Markt gegangen und nicht einmal quer durchs ganze Land und wieder zurück gereist, und hätte in dieser Zeit auch noch meinen Vater verloren und einen Sohn zur Welt gebracht.

Jemand hatte mir die Stiefel ausgezogen, und so tapste ich in bestrumpften Füßen über den dicken Flechtteppich, als ich zu dem Spiegel ging, der über dem Sekretär hing. Ich weiß auch nicht, was ich erwartet hatte, denn ich hatte ja schon seit mehreren Tagen nicht mehr die Gelegenheit gehabt, mein Äußeres zu betrachten, aber ich war angenehm überrascht. Meine Frisur hatte sich verständlicherweise aufgelöst, sodass mein Haar in weichen Wellen mein Gesicht einrahmte.

„Du hast es geschafft", sagte ich zu der Frau im Spiegel, auch wenn ich versuchte, mich nicht im Schein meines Sieges zu sonnen. Meine Wangen hätten eigentlich vom Schlaf gerötet sein müssen, aber meine Augen sahen müde aus.

Ich tauchte meine Hände in das Wasser der Waschschüssel und spritzte es mir ins Gesicht. Ein Waschlappen lag über dem Schüsselrand, also tauchte ich ihn ins Wasser, wrang ihn aus und tupfte mir damit über Hals und Nacken. Ich sehnte mich nach einem Bad und erinnerte mich an die Abende, die ich in der großen Zinkwanne direkt hier am Kamin verbracht hatte, wenn ich schnell aus meinem heiligen Garment und wieder hinein geschlüpft war. Und das auch dann noch, als ich schon längst nicht mehr an dessen übernatürliche Kraft geglaubt hatte. Als ich jetzt die oberste Schublade meines Sekretärs aufzog, fand ich darin meine Bürste mit dem Elfenbeinrücken, in der immer noch Haare von mir hingen. Obwohl ich solchen Hunger hatte – inzwischen so stark, dass mir beinah übel war –, dachte ich kurz darüber nach, mir vorher noch die Haarnadeln aus dem Haar zu ziehen und es einmal richtig durchzubürsten. Weniger aus Eitelkeit, sondern eher, um das, was mich auf der anderen Seite der Tür erwartete, noch ein wenig hinauszuzögern. Irgendwann im Laufe der nächsten Stunden würde ich meinen Töchtern erklären müssen, dass sie für immer ihr Zuhause verlassen würden.

Schließlich beschloss ich, in Strümpfen ins vordere Zimmer zu gehen. Dort holte Kimana gerade ein Blech mit heißen Brötchen aus dem Ofen. Neben dem Ofen stand ein Töpfchen mit weicher Butter, und im nächsten Moment befand sich auch schon einen Teller mit beidem direkt vor mir auf dem Tisch. Ich zügelte mich gerade lange genug, um Gott für seine Bewahrung auf meiner Reise zu danken und um seinen Segen für das Essen zu bitten, aber schon in dem Moment, in dem ich „Amen" sagte und die Augen öffnete, begann ich zu essen. Melissa und Lottie saßen mir gegenüber, jede mit einem eigenen Brötchen. Ein Schälchen Marmelade stand zwischen ihnen. In diesem Augenblick erschien es mir so, als hätte Gott die Zeit zurückgedreht. Dieser Abend erinnerte mich an die Sabbate, die ich früher mit meiner Familie verbracht hatte, wenn Nathan draußen in seiner Holzwerkstatt gewerkelt oder gerade einen Tischgast ein Stück auf dem Heimweg begleitet hatte.

„Dürfen wir uns dazusetzen?"

Amanda kam aus ihrem Schlafzimmer und hatte ihr Haar gebürstet und frisch geflochten. Auf ihrer Hüfte saß der kleine Nate, der fröhlich mit einem Bauklotz beschäftigt war.

„Aber natürlich", antwortete ich mit vollem Mund. Wie seltsam es wohl für sie sein musste, in ihrem eigenen Haus um Erlaubnis zu bitten.

„Schau mal, Natey", meinte sie, „deine Tante Camilla ist zu Besuch gekommen."

Sie deutete auf mich, und das Kind sah mich neugierig und erwartungsvoll an.

„Hallo, Nate", begrüßte ich ihn, als sie das Kind direkt vor mir auf dem Tisch absetzte. Mir kamen die Tränen, als ich jetzt an meinen kleinen Sohn dachte, aber ich wischte sie rasch weg, bevor jemand sich nach dem Grund dafür erkundigen konnte. Doch diese Befürchtung erwies sich als völlig unbegründet, denn es war auf der Stelle klar, dass Nathans Sohn die volle Aufmerksamkeit aller Personen im Raum galt. Kimanas Stimme war plötzlich eine Oktave höher als gewöhnlich, während sie durch den Raum huschte, um das perfekte Brötchen für seine kleine Hand zu finden. Dann füllte sie Milch in ein Gefäß, das offenbar sein eigener kleiner Trinkbecher war. Lottie und Melissa kitzelten ihn unterdessen an den Zehen und boten ihm neue Bauklötze zum Spielen an, während Amanda das Geschehen mit mütterlichem Stolz betrachtete.

Neuerliche Schuldgefühle machten mir schwer zu schaffen, und ich schob mit der Gabel mein Essen auf dem Teller herum. Plötzlich hatte ich keinen Appetit mehr.

„Ist er nicht süß?", verkündete Lottie und gab bereitwillig ihren Platz als Nesthäkchen in der Familie her.

„Tante Evangelines Baby ist richtig hässlich", kommentierte Melissa, sodass wir alle protestierend nach Luft schnappten, was meine ältere Tochter jedoch nicht weiter beeindruckte. „Hast du sie gesehen?", fragte sie mich jetzt ganz direkt.

„Nur ganz kurz", antwortete ich und fühlte mich angesichts ihres misstrauischen Untertons etwas unwohl.

„Du warst also erst dort, bevor du hierhergekommen bist?"

„Ich bin mit der Postkutsche nach Salt Lake City gekommen", erklärte ich und versuchte, Begeisterung auszustrahlen und die Kinder damit anzustecken. „Also habe ich kurz bei ihnen vorbeigeschaut."

„Hast du auch Papa gesehen?" Lotties Gesicht strahlte vor Liebe zu ihrem Vater, den sie vergötterte. „Hat er sich ganz doll gefreut, dich zu sehen?"

„Ich wette, dass Tante Evangeline sich kein bisschen gefreut hat", fügte Melissa mit dem Zynismus einer erwachsenen Frau hinzu, den ich jedoch einfach überging.

„Ja, ich habe euren Vater gesehen, und wir haben lange miteinander geredet." Ich legte meine Gabel endgültig aus der Hand und bereute schon jetzt jeden einzelnen Bissen, den ich zu mir genommen hatte, denn offenbar wollte jetzt alles wieder hochkommen und das ersticken, was ich zu sagen hatte.

„Euer Vater ist mit eurer Tante Amanda verheiratet und jetzt auch mit eurer Tante Evangeline. Und ... na ja, als ich so lange weg war, habe ich beschlossen, dass es vielleicht besser ist, wenn ich nicht mehr seine Frau bin."

Ich weiß nicht, welche Reaktion ich erwartet hatte, aber ganz sicher etwas anderes als den verwirrten Gesichtsausdruck von Lottie und die Verächtlichkeit in Melissas Blick.

„Das kannst du nicht machen", entgegnete sie. „Wenn ein Mann eine Frau heiratet, dann gehört sie für immer zu ihm, hier und in alle Ewigkeit."

Amanda hob in diesem Augenblick ihren Sohn wieder vom Tisch und setzte ihn sich auf den Schoß. Lottie, die spürte, dass hier irgendetwas nicht in Ordnung war, kletterte auf Kimanas Schoß, sodass Melissa und ich uns über unser Essen hinweg ansahen.

„Ja, in gewisser Weise schon", pflichtete ich ihr bei und setzte vorsichtig zu einer Erklärung an, als ginge ich auf dünnem Eis, „aber die Ehe ist auch ein Versprechen, und dein Vater und ich haben beide Versprechen gebrochen, die wir einander gegeben hatten."

„Aber man darf keine Versprechen brechen", sagte Lottie, und mir brach das Herz, als ich ihre Enttäuschung spürte. Kimana wandte den Blick ab.

„Du bist die Einzige, die ein Versprechen gebrochen hat, als du von uns weggelaufen bist", wandte Melissa ein, und ihre Stimme drückte nichts als kalte Herablassung aus. „Welches Versprechen soll er denn gebrochen haben?"

Unweigerlich sah ich zu Amanda hin, die ihr Gesicht in dem dichten, schwarzen Schopf ihres Kindes barg.

„Ach so", sagte Melissa. „Du willst also nicht, dass er auch mit Tante Amanda verheiratet ist."

Ich dachte noch einmal zurück an die kesse Frau, die in unsere Familie eingedrungen war und die so gar nichts mehr mit der Frau gemein hatte, die jetzt hier mit mir am Tisch saß. Im Gegensatz zu der Kälte, mit der ich sie damals begrüßt hatte, empfand ich jetzt sogar einen Hauch von Zuneigung für sie. Ihre Ankunft hatte meiner Ehe zwar den Todesstoß versetzt, aber sie war nicht der eigentliche Grund für das Scheitern gewesen, und deshalb würde ich ihr auch nicht die Schuld daran geben.

„Nein, nicht solange er auch mit mir verheiratet war."

„Und warum bist du dann zurückgekommen?"

Da wusste ich, dass Melissa sich ihre eigene Geschichte über die Gründe für meine Rückkehr zurechtgelegt hatte. Und ich musste sie jetzt Schritt für Schritt mit der Wahrheit konfrontieren.

„Weil ich zwar nicht mehr Papas Frau, aber immer noch eure Mutter bin. Und ich vermisse meine Mädchen ganz schrecklich."

„Kannst du denn hier wohnen, wenn du nicht mehr mit Papa verheiratet bist?"

„Nein", antwortete ich, „das geht nicht."

„Wohnst du dann bei Kimana in ihrer Hütte?", erkundigte sich Lottie. „Sie ist ja auch nicht mit Papa verheiratet."

Zu jedem anderen Zeitpunkt hätten wir eine so unschuldige Frage vielleicht mit dem gleichen befreiten Lachen quittiert wie das, welches Amanda und ich hinter der Kirche geteilt hatten. Aber unser aller Herz war zu schwer, um mehr herauszubringen als ein nachsichtiges Lächeln.

„Wir werden bei mir zu Hause wohnen, in meiner alten Heimat bei meiner Mama, eurer Großmutter. Ihr habt bis jetzt nie eine Großmutter gehabt, und sie kann es gar nicht erwarten, euch endlich kennenzulernen."

Ich konnte sehen, wie Melissa langsam begriff. Welche Wahrheit sie sich auch immer zurechtgelegt haben mochte, sie wurde unter der Last dieser neuen Eröffnung begraben. Sie kniff die Augen zusammen, runzelte die Stirn, und ihre Lippen verzogen sich zu einem spöttischen Lächeln, das so sehr an das ihres Vaters erinnerte. „Wir alle?"

„Ihr beide."

Der kleine Nate zappelte auf dem Schoß seiner Mutter herum, und Amanda setzte ihn auf einen Teppich in der Nähe des Herdes, wo eine ganze Kiste voller Bauklötze für ihn bereitstand. Beide Mädchen schauten so sehnsüchtig zu ihm, dass ich einmal tief Luft holte und dann verkündete: „Ihr habt noch einen weiteren kleinen Bruder. Er wartet zu Hause auf euch."

Amanda sah schockiert und Kimana erfreut aus.

Melissa schien mich gar nicht gehört zu haben. „Das hier ist mein Zuhause."

„Dein Zuhause ist bei deiner Mutter", sagte Amanda und griff mit einer Geste kühler und eher förmlicher Zuneigung nach Melissas Hand. „Du brauchst deine Mutter und sie braucht ihre. Meine ist gestorben, als ich noch so klein war wie du jetzt, und ich vermisse sie jeden Tag."

„Ich möchte dich nicht mehr vermissen", merkte Lottie an, kletterte von Kimanas Schoß und kam um den Tisch herum zu mir gerannt.

„Eine Frau muss ihrem Mann gehorchen", wandte Melissa ein. „Papa wird nicht zulassen, dass du uns mitnimmst. Dann könnte er uns ja nie sehen."

„Er sieht uns doch auch jetzt fast nie." Lottie sprach diese Worte so ruhig und nüchtern aus, dass wir alle schweigend dasaßen und diese Tatsache erst einmal verdauen mussten.

Ich betete im Stillen und bat Gott, mir die richtigen Worte zu schenken. Schlimm genug, dass ich naiverweise geglaubt hatte, ich könnte mich einfach klammheimlich mit ihnen davonmachen. Aber dass zwischen meinen Töchter eine solche Kluft herrschte, darauf war ich nicht gefasst gewesen. Irgendetwas in meinem Inneren sagte mir, dass sich Melissa noch mehr sträuben würde, wenn ich die ganze Wahrheit sagte: dass ich sie vor der Lehre der Mormonen beschützen wollte. Vor langer Zeit, in jenen ersten Augenblicken nachdem ich nach meiner Rettung aus dem Schneesturm aufgewacht war und Colonel Brandon gesagt hatte, dass wir einen

Kampf vor uns hätten, da hatte ich keine Ahnung gehabt, dass der schwerste aller Kämpfe zwischen mir und meinem ältesten Kind ausgetragen werden würde. Ich musste ihr, wenn auch widerstrebend, meinen Respekt dafür zollen, dass sie eine so starke Überzeugung hatte. Obwohl sie noch so jung war, wusste sie schon ein theologisches Streitgespräch zu führen. In diesem Punkt war ihr Vater ein wirklich guter Lehrer gewesen. Zu gut. Und so musste ich meinen Standpunkt noch einmal bekräftigen.

„Das Gesetz gibt mir das Recht dazu", beharrte ich und entgegnete dann etwas sanfter: „Und dein Vater muss sich danach richten."

„Auch wenn er es gar nicht will?" Mit Blicken flehte sie mich an, sie in dieser Hinsicht zu beruhigen.

„Ja, auch wenn er es gar nicht will."

Darauf hatte Melissa nichts mehr zu sagen, und eine Weile war das einzige Geräusch im Raum das fröhliche Geklapper von Nates Spiel mit den Bauklötzen. Ich reckte meinen Hals, um den Kleinen über Lotties Kopf hinweg sehen zu können. Vielleicht hatte er ja die geschickten Hände seines Vaters geerbt.

„Wann willst du denn aufbrechen?" Amandas Frage klang beinah wehmütig.

„Ich weiß es noch nicht", antwortete ich wahrheitsgemäß. Den genauen Abreisetermin bestimmte Mr Bostwick. Ich würde mich ohne seinen juristischen und väterlichen Segen hier nicht vom Fleck rühren.

„Müssen wir den ganzen Weg zu dir laufen?", erkundigte sich Lottie.

Diesmal musste ich über ihre unschuldige Frage doch lächeln. Sie dachte zweifellos an die armen Einwanderer, die mit Handkarren zu Fuß die gesamten Great Plains durchquert hatten.

„Ach du meine Güte, nein. Wir fahren mit der Postkutsche." Ich schaukelte sie auf meinen Knien und ließ sie hoch hopsen, bis sie kicherte. „Sie wird von acht Pferden gezogen, und der Boden fliegt so schnell unter einem dahin, dass er einem vor den Augen verschwimmt."

Sie wand sich auf meinem Schoß. „Kann Kimana auch mitkommen?"

Wir sahen jetzt alle zu der schweigenden kleinen Frau am Tisch, jede von uns von ihrem ganz persönlichen Verlangen getrieben.

„Nein", entgegnete diese, bevor eine von uns dazu etwas sagen konnte. „Meine Familie liegt hier in diesem Boden begraben. Und der kleine Nate braucht mich" – sie nickte in Richtung des Kindes –, „und vielleicht eines Tages noch andere Kleine."

Schwester Amanda errötete und entgegnete mit einem Flüstern: „Vielleicht, wenn der himmlische Vater meinen Mann wieder nach Hause zurückbringt."

KAPITEL 32

Von diesem Nachmittag an fühlte ich mich wie eine der zehn Jungfrauen aus dem Gleichnis, die auf den Bräutigam warten, der bei Nacht kommen soll, nur dass ich keine Ahnung hatte, worauf genau ich wartete. Widerstrebend muss ich gestehen, dass ich eine Ahnung davon bekam, was Joseph Smith sich bei seiner Lehre von der Polygamie gedacht hatte. Ich merkte, wie ich mich innerlich für Amanda öffnete und wie mir bewusst wurde, dass wir Freundinnen hätten werden können – was Evangeline und ich einmal gewesen waren –, wären wir nicht gezwungen gewesen, uns denselben Mann zu teilen.

Wenn wir einmal ein wenig Zeit und Ruhe hatten, erzählte ich davon, was alles passiert war und was ich erlebt hatte, seit ich das letzte Mal hier gewesen war. Wenn die Mädchen auch zugegen waren, erzählte ich von Charlie, machte sein witziges Lachen nach, oder berichtete von meiner Mutter und was für ein freundlicher Mensch sie war.

Wenn die Kinder abends schon schliefen, saß ich mit Schwester Amanda und Kimana zusammen und ließ meine Reise in meinen Erzählungen noch einmal lebendig werden – den Schrecken der Amputation, meinen schrecklichen Aufenthalt bei Evangeline und das bittersüße Wiedersehen mit meinen Eltern.

„Mein Vater ist auch weg, weißt du", sagte Amanda und wischte sich mit dem Zipfel einer makellos sauberen Schürze über die Augen. „Diese Leute haben ihn vertrieben, als er nicht in ihre Mormonenkirche eintreten wollte."

Ich sagte zu diesem Ausrutscher nichts weiter – dass es ja auch ihre Kirche war –, sondern schnalzte mitfühlend mit der Zunge. „Und wo ist er jetzt?"

„So viel ich weiß, in Kalifornien. Da kann man doch jetzt Geld machen, oder?"

„Warte nur ab." Ich beugte mich verschwörerisch vor. „Diese Mormonenkirche hat eine große Stadt gebaut, und ihre bisherigen Leiter sind nicht mehr an der Macht. Mr Bostwick sagt, dass dies hier die nächste Großstadt im Westen sein wird."

Aber was mir wirklich Sorgen bereitete, vertraute ich nur Kimana an.

Ich war schon über eine Woche da und hängte gerade mit Kimana Wäsche zum Trocknen auf, als ich ihr von der Zuneigung erzählte, die ich für Colonel Brandon hegte. Mit Kimana zu reden war manchmal so, als ließe ich meine Gedanken in ein tiefes Becken fallen. Sie sagte wenig, brachte das Gesagte nur auf den Punkt und stellte mir dann eine Frage, über die ich in einem ganz neuen Licht nachsinnen konnte.

„Er ist ein guter Mann?", wollte sie wissen, nachdem ich mich ausgiebig über seinen Glauben und seinen Mut ausgelassen hatte und darüber, mit welcher Hingabe er sich dafür eingesetzt hatte, dass ich nach Hause zurückkehren konnte.

„Einer der besten, die ich jemals kennengelernt habe. Und ich glaube – nein, ich weiß –, dass er mich heiraten würde."

„Und das ist genug für dein Herz? Einen guten Mann zu heiraten?"

„Du verstehst nicht, Kimana. Ich werde eine geschiedene Frau sein. Kein anderer Mann wird mich noch wollen."

„Hier." Sie reichte mir eines von Schwester Amandas Nachthemden, das aus weicher Baumwolle und mit Seide und Spitze eingefasst war. Damit unterbrach sie unseren gewohnten Arbeitsgang, denn bis zu diesem Moment hatte ich Kimana die Wäschestücke gereicht, damit sie sie aufhängen konnte. Ich nahm das Nachthemd trotzdem entgegen, schüttelte es aus und hängte es über die Leine. Dann wartete ich darauf, dass sie mir die Wäscheklammern reichen würde, aber sie stand einfach nur da, die Arme über ihrem großen Busen verschränkt, bis ich in den Beutel griff, der über der Leine hing, und selbst Klammern herausholte.

Wäscheaufhängen war nie meine Lieblingsaufgabe gewesen, aber seit Captain Buckley sein „Werk" an mir verrichtet hatte, gefiel sie mir noch viel weniger. Durch den Verlust meiner beiden Finger konnte ich nicht mehr flink die Klammer von der einen Hand in die andere legen, während ich die Wäsche an der Leine festklammerte. Jetzt hielt ich immer beide Klammern in meiner rechten Hand, legte dann mein linkes Handgelenk auf das über der Leine hängende Wäschestück, um es an Ort und Stelle zu halten, bis es festgeklammert war. Eine langwierige, frustrierende Tätigkeit, selbst an einem so milden, windstillen Tag wie diesem. Kimana beobachtete schweigend, wie ich mich abmühte. Dann trat sie einen Schritt von dem Wäschekorb zurück, der auf dem Boden stand, und wartete darauf, dass ich mich bückte, einen Unterrock herausnahm und denselben Vorgang wiederholte. Bei diesem Tempo würden meine Hände bald rot und rissig werden, und auch der besonders stechende Schmerz an der Stelle, an der die Finger amputiert worden waren, setzte bereits wieder ein.

Als ich mich jedoch erneut zum Korb hinabbückte, hielt Kimana mich auf. „Halte deine Hände hoch."

Ich tat es und spreizte meine Finger.

„Sag mir, Mrs Fox, was siehst du?"

„Meine Hände." Eine einfache Antwort, ja, aber mehr fiel mir dazu nicht ein.

„Wie kommen sie dir vor?"

Kimana stellte nie einfach so Fragen, ohne sich dabei etwas zu denken, also schaute ich das Bild, das ich da vor mir hatte, ganz genau an und hielt Ausschau nach dem, was ich ihrer Meinung nach begreifen sollte.

„Sie sehen ... unvollständig aus."

„Aber gibt es etwas, das du vorher tun konntest und jetzt nicht mehr kannst?"

„Einen Ehering tragen." Ein kleiner Scherz, der mir eines ihrer so seltenen Lächeln einbrachte. Sie nahm meine linke Hand in ihre raue, aber sanfte.

„Du hast gelernt, sie trotz der Leere zu gebrauchen. Das" – sie strich mit dem Finger über das vernarbte Fleisch –, „ist ein Zeichen für Heilung. Verschlossen. Wenn eine Frau ihren Mann verliert, dann ist es, als ob Fleisch herausgerissen wird. Du brauchst Zeit zu heilen, damit die Wunde sich von selbst schließt."

„Aber was ist denn, wenn ich nie wieder eine Chance bekomme?"

Wieder schaute sie auf meine Hand. „Hasst du die Finger, die übriggeblieben sind?"

„Nein, natürlich nicht."

„Die Hände einer Frau sind nie untätig. Diese Hand steht für dein Frausein. Deine Kindheit ist weg. Dein Mann ist jetzt auch weg. Aber deine Kinder bleiben. Würdest du sagen, dass diese Hand im Vergleich zu der anderen wertlos ist?"

Ganz langsam nahm das Bild in meinem Kopf Gestalt an. Gott hatte mir diese Kinder geschenkt. Er hatte meinen Sohn in einer gefahrvollen Zeit in meinem Leib beschützt, und er hatte mich wohlbehalten wieder zurück zu meinen Töchtern gebracht. Das Zuhause, in das ich sie bringen würde, hatte seinen Ursprung in meiner eigenen Kindheit. Und all diese Gnade erfuhr ich trotz meines eigenen vorsätzlichen Ungehorsams und meines unüberlegten Handelns. Wieso sollte ich mir da Gedanken über die Zuneigungsbekundungen eines anderen Mannes machen? Wieso sollte ich daran zweifeln, dass alles, was Gott mir geschenkt hatte, für immer genug war?

Dies war die Frau, der ich das Leben meiner Kinder anvertraut hatte. Ich wusste, dass ich ihren weisen Worten vertrauen konnte – auch was mein eigenes Leben betraf.

Genau in diesem Augenblick hörte ich, wie die Stimmen der Mädchen vor Begeisterung ganz hoch und laut wurden. Erst war nicht richtig zu verstehen, was sie riefen, aber dann erklangen unverkennbar die Worte „Papa! Papa!". Ich schob den Unterrock, den ich gerade aufhängte, zur Seite und sah, wie der Planwagen über den Hügel gerollt kam.

Es war ein Moment, wie ich ihn schon so viele Male zuvor erlebt hatte. Nathan kam nach Hause. Ganz kurz waren die vergangenen beiden Jahre vergessen, und ich bekam vor Freude weiche Knie. Dann schwang sich das Glücksgefühl zu meinem Herz empor und nahm mir den Atem. Mein erster Impuls war, ihm entgegenzurennen. Und vielleicht hätte ich es auch wirklich getan, wenn Kimana mich nicht festgehalten hätte.

„Siehst du?", sagte sie. „Neue Haut kann uns täuschen, sodass wir meinen, die Wunde ist schon geheilt, obwohl es noch gar nicht so weit ist."

Ich schluckte, blieb stehen und schaute zu, wie meine Töchter ihrem Vater entgegenrannten. Aber Nathan war nicht allein auf dem Wagen. Die Zügel lagen in den Händen von Mr Bostwick, und zwischen ihnen saß, kleiner denn je, Evangeline, die ihre kleine Sophie an sich gedrückt hatte.

Am Fuß des Hügels sprang Nathan vom Wagen, und Melissa und Lottie rannten in seine Arme. Er schwang Lottie auf seine Schultern und hielt Melissa den Rest des Weges bei der Hand. Kurz nach dem Wagen kam auch er an dem kleinen Zaun an, von dem das Grundstück umgeben war. Ich blieb bei der Wäscheleine stehen, während Amanda mit dem kleinen Nate auf der Hüfte an der Pforte wartete. Dort setzte Nathan Lottie ab und begrüßte Mutter und Kind mit einem Kuss. Wenn er mich gesehen hatte, so ließ er es sich jedenfalls nicht anmerken.

Ich schaute zu Mr Bostwick, der vor unserem Hof Pferde und Wagen zum Stehen brachte und mich dann begrüßte, indem er den Hut zog und mir beruhigend zunickte.

Nathan und Amanda überließen den kleinen Nate der Obhut seiner großen Schwester und gingen gemeinsam zum Wagen, wo Amanda Evangeline das Baby abnahm, während Nathan der jungen Frau vom Wagen half. Man hätte annehmen können, die Kleine wäre Amandas eigenes Kind, so sehr leuchtete ihr Gesicht auf. Da er sich wegen der Trennung von seiner Mutter fürchtete, tapste der kleine Nate durch das offene Tor direkt zum Rockzipfel seiner Mutter. Kurz darauf spürte ich, wie kleine Hände sich um meine klammerten, und als ich hinabblickte, war es meine kleine Lottie, die ihre Arme fest um mich schlang.

Melissa stand derweil immer noch an der Pforte. Sie schaute der Begrüßung dort beim Wagen mit einem Sehnen zu, das mir durch Mark und Bein ging. Als sie sich umdrehte und mich ansah, wusste ich, dass meine Töchter und ich aufgrund meiner Scheidung von ihrem Vater für immer dieselbe Verletzung tragen würden und dass diese bei ihr ganz besonders tief ging. Irgendwann war Kimana verschwunden, und ich hielt meiner älteren Tochter die Hand hin. Schließlich kam sie mit ganz langsamen Schritten und gesenktem Kopf zu mir. Sie versteifte sich, als ich sie berührte, aber ich ließ sie trotzdem nicht los. Mir war klar, dass wir gemeinsam heil werden mussten.

Mr Bostwick stieg vom Wagen und ging mit derselben ruhigen Selbstsicherheit durch das Gartentor, die er bei allem, was er tat, an den Tag legte. Nathan würdigte ihn kaum eines Blickes, als er an ihm vorüberging.

„Das sind also Ihre entzückenden Töchter, wie ich annehme?", sagte Mr Bostwick beim Näherkommen.

„Ja, das sind sie." Ich stellte ihm die beiden vor, aber Lottie klammerte sich nur noch fester an mich, und Melissa starrte seine blitzblank geputzten Schuhe an.

„So, so. Was für eine reizende Familie."

Ich bedankte mich und scheuchte dann die Mädchen davon, damit wir ungestört reden konnten.

Mr Bostwick trat einige Schritte in Richtung Haus, sodass ich plötzlich mit dem Rücken zu Nathan und den anderen stand, und sagte dann: „Morgen ganz früh geht eine Postkutsche, und ich halte es für das Beste, wenn Sie und Ihre Töchter darin sitzen."

„Schon so bald?"

„Was hatten Sie denn erwartet?"

Darauf hatte ich keine Antwort, nur dass der traute Friede dieser wenigen Tage alles andere beinah wie einen Traum erscheinen ließ.

„Und die Scheidung?"

Er streckte seine gewaltige Brust vor und hakte die Daumen in die Westentaschen. „Sie können sich vorstellen, wie überrascht ich war, als ich eine hastig hingekritzelte Notiz von Ihnen erhielt, in der Sie mir nur kurz erklärten, dass Sie hierherkommen wollten."

„Es tut mir leid. Ich wusste nicht, was ich sonst …"

„Sie hätten auf mich warten sollen, Camilla. Es war keine gute Entscheidung, allein hierherzukommen."

„Aber ich musste es einfach tun."

„Und dem Mann auch noch das Pferd stehlen?"

„Rein rechtlich ist es auch mein Pferd."

Mr Bostwick wippte auf seinen Fersen auf und ab, und es sah fast so aus, als bewunderte er mich ein wenig. „Also, jetzt nicht mehr, denn Mr Fox hat in die Scheidung eingewilligt. Er hat unterschrieben, und ich brauche die Papiere nur noch bei Gericht vorzulegen. Sie sind im Grunde eine freie Frau."

Ich wusste nicht, was zu empfinden ich in dem Moment erwartet hatte. Als ich zu Nathans Frau erklärt wurde, hatte ich eine so unsägliche Freude empfunden, dass ich Angst gehabt hatte, einfach umzufallen, wenn sie jemals wieder aufhörte. Als wir dann später gemäß der mormonischen

Lehre einander gesiegelt worden waren, war diese unbändige Freude einer ernsteren Zufriedenheit gewichen. Vielleicht hätte ich bei unserer Trennung das genaue Gegenteil von beidem empfinden müssen. Tiefe Verzweiflung, schwindelerregende Angst. Um der Wahrheit die Ehre zu geben: Beides sollte mich später noch häufig heimsuchen, aber in diesem Augenblick empfand ich nur eine seltsame innere Leere.

„Und unsere Töchter?"

Mr Bostwick beugte sich zu mir. „Sie haben das alleinige Sorgerecht für alle drei Kinder."

Plötzlich konnte es mir gar nicht schnell genug gehen. Allen Anstand außer acht lassend, umarmte ich Mr Bostwick stürmisch, und er ließ es wohlwollend über sich ergehen, bevor er sich behutsam löste.

„Sie und Ihre Töchter müssen jetzt Ihre Sachen packen. Ich habe dem jungen Seth versprochen, dass er heute Abend seinen Wagen wiederbekommt."

„Wie lange habe ich noch?"

Mr Bostwick schaute sowohl zum Sonnenstand als auch auf seine Uhr. „Eine Stunde."

Eine Stunde.

Es hat Augenblicke in meinem Leben gegeben, für die ich den ganzen Rest meines Lebens geben würde, um sie noch einmal zu erleben, und andere, die ich gar nicht tief genug begraben kann. Für die Momente, die jetzt folgten, gilt beides. Eine von Schwester Amandas hübschen Gobelinreisetaschen wurde nun mit Nachthemden, Schmusedecken, Strümpfen, Strickmützen und Sonntagskleidern der beiden Mädchen gefüllt. Es spielte dabei keine Rolle, dass in ihrem neuen Zuhause truhenweise neue Kleider und Sachen auf sie warteten. Wie hatte ich nur glauben können, dass solche Sachen jemals das würden ersetzen können, was sie ihr Leben lang gekannt hatten?

Manchmal hatte ich den Eindruck, als bewegten wir uns alle ganz langsam, alle außer Kimana, die ihr stetes Tempo beibehielt, als sie zwei Laibe Brot in Scheiben schnitt, um Käsesandwiches zu machen, und einen Topf mit eingelegtem Gemüse in ein sauberes, weißes Tuch einschlug. Das Haus war überfüllt mit Ehefrauen und Babys, obwohl Amanda und Evangeline weitgehend am Tisch blieben und abwechselnd versuchten, die quängelnde und greinende Sophie zu beruhigen. Die Mädchen inspizierten jeden Winkel des Hauses, hielten Ausschau nach jedem Schatz, den sie vielleicht noch mitnehmen wollten, und ich war ihnen dabei die ganze Zeit auf den Fersen, um sie daran zu erinnern, dass die anderen beiden Kinder hierbleiben und die Sachen vielleicht benötigen würden. Mr Bostwick blieb auf dem Wagen sitzen, sein Schoß übersät mit Papieren, und Nathan hatte sich in seine Werkstatt in der Scheune zurückgezogen, angeblich, um Material zusammenzusuchen, das er auf der Rückfahrt für den Tempel mitnehmen wollte.

Dort fand ich ihn auch, als alles auf der Ladefläche des Wagens verstaut war. Nie wieder würde ich den Duft von frischem Holz riechen können, ohne an diesen Ort und an diesen Augenblick zu denken. Es war inzwischen fast zwei Uhr nachmittags, und Staubkörnchen tanzten in den Lichtstrahlen, die durch die schmalen Werkstattfenster hereinfielen. Nathan saß auf seiner Werkbank, hatte mir seinen breiten Rücken zugewandt, den Kopf tief gebeugt und die Hände zwischen die Knie geklemmt. Er hörte mich nicht kommen, und so betrachtete ich ihn ein letztes Mal. Er betete, das war nicht zu übersehen, und so begann auch ich zu beten.

Vater, hier ist ein Mann, der dir verzweifelt gefallen möchte. Er ist ein guter Mann – aber man hat ihn das Falsche gelehrt.

Als ich meine Augen wieder öffnete, merkte ich, dass er mich ansah, und ich wagte nicht, auch nur einen Schritt zu tun, aus Angst, dass ich mich auf der Stelle in eine Salzsäule verwandeln könnte.

„Es ist Zeit aufzubrechen", sagte ich, und meine Stimme war kaum mehr als ein Flüstern.

„Dann geh."

„Willst du nicht mit hinauskommen und auf Wiedersehen sagen?"

„Auf Wiedersehen."

„Den Mädchen?"

„Wie soll ich das tun? Sag mir, wie ich meinen kleinen Töchtern in die Augen schauen und ihnen sagen soll, dass ich sie nie wiedersehen werde!"

„Sag ihnen doch einfach, dass du sie lieb hast und dass du sie vermissen wirst. Wer sind wir denn, dass wir behaupten könnten, Gott könnte nicht bewirken, dass sich unsere Wege noch einmal kreuzen?"

Er kam einen Schritt auf mich zu, war dann aber so gnädig, stehen zu bleiben.

„Tut es dir leid, dass sie sich überhaupt gekreuzt haben?"

„Nein, denn dann hätten wir unsere Kinder nicht."

Es sah aus, als wollte er etwas sagen, schwieg dann aber doch.

„Erinnerst du dich noch, wo du mich zum ersten Mal getroffen hast?", fragte ich ihn.

„Als wäre es gestern gewesen", antwortete er, und ich glaubte ihm.

„In der Nähe meines Hauses, in dem wir jetzt wohnen werden, gibt es einen großen Felsen, und wenn man ganz oben auf diesem Felsen steht, kann man die Stelle sehen, an der wir uns zum ersten Mal getroffen haben."

Er lächelte. „Sollen wir dort ein Denkmal errichten?"

„Ich möchte, dass du weißt, dass ich Melissa und Lottie unsere Geschichte erzählen werde. Sie werden jeden Augenblick unserer Brautwerbung erfahren und jede Geschichte aus unserem gemeinsamen Leben. Und wenn du schreibst, dann verspreche ich, die Briefe nicht vor ihnen zu verstecken."

„Ich werde schreiben."

„Ihnen", betonte ich noch einmal.

„Ja, ihnen."

„Das wird ihnen gefallen."

Ich hörte, wie Mr Bostwick meinen Namen rief, und zögerte gerade lang genug, dass Nathan sich neben mich stellen konnte. Gemeinsam traten wir schließlich hinaus in den Sonnenschein. Kimana stand an der Pforte, wo sie sich kniend mit einer Umarmung von Lottie und Melissa verabschiedete. Als die beiden jedoch die Stimme ihres Vaters hörten, lösten sie sich von ihr und rannten zu ihm.

Was sie einander in diesen letzten Momenten sagten, die sie nur für sich hatten, weiß ich nicht und werde ich wohl auch nie erfahren. Ich ging zu Kimana, meiner Schwester und so manches Mal auch Mutter, und stand einfach nur da.

„Schließe deine Augen", sagte sie.

Ich gehorchte, sah in der Dunkelheit hinter meinen Lidern aber immer noch den Schatten der Sonne. Dann spürte ich ihre warme Handfläche auf meiner Stirn, und sie sprach die kurzen, nasalen Laute ihrer Muttersprache. Ich wusste, dass es ein Segen war, und bewegte meine Lippen in schweigendem Einverständnis. Obwohl unsere Sprachen unterschiedlich waren, teilten wir denselben Glauben. Ich öffnete meine Augen wieder, nachdem wir beide „Amen" gesagt hatten.

„Ich werde dich nicht wiedersehen, Mrs Fox, nicht in diesem Leben."

„Ich weiß", meinte ich, auch wenn es wehtat, das auszusprechen.

„Aber eines Tages werde ich einschlafen, und ich werde in der Gegenwart des Schöpfers wieder aufwachen, wo unser Kleiner schon wartet. Ich werde ihn halten und ihm die Lieder meines Volkes singen, und wir werden nach dir Ausschau halten."

„Danke, dass du meine Kinder liebst, Kimana."

„Und jetzt habe ich andere, die ich lieben werde." Sie zwinkerte. „Die ich die Wahrheit lehren werde."

Ich schlang meine Arme um sie und atmete zum letzten Mal ihren tröstenden Geruch ein. Als ich mich umdrehte, waren Melissa und Lottie schon auf dem Wagen und spähten über den Rand der Ladefläche. Die Pferde tänzelten bereits ungeduldig. Ich blieb lang genug stehen, um Amanda einen Kuss auf die blasse Wange zu geben und dann noch einen auf das pechschwarze Haupt des kleinen Nate. Als ich dann jedoch Evangeline gegenüberstand, empfand ich nicht den Drang, mich von ihr ebenso zu verabschieden. Baby Sophie, die unablässig schrie und deshalb krebsrot im Gesicht war, wand sich auf ihrem Arm, und Evangeline hielt sie wie einen Schild zwischen uns.

„Auf Wiedersehen, Schwester Evangeline", sagte ich und berührte sie dabei nur ganz leicht am Ärmel.

„Du bist nicht meine Schwester", entgegnete sie, „in keinerlei Weise."

Ich lächelte breit. „Ich hoffe, dass sich das eines Tages ändert."

Dann ging ich zum Wagen, wo Nathan schon wartete, um mir hinaufzuhelfen, und ich schäme mich nicht zu sagen, dass ich mich noch heute an diese letzte Berührung erinnere. Ich drehte mich nach hinten zu den Mädchen, um zu sehen, ob sie bereit waren.

„Ja, Mama", nickte Lottie, aber Melissa starrte nur wortlos auf die Wagendeichsel.

Damit war Mr Bostwick offenbar zufrieden, denn er gab den Pferden einen leichten Klaps mit den Zügeln und wendete den Wagen.

Doch mir fiel noch etwas ein. „Warten Sie!"

Ohne mir Gedanken darüber zu machen, was für ein Bild ich abgab, schwang ich ein Bein über den Sitz, kletterte über unser Gepäck, und fand noch Platz auf dem Boden der Ladefläche. Lottie kroch sofort auf meinen Schoß, und die erste holpernde Bewegung des Wagens riss Melissa um.

„Komm her, Missy", meinte ich mit einer Handbewegung, und sie kam an meine Seite gekrabbelt. Jedes der Mädchen hielt seine Lieblingspuppe fest an sich gedrückt, Schätze, die ihnen ihr Vater vor Jahren einmal mitgebracht hatte, und ich schloss auch deren Namen mit ein, als ich um eine behütete Reise für uns betete. Als ich das Gebet beendet hatte, hatten wir schon den höchsten Punkt des Hügels erreicht. Ich schaute über die Ladeklappe zurück zum Haus, wo ich einen Mann sah, seine Frauen und ihre Kinder, die vor dem versammelt waren, was einmal mein Heim gewesen war. Wir hatten eine Zeitlang zusammengelebt, eine Familie, die ihr Leben auf einer falschen Offenbarung aufgebaut hatte, doch jetzt gaben nur noch meine Töchter und ich einander Halt und ließen die anderen zurück. Während ich schweigend meine Mädchen festhielt, bat ich Gott um zwei Dinge: dass er Nathans Herz verändern und meines stark bleiben lassen möge. Eines der Gebete sollte schon im nächsten Moment wiederholt und erhört werden.

Das andere sollte ich nie mehr wiederholen.

Es war schon eine Weile dunkel, als wir schließlich wieder in Salt Lake City ankamen. Die Mädchen waren inzwischen beide an mich gelehnt eingeschlafen. Mr Bostwick lenkte geschickt den Wagen, aber als wir dann schließlich anhielten, bemerkte ich, dass er mindestens ebenso müde war wie die beiden Kinder, die er mir jetzt abnahm.

„Wo sollen wir denn übernachten?" Die Anstrengung, die es bedeutete, von der Ladefläche des Wagens zu steigen, ohne Lottie zu wecken, ließ mir kaum Gelegenheit, mich ein bisschen in der Umgebung umzuschauen.

„Das ist ja Tante Rachels Haus", sagte Melissa gähnend und stand verschlafen und ein bisschen unsicher auf ihren Füßen.

„Rachels?" Jetzt stand ich auch auf dem Weg, und Lottie lag schwer an meiner Schulter, als ich mich umdrehte. Und wirklich, das dunkle, geräumige Haus stand hinter uns und sah dabei so einladend aus wie eine Höhle.

„Unser Mr Fox hatte einen Schlüssel dafür", erklärte mir Mr Bostwick und holte besagten Gegenstand aus seiner

Westentasche. Er steckte den Schlüssel ins Schloss und öffnete die Tür zu einem kalten, feuchten Raum.

Melissa konnte aus eigener Kraft gehen, und mein schmerzender Rücken jubelte vor Erleichterung, als ich Lottie auf dem Sofa ablegte, das unter dem großen weißen Tuch kaum auszumachen war. Von den drei Sofas, die einmal in dem Raum gestanden hatten, war nur dieses eine dageblieben.

Mr Bostwick folgte uns ins Haus. „Es wird fürs Erste mein Wohnsitz sein, bis ich etwas Passendes gefunden habe."

Das war eine Eröffnung, mit der ich nicht gerechnet hatte, und ich schickte Melissa – die offensichtlich ein dringendes Bedürfnis hatte – hinaus zur Toilette, sodass er und ich ungestört reden konnten.

„Sie begleiten uns also morgen gar nicht?"

„Ich muss sowieso hierbleiben, bis Ihr Fall abgeschlossen ist, und ich habe so das Gefühl, dass es vielleicht noch andere Frauen hier in der Stadt gibt, die meine Hilfe gebrauchen könnten. Es kommt ja selten genug vor, dass ein Anwalt ein willkommener Bewohner ist. Ich habe den Eindruck, dass ich diese Gelegenheit nutzen muss."

Alle Schicklichkeit außer acht lassend, drückte ich ihm einen Kuss auf seine Wange. „Wir werden Sie vermissen, Mr Bostwick. Wir alle – besonders Mama – haben Sie sehr lieb gewonnen."

„Und ich Sie auch", erwiderte er. Dann löste er sich aus meiner Umarmung und zog mit einer großen Geste einen Umschlag aus seiner Brusttasche. „Würden Sie diesen Brief bitte Ihrer Mutter geben? Und sagen Sie ihr bitte auch, dass Sie gegen Ende des Sommers mit mir rechnen können, wenn ich keine rechtlichen Angelegenheiten mehr als Vorwand brauche, um Sie zu besuchen."

Mir fiel sogleich die ausdrucksstarke, kühne Handschrift auf dem Umschlag ins Auge: *Mrs Arlen Deardon (Ruth)*. Der Anblick rief mir ein unerfülltes Versprechen in Erinnerung.

„Würden Sie auch für mich einen Brief aufgeben, wenn wir weg sind?"

„Es wäre mir eine Ehre. An Ihren jungen Colonel?" Er hielt seine Hand hin, als erwartete er, dass ich ihm den Brief jetzt sofort aushändigen würde.

„Ja", antwortete ich, ohne seine Vermutung zu bestätigen. „Ich werde ihn heute Abend schreiben und ihn dann auf dem Tisch in der Eingangshalle liegen lassen." Einem weiteren Möbelstück, das dem Umzug entgangen war.

„Nun denn", gab er zurück und wippte auf seinen Fersen, „es war ein langer Tag, und ich verlasse Sie jetzt, damit Sie zur Ruhe kommen und schlafen können."

Nur in zweien der oberen Räume gab es noch benutzbare Betten. Mr Bostwick suchte sich eines davon aus, und ich legte Lottie und Melissa in das andere. Später würde ich mich irgendwann zwischen sie quetschen.

Man hätte meinen können, dass ich angesichts all dessen, was an diesem Tag passiert war, rasch schlafen gegangen wäre, aber ich nahm stattdessen eine Kerze und stahl mich nach unten zu Rachels hübschem Sekretär, der noch sehr viel kunstvoller verziert war als meiner zu Hause. Dort stellte ich die Kerze in einen Wandleuchter.

Ich war nicht sicher, ob Rachel Vorräte zurückgelassen hatte, aber ich war erleichtert, Briefpapier, Umschläge, Feder und Tinte vorzufinden. Als ich die Sachen aus einer Schublade hervorholte, entdeckte ich, dass das Briefpapier mit Rachels Monogramm verziert war – einem verschnörkelten R, das sich in einen Bienenkorb schmiegte und von grünen Ranken umrahmt war. Zuerst überlegte ich, eine kleine Notiz zu machen, damit er wusste, dass der Brief von mir stammte, und auch die Umstände zu schildern, unter denen ich den Brief auf diesem fremden Briefpapier schrieb. Aber diesen Gedanken verwarf ich rasch wieder. Nachdem wir uns schon so lange schrieben, würde Colonel Brandon meine Handschrift sicher sofort erkennen, und die

Geschichte selbst konnte ich auch ein anderes Mal erzählen, wenn überhaupt.

Die Tinte in dem kleinen Tintenfass war stark eingetrocknet, und ich musste sie erst heftig schütteln, damit sie überhaupt zu gebrauchen war. Trotzdem kam bei meinen ersten Versuchen nicht mehr heraus als Kleckse auf dem Papier, und ich wusste, dass ich meine Worte jetzt sorgfältig wählen musste, da ich nur noch wenig Tinte hatte.

Ich strich mit der Hand über das Blatt und betete, dass Gott meine Hand führen würde. Und dann erwies er sich einmal mehr als mächtig und wahrhaftig, genauso, wie er auf jedes meiner Gebete seit dem allerersten geantwortet hatte.

All meine Überzeugungen und all meine Bedenken blieben in der Versenkung meines Geistes. Es war, als wüsste ich gar nicht genau, was meine Hand dort ohne mein Zutun schrieb. Minuten später nahm ich meine Hand weg, und eine kurze Nachricht stand auf der elfenbeinfarbenen Seite.

Ich habe meine Töchter zurückbekommen.
Sie sind wieder bei mir.
Bald ist unsere Familie vereint.
Alles ist gut.

Durch die Gnade Gottes verbleibe ich
Camilla

Ein Gespräch mit der Autorin

Wie sind Sie überhaupt auf die Idee zu dieser kurzen Reihe gekommen?
Ich wusste, dass ich eine Liebesgeschichte schreiben wollte, aber keine romantisch verklärte Geschichte über Verliebtheit. Die Figur des Nathan war in meiner Vorstellung eigentlich schon vorhanden und auch fertig ausgestaltet – ein zutiefst leidenschaftlicher, verletzter, charismatischer, charmanter Mann. Und weil ich selbst in Utah aufgewachsen bin, wusste ich, dass der christliche Glaube in der frühen Geschichte dieses Bundesstaates so gut wie keine Rolle gespielt hat, also brauchte ich Camilla als eine Frau, die verführt wird, und zwar dazu, sowohl ihre Familie als auch ihren Gott zu verlassen. Im Grunde habe ich das Gottesbild und das Verständnis der Anbetung Gottes als drittes Element in diesem Liebesdreieck eingesetzt. Ich wollte, dass Nathan und Camilla einander genauso lieben wie Gott.

Sie wissen offenbar sehr viel über den Glauben der Mormonen und auch über deren Gemeinschaftsleben. Wie haben Sie für diese Geschichte recherchiert?
Ich habe als Kind in Utah gelebt, und mein Mann war früher Mormone, der auf der Highschool Jesus Christus als seinen Erlöser kennengelernt hat. Ich konnte also auf einen großen

Fundus von Geschichten und Anekdoten zurückgreifen. Um aber ein richtiges Gefühl für diese Geschichte zu bekommen, habe ich eine Weile in Salt Lake City verbracht. Das dortige Museum der Pioniersfrauen ist ein wahrer Schatz an Ausstellungsstücken – all die kleinen Haushaltsgegenstände, die damals das Leben einer Frau ausmachten. Die blaue Lampe ist nur eines der Stücke, in die ich mich dabei verliebt habe.

Was mir aber wirklich aufgefallen ist – und das wurde mir von anderen Christen bestätigt –, ist die Atmosphäre, die am Temple Square in Salt Lake City herrscht. Die Stadt ist wunderschön und unglaublich gepflegt, aber die Atmosphäre dort auf diesem Platz hat etwas Bedrückendes. Es ist still, aber nicht heiter. Irgendetwas an dem gewaltigen weißen Tempel mit dem goldenen Engel auf der Spitze wirkt beunruhigend.

Ich habe auch viel im Internet recherchiert, mir unterschiedliche Websites und Foren angeschaut und Beiträge von ehemaligen Mormonen gelesen. Ich verstehe dadurch nicht in erster Linie besser, warum Menschen dieser Sekte beitreten, sondern wieso sie bleiben und warum sie gehen. Sie sind wirklich erschütternd, all die Geschichten von Verbitterung und Verrat, besonders auch wenn deutlich wird, dass so viele Menschen, die sich vom Mormonentum abwenden, damit auch Gott und jede Form von Glauben über Bord werfen. Ich wollte dieses Gefühl verzweifelter Bedürftigkeit an der Figur des Nathan veranschaulichen. Es gibt so viele Menschen, die mir eine große Hilfe dabei waren, sowohl Nathans Leidenschaft und Eifer in Bezug auf den Mormonenglauben als auch Rachels Abwertung desselben darzustellen, die bei ihr unterschwellig spürbar ist.

„Für Zeit und Ewigkeit", das erste Buch der Reihe, hatte einen interessanten Schluss. Weshalb haben Sie entschieden, die Geschichte so enden zu lassen? Wie reagieren die Leser darauf? Das war keine leichte Entscheidung. Moment, das nehme ich zurück. Schon bevor ich das erste Wort des Romans

geschrieben hatte, wusste ich, dass die Geschichte von Camilla in einem Schneesturm enden würde. Wenn man aufmerksam liest, gibt es Hinweise darauf, dass auch die Geschichte von Camilla und ihren Kindern gut ausgehen wird. Aber am Ende von „Für Zeit und Ewigkeit" ist zumindest der grundlegende Konflikt in Camillas Leben gelöst: Sie hat zu ihrem Glauben an Jesus Christus zurückgefunden und sich seiner Führung, seinem Willen und seinem Schutz unterstellt. Was könnte angesichts dieser Umstände da noch schiefgehen?

Wie die Leser darauf reagieren? Na ja, sie sind begeistert. Völlig fremde Leute haben mich um Vorausexemplare des zweiten Bandes gebeten, und Freunde waren da sogar ehrlich gesagt noch ein bisschen rabiater. Es verging keine Woche, in der ich nicht eine E-Mail von einer Leserin oder einem Leser bekam mit der Frage, wie es mit Camilla weitergehen würde – und das gefiel mir! Ich fühlte mich in der Verantwortung, niemanden zu enttäuschen.

Weshalb haben Sie entschieden, die Geschichte in zwei Bänden zu erzählen?
Ich wusste, dass Camillas Geschichte mehr als nur ein Buch füllen würde. Die Geschichte sollte sowohl ihren Weg zurück zu Gott als auch ihren Weg zur Rettung ihrer Familie enthalten – und ich wollte keine von beiden zu oberflächlich schildern. Ich glaube, dass wir in der christlichen Romanliteratur den Prozess des Glaubens oft zu stark vereinfachen. Viel zu oft ist der Glaube eine Sache des Erkennens, dann folgt noch ein Gebet, und fertig (ich habe mich dessen auch selbst in anderen Büchern schon schuldig gemacht). Aber angesichts der Tatsache, dass die handelnden Figuren der „Ersatztheologie" des mormonischen Glaubens folgen, wusste ich, dass ich da vorsichtiger und sorgfältiger vorgehen musste. Ich empfand die Verantwortung, zumindest den Versuch zu unternehmen, aufzuzeigen, dass die Gute

Nachricht von Jesus Christus die Wahrheit ist. Und als ich dann Camilla erst einmal eine feste Glaubensgrundlage gegeben hatte, hatte sie auch die Freiheit, ein tolles Abenteuer zu erleben. Ich glaube, dass Leser es zu schätzen wissen, diesen Weg mit ihr zu gehen statt einfach ihr Christsein als „normal" und selbstverständlich zu betrachten.

Camilla und Nathan sind in diesem Buch für eine kurze Zeit wieder vereint. Warum haben sie sie wieder zusammenkommen lassen?
Ehrlich gesagt habe ich Nathan vermisst. Also, normalerweise finde ich es schrecklich, wenn Autoren von ihren Figuren sprechen, als wären sie echte Menschen, aber Nathan Fox ist mir sehr nah gekommen. Das ist der eine Grund. Außerdem wollte ich, dass die Gefahr für Camilla ein bisschen größer ist, und zwar im Hinblick darauf, wie groß die Bedrohung sein kann, die von Nathan ausgeht. Und ein letzter Punkt war der, dass sie beim ersten Mal ja ziemlich überstürzt weggegangen war. Ich wollte die Frage aufwerfen, ob sie auch ein zweites Mal gehen würde, nachdem sie ja unter den Folgen ihres früheren Handelns ziemlich zu leiden hatte.

Die Führer der Mormonen beschließen, dass Camilla eine „Blutsühne" erbringen muss. Was bedeutet das? War das in den ersten Mormonengemeinden gängige Praxis?
Der „Blutsühne" liegt die Überzeugung zugrunde, dass bestimmte schwere Sünden ohne Blutvergießen nicht gesühnt werden können. Deshalb brachten die Israeliten, die noch unter dem Gesetz lebten, im Tempel Tieropfer dar. Als Christen wissen wir, dass das Blut, das Jesus Christus vergossen hat, ewige und endgültige Sühne für unsere Sünde ist. In der frühen Mormonengemeinde gab es Menschen, die glaubten, dass manche Sünden so ungeheuerlich sind, dass sie nur durch das Vergießen des Blutes des Sünders gesühnt werden können. Bitte beachten Sie, dass das nicht

zur offiziellen Lehre oder Praxis der Mormonen gehört. Es war genau so, wie wir es auch in vielen anderen Religionen erleben, eine Praxis, die von Extremisten vertreten wurde.

In dem ersten Band sagt Rachel Camilla, dass sie Nathan erlauben soll, noch eine Frau zu nehmen. „Du musst. Du bist seine Rettung. Joseph Smith war sein Retter in diesem Leben, indem er ihm die Richtung gezeigt hat. Deine Aufgabe ist es, ihn im kommenden Leben zu retten." Was bedeutet es, dass sie seine Rettung (Erlösung) ist?

Das hat mit der Vorstellung der Mormonen zu tun, dass uns ein himmlischer Lohn erwartet. Nach ihrer Lehre muss Nathan mindestens eine ewige Ehefrau haben, die seine geistlichen Kinder gebärt, damit er den höchsten, gottgleichen Status in der Ewigkeit erlangen kann. Sie ist also nicht so sehr seine „Rettung" (Erlösung) hinsichtlich der Frage, ob er ewig lebt, sondern hinsichtlich der Qualität dieser Ewigkeit. Ich glaube, es ist wichtig zu beachten, dass die Mormonen glauben, dass eine Frau von ihrem Mann in die Ewigkeit hineingerufen werden muss, das erklärt Evangelines Appell.

Heutzutage gleichen sich Mormonen bewusst evangelikalen Christen an. Welche Ähnlichkeiten in Glaubensdingen ermöglichen das? An welchen entscheidenden Punkten unterscheidet sich ihr Glaube vom Christentum der Bibel?

Die Mormonen glauben, dass Jesus der Sohn Gottes ist, dass er am Kreuz für unsere Sünden gestorben ist und dass er nach drei Tagen wieder auferstanden ist. Sie lieben und bewundern Jesus. Sie beten in seinem Namen. Sie betrachten Jesus als Erlöser. Aber sie erkennen nicht an, dass der Tod und die Auferstehung Jesu die Vollendung unserer Versöhnung und Erlösung ist. Für Mormonen genügt das nicht, und die wahre Errettung hängt nicht nur vom Glauben an den Tod und die Auferstehung Jesu ab, wie es in den Evangelien dargestellt ist, sondern auch von der Anerkennung und dem Glauben der Schriften von Joseph Smith und den Praktiken der Kirche der Mormonen.

Welches war Ihre größte Herausforderung bei der Recherche oder dem Abfassen Ihres Romans? Und welches war Ihr größter Lohn?
Ich musste dieses Buch mehr als jedes andere, das ich geschrieben habe, an Gott abgeben. Ich wusste, dass dieses hier über den durchschnittlichen geistlichen Gehalt hinausgehen musste, den man in den meisten christlichen Romanen findet. Ich habe mich sehr bemüht, die Wahrheit des Evangeliums von Jesus Christus den Lügen des mormonischen Glaubens gegenüberzustellen, ohne dass das Buch wie ein 400-Seiten-Traktat wirkt. Es war eine echte Herausforderung, Theologie in Dialogen zu vermitteln, die tiefsten Fragen hinsichtlich unserer Erlösung in Form von Beziehungen und Gesprächen zwischen den Figuren zu vermitteln. Ich hoffe, das ist mir gelungen!

Der größte Lohn? Also ehrlich gesagt war der größte Lohn der, dass ich ein sehr viel tieferes Verständnis von meiner eigenen Erlösung bekommen habe. Als ich darüber geschrieben habe, wie sehr Nathan sich damit abmüht, „gut genug" zu sein für Gott, da habe ich mich von meinem Erlöser so geliebt gefühlt. Mir wurde klar, wie wunderbar es ist, einen Gott anzubeten, den ich mit meinem endlichen kleinen Verstand nicht ganz und gar begreifen kann.

Was hoffen Sie, dass die Leser aus dem Roman „mitnehmen"?
Erstens möchte ich, dass die Leser erkennen, dass viele Mormonen zutiefst verletzte Menschen sind, auch wenn es vielleicht anders aussieht. Als ich versucht habe, mich in das Denken eines Mormonen hineinzuversetzen, habe ich viel in Foren gelesen, in denen sich Menschen austauschen, die die Mormonenkirche verlassen haben, und da gab es so viel Traurigkeit und Bitterkeit. Ich glaube, dass die meisten

Christen auf zweierlei Weise auf Mormonen zugehen: entweder sie vermeiden jede Gelegenheit, Zeugnis zu geben, weil das normalerweise vergeblich ist, oder uns gefällt der Gedanke, mit ihnen zu diskutieren. Aber wir müssen sie einfach erst einmal nur lieben.

Zweitens müssen wir so sehr in der Wahrheit verwurzelt sein, dass wir jede Abweichung vom Evangelium sofort erkennen, so unterschwellig und unauffällig sie auch daherkommt. Das Mormonentum und das Christentum verwenden weitgehend das gleiche Vokabular, und die theologischen Unterschiede können ganz unbedeutend scheinen. Wir müssen daher wachsam sein, wenn wir es mit Schriften und Predigten zu tun haben, die ganz offen den Anspruch erheben, ein „neues" Verständnis der Bibel zu präsentieren.